सुभद्रा कुमारी चौहान की सम्पूर्ण कहानियाँ

सुभद्रा कुमारी चौहान

की सम्पूर्ण कहानियाँ

सम्पादन

डॉ. मधु शर्मा

राजपाल

₹ 395

ISBN : 9789350640838

पहला संस्करण : 2012, आठवाँ संस्करण : 2025

SUBHADRA KUMARI CHAUHAN KI
SAMPOORNA KAHANIYAN (Stories)

Edited by Dr. Madhu Sharma

मुद्रक : जी.एस. ऑफसेट, दिल्ली

राजपाल एण्ड सन्ज़

1590, मदरसा रोड, कश्मीरी गेट, दिल्ली-110006

फोन : 011-23869812, 23865483, 23867791

website : www.rajpalpublishing.com

e-mail : sales@rajpalpublishing.com

www.facebook.com/rajpalandsons

परिचय

सुभद्राकुमारी चौहान
जीवन, आदर्श और साहित्य-सृजन

भारतेन्दु युग में खड़ी बोली गद्य का जिस तरह विकास हुआ और बाद में जिस तरह कविता में युगीन अभिव्यक्ति के लिए खड़ी बोली का आन्दोलन चला, वहीं से बीसवीं सदी के हिन्दी साहित्य की भूमिका तैयार होने लगी थी। किन्तु सच यह भी है कि आगे चलकर हिन्दी साहित्य का जो रूप उभर कर सामने आया, उसका अधिकांश श्रेय महावीरप्रसाद द्विवेदी को जाता है। वे आधुनिक हिन्दी भाषा और साहित्य के प्रथम आचार्य कहलाए और नई सदी के प्रथम साहित्य-उत्थान को द्विवेदी युग के रूप में पहचाना गया।

'सरस्वती' पत्रिका के सम्पादक के रूप में जब आचार्य द्विवेदी का साहित्य-क्षेत्र में अवतरण हुआ, उसके कुछ ही वर्षों के बीच दो ऐसी स्त्री-संज्ञाएँ जन्मीं, जिन्हें आगे चलकर पुरुषों के वर्चस्व वाले साहित्य-क्षेत्र में स्त्री की उपस्थिति दर्ज करनी थी। 1904 में सुभद्राकुमारी चौहान का जन्म हुआ और 1908 में महादेवी वर्मा का। दोनों ने ही कविता और गद्य में अपनी प्रभावी उपस्थिति दर्ज की। सुभद्राकुमारी चौहान ने द्विवेदी युग की आबोहवा और संवेदना में काव्य-स्वर साधा और क़हानियाँ लिखीं, महादेवी वर्मा ने छायावाद के साथ अपनी पहचान अंकित करते हुए कविता में गीति-धारा प्रवाहित की और गद्य में मार्मिक रेखाचित्रों-संस्मरणों व कहानियों की रचना की।

यह आलेख चूँकि सुभद्राकुमारी चौहान के कथा-साहित्य से सन्दर्भित है, अतः ऊपर का क्रम भंग करते हुए, इसे सुभद्रा जी के साहित्य-सृजन पर ही केन्द्रित रखना है।

सुभद्रा जी के साहित्यिक रुझान की पहली अभिव्यक्ति कविता में हुई। जून-जुलाई 1913 के 'मर्यादा' पत्र में छपी 'नीम' शीर्षक कविता उन्होंने मात्र 9 वर्ष की उम्र में रची थी :

सब दुखहरन सुखकर परम, हे नीम, जब देखूँ, तुझे।
तुहि जानकर अति लाभकारी हर्ष होता है मुझे॥
ये लहलही पत्तियाँ हरी शीतल पवन बरसा रहीं।
निज मंद मीठी वायु से सब जीव को हरषा रहीं॥
हे नीम, यद्यपि तू कड़ू, नहिं रंच-मात्र मिठास है।
उपकार करना दूसरों का, गुण तिहारे पास है॥

'नीम' कविता के इस अंश में, अन्तिम पंक्ति में 'उपकार' की जो बात कही गई है, वह वस्तुतः उनके अपने जीवन और कर्त्तव्य का गुण है। मानव-उपकार उनके जीवन का चरम लक्ष्य और सत्य था। कवि शमशेर बहादुर सिंह के अनुसार, ''कर्मक्षेत्र में स्वयं उन्होंने सदा अपने को दलितों, दीन-दुखियों, यतीमों और बेकसों के लिए ही लड़ते पाया। ...सच्ची मनुष्यता के धर्म-पालन में अगर कोई अड़चन आती थी, तो वह अपनी जगह पर अड़ जाती थीं और उसके लिए एक 'सविनय असहयोग आन्दोलन'-सा खड़ा कर देती थीं।''

शुरू में सुभद्रा जी के तीन कविता-संग्रह प्रकाशित हुए, बाद में उन तीनों का समेकित संस्करण 'मुकुल' नाम से आया, जिस पर उन्हें 'सेकसरिया पुरस्कार' प्रदान किया गया। शमेशर जी के अनुसार, ''मुकुल सन् '30 में उस युग का लगभग अन्तिम महत्त्वपूर्ण काव्य-संग्रह है जिसे द्विवेदी युग कहा जाता है। उसके बाद हिन्दी कविता का जो ज़माना आता है, उसका मिज़ाज और उसकी माँगें सुभद्रा जी के बिल्कुल विरुद्ध थीं। व्यक्ति की असफलता और निराशा का गीत वे गा सकती थीं ('मनुहार', 'करुण कहानी–'त्रिधारा' में), पर यह उनके स्वभाव की मर्यादा के विरुद्ध था।''

कविता के समानान्तर सुभद्रा जी के तीन कहानी-संग्रह भी प्रकाशित हुए–'बिखरे मोती', 'उन्मादिनी' और 'सीधे-सादे चित्र'। इनमें 'सीधे-सादे चित्र' पर भी उन्हें सेकसरिया पुरस्कार मिला। उस ज़माने में आज की तरह, जोड़-तोड़ वाली पुरस्कारों की राजनीति नहीं थी। 'देव' और 'सेकसरिया' पुरस्कार हिन्दी साहित्य क्षेत्र में नोबेल से कम प्रतिष्ठित पुरस्कार नहीं माने जाते थे। अश्क जी के शब्दों में, '' 'सीधे-सादे चित्र' की कहानियों को पढ़ने से इस बात का भी आभास मिलता है कि शिवरानी देवी, उषादेवी मिश्र, कमलादेवी चौधरी और सोमवती देवी की कहानियों के मुकाबले में सुभद्रा जी की कहानियों का अपना अलग रंग-रूप और रस है और उनका कथाकार उनके कवि से किसी तरह भी कमतर नहीं है।''

सुभद्राकुमारी चौहान की पितृ-परम्परा एक प्रतिष्ठित ज़मींदार राजपूत घराने से सम्बन्धित थी। उनके दादा महिपाल सिंह मानिकपुर के निकट लसोहंदा गाँव के जागीरदार थे। उनके मन में अंग्रेज़ों के प्रति गहरी घृणा थी। 1857 के गदर के दौरान, जब देशभक्त जाँबाज़ अंग्रेज़ों के खून के प्यासे हो रहे थे, तो अपनी जान बचाने की फिराक में कुछ अंग्रेज़ भाग कर लोहंदा गाँव आए और महिपाल सिंह से शरण माँगी। महिपाल सिंह ने साफ इन्कार कर दिया, लेकिन गाँव के ही एक अहीर ने शरण देकर अंग्रेज़ों की जान बचाई। 1857 की असफलता के बाद, अंग्रेज़ों ने उस अहीर को पुरस्कार-स्वरूप लोहंदा की जागीरदारी बख्श दी और महिपाल सिंह जागीरदार से सामान्य नागरिक हो गए। यह अपमान उनसे बर्दाश्त न हुआ और वे गाँव छोड़कर इलाहाबाद आ बसे। लेकिन अपना गाँव छोड़ने और रुतबा खोने का इतना गहरा सदमा उन्हें लगा था, कि वे ज़्यादा दिन जी नहीं पाए और जल्दी ही उनका निधन हो गया। महिपाल सिंह के दो बेटे थे–बड़े रामनाथ सिंह, छोटे जगन्नाथ सिंह। दोनों अभी कुआँरे थे। यद्यपि विवाह की उनकी उम्र हो चुकी थी, लेकिन अचानक परिवार

का भरण-पोषण कंधों पर आ जाने के कारण विवाह गौण हो गया और दोनों भाई ठेकेदारी करने लगे। विवाह की नौबत जब तक आई, दोनों की उमर 25 से 28 के बीच हो गई थी। उनके विवाह बनारस के पास के एक गाँव के एक ठाकुर परिवार की बेटियों से हुए। बड़ी बेटी का रामनाथ सिंह से और छोटी का जगन्नाथ सिंह से। रामनाथ सिंह की पत्नी का नाम था धिराज कुँवर। इन्हीं रामनाथ सिंह और धिराज कुँवर की आठ संतानों में सातवीं थीं सुभद्रा।

सुभद्रा के तीसरे, सबसे छोटे भाई, राजबहादुर सिंह, जिन्हें सभी स्नेहवश 'रज्जू भैया' कहते थे, नई रोशनी और आधुनिक विचारों वाले साहित्यिक सुरुचि सम्पन्न व्यक्ति थे। वे शिक्षा, विशेषकर स्त्री-शिक्षा का महत्त्व समझते थे। अतः उन्होंने अपनी तीन छोटी बहनों राजदेवी, सुन्दर और सुभद्रा को कॉन्वेंट गर्ल्स स्कूल में दाखिला दिलवा दिया। सबसे छोटी कमला अभी स्कूल जाने की उम्र तक नहीं पहुँची थी।

विशेष बात यह कि राजदेवी, सुन्दर और सुभद्रा तीनों कविता करती थीं और इसके लिए रज्जू भैया उन्हें निरन्तर प्रोत्साहित भी करते रहते थे। सोने में सुहागा यह कि स्कूल में सुभद्रा की दो और सहपाठिनियों की रुचि भी काव्य-रचना में थी। उनमें एक का नाम था महादेवी वर्मा और दूसरी का तोरनदेवी शुक्ल। इन सभी की कविताएँ स्थानीय पत्रों में प्रकाशित भी होती रहती थीं। यही नहीं, 'स्त्री दर्पण' नाम की पत्रिका में इन पाँचों की काव्य-सक्रियता पर पर केन्द्रित एक लेख भी प्रकाशित हुआ—'प्रयाग की पाँच कवयित्रियाँ।' उन दिनों सुभद्रा की कविताएँ 'सुभद्रा कुँवरि' के नाम से प्रकाशित होती थीं। उन दिनों पत्र-पत्रिकाओं में महिला कवियों की जो रचनाएँ प्रकाशित होती थीं, उनमें कवयित्री के नाम के आगे 'धर्मपत्नी अमुक अमुक' देने का रिवाज था। सुभद्रा को एक तो अपने नाम का 'कुँवरि' शब्द नापसन्द था, फिर यह नया फैशन। 'धर्मपत्नी' शब्द का ठीक-ठीक अर्थ तो जानती नहीं थी सुभद्रा। वह समझती थी कि 'धर्मपत्नी' के आगे अपने सबसे प्रिय, सबसे स्नेही व्यक्ति का नाम लिखा जाता है, और तब तक उसके सबसे प्रिय, सबसे स्नेही व्यक्ति थे रज्जू भैया—राजबहादुर सिंह। अतः उसने अपनी कविताओं की जो कापी बनाई, उस पर अपना नाम लिखा—'सुभद्रा कुमारी धर्मपत्नी राजबहादुर सिंह।' यह जब उसकी बहनों ने देखा तो खूब खिलखिला कर हँस पड़ीं और उसका खूब मज़ाक बनाया। असली माजरा क्या है यह तो उसकी समझ में नहीं आया, यह ज़रूर महसूस किया कि उसका मखौल उड़ाया जा रहा है। अतः गुस्से और खीज से भरकर उसने अपनी कविताओं की कापी फाड़ डाली। इतनी भोली और तेहेदार थी बचपन में सुभद्रा।

आठवीं के बाद सुभद्रा की पढ़ाई रुक गई और 20 फरवरी 1919 को खंडवा के श्री लक्ष्मण सिंह चौहान से उनका विवाह हो गया। लक्ष्मण सिंह जी एक देशभक्त और आधुनिक विचारों वाले, सृजनात्मक प्रतिभा से युक्त व्यक्ति थे और इलाहाबाद में पढ़ते थे। सुभद्रा के लिए उनका चुनाव रज्जू भैया ने किया था।

विवाहोपरांत सुभद्रा की रुकी हुई पढ़ाई फिर से शुरू हो गई। लक्ष्मण सिंह जी ने एम.ए. अर्थशास्त्र में इलाहाबाद यूनिवर्सिटी में एडमिशन लिया और सुभद्रा नौवीं कक्षा में थियोसोफिकल स्कूल में भरती होने बनारस चली गई।

देश की ब्रिटिश विरोधी राजनीति में यह समय बहुत हलचल भरा और संवेदनशील था। स्वाधीनता आन्दोलन का नेतृत्व लोकमान्य तिलक से स्थानांतरित होकर महात्मा गाँधी के पास आ चुका था और अभी हाल-हाल में पंजाब में जलियांवाला बाग का जघन्य हत्याकांड हुआ था। देश की जनता में बेहद असंतोष और तनाव था। ठीक तभी महात्मा गाँधी ने असहयोग आन्दोलन की घोषणा कर दी और नवयुवकों से आगे आने का आह्वान किया। देखते-देखते देश का अधिसंख्य युवा वर्ग पढ़ाई-लिखाई छोड़, स्कूल-कॉलेजों को अलविदा कह आज़ादी की लड़ाई में कूद पड़ा। लक्ष्मण सिंह इस सबसे कैसे असम्पृक्त रहते। उनकी वैचारिक दीक्षा उग्र विचारों वाले राष्ट्रीय नेता और कवि श्री माखनलाल चतुर्वेदी के सान्निध्य में हुई थी। वे और सुभद्रा भी पढ़ाई-लिखाई छोड़ खंडवा आ गए और चतुर्वेदी जी के निर्देशन में राष्ट्रीय आन्दोलन में सक्रिय हो गए।

माखन लाल जी 'कर्मवीर' नामक एक साप्ताहिक पत्र निकालते थे और कांग्रेस के आन्दोलन में भी सिर से लेकर पैर तक डूबे हुए थे। यही वजह थी कि वे 'कर्मवीर' को पूरा समय नहीं दे पा रहे थे। लक्ष्मण सिंह और सुभद्रा खंडवा आ गए, तो 'कर्मवीर' का ज़िम्मा पूरी तरह उन्हें सौंप कर माखनलाल जी पूरी तरह कांग्रेस के प्रति समर्पित हो गए।

'कर्मवीर' का सम्पादन और मुद्रण दायित्व वहन करने के साथ-साथ लक्ष्मण सिंह और सुभद्रा जी राष्ट्रीय आन्दोलन में भी बढ़-चढ़ कर हिस्सा लेने लगे। सुभद्रा जी की साहित्यिक सक्रियता भी बढ़ गई। लक्ष्मण सिंह जी की भी साहित्य में रुचि थी। कालेज में पढ़ाई के दौरान उन्होंने 'कुली प्रथा' और 'गुलामी का नशा' नामक दो नाटक लिखे थे, जो छपते ही ज़ब्त हो गए थे। 'कुली प्रथा' का प्रकाशन श्रीयुत गणेशशंकर विद्यार्थी ने 'प्रताप' में किया था, जिसकी वजह से 'प्रताप' की ज़मानत ज़ब्त हो गई थी और कई सप्ताह तक 'प्रताप' का प्रकाशन स्थगित रहा था। लगभग 90 वर्ष तक दुर्लभ और अप्राप्य रहने के बाद सुपरिचित नाट्य-आलोचक श्री सत्यदेव तनेजा के प्रयत्नों से अभी हाल में उसका पुनरुद्धार हुआ और वह पुनः प्रकाशन का मुँह देख सका।

उसके पश्चात् लक्ष्मण सिंह जी तो राजनीतिक गतिविधियों में आपादमस्तक लीन होने के कारण साहित्य को अधिक समय नहीं दे सके, किन्तु सुभद्रा जी जीवन की आखिरी साँस तक दोनों मोर्चों पर भरपूर सक्रियता और जिजीविषा के साथ सक्रिय रहीं। जबलपुर के झंडा सत्याग्रह की पहली सत्याग्रही सुभद्रा जी थीं। कई बार छोटे-छोटे बच्चों को पारिवारिक जनों और मित्रों-परिचितों के सहारे छोड़कर पति-पत्नी दोनों एकसाथ जेल गये, तो कई बार सुभद्रा जी अकेले भी जेल गईं। अखिल भारतीय कांग्रेस कमेटी की सदस्य और मध्य प्रदेश विधान सभा की एम.एल.ए. भी वे चुनी गईं। किन्तु जिजीविषा देखिए, कि परिवार, राजनीति, समाज सेवा और साहित्य-सृजन, सारी भूमिकाएँ अंत तक वे सफलतापूर्वक निभाती रहीं।

सन् 1948 की बात है। वे एक मीटिंग में भाग लेने नागपुर गई हुई थीं। वहाँ से लौटते हुए, रास्ते में एक मुर्गी को बचाने की कोशिशों के दौरान उनकी कार

उलट गई। ऊपर से देखने में तो चोट बहुत गम्भीर नहीं आई, किन्तु भीतरी तौर पर दिमाग की कोई नस कट जाने से अस्पताल पहुँचते-पहुँचते उनका निधन हो गया। इस तरह एक समर्पित राजनेत्री, वात्सल्य रस से भरपूर एक समाजसेविका और अकूत सम्भावनाओं वाली एक साहित्यकार हमारे बीच से उठ गई। विडम्बना देखिए कि वह वसंत पंचमी का दिन था। इनकी अन्तिम यात्रा में हिन्दू अधिक थे या मुसलमान, कहना कठिन है। कराची जा बसे जबलपुर के एक मुस्लिम युवक रशीदुल्ला ने वहाँ के एक अखबार में खबर पढ़ी कि इंडिया की एक महान कवयित्री सुभद्राकुमारी चौहान का निधन हो गया, तो वह फूट-फूट कर रो पड़ा। बीच-बीच में बिलखता हुआ वह कहता जाता–'मेरी माँ चली गई! मेरी माँ चली गई!!' सुभद्रा जी थीं ही ऐसी ममतामयी। क्या हिन्दू, क्या मुसलमान, जबलपुर के सभी युवकों युवतियों के बीच वे माँ समान पूजनीय थीं। उनकी अनेक कविताओं में भी इस ममत्व और स्नेह की झलक देखी जा सकती है।

पीछे उल्लेख हो चुका है कि सुभद्रा जी के तीन कविता-संग्रह प्रकाशित हुए और तीन कहानी संग्रह, और दोनों विधाओं में उन्हें अपने समय का सम्मानित सेकसरिया पुरस्कार मिला। कविता के क्षेत्र में उनका यश चतुर्दिक् फैला, बल्कि 'झाँसी की रानी' शीर्षक उनकी कविता राष्ट्रगान, झंडागान जैसी लोकप्रिय हुई, अब तक है। उनका नाम सामने आते ही सबसे पहले वही कविता होंठों पर थिरक उठती है। किन्तु हिन्दी कहानी, विशेषकर महिला कथाकारों के अवदान में भी सुभद्रा जी की भूमिका अग्रणी मानी जाती है। 1947 से पहले जो महिला साहित्यकार हिन्दी कहानी की विकास-यात्रा में शामिल रहे, उनमें सुभद्राकुमारी चौहान का नाम अन्यतम है।

सुभद्रा जी की कहानियों को पढ़ते हुए जो चीज़ सबसे पहले सामने आती है वह है तत्कालीन समाज में स्त्रियों और दलितों की स्थिति, राष्ट्रीय चेतना और आन्दोलन का रूप और समाज की अवस्था। कई कहानियों में मानवीय भावना के चित्र भी बड़े ही सजीव बन पड़े हैं। मुक्तिबोध ने उनके काव्य को 'चमत्कार-वर्जित' कहा है। यह विशेषता उनकी कहानियों में भी है। एक स्वाभाविक प्रवाह और लय है उनकी कहानियों में, जो एक ओर जहाँ असरदार रूप में विचार-पक्ष को उभारती है, वहीं पठनीयता का पक्ष भी अपने समृद्ध रूप में सामने आता है। वह पाठक को बाँध लेता है।

सुभद्रा जी की कहानियों में भाव-भूमि के स्तर पर वैविध्यता है। उनका अपना जीवन आदर्शोन्मुख था। आदर्शों के लिए ही वे जीवन-भर लड़ीं–खटीं और उन्हीं के लिए मरी भीं। इसलिए ही वे 'गौरी' जैसी बेहद सफल आदर्शोन्मुख कहानी लिख सकीं। 'तीन बच्चे', 'पवित्र ईर्ष्या' और 'बिआहा' भी इस दृष्टि से रेखांकित की जाने योग्य कहानियाँ हैं। शमशेर जी के अनुसार, ''उनका आदर्शवाद भी मुख्यतया राष्ट्रीय हलचलों से बँधा हुआ रहा है। इसीलिए उनकी तमाम रचनाओं में एक जागरण-सा है।''

किन्तु सुभद्रा जी का आदर्शवाद निरा आदर्शवाद नहीं था। वहाँ यथार्थ जीवन

की सजगता भी थी। भारतीय समाज में व्याप्त सड़े-गले रीतिरिवाज, गलीज रूढ़ियाँ, बन्द परिवेश में सिर उठाती दमित वासनाएँ, सामंती क्रूरता और शोषण आदि को वे खुली आँखों देख रही थीं। उनके कथाकार की संवेदना समाज के भीतर धंसकर उन सच्चाइयों की, उस क्रूर यथार्थ की पहचान करती है, जो सामाजिक प्रगति के रास्ते में रोड़े-पत्थरों की भाँति बिखरी-फैली पड़ी है। सास-बहू के आपसी सम्बन्ध और उनके बीच के अंतराल, पति-पत्नी के बीच के रिश्ते, प्रणय, वैमनस्य, ईर्ष्या, हुकूमत का तेहा, जैसे पारिवारिक जीवन के विरोधाभास, अनमेल विवाह, बाल-विवाह और उनसे उपजे विवाहेतर रुझान जैसी सामाजिक कुरीतियां, वर्ण-व्यवस्था का वर्चस्व, ऊँच-नीच का भेद-भाव और उससे जुड़े दलित-प्रश्न, भूमि-सम्बन्धों में सामंतवाद की जकड़बंदी—यह सभी बातें उनके आदर्शवादी मन की परतों के नीचे दबी यथार्थवादी चेतना को उभारती हैं और 'एकादशी', 'भग्नावशेष', 'किस्मत', 'होली', 'दृष्टिकोण', 'मंझली रानी', 'थाती', 'उन्मादिनी', 'ग्रामीणा' जैसी कहानियाँ उनके यहाँ सम्भव होती हैं। इन कहानियों में तत्कालीन समाज का—कमोबेश आज भी वैसा ही समाज है—मर्म है, और है कथाकार की पैनी किन्तु संवेदनशील दृष्टि। सुभद्रा जी की कहानियाँ बेहद सादगी के साथ इन गुंझलकों पर दृष्टिपात करती हैं, सवाल उभारती हैं और यत्र-तत्र समाधान की पेशकश भी करती हैं। यही उनका अपना जीवन सत्य भी रहा—उनकी भावनाप्रवण संवेदनशीलता का, उनके आदर्शवाद का, जिसके चलते वे सोचती रहीं कि सकल सामाजिक विषमताएँ जन-सेवा और सुधारवाद से दूर हो जाएँगी। वे जीवन-भर आदर्शवाद के हथियार से वंचितों, उत्पीड़ितों के लिए लड़ती रहीं और उनके मुकाबले में जो ताकतें खड़ी थीं वे स्वयं को धर्म और कानून, पूँजी और समाज का ठेकेदार समझती थीं। उनके लिए, अपने स्वार्थों के आगे सामाजिक विषमता का कोई अर्थ नहीं था। इसी हकीकी ज़मीन पर सुभद्रा जी का वैचारिक और सृजनात्मक विकास हुआ था, उनकी सोच ने स्वस्थ और स्वतन्त्र राह खोजी थी। हर चुनौती के सम्मुख वे डट कर खड़ी रहीं और अपने अन्तःकरण की सच्चाई से उन्हें निरुत्तर भी किया। प्रख्यात साहित्यकार श्री उपेन्द्रनाथ अश्क के शब्दों में सुभद्रा जी के कथाकार के प्रमुख सरोकार हैं, "जड़ परम्पराओं को बदलना, गृहस्थी में नारी के समान योगदान और उसकी अपनी स्वतन्त्र इयत्ता की पक्षधरता, टीम-टाम और दिखावे के खिलाफ, दया-माया, उदारता और छोटे-बड़े के भेद को मानव-मूल्यों की दृष्टि से देखना और स्वतन्त्रता के मुकाबले गुलामी को घृणित समझना। उनके यही सरोकार उनकी कहानियों में पूरी तरह परिलक्षित होते हैं।"

—मधु शर्मा

क्रम

जम्बक की डिबिया

इस जम्बक की डिबिया से मैंने एक मनुष्य का खून जो कर डाला है, इसलिए मैं इससे डरता हूं। मैं जानता हूं यही जम्बक की डिबिया मेरी मौत का कारण होगी–प्रोफेसर साहब ने कहा और कुर्सी पर टिक गए। उसके बाद हम सभी लोगों ने उनसे पूछा–जम्बक की डिबिया से मनुष्य की हत्या आखिर हो ही कैसे सकती है?

सिगरेट बुझाकर ऐश-ट्रे पर फेंकते हुए प्रोफेसर साहब ने कहा–बात उन दिनों की है जब मैं बी.ए. फाइनल में पढ़ता था। केठानी हमारे घर का पुराना नौकर था, बड़ा मेहनती, बड़ा ईमानदार। महीनों हमारी मां जब घर से बाहर रहतीं, वह सारे घर की देखभाल रखता। एक तिनका भी कभी इधर से उधर न हुआ था। एक बार यही बरसात के दिन थे। मेरी छोटी बहिन के बदन पर कुछ लाल-लाल दाने से उठ आए और उसके लिए मैं जम्बक की एक डिबिया खरीद लाया। मेरी मां मशीन के सामने बैठी कपड़े सी रही थीं। आसपास बहुत से कपड़े फैले पड़े थे। वहीं मैंने वह डिब्बी खोली। बहिन के दानों पर जहां-तहां लगाया और डिब्बी बंद करके मां के हाथ में दे दी। पास ही केठानी खड़ा-खड़ा धुले हुए कपड़ों की तह लगा रहा था। जब मैं बहिन के दानों पर जम्बक लगा चुका तब केठानी ने उत्सुकता से पूछा–"काय भैया! ई से ई सब अच्छो हुई जइहै?"

मैंने कहा–हां खाज, फोड़ा, फुंसी, जले-कटे सब जगह यह दवा काम आती है। इसके बाद केठानी अपने काम में लग गया और मैं बाहर चला गया।

शाम को जब मैं घूमकर लौटा तो देखा घर में एक अजीब प्रकार की चहल-पहल है। मां कह रही थीं–बिना देखे किसी को कैसे कुछ कहा जा सकता है। कहां गई? कौन जाने।

बड़ी बहिन कह रही थीं–उसे छोड़कर और ले ही कौन सकता है। कल उसकी भावज आयी थी न। उसके लड़के के सिर में भी बहुत सी फुड़ियां थीं।

पिताजी कह रहे थे–कहीं महाराजिन न ले गई हो। अखिल उससे कह रहा था–यह गोरे होने की दवा है। लड़के भी तो तुम्हारे सीधे नहीं हैं।

पास ही बैठा अखिल पढ़ रहा था। पिताजी की बात में दिलचस्पी लेते हुए वह बोला–बापू, महराजिन तो सदा गोरे होने की ही फिकर में रहती है। फिर मुझसे पूछा कि यह क्या है, सो हमने कह दिया कि गोरे होने की दवा है।

केठानी अपनी कोठरी में रोटी बना रहा था। उसे बुलाकर पूछा गया तो उसने

कहा—जब भैया लगाई हती आपने तो तबै देखी रही, फिर हम नहीं देखन सरकार।

मुझे क्रोध आ गया, बोला—तो डिबिया पंख लगाकर उड़ गई? केठानी ने मेरी तरफ देखा, बोला—भैया...। मैंने कहा—चुप हो! मैं कुछ नहीं सुनना चाहता। सुबह मैं डिब्बी लाया और इस समय गायब हो गई। यह सब तुम्हीं लोगों की बदमाशी है।

केठानी कुछ न बोला! चुपचाप वहीं खड़ा रहा और मैं कमरे में चला गया। मैंने कहा—वह मां से कह रहा था—मालकिन चल के मोर कोठरी खोली देख लेई—मैं का करिहौं दवाई लई जाइके? फिर जउन चीज लागी मैं मांग न लइहौं सरकार से?

मैं कोट उतार रहा था। न जाने मुझे क्यों क्रोध आ गया और मैं कमरे से निकल आया बोला—चले जाओ अपना हिसाब लेकर—हमें तुम्हारी जरूरत नहीं है—आखिर मां ने बहुत समझाया पर हम सब भाई-बहिन न माने और मां ने केठानी को बहुत रोकना चाहा और वह यही कहता रहा—जब तक भैया माफ न कर देंगे, अपने मुंह से मुझसे रहने को न कहेंगे, मैं न रहूंगा।

और न मैंने केठानी से रहने को कहा और न वह रहा, हमारे घर की नौकरी छोड़कर वह चला गया। पर घर के सब लोगों को वह प्यार करता था। वह गया जरूर पर वह तन से गया मन से नहीं। मां को भी उसका अभाव बहुत खटका और मुझे तो सबसे ज्यादा उसका अभाव खटका। वह मेरे कमरे की सफ़ाई रखता था, सजाकर रखता था और फूलों का गुलदस्ता नियम से बनाकर रखता था। मेरी जरूरतें वह बिना बताए समझता था और पूरी करके रखता था, पर जिद्दी स्वभाव के कारण चाहते हुए भी मैं मां से यह न कह सका कि केठानी को फिर से बुला लो जोकि मैं हृदय से चाहता था। एक दिन मां ने कहा कि केठानी रायसाहब के बंगले पर गारा-मिट्टी का काम करता है। मैंने सुना, मेरे हृदय में ठेस सी लगी। बूढ़ा आदमी, डगमग पैर, भला वह गारा-मिट्टी का काम कैसे कर सकेगा? फिर भी चाहा कि यदि मां कहें कि केठानी को बुलाये लेती हूं तो मैं इस बार ज़रूर कह दूंगा कि अच्छा बुला लो पर इस बार मां ने केवल उसके गारा-मिट्टी ढोने की खबर भर दी और केठानी को फिर से नौकर रखने का प्रस्ताव न किया। एक दिन मैं कालेज जा रहा था। देखा केठानी सिर पर गारे का तसला रखे चाली पर से कारीगरों को दे रहा है। चालीस फुट ऊपर चाली पर चढ़ा वह बूढ़ा केठानी, खड़ा काम कर रहा था। मेरी अंतरात्मा ने मुझे काटा। यह सब मेरे कारण है और मैंने निश्चय कर लिया कि शाम को लौटकर मां से कहूंगा कि अब केठानी को बुला लो। वह बहुत बूढ़ा और कमजोर हो चुका है। इतनी कड़ी सज़ा उसे न मिलनी चाहिए। दिन भर मुझे उसका ख्याल बना रहा। शाम ज़रा जल्दी लौटा। रास्ते पर ही रायसाहब का घर था। मजदूरों में विशेष प्रकार की हलचल थी। सुना कि एक मज़दूर चाली पर से गिरकर मर गया। पास जाकर देखा वह केठानी था। मेरा हृदय एक आदमी की हत्या के बोझ से बोझिल हो उठा। घर आकर मां से सब कुछ कहा—"मां उसके कफ़न के लिए कोई नया कपड़ा निकाल दो!" मां अपने सीने के कपड़ों की पोटली उठा लायीं। नया कपड़ा निकालने के लिए उन्होंने ज्यों ही पोटली खोली जम्बक की ड़िबिया खट से गिर पड़ी।

•

बिआहा

जबलपुर से आजमगढ़, ड्योढ़े दर्जे का जनाना डब्बा और पूरे डब्बे में अकेली मैं। डाकगाड़ी हवा में उड़ती चली जा रही थी, और मेरे दिमाग में रह-रहकर एक ही बात चक्कर काट रही थी कि जब-जब मैं बच्ची को लेकर चलती हूं, डब्बे में तिल रखने की जगह नहीं होती और आज जब मैं बिल्कुल अकेली हूं तो डब्बे भर में यात्रा करनेवाली एक भी स्त्री नहीं। साथ में न तो कोई पुस्तक थी और न अखबार। मुझे अकेलापन अखरने लगा। बच्ची साथ होती तो वह इस बेंच से उस बेंच, इस खिड़की से उस खिड़की, डब्बे भर में दौड़ लगाती और उसे संभाल रखने में मैं इतनी व्यस्त रहती कि न तो पुस्तक का ही अभाव खटकता और न किसी सहयात्री का।

जबलपुर से चलकर गाड़ी कटनी में रुकी। दूसरे डिब्बे में कई यात्री चढ़े और कई उतरे; पर इस जनाने इण्टर में कोई परिवर्तन न हुआ। मैं जबलपुर से जैसे अकेली चली थी वैसे ही कटनी से भी चली। डाकगाड़ी फिर हवा/से बातें करने लगी।

सतना आया, ट्रेन की गति कुछ धीमी पड़ी और मैं उठकर खिड़की के पास बैठ गई। देखा, एक छोटा-सा बच्चा—लड़की या लड़का—प्लेटफार्म पर दौड़ा चला आ रहा है। उसके हाथों में एक छोटी-सी पीतल की थाली थी। थाली में एक छोटी-सी कटोरी, एक गिलास, सबको आरती उतारने की मुद्रा में पकड़े वह दौड़ रहा था। ट्रेन रुकी और वह बच्चा भी रुक गया, ठीक मेरे डब्बे के सामने; तभी मैंने देखा एक कान्स्टेबिल और दो-तीन स्टेशन के कर्मचारी आपस में उस बच्चे के विषय में कुछ कह रहे हैं। बच्चा उन्हीं के पास खड़ा था। जाने क्या सोच-विचारकर वह कान्स्टेबिल बच्चे को लाया और दरवाजा खोलकर डब्बे में बैठा दिया। बच्चे को बैठालने के बाद वह मुझसे विनय-भरे स्वर में बोला, बहन, आप जरा इस लड़की को इलाहाबाद में उतार देना। आज कई दिनों से यह हर गाड़ी पर दौड़ती आती है, कहती है कि इलाहाबाद जाऊंगी।

मैंने पूछा, पर यह बच्ची है किसकी?

'यह तो मैं भी नहीं जानता,' कान्स्टेबिल ने कहा, 'पर इसे इलाहाबाद जाना जरूरी है, कई दिनों से कह रही है और गाड़ी के पास दौड़कर आती है।'

मैं और कुछ पूछूं कि सीटी हो गई और ट्रेन चल पड़ी। मैंने सोचा कि यह भी एक मुसीबत ही है। ट्रेन इलाहाबाद ग्यारह बजे के करीब पहुंचती है। आज एक घंटे पीछे जा रही है तो बारह के पहिले क्या पहुंचेगी? और इलाहाबाद पहुंचते-पहुंचते

यह सो गई तो? क्या इसे कोई लेने आएगा? कोई न आया तो इसे किसे सौंपूंगी? एक साथ ही बहुत से प्रश्न मेरे मन में उठे, पर ट्रेन चल चुकी थी और मेरे प्रश्नों का उत्तर देनेवाला कोई न था।

अब मैंने मुड़कर उस बच्ची की ओर देखा। वह बेंच पर न बैठकर नीचे एक कोने में सिमटकर बैठी थी। सामने थाली थी और थाली में वही कटोरी और गिलास। देखने में पांच-छह साल से अधिक की न जान पड़ती थी; मुमकिन है इससे कुछ ज्यादा भी हो, पर थी बिल्कुल ही बच्ची। कमर से नीचे आधी जांघ तक एक मटमैला-सा कपड़ा लपेटे थी और कपड़ों के नाम से कुछ भी नहीं था। सिर के बाल लड़कों की तरह मशीन से कटे हुए थे। चेहरे पर विषाद की गहरी छाप थी और आंखों में एक प्रकार की करुणा-मिश्रित गंभीरता, मानो इस छोटे से जीवन में ही उन आंखों ने इतना कुछ देख लिया है कि अब कुछ देखना शेष नहीं रह गया। बच्चे स्वभाव से ही चंचल होते हैं पर इस बच्ची की चंचलता जैसे उसके दुःखों के भार से दब-सी गई थी। मेरी बच्ची और इस बच्ची में कितना अंतर था? यह गढ़ी हुई मूर्ति की तरह शांत और स्थिर, बैठी थी। डाकगाड़ी उसी पूर्ण वेग के साथ दौड़ रही थी। पेड़, नदी, नाले, झाड़ियां, हरे भरे खेत, मैदान और पहाड़ सभी विपरीत दिशा में भागते हुए दिखाई देते थे, पर वह एक तपस्वी की तरह शांत और मौन बैठी थी? मैं उठकर उसके पास गई, उसके करीब ही बैठकर पूछा, तुम्हारा नाम क्या है?

'रामप्यारी,' मेरी तरफ बिना देखे ही उसने जवाब दिया।

—और तुम जा कहां रही हो?

'इलाहाबाद,' फिर वही संक्षिप्त-सा उत्तर मिला।

'इलाहाबाद? इलाहाबाद में किसके पास जाओगी?' मैंने फिर पूछा।

और इस बार सिर उठाकर मेरी तरफ देखते हुए उसने कहा, अपने बिआहा के पास जाइत लाग है।

कितने आश्वासन और विश्वास के साथ उसने कहा बिआहा के पास! तो इसकी शादी भी हो चुकी। इतनी कम उमर और बिल्कुल अकेली! मैंने फिर पूछा, तुम्हारे मां-बाप कहां है?

'मरिगे,' उसी विकार रहित स्वर में उत्तर मिला।

—मरे कितने दिन हुए? और भी तुम्हारा कोई है?

—ढेर दिन भा अस्पताल मां बीमार रहेन अउर हुंवहि मरि गयेन! हमार बिआहा इलाहाबाद मां है।

—और यह कटोरी-थाली-गिलास कहां से लाई हो?

—अपने घर से लायेन है, बिआहा के जाइत लाग है। उनही के घरे ले जाबै।

आह! मैंने सोचा यह बेचारी बच्ची जिसके मां-बाप के मरने पर 'बिआहा' ने एक बार खोज खबर तक न ली, उसी 'बिआहे' को स्वयं पैतृक संपत्ति लेकर खोजने निकली है; कितने आश्वासन और विश्वास के साथ जा रही है!

मैंने फिर पूछा, इलाहाबाद में तुम्हारा बिआहा कहां रहता है?

उसने फिर वही सादा-सा उत्तर दिया, हुंवई इलाहाबाद में रहत है।

अब और मैं क्या पूछती? वह तो इलाहाबाद को भी अपने गांव सरीखा समझती थी जहां इने-गिने दस पांच घर होंगे और तुरंत ही नहीं तो घंटे आध घंटे में बिआहे का घर खोज लेगी।

मैंने फिर पूछा, इसके पहिले भी कभी बिआहे के घर गई थी?

उसने आश्चर्य-मिश्रित कातरता के साथ मेरी ओर देखा, फिर बोली, चलाव भये बिना बिआहा के घरे कोऊ नहीं जात तो हम कैसन के जाइत।

अब इसके आगे प्रश्न करना अत्याचार होता। इस अदम्य और अटल विश्वास पर आघात करने का मुझे साहस न हुआ।

गाड़ी उसी तेजी के साथ चली जा रही थी। ठंडी हवा तीर की तरह भीतर आकर शरीर को कंपाने लगी। मैंने अपनी लम्बी बांह का ब्लाउज निकाल कर पहिना और शाल ओढ़ ली। और उसी समय मेरी दृष्टि उस रामप्यारी पर पड़ी जो कमर तक का छोटा-सा कपड़ा पहने खुली बैठी थी, पत्थर की प्रतिमा की तरह, जिसे सर्दी, गर्मी सब समान है।

मैंने सोचा, क्या इसे सर्दी न लग रही होगी? मेरी बच्ची साथ होती तो उसका कोई कपड़ा इसे पहनने को दे देती। अब इसे दूं भी तो क्या दूं? मेरे शरीर पर ब्लाउज और शाल मुझे काटने-से लगे। मैं केवल दो दिनों के लिए जा रही थी इसलिए कपड़े भी इने-गिने थे। अंत में बहुत सोच-विचार के बाद मैंने तय किया कि बिछाने की चादर के बिना मेरा काम चल सकता है, और उसे निकालकर मैंने उस बच्ची को अच्छी तरह से उढ़ा दिया। वह कुछ बोली नहीं, विस्मय के साथ मेरी ओर देखती भर रही।

शाम बढ़ चुकी थी। कुछ भूख-सी मालूम होने लगी। अब खाना भी हम दोनों ने एक साथ खाया। मैंने एक अपूर्व संतोष का अनुभव किया, ऐसा संतोष जिसमें एक आभार छिपा था।

इस लड़की ने मेरे मातृत्व को क्रियाशील होने का अवसर दिया।

खाना खाने के बाद कुछ देर के लिए लेट जाने की आदत है और मैं लेट गई कुछ उनींदी-सी। इतने में गाड़ी फिर रुकी। यह मानिकपुर था। चित्रकूट दर्शन करके लौटनेवाली स्त्रियों का एक झुंड एक साथ ही डब्बे में भर गया। मैंने पैर समेटकर दो स्त्रियों को बैठने की जगह पैताने कर दी; पर उठी नहीं, लेटी रही। पहले तो वह आपस में ही बातचीत करती रहीं, फिर उनका ध्यान उस लड़की की ओर गया और पूछताछ शुरू हो गई।

मेरे पास बैठनेवाली ने मुझसे पूछा, क्यों बहनजी, यह बच्ची आपके साथ जा रही है? और मैं 'नहीं' कहके फिर सो रही।

अब सीधे उसी से प्रश्न होने लगे। क्या पूछा गया मैं सब तो नहीं सुन सकी, पर रामप्यारी को यह कहते सुना, इलाहाबाद अपने बिआहा के पास जाइत लाग है, और फिर उन स्त्रियों की हंसी सुनी।

मुझे फिर नींद आ चली थी, मैं सो गई।

थोड़ी देर बाद बहुत शोरगुल सुनकर मैं उठ बैठी। देखा तो सामने ही पटिए

पर बड़े-बड़े अक्षरों में लिखा था 'इलाहाबाद जंक्शन'। सजग होकर मैंने उस कोने को देखा जहां रामप्यारी बैठी थी, पर वह वहां नहीं थी। मेरी चादर समेटकर मेरे पैताने रखकर रामप्यारी अपने बिआहे को ढूंढ़ने चली गई।

सामने प्लेटफार्म पर, जहां चित्रकूट के दर्शन का पुण्य लाभ करके लौटने वाली स्त्रियों का समूह खड़ा था, जिनसे बिना टिकिट के यात्रा करने के कारण टिकिट जांचनेवाली महिला डबल किराए के लिए उलझ रही थी, मैंने देखा रामप्यारी कटोरी, गिलास और थाली को आरती की मुद्रा में पकड़े खड़ी है। उन स्त्रियों के साथ वह भी रोक ली गई थी। उन स्त्रियों के यह कहने पर कि वह लड़की उनके साथ नहीं है टिकिट जांचनेवाली महिला ने रामप्यारी से पूछा, छोकरी, तू कहां जाएगी? कहां से आई है? और रामप्यारी का उत्तर था 'घर ते आइत लाग है, अपने बिआहा के घर जाब', और वह आगे बढ़ गई।

मैं देखती रह गई। जंक्शन का कोलाहल उसी प्रकार हो रहा था, पर मेरे कानों में रामप्यारी का स्वर 'बिआहा के घर' ही गूंज रहा था।

क्या वह रामप्यारी का ही स्वर था? वह छोटी-सी बच्ची क्या जाने बिआहे को? ऐसा लगा कि युग-युग से कोई अज्ञात वाणी जिसे सीता और सावित्री कहते हैं, उस बच्ची के कंठ से प्रतिध्वनित हो रही थी।

मैं सोच रही थी कि मैं सांसारिक बंधनों से और अभी तो आजमगढ़ के कवि सम्मेलन से न बंधी होती तो रामप्यारी के पीछे-पीछे जाती, देखती वह अपने बिआहा को कैसे खोजती है। आह! यह अन्वेषण कितना सुंदर होता!

पर अब तो रह-रहकर एक ही प्रश्न उठ रहा था, जो अभी भी अनुत्तरित ही है, उसका 'बिआहा' उसे मिला भी या नहीं?

•

तीन बच्चे

मेरे बच्चों में से प्रत्येक ने अपने लिए एक-एक बगीचा लगाया था। बगीचा क्या फूलों की छोटी-छोटी क्यारियां थीं। एक दिन सबेरे हम लोगों ने देखा कि उन क्यारियों में फूल खिल आए हैं।

बच्चे ही तो ठहरे। हरएक को अपनी-अपनी क्यारी के फूल अधिक सुंदर जान पड़े—और इसी बात पर उन लोगों में लड़ाई छिड़ गई। हर एक का कहना था कि उसकी क्यारी के फूल सबसे सुंदर हैं।

बात बढ़ते-बढ़ते फूलों से हटकर दूसरे ही क्षेत्र में जा पहुंची। एक हिटलर बना, तो दूसरा मुसोलिनी और तीसरा स्टालिन। और मुझे इन तीनों की मां बनने का सौभाग्य एक साथ ही प्राप्त हो गया।

संग्राम में विषैले वाक्यों का प्रयोग होते सुनकर, मुझे चौके का काम छोड़कर, बगीचे की ओर जाना पड़ा। मुझे देखते ही सब एक साथ, अपने-अपने पक्ष का समर्थन कर, न्याय की दुहाई देने लगे। न्याय का कार्य उतना आसान न था, जितना कि एक अदालत के जज का होता है। जज के पथ-प्रदर्शन के लिए कानून होते हैं और नज़ीरें भी। चाहे लकीर की फकीरी में अन्याय ही क्यों न हो जाए, पर उसका मार्ग स्पष्ट रहता है। मेरे सामने न नज़ीर थी न क़ानून—फिर भी मुझे यह लड़ाई समाप्त करनी थी—और न्यायपूर्वक।

मैं सोच ही रही थी कि निर्णय करने के लिए जूरी क्यों न नियत कर लिए जाएं कि इतने में ही बच्चों के काकाजी आते दिखायी दिए। चीखना-चिल्लाना तो दूर, उन्हें किसी का पंचम स्वर के ऊपर बोलना तक पसंद नहीं है। बच्चों को लड़ते देखकर बोले—अच्छा यह लड़ाई किसलिए है? यदि तुम लोग लड़े-भिड़े तो मैं तुम्हारी मां को सत्याग्रह न करने दूंगा।

मेरे हिटलर-मुसोलिनी शांत हो गए। मां के बिना जिन्हें स्कूल जाने तक में कष्ट होता है, मां के बिना जिनका काम नहीं हो सकता वही मेरे बच्चे चाहते थे कि मैं सत्याग्रह करूं और जेल जाऊं।

अब मैंने उनसे पूछा कि कोई शिकायत तो नहीं है, तो सब एक स्वर में बोल उठे—नहीं मां, सभी क्यारियों के फूल सुंदर हैं। तुम सत्याग्रह करो और जल्दी जेल जाओ।

हम सब भीतर जाने को थे ही कि बाहर से गाने की आवाज़ आयी—गाना कोरस में था और स्वर था बच्चों का-सा।

भगवान दया करना इतनी,
मोरी नैया को पार लगा देना।

और अब तो हम सब दरवाजे की ओर दौड़ पड़े। इसी समय दूसरा पद सुनाई पड़ा–

मैं तो डूबत हूं मंझधार पड़ी,
मोरी बैंया पकड़के उठा लेना।

बाहर आकर देखा–तीन बच्चे थे, दो लड़कियां और एक लड़का। बड़ी लड़की होगी दस बरस की; छोटी आठ और सात के बीच में थी और लड़का, वह बड़ी की ही गोद में था–कोई तीन साल का। हम लोगों को देखते ही उन लोगों ने गाना बंद कर दिया। लड़के को गोद से उतारकर, बड़ी ने ज़मीन से माथा टेककर हमें प्रणाम किया। उसकी देखा-देखी छोटी लड़की और लड़के ने भी ज़मीन से माथा टेका और तीनों ने अपने चीथड़ों में छिपे हुए पेट को दिखाकर यह बताया कि वे भूखे हैं। बड़ी के हाथ में एक झोली थी और छोटी के हाथ में टीन का डिब्बा। उन्होंने एक बार झोली की ओर देखा जो बिलकुल खाली जान पड़ती थी फिर हमारी ओर याचना की दृष्टि से देखने लगे। मैंने उनसे कहा–तुम गाती तो बहुत अच्छा हो और भी कोई गाना जानती हो!

बड़ी के बोलने के पहिले ही छोटी बोल उठी–हमें भजन भी आते हैं, बड़ी मालकिन!–और आदेश पाए बिना ही वे दोनों गाने लगीं–

"कमर कस ले रे बिलोची, तेरे संग चलूंगी।
तेरे संग चलूंगी रे तेरे संग चलूंगी॥"
कमर कस लें...
'मेरे साथ चलेगी तो मेरी अम्मा लड़ेगी.. ।'

हम लोगों की हंसी अब दबाए न दबी। अम्मां के लड़ने की बात सुनते ही वह फूट पड़ी। वे सभी शर्माकर चुप हो गए। उनकी दृष्टि से ऐसा जान पड़ता था कि वे किसी अज्ञात भूल से दुखी हो गए हैं। मैंने हंसी रोककर आश्वासन के रूप में कहा–बहुत अच्छा गाया। मेरी बात सुनते ही वे फिर बैठकर लगे ज़मीन से माथा टेकने। मैंने पूछा–तुम्हें क्या चाहिए, पका हुआ खाना या कच्चा?

बड़ी ने फिर जमीन से माथा टेककर कहा–कुछ भी खाने को चाहिए बड़ी मालकिन। कल से कुछ नहीं खाया है।–मैंने बच्चों से कहा कि इन्हें दो-दो पूरियां लाकर दे दो, और मैं अंदर चली गई।

बच्चों ने उन्हें कितनी पूरियां दीं, यह तो मैं नहीं कह सकती, पर जब चौके में जाकर देखा तो न डिब्बे में एक भी पूरी थी और न कटोरे में तरकारी।

दूसरे दिन हम लोग सुबह की चाय पीकर उठने ही वाले थे वे बाल गवैये फिर आ पहुंचे। हमें, कोमल स्वर में सुनायी पड़ा–

'सांवरिया हमें भूल गयो, सखि, सांवरिया।
बिंदराबन की कुंजगलिन में बाज रही है बांसुरिया॥
हम भूल गयो सखि सांवरिया॥'

मैंने अपने बच्चों से कहा—कल तुमने इन्हें खूब पूरियां खिलायी थीं न। अब वे सब फिर आ गए। जैसे उनके लिए यहां रोज पूरियां धरी हैं!

--धरी तो है मां! एक साथ ही बच्चों के मुंह से निकला और सबके हाथ एक साथ ही पूरी के डिब्बे की ओर बढ़े।

मैंने उन्हें रोकते हुए कहा—ठहरो, ठहरो! रोज-रोज इन्हें पूरियां खिलाओगे तो वे दरवाजा ही न छोड़ेंगे। उन्हें चावल या आटा देकर जाने को कह दो।

एक बच्चा बोल उठा—बेचारे छोटे-छोटे बच्चे; न जाने उनके मां भी है या नहीं। वे भला कहां पकायेंगे?

दूसरा ताने के स्वर में बोला—इससे अच्छा तो उन्हें कुछ भी न दिया जाए।

सबसे छोटा बोला—तुम भी मां होकर ऐसा क्यों कहती हो मां। उन बेचारों को भी भूख लगी होगी। हमारे हिस्से की ही दे दो।

लड़की सब में समझदार थी। उसकी दृष्टि यही चाह रही थी कि मां का इशारा भर मिले और पूरियों का डिब्बा ले जाकर वह पूरियां उन बच्चों को खिला दे।

मैंने उदासीनता से कहा--पूरियां ही दे दो, पर शाम को फिर तुम्हारे लिए नाश्ता बनाना पड़ेगा।

'मां, शाम को नाश्ता नहीं करेंगे,' एक स्वर में एक साथ बच्चों ने कहा और हाथ में पूरियां लिए हुए दरवाज़े की ओर दौड़े।

चौके का काम निपटाकर मैं बाहर गई। देखा वे तीनों बड़े मजे में पूरियां खा रहे थे और मेरे बच्चे भी बड़े उत्साह से उन्हें परस रहे थे। जब वे खा-पीकर उठे तो मैंने कहा—देखो भाई। तुमने पूरियां खा लीं। अब बिना गाना सुनाए न जाने पाओगे। उन्होंने कृतज्ञतापूर्वक माथा जमीन पर टेककर गाना शुरू किया—

'अब न रहूंगी कान्हा, तोरी नगरिया।
हाट-बाट मेरी गैल न छोड़े,
पनघट पर मोरी फोरे गगरिया।
अब न रहूंगी... ।'

गाना गा चुकने के बाद उन्होंने जमीन पर माथा टेका, जैसे हमें आशीर्वाद देकर जाने के लिए उद्यत हों, पर मैंने उन्हें रोककर पूछा—क्या तुम तीनों भाई-बहिन हो?

—हां, बड़ी मालकिन—बड़ी लड़की ने कहा।

मैंने पूछा—तुम्हारा नाम क्या है? अपना नाम उसने 'ईठी', छोटी बहिन का नाम सीठी और भाई का नाम 'प्रेमा' बतलाया।

ईठा, सोठी, प्रेमा उनका नाम दुहराते हुए मैंने पूछा—क्या तुम्हारे मां-बाप कोई नहीं हैं। तुम कल भी अकेले आए थे, आज भी।

छोटी लड़की बड़ी तत्परता से बोल उठी—मां भी है और बाप भी है, बड़ी मालकिन—हमारे सब कोई हैं।

कहां हैं तुम्हारे मां-बाप जो तुम्हें इस तरह अकेले फिरने को भेज देते हैं?

—बाप अमरावती में है और मां...

—अमरावती में तुम्हारा बाप क्या करता है! मेरा छोटा लड़का बीच में ही पूछ बैठा।

—जेल में है छोटे बाबू—बड़ी लड़की ने उत्तर दिया।

—जेल में है!—मैंने कुछ अनास्था से पूछा—जेल क्यों हुई उसे?

लड़की बोली—वह दारू जो पीता था। और दारू पीकर चुप भी नहीं रहता था। दंगा करता था, मां को मारता था, गाली बकता था और इसीलिए वो...(लड़की आंख उठकार देखते हुए बोली) बड़ी मालकिन पुलिसवालों ने उसे पकड़ा; और सब लोग कहते हैं पुलिसवालों ने ठीक किया।

—और तुम्हारी मां, वह अब कहां है?—मैंने पूछा।

लड़की बोली—मां?...वह भी तो जेल में है। और उसी के साथ हमारा सबसे छोटा भाई भी है। वह तो (अपने भाई की ओर उंगली से दिखाकर लड़की ने कहा) प्रेमा से छोटा है। वह रोता नहीं, इससे अच्छा है।

बेचारे बच्चे—मेरे मुंह से निकल पड़ा—मां-बाप दोनों जेल में और ये अनाथ सड़क पर भीख मांगते फिरते हैं।

मैंने फिर पूछा—तुम्हारी मां ने क्या किया था?

लड़की बोली—हमारी मां ने पुलिसवाले को मारा था—जिसने हमारे बाप को पकड़ा था न, उसी को। और फिर वे मां को भी पकड़ ले गए। मां के बिना हमको बुरा लगता है पर यह प्रेमा तो रात-दिन रोता ही रहता है।

मैंने लड़के की ओर देखा—बेचारा छोटा-सा बच्चा; मुश्किल से तीन बरस का, फटे चीथड़े में लिपटा हुआ; सिर में महीनों तेल का नाम नहीं; रूखे, बिखरे बाल, न जाने कब से नहाया नहीं था, शरीर पर एक मैल की तह-सी जम गई थी; गाल पर आंसुओं के निशान जमे हुए थे, आंसुओं के साथ-साथ उस स्थान की मैल जो धुल गई थी। मुझे उस बच्चे पर बड़ी दया आयी।

मैंने उस लड़की से पूछा—तुम लोग अपनी मां से जेल में मिलने नहीं जातीं?

छोटी बोल उठी—जाती हैं बड़ी मालकिन।

बड़ी ने कहा—तीन महीने में एक बार मुलाकात होती है। एक बार मुलाकात करने गए थे, दूसरी बार तीन महीने के बाद जब हम लोग गए तो मालूम हुआ कि मां को यहां के जेल में भेज दिया है। तो हम लोग सब, काली मां के साथ यहां चले आए। काली मां भी भीख मांगती है।

—तुम लोग रात को कहां रहती हो? सोती कहां हो? तुम्हें डर नहीं लगता?—मैंने पूछा।

बड़ी लड़की ने कहा—जेल के पास एक नाला है। हम लोग रात को वहीं पुल के नीचे मां की बातें करते-करते सो जाते हैं। कभी-कभी काली मां भी आ जाती है पर वह रोज़ नहीं आती।

—मां की सजा कितने दिन की है?

—दो साल की—बड़ी लड़की ने कहा—हम रोज जेल को देखते हैं। हमारी मां वहीं तो है। जब मां छूटेगी हम उसको साथ लेकर देश जाएंगे।—एक प्रकार की खुशी से बालिका पुलकित हो उठी। अपनी मां को जैसे लेकर वह सचमुच देश जाने की तैयारी कर रही है।

मैंने लड़की से पूछा—तुम लोग नहाती हो कभी? संकोच से बड़ी लड़की चुप रही। छोटी ने कहा—हमारे पास दूसरे कपड़े नहीं है न।

मेरा इशारा पाते ही मेरे बच्चों ने अपने पुराने कपड़ों में से बहुत-से कपड़े ला दिए।

मेरा चित्त उदास हो गया। मैं कमरे में बैठकर कुछ सोचने लगी और वे बच्चे कपड़े लेकर खुशी-खुशी चले गए। कुछ दूर से गाने की आवाज़ आयी—

"मैं तो डूबत हूं मंझधार पड़ी,
मोरी बैंया पकड़ के उठा लेना।"

बहुत से सुन्दर पद पढ़े, लिखे और सुने थे। पर स्वर और आत्मा का ऐसा संयोग तो कहीं नहीं देखा था, शब्द वस्तु का ऐसा मेल तो कभी चित्रित नहीं हुआ।

मैं उन्हें बुलाने के लिए झपटी पर तब तक वे दूर निकल गए थे।

इस घटना के दूसरे ही दिन, मैं भी युद्ध-विरोधी सत्याग्रह करके जेल की अतिथि बनी, मेरे और बच्चों ने तो हंसी-खुशी बिदायी दी पर सबसे छोटी मिनू, बहुत छोटी होने के कारण, मुझे छोड़कर घर में न रह सकी। अतएव वह मेरे साथ ही गई।

उस समय जबलपुर जेल में कोई अन्य राजबन्दिनी न थी। अकेले होने के कारण मैं अस्पताल में रखी गई। मेरी सेवा के लिए दो साधारण स्त्री कैदिनें रात में मेरे साथ रहती थीं। दिन में सब लोग एक साथ रह सकते थे। कैदखाने की दुनिया भी एक विचित्र वस्तु है।

यह कौन है? चोर!

यह? यह चरस बेचती थी और इसने अपने नवजात शिशु की हत्या करने की चेष्टा की थी। पर मां होकर वह हत्या कर सकती थी—इसका मुझे विश्वास न हुआ।

और यह लड़की? यह तो अभी बहुत कम उमर है, इसने क्या किया था? इसने अपने पति और सास को ज़हर दिया था। मैं कांप उठी! विधाता! क्या यह सचमुच स्त्रियां हैं? तुम्हारी ही आज्ञा से इनका सृजन हुआ होगा?

किन्तु, इसी समय जैसे कोई अंदर से बोल उठा—यह तस्वीर का एक ही पहलू है—इसकी दूसरी ओर भी देखो! संभव है वे निर्दोष हों, संभव है वे देवियां हों?

मेरी सेवा के लिए जो दो स्त्रियां तैनात थीं, उनमें से एक तो अल्हड़ थी, जिसे कुछ काम-काज न आता था पर दूसरी समझदार थी। पह प्रौढ़ा थी। उसकी गोद में भी एक बच्चा था। वह बड़ी फिक्र से सब काम करती थी। वह अधिकतर चुप रहती थी, जैसे सदा मन ही मन कुछ सोचा करती हो। मिनू को तो उसने इस प्रकार हिला लिया था जैसे वह उसी की बच्ची हो। उसका खुद का बच्चा पांव-पांव चलता और मिनू चलती उसकी गोदी में। वह पानी भरती तो मिनू उसके साथ होती, दाल दलती तो मिनू उसके साथ और बरतन मलती तो मिनू भी उसके साथ छोटी-छोटी कटोरियां और गिलास मलती दीख पड़ती। अंत को बात इतनी बढ़ी कि वह मिनू को अपनी पीठ से बांधकर झाडू देने लगी। उसका नाम था लखिया।

लखिया और मिनू के इस स्नेह संबंध से, लखिया के बच्चे को जो अभाव ज्ञात हुआ उसकी पूर्ति मैं उसे मिनू के फल और मिठाइयां दे-देकर करने लगी। वह प्रायः मेरे ही पास खेला करता। फल और मिठाइयां खाने से इस बच्चे को और पानी भरने, बरतन मलने तथा बग़ीचा सींचने से मिनू को थोड़े ही दिनों में स्वास्थ्य लाभ होता दिखायी दिया।

मैं बहुत सोचती थी कि यह लखिया कौन है? यह जेल क्यों आयी? एक दिन अचानक मैंने प्रश्न किया—जिसका उत्तर मिला—"ओह, यह बड़ी खतरनाक औरत है, इसने पुलिस को मारा है—पुलिस को। पर हमने उसका दिमाग़ ठीक कर दिया है। आपको कोई तकलीफ तो नहीं देता?"

अचानक मुझे उन बच्चों की याद आ गई। उसकी मां भी तो पुलिस को मारने के कारण जेल भेजी गई थी और उसके साथ भी तो एक छोटा बच्चा था। पूछना मैंने कई बार चाहा पर लखिया की गम्भीर और उदास मुद्रा देखकर हिम्मत मेरी एक बार भी न हुई।

एक दिन रात को खूब पानी बरसा। खूब दहाड़-दहाड़कर बादल गरजे और कड़क-कड़ककर बिजली चमकी। मुझे अपने बच्चों की याद आ गई। छोटा लड़का डरा होगा। दूसरे पलंग पर सोने पर भी वह बादलों के गरजते ही मेरे पास आकर सो जाता था। इसके साथ मुझे उन तीनों बच्चों की भी याद आयी जो बिचारे पुल के नीचे सोते थे। कहीं...आगे सोचने की मेरी हिम्मत न पड़ी मैंने प्रार्थना की, हे ईश्वर सब माताओं के बच्चों को अच्छी तरह रख और सबके बाद मेरे बच्चों की भी रक्षा कर।

-

जेल में मेरे पास अखबार आया करते थे। जेल की सभी कैदी स्त्रियां लड़ाई की खबरें सुनने को उत्सुक रहा करती थीं। उन्हें विश्वास था कि एक दिन ऐसा होगा जब जेल के फाटक टूट जाएंगे और अवधि से पहले ही उनका छुटकारा हो जाएगा। मैं भी उन्हें योरप की लड़ाई और भारत के सत्याग्रह की खबरें सुना दिया करती थी।

उस दिन शाम को अखबार आया, और पढ़ते-पढ़ते मेरा जी धक् से रह गया! जबलपुर की ही खबर थी—

"कल रात एकाएक पानी बरसा और खूब बरसा। जेल के पास के नाले में तीन ग़रीब बच्चे बह गए। उन तीनों की लाशें मिली है। बहुत खोज करने पर भी उनकी शिनाख़्त नहीं हो सकी। दो लड़कियां हैं और एक लड़का। ऐसा सुना गया है कि वे गाना गाकर भीख मांगा करते थे।"

मेरे घर पर आकर गाने वाले उस तीन बच्चों का चित्र हठात् मेरी आंखों के सामने खिंच गया और ऐसा जान पड़ा जैसे दूर से कोई गा रहा है–

'मैं तो डूबत हूं मंझधार पड़ी,
मोरी बैयां पकड़ के उठा लेना।'

अख़बार रखकर मैं आंसू रोकने का प्रयत्न करने लगी। अचानक मेरे मुंह से निकल गया–'बेचारे बच्चे।'

लखिया पास ही बैठी मेरे लिए चाय तैयार कर रही थी। उसने पूछा–क्या खबर है, बाई साहब! अरे, उदास क्यों हो गईं? बच्चों की याद आ रही है?

मैं उसे कुछ भी उत्तर न दे सकी। वह फिर बोली–थोड़े ही दिन तो और है बाई साहब। कट ही जाएंगे। फिर बच्चे अपने बाप के साथ तो हैं; फिकर क्यों करती हो?

उसकी ओर देखने की मेरी हिम्मत नहीं थी पर मुझे ऐसा जान पड़ा जैसे उसने बात खतम होते न होते एक गहरी सांस ली और आंखों के आंसू पोंछ लिए। मैंने अपनी सब शक्ति संचित करके उससे पूछा–लखिया, तेरे और बच्चे हैं, या यही एक है?

आंखों में आंसू और ओठों पर एक क्षीण मुसकराहट के साथ वह बोली–एक ही क्यों बाई साहब, (मेरी बच्ची की ओर इशारा करके) वह बिटिया भी तो है।

मैंने कहा–ये तो जेल के भीतर है। जेल के बाहर कितने हैं?

लखिया एक गहरी सांस लेकर बोली–जेल के बाहर बाई साहब, वो तो भगवान् के हैं; अपने कैसे कहूं?

और उसके बाद वह अख़बार की खबर पूछती ही रह गई पर मैं उसे कुछ भी न बतला सकी।

•

सोने की कंठी

बिन्दो पोस्टमैन की लड़की थी। उसका पिता रायसाहब निर्मलचन्द की कोठी के सागरपेशे की एक कोठरी में किराए पर रहता था। पोस्टमैन की आमदनी ही कितनी? खर्च सदा ही आमदनी से कुछ ज्यादा हो जाया करता था; इसलिए बिन्दो और उसकी मां को अच्छे गहने और कपड़े कभी नसीब न हुए।

बिन्दो रूपवती थी, और उसको अच्छे-अच्छे गहने-कपड़ों का शौक था। स्त्रियां स्वभावतः सौंदर्य की उपासिका होती हैं; जो जितनी अधिक सुंदर होती है, उनकी सौंदर्योपासना उतनी ही अधिक बढ़ी-चढ़ी होती है। किंतु सुंदरी बिन्दो गहनों और कपड़ों के लिए तरसा करती थी। रायसाहब की स्वजातीय होने के कारण कभी-कभी तीज-त्योहार या काम-काज होने पर कोठी से बिन्दो की मां के लिए बुलावा आता, और मां के साथ बिन्दो भी जाया करती। वहां रायसाहब की लड़कियों को खूब सजी-धजी देखकर, उनके चमकते हुए हीरे-मोती के गहने और दृष्टि को फिसला देनेवाले रेशमी कपड़ों को देखते ही वह अधिक क्षुब्ध हो जाया करती; विशेषकर इसलिए और भी, कि रायसाहब की लड़कियां सुंदर न थीं; गहने-कपड़े उनके शरीर पर ऐसे जान पड़ते जैसे कि किसी ठूंठ के साथ लपेट दिए गए हों।

बिन्दो की राय थी कि अच्छे कपड़े और गहने पहिनने का अधिकार उन्हीं को होना चाहिए जो सुंदर हों। कुरूप स्त्रियों का शृंगार तो शृंगार का उपहास और कला का अनादर है। रायसाहब की लड़कियों से गहने-कपड़े की प्रतियोगिता में हारकर बिन्दो हताश न होती; घर लौटते ही वह शीशे में अपना सुंदर मुंह देखकर मन-ही-मन उनके प्रति कहती, गहना-कपड़ा पहिनकर भी तो उनका काला मुंह गोरा नहीं हो जाता; बड़े-बड़े दांत मोतियों सरीखे नहीं चमकते। फिर यकायक वह दीर्घ निःश्वास के साथ शीशे के सामने से दूर चली जाती; मानो यह सोचती कि विश्व के सारे सौंदर्य की वस्तुएं केवल उसी के लिए बनाई गई थीं। किंतु निर्माता की भूल से वह उससे दूर रख दी गई हैं। रायसाहब की लड़कियों के पास तो वे सौंदर्य वर्धक वस्तुएं अनावश्यक ही हैं, उनसे उन लड़कियों के सौंदर्य की वृद्धि तो नहीं हो पाती, हां उन वस्तुओं का सौंदर्य अवश्य घट जाता है।

बिन्दो को एक आशा थी। वह सोचती थी कि विवाह के बाद मुझे भी बहुत से गहने और कपड़े मिलेंगे, जैसे दूसरी विवाहिता लड़कियों को मिला करते हैं। उनके समान मैं भी अपने घर की मालकिन बनूंगी। मेरे 'वे' भी बहुत-सा रुपया लाकर

मेरे हाथों में रख दिया करेंगे और तब मैं भी मनमाना खर्च करूंगी। बाज़ार में कोई अच्छा कपड़ा या गहना देखते ही 'वे' मेरे लिए खरीद लावेंगे, और मैं उसी अभिमान से पहनूंगी जैसे ये पहनती हैं। किसी के पूछने पर मैं जरा संकोच और सलज्ज भाव से कह दूंगी कि यह गहना या कपड़ा तो खुद वे ही अपनी पसंद से मेरे लिए खरीद लाए हैं, उसे विश्वास था कि जब विधाता ने उसे सुंदरता देने में इतनी उदारता की है, तब ये गहने-कपड़े की इच्छा भी एक-न-एक दिन अवश्य पूरी होगी। वह उस दिन की प्रतीक्षा बड़ी लगन से किया करती।

धीरे-धीरे बिन्दो सयानी हुई और उसका विवाह हो गया। किंतु निर्धन की बेटी भला धनवान के घर कैसे ब्याही जाती? मित्रता बैर और विवाह-सगाई तो अपने बरावरी वालों में ही शोभा देते हैं। तात्पर्य यह कि बिन्दो के गहने-कपड़ों की प्यास ज्यों-की-त्यों बनी रही। विवाह के समय कुछ गहने और कपड़े आए अवश्य थे; किंतु ससुराल पहुंचने के बाद ही वे एक-एक करके किसी-न-किसी बहाने से ले लिए गए। बिन्दो समझ गई कि वे गहने उसके नहीं हैं। बेचारी जी मसोसकर रह गई; और करती भी क्या?

बिन्दो की ससुराल में खेती-बाड़ी होती थी। परिवार बड़ा था। बिन्दो की दो जेठानियां थीं और एक अविवाहित देवर। तीन भाई तो खेती का काम मन लगाकर करते थे; किंतु बिन्दो के पति जवाहर का मन खेती के कामों में न लगता था। वह स्वभाव से ही कुछ शौकीन थे। उनकी गाने-बजाने की तरफ विशेष रुचि थी। कुश्ती लड़ने और पहलवानी करने का भी शौक था। गठे हुए बदन पर सदा मलमल या तनजेब का कुरता रहता; घुंघराले बाल सदा किसी-न-किसी सुगंधित तेल से बसे रहते। स्वभाव में आत्माभिमान की मात्रा भी अधिक थी। वे कुछ न कमाकर भी घर भर पर अपना रोब जमाते रहते।

बिन्दो कुछ पढ़ी-लिखी होने के कारण उस देहात में आदर की वस्तु हो गई थी; विशेषकर उस समय अवश्य, जब वह रामायण या महाभारत पढ़ती और गांव की अनेक स्त्रियां वहां एकत्र हो जातीं, वे बिन्दो की सास के भाग्य की सराहना करतीं और कहतीं, यह लक्ष्मी-सी बहू तुम्हारे घर आई है; इसके कारण भगवान के दो बोल हम लोग भी सुन पाती हैं।

बिन्दो भी अपने इस देहाती जीवन से असंतुष्ट न थी। सास उसका आदर करती थी, जेठानियां उसे काम न करने देतीं। इसके अतिरिक्त जवाहर उसे प्यार भी बहुत करता था। उसी घर में लड़ाई-झगड़ा होने पर कई बार ऐसे मौके आए कि उसके जेठ अपनी स्त्रियों पर हाथ चला बैठे। किंतु जवाहर बिन्दो से कभी एक कड़ी बात भी न करता। वह हर तरह से, अपने देहाती ढंग से ही सही, उसे संतुष्ट रखने का प्रयत्न करता। बिन्दो भी अब सुखी थी; उसे गहने-कपड़े की याद न आती थी। वैसे तो देहात में अच्छे गहने-कपड़े पहनता ही कौन है? फिर भी सबके बीच में बिन्दो-ही-बिन्दो दिख पड़ती थी। बिन्दो सबसे अधिक सुंदरी तो थी ही; साथ ही पति की तरह वह सबसे अच्छे कपड़े भी पहना करती थी।

मना करने पर भी वह जेठानियों के साथ काम करती; और सास को नियम से रोज रामायण सुना देती। रात को अलाव के पास बैठती, जहां गांव की अनेक युवतियां, वृद्धाएं, युवक और प्रौढ़ सभी इकट्ठे होते; फिर बहुत रात तक कभी कहानी होती और कभी पहेलियां बुझाई जातीं। वहां दिन भर के परिश्रम के बाद सब लोग कुछ घंटे निश्चिंत होकर बैठते; उस समय कहानी और पहेली के अतिरिक्त किसी को कोई भी चिंता न रहती थी।

सबेरे नदी का नहाना भी कम आनंद देनेवाला न रहता। बूढ़ी, युवती, बहू, बेटी सब इकट्ठी होकर नहाने जातीं; रास्ते में हंसी-मखौल और तरह-तरह की बातें होतीं; बिन्दो भी उनके साथ जाती; नदी में नहाना उसे विशेष प्रिय था और कभी-कभी जब वह बिरहा गाते हुए दूर से आती हुई अपने पति की आवाज सुनती या जब वह देखती कि उसका पति अपनी मस्त आवाज में—

'खुदा गवाह है हम तुमको प्यार करते हैं' गा रहा है, तो उसे ऐसा प्रतीत होता कि जवाहर उसी को लक्ष्य करके कह रहा है। तात्पर्य यह कि बिन्दो पूर्ण सुखी थी; अब उसकी कोई और इच्छा न थी।

एक बार बिन्दो की मां बीमार पड़ी। मां की सेवा करने के लिए बिन्दो को लगातार चार-पांच महीने नैहर में रहना पड़ा। फिर उसकी आंखों के सामने वही रायसाहब की लड़कियां और वही गहने-कपड़ों का प्रदर्शन होने लगा। उसकी सोई हुई आभूषणों की आकांक्षा फिर से जाग उठी। वह सोचने लगी, क्या इस जीवन में मेरी अभिलाषा कभी पूरी ही न होगी? तो फिर ईश्वर ने मुझे इतना रूप ही क्यों दिया? किंतु विधि के विधान पर किसका जोर चलता?

रायसाहब निर्मलचन्द चालीस के उस पार पहुंच चुके थे, फिर भी उनमें रसिकता की मात्रा आवश्यकता से अधिक थी। वे प्रायः सिनेमा देखने जाया करते थे; किसी अच्छी कहानी या एक्टिंग के लिए नहीं, केवल सुन्दर चेहरों को देखने के लिए। उन्होंने सब तीर्थ भी कर डाले थे; और प्रायः पर्वों पर सब काम छोड़कर भी वे स्नान-घाटों पर पहुंच जाते थे। किसी प्रकार के पुण्य-लाभ की उन्हें इच्छा रहती थी या नहीं, यह तो ईश्वर जाने; किंतु स्नान करती हुई युवतियों के अंग-प्रत्यंग की ताक-झांक की उत्कट इच्छा उनके चेहरे पर कोई भी साफ देख सकता था। वे कश्मीर और नैनीताल भी अक्सर गर्मी की छुट्टियों में जाया करते थे; किंतु वे जलवायु परिवर्तन के लिए जाते थे या और किसी उद्देश्य से यह नहीं कहा जा सकता। वे सुन्दर स्त्रियों के पीछे अनायास ही मीलों का चक्कर अवश्य लगा आते थे।

वे बहुत कुरूप थे। इसलिए सुन्दरी की बात तो अलग रखिए, कोई कुरूप से कुरूप स्त्री भी उनकी तरफ आंख उठाकर देखने में अपना अपमान समझती थी; इसलिए प्रायः गंदे मजाक करके ही वे अपनी वासना की तृप्ति कर लिया करते थे।

इसके अतिरिक्त वे परोपकारी भी थे। उनके घर एक नामी-गिरामी वैद्यराज रहा करते थे, जो रायसाहब के मित्रों और उनके आश्रित निर्धनों का मुफ्त इलाज

करते थे। उनका दवाखाना रायसाहब की बैठक से लगा था। मरीज को दवा लेने के लिए रायसाहब की बैठक से होकर ही वैद्यराज के पास जाना पड़ता था। बिन्दो की मां का इलाज भी यही वैद्यराज करते थे। घर में और कोई न होने के कारण बिन्दो को ही मां के लिए दवा लानी पड़ती थी।

एक दिन दोपहर को बिन्दो जब दवा लेने गई तो उसने देखा कि रायसाहब के पास एक सुनार कई तरह के गहने फैलाए बैठा है। सहसा इस प्रकार गहनों की प्रदर्शनी सामने देखकर इतने दिनों की सोई हुई बिन्दो की गहनों की उत्कंठा फिर से जाग्रत हो उठी। क्षण-भर के लिए वह भूल गई कि वह यहां किसलिए आई है। वह उत्सुकता-पूर्वक उन फैले हुए गहनों के पास बैठ गई, और बड़े चाव से उन्हें उठा-उठाकर देखने लगी। उनमें से तीन लड़ की एक कंठी थी जो बिन्दो को बहुत पसंद आई। उसने उस कंठी को कई बार उठाया और रखा; और अंत में एक ठंडी सांस के साथ वह उसे वहीं रखकर अलग खड़ी हो गई। रायसाहब ने भी वही कंठी पसंद की। बाकी गहने वापिस करके सुनार को दाम देने के लिए दूसरे दिन बुलाकर उन्होंने उसे रवाना कर दिया।

यद्यपि बिन्दो की उमर की रायसाहब की लड़कियां थीं। फिर भी बिन्दो उनकी कुदृष्टि से बची न रही। उसके इस समय के हार्दिक भाव रायसाहब अच्छी तरह ताड़ गए और वार करने का यही उपयुक्त समय देखकर वे हंसते हुए-बोले, बिन्दो, यह कंठी तुम्हें बहुत पसंद आई है, पहनोगी?

एक प्रकार की अव्यक्त आशा से बिन्दो का चेहरा खिल उठा; पर यह प्रसन्नता क्षणिक थी। वह गंभीर होकर बोली, नहीं, मैं न पहनूंगी। गहने गरीबों के लिए नहीं होते।

रायसाहब बोले, गहने तो गरीब-अमीर सभी के लिए होते हैं। फिर तुम्हारी तरह का गरीब तो इच्छा करते ही मनमाना गहना पा सकता है।

—सो कैसे? बिन्दो ने पूछा, गहनों की इच्छा तो मुझे सदा से रही है; पर वे मुझे कभी नहीं मिले और न जीवन भर मिलेंगे, यह मैं अच्छी तरह जानती हूं।

रायसाहब धीरे-धीरे बिन्दो की तरफ आते हुए बोले, जीवन भर की बात तो अलग रही बिन्दो, यह कंठी तुम्हें इसी समय मिल सकती है; केवल तुम्हारी इच्छा करने भर की देर है। तुम्हारे ऊपर एक क्या, ऐसी लाखों कंठियां निछावर की जा सकती हैं। पर बिन्दो यदि तुम भी मेरे मन को समझतीं!

रायसाहब के आरक्त चेहरे और हिंसक पशु की तरह आंखों को देखते ही बिन्दो सिहर उठी और दो कदम पीछे हटकर बोली, आप मुझे दवा दिलवा दें, मैं जाऊं अम्मा अकेली है। उसने इस बातों को इतने जोर-जोर से कहा जिससे अंदर आवाज पहुंच सके।

वह शीघ्र ही दवा लेकर घर लौटी। उसने मन-ही-मन सोचा, अब मैं दवा लेने न जाऊंगी, रायसाहब की नीयत ठिकाने नहीं है। मैंने समझा था कि वह बेटी समझकर मुझे कंठी देना चाहते हैं; परंतु वे तो सतीत्व के मोल उसे बेचना चाहते हैं। चूल्हे में जाए ऐसी कंठी! मुझे न चाहिए विधाता! सतीत्व कंठी से कई गुना ज्यादा कीमती

है। किंतु इतने पर भी उस कंठी को वह भूल न सकी। रह-रहकर कंठी उसकी आंखों के आगे झूलने लगी। फिर उसने एक युक्ति सोची। यह हो सकता है कि जैसे वह मुझे छलना चाहते हैं मैं भी उन्हें छलूं। उनसे कंठी ले लूं फिर बचकर भाग जाऊं। ऐसे अनेक तरह के संकल्प विकल्प करती हुई बिन्दो सो गई।

दूसरे दिन दोपहर को बिन्दो को फिर दवा लेने जाना पड़ा। पहुंचकर उसने देखा कि रायसाहब के मसनद के पास उसी तरह की चार कंठियां पड़ी हैं। बिन्दो के पहुंचते ही रायसाहब ने उसे बैठने के लिए कहा। बिन्दो बैठ गई।

कल उसने जितने संकल्प किए थे उसे इस समय याद न रहे। कंठियों की चकाचौंध के सामने बिन्दो को सब-कुछ भूल गया। बिन्दो के सामने ही रायसाहब ने एक कंठी को तौलाकर उसकी कीमत ढाई सौ रुपए सुनार को देकर बिदा कर दिया। बिन्दो चकित दृष्टि से कभी उस कंठी की ओर, और कभी उन रुपयों की तरफ देखती थी। व्यापारी के जाते ही जैसे उसकी तंद्रा टूटी। वह उठकर खड़ी हो गई; बोली, दवा दिलवा दीजिए, मैं जाऊं, देर हो रही है।

—अभी कहां की देरी होने लगी। कहते-कहते रायसाहब ने एक कंठी बिन्दो के गले में पहना दी और उसे जबरन पकड़कर एक बड़े शीशे के सम्मुख खड़ा कर दिया; फिर उसकी तरफ सतृष्ण नेत्रों से देखते हुए बोले, अपनी सुंदरता देखो, वहां बिन्दो है या कोई दूसरी? बिन्दो मंत्रमुग्ध-सी देखती रह गई। वह अभी रायसाहब की किसी बात का उत्तर दे भी न पाई थी कि इसी समय उन्होंने अपने बड़े-बड़े दांतोंवाला मुंह बिन्दो के सुंदर ओठों पर धर दिया। बिन्दो को जैसे बिच्छू ने डंक मार दिया हो। वह घबराई किंतु कुछ वश न चला। इस प्रकार कुछ तो कंठी की लालच में और कुछ रायसाहब की जबरदस्ती के कारण उस दिन दोपहर के सन्नाटे में अभागी बिन्दो अपने को खो बैठी। बेचारी को उस कंठी की बहुत बड़ी कीमत देनी पड़ी। परंतु उसके बाद फिर रायसाहब के घर दवा लेने कभी न गई।

उसके कुछ ही दिन बाद बिन्दो ससुराल चली गई और उस कंठी को भी वह सबसे छिपाकर अपने साथ ले गई। ससुराल में लोगों के पूछने पर उसने यही बतलाया कि यह कंठी उसकी मां ने उसे दी है।

किंतु बिन्दो ने उसे कभी पहना नहीं। पति के आग्रह करने पर जब कभी वह उसे, घंटे-आध-घंटे के लिए पहनती थी तो ऐसा मालूम होता था, जैसे काला विषधर उसके गले से लिपटा हो। कंठी को देखते ही प्रसन्न होने के बदले वह सदा उदास हो जाती थी।

बिन्दो के पति और जेठों में अनबन हो गई। भाई-भाई अलग हो गए। दूसरे भाई तो खेती करके खुशी-खुशी आराम से रहने लगे; किंतु जवाहर से खेती का काम नहीं होता था। जिसका परिणाम यह हुआ कि सब लोग तो चार पैसे कमाकर गहने-कपड़े की फिकर करने लगे। इधर जवाहर के घर फाके होने लगे। अभिमानी स्वभाव के कारण जवाहर अपनी विपत्ति भाइयों पर प्रकट न होने देता।

अब पहलवानी छूट गई, मलमल, तनजेब के कुरते मैले दिखने लगे, सिर में तेल भी कहां से मिलता, जब खाने के लिए घर में अन्न का दाना भी न रहता? बिन्दो से पति का कष्ट देखा न गया और उसने एक दिन कंठी निकालकर पति को बेचने के लिए दे दी। जवाहर बड़ी प्रसन्नता से कंठी लेकर सर्राफे की ओर गया; किन्तु थोड़ी देर बाद उसने लौटकर निराशा से कहा, यह तो मुलम्मे की है।

बिन्दो यह सुनकर, सर थामकर बैठ गई, मानो उस पर वज्र गिर पड़ा।

•

आहुति

ज़नाने अस्पताल के पर्दा-वार्ड में दो स्त्रियों को एक ही दिन बच्चे हुए। कमरा नं. 5 में बाबू राधेश्यामजी की स्त्री मनोरमा को दूसरी बार पुत्र हुआ था। उन्हें प्रसूति-ज्वर हो गया था। उनकी अवस्था चिंताजनक थी। वे मृत्यु की घड़ियां गिन रही थीं। कमरा न. 6 में कुन्तला की मां के सातवां बच्चा, लड़की हुई थी। मां-बेटी दोनों स्वस्थ और प्रसन्न थीं। घर में कोई बड़ा आदमी न होने के कारण मां की देखभाल कुन्तला ही करती थी। उसके पिता एक दफ्तर में नौकरी करते थे। उन्हें पत्नी की देखभाल करने की फुरसत ही कहां थी?

पं. राधेश्यामजी, एडवोकेट, अपनी मां और कई नौकरों के रहते हुए भी पत्नी को छोड़कर कहीं न जाते थे। दस दिन के बाद कुन्तला की मां पूर्ण स्वस्थ होकर बच्ची समेत अपने घर चली गईं और उसी दिन राधेश्यामजी की स्त्री का देहांत हो गया। अपने नवजात शिशु को लेकर वे भी घर आए। किंतु पत्नी-विहीन घर उन्हें जंगल से भी अधिक सूना मालूम हो रहा था।

पत्नी के देहांत के बाद राधेश्यामजी ने दृढ़ निश्चय कर लिया था कि वे दूसरा विवाह नहीं करेंगे। मनोरमा पर उनका अत्यंत प्रेम था। वह अपने चिह्न स्वरूप जो एक छोटा-सा बच्चा छोड़ गई थी, वही राधेश्यामजी का जीवन आधार था। वे कहते थे कि इसी को देखकर और मनोरमा की मूर्ति की पूजा करते हुए ही अपने जीवन के शेष दिन बिता देंगे। जिस हृदय-मंदिर में वे एक बार मनोरमा की पवित्र मूर्ति की स्थापना कर चुके थे, वहां पर किसी दूसरी प्रतिमा को स्थापित नहीं कर सकते थे। घर से उन्हें विरक्ति-सी हो गई थी। भीतर वे बहुत कम आते। अधिकतर बाहर बैठक में ही रहा करते। घर में आते ही वहां की एक-एक वस्तु उन्हें मनोरमा की स्मृति दिलाती। उनका हृदय विचलित हो जाता। जिस कमरे में मनोरमा रहा करती थी, उसमें सदा ताला पड़ा रहता। उस कमरे में वे उस दिन से कभी न गए थे, जिस दिन से मनोरमा वहां से निकली थी। जीवन से उन्हें वैराग्य-सा हो गया था। आने-जानेवालों को वे संसार की असारता और शरीर की नश्वरता पर लेक्चर दिया करते। कचहरी जाते, वहां भी जी न लगता। जिन लोगों से पचास रुपया फ़ीस लेनी होती उनका काम पच्चीस में ही कर देते। गरीबों के मुकदमों में बिना फ़ीस के ही खड़े हो जाते। सोचते, रुपए के पीछे हाय-हाय करके करना ही क्या है? किसी तरह जीवन को ढकेल ले जाना है। तात्पर्य यह कि जीवन में उन्हें कोई रुचि न रह गई थी।

दूसरे विवाह की बात आते ही, उनकी गंभीर मुद्रा को देखकर किसी को अधिक कहने-सुनने का साहस न होता। अतएव सभी यह समझ चुके थे कि राधेश्यामजी अब दूसरा विवाह नहीं करेंगे। उनकी माता ने भी अनेक बार दूसरे विवाह के लिए कहा; किंतु वे टस-से-मस न हुए। अंत में वे अपनी इस इच्छा को साथ लिए इस लोक से बिदा हो गईं।

इसके कुछ ही दिन बाद, राधेश्याम जब एक दिन अपनी बैठक में कुछ मित्रों के साथ बैठे थे, और बाहर उनका लड़का हरिहर नौकर के साथ खेल रहा था, सामने से एक तांगा निकला। न जाने कैसे तांगे का एक पहिया निकल गया और तांगा कुछ दूर तक घिसटता हुआ चला गया। एक सात-आठ साल का बालक तांगे पर से गिर पड़ा और एक बालिका जो कदाचित् उसकी बड़ी बहिन थी, गिरते-गिरते बचकर दूसरी तरफ खड़ी हो गई। बालक को अधिक चोट आई थी। बालिका ने, मृगशावक की तरह घबराये हुए अपने दो सुंदर नेत्र चंचल गति से सहायता के लिए चारों ओर फेरे, फिर अपने भाई को उठाने लगी। राधेश्यामजी ने देखा और दौड़ पड़े। बालक को उठाकर झाड़ने-पोंछने लगे। राधेश्याम के एक मित्र जगमोहन जो राधेश्याम के साथ ही दौड़कर बाहर आये थे, बालिका को संबोधन कर बोले, कहां जा रही थीं कुन्तला? मौसी के घर जनेऊ है। वहीं अम्मा के पास जा रही थी, कुन्तला ने शरमाते हुए कहा।

कुन्तला को देखते ही राधेश्यामजी की सोई हुई स्मृति जाग उठी। दूसरा तांगा बुलवाकर कुन्तला को उसमें बैठाकर उसे रवाना करके राधेश्याम जगमोहन के साथ अपनी बैठक में आ गए।

एक दिन बात ही बात में राधेश्याम ने जगमोहन से पूछा, भाई! यह किसकी लड़की थी जो उस दिन तांगे से गिर पड़ी थी?

जगमोहन ने बतलाया वह पंडित नन्दकिशोर तिवारी की कन्या है। पढ़ी-लिखी, गृह-कार्य में कुशल और सुंदर होने पर भी धनाभाव के कारण अभी तक कुमारी है। बेचारे तिवारी जी पचास रुपए माहवार पर एक आफिस में नौकर हैं। बड़ा परिवार है। पचास रुपए में तो खाने-पहिनने को भी मुश्किल से पूरा पड़ता होगा। फिर लड़की के विवाह के लिए दो-तीन हजार रुपए कहां से लावें। कान्यकुब्जों में तो बिना हरौनी के कोई बात ही नहीं करता। कष्ट ही में हैं बेचारे। लड़की सयानी है। पढ़ा-लिखाकर किसी मूर्ख के गले भी तो नहीं बांधते बनता।

एक बार तिवारीजी पर उपकार करने की सद्भावना से राधेश्यामजी का हृदय आतुर हो उठा; किंतु तुरंत ही मनोरमा की स्मृति ने उन्हें सचेत कर दिया। तिवारीजी पर उपकार करना, मनोरमा को हृदय से भुला देना था। राधेश्याम को जैसे कोई भूली बात याद आ गई हो, वे अपने आप ही सिर हिलाते हुए बोल उठे, 'नहीं, यह कभी नहीं हो सकता।'

राधेश्याम के हृदय की हलचल को जगमोहन ने ताड़ लिया। वार करने का उन्होंने यही उपयुक्त अवसर समझा, सम्भव है, निशाना ठीक पड़े!

'तुम क्या कहते हो राधेश्याम? है न लड़की बड़ी सुंदर? पर बिचारी को कोई योग्य वर नहीं मिलता। अगर तुम इससे विवाह कर लो तो कैसा रहे?'

राधेश्याम उदासीनता से बोले, भाई! लड़की सुंदर तो जरूर है; पर मैंने तो विवाह न करने की प्रतिज्ञा कर ली है।

जगमोहन उत्साह भरे शब्दों में बोले, अरे छोड़ो भी! ऐसी प्रतिज्ञा तो पत्नी के देहांत के बाद सभी कर लेते हैं। उसके माने यह थोड़े है कि फिर कोई विवाह करता ही नहीं। अरे भाई! जन्म और मृत्यु जीवन में लगा ही रहता है। संसार में जो पैदा हुआ है वह मरेगा, जो मरा है फिर आएगा। रंज किसे नहीं होता? किंतु उस रंज के पीछे बैरागी थोड़े बन जाना पड़ता है। और फिर अभी तुम्हारी उमर ही क्या है? यही न पैंतीस-छत्तीस साल की, बस? जीवन भर तपस्या करने की बात है। बिना स्त्री के घर जंगल से भी बुरा रहता है। ब्रजेश की मां चार ही छै दिनों के लिए मायके चली जाती है तो घर जैसे काट खाने दौड़ता है।

राधेश्याम—यह कोई बात नहीं, जगमोहन! घर से तो मुझे कुछ मतलब ही नहीं है। जिस दिन मनोरमा का देहांत हुआ, घर मेरे लिए घर ही नहीं रह गया। बात इतनी है कि बच्चे की देखभाल करने वाला अब कोई नहीं है। अम्मा थीं, तब तक तो कोई बात ही न थी। पर अब बच्चे की कुछ भी देखभाल नहीं होती। नौकरों पर बच्चे को छोड़ देना उचित नहीं, और मैं कितनी देखभाल कर सकता हूं, तुम्हीं सोचो? परिणाम यह हुआ कि बच्चा दिनों दिन कमज़ोर होता जा रहा है।

राधेश्याम का विवाह कुन्तला के साथ हो गया। उनकी उजड़ी हुई गृहस्थी में बहार आ गई। मनोरमा के बंद कमरे का ताला खोलकर उनके चित्रों पर हल्की रंगीन जाली का परदा डाल दिया गया। उस घर में फिर से नुपूर की मधुर ध्वनि सुनाई पड़ने लगी। चतुर गृहिणी का हाथ लगते ही घर फिर स्वर्ग हो गया। कुन्तला की कार्य-कुशलता और बुद्धि की कुशाग्रता पर राधेश्याम मुग्ध थे। कुन्तला के प्रेम के प्रकाश से उनका हृदय आलोकित हो उठा। अब वहां पर मनोरमा की धुंधली स्मृति के लिए भी स्थान न था, वे पूर्ण सुखी थे।

राधेश्यामजी ने दूसरा विवाह किया था, संभवतः हरिहर की देखभाल के ही लिए। किंतु इस समय कुन्तला को हरिहर से अधिक राधेश्याम की देखभाल करनी पड़ती थी। उनकी देखभाल से ही वह परेशान हो जाती, इतनी थक जाती कि उसे हरिहर की तरफ आंख उठाकर देखने का भी अवसर न मिलता।

कुन्तला के असाधारण रूप और यौवन ने तथा राधेश्यामजी की ढलती अवस्था ने उन्हें आवश्यकता से अधिक असावधान बना दिया था।

बुरा-भला कैसा भी काम हो, सबकी एक सीमा होती है। राधेश्याम के इस अनाचार से कुन्तला को जो मानसिक वेदना होती, सो तो थी ही; किन्तु इसका प्रभाव उसके स्वास्थ्य पर भी पड़े बिना न रहा। कुन्दन की तरह उसका चमकता हुआ रंग पीला पड़ गया, आंखें निस्तेज हो गईं। छह महीने की बीमार मालूम होती। वैसे ही वह स्वभाव से सुकुमार थी। अब चलने में उसके पैर कांपते, सदा हाथ-पैर में दर्द बना रहता, जी सदा ही अलसाया रहता। खाट पर लेट जाती तो उठने की हिम्मत

न पड़ती। कुन्तला की इस अवस्था से राधेश्याम अनभिज्ञ हों, सो बात न थी। उन्हें सब मालूम था। कभी-कभी ग्लानि और पश्चाताप उन्हें भले ही होता, किंतु लाचार थे।

कहते हैं, ढलती उमर का विवाह, और विशेष कर दूसरे विवाह की सुंदर स्त्री मनुष्य को पागल बना देती है। था भी कुछ ऐसा ही।

कुन्तला अपने जीवन से कुछ बेज़ार-सी हो रही थी।

वह राधेश्याम को किस प्रकार रोक सकती थी? किन्तु वह तो उनकी विवाहिता पत्नी ठहरी। क्योंकि सात भांवरे फिर लेने के बाद राधेश्याम को उसके शरीर पर पूरी मोनॉपली-सी मिल चुकी थी न!

इधर कुछ दिनों से शहर में एक स्त्री-समाज की स्थापना हुई थी। एक दिन उसकी कार्यकारिणी की कुछ महिलाएं आकर कुन्तला को निमंत्रण दे गईं। कुन्तला ने सोचा, अच्छा ही है, घंटे-दो-घंटे घर से बाहर रहकर अपने इस जीवन के अतिरिक्त भी देखने और सोचने-समझने का अवसर मिलेगा। उसने निमंत्रण स्वीकार कर लिया। वहां गई भी। वहां जितनी स्त्रियों ने भाषण पढ़े या दिए, कुन्तला ने सुने, उसने सोचा वह इन सबसे अधिक अच्छा लिख सकती है और बोल सकती है। घर आकर उसने भी एक लेख लिखा। विषय था—भारत की वर्तमान सामाजिक अवस्था में स्त्रियों का स्थान। राधेश्याम ने भी लेख देखा। बहुत प्रसन्न हुए। लेख लिए हुए वे बाहर गए, बैठक में कई मित्र थे, उन्हें दिखलाया। सभी ने लेखिका की शैली एवं सामयिक ज्ञान की प्रशंसा की।

अपने एक साहित्य-सेवी मित्र अखिलेश्वर को लेकर राधेश्याम भीतर आए। कुन्तला को बुलाकर बोले, कुन्तला तुम्हारा लेख बहुत ही अच्छा है। मुझे नहीं मालूम था कि तुम इतना अच्छा लिख सकती हो, नहीं तो तुमसे सदा लिखते रहने का आग्रह करता; तुम्हारे इस लेख में कहीं-कहीं भाषा की त्रुटियां हैं जरूर, पर ये मेरे मित्र अखिलेश्वर ठीक कर देंगे। अब तुम रोज कुछ लिखा करो, ये ठीक कर दिया करेंगे। मुझे तो भाषा का ज्ञान नहीं, अन्यथा मैं ही देख लिया करता। खैर कोई बात नहीं, यह भी घर ही के-से आदमी हैं।

कुन्तला के लेखों का भार अखिलेश्वर को सौंपकर राधेश्याम को बहुत संतोष हुआ।

कुन्तला को अब एक ऐसा साथी मिला था, जिसकी आवश्यकता वह बहुत दिनों से कर रही थी, जो उसे घरेलू जीवन के अतिरिक्त और भी बहुत-सी उपयोगी बातें बता सकता था, जो उसे अच्छे-से-अच्छे लेखकों और कवियों की कृतियों का रसास्वादन करा के साहित्यिक जगत की सैर करा सकता था। कुन्तला अखिलेश्वर का साथ पाकर बहुत संतुष्ट थी। अब उसे अपना जीवन उतना कष्टमय और नीरस न मालूम होता था। कुन्तला और अखिलेश्वर प्रतिदिन एक बार अवश्य मिला करते। कुन्तला की अभिरुचि साहित्य की ओर देखकर, उसकी विलक्षण कुशाग्रबुद्धि एवं लेखन-शैली की असाधारण प्रतिभा पर अखिलेश्वर मुग्ध थे। वे उसे एक सुयोग्य रमणी बनाने में तथा उसकी प्रतिभा को पूर्ण रूप से विकसित करने में सदा प्रयत्नशील रहते थे। लाइब्रेरी में जाते, अच्छी-से-अच्छी पुस्तकें लाते और उसे घण्टों पढ़कर सुनाया

करते। कविवर शेली, टेनीसन और कीट्स तथा महाकवि शेक्सपीयर इत्यादि के ऊंचे दरजे की कविताएं पढ़कर उसे समझाते, उसके सामने व्याख्या तथा आलोचना करते और उससे करवाते। हिन्दी के धुरंधर कवियों की रचनाएं सुनाकर वे कुन्तला की प्रवृत्ति कविता की ओर फेरना चाहते थे। उनका विश्वास था कि कुन्तला लेखों से कहीं अच्छी कविताएं लिख सकेगी। किंतु अब राधेश्याम को कुन्तला के पास अखिलेश्वर का बैठना अखरने लगा था। कभी-कभी सोचते, शायद कुन्तला के सुंदर रूप पर ही रीझ कर अखिलेश्वर उसके साथ इतना समय व्यतीत करते हैं। किंतु वे प्रकट में कुछ कह न सकते थे क्योंकि उन्होंने स्वयं ही तो उनका आपस में परिचय कराया था। कुन्तला राधेश्याम के मन की बात समझती थी, इसलिए वह बहुत सतर्क रहती। किंतु फिर भी यदि कभी भूल से उसके मुंह से अखिलेश्वर का नाम निकल जाता तो राधेश्याम के हृदय में ईर्ष्या की अग्नि भभक उठती। अब अखिलेश्वर के लिए राधेश्याम के हृदय में मित्र भाव की अपेक्षा ईर्ष्या का भाव ही अधिक था।

इन्हीं दिनों कुन्तला ने दो-चार तुकबन्दियां भी कीं, जिनमें कल्पना की बहुत ऊंची उड़ान और भावों का बहुत सुंदर समावेश था, किंतु शब्दों का संगठन उतना अच्छा नहीं था, अपने हाथ के लगाए हुए पौधों में फूल आते देखकर जिस प्रकार किसी चतुर माली को प्रसन्नता होती है, उसी प्रकार कुन्तला की कविताएं देखकर अखिलेश्वर खुश हुए। उन्होंने कविताएं कई बार पढ़ीं और राधेश्याम को भी पढ़कर सुनाईं। कुन्तला की बुद्धि की बड़ी प्रशंसा की। किंतु राधेश्याम खुश न हुए। उन्हें ऐसा मालूम हुआ कि जैसे कुन्तला ने अखिलेश्वर के विरह में ही विकल होकर ये कविताएं लिखी हैं।

अखिलेश्वर निष्कपट और निःस्वार्थ भाव से कुन्तला का शिक्षण कर रहे थे। उन्हें कुन्तला से कोई विशेष प्रयोजन न था। कुन्तला के इस शिक्षण से उन्हें इतना ही आत्मसंतोष था कि वे साहित्य की एक सेविका तैयार कर रहे हैं जिसके द्वारा कभी-न-कभी साहित्य की कुछ सेवा अवश्य होगी। राधेश्याम के हृदय में इस प्रकार उनके प्रति ईर्ष्या के भाव प्रज्ज्वलित हो चुके हैं, इसका उन्हें ध्यान भी न था।

अखिलेश्वर कई दिनों तक लगातार बीमार रहने के कारण घर के बाहर न निकल सके। खाट पर अकेले पड़े-पड़े धन्नियां गिनते हुए उन्हें अनेक बार कुन्तला की याद आई। कई बार उन्होंने सोचा कि उसे बुलवा भेजें; फिर जाने क्या आगा-पीछा सोचकर वे कुन्तला को न बुला सके। इधर कई दिनों से अखिलेश्वर का कुछ भी समाचार न पाकर कुन्तला भी उनके लिए उत्सुक थी। वह बार-बार सोचती, एकाएक इस प्रकार आना क्यों बंद कर दिया? क्या बात हो गई। किंतु वह अखिलेश्वर के विषय में राधेश्याम से कुछ पूछते हुए डरती थी। इसी बीच एक दिन कुन्तला की मां ने कुन्तला को बुलवा भेजा। राधेश्याम कुन्तला से यह कहकर कि जब तांगा आवे तुम चली जाना, कचहरी चले गए। कुन्तला मां के घर जाकर जब वहां से तीन बजे लौट रही थी तो उसे रास्ते में हाथ में दवा की शीशी लिए हुए अखिलेश्वर का नौकर

मिला। नौकर से मालूम करके कि अखिलेश्वर बीमार है, कई दिनों तक तेज बुखार रहा है, अब भी कई दिन घर से बाहर न निकल सकेंगे, कुन्तला अपने को रोक न सकी। क्षण-भर के लिए अखिलेश्वर से मिलने के लिए उसका हृदय व्याकुल हो उठा। अखिलेश्वर के मकान के सामने पहुंचते ही तांगा रुकवाकर वह अंदर चली गई। साथ में उसकी छोटी बहिन भी थी।

अचानक कुन्तला को अपने कमरे में देखकर अखिलेश्वर को विस्मय और आनंद दोनों ही हुए। अपनी खाट के पास ही कुन्तला के बैठने के लिए कुरसी देकर वे स्वयं उठकर खाट पर बैठ गए, बोले, कुन्तला! तुम कैसे आ गईं? इस बीमारी में तो मैंने तुम्हारी बहुत याद की।

इसी समय राधेश्यामजी ने कमरे में प्रवेश किया। कुन्तला कुछ भी न बोल पाई। राधेश्याम को देखते ही अखिलेश्वर ने कहा, 'आओ भाई राधेश्याम। आज कुन्तला आई तो तुम भी आए, वर्ना आज आठ दिन से बीमार पड़ा हूं, रोज़ ही तुम्हारी याद करता था पर तुम लोग कभी न आए।' फिर घड़ी की ओर देखकर बोले, 'आज तीन ही बजे कचहरी से कैसे लौट आए?'

राधेश्याम ने रुखाई से उत्तर दिया, 'कोई काम नहीं था, इसलिए चला आया!' फिर पत्नी की ओर मुड़कर बोले, 'चलो चलती हो? मैं तो जाता हूं।'

अखिलेश्वर ने बहुत रोकना चाहा, पर वे न रुके, चले ही गए। उनके पीछे-पीछे कुन्तला भी चली। जाते-जाते उसने अखिलेश्वर पर एक ऐसी मार्मिक दृष्टि डाली जिसमें न जाने कितनी करुणा, कितनी विवशता, कितनी कातरता और कितनी दीनता थी। कुन्तला चली गई। किंतु उसकी इस करुण-दृष्टि से अखिलेश्वर की आंखें खुल गईं। राधेश्याम के आंतरिक भावों को वे अब समझ सके।

घर पहुंचकर कुन्तला कुछ न बोली, वह चौके में चली गई। कुछ ही क्षण बाद उसने लौटकर देखा कि उसके लेख, कविताएं, कापियां, पेंसिलें और अखिलेश्वर द्वारा उपहार में दी हुई फाउन्टेनपेन सब समेटकर किसी ने आग लगा दी है, उसी अग्नि में अखिलेश्वर का वह प्यारा चित्र जो कुछ ही क्षण पहिले ड्राइंग रूम की शोभा बढ़ा रहा था, धू-धू करके जल रहा है। और ऊपर उठती हुई लपटें मानो यह कह रही हैं, कुन्तला यह तुम्हारे साहित्यिक-जीवन की चिता है।

•

गौरी

शाम को, गोधूलि की बेला, कुली के सिर पर सामान रखवाए, जब बाबू राधाकृष्ण अपने घर आए, तब उनके भारी-भारी पैरों की चाल, और चेहरे के भाव से ही कुन्ती ने जान लिया कि काम वहां भी नहीं बना। कुली के सिर पर से बिस्तर उतरवाकर बाबू राधाकृष्ण ने उसे कुछ पैसे दिए। कुली सलाम करके चला गया और वे पास ही पड़ी एक आरामकुर्सी पर, जिसके स्प्रिंग खुलकर कुछ ढीले होने के कारण इधर-उधर फैल गए थे, गिर-से पड़े। उनके इस प्रकार बैठने से कुछ स्प्रिंग आपस में टकराए, जिससे एक प्रकार की झन-झन की आवाज़ हुई। पास ही बैठे कुत्ते ने कान उठाकर इधर-उधर देखा फिर भों-भों करके भौंक उठा। इसी समय उनकी पत्नी कुन्ती ने कमरे में प्रवेश किया। काम की सफलता या असफलता के बारे में कुछ भी न पूछकर कुन्ती ने नम्र स्वर में कहा, चलो हाथ-मुंह धो लो, चाय तैयार है।

'चाय', राधाकृष्ण चौंक से पड़े, 'चाय के लिए मैंने नहीं कहा था।'

'नहीं कहा था तो क्या हुआ, पी लो, चलकर,' कुन्ती ने आग्रहपूर्वक कहा।

'अच्छा चलो,' कहते हुए राधाकृष्ण पत्नी के पीछे-पीछे चले गए।

गौरी, अपराधिनी की भांति, माता-पिता दोनों की दृष्टि से बचती हुई, पिता के लिए चाय तैयार कर रही थी। उसे ऐसा लग रहा था कि पिता की सारी कठिनाइयों की जड़ वही है। न वह होती और न पिता को उसके विवाह की चिंता में इस प्रकार स्थान-स्थान घूमना पड़ता। वह मुंह खोलकर किस प्रकार कह दे कि उसके विवाह के लिए इतनी अधिक परेशानी उठाने की आवश्यकता नहीं। माता-पिता चाहे जिसके साथ उसकी शादी कर दें, वह सुखी रहेगी। न करें तो भी वह सुखी है। जब विवाह के लिए उसे ज़रा भी चिंता नहीं, तब माता-पिता इतने परेशान क्यों रहते हैं—गौरी यही न समझ पाती थी। कभी-कभी वह सोचती, क्या मैं माता-पिता को इतनी भारी हो गई हूं? रात-दिन सिवा विवाह के उन्हें और कुछ सूझता नहीं। आत्मग्लानि और क्षोभ से गौरी का रोम-रोम व्यथित हो उठता। उसे ऐसा लगता कि धरती फटे और वह समा जाए, किंतु ऐसा कभी न हुआ।

गौरी, वह गौरी जो पूनो के चांद की तरह बढ़ना भर जानती थी, घटने का जिसके पास कोई साधन न था, बाबू राधाकृष्ण के लिए चिंता की सामग्री हो गई थी। गौरी उनकी एकमात्र संतान थी। उनका विवाह वे योग्य वर के साथ करना चाहते थे, यही सबसे बड़ी कठिनाई थी। योग्य पात्र का मूल्य चुकाने लायक उनके

पास यथेष्ट संपत्ति न थी। यही कारण था कि गौरी का यह उन्नीसवां साल चल रहा था। फिर भी वे कन्या के हाथ पीले न कर सके थे। गौरी ही उनकी अकेली संतान थी। छुटपन से ही उसका बड़ा लाड़-प्यार हुआ था। प्रायः उसके उचित-अनुचित सारे हठ पूरे हुआ करते थे। इसी कारण गौरी का स्वभाव निर्भीक, दृढ़-निश्चयी और हठीला था। वह एक बार जिस बात को सोच-समझकर कह दे, फिर उस बात से उसे कोई हटा नहीं सकता था। पिता की परेशानियों को देखते हुए अनेक बार उसके जी में आया कि वह पिता से साफ-साफ पूछे कि आखिर वे उसके विवाह के लिए इतने चिंतित क्यों हैं? वह स्वयं तो विवाह को इतना आवश्यक नहीं समझती। और अगर पिता विवाह को इतना अधिक महत्त्व देते हैं, तो फिर पात्र और कुपात्र क्या? विवाह करना है कर दें, किसी के भी साथ, वह हर हालत में सुखी और संतुष्ट रहेगी। उनकी यह परेशानी, इतनी चिंता अब उससे सही नहीं जाती। किंतु संकोच और लज्जा उसकी ज़बान पर ताला-सा डाल देते। हज़ार बार निश्चय करके भी वह पिता से यह बात न कह सकी।

पिता को आते देख, गौरी चुपके से दूसरे कमरे में चली गई। राधाकृष्ण बाबू ने जैसे बेमन से हाथ-मुंह धोया और पास ही रखी हुई एक कुरसी पर बैठ गए। वहीं एक मेज पर कुन्ती ने चाय और कुछ नमकीन पूरियां पति के सामने रख दीं। पूरियों की तरफ राधाकृष्ण ने देखा भी नहीं। चाय का प्याला उठाकर पीने लगे।

ऐसी कन्या को जन्म देकर, जिसके लिए वर ही न मिलता हो, कुन्ती स्वयं ही जैसे अपराधिन हो रही थी। कुन्ती ने डरते-डरते पूछा, जहां गए थे क्या वहां भी कुछ ठीक नहीं हुआ?

—ठीक! ठीक होने को वहां धरा ही क्या है, चाय का घूंट गले से नीचे उतारते हुए बाबू राधाकृष्ण ने कहा, सब हमीं लोगों पर है। विवाह करना चाहें तो सब ठीक है, न करना चाहें तो कुछ भी ठीक नहीं है।

कुन्ती ने उत्सुकता से पूछा, फिर क्या बात है? लड़के को देखा?

—हां देखा, अच्छी तरह देखा! हूं! कह राधाकृष्ण फिर चाय पीने लगे। कुन्ती की समझ में यह पहेली न आई, उसने कहा, 'ज़रा समझाकर कहो। तुम्हारी बात तो समझ में ही नहीं आती।'

राधाकृष्ण, 'समझाकर कहता हूं, सुनो। वह लड़का, लड़का नहीं आदमी, तुम्हारी गौरी के साथ मामूली चपरासी की तरह दिखेगा। बोलो करोगी ब्याह?'

कुन्ती बोली, विवाह की बात तो पीछे होगी। क्या रूप-रंग बहुत खराब है? फोटो में तो वैसा नहीं जान पड़ता।

राधाकृष्ण ने कहा, 'रूप-रंग नहीं, रहन-सहन बहुत खराब है। इतनी सिधाई भी तो अच्छी नहीं होती कि जिसके पीछे आदमी-आदमी न दिखे। और फिर उमर भी तो अधिक है, पैंतीस-छत्तीस साल। साथ ही दो बच्चे भी हैं। उन्हीं बच्चों को सम्हालने के लिए तो वे विवाह करना चाहते है नहीं तो शायद न ही करते। उनकी दूसरी शादी है। उनकी उमंगें, उनका उत्साह सब ठंडा पड़ गया है। वे अपने बच्चों के लिए एक धाय चाहते हैं, पर मेरी लड़की की तो दूसरी शादी नहीं है। और

फिर वह तो साफ-साफ कहते हैं कि मैं केवल बच्चों के लिए विवाह करना चाहता हूं।'

कुन्ती ने कहा, जिन्हें दूसरी शादी करनी होती है वे सब बच्चों के ही बहाने तो शादी करते हैं, नहीं तो यह कहें कि अपने लिए करते हैं?

राधाकृष्ण बोले, अरे नहीं-नहीं, यह आदमी कपटी नहीं है। उसके भीतर कुछ और बाहर कुछ हो ही नहीं सकता। हृदय तो उसका दर्पण की तरफ साफ़ है। पर उसका खादी कुरता, गांधी टोपी, फटे-फटे चप्पल देखकर जी हिचकता है। वह कहीं नेता बनकर व्याख्यान देने लायक तो है, पर किसी के घर दूल्हा बनकर जाने लायक नहीं है। इसके अलावा तीस रुपए कुल उनकी तनख्वाह है, कांग्रेस दफ्तर में सेक्रेटरी का काम करते हैं। तीन बार जेल जा चुके हैं। किस दिन चले जाते हैं, कुछ ठिकाना नहीं।

कुन्ती बोली, आदमी तो बुरा नहीं जान पड़ता।

राधाकृष्ण, बुरा आदमी तो मैं भी नहीं कहता उसे, पर वह गौरी का पति होने लायक नहीं है। सच बात यह है।

कुन्ती बोली, फिर तुमने क्या कह दिया?

राधाकृष्ण, क्या कह देता? उन्हें बुला आया हूं। अगले इतवार को आवेंगे, जिसमें तुम भी उन्हें देख लो। और वह आने के लिए भी तो बड़ी मुश्किल से तैयार हुए। कहने लगे, नहीं साहब! मैं लड़की देखने न आऊंगा। इस तरह लड़की देखकर मुझसे किसी लड़की का अपमान नहीं किया जाता। फिर जब मैंने उन्हें समझाकर कहा कि आप लड़की को देखेंगे, लड़की और उसकी मां आपको देख लेंगी, तब कहीं बड़ी मुश्किल से राजी हुए।

गौरी दरवाजे पर आड़ में खड़ी सब बातें सुन रही थी। जिस व्यक्ति के प्रति उनके पिता इतने असंतुष्ट और उदासीन थे, उसके प्रति गौरी के हृदय में अनजाने ही कुछ श्रद्धा के भाव जाग्रत हो गए। राधाकृष्ण बाबू पान का बीड़ा उठाकर अपनी बैठक में चले गए। और उसी रात फिर उन्होंने अपने कुछ मित्रों और रिश्तेदारों को गौरी के लिए योग्य वर तलाशने को कई पत्र लिखे।

अगला इतवार आया। आज ही बाबू सीतारामजी, गौरी को देखने या अपने आपको दिखलाने आवेंगे। राधाकृष्णजी ने यह पहले से ही कह दिया है कि किसी बाहरवाले को कुछ न मालूम पड़े कि कोई गौरी को देखने आया है। अतएव यह बात कुछ गुप्त रखी गई है। घर के भीतर आंगन में ही उनके बैठने का प्रबंध किया गया है। तीन-चार कुर्सियों के बीच एक मेज है, जिस पर एक साफ़ धुला हुआ खादी का कपड़ा बिछा दिया गया है। और एक गिलास में आंगन के ही गुलाब के कुछ फूलों को तोड़कर, गुलदस्ते का स्वरूप दिया गया है। बहुत ही साधारण-सा आयोजन है। सीतारामजी सरीखे व्यक्ति के लिए किसी विशेष आडंबर की आवश्यकता भी तो न थी।

यथा समय बाबू सीतारामजी अपने दोनों बच्चों के साथ आए। बच्चे भी वही खादी के कुरते और हाफपैंट पहने थे। न जूता न मोजा, न किसी प्रकार का ठाटबाट। पर दोनों बड़े प्रसन्न, हंसमुख; आकर घर में वे इस प्रकार खेलने लगे जैसे इस घर से चिरपरिचित हों। कुन्ती एक तरफ बैठी थी। बच्चों के कोलाहल से परिपूर्ण घर उसे क्षण भर के लिए नन्दनकानन-सा जान पड़ा। उसने मन-ही-मन सोचा, कितने अच्छे बच्चे हैं। यदि बिना किसी प्रकार का संबंध हुए भी, सीताराम इन बच्चों के सम्हालने का भार उसे सौंप दें, तो वह खुशी-खुशी ले ले। वह बच्चों के खेल में इतनी तन्मय हो गई कि क्षण भर के लिए भूल बैठी कि सीताराम भी बैठे हैं, और उनसे भी कुछ बातचीत करनी है। इसी समय अचानक छोटे बच्चे को जैसे कुछ याद आ गया हो, दौड़कर पिता के पास आया। उनके पैरों के बीच में खड़ा होकर बोला, बाबू, तुम तो कैते थे न कि मां को दिकाने ले चलते हैं। मां कआं है, बतलाओ?

बाबू ने किंचित हंसकर कहा, ये मांजी बैठी हैं, इनसे कहो, यही तुम्हें दिखाएगी।

बालक ने मचलकर कहा, 'ऊं हूं तुम दिकाओ।' और इसी समय एक बड़ी-सी सफेद बिल्ली आंगन से होती हुई भीतर को भाग गई। बच्चे बिल्ली के पीछे सब कुछ भूलकर, दौड़ते हुए अंदर पहुंच गए। गौरी पिछले दरवाजे पर चुपचाप खड़ी थी। वह न जाने किस ख्याल में थी। छोटे बच्चे ने उसका आंचल पकड़कर खींचते हुए पूछा, तुम अमारी मां हो?

गौरी ने देखा हृष्ट-पुष्ट सुंदर-सा बालक, कितना भोला, कितना निश्छल। उसने बालक को गोद में उठाकर कहा, हां।

बच्चे ने फिर उसी स्वर में पूछा, अमारे घर चलोगी न? बाबू तो तुम्हें लेने आए हैं औल हम भी आए हैं।

अब तो गौरी उसकी बातों का उत्तर न दे सकी। पूछा, मिठाई खाओगे?

'हां खायंगे,' दोनों ने एक ही साथ एक स्वर से उत्तर दिया।

कुछ क्षण बाद कुन्ती ने अंदर देखा, छोटा बच्चा गौरी की गोद में और बड़ा उसी के पास बैठा मिठाई खा रहा है। एक निःश्वास के साथ कुन्ती बाहर चली गई और थोड़ी देर बाद ज्योंही गौरी ने ऊपर आंख उठाई, उसने माता-पिता दोनों को सामने खड़ा पाया। पिता ने स्नेह से पुत्री से कहा, बेटा जरा चलो, चलती हो न?

गौरी ने कोई उत्तर न दिया। उसने बच्चों का हाथ-मुंह धुलाया, उन्हें पानी पिलाया, फिर मां के पीछे-पीछे बाहर चली गई। बच्चे अब भी उसी को घेरे हुए थे। वे उसे छोड़ना नहीं चाहते थे। बड़ी मुश्किल से सीतारामजी उन्हें बुलाकर कुछ देर तक अपने पास बिठा सके, किंतु जरा-सा मौका पाते ही वे फिर जाकर गौरी के आसपास बैठ गए। पिता के विरुद्ध उन्हें कुछ नालिशें भी दायर करनी थीं, जो पिता के पास बैठकर न कर सकते थे।

छोटे ने कहा, बाबू हमें कवी खिलौने नहीं ले देते।

बड़े ने कहा, मिठाई भी तो कभी नहीं खिलाते।

छोटा बोला, और अमें छोड़कर दफ्तर जाते हैं, दिन भर नई आते, बाबू अच्छे नई हैं।

बड़ा बोला, मां तुम चलो, नहीं तो हम भी यहीं रहेंगे।

बच्चों की बातों से सभी को हंसी आ रही थी। कुन्ती ने बच्चों से कहा, तो तुम दोनों भाई यहीं रह जाओ, बाबू को जाने दो, है न ठीक?

काफ़ी देर हो गई यह देखकर सीताराम जी ने कहा, समय बहुत हो चुका है, अब चलूंगा, नहीं तो शाम की ट्रेन न मिल सकेगी। फिर राधाकृष्ण की तरफ देखकर कहा, आप लोगों से मिलकर बड़ी प्रसन्नता हुई। लड़की तो आपकी साक्षात् लक्ष्मी है। और यह मैं जानता था कि आपकी लड़की ऐसी ही होगी, इसीलिए देखने को आना नहीं चाहता था। फिर कुछ ठहरकर बोले, और सच बात तो यह है कि मुझे पत्नी की उतनी जरूरत नहीं, जितनी इन बच्चों को जरूरत है एक मां की। मेरा क्या ठिकाना? आज बाहर हूं कल जेल में। मेरे बाद इनकी देख-रेख करनेवाला कोई नहीं रहता। यही सोच-समझकर विवाह करने को तैयार हो सका हूं, अन्यथा इस उमर में विवाह? कहकर वे स्वयं हंस पड़े।

राधाकृष्ण ने मन-ही-मन सोचा, तो मेरी लड़की इनके बच्चों की धाय बनकर जाएगी। कुन्ती ने सोचा, कोई भी स्त्री ऐसे बच्चों का लालन-पालन कर अपना जीवन सार्थक बना सकती है! गौरी ने मन-ही-मन इस महापुरुष के चरणों में प्रणाम किया और बच्चों की ओर ममता-भरी दृष्टि से देखा। जैसे यह दृष्टि कह रही थी कि किसी विलासी युवक की पत्नी बनने से अधिक मैं इन भोले-भाले बच्चों की मां बनना पसंद करूंगी। सीतारामजी को जाने के लिए प्रस्तुत देख, बच्चे फिर गौरी से लिपट गए। यदि राधाकृष्ण झूठ ही सही, एक बार भी कहते कि बच्चों को छोड़ जाओ तो सीतारामजी बच्चों को छोड़कर निश्चिंत होकर चले जाते। परंतु इस ओर से जब ऐसी कोई बात न हुई तो बच्चों को सिनेमा, सरकस और मिठाई का प्रलोभन देकर बड़ी कठिनाई से गौरी से अलग करके वे ले जा सके। जाते समय सीतारामजी को पक्का विश्वास था कि विवाह होगा, केवल तारीख निश्चित करने भर की देर है।

सीतारामजी उस पत्र की प्रतीक्षा में थे जिसमें विवाह की निश्चित तारीख लिखकर आने वाली थी। देश की परिस्थिति, गवर्नमेंट का रुख, और महात्माजी के वक्तव्यों को पढ़कर, वे जानते थे कि निकट भविष्य में फिर सत्याग्रह-संग्राम छिड़नेवाला है। न जाने किस दिन उन्हें फिर जेल का मेहमान बनना पड़े। पिछली बार जब गए थे तब उनकी बूढ़ी बुआ थीं, पर अब तो वे भी नहीं रहीं। यह कहारिन क्या बच्चों की देखभाल कर सकेगी। बच्चों की उन्हें बड़ी चिंता थी। और बच्चे भी सदा ही मां-मां की रट लगाए रहते थे। उन्होंने फिर एक पत्र बाबू राधाकृष्ण को शीघ्र ही तारीख निश्चित करने के लिए लिख भेजा। उधर राधाकृष्ण जी दूसरी ही बात तै कर रहे थे। उन्होंने सीताराम के पत्र के उत्तर में लिख भेजा कि गौरी की मां पुराने ख्याल की है। वे बिना जन्मपत्री मिलवाए विवाह नहीं करना चाहतीं। अतएव आप अपनी जन्मपत्री भेज दें। पत्र पढ़ने के साथ ही सीताराम को यह समझने में देर न लगी कि यह विवाह न करने का केवल बहाना मात्र है, किंतु फिर भी उन्होंने

जन्मपत्री भेज दी। जन्मपत्री भेजने के कुछ ही दिन बाद उत्तर भी आ गया कि जन्मपत्री नहीं मिलती, इसलिए विवाह न हो सकेगा, क्षमा कीजिएगा।

बाबू राधाकृष्ण को गौरी के लिए दूसरा वर मिल गया था, जो उनकी समझ में गौरी के बहुत योग्य था। धनवान ये भी अधिक न थे। पर अभी-अभी नायब तहसीलदार के पद पर नियुक्त हुए थे, आगे और भी उन्नति की आशा थी। बी.ए. पास थे। देखने में अधिक सुंदर न थे। बदशक्ल भी कहे जा सकते थे, पर पुरुषों की भी कहीं सुंदरता देखी जाती है? उमर कुछ अधिक न थी, यही 24-25 साल। लेने-देने का झगड़ा यहां भी न था। पहली शादी थी और मां-बाप, भाई-बहन से भरा-पूरा परिवार था। राधाकृष्णजी इससे अधिक और चाहते ही क्या थे। ईश्वर को उन्होंने कोटिशः धन्यवाद दिए, जिसकी कृपा से ऐसा अच्छा वर उन्हें गौरी के लिए मिल गया।

विवाह आगामी आषाढ़ में होना निश्चित हुआ। दोनों तरफ से विवाह की तैयारी हो रही थी। राधाकृष्णजी की यही तो एक लड़की थी। वे बड़ी तन्मयता के साथ गहने-कपड़ों का चुनाव करते थे। सोचते थे, देर से शादी हुई तो क्या हुआ? वर भी तो कितना अच्छा ढूंढ निकाला है। कुन्ती भी बहुत खुश थी। उसकी आंखों में यह दृश्य झूलने लगता था कि उसका दामाद छोटा साहब हो गया है, बेटी-दामाद छोटे-छोटे बच्चों के साथ उससे मिलने आए हैं। किंतु बच्चों की बात सोचते ही उसे सीतारामजी के दोनों बच्चे तुरंत याद आ जाते और याद आ जाती उनकी बात। बच्चों की देख-रेख करनेवाला कोई नहीं है। फिर वह सोचती, ऊंह, दुनिया में और भी तो लड़कियां हैं। कर लें शादी, क्या मेरी गौरी ही है। इस प्रकार पति-पत्नी दोनों ही प्रसन्न थे, पर गौरी से कौन पूछता कि उसके हृदय में कैसी हलचल मची रहती है। रह-रहकर उसे उन बच्चों का भोला-भाला मुंह और मीठी-मीठी बातें याद आ जातीं। साथ ही याद आ जाते विनयी, नम्र और सादगी की प्रतिमा सीतारामजी। उनकी याद आते ही श्रद्धा से गौरी का माथा अपने आप ही झुक जाता। देशभक्त त्यागी वीरों के लिए उसके हृदय में बड़ा सम्मान था। सीतारामजी ने भी तो देश के लिए अपने जीवन का उत्सर्ग कर दिया है, नहीं तो बी.ए. पास करने के बाद क्या प्रयत्न करने पर उन्हें नायब तहसीलदार की नौकरी न मिल जाती? मिलती क्यों नहीं? पर सीतारामजी सरकार की गुलामी पसंद करते तब न?

दूसरी ओर थे उसके होनेवाले वर—नायब तहसीलदार साहब, जिन्हें अपने आराम, अपने ऐश के लिए ब्रिटिश गवर्नमेंट के ज़रा से इंगित मात्र से निरीह देशवासियों के गले पर छुरी फेरने में जरा भी संकोच या हिचक नहीं। जिनके सामने कुछ चांदी के टुकड़े फेंक दिए जाते हैं और ये दुम हिलाते हुए, निंद्य-से-निंद्य कर्म करने में भी किंचित् लज्जित नहीं होते। घृणा से गौरी का जी भर जाता, किंतु उसके इन मनोभावों को जाननेवाला यहां कोई भी न था। वह रात-दिन एक प्रकार की अव्यक्त पीड़ा

से विकल-सी रहती। बहुत चाहती थी कि अपनी मां से कह दे कि वह नायब तहसीलदार से शादी न करेगी, किंतु लज्जा उसे कुछ भी न कहने देती। ज्यों-ज्यों विवाह की तिथि नजदीक आती, गौरी की चिंता बढ़ती ही जाती थी।

विवाह की निश्चित तारीख से पंद्रह दिन पहले एकाएक तार आया कि नायब तहसीलदार साहब के पिता का देहांत हो गया। इस मृत्यु के कारण विवाह साल भर को टल गया। गौरी के माता-पिता बड़े दुःखी हुए, किंतु गौरी के सिर पर से जैसे चिंता का पहाड़ हट गया।

इसी बीच सत्याग्रह आंदोलन की लहर सारे देश में बड़ी तीव्र गति से फैल गई। शहर-शहर में गिरफ्तारियों का तांता-सा लग गया। रोज ही न जाने कितने गिरफ्तार होते, कितनों को सजा होती। कहीं लाठी चार्ज! कहीं 144! सरकार की दमन की चक्की बड़े भयंकर रूप से चल रही थी। गौरी को चिंता थी उन बच्चों की। जब से सत्याग्रह-संग्राम छिड़ा था, तभी से उसे फ़िकर थी कि न जाने कब सीतारामजी गिरफ्तार हो जाएं। और फिर वे बच्चे, बेचारे—उन्हें कौन देखेगा। रोज़ का अखबार ध्यान से पढ़ती, कानपुर का समाचार तो और भी ध्यान से देखती थी। इसी प्रकार उसने एक दिन पढ़ा कि राजद्रोह के अपराध में सीतारामजी गिरफ्तार हो गए। और उन्हें एक साल का सपरिश्रम कारावास हुआ है। इस समाचार को पढ़कर गौरी कुछ क्षण तक स्तब्ध-सी खड़ी रही, फिर कुछ सोचती हुई टहलने लगी। कुछ ही देर बाद उसने अपना कर्तव्य निश्चित कर लिया। वह मां के पास गई, मां कोई पुस्तक देख रही थी। उसने अपने सारे साहस को समेटकर दृढ़ता से कहा, मां, मैं कानपुर जाऊंगी।

'कानपुर में क्या है?' आश्चर्य से कुन्ती ने पूछा।

गौरी ने कहा, 'वहां बच्चे हैं।'

मां ने उसी स्वर में कहा, बच्चे? कैसी बात करती हो गौरी, पागलों-सी?

गौरी बोली, नहीं मां, मैं पागल नहीं हूं। बच्चों को तुम भी जानती हो। उनके पिता को राजद्रोह के मामले में साल भर की सजा हो गई। बच्चे छोटे हैं। मैं जाऊंगी मां। मुझे जाना ही पड़ेगा।

गौरी के स्वभाव से कुन्ती भली-भांति परिचित थी। वह जानती थी कि गौरी जिस बात की हठ पकड़ती है, कभी छोड़ती नहीं। अतएव सहसा वह गौरी का विरोध न कर सकी, बोली, पर तेरे बाबूजी तो बाहर गए हैं, उन्हें तो आ जाने दे।

गौरी ने दृढ़ता के साथ कहा, बाबूजी के आने तक नहीं ठहर सकूंगी मां। मुझे जाने दो। रास्ते में मुझे कुछ कष्ट न होगा। अब मैं काफी बड़ी हो गई हूं।

और उसी दिन शाम को एक नौकर के साथ गौरी कानपुर चली गई।

अपनी सजा पूरी करके सीताराम घर लौटे। इस साल भर के भीतर उन्होंने बच्चों को एक बार भी न देखा था। उन्हें कायदे के अनुसार हर महीने उनका कुशल-समाचार

मिल जाता था, पर बच्चों की चिंता उन्हें लगातार बनी ही रहती थी। जिस कहारिन के भरोसे वे बच्चों को छोड़ गए थे, उसके भी तीन-चार बच्चे थे। वह बच्चों को कैसे रखेगी, सो सीतारामजी जानते थे; पर विवशता थी क्या करते। सबेरे-सबेरे छह बजे ही जेल से मुक्त कर दिए गए। एक तांगे पर बैठकर वे घर की ओर चले। जेब में कुछ पैसे थे। एक जगह गरम-गरम जलेबियां बन रही थीं। बच्चों के लिए थोड़ी-सी खरीद लीं। घर के दरवाज़े पर पहुंचे। दरवाज़ा खुला था। घर के अंदर पैर रखने में हृदय धड़कता था। न जाने बच्चे किस हालत में हों। वे चोरों की तरह चुपके-चुपके घर में घुसे। परंतु यह क्या? आंगन में पहुंचते ही वे ठगे-से खड़े रह गए। फिर ज़रा आगे बढ़कर उन्होंने कहा, आप?

गौरी ने झुककर उनकी पद-धूलि माथे से लगा ली।

•

कैलाशी नानी

पता नहीं, मेरी कैलाशी नानी अब इस संसार में है भी कि नहीं। परंतु उनकी स्मृति इतनी ताज़ा है कि आज भी कैलाशी नानी वही अपनी मैली-सी, घुटने के ऊपर तक की धोती और फटी हुई मिर्जई पहिने, बगल में रोटी और नमक की पोटली सम्हाले, और हाथों में गायों के हांकने का डंडा लिए न जाने कितनी बार आंखों के सामने घूमती हुई दिख जाती हैं। वह गंवार अनपढ़ स्त्री, जिसे अक्षर का भी ज्ञान न था सहज ही भुला देने की वस्तु न थी। मेरी नानी न होकर भी वह मेरी नानी थी। मेरे मामा के गांव में, मामा के घर से चार-पांच घर हटकर, उनका छोटा-सा झोपड़ा था, लिपा-पुता, साफ। उस झोपड़े में न तो कोई ऐसा दरवाजा था, जो कभी बंद हो सके और न कोई दूसरा ही सामान। बरतनों के नाम से कुछ मिट्टी के ठीकरे थे और बिस्तर की जगह थोड़ा पुआल पड़ा था। यही मेरी कैलाशी नानी की गृहस्थी थी। पड़ोसी ही उनके परिवारवाले थे और गांव के बच्चे उनके परमेश्वर।

हां, तो मेरी कैलाशी नानी, उस गांव के रहनेवालों के जानवर चराने हार ले जाया करती थीं। उस गांव में करीब चालीस घर थे और घर के पीछे एक सेर अनाज चराई में मिल जाया करता था। यही कैलाशी नानी की जीविका थी। इसी में कैलाशी नानी का दान-पुण्य हो जाया करता था और इसी नाज को बदलकर उन्हें रोज़ के व्यवहार के लिए नमक, तेल, मिर्च, मसाला भी लेना पड़ता था। पैसे तो गांववालों को वैसे ही बड़ी कठिनाई से देखने को मिलते हैं। कैलाशी नानी की तरह गरीबनी को पैसों का दर्शन दुर्लभ होना ही चाहिए।

इस प्रकार का जीवन बिताकर भी कैलाशी नानी दुःखी न थीं। वे सदा प्रसन्न और हंसती रहतीं, दूसरों की सेवा के लिए तत्पर रहतीं। आधी रात को भी बुला लो, तो वह तुम्हारा हर तरह का काम कर देंगी फिर भी तुमसे किसी प्रकार की आशा भी न रखेंगी।

शुरू जाड़े के दिन थे। एक दिन मामा के गांव से एक आदमी संदेशा लेकर आया कि मामा ने मां और सब बच्चों को बुलवाया है। और फिर हम सब भाई-बहिनों ने, जब तक मां ने मामा के घर चलने की तैयारी न की, उन्हें तंग कर डाला। सबसे बड़ा भाई मैट्रिक में था। उसकी पढ़ाई का हर्ज होगा, इसलिए उसे छोड़कर बाकी

हम चार भाई-बहिनों को ले आखिर एक दिन मां मामा के घर आ गई। मां के साथ आनेवाले सब भाई-बहिनों में मैं सबसे बड़ी थी। मेरी उमर दस-ग्यारह के बीच में ही थी। हम सब भाई-बहिनों को मामा के घर तो कुछ अच्छा न लगता, पर मामा के घर से सौ फुट हटकर जो नदी बहती थी, उसमें नहाने और कैलाशी नानी के साथ ढोर चराने के लिए जाने में बड़ा आनंद आता था। जहां कैलाशी नानी ढोरों को ले जातीं थीं, वहां दूर तक जहां भी दृष्टि पहुंच पाती थी, सब हरा ही हरा दीख पड़ता था। दूर-दूर तक दो-तीन आम, ढाक और पीपल के पेड़ थे, जिनकी घनी छाया में हम लोग दुपहरी बिताते थे। गांव के छोटे बच्चों का एक झुंड कैलाशी नानी के नेतृत्व में ढोर चराने निकलता और फिर वहां केवल ढोर ही न चराए जाते थे। वहां कहानियां कही जातीं, पहेलियां होतीं, और कभी-कभी रामलीला भी होती। और रामलीला तभी संभव होती, जब राम बनने के लिए मैं सीता बनने के लिए मेरी छोटी बहिन साथ रहती। मतलब यह कि गांव में रहकर जितनी बातें संभव थीं वहां हम लोग सभी करते। हम सभी भाई-बहिनों को इस ग्रामीण जीवन में बड़ा सुख मिलता। एक भाई बहुत छोटा था। वह तो मां के ही साथ रहता, किंतु हम तीन, और मुझसे छोटा भाई जो आठ साल का था और उससे छोटी बहिन जो छै साल की थी, प्रायः रोज़ कैलाशी नानी के साथ जंगल में भाग जाते।

मुझे याद है कि हम लोग घर के अच्छे-से-अच्छे भोजन को यह कहकर छोड़ देते थे कि अच्छा नहीं बना और सच ही वह अच्छा न लगता था। किंतु कैलाशी नानी की जंगल में सूखी रोटियां नमक या कभी-कभी चटनी के साथ खाने में जितना स्वाद आता था, उतना स्वाद कभी किसी भोजन में नहीं आया। रोटियां भी गेहूं की नहीं; न जाने कितनी तरह के नाज मिलाकर बनाई जाती थीं। कैलाशी नानी को हर घर से एक ही नाज तो मिलता न था; कहीं गेहूं, कहीं जव। ज्वार, मक्का, उड़द, मूंग, अरहर सब मिलाकर इकट्ठा कर देतीं और रोज़ आवश्यकतानुसार किसी की चक्की से पीस लातीं और दूसरे दिन के लिए रोटियां सेंक रखतीं। यही उनका प्रतिदिन का आहार था। यही रोटियां वे सबको खिलाती थीं और हम लोग बड़े स्वाद से खाते थे! कभी-कभी गांव के दूसरे बच्चे नदी में धोती फैलाकर मछली पकड़कर भूनते। उस दिन कैलाशी नानी रोटी भी न खातीं। सत्तू खाकर ही रह जातीं।

इसी प्रकार एक दिन हम लोग कैलाशी नानी के साथ हार पर गए थे। उस दिन कैलाशी नानी ने राजा-रानी की कहानी सुनाई थी। राजा की एक राजकुमारी थी, बड़ी सुंदर, बड़ी नेक! किंतु एक दिन जब वह नदी पर नहा रही थी तो परियों के देश के राजा का राजकुमार आया और राजकुमारी को घोड़े पर बैठाकर ले भागा। कहानी सुनने के बाद, कलेवा से पहिले, हम लोग बड़ी देर तक नहाते थे और तैरते थे। पानी बहुत गहरा न था, पर बड़ा साफ था। नदी में नहाने का प्रलोभन ही हमें यहां घसीट लाता।

हां, तो उस दिन नहाते-नहाते मुझे यही डर लग रहा था कि कहीं परियों के देश का राजकुमार न आ जाए। वहां राजकुमार तो न आया, परंतु जब नहा-धोकर

लौटी, तो देखा कि कैलाशी नानी के पास कोई बैठा है। कपड़े ज़रा साफ-सुथरे थे। मैं डरी कि कहीं यही तो वह राजकुमार नहीं है। फिर घबराकर दूर तक नज़र दौड़ाकर देखा, कहीं भी कोई घोड़ा न दिखा। मैं बेफिक्र हो गई कि यह राजकुमार नहीं है। वह होता तो घोड़ा जरूर होता।

बाद में कैलाशी नानी से मालूम हुआ कि वह गांव का जमींदार है और कैलाशी नानी को हर महीने ढोर चरवाई में पांच सेर अनाज देता है। वह वहीं हम लोगों के पास ही पीपल के पेड़ की जड़ पर बैठ गया और हम सब भाई-बहिनों के बारे में कैलाशी नानी से बातचीत करने लगा।

जब उसे यह मालूम हुआ कि अभी तक मेरी शादी नहीं हुई, तो उसे बड़ा आश्चर्य हुआ। क्योंकि गांव में तो उस समय लड़की के पैदा होते ही ब्याह की बातचीत हो जाती। और तीन-चार साल के होते-होते तो ब्याह भी हो जाता। उसने स्वर भी जरा धीमा करके कैलाशी नानी से पूछा, क्या कुल में दाग है जो इतनी बड़ी लड़की अभी तक कुंवारी है?

कैलाशी नानी ने कहा, नहीं भैया, कुल में दाग-वाग कुछ नहीं है। बड़े आदमी हैं। लड़की-लड़के सभी मदरसे में पढ़ते हैं। यही बिटिया रामायण बांच लेती है। अंग्रेज़ी पढ़ती है। जब पढ़ लेगी तब कोई आदमी देखकर शादी-ब्याह करेंगे।

वह जमींदार जितनी देर तक बैठा रहा, घूर-घूर कर मेरी ओर देखता रहा। मेरी समझ में नहीं आ रहा था कि आखिर यह आदमी मेरी ओर इस प्रकार क्यों देख रहा है। वह जब तक रहा मुझे वहाँ अच्छा न लगा।

दूसरे दिन जब कैलाशी नानी ढोर ढीलने आई, छोटी बहिन और भाई तब तक सोकर नहीं उठे थे। अतएव उस दिन मैं अकेली ही कैलाशी नानी के साथ भाग गई। कलेवा करने से पहले फिर हम सब नहाने गए, जब नहा रहे थे, वह जमींदार फिर आया, उसी प्रकार घूर-घूरकर देखता हुआ, कैलाशी नानी के पास चला गया। कैलाशी नानी पेड़ के नीचे झाड़-बुहारकर हम लोगों के भोजन की तैयारी कर रही थी। जमींदार बड़ी देर तक न जाने क्या कैलाशी नानी को समझाता रहा और हम लोग बड़ी देर तक नहाते रहे। मैंने देखा, हाथ जोड़कर कैलाशी नानी ने किसी बात को अस्वीकार किया और जमींदार ने कुछ न सुनकर, कैलाशी नानी के पल्ले में कुछ जबरदस्ती बांध दिया और तेजी से दूसरी तरफ चला गया।

हम लोग भी रोटी खाने आए पर आज कैलाशी नानी रोज की तरह खुश न थीं। उनके चेहरे पर एक तरह की उदासी थी जो छिपाए न छिपती थी। उन्होंने हमें खिलाया-पिलाया और फिर कहानी सुनाने बैठीं किंतु कहानी सुनाने में उनका मन न लगा। ढोर हांकने और दिन जैसे मैं भी सब बच्चों के साथ भाग जाती थी, आज कैलाशी नानी ने वैसे न जाने दिया। अपने पास ही बैठाए रखा, जब मैं जाने के लिए जिद करने लगीं, तो एकाध बार डांट भी दिया। मैं समझ न पाई कि आखिर आज ये ऐसा क्यों करती हैं। पर मां ने सिखाया था कि बड़ों की बात में सदा 'क्यों', और 'किसलिए' नहीं करना चाहिए, चुपचाप मान लेना चाहिए। यही सोच-समझकर उस दिन मैं चुपचाप कैलाशी नानी के पास बैठी रही, पर अच्छा न लगा। उस दिन

कैलाशी नानी कहानी भी तो ढंग से न कह सकी थी। कहते-कहते रुक जाती और कुछ सोचने लगती। खैर अच्छा ही हुआ कि उस दिन और दिनों की अपेक्षा हम लोग जल्दी ही हार से लौट आए।

शाम हो चुकी थी। मां तुलसी के पास दिया जला रही थीं। कैलाशी नानी छिपती हुई-सी मां के पास आई और इशारे से बुलाकर अलग कोठरी में ले गई। उन्होंने मां से कहा कि सब बच्चों समेत वे जल्दी-जल्दी घर वापिस चली जाएं! कारण, वह जमींदार मां की दोनों लड़कियों को, यानी मुझे और मेरी छोटी बहिन को, उड़ा लेना चाहता है। जमींदार का मेरे मामा से बहुत दिनों से बैर चला आता था। शायद बैर का बदला वह इस प्रकार लेना चाहता था। जमींदार ने कैलाशी नानी से कहा था कि वह मुझे और मेरी बहिन दोनों को हार ले जाए। हम दोनों खुले सिर घूमा-फिरा ही करती थीं। मौका पाते ही वह हम लोगों को, मिठाई खिलाने के बहाने, अपने पास बैठाकर दोनों की मांगों में सिंदूर भर देगा। फिर हम दोनों बहिनें उसकी ब्याही हुई स्त्री के बराबर हो जाएंगी। मामा जानकर भी कुछ न कर सकेंगे। इसी काम में वह कैलाशी नानी से सहायता चाहता था। इसके लिए दस रुपए तो उसने आज ही कैलाशी नानी के पल्ले में बांध दिए थे और चालीस रुपए वह काम पूरा हो जाने पर और देगा। कैलाशी नानी का इतना ही काम था कि वे जरा-सी सहायता दे दें। बस, इतने में जमींदार का काम बनता था और कैलाशी नानी को पचास चांदी के चमकते हुए रुपए मिलते थे।

कैलाशी नानी ने शपथ लेते हुए वे दस रुपए कमर से निकालकर मां को दिखलाए और बोली, बिटिया, झूठ नहीं कहती। मेरे पास तो दस पैसे भी नहीं फिर ये दस कलदार कहां से आए? ये उसी अधर्मी ने बांध दिए हैं। तुम मेरी बात मानो! बिटिया को लेकर चली जाओ। जिस गांव का जमींदार इतना अधर्मी है, वहां फिर न आना। बिटिया का शादी-ब्याह करके, ससुराल भेजकर आना।

कैलाशी नानी ने यह भी कहा कि मां के जाते ही वे इन रुपयों को जमींदार के आगे फेंक देंगी। यह अधर्म का पैसा कभी स्वीकार न करेंगी।

मुझे याद आया कि एक दिन मैं एक इकन्नी लेकर हार चली गई थी। कैलाशी नानी ने जब देखा कि मेरे पास इकन्नी है, तो मुझसे लेकर बहुत सम्हालकर, पल्ले में कई गांठ लगाकर बांध लिया और शाम को लौटकर जब आईं तो मां को इकन्नी देकर बोली, पैसा-कौड़ी बच्चों को न दिया करो। कहीं गिर जाता तो नुकसान न हो जाता? थोड़ा भी नहीं, एक आना भी नहीं! एकदम नहीं!!

और मां ने जब वह इकन्नी उन्हीं को वापिस कर दी, तब कैलाशी नानी के चेहरे से ऐसा भाव टपक रहा था—जैसे उन्हें कहीं का खजाना, मिल गया हो। कई बार इकन्नी को उलट-पुलटकर देखने के बाद कैलाशी नानी ने बहुत सम्हालकर उसे कमर में खोंस लिया और मां को जाने कितना असीसती हुई घर गई थीं।

वही कैलाशी नानी आज कमर में दस कलदार बांधे थीं। कल जरा-सी बात के लिए चालीस रुपए और मिलने वाले हैं। पर कैलाशी नानी अधर्म का पैसा नहीं

लेना चाहतीं, नहीं लेंगी। वह कल मां को घर भिजवाए बिना, ढोर लेकर हार भी न जाएंगी। और तब जमींदार के रुपए उनके दरवाजे पर जाकर फेंक देंगी। फिर जमींदार चाहे तो महीने का पांच सेर नाज भी बंद कर दे; कैलाशी डरती नहीं। गांव भी तो उसी का है, चाहे तो निकाल दे। कैलाशी कहीं भी जाकर ढोर चरा पेट पाल लेगी। पर सोने की ईंट दिखाकर भी, कैलाशी नानी से अधर्म का काम नहीं करवा सकता। कोई जबरन मांग में सिंदूर भरकर उनकी लड़कियों को अपने घर रख लेगा, मां को इन बातों पर विश्वास नहीं था क्योंकि मेरे पिता वकील थे। वे जमींदार को इस मामले में जेलखाने की हवा खिला सकते थे। फिर भी मां कैलाशी नानी के आग्रह को न टाल सकीं। दूसरे दिन हम सब बच्चों के साथ घर चली आईं।

तब से आज तक युग बीत गए, पर कैलाशी नानी का कोई समाचार नहीं मिला।

•

कदम्ब के फूल

भौजी! लो, मैं ले आया।

—सच ले आए? कहाँ मिले?

—अरे! बड़ी मुश्किल से ला पाया, भौजी!

—तो मज़दूरी ले लेना।

—क्या दोगी?

—तुम जो माँगो।

—पर मेरी माँगी हुई चीज़ मुझे दे भी सकोगी?

—क्यों न दे सकूँगी? तुम मेरी वस्तु मेरे लिए ला सकते हो तो क्या मैं तुम्हारी इच्छित वस्तु तुम्हें नहीं दे सकती?

—नहीं भौजी, न दे सकोगी। क्यों नाहक कहती हो?

—अब तुम्हीं न लेना चाहो तो बात दूसरी है, पर मैंने तो कह दिया कि तुम जो माँगोगे मैं वहीं दूँगी।

—अच्छा अभी जाने दो, समय आने पर माँग लूँगा, कहते हुए मोहन ने अपने घर की राह ली। दूर से आती हुई भामा की सास ने मोहन को कुछ दोने में लिए हुए घर के भीतर जाते देखा था। किन्तु वह ज्योंही नज़दीक पहुँची, मोहन दूसरे रास्ते से अपने घर की तरफ़ जा चुका था। वे मोहन से कुछ पूछ न सकीं पर उन्होंने यह अपनी आँखों से देखा था कि मोहन कुछ दोने में लाया है। किन्तु क्या लाया है यह वे न जान सकीं।

घर आते ही उन्होंने बहू से पूछा—मोहन दोने में क्या लाया था?

भामा मन-ही-मन मुस्कुरायी और बोली—मिठाई।

बुढ़िया क्रोध से तिलमिला उठी, बोली—इतना खाती है, दिन-भर बकरी की तरह मुँह चला ही करता है, फिर भी पेट नहीं भरता। बाज़ार से भी मिठाई मँगा-मँगा के खाती है। अभी मैं न देखती तो क्या तू कभी बतलाती?

भामा—(मुस्कुराते हुए) तो बतलाती क्यों? कुछ बतलाने के लिए थोड़े ही मँगवायी थी?

—क्यों, क्या मैं घर में कोई चीज़ ही नहीं हूँ? तेरे लिए तो मिठाई के लिए पैसे हैं, मैं चार पैसे दान-दक्षिणा के लिए भी माँगूँ तो सदा मुँह से नाही निकलती है! तेरा आदमी है, तो मेरा भी बेटा है। क्या उसकी कमाई में मेरा कोई हक ही

नहीं! मुझे तो दो बार सूखी रोटी छोड़ कर कुछ भी न नसीब हो और तू मिठाई मँगा-मँगा के खाये। कर ले जितना तेरा जी चाहे। भगवान तो ऊपर से देख रहा है। वह तो सज़ा देगा ही।

—(मुस्कुराते हुए) क्यों कोस रही हो माँजी! मिठाई एक दिन खा ही ली तो क्या हो गया? अभी रखी है, तुम भी ले लेना।

—चल रहने दे। अब इन मीठे पुचकारों से किसी और को बहकाना, मैं तेरे हाल सब जानती हूँ। तू समझती होगी कि तू जो कुछ करती है, वह कोई नहीं जानता। मैं तेरी नस-नस पहचानती हूँ। दुनिया में बहुत सी औरतें देखी हैं, पर सब तेरे तले-तले।

—(मुस्कुराते हुए) सब मेरे तले-तले न रहेंगी तो करेंगी क्या? मेरी बराबरी कर लेना मामूली बात नहीं है। मैं ऐसी-वैसी थोड़े हूँ।

—चल-चल, बहुत बड़प्पन न बघार, नहीं तो सब बड़प्पन निकाल दूँगी।

भामा अब कुछ चिढ़ गई थी, बोली—बड़प्पन कैसे निकालोगी माँजी, क्या मारोगी?

माँजी को और भी क्रोध आ गया, बोली—मारूँगी भी तो मुझे कौन रोक लेगा? मैं गंगा को मार सकती हूँ, तो क्या तुझे मारने में कोई मेरा हाथ पकड़ लेगा?

—मारो, देखूँ कैसे मारती हो? मुझे वह बहू न समझ लेना जो सास की मार चुपचाप सह लेती हैं।

—तो क्या तू भी मुझे मारेगी? बाप-रे-बाप! इसने तो घड़ी में मेरा पानी उतार दिया। मुझे मारने को कहती है। आने दे गंगा को, मैं कहती हूँ कि भाई तेरी स्त्री की मार सहकर अब मैं घर में न रह सकूँगी, मुझे अलग झोपड़ा डाल दे, मैं वहीं पड़ी रहूँगी। जिस घर में बहू सास को मारने के लिए खड़ी हो जाए वहाँ रहने का धरम नहीं।

यह कहते-कहते माँजी ज़ोर-ज़ोर से रोने लगीं।

भामा ने देखा कि बात बहुत बिगड़ गई, अतः वह बोली—तुम्हें मारने को तो नहीं कहा माँजी! क्यों झूठमूठ कहती हो। हाँ, मैं मार तो चुपचाप किसी की न सहूँगी। अपने माँ-बाप की नहीं सही तो किसी और की क्या सहूँगी?

—चुपचाप न सहेगी तो मुझे भी मारेगी न? वही बात तो हुई, यह मखमल में लपेट-लपेट कर कहती है तो क्या मेरी समझ में नहीं आता!

माँजी के ज़ोर-ज़ोर से रोने के कारण आस-पास की कई स्त्रियाँ इकट्ठी हो गईं। कई भामा की तरफ सहानुभूति रखने वाली थीं, कई माँजी की तरफ। पर इस समय माँजी को फूट-फूटकर रोते देखकर सब ने भामा को ही भला-बुरा कहा। सब माँजी को घेरकर बैठ गईं। भामा अपराधिनी की तरह घर के भीतर चली गई। भामा ने सुना, माँजी आस-पास बैठी हुई स्त्रियों से कह रही थीं—आप तो दोना भर-भरकर मिठाई मँगा-मँगाकर खाती है और मैंने कभी अपने लिए पैसे-धेले की चीज़ के लिए भी कहा तो फौरन ही टका-सा जवाब दे देती है, कहती है पैसा ही नहीं है। इसके नाम से पैसे आ जाते हैं, मेरे नाम से कंगाली छा जाती है। किसी भी चीज़ के लिए तरस-तरस के माँग-माँग के जीभ घिस जाती है। कभी जी में आया तो ला दिया

नहीं तो कुत्ते की तरह भूँका करो। इस घर में यह हाल है मेरा। आज भी दोना भर मिठाई मँगवायी है। मैंने ज़रा ही पूछा तो मारने के लिए खड़ी हो गई। कहती है मेरे आदमी की कमाई है, खाती हूँ; किसी के बाप का खाती हूँ क्या? उसका आदमी है तो मेरा भी बेटा है, उसका बारह आने हक़ है तो मेरा चार आने तो होगा।

पड़ोस की एक दूसरी बुढ़िया बोली—राम राम! यही पढ़ी-लिखी होशियार हैं। पढ़ी-लिखी है तो क्या हुआ अक़्ल तो कौड़ी के बराबर नहीं है। तुमने भी नौ महीने पेट में रखा बहिन! तुम्हारा तो सोलह आने हक़ है। बहू को, बेटा माँ के लिए लौंड़ी बनाकर लाता है। यह तुम्हारे पैर दबाने और तुम्हारी सेवा करने के लिए है। हमारा नन्दन तो जब तक बहू मेरे पैर नहीं दबा लेती, उसे अपनी कोठरी के अन्दर ही नहीं आने देता।

—अपना ही माल खोटा हो तो परखने वाले का क्या दोष, बहिन! बेटा ही सपूत होता तो बहू आज मुझे मारने दौड़ती?

गंगाप्रसाद गाँव की प्रायमरी पाठशाला के दूसरे मास्टर की जगह के लिए उम्मीदवार थे। साढ़े सत्रह रुपये माहवार की जगह के लिए बिचारे दिन भर भर दौड़-धूप करते, इससे मिल, उससे मिल, न जाने किसकी-किसकी खुशामद करनी पड़ती थी, फिर भी नौकरी पाने की उन्हें बहुत कम उम्मीद थी। इधर वे कई मास से बेकार बैठे थे। भामा के पास कुछ ज़ेवर थे जो हर माह गिरवी रक्खे जाते थे और किसी प्रकार काट-कसर घर का खर्च चलता था। भामा पैसों को दाँत तले दबाकर खर्च करती। सास और पति को खिलाकर स्वयं आधे पेट खाकर पानी से पेट भरकर उठ जाती। कभी दाल का पानी ही पी लिया करती, कभी साग उबालकर ही पेट भर लिया करती। रुपये-पैसों की तंगी के कारण घर में प्रायः रोज ही इस प्रकार कलह मची रहती।

जब गंगाप्रसादजी दिन भर दौड़-धूप के बाद थके-हारे घर लौटे तब शाम हो रही थी। आँगन में उनकी माँ उदास बैठी थीं। बेटे को देखा तो नीची आँख कर ली, कुछ बोलीं नहीं। गंगाप्रसाद अपनी माँ का बड़ा आदर करते थे। उनका बड़ा खयाल रखते थे। जिस बात से उन्हें ज़रा भी कष्ट होता वह बात वे कभी न करते थे। माँ को उदास देखकर वे माँ के पास जाकर बैठ गए, प्यार से माँ के गले में बाँहें डाल दीं और पूछा—क्यों माँ आज उदास क्यों हो? क्या कुछ तबियत खराब है?

—नहीं, अच्छी है।

—कुछ तो हुआ है माँ, तू उदास है।

अब माँ जी से न रहा गया, फूट-फूट के रोने लगीं। बोलीं—कुछ नहीं, मैं आदमी-औरत में लड़ाई नहीं लगवाना चाहती; बस इतना ही कहती हूँ कि अब मैं इस घर में न रह सकूँगी। मेरे लिए अलग झोपड़ा बनवा दे, वहीं पड़ी रहूँगी। जी में आवे तो खरच भी देना नहीं तो माँग के खा लूँगी।

—क्यों माँ! क्या कुछ झगड़ा हुआ है? सच-सच कहना!

—आज ही क्या? यह तो तीसों दिन की बात है! तेरी घरवाली ने मोहन से मिठाई मँगवायी। यह दोना-भर मिठाई मेरे सामने लाया। मैं जरा पूछने गई तो कहती

है, हाँ मँगवाती हूँ, खाती हूँ। अपने आदमी की कमाई खाती हूँ, कुछ तुम्हारे बाप का तो नहीं खाती? जब मैंने कहा कि तेरा आदमी है तो मेरा भी बेटा है, उसकी कमाई में मेरा भी हक़ है तो कहती है कि तुम्हारा हक़ जब था, तब था अब तो सब मेरा है। ज्यादा बोलोगी तो मार के घर से निकाल दूँगी। तो बाबा तेरी औरत है, तू ही उसकी मार सह। मैं माँग के पेट भले ही भर लूँ, पर बहू के हाथ की मार न खाऊँगी।

गंगाप्रसाद अब न सह सके, बोले—वह तुझे मारेगी माँ! मैं ही न उसके हाथ-पैर तोड़कर डाल दूँगा। कहते हुए वे हाथ की लकड़ी उठाकर बड़े गुस्से से भीतर गए। भामा को डाँटकर पूछा—क्या मँगाया था तुमने मोहन से?

गंगाप्रसाद के इस प्रश्न के उत्तर में 'कदम्ब के फूल थे, भैया!' कहते हुए मोहन ने जब घर में प्रवेश किया तब तक भाभा ने दोना उठाकर गंगाप्रसाद के सामने रख दिया था। दोने में आठ-दस पीले-पीले गोल-गोल बेसन के लड्डुओं की तरह कदम्ब के फूलों को देखकर गंगाप्रसाद को हँसी आ गई।

मोहन ने दोने में से एक फूल उठाकर कहा—कितना सुन्दर है यह फूल भौजी!

•

कान के बुंदे

कीमत पर विचार करने का समय न था, अतएव वे सिटी कोतवाल से मिलकर, जिससे उनकी बड़ी घनिष्ठता थी, हीरालाल को अपनी ज़मानत पर छुड़ा लाए। बुंदों के साथ ही नौ रुपए देकर वकील साहब ने हीरालाल को कचहरी भेजा और स्वयं भी कचहरी गए। किंतु दिन-भर उनके मस्तिष्क में यह बात फिरती रही कि दो हज़ार रुपए कीमत के बुंदे आखिर इसकी स्त्री के पास कहां से आए। इन बुंदों के साथ कौन-सा, कैसा रहस्य छिपा है। वकील साहब एक बार जानने के लिए उत्कंठित से हो उठे।

हिरासत से बाहर आते ही हीरालाल ने झुककर वकील साहब के पैर छू लिए। अभी तक वह वकील साहब को केवल अपनी नौकरी के ही कारण न छोड़ सकता था, किंतु आज से तो वह उनका भक्त भी हो गया और उसने मन-ही-मन निश्चय किया कि चाहे इनके साथ रहकर मुझे अनेक विपत्तियां ही क्यों न उठानी पड़ें, परंतु अब इस देवता आदमी का साथ आजन्म न छोड़ूंगा।

शाम को बुंदों के लिए हुए वह वकील साहब के एहसान के भार से दबा हुआ घर लौटा। जेब से बुंदे निकालकर पत्नी के सामने रख दिए, कमला ने उत्सुकतापूर्वक पूछा, क्यों क्या पसंद नहीं आए?

हीरालाल बोला, वाह पसंद क्यों नहीं आए, इतने अच्छे बुंदे और पसंद नहीं आते? बनने को भी दे दिए गए।

कमला बोली, बुंदे बनने को दिए? पर मैं तो यह कहना भूल ही गई थी, यह यहां के नहीं मद्रास के बने हैं। जब मैं बहुत छोटी थी तब हम लोग बाबू के साथ मद्रास गए थे। वहीं मां के लिए बाबू ने इसे खरीदा था।

हीरालाल बोला, शायद यही बात हुई होगी? जब सुनारों ने बनाने से इनकार कर दिया होगा तभी वकील साहब ने लौटाया होगा। हीरालाल ने बुंदों की कीमत के, अपने पकड़े जाने के बारे में और वकील साहब ने उसे किस तरह छुड़ाया इसकी बाबत अपनी स्त्री से कुछ भी न कहा।

शहर में प्लेग का प्रकोप हुआ। सब लोग शहर छोड़-छोड़कर बाहर झोपड़े बनाकर या बंगलों पर रहने के लिए निकल आए। वकील साहब ने अपने बंगले में नौकरों की एक कोठरी में हीरालाल को रहने की जगह दे दी।

एक ही अहाते में रहते हुए संभवतः दो-तीन महीने बीत गए किंतु वकील साहब की पत्नी हीरादेवी और कमला से किसी प्रकार की जान-पहचान न हो सकी।

हीरादेवी ने उच्चकोटि की शिक्षा पाई थी। वह संस्कृत में काव्यतीर्थ और अंग्रेज़ी में बी.ए. थीं। साधारण सुंदर थीं पर स्वभाव जरा रूखा था। वे मौके-मौके पर ही हंसती थी। साधारण लोगों से वह बातचीत भी कुछ कम करती थीं। उन्हें अपने धन, विद्या और एक प्रतिष्ठित परिवार की कन्या होने का गर्व था। अपने आश्रित एक मुंशी की स्त्री से बातचीत करने में वह समय का दुरुपयोग समझती थीं। इसलिए उन्होंने कमला को कभी न बुलवाया। इधर कमला इसके बिल्कुल प्रतिकूल थी। वह अनिंद्य सुंदरी थी। खूब गोरा रंग, आकर्षक आंखें, पतले-पतले लाल ओंठ, जिन पर सदा हंसी खेलती रहती। वह बड़ी नम्र और मिलनसार थी। पढ़ी-लिखी बहुत साधारण थी। हिन्दी की पुस्तकों के अतिरिक्त चिट्ठी-पत्री लिख पढ़ लेती थी। अंग्रेज़ी के कोई-कोई अक्षर पहिचान लेती थी। फिर भी उसे व्यवहार-ज्ञान था, गृहकार्य में कुशल थी। साधारण-से-साधारण कपड़ों को भी ढंग से पहिनना जानती थी। साधारण कपड़ों को ही वह इस ढंग से पहिनती थी कि वह उसके शरीर पर मूल्यवान जान पड़ते। बीस साल की उमर होने पर भी चौदह साल की किशोरी जान पड़ती। उनके स्वभाव में एक प्रकार की लापरवाही और अल्हड़पन था, जो इस बात का साक्षी था कि इसने भी अपने जीवन में कभी अच्छे दिन देखे हैं।

जिस दिन से कमला को मालूम हुआ कि हीरादेवी ने उसके इयरिंग मंगवाए और पसंद किए हैं, उनसे मिलने के लिए कमला की उत्सुकता और भी बढ़ गई। एक दिन दोपहर को वह हीरादेवी से मिलने गई, जिसकी सूचना हीरालाल ने अपनी मालकिन को पहिले से ही दे रखी थी। बरामदे में एक चटाई पड़ी थी, कमला उसी पर बैठ गई। साधारण आवभगत के बाद हीरादेवी पास पड़ी हुई कुरसी पर बैठकर एक मासिक पत्रिका के पन्ने उलटने लगीं। बीच-बीच में वह कमला की बातों का उत्तर भी देती जाती थीं। उन्होंने अपने किसी भी व्यवहार से यह प्रकट न होने दिया कि कमला के आने से उन्हें किसी तरह की प्रसन्नता हुई, प्रत्युत उन्होंने यही प्रकट किया कि उसके आने से उनके काम में कुछ विघ्न ही पड़ा। उनके मुंह के भाव से कुछ ऐसा प्रकट हो रहा था जैसे उन्हें कमला के रूप और लावण्य से ईर्ष्या हो रही हो। कमला एक साधारण जामदानी की कढ़ी हुई गुलाबी रंग की साड़ी और वैसा ही ब्लाउज पहने थी। हाथों में तीन-तीन कांच की चूड़ियां और कानों में वही हीरे के इयरिंग चमक रहे थे। वह इस आशा में थी कि हीरादेवी यदि कुछ भी उसके बुंदों के विषय में पूछेंगी तो वह बातों-ही-बातों में उन्हें बतला देगी कि यद्यपि इस समय दिनों के फेर से वह उनके मुंशी की स्त्री है किंतु वह भी किसी समय बड़े घर की लड़की थी और उसने भी अच्छे दिन देखे हैं। उसके पास एक नहीं अनेक ज़ेवर थे, इन बुंदों की तरह, किंतु हीरादेवी ने उसके साथ बातचीत करने में जो उदासीनता दिखलाई, उससे कमला के आत्म-सम्मान को धक्का लगा, वह यहां आके पछता रही थी। वह

उठकर घर जाने की आज्ञा लेने ही वाली थी कि इसी समय हीरादेवी किसी कार्यवश कुछ देर के लिए भीतर चली गईं। कमला को रुक जाना पड़ा, वह वहीं चटाई पर बैठी उसी मासिक पत्रिका के पन्ने उलटने लगी। ठीक इसी समय वकील साहब ने घर में प्रवेश किया। कमला वकील साब को पहचानती थी किंतु वकील साहब उसे न जानते थे। कमला उठकर खड़ी हो गई, वह कहीं छिप जाने का स्थान ढूंढने लगी।

इधर वकील साहब को एक संभ्रांत महिला को इस तरह बरामदे में चटाई पर बैठालना कुछ अपमानजनक मालूम हुआ। पहिले तो वह उल्टे पांव बाहर लौट जानेवाले थे। परंतु न जाने क्या सोचकर उन्होंने कमला को संबोधन करके कहा, आप यहां बाहर क्यों बैठी हैं? आइए ड्राइंगरूम में बैठिए, मैं उन्हें बुला लेता हूं। कमला कुछ न बोली, चित्रछाया की तरह वकील साहब के पीछे-पीछे जाकर ड्राइंगरूम में बैठ गई। सच बात तो यह थी कि हीरादेवी की तरफ से इतना निरादर और वकील साहब के द्वारा इतना आदर, दोनों के व्यवहार में इतना अंतर देखकर कमला कुछ विस्मित-सी हो गई। वकील साहब ने अंदर जाकर पत्नी से कहा और फिर बाहर आकर बैठ गए।

हीरादेवी ने समझा कि कोई और मिलने आया है। इसलिए वह अपने कपड़े बदलने लगीं। कपड़े बदलकर रसोइए को चाय तैयार करने के लिए कहकर वह ड्राइंगरूम में आईं किंतु वहां किसी और को नहीं, कमला को ही पति के साथ खुले मुंह मखमली कोच पर बैठे देखकर हीरादेवी के शरीर में आग-सी लग गई। वह कुछ बोली नहीं, रूखे भाव से आकर वहीं दूसरी कोच पर बैठ गईं। उनके आते ही कमला उठकर खड़ी हो गई और उनकी ओर लक्ष्य करके कहा, अब आज्ञा दीजिए, मैं घर जाऊं? हीरादेवी के कुछ बोलने के पहिले ही वकील साहब बोल उठे, बैठिए चाय तैयार हो गई है। चाय ले के जाइए। एक तीव्र दृष्टि से पति की ओर देखकर हीरादेवी ने कमला से कहा, हां! चाय पी के ही जाना, तैयार तो हो गई है। पर कमला रुकी नहीं।

कमला की सुंदरता की छाप वकील साहब के हृदय पर प्रथम दृष्टि में ही पड़ गई, इसलिए वह सबकी नज़र बचाकर कभी-कभी कमला के मुंह की ओर देख लिया करते थे, किसी बुरे भाव से नहीं। वे सौंदर्योपासक थे। प्रत्येक सुंदर वस्तु को देखना उनकी दृष्टि में आवश्यक था। शिष्टाचार के तौर पर कमला के जाते समय हीरादेवी ने उसे कभी-कभी आते रहने के लिए कहा। कमला इस कृपा के लिए उन्हें धन्यवाद देकर अपने घर गई।

कमला के जाते ही पत्नी पर तिरस्कार सूचकदृष्टि डालकर वकील साहब ने पूछा, यह कौन थी? वहां चटाई डालकर बैठा दिया। इतना बड़ा ड्राइंगरूम किसलिए है?

हीरादेवी भी उसी भाव से तीव्र स्वर में बोलीं, तो तुम क्या चाहते हो कि मैं नौकरों-चाकरों को भी अपने साथ ही कुर्सी पर बैठाया करूं। यह तो तुम्हीं से होगा, मैंने तो यह नहीं सीखा। फिर भी अब वाद-विवाद करने का क्या तात्पर्य है, जब तुमने उसे बुलाकर अपने पास कुर्सी पर बैठा ही लिया था।

वकील साहब ने उत्सुकता से पूछा, नौकर-चाकर? नौकर-चाकर से तुम्हारा क्या तात्पर्य है?

हीरादेवी ने रुखाई से कहा, वह मुंशी की ही तो स्त्री थी न? नौकर-चाकर नहीं तो क्या मेरी हमजोली है।

वकील साहब कुछ नम्र होकर बोले, मुंशी की ही स्त्री सही। हीरालाल मेरा मुंशी है, उसकी स्त्री तो नहीं है? उसके साथ तुम्हें नौकरों का-सा बर्ताव कदापि न करना चाहिए। जो सम्मान करना जानता है, वह सम्मान पाता भी है। फिर गरीबों का सम्मान तो धनिकों से अधिक करना चाहिए। यदि तुम उसे अपने साथ पहिले से ही ड्राइंगरूम में लेकर बैठतीं तो तुम्हारे सम्मान में कुछ भी अंतर न आता किन्तु वह तुम्हारे विषय में वह ऊंचे विचार लेकर ही जाती।

हीरादेवी अब झुंझला उठीं, क्यों तंग किए डालते हो, मुझसे नहीं बन पड़ा, तुमने तो कर ही दिया, फिर अब अफसोस किस बात का, और इतने पर भी संतोष न हो, जाके उसके आंसू पोंछ आओ, मुझे कोई शिकायत न होगी।—कहकर हीरादेवी उठकर दूसरे कमरे में चली गईं।

मेज पर चाय ठंडी हो रही है, उस तरफ न वकील साहब का ध्यान था और न हीरादेवी का। हीरादेवी के जाते ही वकील साहब थके हुए से एक कोच पर लेट गए। बात-बात पर वह पत्नी के वाद-विवाद और तर्क से थक गए थे। विवाह से पहिले जब उन्हें मालूम हुआ कि उनकी भावी पत्नी ग्रेजुएट है, संस्कृत में काव्यतीर्थ है तो उन्हें न जाने कितनी प्रसन्नता हुई थी। अपने कल्पना जगत में उन्होंने अपने एक छोटे से सोने के संसार को देखा, जिसमें पति-पत्नी दोनों सुसंस्कृत, ऊंचे विचारवाले, शान्तिप्रिय और सरल हैं। जिनके सहयोग से गृहस्थी नंदनवन हो जाती है। इसी सुस्वप्न को देखते-देखते वे विवाह के बंधन में बंध गए और उन्होंने अपने भाग्य की सराहना की, मित्रों ने बधाई के पुल बांध दिए। नववधू अधिक सुंदरी न थी। पर सुशिक्षिता थी, इसका वकील साहब को गर्व था। किन्तु आज उनका गर्व धूल हो चुका था। रह-रह के उन्हें ऐसा जान पड़ता था जैसे उन्होंने कोई बहुत बड़ी भूल कर डाली है, जिसका कोई प्रतिकार नहीं। पत्नी के उद्दंड स्वभाव से वे बहुत असंतुष्ट थे। हीरादेवी में उन्हें स्त्रियोचित गुण ढूंढे न मिलते थे। पत्नी से अधिक संकोच और शील की मात्रा उनके ही स्वभाव में थी जिसके कारण वह पत्नी से कभी कुछ कह-सुन न सकते थे और कहते भी तो कैसे? हीरादेवी आखिर उनसे किस बात में कम थीं? वे वकील थे, हीरादेवी भी कुछ दिनों तक पटना के गर्ल्स स्कूल में प्रिंसिपल रह चुकी थीं। वकील साहब बी.ए., एल.एल.बी. थे, तो हीरादेवी बी.ए., बी.टी. थीं। विद्या, डिगरी या रुपया कमाने की कला, वकील साहब से हीरादेवी किसी बात में तिल भर कम न थीं। फिर उनसे वह किस बात में दबतीं? और दबती भी कैसे? उन्होंने स्त्रियों के समानाधिकार पर बड़े-बड़े लेख लिखे थे। और तर्क शास्त्र के द्वारा यह सिद्ध कर दिया था कि स्त्री और पुरुष का प्रत्येक बात में समान अधिकार है। किंतु वकील साहब से कोई पूछता, इस समान अधिकार का परिणाम उनके हक में कैसा सिद्ध हुआ! वे तो जानते ही न थे कि गार्हस्थ्य सुख कैसा होता है। वे तरस रहे थे। हीरादेवी उनके लिए एक मित्र की तरह थीं। बाकी घर का सारा काम तो नौकर करते थे। हीरादेवी भी ग्रेजुएट थीं, वे इन छोटी-छोटी बातों में अपने अमूल्य समय

को नष्ट न कर सकती थीं और न कभी वकील साहब की ही हिम्मत पड़ती कि उनसे किसी काम के लिए कहते। सौ की जगह दो सौ खर्च होता, किन्तु फिर भी एक दिन भी उन्हें अच्छा भोजन न मिलता। वैसे तो सामने थाली में कई चीज़ें होतीं, पर सब बेस्वाद, नीरस; जैसे-तैसे पेट भरते थे।

हीरादेवी पहिली ही बार गर्भवती हुई थीं। प्रसव के लिए उन्होंने अपनी माता के पास जाना उचित समझा। वकील साहब ने इसे ज्यादा ठीक समझा, क्योंकि यहां इनके घर दूसरी कोई स्त्री थी ही नहीं। अतएव गर्भ के छठे मास में ही हीरादेवी अपनी मां के घर चली गईं।

एक दिन कचहरी से लौटकर वकील साहब चाय के लिए बैठे ही थे कि हीरालाल एक थाली में कुछ मिठाइयां, जो एक सुंदर बेलबूटेदार रुमाल से ढकी थीं लेकर आया। बोला, घर में बनाया था तो मैंने कहा, थोड़ा-सा आपके लिए भी ले चलूं, बहू जी तो हई नहीं, अब आपके लिए कौन बनाता होगा? वकील साहब ने मन-ही-मन सोचा—ये थीं ही तो कब बना के खिला देती थीं। प्रकट में बोले— क्यों तकलीफ की हीरालाल, महराज तो बना ही दिया करता है, जो कुछ मैं चाहता हूं। हीरालाल ने धीरे से थाली को मेज पर रखकर रुमाल हटा लिया। फिर बोला, वकील साहब ये पकौड़ियां खाइए, अभी बन रही हैं, बिल्कुल गरम हैं और चाय के साथ आपको अच्छी भी लगेंगी। वकील साहब पकौड़ियों के शौकीन थे, तश्तरी की सब पकौड़ी साफ कर गए। हीरालाल शरमाया, शायद वह बहुत कम लाया था। खाने के बाद बोले, दरअसल हीरालाल बहुत अच्छी पकौड़ियां बनी हैं, बाकी मिठाइयां भी बहुत अच्छी हैं। क्या तुम्हारे घर की बनी हैं? हीरालाल प्रसन्न होके बोला, हां सरकार हम लोग तो बाज़ार की मिठाई खाते ही नहीं, वह तो सब अपने हाथ से बना लेती हैं, सस्ती-की-सस्ती पड़ती हैं, और बाज़ार से अच्छी भी रहती हैं।

वकील साहब बोले, मालूम होता है कि भोजन बनाने में बड़ी चतुर हैं, पर वह तो मिर्जापुर तरफ की हैं। देहात की लड़कियों को तो मैंने भोजन की कला में निपुण कहीं नहीं देखा।

हीरालाल बोला—दिनों का ही फेर समझिए वकील साहब, यह मुंशी नवलकिशोर राय की लड़की है। एक ही रात डाकुओं ने ऐसा जबरदस्त डाका डाला कि इनका सब कुछ लूट ले गए। इन्हें अपनी मां के साथ जाफर मामा के घर मिर्जापुर में रहना पड़ा। देहात में रही तो क्या हुआ, इनकी मां बहुत चतुर थीं, उन्होंने ही इन्हें सब कुछ सिखाया। उन कान के बुंदों के अतिरिक्त मोतियों का एक चंद्रहार भी उसके पास है। वकील साहब, मैं क्या बताऊं, उसके हाथ में जैसे जादू है। मामूली दाल-भात बनाती है, पर इतना स्वादिष्ट कि क्या बताऊं।

वकील साहब आश्चर्य से बोले, अच्छा यह मुंशी नवलकिशोर राय की कन्या हैं। वह तो इलाहाबाद के बड़े भारी वकीलों में से थे। तभी यह इतनी चतुर हैं।

हीरालाल ने प्रसन्नता का भाव जाहिर करते हुए कहा—वकील साहब गुस्ताखी

माफ हो, एक अर्ज करता हूं आप कल सबेरे मेरे झोपड़े में ही भोजन कीजिए, हम गरीबों के भोजन का स्वाद भी लीजिए। वकील साहब को अपने मुंशी के यहां भोजन करना जरा उचित न मालूम हुआ। बोले, क्यों तकल्लुफ करते हो हीरालाल? यह जो इतनी चीजें लाए हो, यही मेरे कल तक के लिए काफी है, फिर क्यों तकलीफ करते हो।

हीरालाल बोला, इसमें तकलीफ की क्या बात है वकील साहब। उसका स्वभाव तो ऐसा है कि अगर दस खानेवाले आ जाएं तो उसे दूनी खुशी होती है, सुस्ती तो उसमें नाम की नहीं है और खानेवालों को खिला-पिला के चाहे उसके खाने के लिए एक कौर भी न बचे, उसे बड़ा संतोष होता है।

वकील साहब बोले, अच्छा, भोजन तो तुम्हारे घर का मैं स्वीकार कर लेता हूं पर मैं वहां खाने न जाऊंगा, तुम खाना यहीं ला देना। हीरालाल खुशी-खुशी अपने घर गया, वकील साहब कपड़े पहिन के क्लब गए।

क्लब से उस दिन वकील साहब जल्दी ही लौट आए। उनका जी वहां भी न लगा। एक अजीब तरह की परेशानी उन्हें तंग किए डालती थी। भोजन के लिए महराज पूछने आया। कई बार पूछने पर जैसे सोते-सोते चौंककर उन्होंने जवाब दिया—नहीं।

महराज इस 'नहीं' का अर्थ कुछ भी न लगा सका। दुबारा फिर पूछा, साहब भोजन लाऊं क्या? वकील साहब झल्ला उठे। बोले, अभी कहा था न मत लाओ। क्या एक बार के कहने से नहीं समझ सकते? महाराज चुपचाप चला गया। उस दिन किसी की हिम्मत वकील साहब से बोलने की न हो सकी। किंतु नौ बजे रात को फिर हीरालाल दरवाज़ा खटखटाता हुआ पहुंचा। वकील साहब इतने रात को उसके आने का कारण समझ गए। फिर भी और दिनों की तरह वे उसे झिड़क न सके, बल्कि आदर के साथ बैठाया और नम्रता से बोले—क्या है हीरालाल? मालूम होता है कि आज पीने के लिए नहीं है कुछ। हीरालाल हंस पड़ा और बोला, सरकार जब तक आपके पास हूं मुझे क्या तकलीफ हो सकती है। जब मेरे पास न रहेगा, आपके पास आऊंगा। अच्छा, यह बात है, कहते हुए वकील साहब ने दो रुपए जेब से निकालकर फेंक दिए। आज पहली बार हीरालाल को बिना किसी प्रकार की झिकझिक किए ही पीने के लिए इतनी आसानी से रुपया मिल गया। रुपया तो वह सदा ही ले लिया करता था, किंतु घंटों माथापच्ची के बाद। वकील साहब के इतने शीघ्र रुपया निकालकर देने का अर्थ उसने लगाया, उस दिन की अत्यधिक आमदनी। रुपया उठाते-उठाते बोला, मालूम होता है आज खूब आमदनी हुई है। वकील साहब, रुपए हों तो दो-तीन और दे दो न, घर में खर्च के लिए बिल्कुल नहीं है। वकील साहब बोले, अच्छा तुम्हें दो दे दिए तो तुम लालच में पड़ गए। हीरालाल नम्रता से बोला, नहीं, वकील साहब घर में तंगी न होती तो मैं कभी न मांगता, आप तो मुझे जानते हैं, बस मुझे पीने भर को मिल जाए, फिर मुझे कुछ न चाहिए। आज तो उसने कहा कि रुपया चाहिए इसलिए आपसे कहा। नहीं तो क्या कभी कहता? आज की, वकील

साहब की आमदनी कुल पांच रुपए ही थी, उन्होंने बाकी के तीन रुपए निकालकर हीरालाल के हवाले कर दिए। देते-देते उन्होंने ताकीद कर दी कि देखो सबके सब मत पी जाना, घर में खर्च के लिए दे देना।

हीरालाल बोला, नहीं वकील साहब, क्या पागल हूं? मैं पहिले घर में देकर फिर पीने जाऊंगा। हीरालाल चला गया। वकील साहब फिर पलंग पर लेटे, उन्हें नींद न आई। उन्होंने अपने और हीरालाल के जीवन की तुलना की। चतुर सुशील, स्त्री पाकर वह कितना सुखी है? उसका गृहस्थ जीवन कितना आकर्षक है, वह है मामूली मुंशी। स्त्री साधारण पढ़ी-लिखी ग्रामीण बालिका है फिर भी गृहस्थी को स्वर्ग बना रक्खा है। एक मैं हूं शहर के बड़े वकीलों में, पांच-सात सौ मासिक तो कमा ही लेता हूं। बंगला है, मोटर है, सुंदर बगीचा है, स्त्री संस्कृत और अंग्रेजी में ग्रेजुएट। लोग तो यही समझते होंगे कि मैं कितना सुखी हूं, मित्र लोग आकर मेरी किस्मत की सराहना कर जाते हैं। किंतु मेरी किस्मत कैसी है? मेरे सिवाय और कौन जान सकता है? बिना सुशील पत्नी के सब सुख होते हुए भी मनुष्य सुखी नहीं रह सकता। सच्चे गृहस्थी के सुख के सामने सारे सांसारिक सुख हेय हैं। वह गृहस्थ सुख मेरी किस्मत में है ही नहीं। काश! मैं भी किसी मामूली पढ़ी-लिखी स्त्री से ही विवाह करता और वह सुशील होती तो जीवन कितना सुखी न होता। यदि सुशीला न भी होती तो कम-से-कम बात-बात में उसका तर्कशास्त्र तो न चलता। हर बात में वह अपनी विद्वत्ता की छाप तो न जमाने लगती। किंतु यहां तो बात ही और है। हीरा अपने सामने मुझे कुछ समझती ही नहीं, दूसरों के सामने उसे कुछ कहते मैं डरता हूं, न जाने कैसा उच्छृंखल उत्तर दे दे? फिर मुझे उनके सामने लज्जित होना पड़े। इसी प्रकार जितना ही मैं उससे दबता हूं, वह मुझे दबाती जाती है। मैं स्त्री को समान अधिकार देने का विरोधी नहीं हूं किंतु वे इतना समझती कहां हैं, वे अधिकार पाते ही उसका दुरुपयोग करने लगती हैं। स्त्रियों के लिए कोमलता, लज्जाशीलता और नम्रता बहुत आवश्यक हैं। पर यह बातें हीरा में कहा हैं? किंतु इसमें हीरा का दोष? दोष तो उसकी शिक्षा का है। फिर मैं शिक्षा को भी दोष कैसे दूं? उसी की छोटी बहिन मीरा भी तो एम.ए. में पढ़ रही है, इतनी सुशील, लज्जाशील है कि सीधी तरह आंख उठाकर बात नहीं कर सकती।...कुछ नहीं सब मेरी किस्मत का दोष है। मेरी किस्मत में गृहस्थ सुख नहीं था फिर मुझे सुशीला पत्नी कैसे मिलती? उन्होंने कमला और हीरा की तुलना की। कमला उन्हें साक्षात् लक्ष्मी-सी और हीरा अहंकार, अभिमान की प्रतिमा-सी जान पड़ी। पहिले ही दिन, पहिली दृष्टि में कमला के रूप पर मुग्ध हो गए थे। आज वह उसके गुणों की भूरि-भूरि प्रशंसा कर रहे थे। किंतु इतना वह जानते थे कि जीवन में अनेक बार ऐसे अवसर आते हैं, जब इंद्रिय मनुष्य को अपना दास बना लेती हैं। जानता हुआ भी मनुष्य अनजान बन जाता है, समझदार भी नासमझ हो जाता है। इसलिए वह कमला के रूप और गुणों पर मुग्ध होते हुए भी उससे दूर-दूर रहना चाहते थे। वे उस पवित्र फूल को जिसका सौरभ उन्हें बहुत प्रिय था, छूकर अपवित्र न करना चाहते थे। इसीलिए वह पास भी आने से डरते थे। संभव है पास पहुंचकर वे छू लेने के लोभ को संवरण न कर सकें, तो फिर

उसका परिणाम क्या होगा। उसके भयंकर दुष्परिणाम का काला चित्र वकील साहब की आंखों के सामने खिंच गया। वे घबराकर उठे। पास ही मेज पर रखा हुआ हीरा का चित्र उठाकर देखने लगे। किंतु उस चित्र में, कई बार देखने पर भी उन्हें कमला ही दिखी। वे घबराकर इधर-उधर करवटें बदलते रहे। अंत में यह निश्चय करके कि मैं सबेरे हीरालाल के यहां भोजन के लिए अस्वीकृति भेज दूंगा, न जाने कब उन्हें नींद आ गई!

सबेरे जब वकील साहब सोकर उठे तो दिन चढ़ आया था। हीरालाल अपने कई मुवक्किलों के साथ वकील साहब की इंतजारी में बैठा था। वकील साहब उठे। कहां तो सोने से पहिले उन्होंने यह निश्चय किया था कि हीरालाल के घर का भोजन अस्वीकार कर देंगे, चाय पीते-पीते महराज से बोले कि मैं आज यहां खाना न खाऊंगा, मेरे लिए न बनाना। और खाना बनाना ही किसके लिए था, महराज को बिना मांगे ही छुट्टी मिली।

इधर भोजन के समय जब हीरालाल वकील साहब से पूछने आया, उन्होंने कहा चलो, वहीं चलके खा लेता हूं, तुम भी घर रहोगे। बार-बार दौड़ने से बचोगे। हीरालाल और चाहता ही क्या था? वकील साहब को लेकर अपने घर पहुंचा। वकील साहब घर की सफाई देखकर दंग रह गए। छोटे-छोटे दो कमरे, कमला ने ढंग से सजा रखे थे। इतनी सफाई थी कि वह उनकी चतुराई से चकित हो गए। उन्हें स्वप्न में भी यह आशा न थी कि उनके नौकरों के रहने की कोठरी नंदन-कानन बन रही हैं। जो घर कमला-सी चतुर गृहणी के आलोक से आलोकित हो रहा हो, उसकी तुलना नंदन-कानन भी क्या करेगा? वकील साहब दूसरी कोठरी में बैठे थे। बीच के दरवाजे पर एक फटी हुई साड़ी का ही सिला हुआ हल्के हरे रंग का पर्दा पड़ा हुआ था। परदे के पीछे से वकील साहब को बार-बार कमला के पैरों की पाजेब की मधुर ध्वनि सुन पड़ती थी, जिससे रह-रह के उनका मन चंचल हो जाता था। जिन पैरों के पाजेब की मधुर ध्वनि वकील साहब के हृदय को दोलायमान किए डालती थी, उन पैरों को एक बार चूम लेने के लिए उनका मन आतुर हो उठा। हीरालाल ने आसन बिछा के पानी रखा। कमला थाली परोस के लाई। आज उसने बहुत मामूली हल्के नीले रंग की साड़ी पहिन रखो थी। नीले रंग में उसका रूप और भी निखर पड़ता था। खाना बहुत सादा था—दाल, चावल, रोटी और दो तरह की मामूली तरकारी थी। किंतु सादा भोजन होने पर भी बहुत स्वादिष्ट और रुचिकर था। मिर्च-मसाला बहुत कम था, फिर भी जाने क्या था कि वकील साहब रोज से कहीं ज्यादा खा गए। खाते-खाते बोले, हीरालाल मुझे खाना इसी प्रकार का अच्छा लगता है, किंतु महराज तो जरूरत से ज्यादा मिर्च मसाला भर देता है। परिणाम यह होता है कि मैं कभी पेट भर भोजन नहीं कर पाता। तुम अपनी स्त्री से कहो कि वह महराज को भी खाना बनाना सिखा दे। कमला ने धीरे-से कुछ कहा। हीरालाल हंसता हुआ बोला, वकील साहब वह कहती है कि आप यहीं क्यों न खा लिया करें। वकील साहब हंसकर बोले, सो यहां किस्मत में नहीं है। सबको थोड़े ही ऐसा खाना नसीब होता है। कहते-कहते साहब चले गए। कचहरी की देरी हो रही थी। हीरालाल भी

जल्दी-जल्दी भोजन करके भागा। आज वह भी वकील साहब की कार में ही बैठकर कचहरी गया। प्रशंसा झूठी हो चाहे सच्ची, किंतु है ऐसी चीज, जिसे सुनकर प्रसन्न हो जाना मनुष्य का स्वभाव है। अपनी प्रशंसा के इतने बंधते पुल सुनकर कमला पुलकित न हुई हो ऐसी बात नहीं। अब वह चीजें दूने उत्साह के साथ बनाती, और नित्य ही कोई-न-कोई नई वस्तु बनाकर वकील साहब के लिए भेजती। उसके हृदय में और कोई भाव न थे, किंतु प्रशंसा पाने की लालसा जरूर थी। वकील साहब इसका दूसरा ही अर्थ लगाते। वे बार-बार सोचते कि जिस प्रकार मेरे हृदय में उसके लिए प्रेम का सूत्रपात हुआ, उसी प्रकार कमला के हृदय में भी तो नहीं है? वे सदा इसी चिंता में व्यस्त रहते। किंतु प्रेम प्रकट करने का उन्हें कभी साहस न होता, इसके अतिरिक्त वे विश्वास की जगह अविश्वास को स्थान देकर पतित न होना चाहते थे। वे अपनी इंद्रियों का दमन करके अपनी सच्चरित्रता पर धब्बा न लगने देना चाहते थे। किंतु होनी किसके टाले टली है!

इस बार जब वे हीरालाल की तनखा देने लगे तो दस रुपए के स्थान पर पंद्रह रुपए दिए और कहा, हीरालाल मेरी आमदनी बढ़ गई है, इसलिए तुम्हारी तनख्वाह भी बढ़ा दी है। इस महीने से तुम्हें पंद्रह रुपए मिला करेंगे। हीरालाल को मुंहमांगी मुराद मिली। खुशी-खुशी घर आया। पत्नी के हाथ पर रुपए रखता हुआ बोला, कमला, तुम सचमुच लक्ष्मी हो। जिस दिन से तुम आई हो मुझे लाभ-ही-लाभ हुआ है। वकील साहब मुझसे कभी सीधे बात तक न किया करते थे, अब दोस्तों का-सा बर्ताव रखते हैं। कहां तो सदा निकाल देने की धमकी दिया करते थे, कहां इस महीने से पंद्रह रुपए तनखा कर दी। अब तुम कहो, तुम लक्ष्मी हो या नहीं? तनखा बढ़ने की खुशी में मैं उन्हें कल की दावत दे आता हू। ज़रा इस बार गहरा माल बने। पांच रुपए ऊपरवाले खर्च कर दो, परमात्मा बहुत देगा।

वकील साहब दूसरे दिन हीरालाल के यहां खाने आए। आज कमला ने कई तरह की भोजन सामग्री तैयार की थी। हीरालाल थाली परसवा के वकील साहब के सामने रख ही रहा था कि बाहर से कुछ मुअक्किलों ने आवाज दी। हीरालाल कमला से कहकर कि तुम वकील साहब को खिला दो मैं जरा मुअक्किलों को संभाल लूं, वर्ना बहक जाएंगे, बाहर चला गया। सामने ही दूसरे वकील का घर था। उसे डर था कि कहीं मुअक्किल दूसरे वकील के घर न चले जाएं। हीरालाल मुअक्किल से बातचीत कर रहा था। कमला वकील साहब को खाना खिला रही थी। बिल्कुल एकांत, और सामने वही वस्तु जिसके वे भक्त थे। वकील साहब कुछ हतप्रज्ञ और चंचल से हो गए। वे बोले, खाना इतना अच्छा बना है कि जी चाहता है बनाने वाले का हाथ चूम लूं। कमला कुछ न बोली। उसे यह एकांत अच्छा न लग रहा था। उसे वकील साहब के चेहरे की लाली और आंखों की उन्मत्तता साफ दिख रही थी। हाथ धुलाने के बाद कमला टावेल देने लगी, वकील साहब टावेल लेकर कमला की ओर झुके। कमला हां-हां क्या करते हैं आप, कहकर पीछे सरकी। पीछे दीवार होने के कारण

ज्यादा न हट सकी। वकील साहब ने जरा ज्यादा झुककर कमला के होठों पर अपने होठों को जड़ दिया। न चाहती हुई भी कमला इसका विरोध न कर सकी। कुछ क्षण कमला के अधरामृत का पान कर बिना कुछ कहे ही वकील साहब बाहर चले आए। वकील साहब के बाहर आने के बाद हीरालाल भी खाना खाने गया। आज फिर वकील साहब के साथ हीरालाल को कचहरी जाना पड़ा। हीरालाल के कचहरी जाने पर कमला वकील साहब के कृत्य पर बार-बार विचार करती रही। उसे रह-रह कर उनके साथ-साथ अपने पतन का दुःख हो रहा था। किंतु उसने तो कभी सोचा भी न था कि यह मामला इस हद तक पहुंच सकता है।

शाम हुई, आज वकील साहब क्लब न जा सके, उनका चित्त उदास था। आज हीरालाल को कोई आमदनी भी न हुई थी। वह भी पीने के लिए व्याकुल-सा था। वह फिर वकील साहब के पास आया। वकील साहब को समझने में देर न लगी, एक रुपया निकाल कर उसके हाथ में रख दिया। हीरालाल कलारी की तरफ भागा। वकील साहब धीरे-धीरे हीरालाल के घर की ओर गए? जूतों की आवाज सुनकर हीरालाल के धोखे में कमला ने उठकर दरवाजा खोल दिया। सामने वकील साहब को खड़ा देखकर वह बहुत घबराई। अब न दरवाजा बंद करते बनता था न खोलते। वह कुछ क्षण तक दरवाजा पकड़े खड़ी रही फिर बोली, क्या चाहिए आपको? वकील साहब रुंधे हुए कंठ से कंपित स्वर में बोले, तुमसे मांफी मांगने आया हूं। कमला जरा भीतर बैठ जाने दो, फिर कहता हूं। कमला दरवाजे से सरक गई। वकील साहब आकर भीतर कुर्सी पर बैठ गए। कहा, मुझे अपनी कृत्य पर बड़ा दुःख है। कमला तुम मुझसे नाराज तो नहीं हो?

कमला कातर स्वर में बोली, मैं नाराज होऊं या खुश, अब पूछकर क्या होगा? यह तो आपको पहिले ही पूछना चाहिए था, फिर भी मैं आपसे पूछती हूं, आखिर हठ से क्या लाभ है? मेरी और आपकी दोनों की जिंदगी बरबाद हो जाएगी। वैसे आपको तो विशेष क्षति न होगी किंतु मैं कहीं की न रहूंगी।

वकील साहब ने भर्राए स्वर में कहा, कमला मैं तो पागल हो रहा हूं, मेरी दवा तुम्हें छोड़कर कोई नहीं कर सकता। वैसे आज जो कुछ भूल हो गई उसे तुम क्षमा करो। तुम्हारी इच्छा के विरुद्ध मैं तुम्हें कभी हाथ न लगाऊंगा। रही तुम्हारे जीवन बरबाद होने की बात, सो मैं तुम्हें विश्वास दिलाता हूं कि मैं हीरालाल को कभी किसी हालत में अलग न करूंगा और तुम्हारा तुम्हारा जीवन मेरे जीते जी कभी बरबाद नहीं हो सकता। कमला ने दीन भाव से पूछा, फिर भी यह कहां तक उचित है कि जो आदमी आपका विश्वास करे उसी के साथ अविश्वास करें। कभी इन्हें (हीरालाल को) ज़रा भी शक हुआ तो मेरे और आपके विषय में क्या सोचेंगे? वकील साहब बोले—कमला, शक होने ही कैसे पाएगा? कहते हुए उठकर पास खड़ी हुई कमला का उन्होंने गाढ़ा आलिंगन कर लिया। और उसी शाम उनका पतन हो गया। इस बात से कमला को जो कुछ दुःख था, वह तो था ही, वकील साहब भी अपने कृत्य से संतुष्ट न थे। न जाने कितने दिन और कितनी रातें उन्होंने बेचैनी से बिताईं, किंतु कार्यक्रम उनका ज्यों-का-त्यों चलता रहा। रोज शाम को हीरालाल जब कलारी

जाता, उसी समय वकील साहब अपनी मधुशाला में पहुंचते। यह क्रम महीनों चलता रहा, किंतु हीरालाल कुछ भी न जान सका। धीरे-धीरे कमला को गर्भ के लक्षण प्रकट हुए। विवाह को नौ साल हो चुके थे। इतने दिन बाद ही सही, हीरालाल ने उम्मीद छोड़-सी दी थी, किंतु अब जब उसे मालूम हुआ कि कमला गर्भवती है तो उसे बेहद खुशी हुई। उसने मन-ही-मन सोचा वकील साहब के यहां लड़का हुआ तो इधर भी ईश्वर ने भेज दिया। इसमें क्या रहस्य है—बिचारा हीरालाल न जानता था।

एक दिन हीरालाल भोजन कर चुकने के बाद रुपया लेकर कलारी की तरफ चला। रास्ते में उसका एक लेनदार मिल गया जिसके हीरालाल से दस रुपये करीब आते थे। हीरालाल को देखते ही उसने दस तो सीधी-सीधी सुनाई और रुपया छीन लिया। अब कलारी तक जाके हीरालाल करता तो क्या करता? लाचार घर की तरफ लौट पड़ा। घर आकर अपने घर में उसने वकील साहब को बैठा पाया। अपने घर में वकील साहब को देखकर हीरालाल को, और हीरालाल को अचानक उस समय पहुंचा देखकर वकील साहब को आश्चर्य हुआ। किंतु वकील साहब चतुर थे। बोले, क्यों हीरालाल, हमेशा तो मुझे भोजन के लिए पूछा करते थे, आज जब मुझे घर में ढंग का खाना न मिला तो पहले ही से खा-पीके बैठ गए। हीरालाल बोला, अरे तो और बन जाएगा वकील साहब। उसने पत्नी को वकील साहब के लिए कुछ बनाने का इशारा किया। वकील साहब रोकते हुए बोले, नहीं नहीं अब क्यों तकलीफ देते हो? मैं जाता हूं तुम लोगों ने खाया-पिया न होता तो मैं भी कुछ खा लेता। फिर कुछ हँसकर बोले—और तुम्हारा क्या हाल है? मालूम होता है आज चढ़ाई नहीं! हीरालाल के हृदय में कुछ आशा का संचार हुआ। इस समय मदिरा से अधिक आकर्षक कोई दूसरी चीज दुनिया में उसकी दृष्टि में न थी। बोला—चढ़ाता कैसे वकील साहब, एक साला लेनदार मिल गया, रुपया ही छीन लिया, फिर मैं कलारी तक नहीं गया, जाके भी क्या करता, वहां कहीं दूसरों को पीते देखकर और जी खराब होता। आपके पास हों तो सरकार जिला लो नहीं तो बिना खुराक के मर जाऊंगा। जेब से पांच रुपये का नोट निकालते हुए वकील साहब बोले, मेरे पास छुट्टा रुपया नहीं है और तुम्हें रुपया देते हुए डर लगता है। नशे के झोंक में न जाने कितने का पी जाओ। हीरालाल बोला, नहीं सरकार ऐसा भी कहीं हुआ है। मैं तो उतना ही पीता हूं, मेरी तो खुराक ही उतनी है, बस एक रुपया आठ आना की। हीरालाल नोट लेके जाते-जाते कमला से बोला, वकील साहब को कुछ बना के खिला देना ज़रूर। वकील साहब बोले, पहले अपनी फिकर कर लो फिर हमारी बाद में करना। हीरालाल हँसता हुआ चला गया। हीरालाल जब आंख से ओझल हुआ तो कमला का आलिंगन करते हुए वकील साहब बोले, तुम इस शराबी की दास हो कमला? यदि बदलने का कानून होता तो मैं हीरा को देके तुम्हें ले लेता। हीरा, हीरालाल के साथ खुश रहती चाहे न रहती, पर हमारे तुम्हारे सरीखा सुखी तो दुनिया में कहीं ढूंढ़ने से भी न मिलता, न कमला? कमला ने कुछ उत्तर न दिया, विदाई की अंतिम

छाप कमला के होंठों पर लगाकर वकील साहब अपने घर आए। कमला को गर्भ का पांचवां महीना चल रहा था।

हीरालाल खूब पी के लौटा। लौटकर साढ़े तीन रुपए कमला के सामने फेंक दिए, फिर वह खाट पर बेहोश गिर पड़ा। आज उसने दूनी चढ़ा ली थी।

धीरे-धीरे हीरालाल को अपनी स्त्री और वकील साहब के चरित्र के विषय में कुछ-कुछ संदेह होने लगा। किंतु कुछ भी कहने की हिम्मत न पड़ती। जब तक वह अपनी आंख से कुछ न देख ले कैसे कहे? लेकिन इस विचारमात्र से ही उसका हृदय बड़ा विचलित हुआ। वह अब ज्यादा पीने लगा किंतु इस पर भी उसे शांति न मिलती। वह बड़ा व्यथित और घबराया-सा रहता। एक दिन वह कमला से बोला, कमला, जाने क्यों मुझे तुम्हारा वकील साहब के साथ इतना मिलना-जुलना पसंद नहीं आता। कमला ने कहा, मैं तो उनके घर मिलने जाती नहीं, तुम उन्हें मना कर दो, मैं उनसे कभी न मिलूंगी। हीरालाल निरुत्तर हो गया। वकील साहब को रोकने का उसमें साहस न था। उसने सोचा मकान ही बदल लूं तो अच्छा रहेगा। वह मकान की तलाश में चला। रुपया लेकर कलारी की तरफ जाने के इरादे से निकला। किंतु कुछ ही दूर जाने पर उसे कुछ मुअक्किल मिल गए, वह उन्हें लेकर लौट पड़ा। बंगले पर आने पर मालूम हुआ वकील साहब क्लब गए हैं। मुअक्किलों से बातचीत करके पांच रुपए फीस की पेशगी लेकर हीरालाल उन्हें सबेरे आने की ताकीद कर अपने घर की तरफ चला। वह रबरसोल जूते पहना था, इसलिए जूतों की आवाज़ न हुई। बाहर बरामदे पर पहुंचकर उसने देखा कि सामने का दरवाज़ा बंद है। अंदर से वकील साहब और कमला के हंसने की आवाज़ आ रही थी। वह चुपचाप कुछ क्षण तक खड़ा रहा, उसने सुना कमला कह रही थी—लड़की हो या लड़का, है तो तुम्हारा ही, उसकी पूरी जिम्मेदारी तुम्हीं पर रहेगी। मैं यह न देख सकूंगी कि तुम्हारा एक बच्चा मोटर पर बैठकर स्कूल जाए और दूसरा पैर घसीटता हुआ जाए। वकील साहब बोले, पगली हुई हो, तुम्हें भी मैं यहां न रहने दूंगा। मैं तुमको लेके भाग जाऊंगा। वकालत, मकान, बगीचा, सब हीरा और हीरालाल के लिए छोड़ जाऊंगा। मेरे पास बस तुम रहो, मैं दुनिया की सारी संपत्ति को ठुकरा दूंगा। मोटर मैं अपने बच्चे के लिए साथ रखूंगा, कहीं भी रहूंगा, कमा खाऊंगा। हो न तैयार इस बात के लिए? कमला हँस पड़ी। हीरालाल अधिक न सुन सका। संताप से वह पागल-सा हो रहा था। उसने ज़ोर से एक ठोकर दरवाज़े पर लगा दी। दरवाज़ा अंदर से बंद था। वह वहां क्षण भर भी न ठहर सका। तेज़ी के साथ अहाते से बाहर निकल गया। अंधकार में किधर अदृश्य हो गया, कोई न जान सका।

इस घटना को हुए कई मास बीत गए, अब कमला और वकील साहब के संबंध की चर्चा घर-घर में थी। संदेह तो लोग पहले से ही करते थे, किंतु हीरालाल के इस प्रकार अचानक लापता हो जाने से संदेह करने में कोई संदेह का कारण न रह गया था। एक सखी ने कुछ गोलमाल करके हीरादेवी को भी लिखा। यह भी लिखा

कि वह फौरन चली आवे। इसके एक ही दिन पहले हीरादेवी को पति का पत्र मिला था जिसमें लिखा था कि यहां कई तरह की मौसमी बीमारियां फैली हैं, ऐसे समय में तुम बच्चे को लेकर यहां मत आना। मैं स्वयं तुम्हें लेने आऊंगा। अब हीरादेवी पति के असली मतलब को समझीं। उनके सिर से पैर तक आग लग गई। उसी दिन रात की ट्रेन से वह रवाना हो गईं। उनके पहुंचने से पंद्रह दिन पहले बंगले में ही एक कमरे में कमला को कन्या हुई थी। हीरादेवी के इस प्रकार अचानक पहुंचने की वकील साहब को संभावना न थी। वह किंकर्तव्यविमूढ़ से हो गए। उनकी समझ ही में न आया कि क्या करें? पहुंचने के कुछ ही घंटे बाद हीरादेवी ने देखते-देखते कमला को बच्ची समेत बंगले से बाहर निकाल दिया। बंगले से निकलते समय कमला वकील साहब के दफ्तर की तरफ मुड़कर बोली, मुझे उन कोठरी में से एक में रहने दो, मैं इतना नन्हा-सा बच्चा लेकर कहां जाऊं? फिर मुझसे चला भी तो नहीं जाता। वह अपनी बात पूरी भी न कर पाई थी कि अचानक हीरादेवी आ गई। डांट के बोलीं, सीधी निकल जाओ। मेरी इच्छा के विरुद्ध तुम इस अहाते में पैर भी नहीं रख सकतीं। वकील साहब बुत की नाईं बैठे रहे। उनसे कुछ भी करते न बना। उन्हीं की आंख के सामने, जिसे उन्होंने इतना आश्वासन दे रखा था, वही कमला गिरती-पड़ती किसी प्रकार बंगले से बाहर चली गई। किसी को उस पर दया न आई। किसी ने उसे शरण न दी। अपने पाप के फल को हृदय से लगाए संताप के आंसू बहाती हुई कमला निरुद्देश्य भाव से चली जा रही थी।

•

दृष्टिकोण

निर्मला विश्व-प्रेम की उपासिका थी। संसार में सबके लिए उसके भाव समान थे। उसके हृदय में अपने-पराये का भेद-भाव न था। स्वभाव से ही वह मिलनसार, सरल, हँसमुख और नेक थी। साधारण पढ़ी-लिखी थी। अंग्रेज़ी में शायद मैट्रिक पास थी। परंतु हिंदी का अच्छा ज्ञान था। साहित्य के संसार में उसका आदर था और काव्यकुंज की वह एक मनोहारिणी कोकिला थी।

निर्मला का जीवन बहुत निर्मल था। दूसरों के आचरण को सदा भलाई की ही नज़र से देखती। यदि कोई उसके साथ बुराई भी करने आता तो निर्मला यही सोचती कदाचित् उद्देश्य बुरा न रहा हो, भूल से ही उसने ऐसा किया हो।

पतितों के लिए भी उसका हृदय उदार और क्षमा का भंडार था। यदि वह कभी किसी को कोई अनुचित काम करते देखती, तो भी वह उसका अपमान या तिरस्कार कभी न करती। प्रत्युत् मधुरतर व्यवहार से ही वह उसे समझाने का प्रयत्न करती। कठोर वचन कहकर किसी का जी दुखाना निर्मला ने सीखा ही न था। किंतु इसके साथ ही साथ, जितनी वह नम्र, सुशील और दयालु थी उतनी ही वह आत्माभिमानिनी, दृढ़-निश्चयी और न्यायप्रिय भी थी। नौकर-चाकरों के प्रति भी निर्मला का व्यवहार बहुत दयापूर्ण होता। एक बार की बात है, उसके घर की एक कहारिन ने तेल चुराकर एक पत्थर की आड़ में रख दिया। उसकी यह नीयत थी कि घर जाते समय बाहर-के-बाहर चुपचाप लेती चली जायगी। किसी कार्यवश रमाकान्तजी उसी समय वहाँ पहुँच गए, तेल पर उनकी दृष्टि पड़ी, पत्नी को पुकारकर पूछा—निर्मला, यहाँ तेल किसने रखा है?

निर्मला ने पास ही खड़ी हुई कहारिन की ओर देखा। उसके चेहरे की रंगत स्पष्ट बतला रही थी कि यह काम उसी का है। किंतु निर्मला ने पति को जवाब दिया—मैंने ही रख दिया होगा, उठाने की याद न रही होगी।

पति के जाने के बाद निर्मला ने कटोरे में जितना तेल था उतना ही और डालकर कहारिन को दे दिया और बोली—जब जिस चीज़ की जरूरत पड़े, माँग लिया करो, मैंने कभी देने से इनकार तो नहीं किया?

जो प्रभाव कदाचित् डाँट-फटकार से भी न पड़ता वह निर्मला के मधुर और दयापूर्ण बर्ताव से पड़ा।

बाबू रमाकांतजी का स्वभाव इसके बिल्कुल विपरीत था। थे तो वे डबल एम.

ए., एक कालेज के प्रोफ़ेसर, साहित्यसेवी और देशभक्त, उज्ज्वल चरित्र के नेक और उदार सज्जन, पर फिर भी पति-पत्नी के स्वभाव में बहुत विभिन्नता थी। कोई चाहे सच्चे हृदय से भी उनकी भलाई करने आता तो भी उसमें उन्हें कुछ-न-कुछ बुराई जरूर देख पड़ती। वे सोचते इसकी तह में अवश्य ही कुछ-न-कुछ भेद है। कुछ न कुछ स्वार्थ होगा। तभी तो यह भलमनसाहत दिखाने आया है! नहीं तो मेरे पास आकर इसे ऐसी बात करने की आवश्यकता ही क्या पड़ी थी?

पतितों को वे बड़ी घृणा की नज़र से देखते, उनकी हँसी उड़ाते। गिरने वाले को एक धक्का देकर वे गिरा भले ही दें, किंतु बाँह पकड़कर उसे ऊपर उठा के वे अपना हाथ अपवित्र नहीं कर सकते थे। वे पतितों की छाया से भी दूर-दूर रहते थे। अपने निकट संबंधियों की भलाई करने में यदि दूसरे की कुछ हानि भी हो जाए तो उन्हें इसमें अफसोस न होता था। वे सज्जन होते हुए भी सज्जनता के कायल न थे। कोई उनके साथ बुराई करता तो उसके साथ उससे दूनी बुराई करने में उन्हें संकोच न होता था।

पति-पत्नी दोनों को अलग खड़ा करके यदि ढूँढ़ा जाता तो अवगुण के नाम से उनमें तिल के बराबर भी धब्बा न मिलता। बाह्य-जगत में उनकी तरह सफल जोड़ा, उनके सदृश सुखी जीवन कदाचित् बहुत कम देख पड़ता। दूसरों को उनके सौभाग्य पर ईर्ष्या होती थी। उनमें आपस में कभी किसी प्रकार का झगड़ा या अप्रिय व्यवहार न होता। फिर भी दोनों में पद-पद पर मतभेद होने के कारण उनका जीवन सुखी न रहने पाता था।

शाम-सुबह, निर्मला दोनों समय घर के काम-काज के बाद मील-मील तक घूमने के लिए चली जाती थी। इससे शुद्ध वायु के साथ-साथ कुछ समय का एकान्त मिलता जो उसे कोई नई बात सोचने या लिखने के लिए सहायक होता। किन्तु निर्मला की सास को बहू की यह हवाखोरी न रुचती थी। उन्हें यह संदेह होता कि यह घूमने के बहाने न जानें कहाँ-कहाँ जाती होगी, न जाने किससे-किससे मिलकर क्या-क्या बातें करती होगी। प्रायः वह देखा करती कि निर्मला किधर से जाती है और कहाँ से लौटती है? एक बार उन्होंने पूछा भी—तुम गई तो इधर से थी, उस ओर से कैसे लौटी?

निर्मला इसका क्या जवाब देती, हँसकर रह जाती। किंतु निर्मला की सास बहू की इस चुप्पी का दूसरा ही अर्थ लगाती। उन्हें निर्मला का आचरण पसंद न था। उसके चरित्र पर उन्हें पद-पद पर संदेह होता; किंतु इन मामलों में जब वह स्वयं रमाकान्त को ही उदासीन पाती तो उन्हें भी मन मसोसकर रह जाना पड़ता था। क्योंकि रमाकांत के सामने भी निर्मला घूमने निकल जाती और घंटों बाद लौटती। अन्य पुरुषों से उनके सामने भी स्वच्छन्दतापूर्वक बातचीत करती, परंतु रमाकान्त इस पर उसे ज़रा भी न दबाते।

किंतु कभी-कभी जब उनसे बर्दाश्त न होता तो वे रमाकान्त से कुछ-न-कुछ कह बैठतीं तो भी वे यही कहकर कि 'इसमें क्या बुराई है' टाल देते। उनकी समझ में रमाकान्त इस प्रकार माँ की बात न मानने के लिए ही पत्नी को शह देते थे।

इसलिए वे प्रत्यक्ष रूप से तो निर्मला को अधिक कुछ न कह सकती थी किन्तु अप्रत्यक्ष रूप से, कुत्ते-बिल्ली के बहाने ही सही, अपने दिल का गुबार निकाला करतीं। निर्मला सब सुनती और समझती किंतु वह सुनकर भी न सुनती और जानकर भी अनजान बनी रहती।

वह अपना काम नियमपूर्वक करती रहती। इन बातों का उसके ऊपर कुछ भी प्रभाव न पड़ता। कभी-कभी उसे कष्ट भी होता किंतु वह उसे प्रकट न होने देती। वह सदा प्रसन्न रहती, यहाँ तक कि उसके चेहरे पर शिकन तक न आती। वह स्वयं किसी की बुराई न करना चाहती थी, उसके विरुद्ध चाहे कोई भी करता रहे।

एक दिन कॉलेज से लौटते ही रमाकान्त ने कहा—आज एक बड़ा विचित्र किस्सा हो गया निर्मला!

'क्या हुआ?'—निर्मला ने उत्सुकता से पूछा।

घृणा का भाव प्रकट करते हुए रमाकान्त बोले—हुआ क्या? यही कि तुम्हारी बिट्टन को न जाने किससे गर्भ रह गया है। और अब चार-पाँच महीने का है। बात खुलते ही आज वह घर से निकाल दी गई है। उसके मायके में तो कदाचित् कोई है ही नहीं। सड़क पर बैठी रो रही है।

बिट्टन बाल-विधवा थी। जन्म ही की दुखिया थी, इसलिए निर्मला सदा उससे प्रेम और आदर का व्यवहार करती थी। बिट्टन की करुणाजनक अवस्था से निर्मला कातर हो उठी। उसने रमाकान्तजी से पूछा—फिर उसका क्या होगा? अब वह कहाँ जाएगी?

रमाकान्तजी ने उपेक्षा से कहा—कहाँ जाएगी, मैं क्या जानूँ, जैसा किया वैसा भोगेगी!

निर्मला के मुँह से ठंडी आह निकल गई। कुछ देर बाद न जाने क्या सोचकर वह दृढ़ स्वर में बोली—तो मैं जाती हूँ, उसे लिवा लाती हूँ। जब तक कोई दूसरा प्रबंध न हो जायगा, वह मेरे साथ रही आवेगी।

रमाकान्त घबराकर बोले—नहीं, नहीं ऐसी बेवकूफ़ी करना भी मत। उसे अपने घर लाकर क्या अपनी बदनामी करवानी है? तुम्हें तो कोई कुछ न कहेगा, सब लोग मुझे ही बदनाम करेंगे।

निर्मला ने दयार्द्र भाव से कहा—अरे! तो इतनी छोटी-छोटी सी बातों से क्यों डरते हो? परमात्मा तो हमारे हृदय को पहचानेगा। मुझे तो उसकी अवस्था पर बड़ी दया आती है। तुम कहो तो मैं अभी जाकर उसे लिवा लाऊँ।

रमाकान्त के कुछ बोलने के पहिले ही उनकी माँ बोल उठी—ऐसी औरतों का तो इसे बड़ा दर्द होता है, घर में बुलाने जा रही है! जाय कहीं भी मुँह काला करे। पर याद रखना, खबरदार, जो उसे घर में बुलाया तो! मैं अभी से कहे देती हूँ। अगर उस छूत ने घर में पैर भी रक्खा तो अच्छा न होगा।

निर्मला धीरे से बोली—अगर वह आ ही गई तो फिर क्या करोगी, अम्माजी?

अम्माजी क्रोध से तिलमिला-सी उठी। तड़पकर बोली—मार के लकड़ी से पैर

तोड़ दूँगी, और क्या करूँगी। तू तो रामू के सिर चढ़ाने से इतनी बढ़-चढ़ के बोल रही है सो मैं रामू से डरती नहीं। तेरा और तेरे साथ रामू का भी मिज़ाज ठंडा कर दूँगी। ऐसी बदज़ात औरतों की परछाईं में भी रहना पाप है। उसे घर में बुलाने जा रही है!

निर्मला ने कहा—पर अम्माजी, यदि वह आयी तो मैं दूसरों की तरह उसे दरवाज़े पर से दुतकार तो न दूँगी। मैं तो यह कहती नहीं कि उसे सदा अपने घर में रखा जाय, पर हाँ, जब तक उसका कोई प्रबंध न हो जाए तब तक अगर घर के एक कोने में पड़ी रही तो कोई हानि न होगी। और कौन वह हमारे चूल्हे-चौके में जाएगी? आखिर बिचारी स्त्री ही तो है। भूलें किससे नहीं होती?

अम्माजी क्रोध में आकर बोली—एक बार कह दिया कि उस राँड को घर में घुसने न दूँगी। बार-बार ज़बान चलाए जा रही है। वह तो अपनी कोई नहीं है। कोई अपनी सगी भी ऐसा करती तो मैं लात मारकर निकाल देती। अब बार-बार पूछकर मेरे गुस्से को न बढ़ा, नहीं तो अचछा न होगा।

निर्मला ने नम्रता से कहा—पर तुम्हारा क्या बिगाड़ेगी, अम्माजी? मेरे कमरे में पड़ी रहेगी और तुम चाहो तो ऐसा प्रबंध कर दूँ कि तुम्हें उसकी सूरत भी न दिखे। और फिर अभी से उस पर इतनी बहस ही क्यों? वह तो तब की बात है जब वह हमसे आश्रय माँगने आवे।

अम्माजी का क्रोध बढ़ा और कहने लगी—तेरे कमरे में रहेगी और मुझे उसकी सूरत न दिखेगी तो क्या दूसरी बात हो जायगी? कैसी उलट-फेर से बात कहती है! तुझे अपने पढ़ने-लिखने का घमंड हो तो उस घमंड में न भूली रहना। ऐसी पढ़ी-लिखियों को मैं कौड़ी बराबर भी नहीं समझती। धर्म-कर्म से तो सदा सौ गज दूर, और ऐसी कुजात औरतों पर दया करके चली है धर्म कमाने। वाह री औरत! जिसे मुहल्ले भर में किसी ने अपने घर न रक्खा उसे यह अपने घर में रखेगी! तू ही तो दुनिया भर में अनोखी है न? सब दूसरों को दिखाने के लिए कि बड़ी दयावन्ती है! जो भीतर का हाल न जाने उसके सामने इतनी बन। घरवालों को तो काटने दौड़ेगी और बाहरवालों को गले लगाती फिरेगी।

निर्मला भी ज़रा तेज़ होकर बोली—तो अम्माजी मुझे इतनी खरी-खोटी क्यों...

बीच ही में निर्मला को डाँटकर चुप करते हुए रमाकान्त बोले—तो तुम चुप न रहोगी निर्मला? कब से सुन रहा हूँ, जबान कैंची की तरह चल रही है! तुम्हारे हृदय में बिट्टन के लिए बड़ी दया है, और तुम उसके लिए मरी जाती हो तो जाओ उसे लेकर किसी धर्मशाला में रहो। मेरे घर में तो उसके लिए जगह नहीं है।

निर्मला को भी अब क्रोध आ चुका था। उसने भी उसी प्रकार तेज़ स्वर में कहा—तो क्या इस घर में मेरा इतना भी अधिकार नहीं है कि यदि मैं चाहूँ तो किसी को एक-दो दिन के लिए भी ठहरा सकूँ? अभी उस दिन, तुम लोगों ने बाबू राधेलालजी का इतना आदर-सम्मान क्यों किया था? उनके चरित्र के बारे में कौन नहीं जानता? उनके घर ही में तो वेश्या रहती है, सो भी मुसलमाननी! और वह, उसके हाथ का खाते-पीते भी हैं! फिर बिचारी बिट्टन ने क्या इससे भी ज्यादा कुछ अपराध किया है?

अम्माजी गरज उठीं। अब उनका साहस और बढ़ गया था क्योंकि अभी-अभी रमाकान्तजी निर्मला को डाँट चुके थे। वे बोली—चुप रह नहीं तो जीभ पकड़ कर खींच लूँगी। बड़ी बिट्टन वाली बनी है। बिचारी बिट्टन, बिचारी बिट्टन! तू भी बिट्टन सरीखी होगी, तभी तो उसके लिए मरी जाती है, न! जो सती होती है वे तो ऐसी औरतों की परछाई भी नहीं छूतीं। और तू राधेलाल के लिए क्या कहा करती है, वह तो फूल पर का भौंरा है। आदमी की जात है, उसे सब शोभा देता है, एक नहीं बीस औरतें रख ले। पर औरत आदमी की बराबरी कैसे कर सकती है?

निर्मला ने सतेज और दृढ़ स्वर में कहा—बस अम्माजी, मैं अब ज्यादा न सुन सकूँगी। मैं बिट्टन सरीखी होऊँ या उससे भी बुरी किन्तु इस समय वह निराश्रिता है, कष्ट में है, मनुष्यता के नाते मैं उसे आश्रय देना अपना धर्म समझती हूँ और दूँगी।

अब रमाकान्तजी को बहुत क्रोध आ गया था, वे कमरे से निकल कर आँगन में आ गए और आग्नेय नेत्रों से निर्मला की ओर देखते हुए बोले—क्या कहा? तुम बिट्टन को इस घर में आश्रय दोगी?

निर्मला भी दृढ़ता से बोली—जी हाँ, जितना इस घर में आपका अधिकार है, उतना ही मेरा भी है। यदि आप अपने किसी चरित्रहीन पुरुष मित्र को आदर और सम्मान के साथ ठहरा सकते हैं तो मैं भी किसी असहाय अबला को कम-से-कम आश्रय तो दे ही सकती हूँ।

रमाकान्त निर्मला के और भी नज़दीक जाकर कठोर स्वर में बोले—मेरी इच्छा के विरुद्ध तुम यहाँ उसे आश्रय दोगी?

निर्मला ने भी उसी स्वर में उन्हें उत्तर दिया—जी हाँ, मेरी इच्छा का भी तो कोई मूल्य होना चाहिए? या मेरी इच्छा सदा ही आपकी इच्छा के सामने कुचली जाया करेगी?

अब रमाकान्तजी अपने क्रोध को न सम्हाल सके और पत्नी के मुँह पर तीन-चार तमाचे तड़ातड़ जड़ दिए। निर्मला की ज़बान बंद हो गई। बाबू रमाकान्त क्रोध और ग्लानि के मारे कमरे में जाकर अन्दर से साँकल लगाकर सो रहे। अम्माजी दरवाज़े पर रखवाली के लिए बैठ गई कि कहीं बिट्टन किसी दरवाज़े से भीतर न आ जाए।

इस घटना के लगभग एक घंटे बाद, बिट्टन को जब कहीं भी आश्रय न मिला, तब उसने एक बार निर्मला के पास भी जाकर भाग्य की परीक्षा करनी चाही। दरवाज़े पर ही उसे अम्माजी मिली। बिट्टन को देखते ही वे कड़ी ललकार के साथ बोली—कौन है? बिट्टन! दूर! उधर ही रहना, खबरदार जो कहीं देहली के भीतर पैर रक्खा तो! बिट्टन बाहर ही रुक गई। निर्मला पास पहुँचकर शान्त और कोमल स्वर में यह कहती हुई कि 'बिट्टन! बाहर ही बैठो बहन, मैं वहीं तुम्हारे पास आती हूँ', देहली से बाहर निकल गई। बिट्टन और निर्मला दोनों बड़ी देर तक लिपटकर रोती रहीं।

निर्मला ने कहा—तुम्हारी ही तरह मैं भी बिना घर की हूँ बहिन! यदि इस घर पर मेरा कुछ भी अधिकार होता तो मैं तुम्हें इस कष्ट के समय कहीं भी न जाने देती। क्या करूँ, विवश हूँ। किंतु तुम मेरा यह पत्र लेकर मेरे भाई ललितमोहन के पास जाओ, वे तुम्हारा सब प्रबंध कर देंगे। उनका स्थान तो तुम जानती ही हो,

पर रात के समय पैदल जाना ठीक नहीं। यह रुपया लो, ताँगा कर लेना। ईश्वर पर विश्वास रखना बहन! जिसका कोई नहीं होता, उसका साथ परमात्मा देता है।

निर्मला ने दस रुपए बिट्टन को दिये। वह पत्र लेकर चली गई। निर्मला घर में आयी; एक चटाई डालकर बाहर बरामदे में ही पड़ रही। सबेरे उसकी आँख उस समय खुली जब रमाकान्त उठ चुके थे और उनकी माँ नहाकर पूजा करने की तैयारी कर रही थी।

निर्मला नित्य की तरह उठकर घर का सब काम करने लगी जैसे शाम की घटना की उसे कुछ याद ही न हो। यदि वह मार खाने के बाद कुछ अधिक बकझक करती या रोती-चिल्लाती तो कदाचित् अपनी इस हरकत पर रमाकान्त जी को इतना पश्चात्ताप न होता, जितना अब हो रहा था। उन्हें बार-बार ऐसे लगता कि जैसे निर्मला ठीक थी, वे भूल पर थे। उनसे ऐसी भूल और कभी न हुई थी। कल न जाने क्यों और कैसे वे निर्मला पर हाथ चला बैठे थे। उनका व्यवहार उन्हीं को सौ-सौ बिच्छुओं के दंशन की तरह पीड़ा पहुँचा रहा था। वे अवसर ढूँढ़ रहे थे कि कहीं निर्मला उन्हें एकान्त में मिल जाए तो वे पश्चात्ताप के आँसुओं से उसके पैर धो दें, और उससे क्षमा माँग लें। किन्तु निर्मला भी सतर्क थी, वह ऐसा मौका ही न आने देती थी। वह बहुत बच-बचकर घर का काम कर रही थी। उसके चेहरे पर कोई विशेष परिवर्तन न था, न तो यही प्रगट होता था कि खुश है और न यही कि नाराज़ है। हाँ, उसमें एक ही परिवर्तन था कि अब उसके व्यवहार में हूकूमत की झलक न थी। वह अपने को उन्हीं दो-तीन नौकरों में से एक समझती थी, जो घर में काम करने के लिए होते हैं मगर जिनका कोई अधिकार नहीं होता।

•

दुराचारी

पंडित रामसेवक के हाथ से सुमरनी छूटकर गिर पड़ी। वह झल्लाये-से उठकर पूजा की कोठरी से बाहर बरामदे में चले आए। बरामदे से गाना और भी साफ-साफ सुनायी पड़ने लगा! मुंशी दयाशंकर के तिमंजले पर से कोई कोकिल-कंठी गा उठी :

नीर भरन कैसे जाऊं

सचमुच गीत बहुत ही मधुर और गाने का ढंग अत्यंत आकर्षक था। पंडित रामसेवक लाख प्रयत्न करके भी माला जपने में सफल न हो सके। जब राम नाम का गढ़ इस गीत के सामने टूटकर गिर ही पड़ा तब पंडितजी सुमरनी एक तरफ़ रखकर बरामदे में एक स्टूल खींचकर बैठ गए। दयाशंकर की कोठी की तरफ़ मुंह करके वे संगीत का सुख लेने लगे। गायिका गा रही थी :

डगर चलत मोसे रार करत है,
बहियां पकर मोरी ढीठ कन्हाई

पंडितजी संगीत इतने तन्मय होकर सुन रहे थे कि वे अपने पड़ोसियों का आना भी न जान सके। उनकी तन्द्रा तब टूटी जब उनके पड़ोसी किशन ने उनके कंधे पर हाथ धरते हुए पूछा—पूजा हो गई पंडितजी?

पंडितजी खिसियाये-से बोले—कहां की पूजा, कहां का पाठ भाई! जब से यह पड़ोसी आया है तब से सुबह गाना, शाम को गाना, दुपहर को गाना—गाना छोड़कर जैसे उसे कुछ और काम ही नहीं है। रेडियो-तो-रेडियो। अब यह एक नया तूफान और खड़ा किया है।

जीवन बोला—भाई कुछ भी हो, बुरा चाहे भला, पर मुहल्ले में जान-सी आ गई है और सच बात तो यह है कि गाना मुझे बुरा नहीं लगता पंडितजी।—कह के वह मुस्कराया।

पंडितजी तिलमिला-से उठे। बोले—तुम्हें क्यों न अच्छा लगे! मुंशी दयाशंकर की कोठी पर तुम्हारी शाम जो कट जाया करती है। बड़े आदमियों के साथ उठते-बैठते हो और पान-सिगरेट ऊपर से मुफ़्त का। पर यहां तो इस गाने-बजाने के मारे पूजा-पाठ, धरम-करम सब डूबा जा रहा है।

डाक्टर कामता प्रसाद बोले—अरे भाई, माना कि गाना-बजाना बुरा नहीं है। पर सब बात समय पर अच्छी लगती है। हर घड़ी के गाने-बजाने से तो, भाई, मुहल्ला सचमुच बरबाद हुआ जा रहा है और बच्चे बिगड़े जा रहे हैं।

किशन बोला–किसके बच्चे बिगड़े जा रहे हैं डाक्टर साहब! कोई उदाहरण तो दीजिए?

डाक्टर साहब खीझ उठे, बोले–लो अब तुम मुझे क्रास-एग्ज़ामिन करने लगे। यह जो आज तिमंजले पर वह एक वेश्या बुलाकर गवा रहा है तो क्या बच्चे देखते नहीं? और उन पर इसका कुछ बुरा असर पड़ता ही नहीं?

पंडितजी जोर से बोले–पड़ता क्यों नहीं, जरूर बुरा असर पड़ता है। सच कहता हूं मेरा बस चले तो ऐसे दुराचारी को गोली से उड़ा दूं।

डाक्टर साहब बोले–मेरे भी मन में यही आता है पर क्या करूं। अरे भाई! रुपया-पैसा है तो ज़मीन-जायदाद खरीद लो, मंदिर बनवा दो, धर्मशाला बनवा दो, कुछ धरम के नाम पर खरच करो। यह क्या कि सारा पैसा बस नाच-गाने में फूंक दिया जाय। फिर स्वर को धीमा करके बोले–और भाई! शाम को आठ बजे के बाद तो वह सदा शराब के नशे में रहता है। ऐसा दुराचारी तो कहीं देखा नहीं। उसकी तो छाया भी छूना पाप है। धरम-करम से दूर सदा पाप में डूबा रहता है।

पंडितजी ने जीवन की ओर देखा, फिर बोले–न भाई ऐसी बात जीवन भैया के सामने न कहो। जीवन भैया की शाम तो प्रायः वहीं कटती है और कौन जाने घूंट-दो-घूंट चढ़ा भी जाते हों तो कुछ आश्चर्य नहीं। संगति का असर तो पड़ता ही है!

बात अधूरी ही रह गई। इस समय फटे चीथड़ों में लिपटी हुई एक स्त्री, अत्यंत दुर्बल, किसी प्रकार से अपने तन को ढँके एक बीमार बच्चे को कंधे से लगाये, वहां आ पहुंची। बच्चे को वहीं सुलाकर, वह दोनों हाथ जोड़कर, धरती पर माथा टेककर बोली–पंडितजी गोड़ लई परी। ताला खोलवाय देई। बेटउना दिक्कियान है। हियां परदेश मा हम कहां जाई। काल्ह परौं तक कोठरिया के केराबा जरूर दै देब, आज कतहूं नहीं पायेन।[1]

पंडितजी उसे झिड़कते हुए बोले–जब तक किराया नहीं लायेगी, ताला नहीं खुलेगा। आज-कल करते-करते पंद्रह दिन तो हो गए; जा निकल, नहीं तो ठोकर मार कर निकलवा दूंगा।

स्त्री फिर गिड़गिड़ायी–बेटउना जड़ाय के मर जाई मालिक, जब ओढै बिछावे के बिरै बंद होइगा है, दया करी मालिक, जानौ आपैके जिआए जियत लाग हम।

पंडितजी ने उसे एक जोर की झिड़की दी, बोले–जा अभी निकल जा। तेरा और तेरे बच्चे का मैंने ठेका नहीं लिया है; मरे चाहे जिये। जब तक किराया नहीं लाती कम्पाउन्ड के भीतर पैर मत रखना।

स्त्री रोती हुई अपने बीमार बच्चे को उठाकर बाहर चली गई। न जाने क्या सोचकर जीवन भी उस स्त्री के पीछे-पीछे उठकर चला गया। शायर एक गरीबनी के प्रति इतनी कठोरता उससे सही नहीं गई।

---

1. पंडितजी पैरों पड़ती हूं। ताला खुलवा दीजिए। लड़का बहुत ज्यादा बीमार है, परदेश में कहां जाऊं। कल परसों तक किराया जरूर दूंगी, आज कहीं नहीं मिला। लड़का ठंड के मारे मर जाएगा। मालिक ओढ़ने-बिछाने का कपड़ा सब भीतर बंद है। जैसे आपके ही जिलाने से जीते हैं, दया करें मालिक।

जीवन के जाते ही पंडितजी किशन और डाक्टर साहब की तरफ मुखातिब होकर बोले—बदमाश है साली। जब तक इनके साथ इस तरह से पेश न आओ किराया देते ही नहीं। यह नहीं कि इनके पास है नहीं, है पर देने की नीयत नहीं है। रोज चाय पीती है। दूध-शक्कर के लिए पैसे आ जाते हैं। प्र किराये के लिए सदा यही रोना रहता है।

किशन के अंदर जैसे कुछ दुःख-सा रहा था। वह कुछ बोला नहीं।

डाक्टर साहब, 'हां रीवांवाले बदमाश होते हैं', कहकर चुप रह गए। वे भी मकान मालिक थे। किराया वसूली में उन्हें भी अड़चनें आती थीं और प्रायः यही हो के रहता था। जब मजदूर अपना ताला बंद करके मजदूरी करने जाते तब उन गरीब मजदूरों के कमजोर तालों पर इन मकान मालिकों के मजबूत ताले पड़ जाते। और जब तक वह मजदूर, फिर वह स्त्री हो चाहे पुरुष, किराए की रकम न ला के दे दे, मकान मालिक का ताला नहीं खुलता था। फिर वह रकम चाहे वह चोरी करके लावे चाहे अपने को बेचकर। यदि किसी प्रकार भी किराए की रकम नहीं जुटा पाता था तो चाहे बरसात हो, चाहे सर्दी उस गरीब को आसमान की छाया के नीचे ही रहना पड़ता था।

किशन और डाक्टर साहब उठकर जाने को ही थे कि एक और दुबला-पतला बूढ़ा व्यक्ति तिलक लगाए लाठी के सहारे आकर खड़ा हो गया। डाक्टर साहब और किशन के सामने कहने में कुछ संकोच का अनुभव करते हुए भी न जाने क्या सोचकर बोला—मालिक, आज बड़ी आफत में पड़ गया हूं। दस रुपयों की बहुत जरूरत है। बहू को बाल-बच्चा हुआ था। बुखार आ गया था। अब हवा लग गई है तो वह अर्रबर्र बकती है, बहुत गाफिल है। मेम आयी थी देखने, दस रुपए की दवा लिख गई है। आज का काम चला दो मालिक, आप ही का भरोसा है।

पंडितजी ने बूढ़े की ओर घूरकर देखा, बोले—कोई जेवर लाए हो दीनू पंडित! या वैसे ही रुपया लेने आए हो। अभी तो पहले के रुपए ही पड़े हैं। एक धेला ब्याज तक नहीं मिला है।

दीनू सिटपिटा-सा गया, बोला—जेवर-एवर हम गरीबों के पास कहां है मालिक। आप सहारा न देंगे तो वह मर जाएगी। आप ही उसे जिलाइए। जिंदगी भर आपकी गुलामी करूंगा, मालिक!

पंडितजी झिड़कते हुए बोले—जेवर नहीं था तो फिर क्यों हाथ झुलाते हुए चले आए। जाओ रास्ता नापो और यह सुन लो, पिछला रुपया मय ब्याज के सात दिन के अंदर नहीं चुका दिया तो अदालत के जरिये वसूल करूंगा, समझे!

बूढ़ा दीनू हताश होकर चला गया। पंडितजी खीजकर बोले—सुबह से शाम तक यह साले रुपया ही मांगने आते हैं। लौटाने की बखत जान पर आती है।

किशन और डाक्टर साहब नमस्ते करके चले गए। उनके मन में क्या था कौन जाने?

इस घटना के कई दिन बाद पंडितजी खेत पर जा रहे थे। रास्ते में उन्हें मिल गए जीवन और किशन। पंडितजी ने पूछा—कहीं गए थे क्यों जीवन भैया! दिखे नहीं

इधर कई दिनों से। किशन, तुम भी नहीं आए। रामायण-भागवत रोज शाम को हुआ करती है। तुम लोगों के बिना सूना-सूना लगा करता है भाई! आ जाया करो। धर्म की वार्ता से इतनी दूर क्यों रहते हो। असर पड़ने लगा क्या पड़ोसी का?

किशन चुप रहा, पर जीवन बोल उठा—पंडितजी रामायण-भागवत और पूजा-पाठ से फायदा ही क्या अगर हम आदमी को आदमी न समझ सकें! मैं तो रामायण-भागवत का पाठ करता नहीं, पर आदमी को आदमी समझता हूं। भगवान मंदिरों में नहीं हम आप और ग़रीबों में ही हैं। पर किराए के लिए उस दिन जैसा जो कुछ आपने उस ग़रीब स्त्री के साथ किया वह उचित न था।

पंडितजी हंस पड़े, बोले—जीवन, यहीं तुम भूल करते हो। अगर मैं कहूं कि उस घटना के घंटे भर बाद ही उस स्त्री ने किराए के रुपए लाकर दे दिए तब तो तुम विश्वास करोगे न, कि वह झूठ बोलती थी और उसके साथ वही बर्ताव होना चाहिए था जो मैंने किया था।

किशन बोला—वह स्त्री और दीनू पंडित आपके रुपए दे गया, क्यों?

पंडितजी सगर्व बोले—दे कैसे न जाते। मैंने अदालत की जो धमकी दे दी थी। यह सब साले इसी के लायक हैं।

जीवन बोला—पर पंडितजी, इन दोनों आफत के मारे गरीबों को उसी दुराचारी दयाशंकर से ही मैंने रुपए दिलवा दिए थे और तब कहीं वह कष्ट से छुटकारा पा सके। नहीं तो अब तक धन्यो के बच्चे का और दीनू की बहू का न जाने क्या हाल हुआ होता। शायद दीनू तो अदालत के चक्कर काटता होता और धन्यो बच्चे को दफ़ना चुकी होती। परंतु एक दुराचारी ने उन्हें उबार लिया। मेरी राय में तो आप सरीखे सदाचारियों से यह दुराचारी कहीं अच्छा।

•

दुनिया

मिसेज़ चोपड़ा की बड़ी-बड़ी आँखें सजल हो गईं। उन्होंने रुँधे हुए गले से कहा—रामेश्वरबाबू, दुनिया इतनी अकृतज्ञ है मुझे न मालूम था। इसके आगे वह कुछ बोल न सकीं। मैंने सांत्वना के स्वर में कहा—खैर आप इन बातों पर अब कुछ ध्यान न दें। एक सच्चे हितैषी के नाते मैंने आपको केवल सचेत कर दिया है। मैं आपके ही सामने अधिक क्या कहूँ, परन्तु कभी-कभी क्रोध आ जाता है और रोके नहीं रुकता। अभी निमन्त्रण की लिस्ट में उन लोगों का भी नाम देखकर मैं अपने क्रोध का संवरण न कर सका और इतनी बातें आपके सामने कह दीं किन्तु फिर भी मैं आपसे अन्तिम निवेदन यही करूँगा कि जिसे आप अपना हितैषी समझती है वह आपकी भूल है। वे ही लोग जो आपके सामने बहुत घुलमिलकर सज्जनता का स्वरूप रखकर आपसे बातें करते हैं बाहर न जाने कितनी बुरी बातें बकते हैं।

—अब तो निमन्त्रण जा चुके हैं फिर भी आप जो कुछ कहें मैं उलटफेर करने को तैयार हूँ, मिसेज़ चोपड़ा ने कहा। उनकी आवाज़ भारी, चेहरा विवर्ण और आँखें लाल थीं। मैंने कहा—अब तो उलटफेर करना ठीक न होगा, मिसेज़ चोपड़ा! परन्तु आगे का आप ख्याल रखें, इन नररूपी पशुओं से आप जितनी दूर-दूर रहें उतना ही अच्छा है—कह के मैंने अपने घर की राह ली। जाड़े के दिन थे, रात के दस बज रहे थे। अब भी नारायण क्लब में रोशनी थी। मैंने सोचा चल के देखूँ तो सही यह इतनी रात तक क्लब में कौन-कौन महाशय विराजमान हैं। साइकिल दरवाज़े पर टिकाकर मैंने अन्दर कदम रखा ही था कि मिस्टर शुक्ला दौड़कर मुझसे लिपट गए—आइए, आइए रामेश्वरजी, कहिए सब कुशल है न? आप तो बहुत दिन के बाद दिखे!

मिस्टर रामलाल ने आँख मारते हुए कहा—अरे भाई आजकल तो ये बड़े घर के मेहमान हैं, हम लोगों के पास तक आने का समय इनके पास कहाँ? जब उधर से छुट्टी मिले तब न।

प्रेमनारायण ने चुटकी ली—भाई किस्मत इसी को कहते हैं। हम लोग चक्कर ही लगाते रह गए और हज़रत ने वहाँ ऐसा रंग बाँधा कि अब वहाँ किसी दूसरे की पहुँच ही नहीं हो सकती—कहते-कहते उसने मेरी पीठ ठोंकी किसके विषय में कटूक्तियाँ थीं, मैंने सब समझ लीं, फिर भी कुछ अनजान बनते हुए बोला—तुम लोगों की बातें मेरी समझ में नहीं आईं, पहेली की तरह मत बुझाओ, साफ़-साफ़ कहो, न किस बड़े घर की मेहमानदारी मुझे मिली है।

—सुना है कल मिसेज़ के लड़के का जन्मदिन है और बड़ा भारी आयोजन किया जा रहा है। सौ-पचास आदमियों को चाय-पार्टी के लिए निमन्त्रण भी बाँटे गए हैं। सच है न रामेश्वरजी? मिस्टर शुक्ला ने पूछा।

मैंने कहा—सच भी हो सकता है, झूठ भी, मैं ठीक नहीं कह सकता। पर मिसेज़ चोपड़ा के लड़के की वर्षगाँठ और आप लोगों की इन उड़ी-उड़ी बातों का क्या सम्बन्ध। मैं तो आपकी पहेली का अर्थ पूछ रहा था जो कि अभी आपने मुझे बुझाई है।

—बनो न दोस्त, अभी वहीं से आ रहे हो और कहते हो मुझे मालूम नहीं है। हम लोग हिस्सा तो लगाने आते नहीं है, फिर सच-सच कहने में क्यों संकोच करते हो। एक कुटिल हँसी के साथ प्रेमनारायण ने मुझसे कहा। मेरे बदन में आग-सी लग गई, फिर भी मैंने अपने क्रोध को दबाया। मैंने कहा भला देखूँ तो सही यह लोग किस हद तक जाते हैं।

—क्या आप लोग मिसेज़ चोपड़ा के विषय में कुछ कहना चाहते हैं। मैंने पूछा।

मिस्टर शुक्ला कुछ गम्भीर होकर बोले—हाँ भाई रामेश्वर, हम नहीं चाहते कि तुम भी उस भूल-भुलइयाँ में भूले-भूले फिरो। मिसेज़ चोपड़ा को कौन नहीं जानता? सारे शहर में तो उसी की चर्चा है भाई। एक नज़र में तो वह लोगों को पागल बना देती है। औरत नहीं जादूगरनी है, पर धिक्कार है मिस्टर चोपड़ा को! क्या उन्हें यह बातें न मालूम होंगी?

प्रेमनारायण बोला—अरे मालूम क्यों नहीं हैं। औरत की कमाई पर ही तो इतना बड़ा मकान खड़ा कर लिया है, नहीं तो साढ़े चार सौ में आजकल होता क्या है। मिसेज़ चोपड़ा को नहीं देखते रेशम छोड़कर दूसरी बात ही नहीं करती। देखा नहीं किस ठाठ से निकलती है। कपड़े सदा कीमती पहनती है, घर में चार-छह नौकर-चाकर हैं। यह उन्हीं की कमाई है, नहीं तो मिस्टर चोपड़ा के साढ़े चार सौ में पूरा न पड़ता भाई साहब!

रामलाल ने घृणा भरे स्वर में कहा—भाई मुझे तो उसकी शकल से नफ़रत है। उसे तो यदि गृहस्थ न कह के वेश्या कहा जाए तो ठीक होगा। पर-पुरुष से ऐसी बेशरमी से बात करती है, उसके साथ ऐसे खुलेआम फिरा करती है कि कोई वेश्या क्या करेगी। पढ़ी-लिखी औरतें क्या हमने देखी नहीं?

पास की ही मेज़ पर बैठे हुए सज्जन चाय पी रहे थे। अब तक इधर की बातें चुपचाप सुन रहे थे। शायद बात सहनशक्ति की सीमा से बाहर चली गई थी; इसलिए एक सज्जन ने कहा—बहुत बढ़-चढ़कर बातें तो न करिये। यदि आप लोग ज़रा ही पुचकारे जाएँ तो कल से मिसेज़ चोपड़ा की जूतियाँ चाटने को तैयार हो जाएँ। आप इतना बकते हैं तो कहिये आपके पास प्रमाण है कि मिसेज़ चोपड़ा का चालचलन खराब है।

मिस्टर रामलाल के मुँह पर जैसे किसी ने थप्पड़-सा मार दिया। मिस्टर भगवती प्रसाद को देखकर वे ज़रा सा सकुचाये, बोले—आप क्या जानें, मुझे तो सब मालूम है, यह इतने आदमी जो कहते हैं क्या सब झूठ ही है?

भगवती प्रसाद ने तेज़ स्वर में कहा—मैं उन्हें आज बीस साल से जानता हूँ।

आपका तो परिचय भी उनसे नहीं है पर मैं तो उनके साथ वर्षों रहा हूँ, एक साथ, एक मकान में। हाँ, वह जिस प्रकार के वातावरण में पली है वैसा ही उसका स्वभाव भी है। परदा उसने न बचपन से किया है न अब कर सकती है। उसकी नज़रों में स्त्री-पुरुष समान हैं इसलिए वह सबसे खुलकर प्रेमपूर्वक मिलती है, यही उसके आचरण का दोष है। किसी भी सुधार के काम में पुरुषों से भी सदा दो कदम आगे रहती है यही उसकी कमज़ोरी है।—कहते-कहते भगवती प्रसाद का चेहरा आरक्त हो गया। सब लोग चकित दृष्टि से उनकी ओर देख रहे थे। हम लोगों को अनुमान भी न था, भगवती प्रसाद भी मिसेज़ चोपड़ा से परिचित होंगे क्यों कि हम लोग उन्हें परदेशी समझते थे। वे लाहौर से अभी दो महीना पहले ही यहाँ आए थे। कुछ ठहरकर वे फिर बोले—लेकिन कहनेवालों की ज़बान को लगाम कौन लगाये, चमड़े की ज़बान ठहरी, जिधर चाहा हिला दिया।

सत्येन्द्र बीच में ही बात काटते हुए बोले—पर आप क्यों नाहक इन लोगों के मुँह लगते है, बकते हैं बकने दीजिए। सूरज पर धूल फेंककर कोई उसके प्रकाश को धीमा नहीं कर सकता।

धीरे-धीरे रामलाल, प्रेमनारायण और मिस्टर शुक्ला खिसक गए। अब वहाँ पर मैं, सत्येन्द्र और भगवती प्रसाद जी रह गए। हम लोग भी घर की ओर चले। रास्ते में मुझे सम्बोधित करके भगवती प्रसाद ने कहा—रामेश्वरजी तुममें इतना साहस नहीं, इनके मुँह पर थप्पड़ न लगा देते। वह तो तुम्हें भी लाँछन लगा रहे थे। मुझे तो ऐसी बातें कहते तो मैं तो बिना मारे न रहता।

मेरे मुँह से कोई बात न निकली। सच बात तो यह थी कि मिसेज़ चोपड़ा मेरे लिए भी एक पहेली सी थीं। आज साल भर से मैं उनके घर रोज़ जाता रहा हूँ। वह सदा प्रसन्न मुद्रा से मेरा स्वागत करती थीं। उनकी वाणी में वह मिठास थी, चितवन में वह मोहकता थी कि कभी-कभी मैं यह शक करने लगता कि शायद उनका मेरे साथ अनुचित तरह का प्यार है, किन्तु दूसरे ही क्षण मैं होश में आ जाता जब मैं देखता, ठीक वैसा ही व्यवहार वह दूसरों से भी करती हैं। वह इतनी मिलनसार थीं, स्वभाव में इतनी मधुरता थी कि हर एक मिलने-वाला यही सोचता हुआ जाता कि उसके साथ ही ऐसा व्यवहार किया गया है। और साथ ही दुष्ट प्रकृतिवाले यह भी सोचते कि वह उन पर आसक्त हैं इसीलिए ऐसा मधुर व्यवहार करती हैं।

मिस्टर चोपड़ा लाहौर के रहनेवाले बहुत ही उन्नत विचार के सज्जन पुरुष थे। वे कुछ साल पहले यहाँ इंजीनियर होकर आए थे। बड़े ही नेक, मिलनसार और उदार चरित्र पुरुष थे। स्त्री भी उनकी, उन्हीं के अनुरूप थीं। उन्होंने किसी विद्यालय से कोई डिग्री तो न हासिल की थी फिर भी उनकी शिक्षा बहुत ऊँची, विचार बहुत परिपक्व और आदर्श महान थे। पति-पत्नी दोनों में बहुत प्रेम और विचारों में बड़ी समानता थी। यह एक आदर्श जोड़ी थी। मिसेज़ वीणा चोपड़ा अपने माता-पिता की अकेली संतान थीं। उनके पिता सुधारक-सभा के प्रेसीडेन्ट थे। वह पुरानी लकीरों

के फ़क़ीर न थे। वीणा अपने पिता के साथ-साथ छुटपन से ही सभा सोसाइटियों में जाती थी और अक्सर व्याख्यान भी दिया करती थी। स्त्री-पुरुष उसके लिए समान थे। वह पुरुषों से भी उसी प्रकार निस्संकोच भाव से मिल सकती थी जैसे स्त्रियों से। लेकिन पिछड़े हुए समाज में वीणा का इस प्रकार निस्संकोच भाव से परपुरुषों से मिलना, अकेली सभा-सोसाइटियों में चले जाना, किसी दूसरे व्यक्ति के साथ अकेली वापिस आना, पाप हो गया। पहले तो लोग कुछ अधिक न कह सकते थे, किन्तु इधर जब से अछूतोद्धारिणी सभा का निर्वाचन हुआ और शहर में इतने महानुभावों के रहते हुए भी अछूतोद्धारिणी सभा की अध्यक्षा वीणादेवी चुनी गईं और इस सिलसिले में उन्हें बहुत से व्यक्तियों से मिलना-जुलना पड़ा, बहुत जगह आना-जाना पड़ा, कई ऐसे व्यक्तियों से भी संसर्ग रखना पड़ा जिनसे शायद वीणा कभी मिलना भी न चाहती तो उन लोगों को खुलेआम बकने का मौका मिला। जिन्हें वीणा की चाल-ढाल न पसन्द थी उन्हें वीणा को दिया हुआ सम्मान फूटी आँखों न सुहाता था। एक, दो, तीन, चार नहीं वीणा के साथ जिसने भी सहानुभूति प्रदर्शित की, जिस किसी ने उसके साथ घंटे आध घंटे बात की वह वीणा का प्रेमी हो गया।

दूसरे दिन मिसेज़ चोपड़ा के यहाँ वर्षगाँठ का समारोह था। चार बजे कुछ स्त्री-पुरुषों का सम्मिलित भोज था। हम लोग सब पहुँचे पर मिसेज चोपड़ा न थीं। मालूम हुआ वे रात से अस्वस्थ हैं इसलिए खुद इस भोज में शामिल नहीं हो सकतीं। बीच में कई सज्जनों ने उनसे मिलकर सहानुभूति और धन्यवाद देना चाहा, पर मिस्टर चोपड़ा ने यह कहकर टाल दिया कि वे इस समय मिल न सकेंगी। आप लोगों को आने की कृपा के लिए धन्यवाद देती हैं।

सब लोगों के जाने पर मैं, भगवती प्रसाद और सत्येन्द्र ने मिसेज चोपड़ा के ड्राइंगरूप में प्रवेश किया। वह बैठी अपने बच्चे को कपड़े पहना रही थीं। मुझे देखते ही आदर प्रदर्शित करते हुए उन्होंने अभिवादन किया। भगवती प्रसाद और सत्येन्द्र को उन्होंने कुछ न कहा पर वे लोग बहुत समीप जाकर बैठ गए। अब मैं समझा इनका सम्बन्ध कितना घनिष्ठ है।

—क्या सचमुच आपकी तबीयत खराब थी?—भगवती प्रसाद ने पूछा।

—जी नहीं, पर मैं इन लोगों के पास बैठने में अपना अपमान समझती हूँ। अब तो भूल हो ही गई, अब आप देखेंगे कि मेरे यहाँ मेरे कुछ इने-गिने मित्रों को छोड़कर कोई दूसरा न आ सकेगा। मिसेज़ चोपड़ा ने गम्भीर स्वर में कहा। उनके चेहरे पर कुछ ऐसी शान्ति, ऐसी निष्ठा और ऐसी गम्भीरता थी कि हम लोगों को कुछ कहने का साहस न हुआ। वह किसी काम से अन्दर चली गईं। इसी अर्से में भगवती प्रसाद ने मुझे एक पत्र दिखलाया। पत्र पर सिरनामे की जगह कुछ न था। मजमून इस प्रकार था—

आपसे मिलकर बड़ी प्रसन्नता हुई। हज़ार मुँह से आपकी प्रशंसा करूँ तो भी नहीं कर सकता। मैं आज आपसे आपके प्रणय की भीख माँगता हूँ। आप तो दाता हैं, आपकी दानशीलता प्रसिद्धि पा चुकी है। क्या मुझ भिखारी को भी सन्तुष्ट करेंगी। यदि आपने कृपा न की तो बेमौत मर जाऊँगा?

अनुचर

नाम किसी का न था। नीचे जो उत्तर भेजा गया था उसकी प्रतिलिपि थी–

मैंने स्वप्न में भी न सोचा था कि आप मनुष्य के रूप में राक्षस हैं। अपने मित्र की स्त्री के प्रति ऐसी कुभावना रखने के बजाय आपको तो चुल्लू-भर पानी में डूब मरना चाहिए था। कृपा करके अब आप मेरे यहाँ कभी तशरीफ़ न लावें।

पत्र पढ़कर मैंने विस्फारित नेत्रों से भगवती प्रसाद की ओर देखा। उन्होंने पूछा–पहचानते हो न, यह किसकी हस्तलिपि है।

–हाँ, हाँ, अच्छी तरह–मैंने कहा।

–तो फिर ऐसा जूता खाकर वह उसके खिलाफ़ न बकेंगे तो और क्या करेंगे। भगवती प्रसाद ने कहा–और है भी तो वह बिना दिमाग का पहले नम्बर का उल्लू। फिर वह अपने दस-पाँच साथियों के दिमाग़ में भी उसके प्रति ऐसी कुभावनाएँ भर दे तो आश्चर्य ही क्या है। किन्तु आप किसी सहृदय व्यक्ति से पूछिए कि उसकी धारणा मिसेज़ चोपड़ा के विषय में क्या है, फिर वह आपको बतलायेगा।

मैंने देखा कि भगवती प्रसाद की बातें अक्षरशः सत्य थीं। अपनी झेंप मिटाने के लिए, अपना खिसियानापन दूर करने के लिए मनुष्य की पाशविक प्रवृत्तियाँ नीच-से-नीच काम करने में भी नहीं हिचकतीं।

मिसेज़ चोपड़ा ने ड्राइंगरूम में प्रवेश करते हुए कहा–यह किसकी जन्मपत्री देखी जा रही है।

–मिस्टर शुक्ला की।–सत्येन्द्र ने हँसते हुए कहा।

•

देवदासी

सोकर उठते ही सुरेश की दृष्टि सामनेवाले मकान पर पड़ी जो महीनों से खाली पड़ा था। उसने देखा एक स्त्री सामने छज्जे पर खड़ी है। सिर के बाल छल्ले-छल्ले बनकर माथे पर बिखरे हुए थे। रंग बहुत गोरा न होकर भी साँवला न था। चेहरा बड़ा ही आकर्षक था। स्त्री के चेहरे पर विषाद की एक गहरी छाप स्पष्ट दिखाई दे रही थी। उम्र कुछ अधिक थी, पर सौन्दर्य में किसी प्रकार की कमी न आ पाई थी। सुरेश मन्त्रमुग्ध की तरह बहुत देर तक उसकी ओर देखता रहा। स्त्री नीचे सड़क की ओर देख रही थी। आँख ऊपर करते ही उसने सुरेश को देखा। दोनों की आँखें मिलीं। सुरेश की आँखों में प्रश्न था और रमणी की आँखों में याचना। तुरन्त ही किसी प्रकार की आवाज़ सुनकर रमणी भीतर चली गई। फिर छज्जे के दरवाज़े दिन भर बन्द रहे। उसके नए पड़ोसी कौन हैं यह सुरेश बिलकुल न जान सका। शाम को सुरेश घूमने चला गया। घर लौटा तो साढ़े ग्यारह बज रहे थे। सामनेवाले मकान में अब भी प्रकाश था। सुरेश एक आरामकुर्सी पर लेट-सा गया। एकाएक एक बड़ी ही मधुर, संगीत की लहर ने आकर उसकी सारी शिथिलता को दूर कर दिया। वह उठकर बाहर आया। छज्जे पर सामनेवाले मकान में कोई गा रही थी।

साँवरिया से लागि रहे दोउ नैन।
साँवरिया से...

गायिका संगीतकला की विशारदा जान पड़ती थी। सुरेश भी तो संगीतप्रेमी था। और केवल संगीतप्रेमी ही नहीं संगीत के विषय में उसे ज्ञान भी काफी था। सुरेश सोचने लगा हो न हो यह वही स्त्री है। पुरुष के गले में इतनी मिठास आएगी कहाँ से? तब तक गायिका ने गीत का अन्तरा गाया—

'काह करूँ कित जाऊँ मोरी सजनी नाहीं परत मोहे चैन।
साँवरिया से लागि रहे दो नैन।'

संगीत बन्द हो चुका था। सुरेश कुछ देर तक टहलता रहा। और थोड़ी देर में उसे एक हल्की-सी चीख सुनायी पड़ी। फिर सब कुछ बन्द। सुरेश कुछ न समझ सका कि मामला क्या है? वह जाकर सो रहा।

दूसरे दिन सबेरे सुरेश देर तक सोता रहा। जब वह सोकर उठा तब तक छज्जे के सब दरवाज़े बन्द हो चुके थे। दोपहर को सुरेश अपने कमरे में खड़ा था। एकाएक सामनेवाले मकान की एक खिड़की का एक काँच निकल गया। सुरेश ने फिर उसी रमणी का मुँह देखा। इन दोनों के बीच काफी अन्तर था। चेहरा भी बहुत साफ न दिखायी पड़ता था। रमणी बहुत देर तक सुरेश की ओर देखती रही, आँखों में याचना थी, चेहरे पर करुणा। सुरेश कुछ समझ न सका कि मामला क्या है, वह बैठ गया। बैठ जाने पर वह स्त्री दिखायी न पड़ती थी। कुछ देर बाद सुरेश ने देखा—काँच फिर उसी तरह जहाँ का तहाँ लगा दिया गया है।

सुरेश के सामने यह स्त्री एक समस्या बनकर प्रकट हो गई। वह कुछ समझ ही न पा रहा था कि मामला क्या है? रमणी न तो कुलवूध सी जान पड़ती थी, न निर्लज्ज वेश्या ही, वह सुरेश की ओर देखती थी जरूर, पर वासना की लपट उन आँखों में नहीं थी। उन आँखों में विषाद के साथ याचना जरूर साफ-साफ दिखायी पड़ती थी। यह भी साफ-साफ जान पड़ता था कि जैसे वह सुरेश से कुछ कहना चाहती हो पर अवसर न मिलने के कारण न कह पाती हो। सारे दिन सुरेश इन्हीं गुत्थियों में उलझा रहा और शाम होते ही घूमने चला गया। सुरेश ने सोचा—दूसरों की चिन्ता में क्यों वह अपना समय खराब करे। उसने अपने जी को बहुत समझाना चाह किन्तु पहेली के रूप में वह स्त्री बार-बार उसके नेत्रों के सामने आ जाती थी।

सुरेश बहुत रात गए घर लौटा। सोने की तैयारी कर रहा था कि सामने वाली छत पर उसे कुछ बातचीत सुनायी पड़ी। रात की नीरवता में सुरेश ने साफ-साफ सुना--कोई कह रहा था--तो तुम सीता सती हो? बस यहीं या उस मन्दिर में भी जहाँ हज़ारों को रिझाने के लिए तुम्हें नाचना और गाना पड़ता था।...

—सीता सती न होकर भी मैं दुराचारिणी नहीं हूँ—सुरेश ने सुना, स्वर रमणी का था--और आपकी बात मुझे किसी तरह भी मंजूर नहीं। यदि आपने मेरे ऊपर अपनी ताकत आज़मायी तो मैं चिल्लाऊँगी।

रमणी तेज़ी के साथ बाहर छज्जे पर निकल आयी। अपनी छत पर खड़ा सुरेश बैठ गया। रमणी के साथ-साथ उससे बातचीत करनेवाला युवक भी बाहर आ गया। स्वर कुछ धीमा करके बोला—प्रतिमा, तुम्हें हम समझाते आ रहे हैं, तुम्हारे साथ किसी प्रकार का जुल्म नहीं करते। हम जानते हैं तुम कुलवधू नहीं हो। नाचने-गाने का तुम्हारा पेशा है। एक नहीं अनेक पुरुषों से तुम्हारा संसर्ग रह चुका होगा फिर हमारे साथ जिसे तुमने अपने मीठे और मधुर व्यवहारों से उन्मत्त बना दिया है, तुम्हारा व्यवहार ऐसा क्यों है?

प्रतिमा बोली—मीठे और मधुर व्यवहार का यह अर्थ कदापि नहीं होता, नरेन्द्रबाबू, कि हम आपको अपना शरीर अर्पण कर दें। फिर मेरा यह शरीर तो देवता को अर्पित हो चुका है। मैं देवदासी हूँ। मुझसे वह बात न होगी।

नरेन्द्र एक व्यंग्य की हँसी हँसता हुआ बोला--तो तुम अभी तक सती हो, यही न! और वह पुजारी जिसके पीछे-पीछे तुम...

प्रतिमा बात काटते हुए बोली—बस-बस रहने दीजिए, आप पुजारीजी का नाम

न लीजिए। वे मेरे पिता के तुल्य हैं। वे बहुत सीधे है। अगर वे सीधे न होते, तो आप मुझे वहाँ से धोखा देकर ला भी न सकते थे।

नरेन्द्र का नशा इस समय ज़ोर पर था। वह क्रोध से बोला—मैंने उन्हें धोखा दिया है या तुमने मुझे उल्लू बनाना चाहा है? साफ-साफ कहो, क्या तुम्हारी खुद की इच्छा न थी, मेरे साथ घूमने चलने की?

प्रतिमा—घूमने जाना दूसरी बात है और घूमने के बहाने भाग जाना दूसरी बात है। आपने पुजारीजी से नहीं कहा था कि शाम होने से पहले लौट आएँगे?

नरेन्द्र—ओहो! इतनी भोली तो न बनो, तुम नहीं जानती थीं कि हम लोगों ने घूमने की बात क्यों की है? तुम बड़ी नीच हो। सब कुछ तुम्हारे ही कारण हुआ है और तुम अब मुझे ही बेवकूफ बनाना चाहती हो।

प्रतिमा—यदि मुझे मालूम होता कि घूमने के बहाने आप मुझे भगा ले जाएँगे तो मैं आप लोगों के साथ कभी न आती।

—झूठ बोलते हुए तुम्हें लज्जा नहीं आती? किसी दूसरे से आँख लड़ गई है, यह क्यों नहीं कहती। बेहया कहीं की!—कहकर नरेन्द्र गुस्से से छत पर टहलने लगा।

प्रतिमा ने कहा—आपका व्यवहार मेरे साथ बहुत उद्दंड होता जा रहा है। मैं इसकी आदी नहीं हूँ।

—उद्दंड व्यवहार इसको कहते हैं—कहते हुए नरेन्द्र ने कसकर एक तमाचा प्रतिमा को लगा दिया। प्रतिमा चीख पड़ी। कमरे में नरेन्द्र के साथी अन्य युवक निकल आए। उनमें से एक बोला—यार नरेन्द्र छोड़ो भी! तुम भी क्यों इतने पीछे पड़े हो?

नरेन्द्र बोला—पीछे पड़ने की बात नहीं है? तुम जानते हो आज एक महीने से हम लोग इसी के पीछे रुपया-पैसा और समय बरबाद कर रहे हैं। कुछ मेरा अकेला अनुमान भी नहीं, तुम्हारा सभी मित्रों का अनुमान था कि यह हम लोगों के साथ भाग जाना चाहती है। तभी तो हम लोगों ने इसे वहाँ से निकाला। नहीं तो औरतों को भगाना कुछ हमारा पेशा थोड़े ही है।

—तुम लोग बेवकूफ बन सकते हो, पर मैं न बनूँगा। मैं अभी इसे सीधी किए देता हूँ—ऐसा कहते हुए नरेन्द्र ने प्रतिमा के पास आकर कहा—यह रोना किसे सुना रही हो? अब कोई तुम्हारे नखरों को देखकर धोखा नहीं खा सकता। तुम्हारी जात ही ऐसी होती है। उल्लू फाँसकर रखने में तुम लोग अपनी विजय समझते हो। पर हम वह उल्लू नहीं हैं कि फँस जाएँ। पहले तुम्हें फँसा लेंगे बाद में हम फँसेगे।

प्रतिमा ने कहा—ठीक है! आपकी कैद में हूँ, जो चाहे आप कर सकते हैं। पर मैंने आप लोगों को पढ़ा-लिखा सभ्य पुरुष समझा था। मैं क्या जानती थी कि पुरुष के रूप में आप राक्षस हैं।

—हम राक्षस हैं?—नरेन्द्र ने दूसरा तमाचा प्रतिभा को जड़ दिया—और 'तुम देवी हो! बदजात कहीं की। मन्दिर का राई-रत्ती हाल जिसे न मालूम हो, उसके सामने अपने सतीत्व का ढोंग रचना। यहाँ पहले ही सब कुछ जान लिया था, तब पैर आगे बढ़ाया था। हमने कोई कच्ची गोलियाँ नहीं खेली हैं।

अब सुरेश से न रहा गया। उठकर खड़ा हो गया। टार्च फेंकते हुए उसने कहा—आप लोगों की बात करीब आध घंटे से मैं सुन रहा हूँ। इतनी बातें सुनने के बाद इसी परिणाम पर पहुँचा हूँ कि आप लोगों ने इसको कैद कर रक्खा है। यह आपकी कोई नहीं। इसे आप भगा लाये हैं।

नरेन्द्र ने उसी क्रोध के स्वर में कहा—हमारे आपस के झगड़े में पड़ने वाले तुम कौन हो?

सुरेश बोला—मैं एक मनुष्य हूँ जो मनुष्यता का बर्ताव करना चाहता है। यदि आप लोगों ने मेरे साथ दूसरी तरह का बर्ताव किया तो फिर मुझे पुलिस का आश्रय लेना पड़ेगा।

मामला पुलिस तक गया। वे चारों व्यक्ति जमानत पर छोड़े गए। प्रतिमा को उसकी इच्छानुसार सुरेश के साथ छोड़ दिया गया। सुरेश उसे उसके मन्दिर के पास पहुँचा देना चाहता था परन्तु प्रतिमा उसी रात में बीमार हो गई और लगातार एक महीने तक बीमार रही। बीमारी से अच्छे होने के बाद अस्पताल से लौटकर प्रतिमा सुरेश की अतिथि हुई।

एक दिन सुरेश बोला—अब आपको मन्दिर पहुँचाना पड़ेगा किन्तु आपने अब तक यह नहीं बताया कि आप इन लोगों के चंगुल में कैसे फँस गईं।

प्रतिमा बोली—गुजरात के देहाती इलाके में दुर्गादेवी का एक बड़ा प्राचीन मन्दिर है। मन्दिर से लगी हुई बहुत सी जायदाद है, जिसकी सालाना आमदनी तीस हज़ार के करीब होती है। उसी मन्दिर की मैं देवदासी हूँ। माता-पिता ने मानता मानी थी कि यदि सन्तान होगी तो कन्या सन्तान देवता की भेंट चढ़ा देंगे। मैं उनकी दूसरी सन्तान हूँ। पाँच वर्ष की आयु में वे मुझे मन्दिर में छोड़ गए। मन्दिर के बहुत से ट्रस्टी हैं और एक प्रधान पुजारी। और कई पुजारी हैं। प्रधान पुजारी पढ़े-लिखे विद्वान और बहुत नेक हैं। मन्दिर की आमदनी से बहुत से छात्रों को छात्रवृत्ति मिलती है, बहुत से अनाथ और विधवाओं का पालन होता है। प्रधान पुजारी के कारण मन्दिर में किसी प्रकार का अनाचार नहीं हो पाता। मेरे अतिरिक्त और भी देवदासियाँ हैं। मन्दिर के ट्रस्टी तथा अन्य लोग देवदासियों के साथ अनाचार करना चाहते हैं पर प्रधान पुजारी के मारे यह नहीं हो पाता था। इसीलिए ट्रस्टीगण पुजारीजी से असन्तुष्ट हैं। मुझे पुजारीजी ने छुटपन से ही हिन्दी और संस्कृत की शिक्षा दी है। मैं मन्दिर में नाचने-गाने के बाद उनका लिखने-पढ़ने का भी बहुत सा काम कर देती थी। वे बहुत बूढ़े हो चुके हैं। नरेन्द्र वगैरह छः आदमी एक दिन हमारे मन्दिर में पहुँचे। ये लोग पढ़े-लिखे सभ्य कहलाते हैं। पुजारीजी ने इनके आदर-सत्कार का भार मुझे सौंपा। इसके बाद इन्होंने मन्दिर में कुछ दिन ठहरना चाहा। आने-जानेवालों के लिए ठहरने का प्रबन्ध वहाँ काफी अच्छा है। उसके बाद ये लोग धोखा देकर मुझे ले आए। कई जगह ले गए, कहीं एक दिन ठहरे, कहीं दो दिन। सब जगह मुझसे यही

कहते रहे कि पुजारीजी से पूछ लिया है। पर मुझे सन्देह हो गया। यहाँ कई दिन से ठहरे हुए हैं। जो काण्ड हुआ वह आप सब जानते हैं।

सुरेश बोला—पहिले पत्र लिखकर पुजारीजी से मन्दिर का हालचाल पूछ लूँ फिर तुम्हें ले चलूँ। प्रतिमा की भी यही राय रही। सुरेश ने पत्र लिखा और कई दिन बाद उत्तर मिला—मन्दिर की एक प्रधान देवदासी के अचानक गायब हो जाने से मन्दिर में बड़ी गड़बड़ी मच गई है। ट्रस्टी लोगों ने प्रधान पुजारी को अलग कर दिया है। उनके स्थान पर जो प्रधान पुजारी नियुक्त हुआ है वह बड़ा अनाचारी है। अब मन्दिर नहीं, अत्याचारियों को अड्डा हो रहा है।

निवेदक

....

पत्र पढ़कर प्रतिमा ने कहा—अब मैं वहाँ जाकर क्या करूँगी।

सुरेश ने कहा—फिर अब क्या करना चाहिए?

हताश-सी होकर प्रतिमा बोली—मैं क्या कहूँ। आप ही जानिये।

सुरेश ने कहा—मेरा तो विचार है कि आप विवाह करके किसी भले आदमी की कुलवधू की तरह रहिये।

प्रतिमा चौंक पड़ी—विवाह? मुझसे कौन विवाह करेगा और फिर विवाह की मेरी उम्र भी तो नहीं रही।

सुरेश ने प्रतिमा के जरा पास जाकर प्रेम, श्रद्धा और आदर के भाव से कहा—उम्र की बात मत कहो, प्रतिमा! शेक्सपियर ने जिससे विवाह किया था उसकी उम्र उससे नौ साल अधिक थी। विवाह दो आत्माओं का मिलन है और आत्मा कभी वृद्ध नहीं होती। मैं तुमसे विवाह कर सकता हूँ।

प्रतिमा का चेहरा लज्जा से लाल हो रहा था। उसका मस्तक झुकते-झुकते सुरेश के चरणों पर आ गिरा।

•

दो सखियाँ

मालिन क्यारियों को निरा रही थी। ऊपर से रग्घू ने आकर कहा, ऊपर जा, बाई साहब बुला रही हैं। मालिन घबराई। सबेरे ही सबेरे बाई साहब ने बुलाया है, कोई अपराध तो नहीं हो गया है। वह हाथ की खुरपी भी रखना भूल गई। क्षण भर में हाथ में खुरपी लिए बाई साहब के सामने जा खड़ी हुई। पास ही उसकी धोती का पल्ला पकड़े खड़ी थी उसकी छोटी-सी बेटी रमिया।

—मालिन, रोज-रोज हमारी मुन्नी पढ़ने जाती है और स्कूल में बैठी-बैठी थक जाती है। इधर तुम्हारी रमिया दिन भर घास खोदती है और बगीचे में मजा करती है। अब यह न होगा। रमिया को भी पढ़ने जाना पड़ेगा।

मालकिन का स्वर सुनते ही मालिन का भय जाता रहा। बोली, रमिया तो आपकी ही है, बाई साहब, चाहे पढ़ने भेजो, चाहे बगीचे में काम कराओ। पर रमिया पढ़ने जाएगी तो मुन्नी रानी का बगीचा न सूख जाएगा? उसे कौन सींचेगा?

किसी के बोलने के पहिले ही मुन्नी बोल उठी, तो फिर हम भी बगीचा सींचेंगे। रमिया पढ़ने न गई तो हम भी न जाएंगे, चाहे कुछ भी हो।

मालिन ने कहा, पर रमिया के पास पट्टी भी नहीं है, पुस्तक भी नहीं है, कौन देगा मुन्नी रानी?

मुन्नी बोली, पट्टी और पुस्तक का बहाना मत करो मालिन। हम देंगे। पर रमिया पढ़ने नहीं जाती तो हम भी नहीं जाते। यह लो...कहती हुई पट्टी, पुस्तक फेंककर मुन्नी भागी।

मां ने उसे पकड़कर कहा, ठहर जा मुन्नी, रमिया भी जाएगी पढ़ने। पर मुन्नी तो किसी-न-किसी बहाने पढ़ने जाना ही न चाहती थी। मालिन के हाथ से खुरपी लेती हुई बोली, मां रमिया कैसे जाएगी पढ़ने? उसके पास साफ कपड़े कहां हैं? मैं अब बगीचे में काम करने जाती हूं। मुन्नी जीने से नीचे उतरने लगी।

मुन्नी को आखिर पढ़ने के लिए जाना ही पड़ा। साथ में जबरदस्ती रमिया को भी जाना पड़ा। पट्टी, पुस्तक घर से ही ढूंढकर दे दी गई। मुन्नी का ही एक पुराना फ्राक पहिनकर रमिया पहिले दिन स्कूल गई। धीरे-धीरे दोनों में खूब मेल हो गया। अब वे स्कूल जाने से घबराती न थीं। दोनों साथ स्कूल जातीं, साथ लौटतीं और साथ-साथ पढ़तीं। अब मुन्नी को भी कोई शिकायत न थी कि वह मुफ्त में पढ़ने जाती है और रमिया दिन भर मजा करती है।

रमिया के स्कूल जाने से रमिया की मां की दिक्कतें बढ़ गईं। वह बगीचे में काम करतीं रहती और रमिया तब तक दाल-चावल चुन रखती। मां के घर आने का समय देखकर, चूल्हे में आग भी जला देती। इस प्रकार जरा-सी रमिया, मां के लिए बहुत बड़ा सहारा थी। साथ-साथ खर्च भी बढ़ गया। रमिया के स्कूल के लिए साफ कपड़े भी रखने पड़ते थे। बेचारी मालिन को काम का आसरा जो कुछ था, वह तो गया ही, साथ ही खर्च भी बढ़ गया। इन दिक्कतों को उसकी दयालु मालकिन ने ताड़ लिया। उसी महीने से उसकी तनख्वाह में एक रुपए की वृद्धि हो गई। और बगीचे के काम में सहायता पहुंचाने के लिए मालकिन ने एक छोटा-सा लड़का भी रख लिया। इस प्रकार मालिन की दिक्कतें भी दूर हो गईं और रमिया का पढ़ना भी जारी रहा।

रमिया का पिता गोपीसिंह, सरदार अमरसिंह के बगीचे में माली का काम करता था। एक बार वह अपने मालिक के साथ शिकार पर गया। वहीं पर वह एक शेर द्वारा मार डाला गया और तब से माली की जगह उसकी स्त्री को दे दी गई। रमिया तीन वर्ष की थी उस समय। तब से मां-बेटी दोनों बगीचे का काम करती थीं और वहीं रहती भी थीं।

दिन जाते देर नहीं लगती। देखते-देखते लड़कियां बड़ी हो गईं। दोनों जिस दिन से साथ-साथ पढ़ने लगीं, उनमें सद्‌भावों के साथ-साथ गाढ़ी मैत्री भी हो गई। मुन्नी अपने किसी भी व्यवहार से यह न प्रकट होने देती कि रमिया उसकी आश्रिता मालिन की बेटी है। रात को रामी जरूर मां के पास सोती थी, बाकी सारे समय मुन्नी उसे नीचे आने ही न देती थी। इसी साल दोनों ने मैट्रिक की परीक्षा दी है। मुन्नी के पिता मुन्नी के ब्याह की तैयारी में हैं। पर रामी की माता के सामने एक समस्या थी। वह सोच रही थी, रामी इतना पढ़ गई है। चाल-ढाल, बात-व्यवहार से वह मुझ अपढ़ की लड़की-सी जान ही नहीं पड़ती। मैं इसका विवाह कैसे, और कहां करूंगी? फिर वह सोचती, नहीं, विवाह कोई बात नहीं। मेरी रामी स्कूल की मास्टर बनेगी। और तब रामी मुझे यहां मालिन का काम न करने देगी। तो क्या मैं अपने इतने अच्छे मालिक को छोड़कर चली जाऊंगी? यहां मेरी जिंदगी बीती है। यहीं मरूंगी भी।

रामी दिन भर दूसरी चिंता में घूमा करती थी। उसे मां के साथ बगीचे में काम करने में लज्जा और संकोच मालूम होता था। पर यह भी न सहा जाता था कि उसकी मां दिन भर मेहनत करे और वह बैठी रहे। मां को काम करते देख उसे बड़ी वेदना होती पर कोई दूसरा उपाय भी तो न था। उसने सोचा परीक्षाफल के निकलते ही चाहे पास होऊं, चाहे फेल, मैं कहीं न कहीं नौकरी कर लूंगी। पंद्रह बीस रुपए ही मिलेंगे, तो क्या हुआ, मां को तो दिन भर मजदूरी न करनी पड़ेगी। मां ने बहुत कष्ट उठाया है। अब वे बूढ़ी हो चलीं। अब उन्हें अधिक दिन कष्ट न सहने दूंगी। और इसी निश्चय के अनुसार उसने कई स्कूलों में प्रार्थना-पत्र भी भेज दिए।

मुन्नी की खिचड़ी अलग ही पक रही थी। उसे चिंता थी रामी के ब्याह की।

वह सोच रही थी कि हम दोनों साथ-साथ पढ़ीं और बड़ी हुई। मैट्रिक की परीक्षा साथ ही दी और अब विवाह केवल मेरा हो रहा है। रामी का भी तो विवाह होना चाहिए। रामी का विवाह उसकी मां के किए न होगा। और फिर रामी को पढ़ा-लिखाकर किसी अपढ़ के गले में बांधना भी कितना बुरा होगा। पिता की लाडली मुन्नी अपने इन उठते हुए भावों को दबा न सकी। एक दिन पिता से बोली, बाबूजी, रामी को तुम्हीं ने पढ़ाया-लिखाया है। उसके विवाह की फिकर भी तुम्हीं को करनी पड़ेगी। अब उसका विवाह किसी गंवार से तो न हो सकेगा।

पिता ने आश्वासन के स्वर में कहा, इस विवाह के बाद रामी के ही विवाह का नंबर आवेगा। मैं लड़के की तलाश में हूं।

मुन्नी का भाई जगत सिंह जो इधर पांच साल से विदेश में था आज आ रहा है। मुन्नी के पिता लड़के को लेने पहले ही से बंबई जा चुके थे। शाम को गाड़ी आएगी। मुन्नी और रामी दोनों सखियां बड़ी लगन के साथ जगत सिंह का कमरा सजा रही हैं। मुन्नी बड़ी ही प्रसन्नचित्त और चंचल स्वभाव की लड़की थी। वह स्वयं खुश रहना जानती थी और पास रहनेवालों को भी खुश रहने के लिए विवश किए रहती थी। भाई की मेज पर एक सुंदर टेबुलक्लाथ बिछाते हुए मुन्नी बोली, देख, रामी मैंने तेरे विवाह के लिए भी पिताजी से कहा है। वह कोई सुंदर-सा तेरे ही सरीखा पढ़ा-लिखा वर खोजकर तेरा विवाह कर देंगे। और मुन्नी ने एक हल्की-सी चपत रामी के गालों पर जड़ दी। रामी उदासी में बोली, पर मैं तो विवाह करूंगी ही नहीं।

मुन्नी हंसती हुई बोली, ऐसा तो मत बोल रामी! तू मुझसे डरती नहीं? मैं कहीं मचल गई तो पिताजी को मेरे विवाह के पहिले तेरा विवाह करना पड़ेगा। स्कूल जाने की बात भूल गई क्या? और दोनों हंस पड़ीं। अचानक शृंगार मेज के पास बड़े आइने में दोनों को अपना प्रतिबिंब दिख पड़ा। मुन्नी कुछ देर तक देखती रही, फिर बोली, रामी मैं तुझसे गोरी हूं, पर सुंदर तू ही मुझसे ज्यादा है। अच्छा देख, तुझसे कहे देती हूं, तू मेरे पति के सामने मत आना। कहीं ऐसा न हो कि वह मुझे छोड़कर तुम्हें पसंद कर लें।

मुन्नी को एक धक्का देकर रामी बोली, अब तुम मेरा बहुत मजाक तो मत उड़ाओ। कहां तुम और कहां मैं? बहुत फर्क है। तुम मुझसे गोरी भी हो, सुंदर भी हो। फिर भी तुम घबराना मत। मैं तुम्हारे पति के सामने न आऊंगी। तुम्हारे ऊपर उनका जो प्रेम होगा उससे कण भर भी न लूंगी। अब खुश हुई।

मुन्नी बोली, पर सुंदर मुझसे ज्यादा तू ही है, मेरा दिल कहता है और यह दर्पण भी कहता है। जी चाहता है इसे तोड़ दूं। फिर कुछ ठहरकर बोली, अच्छा भैया को आने दो। जिसे सुंदर कहेंगे, बस वही सुंदर है। ठीक है न?

—और फिर चाहे बंदर को भी सुंदर कह दें, रामी ने कहा और एक फूलदान

में फूल सजाने लगी। दोनों हाथ रामी की पीठ पर धम से पटकते हुए मुन्नी बोली, पर यहां बंदर कौन है तू कि मैं, बोल न?

रामी ने कहा, न तुम, न मैं, पर कहीं वे किसी तीसरे को ही सुंदरता की उपाधि दे दें तो?

मुन्नी प्रसन्न है और रामी चिंतित। उसे ऐसी चिंता है, जिसे वह किसी पर प्रकट भी नहीं कर सकती। इस जटिल समस्या को सुलझाने के लिए वह कई दिनों से घोर प्रयत्न करके भी नहीं सुलझा सकी। उसका स्वाभिमान कहता है कि अपनी मां को लेकर यहां से चली जाओ। आज जगतसिंह आ रहे हैं। विवाह में दूर-दूर से न जाने और कितने लोग आएंगे और सबके सामने रामी की मां मालिन का काम करे, रामी से यह न देखा जाएगा। वह अपनी मां के साथ चुपचाप बिना कुछ कहे-सुने कहीं चली जाना चाहती है, जहां उसे कोई न जाने, कोई न देखे। पर मां से यह प्रस्ताव करने से उसे भय मालूम होता है। कहीं मां न माने तो बात भी फैल जाएगी। और उसके स्वाभिमान को भी धक्का लगेगा। साथ ही उसके इस प्रकार चले जाने से मुन्नी बहुत दुःखी होगी। वह जानती है कि मुन्नी का उस पर निश्छल और अटूट प्रेम है।

रामी बिस्तर पर औंधी पड़ी थी। उसकी मां रोटियां बनाकर खा रही थी, इतने में ही आ पहुंची मुन्नी। मालिन से बोली, मौसी कल से तुम बगीचे में काम न करोगी। मां से मैंने तुम्हें महीने की छुट्टी दिलवा दी है। यहां ताला लगाकर आज रात से तुम और रामी दोनों को मेरे साथ सोना पड़ेगा। और धीरे से रामी के कान के पास जाकर बोली, मुझे हल्दी चढ़ेगी न? हल्दी चढ़ी लड़की को अकेली नहीं सोने देते, समझी? फिर जोर से बोली, उठ चल, स्टेशन जाना है। जगत भैया को लेने न चलोगी? रामी उठकर मुन्नी के साथ चली गई। उसकी एक बहुत बड़ी चिंता दूर हो गई थी किंतु फिर भी वह स्टेशन न जा सकी। मुन्नी को अकेले ही स्टेशन जाना पड़ा। स्टेशन से जगतसिंह उनके पिता, मुन्नी और बहुत से लोग जो जगत की अगवानी के लिए स्टेशन पहुंचे थे, घर आए। बहुत देर तक घर में चहल-पहल मची रही।

जगत कुछ अस्वस्थ था। सबसे विदा लेकर वह सोने के लिए अपने कमरे में आया। कपड़े उतारकर लेट गया। वह सचमुच थका हुआ था। किंतु एक ही मिनट बाद आंधी के झोंके की तरह दोनों दरवाजों को फटाफट खोलती हुई मुन्नी पहुंची। एक हाथ से वह रामी को घसीटती हुई ला रही थी। वह बोली—भैया सोने से पहले तुम्हें एक बात का फैसला करना है। सच-सच कहना! मैं ज़्यादा सुंदर हूं कि यह? जगत हँस पड़ा, बोला—मुन्नी तू अभी तक निरी बच्ची ही है। जा, मुझे सोने दे। मैं थक गया हूं। और वह करवट बदलकर सो गया।

—भैया, तुम अभी तक बड़े खराब हो, कहती हुई रूठकर, मुन्नी चली गई। किंतु इसके बाद जगत सो न सका। उसके सामने रह-रहकर शरमाई हुई रामी का चित्र आ जाता था। वह यही निर्णय न कर सकता था कि यह लड़की कौन है? विवाह में दूर-दूर के बहुत से संबंधी-रिश्तेदार आए होंगे। मुमकिन है उन्हीं में से किसी की

लड़की हो। पर इसे तो जगत ने कभी देखा है। चेहरा पहचाना हुआ-सा लगता है। जिस बात का उत्तर वह मुन्नी को न दे सका था, वही उत्तर बराबर उसके दिमाग में चक्कर काट रहा था, कितनी सुंदर लड़की है! सुंदर आभूषणों का अभाव उसकी सुंदरता में कमी नहीं ला सका। रंग-बिरंगे कपड़े तथा हीरा-मोती के आभूषणों से उसकी जो सुंदरता दब जाती, वह उनके अभाव में और उज्ज्वल होकर चमक उठी है। कन्या सुंदरी है। अनुपम सुंदरी है! फिर चाहे जिसकी हो। जगत ने करवट बदली। सामने मुन्नी की तस्वीर लगी थी। उसने सोचा मेरी पगली बहिन भी सुंदर है। पर इस लड़की के चेहरे पर जितना आकर्षण और भोलापन है, इसकी आंखें जितनी सुंदर हैं, उतनी मुन्नी की नहीं। मुन्नी मेरी ही बहिन तो है। जैसा मैं हूं वैसी ही वह भी है।

सुबह छः भी न बज पाए थे कि मुन्नी के ऊधम के मारे जगत का सोना मुश्किल हो गया। जगत उठकर बैठ गया। मुन्नी से बोला—मुन्नी, ज़रा गंभीर बनो बहिन! अब तेरी शादी होने वाली है। जगत की दृष्टि दरवाजे की ओर गई। दो सुकुमार पैर दरवाज़े की ओट में ठिठक गए थे। मुन्नी ने जैसे जगत की बात सुनी ही न हो। बोली, भैया, देखो! रामी अब तुमसे शरमाती है। आती नहीं अंदर। वह देखो वहां खड़ी है। और एक बार भैया तुम्हें याद है न? वह कितनी मचली थी कि तुम्हीं से शादी करेगी। और फिर जब तुमने कहा कि तुमने इससे शादी कर ली और इसे दो पैसे दे दिए, तब कहीं यह मानी। मुन्नी एक सांस में यह सब कहकर हंस पड़ी। जगत चौंक पड़ा, तो यह रामी है? आओ रामी, अंदर आओ! वहां क्यों खड़ी हो? चाहो तो दो पैसे और ले लो। कहकर वह हंस पड़ा।

रामी लाज और संकोच में सिमटी हुई-सी भीतर आई। पर वह खुलकर जगत से बातचीत न कर सकी। न जाने कहां की लज्जा ने उसकी ज़बान पर ताले डाल दिये। वह चुपचाप खड़ी रही, जगत ने उससे बोलने की कोशिश बहुत की, पर उसका सिर नीचे से ऊपर न उठा।

जगत ने कहा, लो तुम मत बोलो। मैं तो जाता हूं। मुन्नी की समझ में न आया कि आखिर जगत भैया से रामी इतना क्यों शरमाती है? उसने रूठकर कहा, जा तू बड़ी खराब है रामी! तूने मेरे जगत भैया का अपमान किया है। तू उनसे नहीं बोली। मैं भी तुमसे न बोलूंगी।

रामी ने नम्रता से कहा, नहीं बहिन, मेरी नीयत अपमान करने की नहीं थी। तुमने छुटपन की ऐसी बात कह दी, जिससे शर्म के मारे मैं मरी जा रही थी। फिर कैसे बोलती? और दोनों सखियों में उसी समय मेल भी हो गया।

उसी दिन लड़कियों का रिज़ल्ट निकला, दोनों पास थीं। मुन्नी सेकेंड डिवीजन में और रामी फर्स्ट। मुन्नी ने इससे कुछ बुरा न माना। वह रामी के पास आकर उससे लिपटकर बोली, देख रामी तू सभी बातों में मुझसे बढ़ती जाती है। मैं सेकेंड में पास हुई, तू फर्स्ट में। यह ठीक नहीं। तुझे मेरे साथ-साथ चलना चाहिए।

रामी ने कहा, सभी बातों में नहीं बढ़ रही हूं। विवाह तुम्हारा ही पहले हो रहा है।

—कौन जाने तू इसमें भी मुझसे आगे बढ़ जाए; कहती हुई मुन्नी भाग गई; क्योंकि बाहर नगर के एक बहुत बड़े कपड़े के व्यापारी अपनी लड़की की शादी का पैगाम जगत के लिए ले आए थे। लड़की इंटर में इसी साल गई है। बहुत सुंदर है। और लखपती की कन्या है। पर जगत से जब पूछा गया तो उत्तर मिला, अभी कोई जल्दी नहीं है। मुन्नी का विवाह हो जाने के बाद इस पर विचार होगा। उधर मुन्नी तो जगत के सिर हो गई कि भैया शादी ज़रूर स्वीकार कर लो। फिर तो तुम्हारी ससुराल से मैं रोज़ नई-नई साड़ियां लाकर पहनूंगी। फिर रामी, मैं और वह भाभी हम तीन हो जाएंगे। कितना मज़ा होगा!!

जगत अपने पहले निश्चय पर दृढ़ रहा और ब्याह की बात मुन्नी के विवाह तक के लिए टल गई। स्वयं सरदार अमरसिंह को भी अभी बेटे के विवाह की कुछ जल्दी न थी। जल्दी थी तो लड़कीवालों को, ऐसा अच्छा लड़का हाथ से न निकल जाए।

रामी जगत के कमरे से फूलदान लेकर बाहर आ ही रही थी कि इतने में वह पहुंच गया। वह कई दिनों से रामी से एकांत में कुछ बात करना चाहता था। उसने रामी का हाथ पकड़कर अंदर खींच लिया। बोला, रामी, ठहरो, मुझे तुमसे कुछ बातें करनी हैं। रामी घबरा गई। इधर-उधर देखती हुई बोली, आप मेरा हाथ छोड़ दीजिए। कोई देख लेगा।

जगत बोला—पर तुम ठहरोगी, जाओगी तो नहीं?

रामी का स्वर कांप रहा था, वह बोली—ठहरूंगी पर पहिले आप मेरा हाथ छोड़ दीजिए।

रामी का हाथ छोड़ जगत दरवाजे के पास रास्ता रोककर खड़ा हो गया और बोला—रामी मेरे पास भूमिका बांधने का समय नहीं है। मैं तुमसे विवाह करना चाहता हूं। तुम्हें स्वीकार है?

रामी कांप उठी, उसने कहा, पर यह कैसे हो सकता है! मैं मालिन की लड़की हूं और आप क्षत्रिय!

—फिक्र मत करो, मैं केवल तुम्हारी राय जानना चाहता हूं।

अब रामी कैसे बोले? सिर नीचा करके वह खड़ी रही। पर अनुभवहीन जगत क्या जाने कि यह मौन स्वीकृति का सूचक है। वह अधीर होकर बोले, रामी उत्तर दो, हां या ना। मैं तुम्हारे मुंह से सुनना चाहता हूं। तुम खुशी से स्वीकार कर लोगी तो ठीक है। इनकार करोगी तो मैं तुम पर किसी प्रकार का दबाव न डालूंगा। सच्चे आदमी की तरह मैं तुमसे पूछता हूं। क्योंकि मैं तुमसे विवाह करना चाहता हूं, पर तुम्हारी अनुमति से, तुम्हारी इच्छा के विरुद्ध नहीं।

रामी फिर चुप।

जगत से रहा न गया। उसने फिर रामी का हाथ पकड़ लिया और बोला—रामी मेरा भविष्य तुम्हारे उत्तर पर निर्भर है। बोलो, तुम्हारी इच्छा के खिलाफ मैं तिल-भर इधर-उधर न जाऊंगा। बोलो तुम्हें स्वीकार है?

—मैं बहुत पहिले ही स्वीकार कर चुकी हूं—कहती हुई हाथ छुड़ाकर रामी भाग गई। और सीधी जाकर अपनी मां की खाट पर लेट रही। उसने मन-ही-मन

कहा—रामी के चंडी ठाकुर, तुम्हीं रामी को भुला देते तो रामी का दुनिया में कौन रह जाता?

जगत ने अपना निश्चय पिता से कहा। पिता के पास काफी पैसा था। रुपयों का उन्हें लोभ न था। फिर वे स्वयं रामी को बहुत चाहते थे। इस बात पर किसी को कुछ एतराज़ हुआ तो जगत की मां को। वे किसी बड़े आदमी से ही संबंध जोड़ना चाहती थीं। एक मालिन की लड़की से ब्याह कर, उनके दृष्टिकोण से समाज में उनकी प्रतिष्ठा बढ़ने की जगह कम हो जाएगी। पर उनकी कुछ न चली। एक ही मंडप में एक ही लग्न में रामी का विवाह जगत से और मुन्नी का विवाह शांतिस्वरूप से हो गया।

•

बड़े घर की बात

फूलशय्या के ही दिन फूल और मनोहर में तनातनी हो गई। फूल स्वभाव से ही कम बोलनेवाली और लजीली थी। उधर मनोहर ऐंग्लो-इण्डियन छोकरियों के साथ सिनेमा थिएटर देख चुके थे, उनकी उच्छृङ्खलता और उद्दण्डता के आदी थे। वे सपना देख रहे थे कि उनके कमरे में पैर रखते हो नववधू मुस्कराती हुई 'हल्लो डार्लिंग' कहकर उन्हें बिठायेगी, उनसे घुल-घुलकर प्रेम की बातें करेगी और उन्हें जबरन अपने पास बिठा रखेगी, वे उठना चाहेंगे तो वह उठने न देगी, लच्छेदार बातों से उन्हें उलझा रखेगी, घड़ी के जाते हुए समय को 'एनिमी' (दुश्मन) कहकर अफसोस करेगी। ये आशाएँ उन्होंने नववधू से इसलिए की थीं कि वह मैट्रिक पास थी और उसने अपने छोटे से जीवन के अधिकांश दिन बोर्डिंग में ही बिताये थे।

जिस समय मनोहर फूलों का हार गले में डाले, इत्र में बसे बसाये, अपने कमरे में आए, नववधू फूल लैंप के पास खड़ी चुपचाप एक पुस्तक के पन्ने उलट रही थी। किसी अज्ञात आशंका से वह रह-रहकर काँप सी उठती थी। उसके पति होते हुए भी मनोहर आज तो उसके लिए पर-पुरुष ही थे। उनसे कैसे बोलूँगी, क्या कहूँगी, कहीं कोई बेवकूफी न हो जाए। फूल मन ही मन बहुत घबरा रही थी। अचानक किसी के हल्के पैरों की आहट होते ही वह पुस्तक छोड़कर एक कोने में सिमटकर खड़ी हो गई। मनोहर बाबू अपना यह अपमान न सह सके। एक क्षण तो वह चुपचाप खड़े रहे, फिर तिरस्कार-भरे स्वर में बोले—क्या स्कूल और घर में यही शिक्षा मिली है कि आए हुए पति की तरफ़ पीठ करके खड़ी हो जाओ?

फूल सिहर उठी किन्तु कुछ बोली नहीं। मनोहर का पारा और गरम हो गया। कठोर स्वर में बोले—मैंने तो समझा था पढ़ी-लिखी है तो कुछ अक़ल भी होगी लेकिन वही गँवार की गँवार।

इसपर भी जब फूल कुछ न बोली—तो वह झल्लाये हुए उठे और फूल का घूँघट ज़ोर से पीछे से खींच लिया। रेशमी साड़ी थी। मुँह के साथ उसका सिर भी खुल गया, पल्ला पीठ पर आ रहा। फूल बोली तो कुछ भी नहीं मगर फौरन ही अपना सिर ढँककर कमरे से बाहर हो गई। मनोहर गुस्से से 'शकल चुड़ैलों की नखरे परियों के' कहते-कहते सीढ़ियों से नीचे उतर गए। फूल चुपचाप आँसू बहाती हुई खड़ी रही। अचानक मनोहर को बाहर जाते देख उनकी बहिन यशोदा ने आकर पूछा—क्या हुआ भौजी? भय्या क्यों चला गया?

फूल ने कोई उत्तर न दिया। वह अपनी ननद से जो उसकी सास की जगह पर थी कुछ सहानुभूति की आशा रखती थी, अगर यहाँ उलटा ही हुआ। यशोदा ने फूल को झकझोरकर कहा—बोलती क्यों नहीं चंडालिन? दो बात भय्या से कर लेती तो क्या तेरी ज़बान घिस जाती! एक वह थी जिसने उसके जी को जला-जलाकर उसे आधा कर दिया। अब तू आयी है तो तेरे ये लच्छन। आदमी का मिज़ाज भी देखना पड़ता है। जिसमें खुश रहें वही करना चाहिए, पर आजकल की छोकरियों का मिज़ाज भी तो सातवें आसमान पर रहता है।

फूल आँसू बहाती रही। ननद की बातों का र्भ। उसने कोई जवाब न दिया। इस घटना के बाद कई दिन बीत गए, मनोहर ने पत्नी की तरफ़ आँख उठाकर भी नहीं देखा। वे अपने राग-रंग में मस्त थे, विवाह तो उनकी बहिन ने ज़बरदस्ती करवाया था। पहली स्त्री से एक बच्चा था। बच्चा जब तक जीता रहा तब तक तो विवाह की ज़रूरत न जान पड़ी, लेकिन एक दिन जब वह बच्चा भी माँ का अनुगामी हुआ तो इतनी बड़ी जायदाद का कोई वारिस तो होना चाहिए, इस ख्याल से यशोदा ने भाई के सामने रो-धोकर उन्हें ज़बरदस्ती विवाह के लिए मजबूर किया। यशोदा विधवा थी। यह सब जायदाद भी उसी की थी। मनोहर को छः महीने की उमर से पाला था, मनोहर ही उसका पुत्र या भाई सब कुछ था किन्तु दोनों भाई-बहन एक से रूखे स्वभाव के, तुनकमिज़ाज, बाहर अच्छे और भीतर खट्टे थे। मनोहर की पहली स्त्री कुमुद ने भी जिस दिन से इस देहली के भीतर पैर रखा था, एक दिन भी बिना रोये रोटी न खायी थी और इसी प्रकार छः महीने के बच्चे को छोड़कर एक दिन वह ज़हर खाकर अपनी जीवन-लीला समाप्त करके चली गई। बड़े घर की बात बाहर कहाँ जाती है। हार्टफेल हो जाने से मृत्यु हो गई—कहकर मामला रफ़ा-दफ़ा कर दिया गया।

फूल ने भी ये सब बातें सुन लीं, मगर अब क्या हो सकता था। उसने सोचा, खैर जैसा जो कुछ है मुझे तो निभाना ही है, अब तो यही मेरे परमेश्वर, मेरे आराध्य और देवता हैं, किसी तरह उन्हें मनाना चाहिए। मुँह से तो कुछ बोलते हुए उसे लज्जा आती थी और बोलने का कोई अवसर भी न मिलता था, इसलिए उसने सोचा, एक पत्र लिखूँ, शायद देवता सीधे हो जाएँ। वह काग़ज, कलम लेकर बैठी। बहुत सोचने-समझने के बाद उसने एक पत्र लिखा :

मेरे देवता,

कई दिनों से सोच रही हूँ कि एक पत्र लिखूँ, परन्तु क्या लिखूँ, कैसे लिखूँ मेरी समझ में नहीं आता। माना कि मैं अपराधिनी हूँ फिर भी क्या आप मुझे क्षमा नहीं कर सकते? भूल तो मनुष्य से हो ही जाती है। मुझसे भूल हुई और बड़ी भारी भूल हुई, मैंने आपके कोमल हृदय को दुखाया, आपका अपमान किया, आपकी पूजा में त्रुटि की, देवता का सम्मान न कर सकी, न जाने किस अहंकार में, किस मद में बावली हो गई। किन्तु आप तो क्षमा कर सकते हैं। मुझे अपने चरणों की सेवा का अवसर दीजिए। मेरी त्रुटियों को भूल जाइए, मैं आपके चरणों पर सिर झुका आपसे यही वरदान माँगती हूँ मेरे स्वामी!

आपकी अपराधिनी

फूल

पत्र समाप्त कर ज्योंही फूल ने पीछे देखा मनोहर खड़े थे। फिर उसी लज्जा और संकोच ने मामला बिगाड़ा। झट से पत्र के टुकड़े-टुकड़े कर फूल दूसरी तरफ़ खड़ी हो गई। मनोहर की त्योरियाँ चढ़ गईं। उनके सिर से पैर तक आग सी लग गई। फूल के पास पहुँचकर उसे घसीटकर उन्होंने उसका मुँह सामने कर दिया, बोले—किसे पत्र लिख रही थीं, सच कहो!

फूल का सारा शरीर काँप रहा था, वह कुछ भी न बोल सकी।

मनोहर ने उसके कान ऐंठते हुए कहा—बोलो, नहीं तो अभी तुम्हारी हड्डी-पसली तोड़ दूँगा।

फूल को भी क्रोध आ गया। उसकी मुद्रा कठोर हो गई, बोली—मैं नहीं बतला सकूँगी, जो कुछ आपको करना हो, कर लीजिए।

फूल का यह कहना था कि बस मनोहर उसको पीट चले। फूल ने ज़बान न हिलायी मगर वह जब तक बेहोश न हो गई, मनोहर उसे मारते ही रहे।

दूसरे दिन अचानक मुहल्ले-भर में यह हवा फैल गई कि मनोहर की दूसरी स्त्री का भी हार्टफेल हो गया। अर्थी के साथ बहुत से लोग थे जो असली वाक़ये से वाक़िफ़ थे मगर शहर के इतने बड़े और पायेदार आदमी के ख़िलाफ़ ज़बान खोलने की किसे हिम्मत थी। उँह, मर गई तो मर भी जाने दो, स्त्री ही तो थी। कल तीसरी आ जाएगी।

•

प्रोफेसर मित्रा

प्रोफेसर मित्रा चालीस की देहली के करीब पहुँच चुके थे, किन्तु थे अभी तक अविवाहित। यह बात नहीं थी कि वे विवाह करना ही न चाहते थे, पर वे जैसी आदर्श पत्नी की खोज में थे, वैसी उन्हें अभी तक कहीं न मिलती थी। प्रोफेसर मित्रा स्वभाव से ही उदार और सुशील थे। रंग साँवला, कद ऊँचा और चेहरा सुडौल था। वे बहुत कम बोलते थे। स्वभाव के कुछ झक्की थे, पर थे आदमी अच्छे। कभी घंटों मेज़ पर हाथ की कुहनियाँ टिकाये, गालों पर हाथ रखे वे विचारमग्न बैठे रहते थे और कभी बातचीत करते-करते कुछ ख्याल आ जाता तो वे बिना कुछ बोले ही बातचीत समाप्त करने के लिए उठ खड़े हो जाते थे। परन्तु लड़के उन्हें चाहते थे और उनका आदर भी करते थे। वे फिलॉसफी के प्रोफेसर थे।

सेकेण्ड इयर के एक लड़के कान्तिकिरण को वे बहुत चाहते थे। कान्तिकिरण एक निर्धन परिवार का लड़का था। उसकी फीस और पढ़ाई का कुल खर्च प्रोफेसर मित्रा अपने पास से देते थे, कान्तिकिरण सच्चरित्र, सुशील, तीक्ष्णबुद्धि और मेधावी था। यही कारण था कि आर्थिक सहायता करने के अतिरिक्त प्रोफेसर मित्रा उससे स्नेह भी करने लगे। प्रोफेसर मित्रा अविवाहित थे ही, शहर से ज़रा हटकर उनका एक बड़ा-सा बँगला था जिसमें रहनेवाला उनके अतिरिक्त और कोई न था। उन्होंने एक दिन कान्तिकिरण से अपने बँगले पर ही रहने को कहा और कान्तिकिरण तब से उन्हीं के बँगले पर रहने लगा। इस प्रकार प्रोफेसर मित्रा ने अपने सूने जीवन में एक साथी का प्रबन्ध कर लिया।

गर्मी की लम्बी छुट्टियों के बाद जब कॉलेज खुला तो नई भरती होनेवाली लड़कियों में, कान्तिकिरण की भाँति, एक लड़की, मृणाल पर भी प्रोफेसर मित्रा की अनुकम्पा विशेष रूप से हो गई। यह मृणाल कौन थी, कोई नहीं जानता था। मैट्रिक उसने कलकत्ता से ही पास किया था। अपनी विधवा माँ के साथ कुछ ही दिन हुए यहाँ आयी थी। मृणाल की माँ निर्धन थी, यहीं के लड़कियों के मिडिल स्कूल में वह उपपाठिका होकर आयी थी। मृणाल की माँ और प्रोफेसर मित्रा से कब पहिचान हुई, यह कोई नहीं जानता; किन्तु मृणाल के भी पढ़ने का सारा खर्च प्रोफेसर मित्रा ने अपने ऊपर ले लिया। यही नहीं कि प्रोफेसर मित्रा केवल कान्तिकिरण और मृणाल को ही आर्थिक सहायता देते हों, वे और भी बहुत से गरीब लड़कों की सहायता करते थे। बैंक में उनका कोई हिसाब न था। हर महीने की तनख्वाह

उनके आवश्यक खर्च को निकालकर इसी प्रकार निर्धन विद्यार्थियों की सहायता में उठ जाती थी। वे प्रायः कहा करते थे—हर महीने मुझे इतने रुपये मिलते हैं, मैं उन्हें इस प्रकार न बाँट दूँ तो क्या करूँ? न स्त्री, न बच्चे; रुपये का संग्रह करके मैं करूँगा क्या?

मृणाल की माँ को महीने में कुल तीस रुपये मिलते थे, जो दोनों माँ-बेटी के लिए सम्मान के साथ रहने के लिए भी पर्याप्त नहीं थे। परन्तु प्रोफेसर मित्रा की सहृदयता ने उन्हें कभी किसी प्रकार के कष्ट का अनुभव न होने दिया। सजातीय होने के कारण उनकी घनिष्ठता बहुत बढ़ गई। सप्ताह में एक बार प्रोफेसर मित्रा मृणाल की माँ से मिलने जाते और मृणाल तो प्रायः रोज ही एक-दो घण्टे प्रोफेसर मित्रा के यहाँ बिताती थी। मृणाल लॉजिक की, जिसे प्रोफेसर मित्रा ही पढ़ाते थे, बड़ी अच्छी छात्रा थी। प्रोफेसर मित्रा उससे बहुत खुश रहते थे।

मृणाल अपनी माँ की पहली सन्तान थी। माँ-बेटी का रिश्ता जाने बिना प्रायः लोग उन्हें बड़ी-छोटी बहिन समझते थे। मृणाल के जन्म के कुछ ही समय बाद मृणाल के पिता का देहान्त हो गया था। तब से इसी प्रकार नौकरी और ट्यूशन करके मृणाल की माँ उसे इतनी बड़ी कर पायी है। अब उसे सबसे बड़ी चिन्ता मृणाल के विवाह की थी। जिस लड़की की उसने कष्ट से पढ़ा-लिखाकर, पाल पोसकर, इतनी बड़ी किया है। उसे किसी सुयोग्य वर के हाथों सौंपकर ही वह निश्चिन्त हो सकती है। वह पढ़ा-लिखा कुलीन वंश का और खाते-पीते घर का हो जिसमें उसकी मृणाल सुखी रहे, यही मृणाल की माँ की कामना थी। निर्धनता का जो कटु अनुभव मृणाल की माँ को था, वह भूलने के योग्य नहीं था। उसी निर्धनता के दलदल में वह जान-बूझकर अपनी बेटी को नहीं फँसाना चाहती, इसीलिए तो मृणाल अठारह वर्ष की हो जाने पर भी अविवाहित थी।

मृणाल की माँ को जब मालूम हुआ कि प्रोफेसर मित्रा अविवाहित हैं, तो वह सोचने लगी कि मृणाल और प्रोफेसर मित्रा की जोड़ी तो बुरी नहीं रहेगी। प्रोफेसर मित्रा की उम्र वैसे कुछ ज्यादा भी नहीं है। इसके अतिरिक्त मेरी मृणाल रानी बनकर भी तो रहेगी।

एक दिन मृणाल की माँ ने निश्चय किया, वह प्रोफेसर मित्रा से उनके अविवाहित रहने का कारण पूछेगी। उस दिन शाम को जब प्रोफेसर मित्रा आए तो उसने साहस करके यह सवाल उठाया—मित्रा साहब, मैंने सुना है कि आपने अभी तक विवाह नहीं किया है। यदि आपको कोई अड़चन न हो तो क्या मैं जान सकती हूँ कि इस संन्यास का क्या कारण है?

प्रोफेसर मित्रा के सामने ऐसा सवाल भी इस घर में उनसे कभी होगा, वह न जानते थे। बोले—मैंने आज तक विवाह की ओर ध्यान ही नहीं दिया। क्यों नहीं दिया—कह नहीं सकता।

—अब तक नहीं दिया तो अब तो ध्यान देना चाहिए। शाम को लौटकर जाते हैं तो क्या वीरान-सा घर आपको अच्छा लगता है?

प्रोफेसर मित्रा हँसकर बोले—नहीं, घर तो वीरान नहीं रहता। कान्तिकिरण रहता है। अकसर मृणाल आ जाती है। फिर नौकर-चाकर भी तो रहते ही हैं।

मृणाल की माँ तनिक हँसकर बोली—नौकर-चाकरों से कहीं घर आबाद हुआ है। और कान्तिकिरण क्या? उसकी पढ़ाई खत्म हुई, दो महीने बाद अपने घर चला जाएगा।

मित्रा साहब हँसकर बोले—मृणाल तो रहेगी।

मृणाल की माँ ज़रा गम्भीर होकर बोलीं—हाँ मृणाल तो रहेगी, पर ऐसे रहने से क्या होता है? मैं मृणाल के ही लिए कह रही हूँ। अब मृणाल के साथ गृहस्थी बसाओ। मैं भी उसके हाथ पीले करके निश्चिन्त हो जाऊँ।

प्रोफेसर मित्रा चौंक पड़े, मृणाल के साथ गृहस्थी बसाऊँ? मृणाल—मृणाल तो बच्ची है। मैंने उसे सहायता दी है तो क्या उसका पुरस्कार मुझे लेना पड़ेगा?...प्रकट में बोले—छोटा था, तभी माताजी नहीं रहीं। बीस साल का भी न हो पाया था कि पिताजी भी संसार छोड़कर चले गए। कोई सुननेवाला था ही नहीं! न तो विवाह के विषय में कभी सोचा, न सोचने का समय मिला। आज अठारह साल से यों ही एकाकी जीवन बिता रहा हूँ। जीवन में किसी भी प्रकार का असन्तोष नहीं है। अब इस उम्र में शादी करूँ। अब तो बूढ़े होने में अधिक देर नहीं है।

मृणाल की माँ बोली—यही तो शादी की उम्र है। बचपन में शादी किस काम की? और हाँ, मित्रा साहब! तुमने मुझे 'माँ' कहकर सम्मान दिया है। अब उस सम्मान की रक्षा भी तुम्हीं को करनी पड़ेगी। मेरी मृणाल को तुम देखते आ रहे हो--बुरी लड़की नहीं है। चाल-ढाल, बात-व्यवहार, रूप-रंग में किसी सुन्दर-से-सुन्दर लड़की के सामने खड़ा कर दो—कुछ ज्यादा ही रहेगी, कम नहीं। यदि तुम उससे विवाह करने का आश्वासन दे दो तो मेरी बड़ी चिन्ता दूर हो जाए।

प्रोफेसर मित्रा गहरी चिन्ता में डूब गए। कल्पना की आँखों से बालिका मृणाल को गृहिणी मृणाल के रूप में उन्होंने अपने घर में घूमती हुई देखा। नौकरों से वह ठीक ढंग से काम ले रही है, घर में कोई अव्यवस्था नहीं, सभी काम सुचारु रूप से हो रहे हैं। प्रोफेसर मित्रा को अब घर के किसी भी काम की ओर ध्यान देने की ज़रूरत नहीं रहती।

इसी समय मृणाल की माँ की बात से वह चौंक-से उठे। मृणाल की माँ कह रही थीं—मित्रा साहब, चिन्ता न करो। मेरी मृणाल को स्वीकार कर लो। वह तुम्हारे घर को स्वर्ग बना देगी।

मित्रा साहब ने कहा—आप मुझे कुछ दिन सोचने का समय दीजिए। बहुत जल्दी मैं आपको जवाब दूँगा। और वे अपने बँगले की ओर चले। आधे से अधिक प्रोफेसर मित्रा इस विवाह के पक्ष में हो चुके। घर आए, देखा—ड्राइंगरूम में मृणाल कान्तिकिरण से कुछ बातें कर रही है। जाने क्यों उन्हें यह अच्छा न लगा। आज यह पहिला ही अवसर न था कि उन्होंने कान्तिकिरण और मृणाल को बातें करते देखा हो। बहुत बार देखा था; परन्तु इस ओर उन्होंने कभी ध्यान ही न दिया था। आज उन्हें दोनों को बातें करते देखकर दुःख-सा हुआ। उनके चेहरे पर कुछ मलिनता आ गई।

मृणाल उन्हें देखती हुई बोली, 'प्रोफेसर साहब, मैं बड़ी देर से आपकी प्रतीक्षा कर रही हूँ। मुझे आपसे कुछ पूछना है।' और कुर्सी खिसकाकर वह प्रोफेसर साहब के बहुत करीब बैठ गई। प्रोफेसर साहब का जी आज पढ़ाने में नहीं लग रहा था, यह मृणाल ने ध्यान से देखा। वह बोली–आपकी तबीयत कुछ खराब जान पड़ती है। आप उदास हैं। रहने दीजिए, मैं कल पढ़ लूँगी। आप आराम कीजिए।

प्रोफेसर मित्रा मृणाल को अपने पास से इतनी जल्द न जाने देना चाहते थे। मृणाल को वे पहिले ही बहुत ज्यादा चाहते थे। फिर आज उनकी माँ ने विवाह का प्रसंग छेड़कर मृणाल के प्रति उनकी सारी कोमल भावनाओं को जाग्रत कर दिया। वे बोले–पढ़ो मत। कुछ देर पास बैठो, मृणाल!

मृणाल बैठ गई। मित्रा ने कई बार सुन्दर मुख और अल्हड़ यौवन को ध्यान से देखा! उन्होंने निश्चय किया कि विवाह करूँगा। मैं जिस आदर्श रमणी को खोज रहा था, वह मृणाल ही है। उनके कल्पना-जगत में मृणाल उनकी गृहिणी, बँगले की अधीश्वरी, उनके बच्चों की माँ, सब कुछ बन गई।

इधर मृणाल को बैठे-बैठे बीस मिनट हो गए। उसने पूछा–जाऊँ? रात बहुत हो जाएगी तो माँ बहुत घबरायेंगी।

प्रोफेसर मित्रा चौंक पड़े। बोले–हाँ मृणाल, रात बहुत हो गई। चलो तुम्हें छोड़ आता हूँ।

'आप क्यों तकलीफ करते हैं? ड्राइवर से कह दीजिए,' मृणाल ने कहा।

पर प्रोफेसर साहब न माने। वे बोले–नहीं, चलो मैं ही छोड़ आऊँगा। और वे मृणाल को लेकर चले।

ड्राइवर तो था भी नहीं, ऐसी हालत में प्रायः कान्तिकिरण ही उसे छोड़ने जाया करता था।

इस वार्ता में भी ड्राइवर की जगह मृणाल का मतलब कान्तिकिरण से ही था।

प्रोफेसर साहब मृणाल को छोड़कर आए। उस दिन रात भर वे न सो सके। विवाह की चिन्ता में उन्हें सारी रात नींद न आई। दूसरे ही दिन उन्होंने बैंक-अकाउण्ट खोलने का भी निश्चय किया। घर-गृहस्थी का सब-कुछ तो अब उन्हें संग्रह करना ही पड़ेगा। अब लापरवाही से काम नहीं चलेगा। सुबह उठते ही उन्होंने कान्तिकिरण को बुलाया। मालूम हुआ कि कान्तिकिरण आज सबेरे से ही कहीं चला गया है। कान्तिकिरण के द्वारा वे एक बहुत बढ़िया पलंग का आर्डर देनेवाले थे। मृणाल के लायक उनकी समझ में उनके घर में कोई भी सामान नहीं था। सभी सामान ठीक और अच्छा बनवाकर रखना पड़ेगा। अकेले आदमी की बात और होती है और गृहस्थ की और। इसी चिन्ता में सुबह का भी सारा समय बीत गया। कॉलेज जाने का समय हो गया। उन्होंने भोजन किया। शोफर से कार निकलवायी। उन्होंने सोचा कि पहिले मृणाल के घर जाकर उसकी माँ को विवाह के विषय में अपनी स्वीकृति की सूचना दे दें, और फिर कॉलेज जाएँ। विवाह करना ही है तो फिर देर करने से फ़ायदा? वे कार स्टार्ट कर ही रहे थे कि एक साइकिल-सवार आ उपस्थित हुआ और उसने एक लिफाफा प्रोफेसर को दिया। पत्र में लिखा था–

माननीय प्रोफेसर साहब,

हम दोनों याने मैं और मृणाल अन्तर्जातीय विवाह के नियमों के अनुसार आज विवाह-सूत्र में बँधने जा रहे हैं। विवाह की रजिस्ट्री के लिए हमें आज कचहरी जाना पड़ेगा। अतएव आज हम दोनों कॉलेज न आ सकेंगे, क्षमा कीजिएगा।

हम हैं, आपके आशीर्वाद के अभिलाषी—

कान्तिकिरण मृणाल।

पत्र पढ़कर एक फीकी हँसी के साथ प्रोफेसर मित्रा ने अपनी कार कॉलेज की ओर बढ़ा दी।

•

चढ़ा दिमाग

शीला स्वभावतः कवयित्री थी। वह कभी-कभी कहानियां भी लिखा करती थी। उसकी रचनाएं अनेक पत्रों में छपीं और उनकी खूब प्रशंसा हुई। साहित्य-संसार ने उसे बहुत सम्मान दिया, और अंत में उसको सर्वश्रेष्ठ लेखिका होने के उपलक्ष्य में साहित्य-मण्डल द्वारा सरस्वती-पारितोषिक दिया गया। अब क्या था, प्रत्येक समाचार-पत्र और मासिक-पत्र में उसके सचित्र जीवन-चरित्र छपे और उसकी रचनाओं पर आलोचनात्मक लेख लिखे जाने लगे, जिनके कारण उसकी ख्याति और भी बढ़ गई। वह एक साधारण महिला से बहुत ऊपर पहुंच गई। उसको स्थान-स्थान से, कवि-समाजों से निमंत्रण आने लगे, वह अनेक साहित्यिक संस्थाओं की अध्यक्षा भी चुनी गई।

मासिक-पत्र-पत्रिकाओं के कृपालु सम्पादकों ने उसकी रचनाओं के लिए तकाज़े-पर-तकाज़े आरंभ कर दिये। अनेक सहृदय पाठकों ने परिचय प्राप्त करने के लिए उसको पत्र लिखे। परिणाम यह हुआ कि शीला के पास आने वाली डाक का परिमाण बहुत बढ़ गया। उसका छोटा-सा घर ऐसा मालूम होता, जैसे किसी समाचार-पत्र का आफ़िस हो। वह बेचारी इस असीम सहानुभूति के भार से दब-सी गई। पत्र-प्रेषक उससे उत्तर की आशा करते थे, और यह आशा स्वाभाविक भी थी। परन्तु वह उत्तर किस-किस को देती। आखिर पत्र भेजने में भी तो खर्च लगता ही है; और वह तो निर्धन थी।

शीला के पति जेल में थे। सत्याग्रह संग्राम प्रारंभ होते ही वह गिरफ़्तार करके साल भर के लिए श्रीकृष्ण-मंदिर में बंद कर दिए गए थे; साथ ही दो सौ रुपए जुर्माना भी हुआ था। इन सब कठिनाइयों को वह धैर्यपूर्वक सह रही थी। फिर भी वह बहुत परेशान-सी रहा करती थी।

मैं शीला को बहुत दिनों से जानता था: जानता ही न था, वह सगी बहन की तरह मुझसे स्नेह करती थी। और मैं अपनी ही बहिन की तरह उसका आदर करता था। इधर कुछ निजी झंझटों के कारण मैं बहुत दिनों से शीला के घर न जा सका था। एक दिन शाम को पोस्टमैन ने मुझे एक लिफ़ाफ़ा दिया। खोलकर देखा, तो पत्र मेरा नहीं, किंतु शीला का था। 'कल्पलता' मासिक पत्रिका के सम्पादक महोदय ने बड़े आग्रह के साथ शीला को कोई रचना भेजने के लिए लिखा था। वह पत्रिका का कोई विशेषांक निकाल रहे थे। पत्र समाप्त करते-करते उन्होंने यह भी लिखा

था कि उसकी रचना के बिना विशेषांक अधूरा ही रह जायगा; उस जैसी विदुषियों के सहयोग से वह 'कल्पलता' के विशेषांक को सफल बना सकेंगे।

पत्र को उलट-पलटकर देखा, मालूम होता था, सम्पादक महोदय ने भूल से लिफ़ाफ़े पर मेरा पता लिख दिया था, क्योंकि मैं भी कभी-कभी 'कल्पलता' में अपनी तुकबंदियां भेज दिया करता था।

जैसा कि मैंने पहले ही कहा है, मैं बहुत दिनों से शीला के घर न जा सका था और अब अकस्मात् ही यह पत्र उसे देने का प्रसंग आ गया; इसलिए दूसरे ही दिन प्रातःकाल मैं उसके घर गया।

शीला का घर छोटा-सा था; और गृहस्थी भी थोड़ी-सी। घर में कोई पुरुष नहीं था; उसकी बूढ़ी सास थी और एक नन्हा-सा बच्चा था। ये शीला की ही संरक्षकता पर निर्भर थे। अपने पति की अनुपस्थिति में भी वह गृहस्थी को सुचारु रूप से चलाये जा रही थी। उसके इस असीम धैर्य और साहस की मैंने मन-ही-मन प्रशंसा की।

जब मैं वहां पहुंचा, वह आंगन में बैठी कुछ लिख रही थी। मैंने देखा, उसका छोटा-सा बच्चा दौड़ता हुआ आया और किलकारी मारकर पीछे से उसकी पीठ पर चढ़ गया; साथ ही उसके लिखने में फुलस्टाप लग गया।

मैंने पूछा—क्या लिख रही हो?

—'कल्पलता' के लिए एक कहानी लिख रही थी, वह मुस्कुराकर बोली—पर जब यह लिखने दे तब न?—उसने वाक्य को पूरा किया।

मैंने पूछा—कितनी बाक़ी है?

'कहानी तो पूरी हो गई; पर इसके साथ उन्हें एक पत्र भी तो लिखना पड़ेगा।' शीला ने कहा।

मैंने उस कहानी को लेने के लिए हाथ बढ़ाया; पर वह मुझे बीच में ही रोककर मुस्कुराती हुई बोली—लो पहले इसे तो पढ़ लो फिर कहानी पढ़ना—कहते हुए उसने एक लिफ़ाफ़ा मेरी ओर बढ़ा दिया।

लिफ़ाफ़े पर पता शीला का और पत्र मेरा था। 'कल्पलता' के सम्पादक महोदय ने मुझसे भी शीला की कोई रचना भिजवाने के लिए आग्रह किया था, साथ ही उलाहना भी दिया, कि उन्होंने शीला को कई पत्र लिखे, किंतु उसने एक का भी उत्तर नहीं दिया; और अंत में बहुत क्षुब्ध होकर उन्होंने लिखा था, 'इस चढ़े दिमाग का कुछ ठिकाना भी है!' मैंने पत्र समाप्त करके शीला की ओर देखा। वह मुस्कुरा रही थी, किन्तु उस मुस्कुराहट में ही उसकी आंतरिक वेदना छिपी थी; उसकी असमर्थता की सीमा निहित थी। कदाचित् उन्हें छिपाने के ही लिए प्रहरी की तरह मुस्कुराहट उसके ओठों पर खेल रही थी। कुछ क्षण तक चुप रहने के बाद मैंने पूछा—क्या लिख दूं सम्पादकजी को?

—लिखोगे क्या? उन्हें यह कहानी भेज दो।—उसने उसी मुस्कुराहट के साथ उत्तर दिया।

—पर उन्हें ऐसा न लिखना चाहिए था।—मैंने सिर नीचा किये हुए ही कहा।

—उन्होंने कुछ अनुचित तो लिखा नहीं। उसने गंभीर होकर कहा—कई पत्रों

का लगातार उत्तर न पाने पर लोगों की यह धारणा हो जाना अस्वाभाविक नहीं है। उनकी जगह पर क्षण भर के लिए मुझे या स्वयं अपने को समझ लो; फिर सोचो लगातार तीन-चार चिट्ठयां भेजने पर भी यदि कोई तुम्हें उत्तर न दे, तो फिर उसके बारे में क्या सोचोगे?—यही न कि बड़ा घमंडी है, चिट्ठियों का उत्तर नहीं देता।

मैं निरुत्तर हो गया दोनों चिट्ठयां मेरे हाथ में थीं। दोनों की तारीखें एक थीं। मैं समझ गया कि जल्दी-जल्दी में सम्पादक महोदय ने मेरा पत्र शीला के लिफ़ाफ़े में और उसका मेरे लिफ़ाफ़े में रख दिया। मुझे कुछ हँसी आ गई। मैंने शीला का पत्र उसकी ओर बढ़ाते हुए कहा—तो यह पत्र तुम्हारा है, मेरे पास उसी तरह चला आया, जिस तरह मेरा पत्र तुम्हारे पास आ गया है।

वह पत्र पढ़ने लगी। मैंने उसकी कहानी उठा ली।

इसी समय बाहर कुछ कोलाहल सुन पड़ा। मैंने बाहर जाकर देखा, तहसील के दो चपरासी ऊंचे-ऊंचे लट्ठ लिए खड़े थे। पूछने पर मालूम हुआ कि शीला के पति पर जो दो सौ रुपए का जुर्माना हुआ था उसे वसूल करने के लिए कुर्की आई है। मैंने उन्हें समझा-बुझाकर घर बिना कुर्क किए ही वापिस भेजने का प्रयत्न किया; पर वे भला क्यों मानने लगे। कदाचित् नगद-नारायण से उनकी पूजा होती, तो देवता कुछ ठंडे पड़ जाते; पर वहां न तो शीला के ही पास कुछ था, और न मेरे। आखिर कुर्की शुरू हुई।

वे लोग घर के अंदर से सामान ला-लाकर बाहर रखने लगे—बक्स, मेज़, कुर्सियां, आलमारी, तस्वीरें, बरतन इत्यादि। तात्पर्य यह कि जो कुछ भी सामान था, एक-एक करके सब बाहर आ गया। सब चीज़ों की एक दुकान-सी लग गई। शीला शान्तिपूर्वक यह सब देख रही थीः किंतु उस शान्ति के नीचे प्रचंड विषाद छिपा था। मुझसे उसके चेहरे की ओर नहीं देखा जाता था। मैं अपने भाईपन को मन-ही-मन धिक्कार रहा था। मेरे सामने ही मेरी बहिन की लुटिया-थाली नीलाम होने जा रही थी; किंतु मैं कुछ कर न सकता था।

खैर, उन सब वस्तुओं की सूची तैयार करके चपरासी सामान ठेले पर लाद कर ले जाने लगे। सामान में बच्चों की एक ट्राईसाईकिल भी थी।

शीला का बच्चा बृजेश 'अमाली तायकिल' कह के मचल पड़ा, शीला कुछ भी न कह सकीं, बच्चे को जबरन गोद में उठाकर वह दूसरी ओर चली गई।

सामान चला गया। मैंने अंदर जाकर देखा, वह बैठी बच्चे को कुछ खिला रही थी। उसने मेरी ओर देखा; उसकी आंखें सजल थीं।

मैंने सांत्वना के स्वर में कहा—बहिन, देशभक्तों की यही तो अग्निपरीक्षा है। थोड़ी देर बाद उसकी कहानी लेकर मैं घर लौटा।

घर आकर मैंने वह कहानी पढ़ी और उसी प्रकार 'कल्पलता' के संपादन के पास भेज दी। कहानी का शीर्षक था—'चढ़ा दिमाग'।

•

कल्याणी

विवाह के बाद नव-वधू को लेकर जब बैरिस्टर राधारमण घर लौट रहे थे, तब रास्ते में ही एक रेल दुर्घटना हो गई। कई बराती घायल हो गए, दो का तो घटनास्थल पर ही अंत हो गया। मरनेवाला एक 'लॉ' का विद्यार्थी था और दूसरे थे स्वयं बैरिस्टर राधारमण। मृत्यु के कुछ क्षण पहले एकाएक राधारमण ने आंखें खोलकर चारों तरफ देखा। पास ही बैठे हुए अपने मित्र जयकृष्ण से कहा—कल्याणी को तुम्हें सौंपता हूं। यह चाहे तो इसका विवाह भी कर देना। इसे कोई कष्ट न होने पाए।—अधिक वह कुछ न बोल सके और उनका प्राणांत हो गया।

घायल बरातियों के साथ नव-वधू कल्याणी को लेकर जयकृष्ण घर आए। दो दिन पहले कल्याणी के सौभाग्य पर बहुतों को ईर्ष्या हुई थी। आज घर-घर में उसके दुर्भाग्य की चर्चा थी। उसका मुंह देखना तो दूर, सौभाग्यवती स्त्रियां उसकी छाया से भी डरती थीं। वे सोचतीं, यह स्त्री कितनी अभागी है कि इसके परिवार में तो कोई था ही नहीं, विवाह का कंगन भी न छूट पाया था और वैधव्य मुंह बाए निगल जाने को खड़ा हो गया। नहीं तो क्या उसी दिन, उसी ट्रेन में रेल दुर्घटना होने को थी? कुछ भी हो, घर-घर बड़ी-बूढ़ी स्त्रियों में यही चर्चा थी कि यह अपने सत्यानाशी पैरों से जिस घर जाएगी, उसी घर में कोई दिया जलानेवाला न रह जाएगा।

धीरे-धीरे यह बात जयकृष्ण की पत्नी मालती ने भी सुनी। पति और संतान के लिए हिंदू नारी क्या नहीं कर सकती! उनके कल्याण के लिए अपना तन-मन सभी कुछ निछावर कर सकती है—प्रसन्नता से। और जिस बात में उनके किंचित् मात्र भी अहित की शंका होती है, वह काम हिंदू-नारी कभी कर ही नहीं सकती। मालती का जी अंदर-ही-अंदर घबरा उठा। वह क्या करे? उसे तो अभागिन कल्याणी पर भी दया आती थी। किंतु जिस दिन जयकृष्ण का जरा सिर दुःखता था, बच्ची उपमा जरा भी अनमनी हो जाती, उस दिन ऐसा जान पड़ता जैसे कल्याणी का दुर्भाग्य मुंह खोले उसे निगलने को दौड़ा आ रहा है।

पर उपमा को अपनी यह चाची कल्याणी बहुत अच्छी लगती थी। कल्याणी के आने के बाद उपमा सदा उसी के पास रहती-खेलती, उसी के हाथ से नहाती और दूध पीती। रात में सो जाने के बाद ही मालती उसे ले जा सकती थी। वह बालिका जागते में अपनी चाची को छोड़ना ही न चाहती थी।

मालती को यह बात पसंद नहीं थी। वह नहीं चाहती थी कि उपमा उससे

इतनी हिल-मिल जाए। दबी ज़बान में उसने कई बार पति से कहा, कल्याणी को कहीं भेज दो; किसी की जवान विधवा आज छै-छै महीने से अपने घर में है, लोग क्या कहते होंगे? और जयकृष्ण सदा हंसी में टाल देते, तुम क्यों घबराती हो? कहने वाले मुझे ही तो कहेंगे। विधवा जवान हो या बूढ़ी? तुम्हें तो कोई कुछ भी न कहेगा। किंतु जिस बात से मालती सबसे अधिक डरती थी, वह बात जयकृष्ण से कभी न कह सकी। वह कैसे कहे कि वह भी इन बूढ़ियों की बात पर विश्वास करती है। उसे रात-दिन अपने पति और बच्ची के अमंगल की आशंका बनी रहती।

धीरे-धीरे सात महीने बीत गए और जयकृष्ण कुछ भी निश्चय न कर सके कि वे कल्याणी के लिए क्या करें। एक दिन नगर के किसी प्रतिष्ठित व्यक्ति के मर जाने से आफ़िस बंद हो गया और वे समय से बहुत पहले घर आ गए। नीचे कोई न था। ऊपर उपमा की आवाज़ आ रही थी। सोचा सब लोग ऊपर होंगे। ऊपर गए। सीढ़ियों पर चढ़ते ही देखा, कल्याणी नहाकर बाल सुखा रही है। खूब लंबे, घने काले केशों के बीच गोरा-गोरा मुंह बिल्कुल चांद-सा लग रहा था। बड़ी-बड़ी आंखों में एक विशेष प्रकार का आकर्षण था। ऐसा सौंदर्य तो जयकृष्ण ने कभी देखा ही न था। अंग-प्रत्यंग से यौवन जैसे फूटा-सा पड़ता था। क्षण भर निहारने का लोभ जयकृष्ण संवरण न कर सके। और तभी कल्याणी की नज़र जयकृष्ण पर पड़ी। उसने सिर ढंक लिया। लज्जा की लाली उसके चेहरे पर दौड़ गई। उसका सौंदर्य दूना हो गया।

इधर जयकृष्ण का अधीर मन बेकाबू हो चला। वे अब सीढ़ियों से ऊपर जाकर कुरसी पर बैठ गए। कल्याणी से बोले, मुझे तुमसे कुछ बात करनी है कल्याणी!

कल्याणी मरी जा रही थी। वह नहीं चाहती थी कि जयकृष्ण उससे ऐसे समय में कोई भी बात करें, जब मालती घर में नहीं है। बात चाहे कुछ भी न हो, पर मालती को संदेह जरूर होगा, यह कल्याणी जानती थी। वह इसलिए चुप थी। पर जयकृष्ण फिर बोले, उनकी आवाज भारी और स्वर कांप रहा था—कल्याणी! मृत्यु के समय राधारमण तुम्हें मेरे हाथों सौंप गए हैं। मेरा कर्तव्य तुम्हें सुखी बनाना है। किंतु सुख का मार्ग तुम्हें ही निश्चित करना पड़ेगा।

कल्याणी ने आंख उठाकर जयकृष्ण की तरफ देखा, किंतु देख न सकी। उनकी आंखों में उसने कुछ देखा, उसे अच्छी तरह न जान सकी कि क्या था। किंतु उस दृष्टि में कुछ था, जिससे कल्याणी सिहर उठी। एक प्रकार की बिजली-सी उसके सारे शरीर में दौड़ गई। यह उसका पहला अनुभव था।

कल्याणी ने कहा, आप जो ठीक समझें, करें, मैं कुछ नहीं जानती। अच्छा होता कि आप बहनजी के आने पर मुझसे बातें करते। वे सुशीला बहिनजी के घर गई हैं।

—अच्छा, उनके आने पर ही मैं बात करूंगा कल्याणी—कहते हुए जयकृष्ण बाहर चले गए।

मालती को यह बात मालूम होगी, या स्वयं कल्याणी कह देगी। किंतु अगर आते ही उपमा ने कह दिया कि बाबू चाची के पास ऊपर बैठे थे तो तुरंत तूफान

खड़ा हो जाएगा। इसलिए कल्याणी उसे कहानी कहकर बहलाने लगी। कल्याणी को लेकर कभी घर में तूफान खड़ा हो जाता, तब उसका जी चाहता था कि धरती फटे और वह समा जाए। वह नहीं चाहती थी कि उनके सुखमय जीवन में वह विषाद का कारण बने। इसलिए वह सबसे छिपी-छिपी रहती थी। उसके अस्तित्व का ही किसी को पता न लगे वह यही चाहती थी। अभागिन नारी! जिसे परमात्मा ने सौंदर्य देते समय इतनी उदारता दिखलाई थी, उसके भाग्य में सुख का एक क्षण भी न लिखा था।

सुशीला के यहां मालती को बहुत-सी बातें सुनने को मिलीं। सुशीला की सास ने यहां तक कहा—दुलहिन! तुम्हें तो अभी अच्छा लगता होगा, सहेली मिल गई है, पर वह कुलच्छनी है! तुम्हारा घर भी चौपट कर देगी! उस छूत को निकाल बाहर करो।

मालती निश्चय करके लौटी थी कि आज वह जयकृष्ण से जरूर कहेगी कि अब वह कल्याणी को अपने घर में न रख सकेगी। बहुत दिन रह चुकी। लौटते ही उसने देखा कि जयकृष्ण कमरे में लेटे अखबार पढ़ रहे हैं। उसने अंदर आकर घंटी की बटन दबा दी। उपमा सो गई थी। कल्याणी नीचे आई। मालती ने उसे चाय तैयार करने को कहा। सोचा, चाय पीने के बाद कहूंगी, किंतु रहा न गया। दफ्तर पहुंची। जयकृष्ण ने अखबार रख दिया, पत्नी का वे बहुत आदर करते थे। मालती पास जाकर बैठ गई, बोली, 'मैं अभी सुशीला के घर गई थी। सब लोग इस बात से बहुत असंतुष्ट हैं कि हमलोग कल्याणी को अपने घर में रखे हैं, वे लोग कहते हैं कि उसे कहीं और भेज देना चाहिए।'

जयकृष्ण की भृकुटी टेढ़ी हो गई। उन्होंने कहा—तो जाकर उसे हाथ पकड़कर निकाल दो। उनके स्वर में रूखापन था। उन्होंने करवट बदल ली। मालती चुपचाप चली गई। उसने सोचा, जान पड़ता है कि यह जीवन-भर के लिए यहां आई है।

कल्याणी चाय तैयार करके, चाय की मेज़ पर सजा कर, ऊपर चली गई। चाय पीते-पीते जयकृष्ण ने पत्नी से कहा, जिसे ईश्वर ने ही कष्ट देने में कोई कसर नहीं की, उसे हम और क्या कष्ट दें? मरते समय राधारमण उसे मेरे हाथों सौंप गए हैं। कुछ दिन और बीत जाने दो। एक साल के बाद वह जो चाहेगी वही कर देंगे। पढ़ना चाहती है तो वहां भेज दूंगा। चाहेगी तो उसका पुनर्विवाह भी कर सकते हैं। पर वह मुझे या तुम्हारी बच्ची को खा नहीं सकती। बेफिक्र रहो। लोग कहते हैं, बकने दो, दुनिया में हर किसी को प्रसन्न रखने की कोशिश करनेवाला किसी को भी प्रसन्न नहीं रख सकता।

मालती बोली—मैं यह नहीं कहती कि उसे आज ही कहीं भेज दो। पर पंद्रह दिन बाद मुझे मां के घर जाना पड़ेगा। मेरी भतीजी का ब्याह है। कल्याणी यहां अकेली रहेगी?

जयकृष्ण बोले, अकेली क्यों रहेगी, उसे भी साथ ले जाना!

मालती ने उत्तर दिया, साथ कैसे ले जाऊंगी? सगुन-साइत के दिन लड़की पर इसकी छाया पड़ी तो? लोग तो बड़ी-बूढ़ी विधवा की छाया से भी हल्दी-चढ़ी लड़की को बचाते हैं! फिर जान न पहिचान, ऐसी स्त्री को ज़बरदस्ती उनका मेहमान क्यों बनाऊं? उन्हें अच्छा न लगे तो?

जयकृष्ण खीझकर बोले, तो फिर कल्याणी यहीं रहेगी। बुधिया की मां को दिनभर रहने को कह देना। उसे कुछ और पैसे दे दिए जाएंगे।

न चाहते हुए भी आखिर एक दिन कल्याणी को घर में अकेली छोड़कर, मालती को जाना पड़ा। जाते समय बुधिया की मां को उसने अच्छी तरह समझा दिया कि बाबूजी को खाना वही परोसेगी। कल्याणी से भी कह दिया था, वह बाबूजी से जैसा परदा करती है, वैसे ही करती रहे, और बुधिया की मां रात-दिन यहीं रहे। मालती चली गई।

अब जयकृष्ण प्रायः देर से जाते और जल्दी लौट आते। कभी-कभी वे दफ्तर जाते ही नहीं, यह बात ध्यान देकर कल्याणी ने देखी। बुधिया की मां, जो चौकीदारी पर नियुक्त थी, वह कुछ समझ न सकी। पहले ही दिन खाना परोसने गई थी। जयकृष्ण की एक डांट लगते ही लौटकर बोली, बहू, तुम्हीं परोसो, मुझसे न बनेगा। बाबूजी खुंसात हैं।

कल्याणी को खाना परोसकर खिलाना ही तो पड़ा। यही तो जयकृष्ण चाहते थे। खाना खाते-खाते जयकृष्ण बोले—कल्याणी! तुमने अपने भविष्य के विषय में क्या निश्चित किया है? कुछ कहोगी?

कल्याणी संकोच के साथ बोली—मैं क्या निश्चय करने लायक हूं? मुझे दुनिया का अनुभव ही क्या है। गांव में विधवा मौसी के साथ रहती थी। एक दिन वहीं सुना कि मेरा विवाह होनेवाला है। किससे होनेवाला है, नहीं जानती थीं फिर आप लोग ब्याहने गये और जो कुछ हुआ सब आपके सामने है। तब से आपके ही आश्रय में हूं। आपको छोड़कर आपके इस घर को छोड़कर कहीं कोई मेरा अपना नहीं है। सुना है, विधवा मौसी भी अब संसार में नहीं हैं। फिर मैं क्या निश्चय करूं, आप ही कहिए।

जयकृष्ण बोले—शादी होना न होना दोनों बराबर हैं। पति की तुमने अच्छी तरह शायद शक्ल भी न देखी होगी। पुनर्विवाह करना चाहोगी?

कल्याणी बोली—पुनर्विवाह? विवाह से सुख मिलनेवाला होता तो मेरे पति उसी दिन रेल से कटकर न मर जाते—कहकर ठंडी सांस ली।

जयकृष्ण ने कहा—तुम्हारा यह ख्याल गलत है, कल्याणी! जो कुछ होना होता है, होकर ही रहता है। इसमें न तुम्हारा दोष है, न तुम्हारे भाग्य का। मेरा तो विश्वास है कि जिस ईश्वर ने तुम्हें इतना रूप दिया है, वह सुख भी देगा। हां, मार्ग तुम्हें स्वयं निश्चित करना है। तुम चाहो तो मैं तुम्हें पढ़ने के लिए किसी पाठशाला भेज सकता हूँ।

कल्याणी को हंसी आ गई। बोली—अब मैं बूढ़ी होने जा रही हूं। छोटी-छोटी लड़कियों के साथ बैठकर कैसे पढ़ूंगी? और पढ़ना आएगा भी मुझे? मैं तो निरी मूर्ख हूं।

यह हंसी न थी, बिजली कौंध गई थी। जयकृष्ण ने कल्याणी को आज तक कभी हँसते न देखा था। वे सिर से पैर तक सिहर उठे। बहुत सम्हलकर बोले—कोशिश करने से सब कुछ आता है कल्याणी, फिर भी तुम खूब सोच-विचारकर मुझसे शाम को अपना निश्चय कहना।

शाम को भोजन के बाद, रात को बहुत देर तक कल्याणी और जयकृष्ण बातें करते रहे। पहरे पर नियुक्त बुढ़िया पड़ी हुई खर्राटे भर रही थी।

कल्याणी ने कहा, पति को मैं प्रेम न कर सकी क्योंकि संयोग और वियोग में केवल दो ही दिन का तो अंतर था। हां, दयाभाव से ही प्रेरित होकर उन्होंने मेरा पाणिग्रहण किया था, इसलिए उन पर मेरी अपार श्रद्धा पहले से ही थी। वह अब भी है। किंतु प्रेम से तो मेरा प्रथम परिचय उसी दिन हुआ, जिस दिन आप सीढ़ियों पर चुपचाप खड़े थे। आप विश्वास मानिए कि आपको मैं जितने श्रद्धाभाव से देखती हूं, उतना ही आपसे प्रेम भी करने लगी हूं। फिर भी आपके साथ मेरा पुनर्विवाह असंभव है।

'क्यों कल्याणी, तुम्हें आपत्ति क्या है?' भर्राई हुई आवाज में जयकृष्ण ने पूछा और कल्याणी के हाथ अपने हाथ में ले लिए।

कल्याणी ने तुरंत अपना हाथ छुड़ा लिया और संदिग्ध दृष्टि से जयकृष्ण की ओर देखा। जयकृष्ण को अपनी भूल मालूम हो गई। दोनों कानों में हाथ लगाकर बोले, 'भूल स्वीकार करता हूं, अब कभी न होगी।' फिर कुछ रुककर कहा, 'कल्याणी, तुम मुझसे कभी न डरना। तुम्हारी इच्छा के विरुद्ध मैं तुम्हें कभी न छूऊंगा। पर यह बताओ कि जब पुनर्विवाह करने में तुम्हें कोई आपत्ति नहीं है, और तुम मुझे प्रेम भी करती हो, तब तुम्हारा पुनर्विवाह मेरे साथ क्यों असंभव है?'

'असंभव इसलिए है कि आप विवाहित हैं।' कल्याणी ने निश्चय के स्वर में कहा।

जयकृष्ण ने कहा, 'पर हिंदू शास्त्र के अनुसार एक पुरुष कई विवाह कर सकता है, फिर तुम वह सौभाग्य मुझे ही क्यों नहीं दान करतीं जो किसी दूसरे को मिलनेवाला है।'

'छिः छिः,' कल्याणी बोली, 'आप क्या समझते हैं कि मैं किसी और से विवाह करूंगी? यह कभी न होगा। मैंने एक बार जिससे प्रेम किया, उसी से प्रेम करती हुई मिट जाऊंगी। हिंदू नारी प्रेम करना जानती है। वह प्रेम का प्रतिदान नहीं चाहती! मैंने प्रेम किया, करती रहूंगी। यह बात दूसरी है कि प्रेम की प्रतिमा तक मेरी पहुंच न हो सके। और यह तो अपना-अपना भाग्य है।' कहती हुई, एक दीर्घ निःश्वास के साथ कल्याणी ने जयकृष्ण की ओर देखा।

जयकृष्ण ने कहा—कल्याणी! तुम अपना-ही-अपना देखोगी या मेरा भी कुछ ख्याल करोगी। मैं पागल हो जाऊंगा। तुम्हारे बिना अब तो मुझसे एक पल भी नहीं काटा जाता। किंतु फिर भी तुम निश्चिंत रहना। मैं तुम्हें कभी हाथ न लगाऊंगा, जब तक तुम्हारी आज्ञा न होगी। आधी रात को भी तुम मेरे पास उतनी ही सुरक्षित रह सकती हो, जैसे सगे भाई के पास, क्योंकि मैं अधम नहीं हूं। तुमसे प्रेम करता हूं। तुम्हें पाने का इच्छुक हूं, पर सत्य मार्ग से, कुमार्ग से नहीं।

कल्याणी बोली—न मैं अपना कुछ देखती हूं न आपका। सच यह है कि मैं मालती जीजी के सौभाग्य पर कुठाराघात न कर सकूंगी। उन्होंने मुझे कुसमय में आश्रय दिया है। कुसमय में जो कुछ बन सकेगा, भला करूंगी। उनकी बुराई मुझसे

न हो सकेगी। उनके भले के लिए मुझे अपना बलिदान भी करना पड़े तो सहर्ष कर दूंगी। मगर उनकी जिंदगी में कांटा बनकर न रहूंगी।

—पर मेरा जीवन कंटकमय बना दोगी—कहते हुए जयकृष्ण ने ठंडी सांस ली और सतृष्ण नेत्रों से कल्याणी की ओर देखा।

कल्याणी ने कहा, यह सब मानसिक विकार है, कुछ दिनों में अपने आप दूर हो जाएगा। आप समझते हैं मुझे कम कष्ट हो रहा है। मैं नारी होकर भी सब कुछ सहने को तैयार हूं। आप तो पुरुष हैं। कठिनाइयों से लड़ने के लिए ही आपका जीवन है। मैंने मालती जीजी को पत्र लिख दिया है। वे आती ही होंगी। उनके आते ही मैं आपसे विदा ले लूंगी। विदा से पहले एक भिक्षा मांगती हूं, केवल आपके चरणों की धूलि, और मैं कुछ नहीं चाहती। आप मेरे देवता हैं!

जयकृष्ण के पैरों के नीचे से जैसे धरती खिसक गई हो, घबराकर बोले, तुमने मालती को पत्र कब लिखा और क्या लिखा? लिखने से पहले मुझसे पूछा क्यों नहीं?

कल्याणी बोली—मैंने और कुछ नहीं लिखा, यही लिखा है कि उपमा के बिना बहुत बुरा लगता है। तुम जल्द-से-जल्द चली आओ। और लिखती भी क्या? किंतु आपके साथ मेरा अकेला रहना उचित नहीं। हम दोनों एक-दूसरे से प्रेम करते हैं। न जाने किस दिन क्या हो जाए और मैं नहीं चाहती कि हमारे बीच में कोई भी ऐसी बात हो जिसे कलंक का स्वरूप दिया जा सके।

'जो कुछ तुमने किया, ठीक ही किया कल्याणी! सो जाओ, रात बहुत हो चुकी है।' और उठते हुए कल्याणी ने झुककर जयकृष्ण के पैरों को माथे से लगा लिया। जयकृष्ण बहुत उद्विग्न थे। कल्याणी ने ऊपर जाकर दरवाज़े बंद कर लिए। जयकृष्ण खाट पर पड़े करवटें बदलते रहे। उन्हें नींद न आई।

दूसरे ही दिन मालती दोपहर की ट्रेन से आ पहुंची। दफ्तर से लौटते ही जयकृष्ण ने देखा, उपमा खेल रही है। रात-भर सो न सकने के कारण उनका चेहरा उतरा हुआ था। मालती ने देखते ही पूछा, क्या तबियत खराब थी, कैसे हो गये?

जयकृष्ण ने कहा—कुछ नहीं, सिर में बहुत दर्द है!

अज्ञात आशंका से मालती सिहर उठी, कल्याणी तो अभी है न इस घर में? उसने पूछा, तुम तो अपनी बात के आगे किसी की भी नहीं सुनते। कितनी बार कहा, उसे कहीं भेज दो पर जब तुम मानो तब न। इस तरह तुम्हारे सिर में दर्द-वर्द होता है, तो मैं घबरा जाती हूं। सभी लोग कहते हैं वह अभागिनी है।

जयकृष्ण को दूसरा ही भय था। वे यही सोच रहे थे कि कौन जाने कल्याणी है भी कि नहीं। उसने कहा था कि मालती के आते ही वह विदा ले लेगी। वह विदा का अवसर कहीं आ तो नहीं गया। जयकृष्ण का हृदय धड़क रहा था। उन्होंने कहा, मैंने कल्याणी को एक पुत्रीशाला में पढ़ने के लिए भेजने का निश्चय किया है! यह बात उसे भी मंजूर होगी। ज़रा उसे बुलाओ तो।

मालती को इस बात से बड़ी शांति मिली। कल्याणी यहां से चली भर जाए। कहीं भी जाए इसकी उसे चिंता न थी। उसने घंटी बजाई। पर कोई ऊपर से न आया। तब उपमा को बुलाकर कहा, जा ऊपर से अपनी चाची को बुला ला।

उपमा ने कहा—चाची ऊपर नहीं है।

घबराकर मालती ने ऊपर-नीचे सभी कमरे खोज डाले, कल्याणी का पता नहीं लगा। जयकृष्ण पागल की तरह दौड़कर ऊपर गए। कल्याणी के बिस्तर पर उसके गहनों की पेटी रखी थी, उसके नीचे एक पत्र लिखा था—

'जाती हूं। अपनी उपस्थिति से आप लोगों को जो कष्ट दिया, या मुझसे जो अपराध हुए, उनके लिए क्षमा कीजिएगा। मेरी खोज न कीजिएगा, व्यर्थ होगी। मेरे ये गहने उपमा के लिए हैं।

—अभागिनी 'कल्याणी'

•

असमंजस

'आप इतने दिन से आए क्यों नहीं केशवजी?' सभा-मंडप के बाहर निकलते-निकलते कुसुम ने पूछा।

'मैं अपने मित्र बसन्त के साथ बाहर चला गया था।' केशव ने बसन्त की ओर इशारा करते हुए जवाब दिया।

कुसुम ने बसन्त की ओर देखा, फिर ज़रा रुकती हुई बोली, क्या यही आपके मित्र बसन्त हैं? मैंने जैसे इन्हें पहले कभी देखा है। कन्वोकेशन डिबेट में फर्स्ट प्राइज आप ही को मिला था?

कन्वोकेशन डिबेट में फर्स्ट प्राइज जीतनेवाला बसन्त एक बालिका के सामने कुछ घबरा-सा गया। उसका चेहरा लाल हो गया, उसने कुछ भी उत्तर न दिया।

केशव ने कहा, हां, प्राइज़ इन्हीं को मिला था।

उसके बाद कुसुम, बसन्त और केशव दोनों को शाम के समय अपने यहां चाय के लिए निमंत्रित करके अपने पिता के साथ कार पर बैठकर चली गई।

कुसुम कुमारी अपने माता-पिता की इकलौती कन्या है। इलाहाबाद के जार्जटाउन, में, जहां शहर के धनी-मानी व्यक्तियों के बंगले हैं वहीं कुसुम के पिता की एक विशाल कोठी है। शहर के प्रमुख धनी व्यक्तियों में उनकी गणना है। उनके पास मोटर है, गाड़ी है, और भी न जाने क्या-क्या है। दस-पांच नौकर सदा उनके घर पर काम किया करते हैं। घर बैठे केवल लेन-देन से ही उन्हें छह-सात सौ रुपए मासिक की आमदनी हो जाती है। कुसुम ही उनकी एक मात्र संतान है जो वहीं क्रास्थवेट गर्ल्स स्कूल में मैट्रिक में पढ़ती है।

केशव कुसुम का पड़ोसी है, यूनिवर्सिटी में बी.ए. का विद्यार्थी है। बसन्त केशव का सहपाठी है, वह अपने मामा के साथ अहियापुर में रहता है। बसन्त के माता-पिता बचपन में ही मर चुके हैं और तभी से बसन्त अपने मामा का आश्रित है। बसन्त पढ़ने-लिखने में कुशाग्रबुद्धि, सदाचारी, सरल स्वभाव और मिलनसार है, इसलिए शिक्षक उसे चाहते हैं और सहपाठी उसका आदर करते हैं।

शाम को केशव के आग्रह से बसन्त कुसुम के घर पर आया तो जरूर था, किंतु उसे वहां बात-बात में संकोच मालूम हो रहा था। जब कुसुम उन्हें लेकर मखमली सीढ़ियों पर से ऊपर अपने ड्राइंगरूम में जाने लगी, तब बसन्त ने अपने पैरों की

ओर देखा। जहां कुसुम के कमल सरीखे मुलायम पैर पड़ रहे थे, वहां अपने धूल-भरे पैरों को रखने में उसको कुछ अटपटा-सा लगा। कमरे में पहुंचकर वहां की विभूतियों को देखकर, बसन्त भौंचक-सा रह गया। ऐश्वर्य के प्रकाश में उसे अपनी दशा और भी हीन मालूम होने लगी। उस वातावरण के योग्य अपने को न समझकर उसे कष्ट हो रहा था। वह बार-बार सोचता था कि मैं नाहक ही यहां आया।

कुसुम अद्वितीय सुंदरी थी। उसकी शिक्षा और व्यावहारिक ज्ञान ने सोने में सुहागे का-सा काम कर दिया था। उसके शरीर पर आभूषणों का विशेष आडंबर न था। वह लाल किनारी की एक साफ साड़ी पहिने थी, जो उसकी कांति से मिलकर और भी उज्ज्वल मालूम हो रही थी। कुसुम का व्यवहार बड़ा शिष्ट था, उसकी वाणी में संगीत का-सा माधुर्य था। वह चतुर चितेरे के चित्र की तरह मनोहर, कुशल शिल्पी की कृति की तरह त्रुटि-रहित, और सुकवि की कल्पना की तरह सुंदर थी।

बसन्त के जीवन में किसी युवती बालिका से बातचीत करने का यह पहला ही अवसर था। उसने कुसुम की ओर एक बार देखा फिर उसकी आंखें ऊपर न उठ सकीं। कुसुम ने चांदी के-से सुंदर प्यालों में चाय बनाकर टेबिल पर रखी। तश्तरियों में जलपान के लिए फल और मिठाइयां सजा दीं। बसन्त स्वभाव से ही शिष्ट था। किंतु आज वह साधारण शिष्टाचार की बातें करना भी भूल गया और उसने चुपचाप चाय पीना शुरू कर दिया। कुसुम यदि कोई बात पूछती तो बसन्त का चेहरा अकारण ही लाल हो जाता, और उसका हृदय इस प्रकार धड़कने लगता जैसे वह किसी कठिन परीक्षक के सामने बैठा हो। चाय पीते-पीते भी उसका गला सूख जाता था और सिवा 'हां' या 'न' के वह कुछ बोल न सकता था।

इंटर-यूनिवर्सिटी-डिबेट में जाकर बनारस से अपने कालेज के लिए 'शील्ड' जीत लाना बसन्त के लिए उतना कठिन न था जितना कठिन आज उसे साधारण बातचीत करना मालूम हो रहा था। वह अपनी दशा पर स्वयं हैरान था और उसे अपने अचानक मौन पर आश्चर्य हो रहा था।

केशव के आग्रह पर जब कुसुम ने सितार पर यमनकल्याण बजाकर सुनाया तो बसन्त ने कहा—आप तो संगीत में भी बड़ी प्रवीण हैं।

यह सुनकर कुसुम ने ज़रा हँसकर कहा—आप तो मुझे बनाते हैं, अभी तो मुझे अच्छी तरह बजाना भी नहीं आता।

यह सुनकर बसन्त को अपना वाक्य भूर्खतापूर्ण लगने लगा, और उसे अपनी उक्ति में केवल व्यंग्य का ही आभास मालूम पड़ा।

बसन्त बहुत देर बाद बोला था और अब बोलने के बाद अपने को धिक्कार रहा था।

बसन्त जब वापिस आया तो उसे कुछ याद आ रहा था कि जैसे कुसुम ने चलते समय उससे कभी-कभी आते रहने का अनुरोध किया था। किंतु वह अकेला कुसुम के घर न जा सका और एक दिन फिर केशव के ही साथ गया। इसी प्रकार बसन्त

जब कई बार कुसुम के घर गया तो कुसुम ने देखा कि बसन्त भी बातचीत कर सकता है। उसकी विद्वत्ता और योग्यता पर तो कुसुम पहले से ही मुग्ध थी, अब उसकी मर्यादित सीमा के अंदर बातचीत और व्यावहारिक ज्ञान को देखकर कुसुम की श्रद्धा और बढ़ गई।

अन्य नवयुवकों की तरह बसन्त में उच्छृंखलता और उद्दंडता न थी, उसकी बातचीत, हँसी-मज़ाक सब सीमा के बाहर न जाते थे। कुसुम ने बसन्त से अंग्रेज़ी पढ़ाने के लिए आग्रह किया, जिसे बसन्त ने स्वीकार कर लिया। और इस प्रकार धीरे-धीरे कुसुम और बसन्त की घनिष्ठता बढ़ने लगी। कुसुम से मिलने के पहले बसन्त ने उसके विषय में जो धारणा बना रखी थी कि धनवान पिता की अकेली कन्या ज़रूर उद्धत स्वभाव ही होगी, वह निर्मूल हो गई। अब उसे कुसुम के पास जाने की सदा इच्छा बनी रहती थी, सबेरे से ही वह शाम होने की बाट देखा करता। अपनी दशा पर उसे स्वयं आश्चर्य था।

कुसुम मैट्रिक पास हो गई और बसन्त बी.ए.। किंतु दोनों ही ने आगे पढ़ना जारी रखा। बसन्त अब भी कभी-कभी कुसुम के घर आया करता था।

एक दिन बसन्त ने सुना कि कुसुम का विवाह मई के महीने में होने वाला है। बसन्त समझ न सका कि यह सुनकर उसका चित्त अव्यवस्थित-सा क्यों हो गया। उसने कभी स्वप्न में भी न सोचा था कि कुसुम के साथ उसका भी कोई ऐसा संबंध हो सकता है। अपनी और कुसुम की आर्थिक स्थिति में ज़मीन-आसमान का अंतर वह देखा करता था। और कभी इस प्रकार की असंभव कल्पना को न लाने के लिए उसे अपने ऊपर विश्वास था।

कुसुम उसके लिए आकाश-कुसुम थी। उसे छूने तक की कल्पना बेचारा बसन्त कैसे करता? अदरक के व्यापारी को जहाज़ की खबर से क्या मतलब और यदि जहाज़ की खबर सुनकर उसे सुख-दुःख हो तो आश्चर्य की बात ही है। बसन्त यही सोच रहा था। बसन्त कुसुम से दूर-दूर रहने की सोचने लगा, किंतु ज्योंही शाम हुई वह अपने आपको रोक न सका, निकला तो वह टहलने, लेकिन टहलता हुआ कुसुम के घर जा पहुंचा।

जब वह कुसुम के घर पहुंचा तो कुसुम वहां न थी, वह ड्राइंगरूम में बैठकर एक एलबम के पन्ने उलटने लगा। उसकी दृष्टि एक चित्र पर जाकर एकाएक रुक गई। वह बड़ी देर तक उस चित्र को ध्यानपूर्वक देखता रहा। उसका सिर चित्र के ऊपर झुक गया और आंसू की दो बड़ी-बड़ी बूंदें गिर पड़ीं। बसन्त जैसे सोते से जाग पड़ा हो। उसने झट से जेब से रुमाल निकालकर चित्र पर से आंसू की दो बूंदें पोंछ दीं, और उसी समय उसकी नजर सामने लगे हुए बड़े आइने पर पड़ी, कुसुम उसके पीछे चुपचाप खड़ी थी, उसकी आंखें सजल थीं।

बसन्त कुछ घबरा-सा गया, कुसुम पास की एक कुरसी खींचकर बैठ गई। थोड़ी देर तक दोनों ही चुपचाप रहे, आखिर कुसुम ने ही कुछ देर बाद निस्तब्धता भंग करते हुए कहा—बसन्त बाबू, अब तो बहुत देर हो चुकी है।

बसन्त ने कहा—जो कुछ हुआ ठीक ही हुआ है।

इसके बाद मिल्टन की एक कविता की कुछ पंक्तियां जो कुसुम न समझ सकती थी, बसन्त ने उसे समझाईं। बसन्त अपने घर गया, और कुसुम अपने पिता के साथ हवाख़ोरी के लिए।

गर्मी की छुट्टी में बसन्त को एक लाल लिफ़ाफ़े में कुसुम की शादी का निमंत्रण-पत्र मिला, और कुछ दिन बाद उसने यह सुना कि कुसुम का विवाह एक धनी-मानी ज़मींदार के यहां सकुशल हो गया। कुसुम का पढ़ना-लिखना बंद हो गया और साथ ही बंद हो गया बसन्त का उसके यहां का आना-जाना। बसन्त को अब मालूम हुआ कि उसका हृदय उससे छिप-छिपकर कुसुम को कितना चाहने लगा था; कुसुम को अपनाने की लालसा भी उसके हृदय में दबी हुई थी। अपने हृदय के इस विश्लेषण पर बसन्त को आश्चर्य हुआ। इन इच्छाओं ने कब उसके हृदय में प्रवेश किया था, बसन्त निर्धारित न कर सका। कब यह भावना उसके हृदय में आई ऐसा उसे स्पष्ट भाव से स्मरण नहीं आया। उसे अपने ऊपर और अपनी बुद्धि पर विश्वास था। किंतु हृदय बुद्धि और तर्क को धोखा देकर, मनुष्य को किस प्रकार असंभव कल्पना की ओर प्रेरित कर सकता है, बसन्त ने आज जाना। उसने सोचा यदि मैं सचमुच कुसुम को प्यार करता था तो मैंने कुसुम से यह कहा क्यों नहीं? यदि उसे अपनाने की इच्छा मेरे हृदय में थी तो उसे मैंने कभी प्रकट क्यों नहीं किया? वह अपने प्रश्नों पर आप ही निरुत्तर हो जाता था।

फिर उसने बार-बार यही सोचा कि उसने सदा से ही कुसुम को प्यार किया है और हृदय से प्यार किया है। तब, क्या कुसुम भी उसे प्यार करती थी? शायद 'हां' या 'नहीं', बसन्त कुछ निश्चय न कर सका। किंतु तर्क की शुष्क विवेचना में उस दिन की कुसुम की सजल आंखें डूबते हुए को तिनके के सहारे की तरह बसन्त को मालूम हुईं।

बसन्त एम.ए. पास करने पर लाहौर कालेज में प्रोफ़ेसर हो गया और साधारण स्थिति में अपने दिन काटने लगा। उसे प्रोफेसरी करते-करते चार साल हो गए, किंतु उसके जीवन में कोई विशेष परिवर्तन न हुआ। उसके मामा ने उसके विवाह के लिए दो-चार बार कहा भी किंतु बसन्त ने टाल दिया। माता-पिता तो थे ही नहीं, जो उसे बार-बार विवाह के लिए बाध्य करते। मित्रों ने भी यदि कभी बसन्त से इसकी चर्चा की तो बसन्त ने बात सदा हंसी में उड़ा दी।

अपनी इस लापरवाही का कारण वह खुद न समझ सकता था। विवाह न करने की उसने कोई प्रतिज्ञा तो न कर रक्खी थी, किंतु न जाने क्यों उसका चित्त अव्यवस्थित था, विवाह की ओर उसका झुकाव नहीं-सा था।

इन चार वर्षों में बसन्त एक बार भी इलाहाबाद नहीं गया, बार-बार इच्छा होते हुए भी वह वहां न जा सका। उसके मामा की बदली लखनऊ हो गई थी। अब इलाहाबाद जाता भी तो किसके यहां?

अपनी क्लास के विद्यार्थियों को टाटानगर के कारखाने को दिखलाकर, जब बसन्त लौट रहा था, उसे इलाहाबाद स्टेशन से जाना पड़ा। यहां एक दिन रुकने के प्रलोभन को वह न रोक सका। सामान स्टेशन पर छोड़कर पहिले वह अपने पुराने साथियों से मिलने गया, किन्तु एक दो को छोड़कर उसे और कोई न मिला। फिर वह जार्जटाउन की ओर गया, और उसके पैर अपने-आप कुसुम के घर के पास जाकर ठिठक गए। दरवाजे पर वही पुराना चौकीदार बैठा हुआ, हाथ में तमाखू मल रहा था। बसन्त को देखते ही वह उठकर खड़ा हो गया, बोला, बहुत दिन में आए भैया? और बिना बसन्त के कहे ही अंदर खबर देने चला गया।

बसन्त जाकर उसी ड्राइंगरूम में बैठ गया, जहां वह बहुत बार कुसुम के शिक्षक के रूप में बैठ चुका था। इन चार वर्षों में कुसुम और बसन्त के बीच किसी प्रकार का कोई पत्र-व्यवहार नहीं हुआ था, और न उन्हें एक-दूसरे के विषय में कुछ मालूम था। बसन्त सोच रहा था कि इतने दिनों के बाद कुसुम न जाने किस भाव से मिलती है, कैसा स्वागत करती है, उसका आना उसे अच्छा भी लगता है या नहीं, कौन जाने?

इतने ही में एक सफेद बिना किनारी की, खादी की साड़ी पहिने कुसुम ने ड्राइंगरूम में प्रवेश किया। बसन्त ने बड़े ही नम्र भाव से उठकर अभिवादन किया। 'क्यों क्या कुसुम को इतनी जल्दी भूल गए जो अपरिचित की तरह शिष्टाचार करते हो, बसन्त बाबू!' कुसुम ने हल्की मुस्कुराहट के साथ कहा।

बसन्त का ध्यान इस ओर न था, वह चकित दृष्टि से कुसुम के सादे पहिनावे को देख रहा था। सौभाग्य के कोई चिह्न न थे। न तो हाथ में चूड़ी और न माथे पर सिंदूर की बिंदी। विधाता! तो क्या कुसुम विधवा हो चुकी है? किंतु बसन्त का हृदय इस बात को मानने के लिए तैयार ही न होता था।

'क्या सोच रहे हो बसन्त बाबू?' कुसुम ने फिर पूछा। बसन्त जैसे चौंक पड़ा, बोला, 'कुछ तो नहीं, वैसे ही मैं देख रहा था कि...'

कुसुम ने बात काटकर कहा—आप मेरी तरफ देख रहे होंगे, किंतु इसके लिए क्या किया जाए, विधि के विधान को कौन टाल सकता है?

बसन्त को मालूम हुआ कि विवाह के दो ही वर्ष बाद कुसुम विधवा हो गई। उसके पिता भी उसे अटूट संपत्ति की अधिकारिणी बनाकर छै महीने हुए परलोकवासी हुए। बसन्त ने देखा कि विपत्तियों ने कुसुम को ज्ञान में उससे भी अधिक प्रौढ़ बना दिया है। कुसुम उमर में बसन्त से कुछ साल छोटी थी, किंतु बसन्त अभी संसार-सागर के इसी तट पर था और कुसुम! कुसुम, लहरों के चपेट में आकर उस पार—बसन्त से बहुत दूर, पहुंच गई थी। बसन्त के जीवन में आशा थी और कुसुम का जीवन निराशा से पूर्ण था। निराशा की अंतिम सीमा शांति है। कुसुम उसी शांति का अनुभव कर रही थी।

उस दिन बसन्त फिर लौटकर वापिस न जा सका। कुसुम के अनुरोध से वह दो दिन तक कुसुम का मेहमान रहा। दोनों ने परस्पर एक-दूसरे के विषय में इतने दिनों का हालचाल जाना। पत्र न लिखने की शिकायत न तो कुसुम को थी, न बसन्त को। चलते समय कुसुम ने बसन्त से आग्रह किया कि यदि किसी काम से उन्हें

इस ओर आना हो तो इलाहाबाद में जरूर ठहरें। कुसुम, बसन्त का हृदय, उसकी आंखों में देख रही थी, उसे विश्वास था कि बसन्त ज़रूर आवेगा।

बसन्त का स्वास्थ्य दिनोंदिन बिगड़ता ही गया। कोई खास बीमारी तो न थी, केवल आठ-दस दिन तक मलेरिया ज्वर से पीड़ित रहने के बाद वह कमजोर होता गया। छुट्टी में जलवायु परिवर्तन के लिए बसन्त मसूरी गया। प्रकृति के सुंदर दृश्य, यात्रियों की चहल-पहल, बिजली की रोशनी, किसी भी बात से बसन्त के चित्त को शांति न मिल सकी, वह सदा गंभीर और उदास रहा करता। कुसुम को वह जी से प्यार करता था। बसन्त का स्वभाव और चरित्र अत्यंत उज्ज्वल और ऊंचा था, फिर भी जब वह सोचता कि कुसुम के विवाह के समय, उसके सुख के समय, उसकी आंखों में आंसू आए थे और कुसुम के विधवा होने पर उसके हृदय में आशा का संचार हुआ है, तब वह अपने विचारों पर स्वयं लज्जित होता और अपने को नीच समझकर धिक्कारता।

बसन्त बहुत दिनों तक मसूरी में न रह सका। देहरादून एक्सप्रेस से वह एक दिन इलाहाबाद जा पहुंचा। कुसुम के सद्व्यवहार से कुछ शांति मिली। कई दिनों से बसन्त कुसुम को कुछ कहना चाहता था; किंतु कहते समय उसे ऐसा मालूम होता जैसे कोई आकर उसकी ज़बान पकड़ लेता हो, वह कुछ न कह सकता था।

एक दिन बगीचे में कुसुम बसन्त के साथ टहल रही थी, दोनों ही चुपचाप थे। बसन्त ने निस्तब्धता भंग की, उसने पूछा, कुसुम! तुम अपना सारा जीवन इसी प्रकार, तपस्विनी की तरह बिता दोगी?

—क्या करूं ईश्वर की ऐसी ही इच्छा है,' कुसुम ने शांति से उत्तर दिया।

—किंतु इस तपश्चर्या को सुख में परिवर्तित करने का क्या कोई मार्ग नहीं है?

—क्या मार्ग हो सकता है बसन्त, तुम्हीं कहो न? मेरी समझ में तो नहीं आता?

बसन्त ने धड़कते हुए हृदय से कहा—पुनर्विवाह, जैसा कि तुम्हारी सखी मालती ने भी किया है।

कुसुम को एक धक्का-सा लगा। उसका चेहरा लाल हो गया। उसने दृढ़ता से कहा—लेकिन बसन्त बाबू मुझसे तो यह कभी न हो सकेगा।

बसन्त चुप हो गया। वह रह-रहकर अपनी गलती पर पछता रहा था। बसन्त ने साहस करके इस नाजुक विषय को छेड़ तो जरूर दिया था, किंतु वह डर रहा था कि कहीं कुसुम की नजर से वह नीचे न गिर जाए। दोनों चुप थे। दोनों के दिमाग में एक प्रकार का तूफान-सा उठ रहा था।

टहलते-टहलते कुसुम जैसे थककर एक संगमरमर की बेंच पर बैठ गई। उसने बसन्त से भी बैठ जाने का इशारा किया। उसने कहा, बसन्त, मैं तुम्हें कितना चाहती हूं, शायद तुम इसे अभी तक अच्छी तरह नहीं जान पाए हो?

बसन्त के हृदय में फिर आशा चमक उठी, वह ध्यानपूर्वक, उत्सुकता के साथ कुसुम की बात सुनने लगा।

कुसुम ने कहा, तुम भी मुझे पहले से चाहते थे, यह बात मुझसे छिपी न रह सकी। उस दिन ड्राइंगरूम में यह बात अपने आप ही प्रकट हो गई, लेकिन वह प्रकट हुई बहुत देर बाद, तब उसके लिए कोई उपाय शेष न था। उसके बाद बसन्त इन लंबे चार वर्षों की अवधि में भी मैं तुम्हें भूल नहीं सकी हूं, जैसा कि तुम देख रहे हो।

बसन्त का हृदय जोर से धड़क रहा था।

कुसुम ने फिर कहा, इतना सब होते हुए भी, बसन्त मैंने निश्चय किया है कि मैं कभी पुनर्विवाह न करूंगी, अपने माता-पिता और अपने स्वामी की स्मृति को कलंक न लगाऊंगी। तुम्हारा और मेरा शुद्ध प्रेम है, उसमें वासना और स्वार्थ की गंध नहीं है।

बसन्त हताश हो गया।

कुसुम ने फिर कहा--कहानियों की तरह क्या प्रेम का अंत विवाह में ही होना चाहिए, बसन्त?

बसन्त कोई उत्तर न दे सका। उसने देखा कुसुम प्रेम की दौड़ में भी उससे बहुत आगे निकल गई है। बसन्त अपने को स्वार्थी, और ओछे हृदय का समझने लगा। उसे ऐसा मालूम हुआ कि कुसुम बहुत ऊंचे से, किसी दूसरे लोक से बोल रही है, जिसे बसन्त कुछ समझ सकता है और कुछ नहीं।

इसके बाद बसन्त और कुसुम के बीच में इस विषय में फिर कभी कोई बात न हुई। किंतु, बसन्त अब भी समझता है कि कुसुम का तर्क सत्य नहीं है। किसी सुकवि की कल्पना की तरह वह सुंदर जरूर है, पर उसमें सचाई नहीं है।

परंतु इस प्रकार के विचार आने पर वह स्वयं अपनी आंखों से नीचे गिरने लगता है, उसके कानों में बार-बार कुसुम के ये शब्द गूंजने लगते हैं--'क्या प्रेम का अंत कहानियों की तरह विवाह में ही होना आवश्यक है?'

•

नारी-हृदय

शहर में प्लेग था। लोग धड़ाधड़ मर रहे थे। बीमारी भी ऐसी थी–बीमार पड़ते ही लाश निकलते देरी न लगती। सब लोग शहर छोड़-छोड़कर बाहर बंगलों में या झोपड़े बनाकर रहने के लिए भागने लगे। न चाहते हुए भी मुझे शहर छोड़ना पड़ा। मुझे यहां से भागना अच्छा न लगता था। घर में मैंने सब को प्लेग का टीका लगवा दिया था और शाम को पांच-पांच बूंद प्लेगक्योर भी पिला दिया करता था। इच्छा थी कि शहर में ही बना रहूं। कौन यहां से वहां भागने की झंझट करे!

वैसे ही खर्च के मारे हैरान था। फिर और लोगों की तरह मैं झोपड़ा बनाकर भी तो न रह सकता था? वकालत की शान में फरक न पड़ जाता? रहना तो मुझे बंगले पर ही पड़ेगा, और इन दिनों बंगले के मालिकों का दिमाग तो सातवें आसमान पर ही रहता है, सौ, पचहत्तर और पचास से नीचे तो वह बात ही नहीं करते। फिर आजकल की आमदनी में किराए का कम-से-कम पचास रुपए माहवारी ही रख लो तो चार महीने में दो सौ हो जाते हैं; मुश्किल ही समझो, पर करता क्या? अपने प्रयत्न भर तो मैंने शहर में ही रहे आने की कोशिश की पर मेरी स्त्री न मानी। उसने, जब तक मैं मकान बदलकर बंगले पर रहने न चला गया, मेरा खाना-पीना और सोना हराम कर दिया। उसकी जरा-सी बच्ची थी, जिसके लिए वह इतनी व्याकुल रहती जैसे सारे शहर भर का प्लेग उसी पर फट पड़ेगा।

कचहरी की छुट्टी थी। मैं अपने आफ़िस वाले कमरे में एक नौकर की सहायता से अपनी कानून की किताबें जमा रहा था। कमरे में कई आलमारियां थीं। मैं उन्हें साफ करवा के वहां अपनी पुस्तकें और अन्य वस्तुएं तरतीबवार रखवा रहा था। उन आलमारियों से रद्दी कागजों के साथ एक लिफाफा भी वजन से जरा भारी होने के कारण खट-से नीचे गिर पड़ा। मैंने उसे गिरते देखा, किंतु उदासीन भाव से फिर अपने काम में लग गया। मैं कमरे से बाहर जाने लगा, लिफाफा फिर से पैरों से टकराया। इस बार मैंने उसे उठा लिया, उठाकर देखा तो उस पर किसी का पता तो न था, पर वह मजबूत डोर से कसकर बांधा गया था, और मैंने जेब में रख लिया। दिन-भर कार्य की अधिकता के कारण मुझे उसकी याद ही न रही।

शाम को जब मैं भोजन करके लेटा तो क्रम-क्रम से दिन भर की घटनाओं पर विचार करने लगा। एकाएक मुझे उस लिफाफे की याद आ गई। मैंने बिस्तर से उठकर

कोट की जेब से लिफाफा निकाला और कैंची से धागे को काटकर सावधानी से खोला, देखा तो उसमें किसी स्त्री के लिखे हुए कुछ पत्र थे। उत्सुकता और बढ़ी, मैंने पत्रों को तारीख वार पढ़ना प्रारंभ किया। पहला पत्र इस प्रकार था।

शांति-सरोवर
01.09.1931

मेरे देवता!

मुझे मालूम है कि आप मुझसे नाराज हैं। थोड़ा भी नहीं, बहुत अधिक। यहां तक कि आप दो अक्षर लिखकर अपना कुशल-समाचार देना भी उचित नहीं समझते। आपकी इस नाराजी का कारण भी मुझसे छिपा नहीं है।

मैं ही जानती हूं कि किन परिस्थतियों में पड़कर मैं आपकी आज्ञा का उल्लंघन कर रही हूं। यदि आप मेरे स्थान पर होते तो आप भी वही करते, जो मैं करती हूं।

अंत में मैं आप से यही निवेदन करती हूं कि आप मुझसे नाराज न हों। अपने कुशल-समाचार का पत्र भेजकर अनुगृहीत करें।

आपकी ही
प्रमिला

पत्र--2

शांति-सरोवर
10.09.1931

मेरे सर्वस्व!

उस दिन पत्र भेजकर कई दिनों तक उत्तर की प्रतीक्षा करती रही, किंतु आज तक आपका एक भी पत्र नहीं मिला। उत्सुक नेत्रों से रोज पोस्टमैन की राह देखती हूं। वह आता है और मेरे दरवाजे की तरफ बिना मुड़े हुए ही चला जाता है। सब के पास चिट्ठियां आती हैं, परंतु मेरे पत्थर के देवता! आप न पसीजे, आपके पत्र एक भी न आए। न जाने कितने तरह के विचार आपके दिमाग में आते और जाते होंगे, और आप न जाने क्या-क्या सोच रहे होंगे। कदाचित् आप सोचते हों कि मैं बड़ी अकृतज्ञ, मूर्खा और अभिमानिनी हूं। जिन लोगों ने मेरे साथ इतनी भलाई की, मुझे सर आंखों पर रखा उन्हीं के साथ मैं कृतघ्नता कर रही हूं। यही है न? किंतु मैं क्या करूं? मैं परवश हूं, पत्र में कुछ लिख नहीं सकती। यदि आप कभी मुझसे मिलने का कष्ट करेंगे, अपने चरणों के दर्शन का सौभाग्य देंगे, तब मैं आपके चरणों पर सर रखकर आपको समझा दूंगी—आपको बतला दूंगी कि मैं अपराधिनी नहीं हूं, तब आप जान सकेंगे कि मैं कितनी विवश और कितनी निरुपाय हूं। नाराज़ तो उसी से हुआ जाता है जो नाराज़ी सह सके, समय पाकर चरणों पर सर रखकर अपने अपराधों को क्षमा करवा सके। किंतु आप नाराज हैं, मुझसे! जो न जाने कितने मील की दूरी पर है। जो हर प्रकार से विवश है। जिसे आपको छूने तक का अधिकार नहीं, जो केवल आपकी कृपादृष्टि की भिखारिणी है। आह! यदि आप मेरी विवशता का कुछ भी अनुभव करते?...

आप मुझसे हंसकर बात करते हैं, मैं हंस देती हूं, अपने को धन्य समझती हूं।

कल से आप मुझसे बात ही न करना चाहें तो मैं आपका क्या कर सकती हूं? मुझे क्या अधिकार है सिवा इसके कि कलेजे पर पत्थर रखकर, सब चुपचाप सह लूं। मैं खुलकर रो भी तो नहीं सकती, मुझे इतना भी तो अधिकार नहीं है। आपने नाराज होकर पत्र लिखना बंद कर दिया है, कल यदि आपको मेरी शक्ल से भी नफरत हो जाए, तो भला सिवा रोने के मेरे पास और क्या बच रहेगा। मुझ सरीखी तो आपके घर चार दासियां होंगी। किंतु मेरा दुनिया में कौन है। मैं तो घर-बाहर की ठुकराई हुई अभागिन अबला हूं। आपने दया करके मुझे सम्मान, आदर और अपने हृदय में आश्रय दिया है। उसे इस निर्दयता से न छोड़िए। एक बार मुझसे मिल लीजिए। इसके बाद जैसी आपकी धारणा हो वैसा कीजिए। आप मुझे जिस दंड की अधिकारिणी समझेंगे, मैं उसे सहने के लिए तैयार हूं। यदि आप मुझे अपने चरणों से दूर कर देंगे, तब भी मैं आपकी ही रहूंगी। समाज की आंखों में नहीं, अपनी और परमात्मा की आंखों में! आप मुझे भले ही अपनी न समझें, परंतु मैं तो आजीवन आपको देवता की तरह पूजती रहूंगी। मेरा अटल विश्वास है कि आप सबके होने के बाद, थोड़े से मेरे भी हैं। कभी साल-छह महीने में मिनट-दो-मिनट के लिए सही; मुझे भी आपके चरणों की सेवा करने का अधिकार है।

उत्तर की प्रतीक्षा में
अभागिन प्रमिला

पत्र—3

शांति-सरोवर
30.09.1931

मेरे स्वामी!

यह तो हो ही नहीं सकता कि मेरे पत्र आपको मिलते ही न हों। क्षण भर के लिए यह मान भी लिया कि मेरे पत्र आपको मिले ही नहीं। फिर भी क्या एक कार्ड पर दो शब्द लिखकर आप मेरे पत्र न भेजने का कारण न पूछ सकते थे? खैर, आप अपनी मनमानी कर लीजिए। मैं हूं भी इसी योग्य, कहा भी गया है—जैसा देव वैसी पूजा। आपने मुझे ठुकराकर; मेरी अवहेलना करके उचित ही किया है। इसमें मैं आपको दोष कैसे दूं? जिसका जन्म ही अपमान, अवहेलना और अनादर सहने के लिए हुआ हो, वह उससे अधिक अच्छी वस्तु की आशा ही क्यों करे? अपने आपको भूल गई थी। आज मेरी आंखें खुल गईं। मुझे अपनी थाह मिल गई। मेरी समझ में आ गया कि मैं कहां हूं।

परमात्मा ने स्त्री-जाति के हृदय में इतना विश्वास, इतनी कोमलता और इतना प्रेम शायद इसीलिए भर दिया है कि वह पग-पग पर ठुकराई जावे। जिस देवता के चरणों पर हम अपना सर्वस्व चढ़ाकर, केवल उसकी कृपा-दृष्टि की भिखारिणी बनती हैं, वही हमारी तरफ आंख उठाकर देखने में अपना अपमान समझता है। माना कि मैं समाज की आंखों में आपकी कोई नहीं। किंतु एक बार अपना हृदय तो टटोलिए, और सच बतलाइए क्या मैं आपकी कोई नहीं हूं। समाज के सामने अग्नि की साक्षी देकर हम विवाह-सूत्र में अवश्य नहीं बंधे, किंतु शिवजी की मूर्ति के सामने भगवान शंकर को साक्षी बनाकर क्या आपने मुझे नहीं अपनाया था? यह बात गलत तो नहीं है। मैं जानती हूं कि आप यदि मुझसे बिल्कुल न बोलना चाहें, किसी तरह का भी सम्बन्ध

न रखना चाहें तब भी मैं आपका कुछ नहीं कर सकती। यदि किसी से कुछ कहने भी जाऊं तो सिवा अपमान और तिरस्कार के मुझे क्या मिलेगा? आपको तो कोई कुछ भी न कहेगा, आप फिर भी समाज में सिर ऊंचा करके बैठ सकेंगे। किंतु मेरे लिए कौन-सा स्थान रहेगा? अभी रूखा-सूखा टुकड़ा खाकर, जहां रात को सो रहती हूं, फिर वहां से भी ठोकर मारकर निकाल दी जाऊंगी, और उसके बाद गली-गली की भिखारिन बन जाने के अतिरिक्त मेरे पास दूसरा क्या साधन बच रहेगा? संभव है आप आज मुझे दुराचारिणी या पापिन समझते हों; और इसीलिए बहुत सोच-विचार के बाद आपने मुझसे संबंध-त्याग में ही कुशलता समझी हो, और पत्र लिखना बंद कर दिया हो।

खैर, आप मुझे कुछ भी समझें, परमात्मा ऊपर से देखता है कि मैं क्या हूं, दुराचारिणी हूं या नहीं, पापिन हूं या क्या? इसका साक्षी तो ईश्वर ही है, मैं अपने मुंह से अपनी सफाई क्या दूं? अब केवल यही प्रार्थना है कि मुझे क्षमा करें, मेरी त्रुटियों पर ध्यान न दें; और कृपा कर मेरे पत्र का उत्तर भी न दें। क्योंकि अब आपका पत्र पढ़ने के लिए, शायद मैं संसार में भी न रहूं।

अभागिनी

प्रमिला

पत्र पढ़कर मैंने एक ठंडी सांस ली और करवट बदली, देखा, न जाने कब से मेरी स्त्री सुशीला मेरे सिरहाने खड़ी है। मुझे देखते ही वह भागी, मैंने दौड़कर उसकी धोती पकड़ ली और उसे पलंग तक खींच लाया। उसे जबरन पलंग पर बैठाकर मैंने पूछा—तुम भागी क्यों जा रही थी?

'तुम बड़े कठोर हो,' उसने मुंह फेरे-फेरे उत्तर दिया।

'क्यों?' मैंने उसका मुंह अपनी तरफ फेरते हुए पूछा, 'मैं कठोर कैसे हूं?'

अपनी आंखों के आंसू पोंछती हुई वह बोली, यदि तुम निभा नहीं सकते थे, तो उस बेचारी को इस रास्ते पर घसीटा ही क्यों?

मुझे हँसी आ गई, हालांकि प्रमिला के पत्रों को पढ़ने के बाद, मेरे हृदय में भी एक प्रकार का दर्द-सा हो रहा था। मुझे स्त्रियों की असहायता, उनकी विवशता और उनके कष्टों से बड़ी तीव्र मार्मिक पीड़ा हो रही थी।

मैंने किंचित मुस्कराकर कहा—पगली! यह पत्र मेरे लिए नहीं लिखे गए।

उसकी भवें तन गईं, बोली, तो भला छिपाते क्यों हो? मैं क्या बुरा मानती हूं? बुरा मानती जरूर, यदि मैं प्रमिला के पत्र न पढ़ चुकी होती। पत्र पढ़ने के बाद तो मुझे उस पर क्रोध के बदले दया ही आती है। यदि तुम मुझे उसका पता बता दो तो मैं स्वयं उसे यहां लिवा लाऊं। बेचारी का जीवन कितना दुःखी है।

मैंने कहा—भला मैं कभी तुमसे झूठ बोला है? यह पत्र मुझे आज इसी कोठरी में रद्दी कागजों में मिले हैं। जिस लिफ़ाफे में ये बंद थे वह भी यह है, देखो! कहते हुए मैंने लिफाफा उठाकर सुशीला के सामने रख दिया।

सुशीला ने एक बार लिफाफे की ओर, और फिर मेरी ओर देखते हुए कहा, तुम्हीं क्या, पुरुष मात्र ही कठोर होते हैं।

•

पवित्र ईर्ष्या

विमला अपने बग़ीचे में माली के साथ तरह-तरह के फूल और पत्तियों को पहिचान रही थी और उन्हीं के साथ खेल रही थी, क्योंकि उसके साथ खेलने के लिए उसके कोई सगे भाई-बहिन न थे। आज राखी का त्यौहार था। बारह महीने का दिन, सभी बच्चे अपने-अपने घरों में खेलकूद रहे थे। इस चहल-पहल में किसी को आज विमला की याद न रही; इसलिए वह बिल्कुल अकेली पड़ गई थी।

अचानक उसकी दृष्टि, सड़क पर हरी-हरी साड़ियों से सजी हुई कुछ स्त्रियों और बालिकाओं पर पड़ी, ज़िनके हाथों में चांदी के समान चमकती हुई थालियों में फूल-माला, फल-फूल और नारियल के साथ रंग-बिरंगी राखियां चमचमा रही थीं। उसी समुदाय में विमला की सखी चुन्नी भी थी। चुन्नी को देखकर विमला चुप न रह सकी, कौतूहलवश वह पुकार उठी—इतनी सज-सजा के कहां जा रही हो चुन्नी? यह थाली में क्या लिए हो चमकता हुआ?

चुन्नी विमला की अनभिज्ञता पर हँस पड़ी। बोली, इतना भी नहीं जानती विन्नो? आज राखी है न? हम लोग भगवानजी के मंदिर में पूजा करने जाती हैं, वहां से लौटकर फिर राखी बांधेगीं।

'किसे बांधेगी राखी?' विमला ने उत्सुकता से पूछा। इस प्रश्न पर सब खिलखिला के हंस पड़ीं।

विमला शरमा गई, चुन्नी विमला की सहेली थी, अपनी सखी के ऊपर इस प्रकार सबका हंसना उसे भी अच्छा नहीं लगा; वह विमला के पास आकर बोली—विन्नो, अभी हम लोग भगवानजी की पूजा करके उन्हें राखी बांधेगी। फिर घर आकर अपने-अपने भाइयों को बांधेंगी। तुम भी चलो न हमारे साथ।

—पर मैंने तो अभी अम्मा से पूछा ही नहीं।

—मां से पूछकर मंदिर में आ जाना! यह कहकर चुन्नी चली गई।

विमला अपने हृदय में राखी बांधने की प्रबल उत्कंठा लिए हुए बड़े उत्साह से मां के पास आई। उसकी मां, कमला, बैठी कुछ पकवान बना रही थी। वह नौ बरस की बालिका, घर में बिल्कुल अकेली होने के कारण, अब भी निरी बालिका थी। वह मां के गले में दोनों बाहें डालकर पीठ पर झूलकर बोली, 'मैं भी राखी बांधूंगी मां।'

'तू किसे राखी बांधेगी बेटी?' मां ने किंचित उदासी से पूछा।

'तुम जिसे कह दोगी मां,' विमला ने सरल भाव से कह दिया।

किंतु मां की आंखों के आंसू रुक न सके। कुछ क्षणों में अपने को कुछ स्वस्थ पाकर कमला ने कहा—तेरी किस्मत में राखी बांधना लिखा ही होता तो क्या चार भाइयों में से एक भी न रहता, राखी का नाम लेकर जला मत बेटी! चुप रह।

मां के आंसुओं से विमला सहम-सी गई। कहां के, और किसके चार भाई, वह कुछ भी न समझी; हां वह इतना ही समझी कि राखी के नाम से मां को दुःख होता है, इसलिए राखी का नाम अब मां के सामने नहीं लेना चाहिए। पर राखी बांधने की अपनी उत्कंठा को वह दबा न सकी। किसे राखी बांधे, और कैसे बांधे; इसी उधेड़बुन में वह फिर बगीचे की ओर चली गई। फाटक के नजदीक चुपचाप बैठकर वह गीली मिट्टी के लड्डू, पेड़ा, गुझिया और तरह-तरह के पकवान बनाने लगी। किंतु राखी की समस्या अभी तक उसके सामने उपस्थित थी।

इसी समय रोली का टीका लगाए, फूलों की माला पहिने, और हाथों में चमकती हुई राखियां बांधे हुए, उसके पास अखिलेश आया। वह अपना वैभव विमला को दिखलाना चाहता था, क्योंकि विमला और उसमें मित्रता होने के साथ-साथ, सदा इस बात की भी लाग-डांट रहती थी कि कौन किससे, किस बात में बढ़ा-चढ़ा है। दोनों सदा इस बात को सिद्ध करना चाहते थे कि हम तुमसे किसी बात में कम नहीं हैं।

विमला पकवान बनाने में इतनी तल्लीन थी कि अखिलेश का आना उसे मालूम न हो सका। और दिन होता तो शायद विमला के इस प्रकार चुप रह जाने पर अखिलेश भी चला जाता, परंतु आज तो उसे विमला को अपनी राखियां दिखलानी थीं; उस पर यह प्रकट करना था कि देखो विमला मुझे जो सम्मान प्राप्त है, वह तुम्हें नहीं, इसलिए उसने विमला को छेड़ा, विन्नो! यह तुम्हारे मिट्टी के लड्डू कौन खाएगा जो इतनी देर से बनाए जा रही हो?

विमला के हाथ का लड्डू गिरकर टूट गया। उसने तुरंत अखिलेश की तरफ देखा और अखिलेश ने सगर्व दृष्टि से अपने हाथों को देखा जिन पर राखियां चमक रही थीं। विमला अपने पकवानों को भूल गई, फिर वही राखियां उसके दिमाग में झूलने लगीं। अखिलेश के पास खड़ी होकर हाथ से मिट्टी झाड़ती हुई बोली, तुम्हें किसने राखी बांधी है अखिल?

'चुन्नी ने बांधी है और मैंने उसे एक रुपया दिया है। समझी?' अखिलेश ने कहा।

कुछ क्षणों तक न जाने क्या सोचकर विमला बोली, तो तुम मुझसे राखी बंधवा लो, अखिल भैया! मुझे रुपया न देकर अठन्नी ही देना।

'नहीं भाई! अठन्नी की बात तो झूठी है। मेरे पास इकन्नी है वह मैं तुम्हें दे दूंगा। पर क्या तुम्हारे पास राखी है?' अखिल ने पूछा।

विमला कुछ सोचती हुई बोली, 'राखी तो नहीं है। कौन ला देगा मुझे?'

आश्वासन के स्वर में अखिलेश बोला, 'तुम पैसे दोगी तो राखी मैं ही ला दूंगा, वह कोई बड़ी बात नहीं है। पर विन्नो, राखी अकेली नहीं बांधी जाती; राखी बांधने के बाद फल, मेवा और मिठाई भी तो दी जाती है, वह तुम कहां से लाओगी?'

'मिठाई मैं मां से मांग लूंगी और कुछ नींबू बगीचे से तोड़ लूंगी। पर पैसे तो मेरे पास दो ही हैं, उसमें राखी आएगी क्या?' विमला ने पूछा।

अखिलेश ने कहा, 'दो पैसों में राखी और मिठाई, दोनों ला दूंगा विन्नो! अब तुम मां से मिठाई न मांगो, तो भी काम चल सकता है।'

विमला चाहती भी यही थी कि किसी प्रकार चुपचाप राखी बंध जाए और मां न जान पाए। जब उसे मालूम हुआ कि दो पैसों में राखी और मिठाई दोनों आ जाएगीं तो उसे बड़ी प्रसन्नता हुई। उधर अखिल राखी लेने गया, इधर विमला फूलों की एक माला, एक नन्हीं-सी थाली में जरा-सी रोली और अक्षत रखकर, उसकी प्रतीक्षा करने लगी। उसे अधिक प्रतीक्षा न करनी पड़ी। अखिल डेढ़ पैसे की मिठाई और धेले की एक राखी लेकर कुछ ही देर में आ गया।

माली के घर से जरा-सा मीठा तेल मांगकर एक मिट्टी का दिया जलाया गया और वहीं गोधूलि की पवित्र बेला में एक अबोध बालिका ने एक बालक को दो पैसों से सदा के लिए भाई के रूप में बांध लिया। तिलक लगाकर, अक्षत छिड़ककर विमला ने अखिल को राखी बांधी, फूलों की माला पहिनाकर उसे मिठाई खिला दी। और अखिल ने उसी समय विमला के हाथ पर इकन्नी रखकर उसके पैर छू लिए।

पैर छूकर वह ज्योंही ऊपर उठा, सामने विमला की मां खड़ी थीं। उनकी आंखों से आंसू गिर रहे थे, उन्हें याद आ रहा था अखिलेश के साथ का ही उनका बच्चा; यदि आज वह होता तो वह भी बारह साल का होता।

सहसा मां को सामने देख विमला कुछ संकोच में पड़ गई। इकन्नी को मुट्ठी में दबाकर वह चुपचाप एक तरफ खड़ी हो गई।

अखिल दो कदम आगे बढ़कर बोला, 'चाची, विन्नो ने मुझे राखी बांधी है और मैंने उसे एक इकन्नी दी है। अब यह भी मेरी बहिन हो गई न चाची?'

मां ने अखिल को पकड़कर प्यार से हृदय से लगाते हुए गद्गद कंठ से कहा, 'हां, तू हो गया मेरा बेटा अखिल!'

अखिलेश ने विमला की मां की बात सुनी या नहीं। किंतु वह अपनी एक बहिन के कारण बहुत परेशान रहता था। वह उससे सदा लड़ती थी। वह कुछ चिंतित-सा होकर बोला, पर चाची! चुन्नी तो मुझसे बहुत लड़ती है। विन्नो, बहिन हो गई, यह भी मुझसे लड़ा करेगी?

'नहीं रे पगले! सब बहिनें नहीं लड़ा करतीं' मां ने कहा, और दोनों बच्चों को लेकर घर गईं। उस दिन से अखिल के दो घर हो गए। दो घरों में उसे माता की ममता, पिता का दुलार और बहिन का स्नेह मिलने लगा।

इस खिलवाड़ को हुए प्रायः आठ साल बीत गए। विमला अब सत्रह साल की युवती थी। विमला और अखिलेश दोनों सगे भाई-बहिन से किसी बात में कम न थे। अब भी हर साल विमला बड़ी धूमधाम से अखिलेश को राखी बांधा करती थी। चुन्नी सगी बहिन होकर भी अखिलेश के हृदय में वह स्थान न बना सकी थी जो विमला ने अपने सरल और नम्र स्वभाव के कारण बना लिया था। विमला सरीखी बहिन

पर अखिलेश को उसी प्रकार गर्व था, जिस प्रकार विमला को अखिलेश के समान सुशील, तेजस्वी और मनस्वी भाई के पाने पर था।

बी.ए. की परीक्षा में यूनिवर्सिटी भर में फर्स्ट आ जाने के कारण अखिलेश को विदेश जाकर विशेष अध्ययन के लिए सरकारी छात्र-वृत्ति मिली, और उसे दो साल के लिए विदेश जाना पड़ा। विदेश जाने के डेढ़ साल बाद ही अखिलेश को लाल लिफ़ाफ़े में विमला के विवाह का निमंत्रण मिला। विमला के विवाह के समाचार से वह प्रसन्न तो हुआ, परंतु वह विवाह में सम्मिलित न हो सकेगा, इससे उसे कुछ दुःख भी हुआ।

विमला अपने माता-पिता की अंतिम संतान थी। उससे बड़े उसके चार भाई और दो बहिनें दो-दो, तीन-तीन साल के होकर नहीं रही थीं। न जाने कितने टोटके, पूजा-पाठ और जप-तप के बाद वह इस लड़की को किसी प्रकार जिला सके थे। नई सभ्यता की पक्षपातिनी होने पर भी संतान के लिए विमला की मां ने, जिसने जो कुछ बतलाया वही किया। विमला के गले में किसी महात्मा की बताई हुई एक तावीज अब तक पड़ी थी, तात्पर्य यह कि वह माता-पिता दोनों की ही बहुत दुलारी थी। पंद्रहवें वर्ष में पैर रखते ही मां को उसके विवाह की चिंता हो गई थी।

पर बाबू अनन्तराम कुछ लापरवाह से थे। विवाह का ध्यान आते ही वे सोचते, एक ही तो लड़की है, वह भी चली जाएगी, तो घर तो जंगल हो जाएगा; जितने दिन विवाह टले उतने ही दिन अच्छा है। इसी से वह कुछ बेफिकर से रहते। इसके अतिरिक्त उन्हें विमला के योग्य कोई वर भी न मिलता था। वर अच्छा मिलता तो घर मन का न होता और घर अच्छा मिलता, तो वर में कोई-न-कोई बात ऐसी रहती जिससे वह विवाह करने में कुछ हिचकते थे।

उनके मकान के कुछ ही दूर पर गंगा अपनी निर्मल धारा में तेजी से बहा करती थीं। प्रायः वहां के सब लोग रोज गंगा में ही स्नान करते थे। विमला भी अपनी मां के साथ रोज गंगा नहाने जाती थी। एक दिन प्रातः काल दोनों मां-बेटी नहाने गई थीं। अचानक विमला का पैर फिसला; और वह बह चली। मां-पुत्री को बचाने के लिए आगे बढ़ी, किंतु बचाना तो दूर, वह स्वयं भी बहने लगी। घाट पर के किसी व्यक्ति की नजर उन पर नहीं पड़ी, इसलिए दोनों मां-बेटी बहती हुई पुल के नजदीक पहुंच गईं।

पुल के ऊपर से कुछ कालेज के विद्यार्थी घूमने निकले थे। एक की नजर इन असहाय स्त्रियों पर पड़ी। वह फौरन कूद पड़ा। बहुत अच्छा तैराक होने के कारण अपने ही बाहुबल पर, वह दोनों मां-बेटी को बाहर निकाल लाया। उसकी सहायता के लिए दूसरे विद्यार्थी भी घाट पर आ गए थे। कोई डाक्टर के लिए दौड़ा, और कोई मोटर के लिए। कुछ देर में मां तो होश में आ गई पर विमला स्वस्थ न हुई।

इसी बीच अनन्तरामजी के पास भी खबर पहुंची, वे भी दौड़ते हुए आए। कमला और विमला अभी तक नहाकर वापिस न गई थीं। उन्हें रह-रहकर आशंका हो रही थी कि कहीं वे ही न हों। घाट पर पहुंचकर देखा तो आशंका सत्य निकली। मोटर पर कमला और विमला को बैठालकर वे घर लाये। वे अपने उपकारी, उस

विद्यार्थी को भी न भूले जिसने उनकी स्त्री और कन्या को डूबने से बचाया था। अनन्तरामजी के आग्रह से विनोद को भी उनके घर तक आना पड़ा।

विमला कई दिनों तक बीमार रही, विनोद प्रायः रोज उसे देखने आता रहा। इस बीच में अनन्तराम ने विनोद का सब हाल मालूम कर लिया और उन्होंने विनोद को सब प्रकार से विमला के योग्य समझा। उन्होंने ईश्वर को कोटिशः धन्यवाद दिए, जिसने घर बैठे विमला के लिए योग्य पात्र भेज दिया था। विनोद बसन्तपुर का निवासी था और यहां कालेज में एम.ए. फाइनल में इसी साल बैठनेवाला था। परिवार में पिता को छोड़कर और कोई न था। पिता डिप्टी कलेक्टर, और बसन्तपुर के प्रसिद्ध रईस थे।

विनोद स्वयं बहुत सुंदर, स्वस्थ, तेजवान और मनस्वी नवयुवक था। अन्य नवयुवकों की तरह उसमें उच्छृंखलता नाम मात्र को न थी। वह विमला को देखने आता था अवश्य, पर जब तक अनन्तरामजी स्वयं उसे अपने साथ लेकर भीतर न जाते, वह कभी अंदर न आता। उसके इस व्यवहार और अध्ययनशीलता तथा उसकी विद्या और बुद्धि पर अनन्तराम और उनकी स्त्री–दोनों की मुग्ध थे और इसीलिए अपनी प्यारी पुत्री को उन्होंने विनोद को सौंप दिया। विनोद भी विमला के शील-स्वभाव पर मुग्ध था। इसके पहिले उसने विवाह की तरफ सदा अनिच्छा ही प्रकट की थी। किंतु विमला के साथ जो विवाह का प्रस्ताव हुआ तो उसे वह टाल न सका, प्रसन्नता से स्वीकार ही किया।

विनोद विमला को इतना अधिक चाहते थे कि विवाह के बाद, वह दो-तीन महीने तक, मां के घर वापिस न आ सकी। विनोद उसे रोकते न थे। पर विमला जानती थी कि उसके जाने के बाद उन्हें कितना बुरा लगेगा। माता-पिता से मिलने के लिए कभी-कभी वह बहुत विकल भी हो जाती थी, उसकी इस विकलता से विनोद को भी दुःख होता था। किंतु वह विमला का क्षणिक वियोग भी सहने को तैयार न थे। यहां तक कि उसने अपने मित्रों तक से मिलना-जुलना बंद-सा कर रखा था, उसका अधिकांश समय उनके शयनागार में ही बीतता, वहीं वह पढ़ते-लिखते, और विमला वहीं उनकी आंखों के सामने रहती।

विवाह के तीन महीने बाद विनोद के पिता की बदली उसी शहर में हो गई, जहां विमला का मायका था। विमला और विनोद दोनों ही इससे प्रसन्न हुए, अब विमला को माता-पिता से मिलने की भी सुविधा हो गई, और विनोद का भी साथ न छूटता था। अब वह प्रायः दूसरे-तीसरे दिन घंटे दो घंटे के लिए आकर अपने मां-बाप से मिल जाया करती थी।

इसी प्रकार एक दिन विनोद के साथ विमला अपनी मां के घर आई। विमला तो अंदर चली गई, विनोद वहीं हाल में आई चिट्ठियों को देखने लगे। एक पत्र विदेश से आया था। लिखावट उसके मित्र और सहपाठी अखिलेश की थी। पत्र था विमला के लिए। विनोद ने उत्सुकता से पत्र को खोला, जिसमें लिखा था, प्यारी विन्नो,

अब तो तुम्हारे पत्रों के लिए बड़ी लंबी प्रतीक्षा करनी पड़ती है। क्या तुम्हें पत्र लिखने तक का अवकाश नहीं मिलता? अपने नए साथी के कारण तो मुझे नहीं भूली जा रही हो? यदि ऐसा होगा तो भाई मेरे साथ अन्याय होगा। पत्रों का उत्तर

तो कम-से-कम दे दिया करो। चाची को प्रणाम कहना और अब पत्र देर से लिखा तो मैं भी नाराज हो जाऊंगा, समझी!

तुम्हारा
अखिलेश

पत्र पढ़कर विनोद स्तंभित-से रह गए। वह समझ न सके कि कब और कैसे अखिलेश की विमला से पहिचान हुई। दो साल पहिले, सात साल तक अखिलेश ने उनके साथ ही पढ़ा। उसने कभी भी विमला का जिक्र उनसे नहीं किया, और न विवाह के बाद, आज तक विमला ने ही कुछ अखिलेश के विषय में उनसे कहा। और अब पत्र आते हैं तो विमला के मायके के पते से; पत्र की भाषा तो यही प्रकट करती है, जैसे दोनों बहुत दिनों से बहुत घनिष्ट मित्र के रूप में रहे हैं। वे गहरी चिंता में डूब गए, आज पहली बार विमला उन्हें कुछ दोषी-सी जान पड़ी, उसे विनोद से अखिलेश के विषय में सब-कुछ कह देना चाहिए था। अखिलेश के प्रति भी आज विनोद के हृदय में एक प्रकार के ईर्ष्या-जनित भाव जाग्रत हुए। फिर पत्र पढ़ने के बाद वे अंदर न जा सके। पत्र को जेब में रखकर चुपचाप, अपने घर चले आए। विमला ने विनोद की कुछ देर तक प्रतीक्षा की, जब वे अंदर न गए, तब उसने आकर बैठक में देखा; वहां भी उन्हें न पाकर वह समझी, कहीं गए होंगे, किंतु जब दो घंटे तक विनोद न लौटे तो वह कुछ घबराई और अपनी मां की कार में बैठकर ससुराल आ गई।

'ए रिज़र्ण्ड लवर मेक्स ए ससपिशियस हस्बैंड' (एक अन्तर्मुखी प्रेमी सदा आशंकित रहता है) यह कहावत विनोद पर अक्षरशः चरितार्थ होती थी। वे विमला को जितना ही अधिक प्यार करते थे, उतना ही उन्हें उस पर संदेह भी होता था। नौकर-चाकर से भी विमला का बात करना उन्हें अच्छा न लगता था। वे विमला पर अपना एकछत्र अधिकार चाहते थे। वे तो कदाचित् यहां तक चाहते थे कि विमला को किसी प्रकार, बहुत ही छोटे आकार में परिवर्तित करके अपने पाकेट में रख लें, जिसमें वही केवल विमला को देख सके, वहां तक और किसी की पहुंच ही न हो सके।

विमला घर आई तब वे अपनी खाट पर लेटे थे। उन्होंने जान-बूझकर अखिलेश की एक फोटो निकालकर अपनी चारपाई पर रख ली थी। विमला ने पहुंचकर पति का चेहरा देखा, देखते ही पहिचान लिया कि इन्हें किसी प्रकार का मानसिक क्लेश हो रहा है।

वह उनके पास पहुंचकर खाट पर बैठ गई, बैठते ही उसकी दृष्टि अखिलेश की फोटो पर पड़ी। कुछ हर्ष, कुछ कौतूहल से पति की उदासी का कारण पूछना तो वह भूल गई, अखिलेश का चित्र उठाकर फौरन पूछ बैठी—यह फोटो तो अखिलेश का है, यहां कैसे आया? तुम इन्हें जानते हो?

'जानता हूं' कहके विनोद ने करवट फेर ली। विमला की तरफ पीठ और दीवार की तरफ मुंह करके वे अपनी वेदना को चुपचाप पीने लगे।

'तुम इन्हें जानते हो तो अभी तक मुझसे कहा क्यों नहीं?' विमला ने फिर पूछा।

विनोद ने कोई उत्तर न दिया।

इसके बाद विमला को फिर कुछ पूछने का साहस न हुआ। वह वहीं एक तरफ विनोद के पैरों को सहलाने लगी। विनोद ने अपने पैरों को जोर से खींच लिया। विमला समझ गई कि नाराज़गी उसी पर है। वह विनोद के स्वभाव को इतने दिनों से बहुत अच्छी तरह जानती थी। विनोद, जो उस पर पग-पग पर संदेह करते थे, उससे भी वह छिपा न था। किंतु विनोद का हृदय कितना सच्चा, कितना गंभीर, और कितना उदार है, यह भी वह भली भांति जानती थी।

पति का संदेह मिटाने के लिए वह नम्र स्वर में बोली, 'देखो किसी तरह का संदेह न करना। अखिलेश मेरा भाई है, समझे?'

'सब समझ लिया,' विनोद ने रुखाई से उत्तर दिया।

विमला ने फिर अपने उसी नम्र स्वर से पूछा, 'और तुम वहां से चुपचाप मुझे छोड़कर चले क्यों आए?'

'चला आया मेरी खुशी! तुम्हें अपने साथ नहीं लाना चाहता था; फिर भी तुम क्यों चली आईं? दो तीन दिन मां के साथ रह लेती', विनोद ने तीव्र स्वर में कहा।

कहने को तो विनोद यह बात कह गए, किंतु इस दो ही घंटे में उनके हृदय की जो हालत हुई थी, यह वही जानते थे। कई बार स्वयं जाने के लिए उठे, फिर आत्माभिमान के कारण न जा सके। नौकर को तांगा लेकर भेज ही रहे थे कि विमला आ पहुंची।

विमला के आने से पहिले वह उसके लिए बहुत विकल थे; किंतु उसके आते ही वे तन गए। विमला यह समझती थी, इसलिए उसे कुछ हंसी आ रही थी, परंतु फिर भी अपनी हंसी को वह दबाती हुई बोली, 'तो तुम मुझसे कह के आते कि तुम यहां दो-तीन दिन रह सकती हो, तो मैं रह जाती। अम्मा तो रोक रही थीं। कहो तो अब चली जाऊं।'

'हां-हां चली जाना,' विनोद ने मुंह से ही कहा। लेकिन हृदय कहता था कि खबरदार! अगर यहां से हिली भी तो ठीक न होगा।

विमला बोली, 'अच्छा बाबू जी कचहरी से लौटेंगे तो उन्हीं की कार में चली जाऊंगी।'

किंतु बाबूजी के कचहरी से लौटने के पहिले ही दोनों का मेल हो गया। विमला को फिर मां के घर जाने की आवश्यकता न पड़ी। इसके बाद विनोद को विमला ने अपने और अखिलेश के संबंध में सब-कुछ बतलाया। उसी दिन विमला को यह भी मालूम हुआ कि अखिलेश विनोद का सहपाठी होने के साथ-ही-साथ अभिन्न हृदय मित्र भी है। यह जानकर भी कि अखिलेश विमला का राखीबंध भाई है, न जाने क्यों विनोद का अखिलेश के प्रति विमला का स्नेह भाव सहन न होता था। साथ-ही-साथ वह अखिलेश का अपमान भी न सह सकते थे, क्योंकि वह अखिलेश को भी बहुत प्यार करते थे।

आषाढ़ का महीना था। और इसी महीने में अखिलेश विदेश से लौटकर आनेवाले थे। एक दिन विमला की मां ने विमला से कहला भेजा कि आज शाम की ट्रेन से अखिलेश लौटेंगे, स्टेशन चलने के लिए तैयार रहना, मैं कार भेज दूंगी।

विनोद कहीं बाहर गए थे, लौटने के बाद जलपान करके बैठे तो विमला ने उनसे कहा, आज अखिल भैय्या आएंगे। स्टेशन चलने के लिए तैयार रहना, अम्मा कार भेज देंगी।

'मैंने तुमसे कब कहा था कि मैं स्टेशन जाऊंगा जो तुम मुझसे तैयार रहने के लिए कह रही हो? मेरे पास न अखिलेश ने सूचना भेजी है और न मैं आऊंगा। तुम्हारे पास सूचना आई है तो तुम चली जाना।' विनोद ने कहा और अपना कोट उठाकर फिर बाहर जाने के लिए तैयार हो गए। उन्हें रोकती हुई विमला ने फिर नम्र स्वर में कहा, 'सूचना नहीं भी आई तो चलने में क्या हुआ, तुम्हारे मित्र ही तो हैं?'

'चलने में क्या हुआ, इसका उत्तर मैं नहीं दे सकता, नहीं जाना चाहता यही काफी है', कहते हुए विनोद फिर आगे बढ़े।

विमला ने उनका कोट पकड़ लिया, बोली, 'तुम नहीं जाओगे तो सब लोग बुरा मानेंगे? चलो हम लोग स्टेशन से अपने घर आ जाएंगे, उनके घर न जाएंगे बस।'

विनोद ने चिढ़कर कहा, 'क्यों सिर खाए जाती हो विन्नो! एक बार कह तो दिया कि मैं न जाऊंगा। तुम्हारा भाई है, तुम खुशी से जाओ, मैं तुम्हें नहीं रोकता। तुम न जाना चाहती हो तो तुम्हें जाने के लिए मैं विवश नहीं करता, फिर तुम्हीं क्यों चलने के लिए मुझ पर इतना दबाव डाल रही हो।' कहते हुए कोट छुड़ाकर विनोद चल दिए।

विमला चुप हो गई। उसने आज ही अनुभव किया कि विवाह के बाद स्त्री कितनी पराधीन हो जाती है। उसे पति की इच्छाओं के सामने अपनी इच्छाओं और मनोवृत्तियों का किस प्रकार दमन करना पड़ता है। वह जानती थी कि विनोद बार-बार जाने के लिए कहते हैं अवश्य, पर यदि वह सचमुच चली जाए तो उन्हें कितनी मानसिक वेदना होगी; उसके जाने का परिणाम कितना भयंकर होगा।

नियत समय पर कार आई, पर विमला उतरकर नीचे भी न गई; ऊपर से ही दासी के द्वारा कहला भेजा कि सर में बहुत दर्द है इसलिए वह स्टेशन न जा सकेगी।

स्टेशन पर उतरते ही सबसे पहिले अखिलेश ने विमला के विषय में पूछा और उसे अस्वस्थ जानकर उन्हें दुःख हुआ। सबसे मिल-जुलकर वह स्टेशन से सीधे विमला के घर आए। विमला स्टेशन न गई थी, फिर भी उसे पूर्ण विश्वास था कि उसे स्टेशन पर न पाकर अखिलेश सीधे उससे मिलने आवेंगे। इसलिए वह अपने छज्जे पर से उत्सुक आंखों से मोटर की प्रतीक्षा कर रही थी। उसने अपनी मां की मोटर दूर से देखी, और दौड़कर नीचे आ गई। उसे याद न रहा कि वह सिरदर्द का बहाना करके ही स्टेशन नहीं जा सकी है।

विमला ने देखा, विनोद और अखिलेश साथ ही मोटर से उतरे। उनकी मां उन्हें छोड़कर बाहर से ही चली गई। वह पुरानी प्रथा के अनुसार बेटी के घर आना अनुचित समझती थीं। विमला उन्हें ड्राइंगरूम में ही मिली। उसे देखते ही अखिलेश ने स्नेहसिक्त स्वर में उससे पूछा, 'कैसी दुबली हो गई हो विन्नो! क्या बहुत दिनों से बीमार हो? देखा अब मैं आ गया हूं, अब तुम बीमार न रहने पाओगी।'

विमला हँस पड़ी, बोली, अखिल भैया! तुम्हें तो मैं सदा दुबली ही दिखा करती हूं। पर तुम कितने दुबले हो गए हो? तुम्हारा स्वास्थ्य भी तो बहुत अच्छा नहीं जान पड़ता।

इसी प्रकार बहुत-सी आवश्यक-अनावश्यक बातों के बाद अखिल ने विनोद की पीठ पर एक हल्का-सा हाथ का धक्का देते हुए कहा, और क्यों बे पाजी! मुझसे बिना पूछे तुझे मेरे बहनोई बनने का दुःसाहस कैसे हो गया?

विनोद हँसता-हँसता बोला—अखिल यार, इतने दिनों तक विदेश में रहकर भी तुम निरे बुद्धू ही रहे। कहीं ऐसी बातें भी किसी से पूछकर की जाती है।'

अखिल भी हंस पड़ा। रात अधिक हो चुकी थी; इसलिए वह घर जाने के लिए उठे, विमला ने उनसे जाते समय पूछा, 'अब कब आओगे अखिल भैय्या?'

—तुम जब कह दो विन्नो, अखिल ने उत्तर दिया।

विमला ने उनसे दूसरे दिन फिर आने के लिए कहा, इसके बाद अखिल अपने घर गए।

विनोद को विमला का अखिलेश के प्रति इतना प्रेम प्रदर्शित करना, इस प्रकार अनुरोध से बुलाना अच्छा न लगा। वे बोले तो कुछ नहीं, पर उनकी प्रसन्नता उदासी में परिणत हो गई। उनके कुछ न करने पर भी उनकी भाव-भंगी और व्यवहार से विमला समझ गई कि विनोद को कुछ बुरा लगा है। विनोद ने विमला के बहुत आग्रह करने पर अपने हृदय के सब भाव उससे साफ-साफ कह दिए। उन्होंने यह भी कहा कि उन्हें विमला का अखिलेश के प्रति इतना अधिक स्नेह-भाव संदेहात्मक जान पड़ता है। विमला ने अपने प्रयत्न भर उनके संदेह को दूर करने की कोशिश की। और अंत में उन्हें यहां तक आश्वासन दिया कि यदि विनोद न चाहेंगे तो विमला अखिलेश से कभी मिलेगी भी नहीं।

किंतु इतने वर्षों का संबंध कुछ घंटों में ही तोड़ देना बहुत कठिन है। दूसरे दिन अखिलेश के आते ही विमला यह भूल गई कि रात के समय क्या-क्या बातें हुई थीं। वह फिर अखिलेश से उसी प्रकार प्रेम से बातें करने लगी। किंतु कुछ ही क्षण बाद विनोद की मुखाकृति ने उसे रात की बातों की याद दिला दी। वह कुछ गंभीर हो गई, उसकी आंखें करुणा और विवशता से छलक आईं। विमला की आंखों में करुणा का आविर्भाव होना स्वाभाविक ही था, क्योंकि वह हृदय से दुःखी थी। उस पर जो संदेह था वह निर्मूल था। वह जिस मर्मांतक पीड़ा का अनुभव कर रही थी, उसे वही समझ सकता है, जिसका पवित्र संबंध कभी संदेह की दृष्टि से देखा गया हो।

विमला प्रयत्न करने पर भी अपनी आंखों की करुणा न छिपा सकी। उसने एक-दो बार अखिलेश की ओर देखा और थोड़ी बातचीत भी की, किंतु अपनी विवशता या कातरता प्रकट करने के लिए नहीं; किंतु यह प्रकट करने के लिए कि उसके इस व्यवहार और उदासीनता से अखिलेश यह न समझ बैठे कि उनका किसी प्रकार का अपमान हुआ है। विमला की दृष्टि और व्यवहार से विनोद का संदेह और बढ़ गया। वे विमला की प्रत्येक भावभंगी को बड़े ध्यान से देख रहे थे, और जितना ही वे उस पर विचार करते, उनका संदेह गहरा होता जाता। यह अखिलेश ने भी देखा कि आज विमला और विनोद दोनों ही कुछ अस्वस्थ और अनमने हैं।

किंतु उनकी अस्वस्थता के कारण अखिलेश ही हो सकते हैं, यह वह सोच भी न सके क्योंकि विनोद और विमला दोनों के प्रति उनका पवित्र और प्रगाढ़ प्रेम था। उस स्नेह भाव को ध्यान में लाते हुए उदासी का कारण अपने आपको समझ लेना अखिलेश के लिए आसान न था। किंतु फिर भी विनोद और विमला दोनों के ही व्यवहार ने आज उन्हें आश्चर्य में डाल दिया। वह न जाने किस विचारधारा में डूबे हुए अपने घर गए। जाते समय कुछ हिचक और कुछ संकोच के साथ विमला ने उनसे कहा, 'कभी-कभी आया करना अखिल भैया।'

विनोद उठकर अखिल के साथ हो लिए। बातचीत करते-करते विनोद अखिल के घर तक पहुंच गए। उन्होंने अखिलेश के साथ ही भोजन भी किया। दोनों का प्रेम सच्चा था। उनका स्नेह इतना निष्कपट था, कि विनोद अपने इस संदेह को भी अखिल से न छिपा सके, उन्होंने अखिल से यहां तक कह दिया, भाई अखिल, यदि तुम मुझे सुखी देखना चाहतो हो तो विमला से जरा कम मिलो। मैं यह जानते हुए कि तुम मेरे हितैषी हो, मेरे बंधु हो, विमला चाहें एक बार मुझसे कोई बात छिपा भी जाए पर तुम न छिपा सकोंगे, नहीं चाहता कि तुम विमला से अधिक मेल-जोल रखो। अखिलेश, मुझे ऐसा जान पड़ने लगता है कि तुम्हारे स्नेह के सामने विमला के हृदय में मेरे स्नेह का दूसरा स्थान हो जाता है। तुम्हारा मूल्य उसकी आंखों में मुझसे कहीं ज्यादा हो जाता है।

'यह बात तो सच है, क्योंकि मैं उसका भाई हूं', अखिलेश ने किंचित मुस्कराकर कहा। फिर वह गंभीर होकर बोले, 'विनोद! तुम जैसा चाहो। मैं विमला से मिलने के लिए बहुत उत्सुक भी नहीं हूं, और यदि तुम चाहो तो मैं यह स्थान ही बदल दूं, कहीं और चला जाऊं, अभी लौटने को दिन ही कितने हुए हैं? सर्विस दूसरी जगह भी तो कर सकता हूं।'

विनोद घबराकर बोल उठे, 'नहीं अखिल तुम यहां से कहीं जाओ मत! भाई, तुम दो साल के बाद तो लौटे हो। फिर पिता की बदली यहां की हो गई, तो सौभाग्य से हम दोनों को फिर से साथ-साथ रहने का अवसर मिला है। उसे मैं व्यर्थ ही नहीं जाने देना चाहता। यहां रहकर क्या तुम विमला से मिलना-जुलना कम नहीं कर सकते?'

'अरे भाई! तुम जो कहो सब कर सकता हूं, पर बारह बज रहे हैं जाओ, सोने भी दोगे या नहीं', अखिल ने हंसते हुए कहा।

इसके बाद विनोद तो गए अपने घर, और अखिल अपने बिस्तर पर।

पूरा एक महीना बीत गया। न अखिलेश आए और न विमला से उनकी कभी मुलाकात ही हुई। विमला इस बीच कई बार अपनी मां के घर भी आ-जा चुकी थी, किंतु अखिलेश से वहां भी न मिल सकी। वह हृदय से तो अखिलेश से मिलना चाहती थी पर मुंह से कुछ कहने का साहस न होता था। एक दिन वह मां के घर जा रही थी, रास्ते में उसे अखिलेश कहीं जाते हुए दिखे। विमला का हृदय बड़ी जोर से धड़कने लगा। एक बार उसकी तबीयत हुई, कार रुकवाकर, अखिलेश से उसके इस प्रकार न आने का कारण पूछ ले, किंतु दूसरे ही क्षण उसे ख्याल आ गया कि वह अखिलेश के न आने का कारण पूछ तो लेगी; किंतु इस तनिक-सी बात का मूल्य उसे कितना अधिक चुकाना पड़ेगा। अपनी प्रसन्नता-अप्रसन्नता की उसे उतनी परवाह न थी—विनोद की शांति न जाने कितने समय के लिए भंग हो जाएगी। उनकी मानसिक वेदना का विचार आते ही उसने कार बढ़वा ली, रुकी नहीं, पर उस दिन अखिलेश को वह दिन भर भूल न सकी, उसे वह दिन याद आ रहा था जिस दिन उसने दो पैसे में अखिलेश को भाई के रूप में बांधा था।

इसी प्रकार कुछ दिन और बीत गए, राखी का त्यौहार आया। विमला आज अपने भ्रातृ-प्रेम को न रोक सकी। वैसे वह चाहती तो मां के घर जाकर वहां अपनी मां के द्वारा अखिलेश को बुलवा सकती थी, किंतु विनोद से छुपाकर वह कुछ भी न करना चाहती थी। इसलिए वह विनोद के पास आकर कुछ संकोच के साथ बोली, आज राखी है। तुम मुझे अखिल भैया के घर ले चलना, मैं उन्हें राखी बांध आऊंगी।

विनोद किसी पुस्तक को एकाग्र चित्त से पढ़ रहे थे। विमला की बात कदाचित् बिना सुने ही उन्होंने सिर झुकाए-ही-झुकाए कह दिया, अच्छा।

विमला को मुंह मांगा वरदान मिला। उसने आगे और कोई बातचीत न की। कौन जाने बातचीत के सिलसिले में कोई बहस छिड़ जाए और वह अखिलेश को राखी बांधने न जा सके।

आज विमला बहुत प्रसन्न थी। उसने कई तरह के पकवान, जो अखिलेश को अच्छे लगते थे, अपने हाथ से बनाए। तरह-तरह के फल मंगवाए और शाम को राखी बांधने के लिए जाने की तैयारी करने लगी। एक दासी द्वारा उसने अखिलेश के पास संदेशा भिजवा दिया कि आज शाम को छह बजे हम दोनों अखिल भैया से मिलने आवेंगे। वे घर ही रहें, कहीं जाएं नहीं। इस संदेश से अखिल को कुछ आश्चर्य न हुआ क्योंकि उस दिन राखी थी। विमला दिन भर बड़ी उमंग और उत्सुकता से संध्या की प्रतीक्षा करती रही; किंतु शाम को जब छह बज गए और विनोद ने अपनी पुस्तकों पर से सिर न उठाया, तो धीरे से जाकर वह विनोद के पास बैठ गई।

विनोद ने सप्रेम दृष्टि से विमला की ओर देखकर कहा, कहो विन्नो रानी, आज कुछ खिलाओगी नहीं?

विमला ने तुरंत अपने बनाए हुए कुछ पकवान तश्तरी में लाकर रख दिए, विनोद ने उन्हें खाया। विनोद को इतना प्रसन्न देखकर विमला का साहस कुछ बढ़ गया था, बोली, देखो छह से साढ़े छह बज गए, अखिल भैया के घर अब कब चलोगे?

विनोद की हंसी कुछ मिश्रित उदासीनता में परिणत हो गई। दृष्टि का प्रेम-भाव तिरस्कार में बदल गया, कुछ क्षण तक चुप रहकर, वे रूखे स्वर में बोले, मैं तो न जाऊंगा। तुम जाना चाहो तो चली जाओ।

विमला को जैसे काठ-सा मार गया। वह विनोद के इस भाव परिवर्तन को समझ न सकी, कुछ चिढ़कर बोली, 'तुम्हें सबेरे ही कह देना था कि न चलेंगे तो मैं खबर ही न भिजवाती।'

—मैंने तो नहीं कहा था कि मैं तुम्हारे साथ अखिल के घर चलूंगा पर तुमने खबर भिजवा दी हो तो चली जाओ, मैं रोकता नहीं। हां एक बार नहीं अनेक बार, मैं तुम पर यह प्रकट कर चुका हूं कि अखिल से तुम्हारा बहुत मिलना-जुलना मुझे पसंद नहीं है। फिर भी तुम जैसे उसके लिए व्याकुल-सी रहा करती हो, यदि तुम्हें मेरी मानसिक वेदनाओं का कुछ ख्याल नहीं है तो जाओ! पर मुझे क्यों अपने साथ घसीटना चाहती हो?

विमला सिहर उठी। कुछ देर बार अपने को संभालकर बोली, 'अखिल भैया से ही क्या, तुम न चाहोगे तो मैं अम्मा और बाबूजी से भी न मिलूंगी।'

विनोद ने विमला की बात का कुछ भी उत्तर नहीं दिया और बाहर चले गए। बाहर दरवाजे पर ही उन्हें उनके मित्र की बहिन अंतो मिली जो उनको भी बहुत ज्यादा चाहती थी, भाई की ही तरह, और उन्हें राखी बांधने आई थी।

विनोद इस समय किसी अतिथि के स्वागत के लिए तैयार न थे। विशेषकर यदि अतिथि स्त्री हो तब। अभी-अभी वह विमला को अखिल से न मिलने के लिए तेज़ बातें कह चुके थे। दूसरे ही क्षण किसी दूसरी स्त्री के साथ, ज़ो विनोद की वैसी ही बहिन हो जैसे विमला अखिल की, विमला के पास जाने में उन्हें कुछ संकोच-सा हुआ। पर वह अंतों को टाल भी तो न सकते थे, वह उसे लिए हुए विमला के पास जाकर ज़रा कोमल स्वर में बोले, 'विन्नो! यह अंतो राखी बांधने आई है, इन्हें बैठा लो।'

विमला ने उठकर आदर और प्रेम से अंतो को बैठाला तो अवश्य; पर कुछ अधिक बातचीत न कर सकी। अंतो विनोद के ही पास बैठकर इधर-उधर की बातें करने लगी। विमला ने उनकी बातचीत में किसी प्रकार हिस्सा न लिया। यहां तक कि उनसे कुछ दूर बैठकर पान बनाने लगी। और दिन होता तो शायद विनोद से अधिक विमला ही अंतों से बातचीत करती, किंतु आज वह बड़ी व्यथित-सी थी, इसलिए चुप रही। उसकी इस उदासीनता से विनोद ने अंतो का अपमान, घर में आई हुई एक स्त्री-अतिथि का अपमान समझा। वे मन-ही-मन चिढ़ उठे। पर कुछ बोले नहीं।

राखी की रस्म अदा होने पर विमला, अंतो और विनोद दोनों के लिए थालियां परोस लाई। अंतो ने विमला से भी भोजन करने का आग्रह किया; किंतु तबीयत ठीक न होने का बहाना करके विमला ने भोजन करने से इंकार कर दिया।

अब विनोद भी अपने क्रोध को न सम्हाल सके, तिरस्कार-सूचक स्वर में बोल उठे, 'तबीयत क्यों खराब करती हो, अब भी समय है राखी बांधने चली जाओ।' अंतो कुछ समझी नहीं, मुस्कुराकर बोली, 'राखी बांधने कहां जाओगी भौजी! चलो खाना पहिले खा लो फिर चली जाना।'

विमला तो कुछ न बोली पर विनोद फिर उसी स्वर में बोले, 'तुम क्या जानो अंतो! आदमी तो वह जो इशारे से समझ जाए। आज त्यौहार का दिन और यह जाएंगी अखिलेश के घर उसे राखी बांधने। जो लोग अपने घर आवेंगे वे कदाचित् दीवारों से बातचीत करेंगे? और फिर क्या अखिलेश को यह घर मालूम नहीं है? चाहते तो आ न सकते थे?'

अंतो कुछ घबरा-सी उठी, बोली, 'जाने भी दो विनोद भैया! त्यौहार के दिन गुस्सा नहीं करते।'

विमला चुपचाप हाथ में सरौता-सुपारी ज्यों-की-त्यों लिए बैठी थी। पान सामने पड़े थे। उसकी आंखों से बरबस आंसू गिरे पड़ते थे। विनोद को विमला का यह बर्ताव बहुत खल रहा था। अंतो की बात के उत्तर में वह फिर उसी क्रोध-भरे स्वर में बोले, 'त्यौहार के दिन गुस्सा तो नहीं किया जाता अंतो, पर रोया जाता है। सो मैं अपनी किस्मत को रोता हूं। पिताजी ने न जाने कब का बैर निकाला जो नाहक ही बैठे-बैठाए मेरे गले में यह बला बांध दी। देख रही हो न? खाना इसी प्रकार तो खिलाया जाता है! हमारे सामने थालियां परोसकर वे आंसू बहा रही हैं; तो हम लोग भी मरभुखे नहीं हैं। खाना दूसरी जगह भी तो खा सकते हैं।' कहते हुए विनोद अंतो का हाथ पकड़कर थाली पर से उठ गए।

विमला ने किसी को रोका नहीं। उसकी मानसिक स्थिति पागलों से भी खराब थी। उसने राखियों को उठाकर दूर फेंक दिया। फल और मिठाई उठाकर नौकरों को दे दी। माला को मसलकर, दूर फेंककर, वह खाट पर गिर पड़ी और फूट-फूटकर रोने लगी। अखिल का पवित्र प्रेम, उनका मधुर व्यवहार, उन दो नन्हें-नन्हें अबोध बच्चों के द्वारा राखी का अभिनय, एक-एक करके अतीत की सब स्मृतियां उसके सामने साकार बनकर खड़ी हो गईं।

आज उसकी वही स्नेह की लता, जिसे दो नन्हें-नन्हें अबोध बालकों ने अपनी पवित्रता पर आरोपित किया था, तरुण हृदयों ने अपनी दृढ़ता से मजबूत बनाया था, एक मिथ्या संदेह के आधार पर, निर्दयता से कुचली जा रही थी।

विमला कांप उठी। वह पलंग पर उठकर बैठ गई और अपने आप ही बोल उठी, हे ईश्वर! तू साक्षी है। यदि मैं अपने पथ से जरा भी विचलित होऊं, तो मुझे कड़ी-से-कड़ी सजा देना। पतिव्रत धर्म, स्त्री धर्म तो यही है न कि पति की उचित-अनुचित आज्ञाओं का चुपचाप पालन किया जाए। वह मैं कर रही हूं विधाता! पर इतने पर भी यदि मेरी दुर्बल आत्मा अपने किसी आत्मीय के लिए पुकार उठे तो मुझे अपराधिनी न प्रमाणित करना।

इसी समय मां की भेजी हुई मिश्रानी फल, मिठाई और मेवा इत्यादि लेकर

आई। विमला भरी तो बैठी ही थी; मिश्रानी को देखते ही बरस पड़ी। अपने क्रोध-भरे स्वर में कहा—मिश्रानी, यह सब क्यों ले आई हो? ले जाओ, मैं क्या करूंगी लेकर, मां से कहना मेरे लिए कुछ भेजा न करें; समझ लें आज से विन्नो मर गई।

मिश्रानी कुछ देर तक स्तंभित-सी खड़ी रही; उसकी समझ में न आया कि क्या करे। विमला को इस रूप में उसने कभी देखा न था; इसी समय विमला की दूसरी डांट से मिश्रानी की चेतना जाग्रत हो उठी। विमला ने अपना क्रोध फिर उसी पर उतारा, बोली, जाती हो कि खड़ी ही रहोगी?

बेचारी मिश्रानी को कुछ कहने का साहस न हुआ; डरते-डरते थाली वहीं मेज पर धीरे से रखकर वह जाने लगी। विमला ने फिर पुकारा, यह थाली उठा लिए जाओ मिश्रानी।

मिश्रानी ने चुपचाप थाली उठाई और चली गई। विमला की मां से उसने जो कुछ देखा था कह दिया; साथ ही विमला के कहे हुए वाक्य भी दुहरा दिये। विमला की मां यह सब सुनकर घबरा उठीं। पुरानी प्रथा के अनुसार बेटी की देहली के भीतर पैर रखना अनुचित है, इसका उन्हें ख्याल न रहा। उसी समय वह कार में बैठकर विमला के पास आई।

इस समय तक विमला रो-धोकर कुछ शांत होकर बैठी थी। सोच रही थी कि नाहक ही मां के घर की चीजें वापस भेजीं। मिश्रानी से अनावश्यक बातें कह के बुरा ही किया। वह आखिर क्या समझे, समझ भी गई तो क्या कर सकती है? वह मां से कहेगी और मां को दुःख होगा। अगर बाबू को मालूम हुआ तो? अनन्तरामजी की वेदना के स्मरण मात्र से विमला फिर रो उठी।

इसी बीच उसकी मां ने वहां प्रवेश किया। मां को देखते ही उसका रहा-सहा धीरज जाता रहा। मां से लिपटकर वह खूब रोई। मां-बेटी दोनों बहुत देर तक बिना कुछ बोले-चाले रोती रहीं; अंत में कमला ने किसी प्रकार विमला को शांत किया। मां के बहुत पूछने पर विमला ने मां को सब-कुछ बतला दिया।

इस बात से कमला को कष्ट न हुआ हो, सो बात नहीं थी; परंतु विमला को वह किसी प्रकार शांत करना चाहती थीं, इसलिए अपनी मार्मिक वेदना को हृदय में ही छिपाकर वह शांत स्वर में विमला को समझाती हुई बोलीं, बेटी! विनोद की बातों का तुम्हें बुरा न मानना चाहिए। इतना तो समझा करो कि वे तुम्हें कितना अधिक प्यार करते हैं। तुम्हारे ऊपर यदि विनोद का इतना अधिक स्नेह न होता तो वे तुम्हारी इतनी नन्हीं-नन्हीं बातों को इतनी बारीकी से देखते भी तो नहीं।

मां की बातों से विमला को कुछ सांत्वना मिली हो चाहे नहीं; पर वह कुछ बोली नहीं। बहुत रात तक विनोद की प्रतीक्षा करने पर भी जब विनोद न लौटे तो कमला विमला को समझा-बुझाकर अपने घर चली आई।

विनोद अखिलेश के घर चले गए थे; इसलिए उन्हें घर लौटने में कुछ देरी हो गई। जब विनोद अकेले ही अखिलेश के घर पहुंचे तो वे कुछ चकित-से हुए, परंतु विमला के विषय में स्वयं वह कुछ न पूछ सके; विनोद को ही यह विषय छेड़ना पड़ा। रात को बहुत-सी बातें तो विनोद के ही द्वारा उन्हें मालूम हो चुकी थीं, दूसरे

दिन विमला की मां से उन्हें और भी बहुत-सी बातें मालूम हुईं; अखिलेश कुछ विचलित-से हो उठे। उन्हें अपने ही ऊपर क्रोध आया। उन्होंने सोचा, मैं भी क्या व्यक्ति हूं जिसके कारण एक सुखी दंपत्ति का जीवन दुःखी हुआ जा रहा है। उन्हें कोई प्रतिकार न सूझ पड़ा और अंत में वह एक निश्चय पर पहुंचे। इधर कुछ दिनों से वे यहीं कालेज में प्रोफेसर हो गए थे। उन्होंने एक पत्र कालेज के प्रिंसिपल को लिखा और दूसरा लिखा विनोद के लिए।

कालेज का पत्र उसी समय कालेज भेजकर, दूसरा पत्र नौकर को देकर समझा दिया कि शाम को वह विनोद को दे आवे। नौकर बाज़ार गया था; रास्ते में विनोद से उसकी भेंट हुई; सोचा कि शाम को फिर इतनी दूर आने का झगड़ा कौन रखे। ये मिल गए हैं तो पत्र यहीं दे दूं। चिट्ठी निकाल विनोद को देकर वह आगे निकल गया। पत्र पढ़ते ही विनोद घबरा गए। रात से विमला की तबीयत खराब थी। वे डॉक्टर बुलाने आए थे, अब उन्हें डॉक्टर की याद न रही। वे सीधे अखिलेश के घर की तरफ दौड़े, अखिलेश घर पर न मिले, उन्हें देखने कालेज गए; किंतु वहां अखिलेश तो न मिले; हां, हर एक की जबान पर, बिना किसी कारण ही दिए हुए अखिलेश के इस्तीफे की चर्चा अवश्य सुनने को मिली। विनोद ने जाकर प्रिंसिपल से अखिलेश का इस्तीफा वापस लिया और उनसे कहा कि अखिलेश से मिलकर वह इस्तीफे के विषय में अंतिम सूचना देंगे। जब तक विनोद से उन्हें कोई सूचना न मिले तब तक वे इस्तीफे पर किसी प्रकार का निर्णय न करें। वहां से वे फिर अखिलेश के घर आए। दरवाजे पर तांगा खड़ा था। जिस पर अखिलेश का एक बैग और बिस्तर रखा था। विनोद के पहुंचने से पहले ही अखिलेश आकर तांगे पर बैठ गए। उसी समय पहुंचे विनोद; साइकिल वहीं फेंककर वह अखिलेश की बगल में जा बैठे और सजल आंखों से बोले—

'चलो कहां चलते हो अखिल! मैं भी तुम्हारे साथ चलता हूं।'

अखिलेश की भी आंखें भर आईं, वे कुछ क्षण तक कुछ बोल न सके। अंत में, वे किसी प्रकार अपने को संभालकर बोले, तुम पागल हो विनोद। तुम्हें मेरे साथ चलने की क्या जरूरत है।

—ज़रूरत? ठहरो तुम्हें अभी बतलाता हूं। पर तुम यह समझ लो कि मैं तुम्हारा साथ स्वर्ग और नरक तक भी न छोड़ूंगा। यह देखो, तुम्हारा इस्तीफा है, कहते हुए विनोद ने जेब से अखिलेश का लिखा हुआ इस्तीफा निकालकर टुकड़े-टुकड़े करके फेंक दिया और तांगा अपने मकान की तरफ मुड़वा लिया।

नौकर अखिलेश का सामान विनोद के आदेशानुसार विनोद के कमरे में ही ले जाकर रखा। विमला समझ न सकी कि विनोद का ऐसा कौन-सा आत्मीय आया है जो इन्हीं के कमरे में ठहराया जाएगा?

इसी समय सीढ़ियों पर विनोद ने आवाज़ दी, विन्नो! यह डॉक्टर आया है।

•

एक्सीडेंट

छः बजने को छः मिनट! कुसुम ने जल्दी से चाय का प्याला रख दिया। वह एक ही घूँट पी पाई थी। आकर देखा, बरसाती में कार खड़ी थी पर ड्राइवर का पता न था। उसने एक-दो बार हॉर्न दिया। फिर बड़ी तेजी से वह मोटर लेकर चल दी। ड्राइवर एक मिनट के बाद आया। कुछ दूर पर कुसुम की कार धूल उड़ा रही थी।

इधर से कुसुम की कार बहुत तेजी से जा रही थी। उधर से किसी और की गाड़ी ने रास्ता काटा। परिणाम यह हुआ कि चौरास्ते पर बिजली के खम्भे से दोनों गाड़ियाँ टकराई। दोनों ने बचाने का प्रयत्न किया परन्तु निष्फल। कुसुम की कार के सामने का काँच फूट गया और सामने का कुछ हिस्सा भी टूट गया। कार और वह अपना वेग खोकर मुर्दे की तरह पड़ी रह गई। कुसुम के सिर और माथे पर चोट आई।

दूसरी कार का एक मडगार्ड-भर टूटा था, बाकी सब कुछ ठीक था, उस गाड़ी के दोनों व्यक्ति कार पर से उतरकर खड़े हो गए। एक पुरुष था और दूसरी स्त्री। कुसुम के चेहरे पर क्रोध का भाव था और पुरुष के चेहरे पर कौतूहल के साथ यह भाव था कि वह गलत रास्ते पर थी, उसने बचाना चाहा फिर भी कुसुम ने कार लड़ा ही दी। कुसुम के सिर के बहते हुए खून को देखकर तुरन्त ही पुरुष ने अपनी रूमाल उसके सिर से कसकर बाँध दी। फिर नम्रता से बोला—आप मेरी कार पर बैठ जाइए। डॉक्टर के घर से आपके सिर पर पट्टी बँधवाने के बाद आप जहाँ कहेंगी वहाँ पहुँचा दूँगा।

—खाक पहुँचा देंगे आप—कुसुम झुंझलाकर बोली—मुझे छः बजे कॉलेज पहुँच जाना था। वहाँ लोग मेरी प्रतीक्षा में होंगे।

—तो आप ही कुसुम देवी हैं? आपसे मिलकर प्रसन्नता हुई। पुरुष ने कहा।

—जी हाँ मैं कुसुम देवी हूँ। धन्यवाद। और आपकी तारीफ। शिष्टाचार के तौर पर कुसुम ने पूछा।

—मैं हूँ प्राणनाथ सहगल—पुरुष ने उत्तर दिया।

कुसुम जैसे चौंक उठी। प्राणनाथ, शराबी प्राणनाथ, दुराचारी प्राणनाथ, कुसुम ने आँखें उठाकर ध्यान से प्राणनाथ की ओर देखा। प्राणनाथ के विषय में तो उसने बहुत कुछ सुना है। यही वही प्राणनाथ है या कोई और।

कुसुम के चेहरे से जैसे प्राणनाथ ने उसके अन्दर के भावों को पढ़ लिया।

वह बोला—इस शहर में प्राणनाथ सहगल नाम का एक ही व्यक्ति है और वह समाज में बहुत बदनाम है। वही मैं हूँ। किन्तु इस समय आपको डॉक्टर के घर तक तो मेरे साथ चलना ही होगा। आपका खून बहुत निकल चुका है। चलिए।—और कुसुम उसकी बातों का कोई उत्तर न देकर चुपचाप कार में जा बैठी। प्राणनाथ ने कुसुम को ले जाकर डॉक्टर के यहाँ पट्टी बँधवायी और फिर उसके घर छोड़ दिया। कुसुम उस दिन कॉलेज न जा सकी।

इस घटना के कुछ दिन बाद एक दिन शाम को कुसुम का भाई जो उससे दो साल बड़ा था, बड़े गुस्से में आया और बोला—कुसुम, तुम बड़ी हो और समझदार भी हो। प्राणनाथ कितना बदनाम है यह तुम जानती हो। उसके साथ कार में बैठकर तुम्हें कहीं नहीं जाना चाहिए थी।

कुसुम ने कहा—पर भइया जिस दिन मेरी मोटर लड़ गई थी उसी दिन मैं उसकी कार में डॉक्टर के घर गई थी। और तो मैं कभी कहीं नहीं गई। खैर अब इस बात का ध्यान रखना, उसके भाई ने कहा और बात यहीं खतम भी हो गई। पर संयोग की बात! उसके दूसरे ही दिन कुसुम अपनी कुछ सहेलियों के साथ पिकनिक पर गई। लौटते समय दूसरी लड़कियों को उनके मकानों पर उतारकर जब वह वापस आ रही थी तो ठीक प्राणनाथ के बँगले के ही सामने उसकी मोटर का पेट्रोल खतम हो गया। कुसुम यह न जानती थी कि बँगला किसका है। उसके साथ कोई नौकर भी न था। लाचार उसे उस बँगलेवालों से सहायता लेनी ही पड़ी। इसी मतलब से वह फाटक के अन्दर गई। सामने ही वर्दी लगाए एक चपरासी खड़ा था। अन्दर से संगीत की ध्वनि आ रही थी। स्वर किसी स्त्री का था। कुसुम बँगले में इस प्रकार गई जैसे बंगले की स्वामिनी हो। चपरासी को रोकने का साहस न हुआ। संगीत से उसने अनुमान लगाया था कि अन्दर औरतें होंगी। पर अन्दर पहुँचकर उसने जो कुछ देखा उससे वह एकदम सहम सी गई। बहुत अच्छे ढंग से सजे हुए कमरे में एक तरफ प्राणनाथ बैठा शराब पीता हुआ एक अखबार पर नजर दौड़ा रहा था और दूसरी ओर एक गायिका जो स्पष्ट रूप से गणिका थी गा रही थी "कान्हा बाजूबन्द खोल" कुसुम को देखकर गायिका कुछ सकपकायी। कुसुम ने पहले गायिका फिर प्राणनाथ को देखा और ठिठक गई। प्राणनाथ ने भी कुसुम को देखा। वह खड़ा हो गया और बोला—कौन? आप हैं, कुसुम देवी! आप यहाँ कैसे?—फिर तुरन्त ही उसने गायिका से कहा—बाहर के कमरे में जाकर बैठो। चपरासी से ताँगे के लिए कह दो। आने पर चली जाना। और मनीबेग से दो दस-दस रुपये के नोट निकालकर उसे दे दिए। गानेवाली सलाम करके चली गई। फिर कुसुम से बोला—आपको आज अचानक अपने घर देखकर मुझे हर्ष भी है और दुख भी है, कुसुम देवी! पर अपने सुख-दुख की बात एक तरफ रखकर मैं आपके हित के खयाल से कहूँगा कि आप इसके बाद मेरे घर कभी न आइए। समाज की दृष्टि में मैं बहुत बुरा आदमी हूँ और हूँ भी बुरा। प्रमाण तो आपको आते ही मिल गया है।—वह इतना कह जरा सा

हँसा। इस हँसी की तह में जो प्रचंड विषाद छिपा था वह कुसुम से छिपा न रहा। पहली बार कुसुम को लगा जैसे प्राणनाथ सचमुच में बुरा नहीं है। पर वह बुरा बनने का प्रयत्न करता है। लोग उसकी बुराई करते हैं तो उससे उसे जैसे संतोष होता है।

कुसुम बोली—मुझे ऐसा लगता है कि आप स्वभाव से बुरे नहीं हैं, पर जानबूझकर बुरे बनते हैं।—मार्मिक दृष्टि से कुसुम की ओर देखते हुए प्राणनाथ बोला—मैं बुरा हूँ। आप मुझे अच्छा न समझिए। यदि आप मुझे बुरा न समझेंगी तो मुझे दुःख होगा।—जरा ठहरकर—अरे हाँ यह तो बतलाइए कि आपकी क्या खातिर की जाए? चाय लेंगी या शर्बत?

कुसुम ने कहा—मुझे कुछ न चाहिए। अभी पिकनिक से खूब खा-पीकर आ रही हूँ, पर मेरी मोटर को शरबत चाहिए।—प्राणनाथ ने उसी समय उसकी मोटर में पेट्रोल डलवा दिया। कुसुम कुछ कहना चाहती थी पर संकोचवश बोल न सकी। अन्त में बहुत हिम्मत करके उसने पूछ ही लिया—आप इन गानेवालियों को क्यों बुलाते हैं? क्या रेडियो नहीं है?—रेडियो की ओर उँगली उठाकर प्राणनाथ ने कहा—रेडियो है तो। इन्हें तो मैं सिर्फ बदनाम होने के लिए बुलाता है। और फिर इन गरीब स्त्रियों को बुलाता हूँ जिनका नाचना-गाना ही पेशा है जिनकी युवावस्था समाप्त हो चुकी है, रूप-रंग बिगड़ गया है और जिन्हें पेट भरने का और कोई चारा नहीं है।

कुसुम ने पूछा—और शराब क्यों पीते हैं?

—अपने-आपको मिटाने के लिए। रुपयों का और क्या करूँ।—प्राणनाथ ने विरक्ति के साथ उत्तर दिया।

—मैं इन दोनों बातों को नहीं पसन्द करती। आपके पास बहुत रुपया है तो मुझे दे दीजिए। मैं उनका सद्व्यय करूँगी।—अधिकार के स्वर में कुसुम बोली। फिर आप ही आप शरमा गई। उसे चाहने न चाहने का अधिकार ही क्या है। प्राणनाथ हँस पड़ा। वह बोला—आप नहीं चाहतीं तो न होगा, पर आप मेरी चिन्ता क्यों करती हैं? मैं तो जानबूझकर मिट रहा हूँ और मिटने में ही मुझे सन्तोष है।

—पर इसका कारण क्या है? आग्रह के साथ कुसुम ने पूछा।

—कारण बहुत बड़ा है। जल्दी में मैं बतला न सकूँगा। आप घर जाइये रात हो रही है। आपके घरवाले चिन्तित होंगे।—कहते हुए स्वयं प्राणनाथ ने दरवाजे का परदा हटा दिया। कुसुम बाहर निकली। प्राणनाथ भी आया। कुसुम की कार बरसाती में ही खड़ी थी।

—इस कृपा के लिए धन्यवाद कुसुम देवी!—प्राणनाथ ने कहा।—मैं आपसे फिर मिलूँगी—कहती हुई कुसुम ने मोटर चला दी।

घर पहुँचकर कुसुम कई दिनों तक सोचती रही। उसे प्राणनाथ जितना बदनाम था उतना बुरा न जान पड़ा। बात-व्यवहार में वह बिलकुल भद्र पुरुष था। उसकी बुराई करनेवालों से प्राणनाथ ही उसे अधिक शिष्ट जान पड़ा। कुसुम सोच रही थी—कोई-न-कोई बात है, इसके जीवन में कोई ऐसी घटना घटी है जिससे वह बहुत दुखित होकर

ही अपने-आपको इस प्रकार मिटा रहा है, बदनाम कर रहा है। कुसुम ने सोचा मैं उससे पूँछूगी जरूर और एक दिन शाम को कुसुम जब घूमने निकली तो उसकी मोटर अपने आप जैसे प्राणनाथ के बँगले की ओर मुड़ गई। बाहर चपरासी बैठा था। कुसुम को देखते ही दौड़कर उसने साहब को खबर दी। प्राणनाथ बाहर आ गया। कुसुम को देखते ही उसके मुरझाए हुए चेहरे पर कान्ति-सी आ गई है। वह बोला—आइए! अच्छा हुआ आप आ गईं। आप उस दिन मुझसे दो बातों के न करने का वचन ले गई थीं। उस दिन से मैंने नहीं कीं। किन्तु उन दो बातों के सहारे मेरी सन्ध्या कट जाती थी। अब तो शाम बहुत लम्बी जान पड़ती है। बैठे-बैठे अपने कृत्यों पर बिसूरने के अतिरिक्त और कुछ नहीं रह जाता। मैं किसी के घर आता-जाता भी नहीं। आपसे उन्हीं दोनों बातों की पुनरावृत्ति की आज्ञा चाहता हूँ।

कुसुम हर्ष से उछल सी पड़ी। उसने कहा—सच! उस दिन से आपने शराब नहीं छुई और न किसी को बुलाया? धन्यवाद। आपने मेरे अनुरोध की रक्षा की है, अब आप फिकर न कीजिए। आपकी शाम भारी न जाएगी। मैं उसे हल्की बनाने का प्रयत्न करूँगी।

—इसके लिए आपको धन्यवाद, पर आप आज भी तो किसी पिकनिक से नहीं आ रही हैं?

—नहीं, चाय पिऊँगी मैं, बनवाइए!—प्राणनाथ ने रसोइए को बुलाकर चाय बनाने को कहा। कुसुम कुछ सोचकर बोली—हाँ मैं आपसे वह कारण पूछना चाहती हूँ। यदि आपको कोई विशेष कष्ट न हो तो बतलाइए कि आपने अपने ऊपर इतना अत्याचार क्यों किया है। बुरे न होकर भी क्यों बुरे बन रहे हैं। दुराचारी न होकर भी क्यों अपने-आपको दुराचारी साबित कर रहे हैं।

—इसकी एक कहानी है, कुसुम देवी—एक दीर्घ विश्वास के साथ प्राणनाथ ने कहा—मैंने एक स्त्री का जीवन बर्बाद किया है और बर्बाद करने के बाद अपनी जिम्मेदारी नहीं समझी। उस पर व्यर्थ का सन्देह किया। उसे सताया। और बड़े ही नाजुक समय में उसकी ओर से इतना उदासीन रहा, उसकी बातों को ठुकराया कि शायद वह गली-गली टुकड़े माँगने तक को विवश हो गई हो। एक घटना ने मेरे सन्देह को दूर कर दिया। मैंने अपनी गलती समझी और जाना कि वह बिल्कुल निर्दोष है। उसके साथ बड़ा अन्याय किया गया है। मैं उससे क्षमा माँगने, उसे लाने के लिए गया किन्तु तब तक उसका वहाँ पता ही नहीं था, कहीं भी पता नहीं लगा। न जाने वह कहाँ गई। इस ख्याल से भी मैं बहुत सी औरतों के यहाँ गया हूँ कि न जाने कहाँ किस अवस्था में मुझे रुक्मिणी मिल जाए। मैं उसका अपराधी हूँ। कम-से-कम उससे क्षमा तो माँग सकूँगा।

कुसुम ने कहा—बस, बहुत हो चुका। आपने अपने ऊपर काफी अत्याचार किया है। अब आप यह न कर सकेंगे। आपने एक स्त्री के साथ अत्याचार किया है। कष्ट मुझे भी हुआ है। पर आप अपने ऊपर जो अत्याचार करते है उससे भी मुझे कष्ट होता है। अच्छा मैं आपको कल अपने घर चाय के लिए निमन्त्रित करती हूँ। शाम को पाँच बजे आ जाएँगे या कार भेजनी पड़ेगी।

—वैसे तो मैं आ जाऊँगा पर आपके घरवाले इस बात को पसन्द न करेंगे। मेरा आना उन्हें अच्छा न लगेगा।

—मेरे घर में कोई भी आपके खिलाफ़ नहीं है—कुसुम ने दृढ़ता से कहा—मेरे भैया जरा कुछ ऐसा-वैसा कह रहे थे पर मैंने उन्हें समझा दिया है। सभी आपसे मिलना चाहते हैं। कल आप आएँगे न?

—जी हाँ, आऊँगा।

—ठीक पाँच बजे।

—ठीक पाँच बजे।

दूसरे दिन कुसुम ने चाय के लिए बड़ी तैयारी की। बहुत तरह की मिठाइयाँ और फल इत्यादि मँगवाये। कुसुम को पहले तो प्राणनाथ पर तरस आता था, अब वह उससे कुछ प्रेम भी करने लगी। उसने अपनी कुछ सहेलियों को भी बुलाया था। कुसुम अपनी सहेलियों से अनेक बार प्राणनाथ की चर्चा सुन चुकी थी। वे सब प्राणनाथ के नाम के साथ ही घृणा का भाव व्यक्त करती थीं। कुसुम उन्हें दिखला देना चाहती थी कि जिस प्राणनाथ को वे शराबी, बदमाश और वासना का कीट समझती है, वास्तव में प्राणनाथ वैसा नहीं है। उसने निश्चय किया कि पहले वह प्राणनाथ का परिचय किसी को न देगी। उसके बारे में सब की राय जान लेगी, तभी बतलाएगी कि वह आदमी कौन है। उसका भाई घर में नहीं था। बूढ़े पिता बच्चों की इस पार्टी में शामिल होनेवाले न थे। कुसुम ही थी जो कुछ थी और उसकी माँ और सहेलियाँ थीं।

उसकी सहेलियाँ पहले ही आ चुकी थीं। प्राणनाथ ठीक पाँच बजे आया। प्राणनाथ बहुत गोरा और देखने में सुन्दर था। कुछ देर इधर-उधर की बात करने के बाद कुसुम ने अपनी परिचारिका भामा को चाय लाने को कहा। कुसुम देख रही थी कि उसकी सहेलियों में से कोई भी प्राणनाथ से जंगली जानवर या हौवा की तरह नहीं डरतीं हैं किन्तु खुलकर स्नेह के साथ बातचीत कर रही हैं। एक-दो ने चुपके से पूछा भी कि यह कौन हैं? कुसुम ने कहा, 'मेरे दूर के रिश्ते के भाई होते हैं।' इसी समय भामा चाय लेकर आयी। एक सुन्दर से ट्रे में उसने चायदानी और प्याले वगैरह सजा रखे थे। मेज के बहुत करीब वह पहुँच न पायी थी कि एकाएक उसकी दृष्टि प्राणनाथ पर और प्राणनाथ की दृष्टि भामा पर पड़ी। एक क्षण तक दोनों ने एक-दूसरे को देखा। अचानक भामा जैसे काँप उठी। उसके हाथ से ट्रे छूटकर धरती पर गिर पड़ी। चायदानी उसके पैरों के पास गिरकर फूट गई। प्याले दूर-दूर तक कमरे में बिखर गए। भामा निर्जीव-सी वहीं धरती पर बैठ गई।

प्राणनाथ के मुँह से एक चीख के साथ निकल पड़ा 'रुक्मिणी!' और वे सब अपनी-अपनी कुरसी छोड़कर निर्जीव सी पड़ी हुई भाषा की परिचर्या में लग गए।

•

वेश्या की लड़की

छाया, प्रमोद की सहपाठिनी थी। प्रमोद, नगर के एक प्रतिष्ठित और कुलीन ब्राह्मण परिवार का लड़का था। और छाया? छाया थी नगर की एक प्रसिद्ध नर्तकी की इकलौती कन्या। नगर में एक बहुत बड़ा राधाकृष्ण का मंदिर था, जहां न जाने कितना सदाव्रत रोज़ बंट जाता था; सैकड़ों साधु-संत मंदिर में पड़े-पड़े भगवद्भजन करते, मनमाना भोजन करते और करते मनमाना अनाचार।

छाया की मां इसी मंदिर की प्रधान नर्तकी थी। मंदिर को छोड़कर दूसरी जगह वह गाने-बजाने कभी न जाती। मंदिर के प्रधान पुजारी की उस पर विशेष कृपा थी, इसीलिए उसे किसी बात की कमी न थी। गंगा के किनारे उसकी विशाल कोठी थी, जहां से सदा संगीत की मधुर ध्वनि आया करती। नगर के संगीत-प्रेमी जब स्वयं ही उसके यहां पहुंच जाते, तो राजरानी उन्हें निराश न करती; किंतु वह किसी के यहां बुलाने पर गाने के लिए नहीं जाती थी। छाया इसी राजरानी की इकलौती कन्या थी। राजरानी की सारी आशाएं इसी कन्या के ऊपर अवलंबित थीं। विद्याध्ययन की ओर छाया की अधिक रुचि देखकर राजरानी ने उसे स्कूल में भरती करवा दिया।

छाया नगर की कुछ पुरानी प्रथा के अनुयायियों के विरोध करने पर भी कुलीन घर की लड़कियों के साथ पढ़ते-पढ़ते कॉलेज तक पहुंच गई। और जिस दिन पहले-पहल वह कालेज पहुंची, प्रमोद से उसकी पहचान हो गई। यह पहचान, पहचान ही बनकर न रह सकी; धीरे-धीरे वह मित्रता में परिवर्तित हुई और अंत में उसने प्रणय का रूप धारण कर लिया, जिसका परिणाम यह हुआ कि परिवारवालों का विरोध, तिरस्कार और प्रतारणा न तो प्रमोद को ही उसके निश्चय से तिल भर हटा सके और न माता का निर्वासन-दंड ही छाया को उसके पथ से विचलित कर सका। विवाह के लिए उन्हें कोर्ट का सहारा लेना पड़ा। कोर्ट में रजिस्ट्री होने के बाद आर्य-समाज मंदिर में उनका विवाह वैदिक रीति से संपन्न हुआ। अग्नि को साक्षी देकर वह दोनों पति-पत्नी के पवित्र बंधन में बंध गए।

बचपन से ही कुलीन घर की लड़कियों के साथ मिलते-जुलते रहने के कारण उनके रीति-रिवाजों को देखते-देखते छाया के हृदय में एक कुल-वधू का जीवन बिताने की प्रबल उत्कंठा जाग्रत हो उठी थी। प्रमोद के साथ विवाह-सूत्र में बंधकर छाया ने उसी सुख का अनुभव किया।

वह एक कुल-वधू की ही तरह प्रमोद के इशारों पर नाचना चाहती थी। प्रमोद

के नहा चुकने पर अपने हाथ से ही वह प्रमोद के कपड़े धोती, अभ्यस्त न होने पर भी दोनों समय प्रमोद के लिए वह अपने ही हाथ से भोजन बनाती; और थाली परसने के बाद जब तक प्रमोद भोजन करते, वह उन्हें पंखा झला करती। प्रमोद के भोजन कर चुकने के बाद उनकी जूठी थाली में भोजन करने में वह एक अकथनीय सुख का अनुभव करती।

इसके पहले इस प्रकार काम करने का उसके जीवन में कभी अवसर न आया था, किंतु धीरे-धीरे उसने अपने-आपको ऐसा अभ्यस्त कर लिया कि उसे कोई काम करने में कठिनाई न पड़ती। राजरानी को पुत्री की परिस्थितियों का पता लगता ही रहता था। वह सोचती कि मेरे साथ रहकर छाया यहां रानियों की तरह हुकूमत कर सकती थी, बड़े-बड़े विद्वान्, रईस तक यहां आकर, उसकी कदमबोसी कर जाया करते; किंतु उसकी तो मति ही पलट गई है। अपने आप ही उसने दासियों का-सा जीवन स्वीकार कर लिया है।

छाया को किसी प्रकार फिर से अपने चंगुल में फांस लेने के प्रयत्न में वह अब भी लगी रहती। वह सोचती—ऐश-आराम में पली हुई लड़की कितने दिनों तक कष्ट का जीवन बिता सकेगी? कभी-न-कभी चेतेगी और आवेगी! किंतु छाया? छाया तो माता के घर के ऐश-आराम को घृणा की दृष्टि से देखती थी। यहां वह इस कष्ट में भी जिस सुख का अनुभव करती, उसकी आत्मा को जितनी शांति मिलती थी, उस रूप के हाट में, उस वैभव की चकाचौंध में उसके शतांश का भी स्वप्न देखना छाया के लिए दुराशा मात्र थी। छाया प्रमोद के विशुद्ध और पवित्र प्रेम के ऊपर संसार की सारी विभूतियों को निछावर कर सकती थी। प्रमोद के साथ यह छोटा-सा मकान उसे नंदन-वन से भी अधिक सुहावना जान पड़ता था। सारांश यह कि छाया को कोई इच्छा न थी। प्रमोद का प्यार और उनके चरणों की सेवा का अधिकार वह सब कुछ पा चुकी थी।

प्रमोद के विवाह के बाद, प्रमोद के माता-पिता ने उन्हें अपने परिवार में सम्मिलित नहीं किया। अपने इकलौते बेटे को त्याग देने में उन्हें कष्ट बहुत था, किंतु प्रमोद के इस कृत्य ने समाज में उनका सिर नीचा कर दिया था; अतएव वह प्रमोद को क्षमा न कर सके। स्वाभिमानी प्रमोद ने भी माता-पिता से क्षमा की याचना न की; अपनी समझ में उन्होंने कोई बुरा काम न किया था। इसलिए शहर में ही पिता के कई मकानों के रहने पर भी वे किराए के मकान में रहने लगे। परिवार और समाज ने प्रमोद को त्याग दिया था; किंतु उनके कुछ अपने ऐसे मित्र थे जो उन्हें इस समय भी अपनाए हुए थे। अपने इस छोटे से, इने-गिने मित्रों के संसार में, छाया के साथ रहकर प्रमोद को अब और किसी वस्तु की आवश्यकता न थी।

आर्थिक कठिनाइयां कभी बाधा बनकर उनके इस सुख के सामने खड़ी हो जाएंगी, प्रमोद को इसका ध्यान भी न था। कालेज के प्रोफेसरों और प्रिंसिपल की उनके साथ बड़ी सहानुभूति थी। उनका आचरण कालेज में बड़ा उज्ज्वल रहा था और वे परीक्षाओं में सदा प्रथम ही आए थे। इसलिए वह थोड़ा प्रयत्न करने पर वहां प्रोफेसर हो सकते थे। परंतु सुख की आत्मविस्मृति तक बाह्य आवश्यकताओं की पहुंच कहां?

कालेज में एक हिन्दी के प्रोफेसर का स्थान खाली भी हुआ, किंतु प्रमोद अपने सुख में इतना भूल गए थे कि उन्हें और किसी बात का स्मरण ही न रहा। उनके मित्रों और छाया ने एक-दो बार उनसे इस पद के लिए प्रयत्न करने के लिए कहा भी; किंतु उनका यह उत्तर सुनकर 'छाया, क्यों मुझे अपने पास से दूर भगा देना चाहती हो' छाया चुप हो गई। उसे अधिक कहने का साहस न हुआ। वह प्रमोद के भावुक स्वभाव से भली-भांति परिचत थी। छोटी-छोटी साधारण बातों का भी उनके हृदय पर बड़ा गहरा प्रभाव पड़ता था।

यौवन-जनित उन्माद और लालसाएं चिरस्थायी नहीं होतीं। इस उन्माद के नशे में जिसे हम प्रेम का नाम दे डालते हैं वह वास्तव में प्रेम नहीं, किंतु वासनाओं की प्यास मात्र है। लगातार छै महीने तक छाया के साथ रहकर अब प्रमोद की आंखों में भी छाया के प्रेम और सौंदर्य का वह महत्व न रह गया था जो पहिले था। अब वह नशा कहां था? उन्हें अपने कर्तव्याकर्तव्य का ज्ञान हुआ, उन्हें अब ऐसा जान पड़ता जैसे उन्होंने कोई बहुत बड़ी भूल कर डाली है। आर्थिक कठिनाइयां भी उन्हें पग-पग पर शूल की तरह कष्ट पहुंचा रही थीं।

इसके अतिरिक्त माता-पिता के स्नेह का अभाव उन्हें अब बहुत खटक रहा था। उनका चित्त व्याकुल-सा रहता, बार-बार उस स्नेह की शीतल छाया में दौड़कर शांति पाने के लिए उनका चित्त चंचल हो उठता। माता-पिता के स्नेह में जो शीतलता, ममता का मधुर दुलार और जो एक प्रकार की अनुपम शांति मिलती है, वह उन्हें छाया के पास न मिलती। छाया के प्रेम में उन्हें सुख मिलता था, शांति नहीं; स्नेह मिलता, पर शीतलता नहीं; आनंद मिलता पर तृप्ति नहीं।

हां, प्यास और तीव्र होती जान पड़ती। आनंद और सुख के जलन की मात्रा अधिक मालूम होती। वे माता-पिता के स्नेह के लिए अत्यधिक विकल रहते; किंतु जब माता-पिता ने ही उन्हें अपने प्रेम के पालने से उतारकर अलग कर दिया, तब स्वयं उनके पास जाकर उनके प्रेम और दया की भिक्षा मांगना प्रमोद के स्वाभिमानी स्वभाव के विरुद्ध था। प्रमोद का स्वास्थ्य भी अब पहले जैसा न रह गया था। दुश्चिंताओं और आर्थिक कठिनाइयों के कारण वे बहुत कृश और विक्षिप्त-से रहते।

समाज में भी अब वह मान-प्रतिष्ठा न थी। हर स्थान पर उनके इसी विवाह की चर्चा सुनाई पड़ती। प्रमोद के इस कार्य से ही नहीं, स्वयं प्रमोद से भी किसी को किसी प्रकार की कोई सहानुभूति न रह गई थी। सब लोग प्रायः यही कहते कि प्रमोद दो ही तीन साल के बाद अपने इस कृत्य पर पछताएगा।...यह विवाह प्रमोद-सरीखे विवेकी और विद्वान् युवक के अनुकूल नहीं हुआ...ठहरी तो आखिर वेश्या की ही लड़की न? कितने दिन तक साथ देगी? वेश्याएं भी किसी की होकर रही हैं, या यही रहेंगी?...

इस प्रकार न जाने कितने तरह के आक्षेप प्रमोद के सुनने में आते। इन सब बातों को सुन-सुनकर प्रमोद की आत्मा विचलित-सी हो उठी। उन्हें इन सब बातों

का मूल कारण छाया ही जान पड़ती। वे सोचते, कहां से मेरी छाया से पहचान हुई? न उससे मेरी पहचान होती और न विपत्तियों का समूह इस प्रकार मुझ पर टूट पड़ता।

वे अब छाया से कुछ खिंचे-खिंचे से रहने लगे। उनके प्रेम में अपने-आप शिथिलता आने लगी। छाया का मूल्य उनकी आंखों में घटने लगा, पर प्रमोद स्वयं ये सब चाहते न थे। छाया में वेश्या की लड़की होने के अतिरिक्त और कोई अवगुण मिलता न था। किन्तु वे विवश थे। हृदय के ऊपर किसका वश चला है? वे अपने व्यवहार पर स्वयं ही कभी-कभी दुःखित हो जाते, फिर वही भूल करते। कभी-कभी औरों के सामने भी छाया से वह ऐसा व्यवहार कर बैठते जो अनुचित कहा जा सकता था।

छाया, सुख की छाया में ही पलकर इतनी बड़ी हुई थी। अपमान, अनादर और तिरस्कार के ज्वालामय संसार से वह परिचित न थी। किन्तु अब पग-पग पर उसे प्रमोद से प्रेम के कुछ मीठे शब्दों के स्थान पर तिरस्कार से भरा हुआ अपमान ही मिलता था। छाया ने प्रमोद के इस परिवर्तन को ध्यानपूर्वक देखा था। उनके हृदय को अच्छी तरह टटोला था। इस परिवर्तन के बाद भी उसने समझ लिया था कि प्रमोद के हृदय में उसने एक ऐसा स्थान बना लिया है जिस तक किसी और की पहुंच नहीं है, उसे इसी में संतोष था। एक कुल-वधू इसके अतिरिक्त और चाहती ही क्या है?

पत्नी के रूप में पहुंचकर छाया ने अपना अस्तित्व ही मिटा दिया था। प्रमोद के चरणों में उसके लिए थोड़ा-सा स्थान बना रहे, यही उसकी साधना थी, और इस साधना के बल पर ही वह प्रमोद का किया हुआ अपमान और तिरस्कार हंसकर सह सकती थी। उसके ऊपर उस अपमान और तिरस्कार का अधिक प्रभाव न पड़ता। प्रमोद के जरा हंसकर बोलने पर वह सब कुछ भूल जाती थी। उसे कुछ याद रहता तो केवल प्रमोद का मधुर व्यवहार।

प्रमोद के माता-पिता आखिर पुत्र को कितने दिनों तक छोड़कर रह सकते थे? और अब तो प्रमोद के साथ-साथ उन्हें छाया पर भी ममता हो गई थी। उनका क्रोध महीने, डेढ़ महीने से अधिक न ठहर सका। वह समाज के पीछे अपने प्यारे पुत्र को नहीं छोड़ सकते थे। हृदय कहता था, चलो मना लाओ, बेटा आत्माभिमानी है तो पिता को नम्र होना चाहिए, किंतु आत्माभिमान आकर उसी समय गला पकड़ लेता, पुत्र के दरवाजे स्वयं उसे मनाने के लिए जाना, उन्हें अपनी प्रतिष्ठा के अनुकूल न जान पड़ता। फिर पुत्र ही तो है, यदि वह पिता के पास तक आ जाए तो क्या उसकी शान में फर्क आ जाएगा?

सारांश यह कि चन्द्रभूषण और सुमित्रा अब बहू-बेटे के लिए व्याकुल होते हुए भी उन्हें बुला न सके। एक दिन एक व्यक्ति ने आकर कहा कि प्रमोद बहुत दुबला हो गया है और कुछ बीमार-सा है। माता का हृदय पानी-पानी हो गया। उसने उसी समय एक नौकर के हाथ कुछ रुपए भेजकर कहला भेजा कि प्रमोद आकर उनसे मिल जाए। रुपए तो प्रमोद ने ले लिए क्योंकि उन्हें आवश्यकता थी; परंतु

वे घर न जा सके। उन्होंने समझा मां ने पिता की चोरी से घर में बुलवाया है, इसलिए जिस घर में वे पैदा हुए, जहां के जलवायु में पलकर इतने बड़े हुए, उसी घर में चोर की तरह जाना उन्हें भाया नहीं। वे नहीं गए; जाना अस्वीकार कर दिया।

इससे सुमित्रा को बड़ा दुःख हुआ। वे उठते-बैठते चन्द्रभूषण से इस बात का आग्रह करने लगी कि वे प्रमोद को स्वयं लेने जाएं, उसे मनाने में उनकी प्रतिष्ठा न कम पड़ेगी। दशरथ ने बेटे के लिए प्राण दे दिए थे। यहां तो जरा से सम्मान की ही बात है। पिता का हृदय तो स्वयं ही पुत्र के लिए विकल हो रहा था। वह तो स्वयं चाहते थे। अब सारी जिम्मेदारी सुमित्रा के सर पर छोड़कर वे पुत्र को मनाने चले। कहीं छाया पैर छूने आई तो?...लाख वेश्या की लड़की है पर अब तो मेरी पुत्र-वधू है।...क्या मैं खाली हाथ ही पैर छुआ लूंगा?...सराफे की ओर घूम गए। वहां एक जोड़ी जड़ाऊ कंगन खरीदे और जेब में रखकर दस कदम भी न चल पाए होंगे कि सामने से प्रमोद आते हुए दिखे।

चन्द्रभूषण के पैर रुक गए, प्रमोद भी ठिठके। झुककर उन्होंने पिता के पैर छू लिए। चन्द्रभूषण की आंखों से गंगा-जमुना बह निकली। प्रमोद के भी आंसू न रुक सके। दोनों कुछ देर तक इसी प्रकार आंसू बहाते रहे। कोई बातचीत न हुई? अंत में, गला साफ करते हुए चन्द्रभूषण ने कहा, घर चलो बेटा! तुम्हारी अम्मा रात-दिन तुम्हारे लिए रोया करती है।

प्रमोद ने कोई आपत्ति न की। चुपचाप पिता के साथ घर चले गए।

उस दिन वे बहुत रात घर लौटे। उनकी बाट जोहते-जोहते छाया भूखी-प्यासी सो गई थी। जब प्रमोद अपने कमरे में पहुंचे तो बारह बज रहे थे। इस समय छाया को जगाना उन्होंने उचित न समझा। विलंब से लौटने का दुःख था, जबकि वे भोजन कर चुके थे और छाया उनकी प्रतीक्षा में भूखी ही सो गई थी। उन्हें छाया के ऊपर दया आई, उसके सिर पर हाथ फेरते-फेरते वे नींद की प्रतीक्षा करने लगे।

छाया गाढ़ी निद्रा में सोई थी। उसके चेहरे पर कभी हंसी और कभी विषाद की रेखा खिंच जाती थी। प्रमोद यह देख रहे थे। आज उन्हें अपने कटु व्यवहार तीर की तरह चुभने लगे। इसी सोच-विचार में वे सो गए। छाया की भी नींद खुली; घड़ी की ओर देखा डेढ़ बज रहे थे। पास ही प्रमोद सुख की नींद ले रहा थे। वह बड़ी व्याकुल हुई, उसने अपने आपको न जाने कितना धिक्कारा, ऐसी नींद भी भला किस काम की? वे आए और भूखे-प्यासे सो रहे और यह निगोड़ी आंखें न खुलीं! यह सदा के लिए बंद न हुई थीं न? कभी-न-कभी खुलने के ही लिए तो मुंदी थीं? फिर खुलने के समय पर क्यों न खुलीं?...इसी प्रकार अनेक विचार उसके मस्तिष्क में आ-आकर उसे विकल करने लगे। छाया फिर सो न सकी। बाकी रात उसने करवट बदलते ही बिताई।

सबेरे उठकर उसने प्रमोद का कोट टटोला। उसकी जंजीर ज्यों-की-त्यों पड़ी थी। दूसरी जेब में पच्चीस रुपए भी थे, जंजीर बेची भी नहीं, गिरवी भी नहीं रखी;

फिर ये रुपए कहां से आए? प्रयत्न करने पर भी छाया इस उलझन को न सुलझा सकी।

सबेरे प्रमोद सोकर उठे तब उनका चेहरा और दिनों की अपेक्षा अधिक प्रसन्न था। उठने पर उन्होंने छाया से पिता की मुलाकात, अपने घर जाने की बात और वहां के सब लोगों के व्यवहार और बर्ताव सभी बतलाए। छाया सुनकर प्रसन्न हुई, किंतु उस घर में छाया भी प्रवेश कर सकेगी या नहीं, न तो इसके विषय में प्रमोद ने कुछ कहा और न ही छाया को पूछने का साहस हुआ।

अब प्रमोद की दिनचर्या बदल गई थी। वह सबेरे से उठते ही अपनी मां के पास चले जाते, वहीं हाथ-मुंह धोते, वहीं दूध पीते; फिर अखबार पढ़ते-पढ़ाते; मित्रों से मिलते-जुलते वे करीब ग्यारह-बारह बजे घर लौटते। इस समय उन्हें घर आना ही पड़ता, क्योंकि छाया उन्हें भोजन कराए बिना खाना न खाती थी। छाया को अब प्रमोद के सहवास का अभाव बहुत खटकता था। किंतु वह प्रमोद से कुछ कह न सकती थी। वह कुछ ऐसा अनुभव करती थी जैसे प्रमोद के चरणों पर अपना सर्वस्व निछावर करके भी वह प्रमोद को उस अंश तक नहीं पा सकी है जितना एक सहधर्मिणी का अधिकार होता है।

इसी प्रकार छै महीने और बीत गए। आज वही तिथि थी जिस दिन छाया और प्रमोद विवाह के पवित्र बंधन में बंधकर एक हुए थे। वह आज बड़ी प्रसन्न थी। सबेरे उठते ही उसने स्नान किया। एक गुलाबी रंग की रेशमी साड़ी पहनी। जो कुछ आभूषण थे वह सब पहनकर, वह प्रमोद के उठने की प्रतीक्षा करने लगी। प्रमोद उठे और उठकर प्रतिदिन के नियम के अनुसार पिता के घर जाने लगे। छाया ने पहले तो उन्हें रोकना चाहा किंतु फिर कुछ सोचकर बोली—

—आज जरा जल्दी लौटना।

'क्यों, कोई विशेष काम है?' प्रमोद ने पूछा।

'आज अपने विवाह की वर्षगांठ है।' कुछ प्रसन्नता और कुछ संकोच के साथ छाया ने उत्तर दिया।

'ऊंह, होगी!' उपेक्षा से कहते हुए प्रमोद ने साइकिल उठाई और वे चल दिए।

छाया की आंखें डबडबा आईं। वह कातर दृष्टि से प्रमोद की ओर तब तक देखती रही जब तक वे वह आंखों से ओझल न हो गए। फिर भीतर आकर अन्यमनस्क भाव से घर के काम-काज में लग गई।

भोजन में आज उसने कई चीजें, जो प्रमोद को बहुत पसंद थीं, बनाईं; किंतु इधर भोजन का समय निकल जाने पर भी प्रमोद घर न लौटे तो वह चिंतित-सी हुई। उससे रहा न गया, उठकर वह प्रमोद के घर की तरफ चली। जहां न जाना चाहती थी वहीं गई, जो कुछ न करना चाहती थी, वही किया। घर के सामने पहुंचकर उसने देखा कि चन्द्रभूषण तख्त पर बैठे हैं। छाया को देखते ही वे कुछ स्तंभित से हुए; किंतु तुरंत ही आदर भाव प्रदर्शित करते हुए बोल उठे—आओ बेटी! कैसे आई हो; आओ बैठो।

छाया को ससुर से इस सद्व्यवहार की आशा न थी। वह उनके इस व्यवहार पर बड़ी प्रसन्न हुई। उसकी समझ में न आता था कि वह प्रमोद के विषय में कैसे पूछे। इसी पसोपेश में वह कुछ देर चुपचाप खड़ी रही। अंत में अपने सारे साहस समेटकर उसने पूछा, वे कहां हैं?

'किसे, प्रमोद को पूछती हो? वह तो इधर कल शाम से ही नहीं आया, पर हां, वह प्रायः मिस्टर अग्रवाल के यहां बैठा करता है। तुम ठहरो, मैं उसे बुलवाए देता हूं,' चन्द्रभूषण ने उत्तर दिया।

उधर प्रमोद की मां दरवाजे की आड़ से खड़ी-खड़ी छाया को निहार रही थी और मन-ही-मन सोच रही थी, कैसी चांद-सी है। चाल-ढाल से भी कुलीन घर की बहू-बेटियों से कुछ अधिक ही जंचेगी, कम नहीं। बातचीत का ढंग कितना अच्छा है। स्वर कितना कोमल और मधुर है। चूल्हे में जाए वह समाज जिसके कारण मैं इस हीरे के टुकड़े को अपने घर में अपनी आंखों के सामने नहीं रख सकती।

छाया फिर बोली, आप उन्हें न बुलवाकर मुझे ही वहां न पहुंचवा दें?

अच्छी बात है, कहके चन्द्रभूषण अपने एक विश्वासपात्र नौकर के साथ छाया को मिस्टर अग्रवाल के घर भेजकर भीतर आए, पत्नी से कहा, 'वह लड़की जिसके साथ तुम्हारे बेटे ने ब्याह किया है आज आई थी।'

पत्नी ने तिरस्कार के स्वर में कहा—वह बेचारी तो तुम्हारे दरवाजे तक आई और तुमसे इतना भी न बन पड़ा कि उसे घर के भीतर तक लिवा लाएं?

चन्द्रभूषण सिर खुजाने लगे, बोले, वाह! मैंने तो तुम्हारे ही डर के मारे नहीं बुलाया; नहीं तो बुलाने को क्या हुआ था, अपनी ही तो बहू है।

फिर वे उठकर भीतर गए। आलमारी से वही कंगन की जोड़ी, जो उस दिन उन्होंने खरीदी थी, लाकर पत्नी के सामने धर दी; बोले, लो, अब जब आवे तो उसे यह कंगन पहिना देना।

सुमित्रा ने चकित दृष्टि से एक बार कंगन और एक बार पति की ओर देखा, फिर प्यार किंतु तिरस्कार सूचक स्वर में बोली, 'मेरे लिए तो ऐसा कंगन कभी न लाए थे; अपनी बहू के लिए कैसे चुपचाप खरीद लाए, किसी को मालूम भी न होने पाया!'

'अरे तो ऐसे कंगनों के लिए कलाई भी तो वैसी ही चाहिए,' कहते-कहते चन्द्रभूषण बाहर चले गए। कंगन उठाकर सुमित्रा ने रख लिए और उसी दिन से फिर छाया की बाट जोहने लगी।

छाया ने मिस्टर अग्रवाल के घर पहुंचकर देखा, प्रमोद ताश के खेल में तल्लीन है। वहां पर कई युवक और युवतियां थीं। प्रमोद सबसे हंस-हंसकर बातें कर रहे थे। वहां पर मिस्टर अग्रवाल की कन्या शान्ता को छोड़कर छाया किसी को पहचानती न थी। शान्ता से छाया का परिचय भी प्रमोद ने ही करवाया था। शान्ता प्रमोद की बाल-सहेली थी और वे उसका बहुत आदर करते थे, किंतु आज प्रमोद का शान्ता के पास इस तरह बैठे रह जाना और छाया की उपेक्षा करना छाया को बड़ा कष्टकर जान पड़ा। वह सोचने लगी यहां न आती तो अच्छा होता।

वह बैठ न सकी। दस मिनट तक चुपचाप खड़ी देखती रही। अंत में शान्ता की नजर उस पर पड़ी। उसने उठकर छाया को आदर के साथ बैठाया। प्रमोद को छाया का इस प्रकार, उसकी खोज में ही सही, उसके मित्रों के घर तक पहुंचना अच्छा न लगा। उन्होंने वही सबके सामने उसे डांट दिया। वे सिर से पैर तक जल उठे। कुछ देर वहां बैठकर फिर वे अपने घर आए। घर पहुंचकर उन्होंने छाया को खूब आड़े हाथों लिया। जो कुछ जी में आया, क्रोधावेश में कहते गए।

क्रोध में न मनुष्य में बुद्धि रह जाती है, न विवेक। प्रमोद ने जो कुछ कहना था वह भी कहा और जो कुछ न कहना था वह भी कहा। अंत में उन्होंने यहां तक कह डाला कि तुम अपने परिवार की चाल क्यों छोड़ सकोगी, गली-गली घूमोगी नहीं तो काम कैसे चलेगा? तुम तो मालूम होता है, वही करोगी जो तुम्हारी मां आज तक कर रही है।

छाया कट-सी गई। अपमान उसके चेहरे पर तड़प उठा, किंतु वह कुछ नहीं बोली। वह जानती थी कि कुछ बोलकर अपना अहित छोड़कर वह हित नहीं कर सकती। अंत तक अपने इस कार्य के लिए वह विनम्र भाव से प्रमोद से क्षमा मांगती रही और इस बात का आश्वासन देती रही अब उससे ऐसी भूल कभी न होगी।

किंतु प्रमोद अपने को शांत न कर सके, वे उन्मत्त की तरह कभी टहलते और कभी चुपचाप लेट जाते। अंत में कुछ देर तक इधर-उधर टहलकर वे छाया से बोले, 'छाया, मैं तो मिस्टर अग्रवाल के घर जा रहा हूं; वहां मुझे कुछ शांति मिलती है। शान्ता के पास पहुंचकर मैं एक प्रकार के सुख और शीतलता का अनुभव करता हूं। वहां मैं सारी दुश्चिंताओं से क्षण भर के लिए अपने आपको मुक्त पाता हूं। वहां मैं जितना अधिक रहूं, रहने दिया करो। तुम्हारे पास मुझे सिवा ग्लानि और क्षोभ के कुछ नहीं मिलता। तुम्हारे पास मैं शांति नहीं किंतु अशांति ही अधिक पाता हूं, शीतलता नहीं, मुझे जलन होती है। और यह सच तो है छाया, कि अब मैं तुमसे घृणा करने लगा हूं। तुम्हारी मां के घर की दासी का आना-जाना मैं संदेह की दृष्टि से देखता हूं। मुझे तुम्हारे ऊपर विश्वास नहीं रह गया है। अब तुम मेरे पीछे मत पड़ो। तुम्हें स्वतंत्र किए देता हूं। तुम चाहो तो अपनी मां के पास जाकर सुख से रह सकती हो। मैंने तो तुम्हारे साथ इतने दिनों तक रहकर भर पाया; बस अब और अधिक मुझे अपने साथ रहने के लिए विवश मत करो। रोने-धोने का मुझ पर कोई असर नहीं होगा। जहां मैं थोड़ी शांति पाता हूं, वहां जाने दो' कहते हुए प्रमोद बाहर चले गए।

छाया वहीं धरती पर लोटकर फूट-फूटकर रोने लगी। आज उसे मालूम हुआ कि वह कितनी असहाय, कितनी विवश, और कितनी दुर्बल है। संसार उसे शून्य-सा होता हुआ जान पड़ा। उसे ऐसा लगता था, जैसे उसका सर्वस्व, कोई बरबस उससे छीने लिए जाता है। वह चीख पड़ी और रोते-रोते बेहोश हो गई। पड़ोस की कुछ स्त्रियों ने आकर उसके मुंह पर पानी के छींटे दिए। छाया उठ बैठी। उस दिन वह भोजन न कर सकी। इस प्रकार विवाह की पहली वर्षगांठ संपन्न हुई।

प्रमोद बहुत रात गए घर लौटे, छाया तब तक सोई न थी। वह अब भी रो रही थी। छाया की अवस्था पर प्रमोद को दया आ गई, उन्हीं की ओर से इस संग्राम

की संधि का प्रस्ताव पेश हुआ। सुलह हुई और दोनों ने साथ भोजन किया। रात अच्छी कटी किंतु सबेरे से फिर 'वही रफ्तार बेढंगी, जो पहिले थी सो अब भी है,' आरंभ हो गई। प्रमोद फिर कुछ तेज बातें कह के चल पड़े और छाया रोती रह गई।

राजरानी अपनी पुत्री की दुरवस्था के विषय में प्रतिदिन सुना करती थी। उसने फिर अंतिम शस्त्र फेंका, दासी से कहला भेजा, अभी भी कुछ बिगड़ा नहीं है। छाया चाहे तो आकर मेरे साथ सुख से रह सकती है; यह इतनी बड़ी कोठी और लाखों की संपत्ति उसी की है। वह इतना कष्ट क्यों झेल रही है; अभी उसकी मां तो जीवित है, इतना तो सोचे।

छाया ने उसके उत्तर में मां को कहला भेजा, मेरी नसों में सीता और सावित्री का खून दौड़ रहा है। मैं आर्य महिला हूं, मैं अपने पति के चरणों को छोड़कर नहीं जा सकती। सीता और सावित्री का महान आदर्श मुझसे कहता है कि पति ही मेरा परमेश्वर है, पति को छोड़कर स्त्री की कहीं दूसरी जगह गति नहीं हो सकती। उनसे कहना कि मेरी मां तो मर चुकी है। मैं उन्हें अपनी मां नहीं समझती; मेरी मां होती तो मेरी ही तरह पवित्र जीवन बिताती।

इस उत्तर से राजरानी के स्वाभिमान को धक्का-सा लगा। उसने सोचा अभी और ठोंकरें खाने के बाद उसकी अक्ल ठिकाने आवेगी, तब अपने आप चली आवेगी।

जैसे ही दासी घर से बाहर निकली, प्रमोद ने घर में प्रवेश किया। वह सिर से पैर तक जल उठे। घर के अंदर जाते ही उन्होंने बेकसूर ही सारा क्रोध छाया पर उतार दिया। छाया के हर छोटे-छोटे कार्य को अब वे संदेह की दृष्टि से देखते थे।

उन्हें उसके ऊपर विश्वास न रह गया था। उसकी हर एक भावभंगी में उन्हें कुछ छल, कुछ धोखा दृष्टिगोचर होता था। उन्होंने दासी के आने का कारण पूछा और छाया के सच-सच कह देने पर भी वे विश्वास न कर सके। क्रोध में उन्मत्त-से हो रहे थे, क्रोध के साथ बोले—छाया तुम जाओ, जाओ अपनी मां के साथ रहो; मेरा पिंड छोड़ दो, तुम्हारे साथ रहने से मुझे कष्ट भर होता है, और कुछ नहीं। मैं अपने-आप तो तुम्हें छोड़ नहीं सकता। तुम अपने-आप ही अपनी मां के पास चली जाओ तो मेरे ऊपर किसी प्रकार की जिम्मेदारी न रह जाएगी। मेरा कहना मानो, मुझे इस बंधन से मुक्त कर दो छाया! तुम भी सुख से रह सकोगी; मैं भी सुख से रहूंगा।

छाया ये बातें चुपचाप सुन रही थी। उसकी आंखों से आंसू बहते जाते थे। उसने हिचकियों के साथ कहा—प्रमोद तुम, बंधन से मुक्त होना चाहते हो तो मैं कर दूंगी।

व्यंग्य और उपेक्षा की हंसी के साथ प्रमोद ने कहा—हां यही चाहता हूं छाया! मुझे बंधन से मुक्त कर दो। जिस दिन तुम मेरी इतनी बात मान लोगी मुझे बड़ी शांति मिलेगी।

शाम को घर लौटकर प्रमोद ने देखा, छाया अपने जीवन की अंतिम सांसें ले रही थी। उसकी आंखें कदाचित् एक बार प्रमोद को देख लेने की प्रतीक्षा में खुली थीं।

प्रमोद के आते ही एक हिचकी के साथ उसकी आंखें सदा के लिए बंद हो गईं। प्रमोद पागलों की तरह छाया की लाश पर गिर पड़े।

आज भी प्रमोद नन्हीं-सी पोटली, जिसमें छाया का चित्र और उसका अंतिम पत्र है, बड़ी सावधानी से हृदय से लगाए हुए नगर के सुनसान स्थानों में या खंडहरों में देखे जाते हैं। वे न कभी किसी से बोलते हैं और न किसी की बात का उत्तर देते हैं। हां, अपने-आप ही वे कभी-कभी एक विचित्र प्रकार की आवाज़ से कुछ कहते हैं जिसको बस वे ही समझते हैं और कोई नहीं।

•

उन्मादिनी

लोग मुझे उन्मादिनी कहते हैं। क्यों कहते हैं, यह तो कहनेवाले ही जानें; किंतु मैंने आज तक कोई ऐसा काम नहीं किया है जिसमें उन्माद के लक्षण हों। मैं अपने सभी काम नियमपूर्वक करती हूं। क्या एक भी दिन मैं उस समाधि पर फूल चढ़ाना भूली हूं? क्या ऐसी कोई संध्या है जब मैंने वहां दीपक नहीं जलाया है? कौन-सा ऐसा सबेरा हुआ है जब ओस की धुली हुई नई-नई कलियों से मैंने उस समाधि को नहीं ढंक दिया? फिर भी मैं उन्मादिनी हूं। 'यदि अपने किसी आत्मीय के सच्चे और निःस्वार्थ प्रेम को समझने और उसका मूल्य करने को ही उन्माद कहते हैं, तो ईश्वर ऐसा उन्माद सभी को दे। क्या कहा, वह मेरा कौन था? वह तो मैं भी नहीं कह सकती, पर कोई था अवश्य, और ऐसा था, मेरे इतने निकट था कि आज वह समाधि में सोया है और मैं बावली की तरह उसके आस-पास फेरा देती हूं। उसकी और मेरी कहानी भिन्न-भिन्न तो नहीं है। जो कुछ है यही है। सुनो—

बचपन से ही मुझे कहानी सुनने का शौक था। मैं बहुत-सी कहानियां सुना करती और मुझे उनका वह भाग बहुत ही प्रिय लगता, जहां किसी युवक की वीरता का वर्णन होता। मैंने वीरता की परिभाषा अपनी अलग ही बना ली थी। यदि कोई युवक किसी शेर को भी मार डाले, तो मुझे वह वीर न मालूम होता; मेरा हृदय सुनकर उछलने न लगता। किंतु यदि किसी युवती को बचाने के लिए वह किसी कुत्ते की टांग ही क्यों न तोड़ दे, मुझे बड़ा बहादुर मालूम होता; मेरा हृदय प्रसन्नता से उछलने लगता। पहले उदाहरण में स्वार्थ था, क्रूरता थी, और थी नीरसता। उसके विपरीत दूसरे उदाहरण में एक तरफ थी भयत्रस्त हरिणी की तरह दो आंखें और हृदय से उठने वाली अमोघ प्रार्थना; और दूसरी ओर थी रक्षा करने की स्फूर्ति, वीर प्रमाणित होने की पवित्र आकांक्षा, और विजय की लालसा। इन सबके ऊपर का मधुर आवरण था जो इस चित्र को और भी सुंदर बना रहा था। कहानी-प्रेम ने मेरे हृदय को एक काल्पनिक कहानी की नायिका बनने की आतुरता में उड़ना सिखला दिया था।

जवानी आई और आई उसी के साथ मेरी कहानी की आशा भी। यों तो शीशे में अपना मुंह रोज ही देखा जाता है, परंतु आंखें कभी-कभी केवल अपने को ही देखती रह जाती हैं। गहरे अंधेरे में बंद हृदय भी कदाचित् अपना स्वरूप दर्पण में देखने के लिए मचलने लगता है, आंखों से लड़ जाता है और उसकी सौंदर्य-समाधि

को तोड़ देता है। मैंने सुना है कि एक समय ऐसा आता है, जब कुरूप-से-कुरूप व्यक्ति भी अपने को सुंदर समझने लगता है, फिर मैं तो सुंदरी थी ही।

बचपन में मां मुझे प्यार से 'मेरी सोना', 'मेरी हीरा', 'मेरी चांद' कहा करती थीं। बड़ी होने पर एक दिन कलूटे कुन्दन ने मुझसे लड़ाई में कह दिया, कि 'हम तुम्हारी सरीखा गोरा-गोरा मुंह कहां से लावें? बेचारा कुन्दन क्या जाने कि उसने इन शब्दों से कौन-सा जादू फूंक दिया, कि फिर मैं उससे लड़ न सकी; इस बात के उत्तर में उसे पत्थर फेंककर मार न सकी। हां, मैंने अंदर जाकर दर्पण के सामने खड़ी होकर कुन्दन के मुंह से अपने मुंह की तुलना अवश्य की। सचमुच मेरा मुंह बहुत गोरा था, परंतु कुन्दन—कुन्दन भी तो काला न था, सांवला था। और मुझे सांवले पुरुष ही अच्छे लगते थे। बचपन में अनेक बार राधा-कृष्ण की कहानी सुनते-सुनते मैं भी अपने को राधा-रानी समझने लगी थी और कृष्ण? कृष्ण, बहुत तलाश करने पर भी सिवा कुन्दन के और कोई न मिलता। कुन्दन बांसुरी भी बजाता था। और सांवला भी था, फिर भला मेरा कृष्ण सिवा कुन्दन के और हो ही कौन सकता था?

युवती होने पर मेरे विवाह की चर्चा स्वाभाविक थी। मैंने सुन रक्खा था कि विवाह कुछ चक्कर लगाकर होता है। और एक अपरिचित व्यक्ति उन्हीं कुछ चक्करों के बाद लड़की को अपने साथ लिवा ले जाता है। किंतु मुझे तो विवाह के चक्करों से वे चक्कर अधिक रुचते थे, जो कभी-कभी मैं कुन्दन के लिए और प्रायः कुन्दन मेरे लिए लगाया करता था। मैं चाहती तो यही थी कि मुझे अब और किसी के साथ चक्कर न लगाने पड़ें। मैं तथा कुन्दन—दोनों ने मिलकर जितने चक्कर लगाए हैं, हमारी जीवन-यात्रा के लिए उतने ही पर्याप्त हैं। किंतु पिताजी तो चिट्ठी-पत्री से कुछ और ही तय कर रहे थे। सुना, कि कोई इंग्लैंड से लौटे हुए इंजीनियर हैं, उनके साथ पिताजी मुझे जीवन-भर के लिए बांध देना चाहते हैं।

सोचा, मुझे कौन-सी इमारत खड़ी करवानी है या कौन-सा पुल तैयार करवाना है, जो पिताजी ने इंजीनियर तलाश किया। मेरे जीवन के थोड़े से दिन तो कुन्दन के ही साथ हंसते-खेलते बीत जाते, किंतु वहां मेरी कौन सुनता था? परिणाम यह हुआ कि यहां इतने चक्कर लगाकर भी मेरे ऊपर कुन्दन का कुछ अधिकार न हो पाया और इंजीनियर साहब ने, जिनसे न मेरी कभी की जान थी न पहिचान, मेरे साथ केवल सात चक्कर लगाए और मैं उनकी हो गई।

इधर मेरा विवाह हो रहा था उधर कुन्दन बी.ए. की परीक्षा दे रहा था। सुना कि कुन्दन परीक्षा-भवन में बेहोश हो गया। आह! बेचारा एक ही साथ दो-दो परीक्षाओं में बैठा भी तो था!

विवाह की भीड़-भाड़ में, न जाने कितने मित्र और रिश्तेदारों की जमघट में, मेरी उत्सुक आंखें सदा कुन्दन को खोजती रहतीं, किंतु इन तीन-चार दिनों में वह मुझे एक दिन भी न दिखा। विदा के दिन तो मेरे धैर्य का बांध टूट गया। कुन्दन

की बहिन से मैंने पूछा; मालूम हुआ कि वह कई दिनों से बीमार है। अब क्या करती, हृदय में एक पीड़ा छिपाए हुए मैं विदा हुई। स्टेशन पर पहुंची, व्याकुलता असंभव को भी संभव बनाने की उधेड़बुन में रहती है। मैं जानती थी कि बीमार कुन्दन स्टेशन नहीं आ सकता, फिर भी आंखें चारों तरफ किसी को खोज रही थीं।

इधर ट्रेन ने चलने की सीटी दी, उधर गेट की तरफ से कोई तेज़ी से आता हुआ दिखा। आंखों ने कहा, कुन्दन है; हृदय ने समर्थन दिया, किंतु मस्तिष्क ने विरोध किया, वह बीमार है, भला स्टेशन पर कैसे आएगा।

पर वह मेरा कुन्दन ही था। उसकी आंखों में निराशाजनक उन्माद, चेहरे पर विषाद की गहरी छाया और ओठों पर वही स्वाभाविक मुस्कुराहट थी। सिर के बिखरे हुए रूखे बालों ने पूरा माथा ढंक रखा था। मैं चिल्ला उठी, 'कुन्दन, इतनी देर बाद!' पास ही बैठी हुई नाइन ने मेरा मुंह बंद कर दिया, बोली, 'चिल्लाओ न बेटी, बराती सुनेंगे तो क्या कहेंगे!' अब मुझे होश आया कि मैं कहीं जा रही हूं, अपने कुन्दन से बहुत दूर, बहुत दूर।

कटे वृक्ष की तरह मैं बेंच पर गिर पड़ी। हृदय जैसे डूबने लगा। ट्रेन चल पड़ी। जब मनुष्य के प्रति मनुष्य की ही सहानुभूति कम देखने में आती है, तब भला इस जड़ पदार्थ रेलगाड़ी को मुझसे क्या सहानुभूति हो सकती थी! उसने मुझे कुन्दन से दो बातें भी न करने दीं और छुक-छुककर हवा के साथ उड़ चली।

मैं ससुराल आई, बड़ी भारी कोठी थी। बहुत-सी दास-दासियां थीं। यहां का रंग ही दूसरा था। पतिदेव को अंग्रेजियत अधिक पसंद थी। उनका रहन-सहन, चाल-ढाल, बात-व्यवहार सभी साहबाना था। वे हिन्दी बहुत कम बोला करते और अंग्रेजी मैं ज़रा कम समझती थी; इसलिए उनकी बहुत-सी बातों में प्रायः चुप रह जाया करती। उनके स्वभाव में कुछ रूखापन और कठोरता अधिक मात्रा में थी। नौकरों के साथ उनका जो बर्ताव होता, उसे देखकर मैं भय से सिहर उठती थी।

वे मुझे प्रायः रोज शाम को और कभी सबेरे भी अपने साथ मोटर पर बैठाकर मीलों तक घुमा लाते, अपने साथ सिनेमा और थिएटर भी ले जाया करते; किंतु अपने इस साहब बहादुर के पार्श्व में बैठकर भी मैं कुन्दन को न भूल सकती। सिनेमा की तस्वीरों में रेशमी कुर्ता और धोती पहिने हुए मुझे कुन्दन की ही तस्वीर दिखाई पड़ती।

पति का प्रेम मैं पा सकी थी या नहीं यह मैं नहीं जानती, पर मैं उनसे डरती बहुत थी। भय का भूत रात-दिन मेरे सिर पर सवार रहता था। उनकी साधारण-सी भावभंगिमा भी मुझे कंपा देने के लिए पर्याप्त थी। वे मुझसे कभी नाराज न हुए थे, फिर भी उनके समीप मैं सदा यही अनुभव करती कि मैं बंदी हूं और यहां जबरदस्ती पकड़कर लाई गई हूं।

इस ऐश्वर्य की चकाचौंध और विभूतियों के साम्राज्य में भी मैं अपने बाल-सखा कुन्दन को न भूल सकी। मायके की स्वच्छंद वायु में कुन्दन के साथ खेलना,

लड़ना-झगड़ना और उसकी बांसुरी की ध्वनि मुझे भुलाए से भी न भूलती थी। क्षण भर का भी एकांत पाते ही बचपन की सुनहली स्मृतियां साकार होकर मेरी आंखों के सामने फिरने लगतीं; जी चाहता कि इस लोक-लज्जा की जंजीर को तोड़कर मैं मायके चली जाऊं। किंतु इसी बीच छोटे भाई के पत्र से मुझे मालूम हुआ कि कुन्दन घर छोड़कर न जाने कहां चला गया है, उसका कहीं पता नहीं हैं। इसलिए मेरी कुछ-कुछ यह धारणा हो गई कि अब इस जीवन के कैदखाने से निकलकर भी कदाचित् मैं कुन्दन को देख न सकूंगी। मैके जाने की भी अब मुझे उत्सुकता न थी, अब तो किसी प्रकार अपने दिन काटने थे।

न तो जीवन से ही कुछ आकर्षण था और न किसी के प्रति किसी तरह का अनुराग ही शेष रह गया था; पर काठ की पुतली की तरह सास और पति की आज्ञाओं का पालन करती हुई नियम से खाती-पीती थी, स्नान और शृंगार करती थी, और भी जो कुछ उनकी आज्ञा होती उसका पालन करती।

इसी समय एक ऐसी घटना हुई जिससे मेरी सोई हुई स्मृतियां फिर से जाग उठीं, मेरा उन्माद और बढ़ गया। एक दिन दोपहर के बाद मैं अपने छज्जे पर खड़ी हुई अन्यमनस्क भाव से बाहर सड़क से आने-जानेवालों को देख रही थी। सहसा सामने से कपड़ा बेचता हुआ, कुछ कपड़े स्वयं कंधे पर धरे हुए, कुछ नौकर के सिर पर रखवाए हुए, मुझे कुन्दन दिखाई पड़ा। विश्वास न हुआ, परंतु आंखें खुली थीं; मैं सपना नहीं देख रही थी। दौड़कर नीचे आई, आते ही ख्याल आया, कि मेरे पैरों में तो मर्यादा की बेड़ियां पड़ी हैं, मैं कुन्दन के पास दौड़कर कैसे जाऊंगी। उसके बाद मैंने देखा कि कुन्दन स्वयं ही मेरे यहां के एक नौकर के साथ हमारे अहाते में आ रहा है। बाहरी बरामदे में उसने कपड़े उतार दिए। सोफे पर सास बैठी थीं। मैंने उनके बुलाने की प्रतीक्षा न की, चुपचाप आकर सोफे के पीछे खड़ी हो गई।

मेरी सास सामान खरीदने की बड़ी शौकीन थीं, हमारे दरवाजे पर से कोई फेरीवाला ऐसा न निकलता था जिससे वह कुछ-न-कुछ खरीद न लेती हों। सास की इस आदत की आज मैंने मुक्त हृदय से प्रशंसा की। यदि उन्हें साामन खरीदने का इतना शौक न होता तो शायद मैं इस कपड़ेवाले (कुन्दन) को इतने समीप से न देख पाती। मुझे अपने पीछे देखकर वह हंसकर बोली, 'बहू, क्या लेना है, जो कुछ लेना हो अपने मन का पसंद कर लो।' बेचारी सास क्या जानती थीं कि कपड़ों से अधिक मुझे कपड़ेवाला पसंद है। फिर भी उनके आग्रह से मैंने दो शांतिपुरी साड़ियां ले लीं; उन्होंने भी अपने लिए कुछ साड़ियां खरीदीं। उसे दाम देकर और कई तरह की साड़ियां लाने के लिए कहकर सास ने उसे विदा किया।

कुन्दन में बड़ा परिवर्तन था। अब वह बहुत दुबला और अधिक सांवला हो गया था। चेहरे पर वह लालिमा न थी, किंतु वही मनस्विता और तेज टपक रहा था जो पहिले था। इस घटना को हुए करीब एक महीना बीत गया। लगातार प्रतीक्षा करते रहने के बावजूद मैं कुन्दन को न देख सकी।

जेठ का महीना था, बगीचे का एक माली छुट्टी पर गया था। बूढ़ा माली एक मेहनती आदमी की तलाश में था। चार बजे तक घर में बंद रहकर, गर्मी के कारण घबराकर, मैं अपनी सास के साथ बगीचे में चली गई। वहीं बगीचे में मौलसिरी की घनी छाया में चबूतरे पर मैं सास के साथ बैठी थी। बार-बार यही सोचती थी कि कुन्दन कहां चला गया? कपड़ा लेकर फिर क्यों नहीं आया? बीमार तो नहीं पड़ गया? और अगर बीमार हो गया होगा, तो उसकी देखभाल कौन करता होगा? मेरी आंखों में आंसू आ गए। इसी समय पीछे से आकर बूढ़े माली ने कहा, 'सरकार यह एक आदमी है जो माली का काम कर सकता है, हुकुम हो तो रख लिया जाए।' मैंने मुड़कर देखा तो सहसा विश्वास न हुआ। कुन्दन! और माली का काम! मेरी बेसुध वेदना तड़प उठी। एक संपन्न परिवार का होनहार युवक दस रुपए माहवार की मालीगिरी करने आए! इतनी कड़ी तपस्या!! हे ईश्वर! क्या इस तपस्या का अंत न होगा?

दस रुपए माहवार पर कुन्दन बगीचे में माली का काम करने लगा। मैं देखती, कड़ी दोपहरी में भी वह दिन-दिन भर कुदाल चलाया करता, पानी सींचता और टोकरी भर-भर मिट्टी ढोता। उसका शरीर अब दिन-दिन दुबला और सांवला पड़ता जाता था। उसके स्वभाव में कितनी नवाबी थी, वह मेहनत के काम से कितना बचता था, मुझसे छिपा न था, किंतु अब वह कितना परिश्रम कर रहा है।

मुझे चिंता रहती थी कि उसका सुकुमार शरीर इस कठिन परिश्रम को सह न सकेगा। मैं चाहती थी कि किसी प्रकार उसे रोक दूं, यह काम वह छोड़ दे; परंतु कैसे रोकती, उससे बात करने की मुझे इजाज़त ही कहां थी? पहिले की अपेक्षा अब मैं बगीचे में अधिक आने-जाने लगी। पहिले आने-जाने पर किसी ने ध्यान न दिया, किंतु कुछ ही दिनों बाद टीका-टिप्पणी होने लगी। बाद में रुकावट भी पड़ने लगी। जिसका परिणाम यह हुआ कि अब शाम-सुबह छोड़कर मैं प्रायः दोपहर को जाने लगी।

कुन्दन से दो मिनट बात करने का मैं अवसर खोजा करती थी, किंतु मेरे पीछे भी लोग जासूस की तरह रहते थे। मैं एकांत कभी न पाती और सबके सामने उससे बात करने का साहस न होता। कभी-कभी मैं उसके नजदीक भी पहुंच जाती तो भी वह मेरी ओर आंख उठाकर न देखता, मैं ही उसे देख लिया करती। अनेक बार जी चाहा कि आखिर कब तक ऐसा चलेगा, जाऊं, उसकी कुदाल छीनकर फेंक दूं और उसे अपने साथ लिवा लाऊं, अब उसकी तपस्या आवश्यकता से अधिक हो चुकी है। उसे अब मेरे निकट रहकर मेरे स्नेह की शीतल छाया में विश्राम करना चाहिए।

उस दिन बड़ी गरमी थी। बंद कमरे में पंखा और खस की टट्टियों के भीतर से मैं उस गरमी का अंदाजा न लगा सकती थी। नींद नहीं आ रही थी, न जाने क्यों एक प्रकार की बेचैनी से मैं अत्यंत अस्थिर-सी थी। उठी, खिड़की खोलकर देखा, कुन्दन अब भी कुदाल चला रहा है जी न माना, दरवाजा खोलकर बाहर निकाली। पंखा खींचनेवाली दासी ने रोका। 'बहू इतनी गरमी में भीतर से बाहर न जाओ लू लग जाएगी।' मैंने उसे हाथ के इशारे से चुप रहने के लिए कहा और बगीचे में पहुंची।

कुन्दन की कुदाल रुक गई। कुदाल को जमीन पर रख एक तरफ फेंककर उसने आश्चर्य से मेरी ओर देखा। मैंने कहा, ''कुन्दन! तुम इतनी कड़ी तपस्या क्यों करते हो? तुम्हें इस प्रकार काम करते देखकर मुझे कष्ट नहीं होता? तुम्हारा शरीर इस मेहनत को सह सकेगा! तुम कहीं सुख से रहो तो मुझे भी शांति मिले। आखिर इस प्रकार जीवन को तपाने से क्या लाभ होगा? तुम तो मुझसे अधिक समझदार हो कुन्दन!''

सारी करुणा सिमटकर कुन्दन की आंखों में उतर आई। वह कुछ बोला नहीं, बोलता भी कैसे? उसी समय खांसता हुआ बूढ़ा माली अपनी कोठरी से बाहर आया और फिर उसे कुदाल उठा लेनी पड़ी।

मेरा स्वास्थ्य दिन पर दिन गिरता जा रहा था। लोगों को संदेह था, शायद मुझे टी.बी. हो रही है। पतिदेव मुझे भुवाली भेजने की तैयारी कर रहे थे; किंतु वे क्या जानते थे कि भुवाली से भी अधिक स्वास्थ्य-लाभ मैं कुन्दन के समीप, केवल उसके सहवास से कर सकती हूं। मेरी दवा तो कुन्दन है। भुवाली और शिमला मुझे वह स्वास्थ्य नहीं प्रदान कर सकते, जो मुझे कुन्दन से केवल स्वतंत्रतापूर्वक मिलने-जुलने से मिल सकता है। मैं उससे केवल स्वतंत्रता से बातचीत करना और मिलना-जुलना चाहती थी, और यह मेरे पतिदेव को स्वीकार न था।

नौकरों को वे मिट्टी के ठीकरों से भी गया-बीता समझते थे। दस रुपए माहवार देने के बाद समझते थे कि उन नौकरों की आत्मा और शरीर दोनों को उन्होंने खरीद लिया है। उनसे इतनी सख़्ती से पेश आते कि नौकरों को उनके सामने पहुंचने में बड़े साहस से काम लेना पड़ता।

इधर कुन्दन से एक दिन खुलकर बातचीत करने के लिए रात-दिन मेरे मस्तिष्क और हृदय में युद्ध छिड़ा रहता; अब न मुझसे पढ़ा-लिखा जाता और न किसी काम में ही जी लगता। खाने-पीने की तरफ भी कुछ विशेष रुचि न रह गई थी। खाना देखते ही वे दिन याद आ जाते, जब मैं और कुन्दन एक ही थाली में बैठकर खाया करते थे। चाय सामने आते ही कुन्दन की याद आ जाती। मुझसे भी अधिक चाय का भक्त तो वही था। आज वह मेरे बगीचे में माली है, और मुझे इतनी भी स्वतंत्रता नहीं कि उससे एक-दो बात भी कर सकूं, फिर उसके साथ बैठकर चाय पीने, और भोजन करने की बात तो बहुत दूर की रही।

मैं रात-दिन इसी चिंता में घुली जाती थी। किंतु मेरी पीड़ा को कौन पहिचानता? अपने इस घर में तो मुझे सभी हृदयहीन जान पड़ते थे।

एक दिन आफिस से लौटते ही पतिदेव ने मुझसे प्रश्न किया, 'आखिर उस माली से तुम्हें क्या बातें करनी रहती हैं जो दोपहर को भी बगीचे में जाया करती हो। कितनी बार तुमसे कहा कि नौकरों से बातचीत करने की तुम्हें ज़रूरत नहीं है, पर तुम्हें मेरी बात याद रहे तब न! इस बात को भूल जाती हो कि तुम एक इंजीनियर की स्त्री हो, तुम्हें मेरी इज़्ज़त का भी ख्याल रखना चाहिए।'

मैं कुछ न बोली, बोलती भी क्या? मैंने चुप रहना ही उचित समझा। मुझे उससे क्या बातचीत करनी रहती है, मैं उन्हें क्या बतलाती? वह बतलाने की बात

नहीं थी, समझने की बात थी, और उसे वही समझ सकता था जिसके पास हृदय हो। जिसके पास हृदय ही न हो, वह हृदय की बात क्या समझे?

मेरी इस चुप्पी का अर्थ उन्होंने चाहे जो कुछ लगाया हो, किंतु उनकी इस बाधा से मुझे बड़ी वेदना हुई। कुन्दन से दो-चार मिनट बात करके न तो मैं 'उनका' कुछ बिगाड़ देती और न कुन्दन को ही कुछ दे देती, फिर भी कुन्दन से मिलने में उन्हें इतनी आपत्ति क्यों थी कौन जाने। चाहे जो हो, इस बाधा का परिणाम उल्टा ही हुआ। ज्यों-ज्यों मुझे उसके समीप जाने से रोका गया, त्यों-त्यों उसके पास पहुंचने के लिए मेरी उत्कंठा प्रबल होती गई।

गर्मी की रात थी। बगीचे में बेले इस प्रकार खिले थे जैसे आसमान में तारे फैले हों। मैं उन्हीं बेलों के पास संगमरमर की बेंच पर बैठी थी। कई दिन हो गए थे, कुन्दन बगीचे में काम करता हुआ न दिखा था, वह कहां गया? काम करने क्यों नहीं आता? यद्यपि यह जानने के लिए मैं अत्यंत अस्थिर थी, फिर भी किसी से कुछ पूछने का मुझमें साहस न था।

अत्यंत उद्विग्नता से मैं बगीचे में इधर-उधर टहलने लगी। टहलते-टहलते मैं मालियों के क्वार्टर की तरफ निकल गई। दूर से कुन्दन की कोठरी कई बार देखी थी। आज उस कोठरी के बहुत समीप पहुंच गई थी। कोठरी में प्रकाश तो न था, किंतु अंदर से कराहने की आवाज़ साफ-साफ सुनाई पड़ती थी। मैंने ध्यान से सुना, आवाज़ कुन्दन की थी। अब मैं बिलकुल भूल गई कि मैं किसी इंजीनियर की स्त्री हूं और कुन्दन मेरा माली। तेजी से कदम बढ़ाकर मैं कोठरी में पहुंच गई। बिजली का बटन दबाते ही कोठरी में प्रकाश फैल गया, कुन्दन ने घबराकर आंखें खोल दीं, मुझे देखते ही इस बीमारी में भी उसकी आंखें चमक उठीं, और वह वही चमक थी, जिसे उसकी आंखों में मैंने एक बार नहीं, अनेक बार देखा था। मैं उसी की चारपाई पर उसके सिरहाने बैठ गई।

तेज़ बुखार से उसका शरीर जल रहा था। मालूम हुआ कि उसे कई दिनों से बुखार आ रहा है, किन्तु काम वह फिर भी बराबर करता है, इधर कई दिनों से वह बहुत अशक्त हो गया है और दो दिनों से छाती और पसलियों में अधिक दर्द होने के कारण वह कोठरी से बाहर नहीं निकल सका। उसकी अवस्था चिंताजनक थी। कुछ देर तक खांसकर वह फिर बोला, 'हीनारानी, तुम आई तो हो, कोई तुम्हें कुछ कहेगा तो नहीं? पर अब आई ही हो, अपने हाथ से एक गिलास पानी पिला दो, बड़ी देर से प्यासा हूं।'

मैंने मटकी से एक गिलास भर पानी उसे पिलाया और फिर बैठ गई। मैं उसके सिर पर हाथ फेरने लगी। मेरी आंखों से रोकने पर भी झड़ी लगी थी और गला रुंधा जा रहा था। प्रयत्न करने पर भी मैं कुन्दन से एक शब्द न कह सकी। कुन्दन ने अपने गरम-गरम हाथों को नीचे झुकाकर, मेरे पैरों को छू लिया और क्षीण स्वर में बोला, 'हीना रानी, घर जाओ! तुम्हें कोई यहां देख लेगा तो नाहक तुम पर कोई

विपत्ति न आ जाए? कहीं मेरा यह सुख भी न छिन जाए? तुम्हारे समीप इस हालत में भी रहकर मैं एक प्रकार का सुख पाता हूं।'

ठीक उसी समय पतिदेव ने कोठरी में प्रवेश किया। उन्होंने आग्नेय नेत्रों से मेरी तरफ देखा, फिर कुछ बोले, क्या बोले मैं कुछ समझी नहीं। मैं उसी प्रकार कुन्दन के सिर पर हाथ धरे बैठी रही। मेरी आत्मा ने कहा, मैंने कोई अपराध नहीं किया है, किसी बीमार की सेवा-सुश्रूषा करना मनुष्य-मात्र का धर्म है। फिर मृत्यु की घड़ियों को गिनते हुए, उसकी नजरों में अपने एक आश्रित और अपनी आंखों में अपने एक बालसखा को यदि मैंने एक घूंट पानी पिला दिया, तो क्या यह कोई अपराध कर डाला?

किंतु मैं उसी क्षण कोठरी छोड़ देने के लिए बाध्य कर दी गई। मैं ऊपर आई तो अवश्य, किंतु मेरी अवस्था पागलों की तरह हो गई थी; रह-रहकर कुन्दन की रुग्ण मुखाकृति मेरी आंखों के सामने फिरने लगी। बार-बार ऐसा मालूम होता कि कुन्दन एक घूंट पानी के लिए चिल्ला रहा है। पतिदेव सोए थे, मैं भी एक तरफ पड़ी थी। पर मेरी आंखों में नींद कहां? उठी और छज्जे पर बेचैनी से टहलने लगी। बंगले के पास ही बिजली के खंभे के नीचे मैंने कुछ सफेद-सफेद-सा देखा। अज्ञात आशंका से मैं सिहर उठी। ध्यान से देखा वह कुन्दन था। कदाचित् जीवन की अंतिम सांसें गिन रहा था। उस समय न तो कुल की मान-प्रतिष्ठा का ध्यान रहा, न किसी के भय का; और न यही ध्यान रहा कि इतनी रात को लोग मुझे बाहर देखकर क्या कहेंगे।

चौकीदार मेरी आज्ञा का उल्लंघन कैसे करता? फाटक खुलवाकर मैं बाहर निकल गई। पास पहुंचकर देखा, कुन्दन ही था। आह! वही अपने माता-पिता का दुलारा कुन्दन, अपने मित्रों का प्यारा कुन्दन, जिसका कुम्हलाया हुआ मुख देखकर कितने ही हृदय सहानुभूति से द्रवीभूत हो उठते थे, जिसके इंगित मात्र पर परिचालक वर्ग सेवा के लिए प्रस्तुत रहता था, आज वही कुन्दन जीवन के अंतिम समय में अकेला और असहाय, शून्य दृष्टि से आसमान की ओर देख रहा है।

मुझे देखते ही जैसे उसमें कुछ शक्ति आ गई हो। वह क्षीण स्वर में बोल उठा, 'हीना रानी, अच्छा हुआ जो तुम आ गई। थोड़ा पानी पिला दो। मैं बहुत प्यासा हूं।' मैंने पानी के लिए चारों तरफ नजर दौड़ाई। थोड़ी दूर पर नल तो था, पर बरतन कोई न था। जिससे मैं उसे पानी पिलाती। सोचा घर तक जाऊं, पर घर जाने का समय न था। नल पर से साड़ी का छोर पानी से भिगोकर लौटी, परंतु अब वह पानी मांगनेवाला इस संसार में था ही कहां?

बस मेरी या उसकी कहानी यही है।

•

ग्रामीणा

पंडित रामधन तिवारी को परमात्मा ने सब-कुछ दिया था; किंतु संतान के बिना उनका घर सूना था। धन-धान्य से भरा-पूरा घर उन्हें जंगल की तरह जान पड़ता। संतान की लालसा से उन्होंने न जाने कितने तप-जप और विधान करवाए और अंत में उनकी ढलती उमर में पुत्र तो नहीं पर एक पुत्री का जन्म हुआ। इस समय तिवारी जी ने खूब खुले हाथों खर्च किया। सारे गांव को प्रीतिभोज दिया। महीनों घर में ढोलक ठनकती रही। कन्या ही सही पर इसके जन्म ने तिवारी के निष्पुत्र होने के कलंक को धो दिया था। कन्या का रंग गोरा-चिट्टा, आंखें बड़ी-बड़ी, चौड़ा माथा और सुंदर-सी नासिका थी। उसके बाल घने, काले और असंख्य नन्हें-नन्हें छल्लों की भांति सिर पर बड़े ही सुहावने लगते थे। उसका नाम रखा गया, सोना। सोना का लालन-पालन बड़े लाड़-प्यार से होने लगा।

जब सोना सात साल की हुई तो घर में एक मास्टर लगाकर तिवारी जी ने सोना को हिन्दी पढ़वाना प्रारंभ किया और थोड़े ही समय में सोना ने रामायण, महाभारत इत्यादि धार्मिक पुस्तकें पढ़ना सीख लिया। गांव के सभी लोगों ने सोना की कुशाग्र बुद्धि की तारीफ़ की। इसके आगे अधिक पढ़ाकर तिवारी जी को कन्या से कुछ नौकरी तो करवानी न थी; इसलिए सोना का पढ़ना बंद करवा दिया गया।

अब सोना नौ साल की सुकुमार सुंदर बालिका थी। उसकी सुंदरता और सुकुमारता को देखकर गांव वाले कहते, तिवारी जी! तुम्हारी लड़की तो देहात के लायक नहीं है। इसका विवाह तो भाई, कहीं शहर में ही करना। सुनते हैं, शहर में बड़ा आराम रहता है।

इधर तिवारी जी की बहिन जानकी जिसका विवाह हुआ तो गांव में ही था किंतु कुछ ही दिन से शहर में जाकर रहने लगी थी, जब कभी शहर से चौड़े किनारे की सफ़ेद सारी, आधी बांह का लेस लगा हुआ जाकेट, टिकली की जगह माथे पर लाल इंगुर की बिंदी और पैरों में काले-काले स्लीपर पहिनकर आती तो सारे गांव की स्त्रियां उसे देखने के लिए दौड़ी आतीं। गांव के तरुण-जीवन में उसका आदर था और बूढ़ों की आंखों में वह खटकती थीं; किंतु फिर भी वह सबके लिए नई चीज़ थी। जानकी के पति नारायण ने भी मिल में नौकरी कर ली थी। उसे बीस रुपए माहवार मिलते थे। वह अब देहाती न था, सोलह आने शहर का बाबू बन गया था। धोती की जगह ढीला पाजामा, कुरते की जगह कमीज, बास्कट और कोट,

पगड़ी की जगह काली टोपी और पैरों में पंप शू पहिनता था। जब कभी गांव में जाता कान में इत्र का फ़ाहा ज़रूर रहता। कभी हिना, कभी खस की मस्त खुशबू से बेचारे देहाती हैरान हो जाते। उन्हें अपने जीवन से शहर का जीवन ही सुखमय और शांतिदायक मालूम होता।

इन सब बातों को देखकर और सोना की सुकुमारता को देखते हुए सोना की मां नन्दो ने निश्चय कर लिया था कि मैं अपनी सोना का विवाह शहर में ही करूंगी। मेरी सोना भी पैरों में पतले-पतले लच्छे और काले-काले स्लीपर पहिनेगी। चौड़े किनारे की सफेद साड़ी और लेस लगा हुआ जाकेट पहिनकर वह कितनी सुंदर लगेगी, इसकी कल्पना मात्र से ही नन्दो हर्ष से विह्वल हो जाती। किंतु सोना को कुछ ज्ञान न था; वह तो अपने देहाती जीवन में ही मस्त थी। वह दिन भर मधुबाला की तरह स्वच्छंद फिरा करती। कभी-कभी वह समय पर खाना खाने आ जाती और कभी-कभी तो खेल में खाना भी भूल जाती। सुंदर चीजें इकट्ठी करने और उन्हें देखने का उसे व्यसन-सा था। गांव में अपनी जोड़ की कोई लड़की उसे न मिलती। इसीलिए किसी लड़की से उसका अधिक मेल-जोल न था। नन्दो को सोना की यह स्वच्छंद-प्रियता पसंद न थी। किंतु वह सोना को दबा भी न सकती थी। वह जब कभी सोना को इसके लिए कुछ कहती तो तिवारीजी उसे आड़े हाथों लेते, कहते, लड़की है, पराए घर तो उसे जाना ही पड़ेगा, क्यों उसके पीछे पड़ी रहती हो? जितने दिन है, खेल-खा लेने दो। तुम्हारे घर जन्म-भर थोड़े बनी रहेगी।

लाचार नन्दो चुप हो जाती।

धीरे-धीरे सोना ने बारह वर्ष पूरे करके तेरहवें में पैर रखा। किंतु तिवारी जी का इस तरफ ध्यान ही न था। एक दिन नन्दो ने उन्हें छेड़ा, "सोना के विवाह की भी कुछ फिकर है?"

तिवारी जी चौंक-से उठे, बोले, "सोना का विवाह? अभी वह है कै साल की?"

किंतु यह कितने दिन चल सकता था? लड़की का विवाह तो करना ही पड़ता है। वैसे तो गांव में ही ऐसे कई लड़के थे, जिनसे सोना का विवाह हो सकता था। किंतु नन्दो और तिवारी जी दोनों ही सोना का विवाह शहर में करना चाहते थे। शहर के जीवन का सुनहला सपना रह-रह के उनकी आंखों में छा जाता था। उन्होंने जानकी और नारायण से शहर में कोई योग्य वर तलाश करने के लिए कहा।

इधर सोना बारह साल की हो जाने पर निरी बालिका ही थी। अब भी वही राजा-रानी का खेल खेला जाता। सुंदर फूल-पत्तियां अब भी इकट्ठी की जाती और तितलियों के पीछे वह अब भी उसी प्रकार दौड़ लगाती। सोना के अंग-प्रत्यंग में धीरे-धीरे यौवन का प्रवेश हो चुका था; किंतु सोना को इसका ज्ञान न था। उसके स्वभाव में अब भी वही लापरवाही, वही अल्हड़पन और भोलापन था जो आठ साल की बालिका के स्वभाव में मिलेगा।

सोना का विवाह तय हो गया। वर की आयु बाइस या तेइस साल की थी। वह सुंदर, स्वस्थ और चरित्रवान नवयुवक थे। एक प्रेस में नौकरी करते थे; पचहत्तर रुपए माहवार तनख्वाह पाते थे। घर में एक बूढ़ी मां को छोड़कर और कोई न था।

बिहार के रहने वाले थे। कुछ ही दिनों से यू.पी. में आए थे। पर्दे के बड़े पक्षपाती और पुरानी रूढ़ियों के क़ायल थे। नाम था विश्वमोहन। जब तिवारी जी ने विश्वमोहन और उनके घर को देखा तो उनकी खुशी का ठिकाना न रहा। विश्वमोहन बाबू, क्या पूरे साहब दिख पड़ते थे, उनके घर में खिड़की और दरवाजों पर चिकें पड़ी हुई थीं। ज़मीन पर एक दरी पड़ी थी, जिसके बीच में एक गोल मेज़ थी। मेज़ के आसपास कई कुर्सियां पड़ी थीं। जब विश्वमोहन ने तिवारी जी से चाय पीने का आग्रह किया और तिवारी जी को उनके आग्रह से चाय पीनी पड़ी तो वहां का साज-सामान देखकर तिवारी जी चकित हो गए। हर्ष से उनकी आंखें चमक उठीं। सुंदर-सुंदर प्यालों में मेज़ पर चाय पीने का तिवारी जी के जीवन में यह पहिला ही अवसर था। चाय पीने के बाद तिवारी जी ने दो गिन्नी वरिक्षा में देकर शादी पक्की कर ली। रास्ते में नारायण बोला, कहो तिवारी जी, है न लड़का सौ में एक? है कोई तुम्हारे गांव में ऐसा? जब कपड़े पहनकर, हैट लगाकर निकलता है तब कोई नहीं कह सकता कि साहब नहीं है। सब लोग झुक के सलाम करते हैं। घर में देखा कितना पर्दा है? सब खिड़की-दरवाजे पर चिकें पड़ी हैं। इनकी मां बूढ़ी हो गई है पर क्या मजाल कि कोई परछाई भी देख ले। दोनों समय चाय पीते हैं, कुर्सियों पर बैठते हैं।

तिवारी जी ने हर्षोन्मत्त होकर कहा, "भाई नारायण, हम तुम्हारे इस उपकार के सदा आभारी रहेंगे। हमारे ढूंढे तो ऐसा घर-वर कभी न मिलता। हम देहात के रहनेवाले शहर का हाल-चाल क्या जानें? पर तुमने मेरी सोना को अपनी लड़की समझकर जो उसके लिए इतनी दौड़-भाग की है और ऐसा अच्छा जोड़ा मिला दिया है; इस उपकार का फल तुम्हें ईश्वर देगा।"

नारायण–"अच्छा तिवारी जी अब जाकर विवाह की तैयारी करो। देखना इन्हें खाने-पीने की कुछ कमी न होने पावे। शहर के आदमी हैं; सब तकलीफें सह लेंगे, पर भूख नहीं सह सकेंगे। खाते भी अच्छा हैं, देहात की मिठाई इन्हें अच्छी न लगेगी, कोई शहर का ही हलवाई ले जाकर मिठाई बनवा लेना। समझे?"

तिवारीजी खुशी-खुशी घर लौटे। घर आकर जब उन्होंने नन्दी के सामने वर के रूप और गुण का बखान किया तो नन्दो फूली न समाई। वह जैसा घर-वर सोना के लिए चाहती थी, ईश्वर ने उसकी साध पूरी कर दी। इस कृपा के लिए उसने परमात्मा को शतशः धन्यवाद दिए, और नारायण को उसने कोटि-कोटि मन से आशीर्वाद दिया, जिसने इतनी दौड़-धूप करके मनचाहा घर और वर सोना के लिए खोज दिया था।

सोना ने जब सुना कि उसका विवाह हो रहा है, तब वह दौड़कर आई। उसने मां से पूछा, "मां! विवाह कैसा होता है और क्यों होता है।"

मां के सामने यह बड़ा जटिल प्रश्न था। वह समझ ही न सकी कि इसका क्या उत्तर दे, किंतु चतुर जानकी ने तुरंत बात बना ली। बोली, "सोना! विवाह हो जाने पर अच्छे-अच्छे गहने-कपड़े मिलते हैं। इसीलिए विवाह होता है।"

सोना ने पूछा, "बुआ जी, फिर क्या होता है?"

जानकी—''फिर सास के घर जाना पड़ता है। सो तुझे अपने साथ ले चलूंगी।''

—सो तो मैं पहिले से ही जानती थी बुआजी, कि विवाह करने पर सास के घर जाना पड़ता है; पर मैं कहीं नहीं जाऊंगी। अभी से कहे देती हूं, विवाह करो चाहे न करो—कहती हुई सोना खेलने चली गई।

नन्दो का मातृप्रेम आंखों में आंसू बनकर उमड़ आया, बोली, ''अभी बचपना है; बड़ी होगी तब सब समझेगी।''

जानकी, ''फिर तो ससुराल से एक-दो दिन के लिए भी मायके आना कठिन हो जाएगा भौजी! देखो न! मैं ही चार-छै दिन के लिए आती हूं तो रात-दिन वहीं की फिकर लगी रहती है। जहां गृहस्थी का झंझट सिर पर पड़ा, सब खेलना-कूदना भूल जाता है। जब तक विवाह नहीं होता तभी तक का खेलना-खाना समझो।''

नन्दो, ''जानकी दीदी! तुम लोगों की कृपा से मेरी सोना सुखी रहे। जैसे उसका नाम सोना है, उसके जीवन में सोना ही बरसता रहे।''

सोना का विवाह हो गया। रामधन तिवारी की लड़की का विवाह गांव भर में एक नई बात थी। इस विवाह में मंगलामुखी के स्थान पर आगरे से भजन-मंडली आई थी जो उपदेश के अच्छे-अच्छे भजन गा के सुनाया करती थी। गहने-कपड़े सब नए फैशन के थे। लहंगों का स्थान साड़ियों ने ले लिया था। जूते थे, मोजे थे, रूमाल पाउडर की डिब्बी, सुगंधित तेल, और भी न जाने क्या-क्या था, जिनकी नन्दो और जानकी ने कल्पना तक न की थी। गांव की औरतों को नन्दो बड़ी खुशी-खुशी सब चीज़ें दिखाया करती। देखनेवाली सोना के सौभाग्य की सराहना करती हुई लौट जातीं। उनकी आंखों में आज सोना से अधिक सौभाग्यवती कोई न थी। जिस दिन सोना को ससुराल के सब गहने-कपड़े पहिनाकर नन्दो ने पुत्री का सौंदर्य निहारा तो उसका रोम-रोम पुलकित हो उठा। किसी की नज़र न लग जाए, इस डर से उसने छिपाकर बालों के नीचे एक काजल का टीका लगा दिया। जिसने सोना को देखा, वही क्षण भर उसे देखता रहा। सोना सचमुच में सोना ही थी।

विदा का समय आया। मां-बेटी खूब रोईं। जब सोना तिवारीजी की कमर से लिपटकर रोने लगी तो तिवारी जी का भी धैर्य जाता रहा, वे भी ज़ोर से रो पड़े। सोना विदा हो गई। विदा के बाद तिवारीजी को पुत्री विछोह का दुःख भी था, साथ-ही-साथ आत्मसंतोष भी कि, पुत्री अच्छे घर ब्याही गई है, सुख से रहेगी।

सोना ससुराल पहुंची। रास्ते भर तो जैसे-तैसे आई, किंतु घर पहुंचने पर जब वह एक कोठरी में बंद कर दी गई और बाहर से साफ़ हवा उसे दुर्लभ हो गई तो उसे ससुराल का जीवन बड़ा कष्टमय मालूम हुआ। अब उसे गहने-कपड़े न सुहाते थे। रह-रहकर कोठरी से बाहर निकलकर साफ़ हवा में आने के लिए उसका जी तड़पने लगा। स्वच्छंद हवा में विचरनेवाली बुलबुल की जो दशा पिंजरे में बंद होने के बाद होती है, वही दशा सोना की थी। चार छै दिन में ही उसके गुलाबी गाल पीले पड़ गए, आंखें भारी रहने लगीं। एक दिन विश्वमोहन आफ़िस चले गए थे, सास सो रही थीं, सोना आंगन के बाहर के दरवाजे के पास चली आई। चिक को ज़रा हटाकर बाहर देखा। यहां देहात की सुंदरता तो न थी फिर भी साफ़ हवा तो

थी ही। इतने दिनों के बाद क्षण भर के लिए क्यों न हो बाहर की हवा लगते ही सोना का चित्त प्रफुल्लित हो गया। किंतु उसी समय एक बुढ़िया उधर से निकली। सोना को उसने चिक के पास देख लिया। आकर विश्वमोहन की मां से कहा, बहू को जरा सम्हाल कर रखा करो। न साल न छै महीने, अभी से खड़ी होकर झांकती है। यह लच्छन कुलीन घर की बहू-बेटियों को शोभा नहीं देते। बिस्सू की अम्मा! तुम्हारी इतनी उमर हो गई, आज तक किसी ने परछाई तक न देखी और तुम्हारी ही बहू के ये लच्छन! कलजुग इसी को कहते हैं।

बुढ़िया तो उपदेश देकर चली गई, पर सोना को उस दिन बड़ी डांट पड़ी। उसकी समझ में ही न आता था कि चिक के पास जाकर उसने कौन-सा अपराध कर डाला। फिर भी बेचारी ने नतमस्तक सभी झिड़कियां सह लीं। और दूसरा चारा ही क्या था?

इसी बीच जब तिवारी जी सोना को लेने आए तो उसे ऐसा जान पड़ा जैसे किसी ने डूबते से उबार लिया हो। पिता को देखकर वह बड़ी खुश हुई। उसने मन-ही-मन प्रतिज्ञा की कि अब की जाऊंगी तो फिर यहां कभी न आऊंगी।

लेकिन शहरवाले बहू को मायके में ज्यादा रहने ही कब देते हैं? सोना को मायके आए अभी पंद्रह दिन भी न हुए थे कि विश्वमोहन सोना को लेने के लिए आ गए। वे जब आ रहे थे, सोना उन्हें रास्ते में ही बिही के पेड़ पर चढ़ी हुई मिली। उसके साथ और भी बहुत से लड़के-लड़कियां थीं। सोना का सर खुला था और वह बिही तोड़-तोड़कर खा रही थी, और अपनी जूठी बिही खींच-खींचकर मारती भी जा रही थी और ऊपर बैठी-बैठी हंस रही थी। सोना को विश्वमोहन ने देखा किंतु सोना उन्हें न देख सकी। पत्नी की चाल-ढाल विश्वमोहन को न सुहाई, उसकी आंखों में खून उतर आया; पर वे चुपचाप अपने क्रोध वे पी गए। किंतु उसी समय उन्होंने मन-ही-मन प्रतिज्ञा की कि अब वे सोना को मायके कभी न भेजेंगे। वे जाकर चौपाल में मोढ़े पर बैठे ही थे कि अपने बाल सखा और सहेलियों के साथ सोना भी पहुंची। विश्वमोहन को देखते ही उसने हाथ की बिही फेंक दी और सिर ढंककर अंदर भाग गई। फिर ससुराल जाना पड़ेगा, इस भावना मात्र से उसका हृदय व्याकुल हो उठा।

सोना फिर ससुराल आई। अबकी बार आने के साथ ही घर का सारा भार सोना को सौंपकर सोना की सास ने गृहस्थी से छुट्टी ले ली। कभी घर का काम करने का अभ्यास न होने के कारण सोना को घर के काम करने में बड़ी दिक्कत होती, इसके लिए उसे रोज़ सास की झिड़कियां सहनी पड़तीं। सोना ने खेलना, खाना और तितली की तरह उड़ना ही सीखा था। गृहस्थी की गाड़ी में उसे भी कभी जुतना पड़ेगा यह तो उसने कभी सोचा ही न था। किंतु यह कठिनता महीने पंद्रह दिन की ही थी। अभ्यास हो जाने पर फिर सोना को काम करने में कुछ कठिनता न पड़ती।

घर में रात-दिन बंद रहने की उसकी आदत न थी। बाहर जाने के लिए उसका जी सदा व्याकुल रहता। यदि कभी खिलौनेवालों की आवाज सुनती या 'चना जोर गरम' की आवाज़ उसके कान में पड़ती तो वह तड़प-सी जाती। अपना यह कैदखाने

का जीवन उसे बड़ा ही कष्टकर मालूम पड़ता। किंतु सोना बहुत दिनों तक अपने को रोक न सकी। वह सास और पति की आंख बचाकर गृहकार्य के पश्चात् कभी खिड़की, कभी दरवाजे के पास, जब जैसा मौका मिलता जाकर खड़ी हो जाती। बाहर का दृश्य, हरे-भरे पेड़-पत्तियां देखकर उसे कुछ शांति मिलती। बाहर की ठंडी हवा को स्पर्श करके उसमें जैसे कुछ जीवन आ जाता। वह जानती थी कि खिड़की या दरवाजे के पास वह कभी किसी बुरे उद्देश्य से नहीं जाती, फिर भी पति नाराज होंगे, सास झिड़कियां लगाएंगी, इसलिए वह सदा उनकी नजर बचाकर काम करती। मुहल्लेवालों को यह बात सहन न हुई। कल की आई हुई बहू, बड़े घर की बहू, सदा खिड़की-दरवाजों से लगी रहे। अवश्य ही यह आचरणभ्रष्ट है। धीरे-धीरे आसपास के लोगों में सोना के आचरण की चर्चा होने लगी। पुराने विचारवाले पर्दा के पक्षपातियों को सोना की हरेक हरकत में बुराई छोड़ भलाई नज़र ही न आती थी। मुहल्ले के बिगड़े-दिल शोहदे, सोना के दरवाजे पर से दिन में कई बार चक्कर लगाते और आवाज़ें कसते।

किंतु न तो सोना का इस तरफ ध्यान होता और न उसे इसकी कुछ परवा थी। वह तो प्रकृति की पुजारिन थी। खिड़की-दरवाजों के पास वह प्रकृति की शोभा देखती थी; लोगों की बातों की ओर उसका ध्यान भी न जाता था।

इसी बीच, किसी काम से सोना की सास को कुछ दिन के लिए गांव जाना पड़ा। अब पति के आफ़िस जाने के बाद वह स्वच्छंद हिरनी की तरह फिरा करती थी। कोई रोट-टोक करनेवाला तो था ही नहीं, अब कभी-कभी वह चिक से बाहर भी चली जाया करती। आसपास की कई औरतों से जान-पहचान भी हो गई। वे लोग सोना के घर आने-जाने लगीं। सोना भी कभी-कभी लुक-छिप के दोपहर के सन्नाटे में उनके घर हो आती। सोना के बारे में, उसके आचरण के विषय में लोग क्या बकते हैं, सोना न जानती थी। वह तो उन्हें अपना हितैषी और मित्र समझती थी। वही लोग, जो सोना से घुल-मिलकर घंटों बातचीत किया करते, बाहर जाकर न जाने क्या-क्या बकते। धीरे-धीरे इसकी चर्चा विश्वमोहन के कानों तक भी पहुंची। इन बातों को रोकने के लिए उन्होंने अपनी मां की उपस्थिति आवश्यक समझी। इसलिए मां को बुलवा भेजा। साथ ही सोना को भी समझा दिया कि वह बहुत संभलकर रहा करे। सास के आने पर सोना के ऊपर फिर से पहरा बैठ गया। किंतु वह तो गांव की लड़की थी, साफ़ हवा में विचर चुकी थी; उसके लिए सख्त पर्दे में बिलकुल बंद होकर रहना बड़ा कठिन था। इसलिए उसका जीवन बड़ा दुःखी था। उससे घर के भीतर बैठा ही न जाता था। ज़रा मौका पाते ही बाहर साफ़ हवा में जाने के लिए उसका जी मचल उठता और वह अपने आपको रोक न पाती। विश्वमोहन ने एकांत में उसे कई बार समझाया कि सोना के इस आचरण से उनकी बहुत बदनामी हो रही है इसलिए वह खिड़की-दरवाजों के पास न जाया करे, बाहर न निकला करे। एक दो दिन तक सोना को उनकी बातें याद रहतीं, किंतु वह फिर भूल जाती और वही हाल फिर हो जाता, फिर खिड़की-दरवाजों के पास जाती, फिर बाहर की साफ़ हवा में जाने के लिए, प्रकृति के सुंदर दृश्यों को देखने के लिए उसकी आंखें मचल उठतीं।

एक दिन विश्वमोहन को किसी काम से शहर से बाहर जाना था। सोना ने पति का सामान ठीक कर उन्हें स्टेशन रवाना किया। सास खाना खा चुकने के बाद लेट गई। सोना ने अपनी गृहस्थी के काम-धंधे समाप्त करके कंघी-चोटी की, कपड़े बदले, पान बनाकर खाया, फिर एक पुस्तक लेकर पढ़ने के लिए खाट पर लेट गई। पुस्तक कई बार पढ़ी हुई थी। दो-चार पेज उलट-पलटकर देखे, जी न लगा। उसी समय ठेलेवाले ने आवाज़ दी 'दो पैसा, हर माल मिलेगा दो पैसा।' किताब फेंककर सोना दरवाजे की तरफ़ दौड़ी। ठेलेवाला दूर निकल गया था। दूर तक नज़र दौड़ाई। कहीं भी न दिख पड़ा। निराश होकर लौटनेवाली ही थी कि पड़ोस में रहनेवाला बनिये का लड़का फैजू दौड़ा हुआ आया, बोला, भौजी! सुई-तागा हो तो ज़रा मेरे कुर्ते में बटन टांक दो, मैं कुश्ती देखने जाता हूं।

सोना ने पूछा—कुश्ती देखने जाते हो कि लड़ने?

फैजू ने मुस्कराकर कहा, दोनों काम करने भौजी! पहिले बटनें तो टांक दो, नहीं तो देरी हो जाएगी।

सोना सुई-तागा लाकर बटन टांकने लगी। फैजू वहीं फर्श पर सोना से ज़रा दूर हटकर बैठ गया।

गाड़ी तीन घंटे लेट थी। विश्वमोहन ने सोचा, यहां बैठे-बैठे क्या करेंगे? चलें तब तक घर में बैठकर आराम करेंगे। सामान स्टेशन पर ही छोड़कर, स्टेशन मास्टर की साइकिल लेकर विश्वमोहन घर पहुंचे। बैठक में फैजू को सोना के पास बैठा देखकर उनके बदन में आग-सी लग गई। वे क्षण-भर वहीं खड़े रहे, परंतु इस दृश्य को वे गवारा न कर सके। अपने गुस्से को चुपचाप पीकर अंदर आए, माता के पास बैठ गए। सोना से पति की नाराजी छिपी न रही। ज्यों-त्यों किसी प्रकार बटन टांककर कुरता फैजू को देकर वह अंदर आई। सोना ने स्वप्न में भी न सोचा था कि ज़रा-सी बात यहां तक बढ़ जाएगी। पति का चेहरा देखकर वह सहम-सी गई। उसकी त्यौरियां चढ़ी हुईं, चेहरा स्याह, और आंखें गीली थीं। सोना अंदर आई। विश्वमोहन ने उसकी तरफ आंखें उठाकर भी न देखा। उसने डरते-डरते पति से पूछा, कैसे लौट आए?

विश्वमोहन ने रुखाई से दो शब्दों में उत्तर दिया—गाड़ी लेट है।

सोना ने फिर छेड़ा—अब कब जाओगे?

विश्वमोहन ने तीव्र दृष्टि पत्नी पर डाली और कठोर स्वर में बोले, गाड़ी तीन घंटे बाद जाएगी, तब चला जाऊंगा।

सोना फिर नम्रता से बोली—तो इस प्रकार कब तक बैठे रहोगे? मैं खाट बिछाए देती हूं, आराम से लेट जाओ।

'तुम्हें कष्ट करने की आवश्यकता नहीं, मैं बहुत अच्छी तरह हूं,' विश्वमोहन ने कड़े स्वर में रुखाई से कहा। सोना के बहुत आग्रह करने पर विश्वमोहन ने कमरे में पैर रखा; वे न कुछ बोले और न खाट पर ही लेटे, कुर्सी पर बैठ गए। एक पुस्तक उठाकर उसके पन्ने उलटने लगे। पढ़ने के नाम से कदाचित् एक अक्षर भी न पढ़ सके; किंतु इस प्रकार वे अपनी अंतर्वेदना को चुपचाप लहू के घूंट की तरह पी रहे थे। सोना का आचरण उन्हें हजार-हजार बिच्छुओं के दंशन की तरह पीड़ा पहुंचा

रहा था। पति की आंतरिक वेदना सोना से छिपी न थी। वह ज़रा खिसककर उनके पास बैठ गई। धीरे से उसने अपना सिर विश्वमोहन के पैरों पर धर दिया, बोली, इस बार मुझे माफ करो, अब तुम जो कुछ कहोगे मैं वही करूंगी, मुझसे नाराज न होओ।

विश्वमोहन के पैरों पर जैसे किसी ने जलती हुई आग धर दी हो। जल्दी से उन्होंने अपने पैर समेट लिए और तिरस्कार के स्वर में बोले, 'यह बात आज क्या तुम पहिली ही बार कह रही हो? यह मौखिक प्रतिज्ञा है, हार्दिक नहीं। मैं सब जानता हूं। तुम्हारे कारण तो मैं शहर में सिर उठाने लायक नहीं रहा। जिधर जाओ उधर लोग तुम्हारी चर्चा करते हुए दिख पड़ते हैं। मेरे-तुम्हारे मुंह पर कोई कुछ नहीं कहता तो क्या हुआ? बाद में कानाफूसी करते हैं, तुम्हारे ऊपर तो जैसे इसका कुछ असर ही नहीं पड़ता। जो जी में आता है, करती हो, भला यह शोहदा तुम्हारे पास बटन टंकवाने क्यों आया? तुम इनकार न कर सकती थी? तुम यदि शह न दो तो कैसे कोई तुम्हारे पास आवे?

सोना ने भय-कातर दृष्टि से पति की ओर देखते हुए कहा—ज़रा-सा तो काम था। पड़ोसी धर्म के नाते, मैंने सोचा कि कर देना चाहिए। नहीं तो इनकार क्यों नहीं कर सकती थी।

—इसी प्रकार ज़रा-ज़रा-सी बातों से बड़ी-बड़ी बातें हो जाया करती हैं। निभाया करो पड़ोसी धर्म, मगर मेरी इज्जत का ख्याल मत करना!—कहते हुए विश्वमोहन बाहर चले गए, साइकिल उठाई और स्टेशन चल दिए।

आहत अपमान से सोना तड़प उठी। वह कटे हुए वृक्ष की भांति खाट पर गिर पड़ी, रोई। रो लेने के बाद उसका जी हल्का हुआ। उसे अपने गांव का स्वच्छंद जीवन याद आने लगा। देहाती जीवन की सुखद स्मृतियां एक-एक करके सुकवि की सुंदर कल्पना की भांति उसके दिमाग में आने लगीं। उसे याद आया, किस प्रकार जाड़े के दिनों में अलाव के पास न जाने कितनी रात तक बूढ़े, जवान, युवतियां और बच्चे सब एक साथ बैठकर आग तापते हुए पहेलियां बुझाते और किस्से-कहानियां कहा करते थे। किसी के साथ किसी प्रकार का बंधन न था। नदी पर गांव भर की बहू-बेटियां कैसे स्नान करने को जाती थीं और फिर सब एक साथ गाती हुई लौटती थीं। कितना सुखमय जीवन था वह। चने के खेत में नर्म-नर्म चने की भाजी तोड़कर सब एक साथ किस प्रकार खाया करते थे, कभी-कभी छीना-झपटी भी हो जाया करती थी। हंसी-मजाक भी खूब होता था। वहां किसी को कुछ शिकायत न थी। अपने पड़ोसी कुन्दन के लिए वह मां से लड़-भिड़कर भी मिठाई ले जाया करती थी। नदी पर नहाने के बाद कभी-कभी कुन्दन उसकी धोती भी तो धो दिया करता था; वहां तो उसकी कभी चर्चा नहीं हुई। क्रोशिए से एक सुंदर-सा पोत का बटुआ बनाकर सबके सामने ही तो उसने कुन्दन को दिया था जो अब तक उसके पास रखा होगा; वहां तो इस पर किसी को भी बुरा न लगा था। वहां सबसे बोलने, बात करने की स्वतंत्रता थी। कुन्दन की भाभी नई-नई तो ब्याह के आई थी, पर हम लोगों के साथ ही रोज नदी नहाने जाया करती थी और साथ बैठकर झूला भी झूला

करती थी, अलाव के पास भी बैठा करती थी। फिर मैंने कौन-सा ऐसा पाप कर डाला, जिसके कारण इन्हें शहर में सिर उठाने की जगह नहीं रही। यदि किसी का कुछ काम कर देना, बोलना या बातचीत करना पाप है, तो कदाचित यह पाप जाने-अनजाने मुझसे सदा ही होता रहेगा। मेरे कारण उन्हें पद-पद पर लांछित होना पड़े तो मेरे इस जीवन का मूल्य ही क्या है? ऐसे जीवन से तो मर जाना अच्छा है। मैं घर के अंदर परदे में नहीं बैठ सकती, यही मेरा अपराध है न? इसी के कारण तो लोग मेरे आचरण में धब्बे लगाते हैं? मैं लोगों से अच्छी तरह बोलती हूं, प्रेम का व्यवहार रखती हूं। यही मुझमें बुराई है न? आज उन्हें मुझ पर क्रोध आया; उन्होंने तिरस्कार के साथ मुझे झिड़क दिया। इसमें उनका कोई कसूर नहीं है। पत्थर के पाट पर भी रस्सी के रोज़-रोज़ घिसने से निशान पड़ जाते हैं, फिर वे तो देवतुल्य पुरुष हैं। उनका हृदय तो कोमल है, इन अपवादों का असर कैसे न पड़ता? रामचन्द्र जी सरीखे महापुरुष ने भी तो ज़रा-सी ही बात पर गर्भवती सीता को वनवास दे दिया था, फिर ये तो साधारण मनुष्य ही हैं। इन्होंने तो जो कुछ कहा ठीक ही कहा। पर इसमें मेरा भी कौन-सा दोष है? जब इन्हीं के हृदय में संदेह ने घर कर लिया, तो मैं जीती हुई भी मरी से गई बीती हूं। इसी प्रकार अनेक तरह के संकल्प विकल्प सोना के मस्तिष्क में आए और चले गए।

तीन दिन बाद विश्वमोहन लौटे। जाने से पहले उनमें और सोना में जो कुछ बातचीत हुई थी, वे उसे प्रायः भूल-से गए थे। सोना के लिए अच्छी-सी साड़ी, एक जोड़ी, पैरों के लिए सुंदर से स्लीपर और कुछ हेयर क्लिप लिए हुए वे घर आए, किंतु सामने ही चबूतरे पर उन्हें फैजू बैठा हुआ मिला। पास की हरी-हरी घास पर वह अपना तीतर चुगा रहा था। विश्वमोहन उसे देखते ही तिलमिला उठे। संदेह और भी गहरा हो गया। सारी बातें ज्यों-की-त्यों फिर ताज़ा हो गईं। उनका हृदय बड़ा ही विचलित और व्यथित हुआ, न जाने कितने प्रकार की शंकाएं उन्हें व्याकुल करने लगीं। उनका चेहरा फिर गंभीर हो गया। घर आकर वे सोना से एक बात भी न कर सके। मां से एक-दो बातें कर, बिना भोजन किए ही वे आफिस चले गए। सोना से यह उपेक्षा न सही गई। पिछले तीन दिनों से वह खिड़की-दरवाजे के पास भी न गई थी, और उसने यह निश्चय कर लिया था कि वह कभी भी खिड़की-दरवाजों के पास न जाएगी। विश्वमोहन की इस उपेक्षा ने उसके हृदय के घाव को और भी गहरा कर दिया। सोना अब इससे अधिक न सह सकती थी। अपने जीवन को समाप्त करने का उसे कोई साधन न मिला। आंगन में लगे हुए धतूरे के पेड़ से उसने दो-तीन फल तोड़ लिए और पीसकर पी गई। कुछ ही क्षण बाद सोना के हाथ-पैर अकड़ने लगे। उनकी जबान ऐंठ गई और चेहरा काला पड़ गया। वह देखती थी किंतु बोल न सकती थी। इसी समय तिवारी जी आ पहुंचे। वे सोना को विदा कराने आए थे। सोना पिता को देखकर बहुत रोई। सारे घर में कुहराम मच गया और देखते-ही-देखते सोना के प्राण-पखेरू उड़ गए। यह ऐसी नींद थी जिसने सोना को सदा के लिए शांति दे दी। अपवाद की विषैली आयु अब उसे छू भी न सकती थी।

शाम को छै बजे विश्वमोहन आफिस से लौटे। घर में रोने की आवाज़ सुनकर

किसी अज्ञात आशंका से उनका हृदय विचलित हो उठा। घर आकर देखा, तिवारीजी कन्या की लाश गोद में लिए हुए धाड़ें मार-मारकर रो रहे हैं। तिवारीजी इस बीच कई बार कन्या को लेने आ चुके थे, किंतु विश्वमोहन ने विदा न किया था। विश्वमोहन और तिवारी में कोई विशेष बातचीत न हुई, अंतिम संस्कार की तैयारी होने लगी। अंतिम संस्कार के बाद जब विश्वमोहन लौटे तो मेज़ पर उन्हें सोना का पत्र मिला—

"मेरे देवता! मैं मर रही हूं। मरने वाला झूठ नहीं बोला करता। आज तो अंतिम बार विश्वास कर लेना, मैं निर्दोष थी। मुझे ऐसा लगता है कि या तो यह दुनिया मेरे लायक नहीं है या मैं ही इस दुनिया के योग्य नहीं हूं। इस छल-कपट से परिपूर्ण संसार में मुझे भेजकर शायद विधाता ने उचित नहीं किया था। आप मेरी एक कठिनाई शायद नहीं समझ सके; एक वातावरण से सहसा दूसरे वातावरण में पहुंचकर मैं अपने को शीघ्र ही अनुकूल बना लेने में असमर्थ पाती थी। अपने मरने का मुझे कोई अफ़सोस नहीं, दुःख है तो केवल इतना कि मैं आपको कभी सुखी न कर सकी।

—अभागिनी सोना

•

मँझली रानी

वे मेरे कौन थे? मैं क्या बताऊं? वैसे देखा जाए तो मेरे कोई भी न होते थे। होते भी तो कैसे? मैं ब्राह्मण, वे क्षत्रिय; मैं स्त्री वे पुरुष। फिर न तो रिश्तेदार हो सकते थे और न मित्र। आह! यह क्या कह डाला मैंने! मित्र? भला किसी स्त्री का कोई पुरुष भी मित्र हो सकता है? और यदि हो भी तो क्या समाज इसे बर्दाश्त करेगा? यहां तो किसी पुरुष का किसी स्त्री से मिलना-जुलना या किसी प्रकार का व्यवहार रखना ही पाप है। और यदि कोई स्त्री किसी पुरुष से किसी प्रकार का व्यवहार रखती है, प्रेम से बातचीत करती है तो वह स्त्री भ्रष्टा है, चरित्रहीन है, नहीं तो पर-पुरुष से मिलने-जुलने का और मतलब ही क्या हो सकता है? खैर, न तो मुझे समाज से कुछ लेना-देना है, न समाज से कुछ सरोकार। समाज ने तो मुझे दूध की मक्खी की तरह निकालकर दूर फेंक दिया है। फिर मैं ही क्यों समाज की परवाह करूं?

मेरे माता-पिता साधारण स्थिति के आदमी थे। परिवार में माता-पिता के अतिरिक्त मुझसे बड़े मेरे तीन भाई और थे। मैं सबसे छोटी थी। छोटी होने के कारण घर में मेरा लालन-पालन बड़े लाड़-प्यार में हुआ था। मेरे दो भाई बनारस हिन्दू यूनिवर्सिटी में पढ़ते थे और दोनों से छोटा राजन मैट्रिक में पढ़ रहा था। मेरे पिता जी संस्कृत के पूरे पंडित थे और पुरानी रूढ़ियों के कट्टर पक्षपाती। यहां तक कि वे मेरा विवाह नौ साल की उमर में करके गौरीदान के अक्षय पुण्य के भागी बनना चाहते थे। कई लोगों के, और विशेषकर मेरे भाइयों के विरोध के कारण ही वे ऐसा न कर सके थे।

जब मैं पांचवीं में पढ़ रही थी और मेरी आयु चौदह साल के लगभग थी, तब मेरे माता-पिता को मेरे विवाह की चिंता हुई। वे योग्य वर की खोज में थे ही कि संयोग से ललितपुर के ताल्लुक़ेदार राजा राममोहन हमारे कस्बे में शिकार खेलने आए। क़स्बे से लगा हुआ ही एक बड़ा जंगल था, जहां शिकार खेलने का अच्छा मौका था। उनका ख़ेमा! जंगल से बाहर कस्बे के पास ही था। कस्बेवालों के लिए यह खासा तमाशा-सा हो गया था। उनके तंबू में कभी ग्रामोफोन बजता और कभी नाच-गाना होता। लोग बिना पैसे के तमाशा देखने को झुंड के झुंड जमा हो जाते। एक दिन मैं भी राजन और पिताजी के साथ राजा साहब के डेरे पर गई। मेरे पिताजी की राजा साहब से जान-पहचान हो गई थी, हम लोग उन्हीं के पास जाकर कुर्सियों

पर बैठ गए। राजा साहब ने हमारा बड़ा सम्मान किया। लौटते समय उन्होंने हम लोगों को अपनी ही सवारी पर भेजा और साथ में बहुत से फल, मेवे और मिठाई इत्यादि भी रखवा दी। कस्बे की कई लड़कियों और लड़कों ने मुझे राजा साहब की सवारी पर लौटते हुए उत्सुक नेत्रों से देखा। उस सवारी पर बैठकर मैं अनुभव कर रही थी जैसे मैं भी कहीं की रानी हूं। मैंने उनकी ओर आंख उठाकर भी न देखा।

दूसरे दिन राजा साहब ने स्वयं पिताजी को बुलवा भेजा। उनसे मिलकर दो-तीन घंटे बाद जब पिता जी लौटे, तो इतने प्रसन्न थे कि उनके पैर धरती पर पड़ते ही न थे। ऐसा मालूम होता था कि सारे संसार को जीतकर आ रहे हैं, आते ही उन्होंने मेरी पीठ ठोंकी और वे मां से बोले, लो, इससे अच्छा और क्या हो सकता था? तारा का विवाह राजा साहब के मंझले लड़के से तय हो गया।

माता-पिता दोनों ही इस संबंध से बड़े प्रसन्न हुए।

मेरे भाइयों ने जब सुना कि तारा का विवाह एक ताल्लुक़ेदार के विलासी लड़के से, जो मामूली हिन्दी पढ़ा-लिखा है, तय हुआ है, तो उन्होंने इसका विरोध किया। किंतु उनके विरोध को कौन सुनता था! पिता जी तो अपना हठ पकड़े थे, उनकी समझ में इससे अच्छा घर और वर मेरे लिए कहीं मिल ही न सकता था। सबसे अधिक आकर्षक बात तो उनके लिए यह थी कि वर बहुत बड़े खानदान, बीस बिस्वे कनौजियों के घर का लड़का था। फिर राजा से रिश्तेदारी करके कस्बे में उनकी इज़्ज़त बढ़ न जाएगी क्या? इसके अतिरिक्त, विवाह का प्रस्ताव भी तो स्वयं राजा साहब ने ही किया था। नहीं तो भला मामूली हैसियत के मेरे पिताजी यह प्रस्ताव कैसे ला सकते? सबसे बढ़कर बात तो यह थी कि दहेज के नाम से कुछ न देकर भी लड़की इतने बड़े घर में ब्याही जाती थी! फिर भला इन बड़े-बड़े आकर्षणों के होते हुए भी पिता जी इस प्रस्ताव को कैसे टाल देते?

पिताजी मेरी किस्मत की सराहना करके कहते, मेरी तारा तो रानी बनेगी।

रानी बनने की खुशी में मैं फूली-फूली फिरती थी। भाइयों का विरोध करना, मुझे अच्छा न लगता, किंतु मैं उनके सामने कुछ कह न सकती थी। खैर, भाइयों के बहुत विरोध करने पर भी मेरा विवाह मंझले राजा मनमोहन के साथ हो ही गया।

फूलों से सजी हुई मोटर पर बैठकर मैं ससुराल के लिए रवाना हुई। हमारे कस्बे और ललितपुर के बीच में केवल सत्ताइस मील का अंतर था; इसलिए बरात मोटरों से ही आई और गई थी। जीवन में पहली बार मोटर पर बैठी थी। मुझे ऐसा मालूम होता जैसे हवा में उड़ रही हूं। सत्ताइस मील तक मोटर पर बैठने के बाद भी जी न भरा था। यही चाहती थी कि रास्ता लंबा होता जाए और मैं मोटर पर घूमा करूं। किंतु क्या यह संभव था? आखिर को एक बड़े भारी महल के ज़नाने दरवाज़े पर मोटर जाकर खड़ी हो गई। सास तो थी ही नहीं, इसलिए मेरी जिठानी बड़ी रानी जी परछन कर मुझे उतार ले गईं। मुझे एक बड़े भारी सजे हुए कमरे में बिठा दिया गया, स्त्रियां बारी-बारी से मुंह खोल के देखने लगीं। कोई रुपया, कोई छोटे-मोटे जेवर या कपड़े मेरी मुंह-दिखाई में दे-देकर जाने लगीं। मेरी जिठानी बड़ी रानी ने भी मेरा मुंह देखा, कुछ बोली नहीं, 'उंह' करके मेरी अंगुली में अंगूठी पहना दी।

मैंने सुना कि वे पास के किसी कमरे में किसी से कह रही थीं, देखा बहू को? क्या तारीफ के पुल बंध रहे थे। ससुरजी के कहने से तो बस यही मालूम होता था कि इंद्र की अप्सरा ही होगी! पर न रूप न रंग, न जाने क्यों सुंदर कह-कह के कंगले की बेटी ब्याह अपनी इज़्ज़त हल्की की। रोटी-बेटी का व्यवहार तो अपनी बराबरी वालों ही में होता है, बिरजू की मां! पर ससुरजी तो इसके रूप पर बिल्कुल लट्टू ही हो गए थे। मैं सुंदर नहीं तो क्या मुझे सुंदरता की परख भी नहीं है? न जाने कितनी सुंदरियां देखी हैं, यह तो उनके पैरों की धूल के बराबर भी न होगी। मालूम होता है, उमर के साथ-साथ ससुरजी की आंखें भी सठिया गई हैं, मंझले राजा को डुबो दिया।

बिरजू की मां उनकी हां में हां मिलाती हुई बोली—सुंदर तो है रानी जी! जैसी आप लोग हैं वैसी ही है, पर अभी बच्ची है। जवान होगी तो रूप और निखर आएगा।

बड़ी रानी तिलमिला उठीं और बोली—रूप निखरेगा पत्थर! होनहार बिरवान के होत चीकने पात। निखरनेवाला रूप सामने ही दिखता है।

फिर वे ज़रा विरक्ति के भाव में बोली, उंह, जाने भी दो, अच्छा हो या बुरा हमें करना ही क्या है?

जब मैं वहां अकेली रह गई, सारी औरतें चली गईं तो मेरी मां के घर की खवासन ने, सूना कमरा देखकर, मेरा मुंह खोल दिया। शीशा उठाकर मैंने एक बार अपना मुंह ध्यान से देखा, फिर रख दिया। ढूंढने से भी मुझे अपने रूप-रंग में कोई ऐब न मिला।

पहली बार केवल पांच दिन ससुराल रहकर मैं अपने पिता के साथ मायके आ गई। ससुराल के पांच दिन मुझे पांच वर्ष की तरह मालूम हुए। मैंने जो रानीपने का सुनहला सपना देखा था, वह दूर हो चुका था। ससुराल से लौटकर मैंने तो कुछ नहीं कहा, किंतु खवासन ने वहां के सब हाल-चाल बतलाए। मां ने कहा, तो क्या रानी केवल कहने के लिए होती हैं? भीतर का हाल हमारे घरों से भी गया-बीता होता है?

मैं अपनी मां के साथ मुश्किल से महीना-सवा महीना ही रह पाई थी कि मुझे बुलाने के लिए ससुराल से संदेशा आया। राजाओं की इच्छा के विरुद्ध तिल-भर भी मेरे पिताजी कैसे जाते? न चाहते हुए भी उन्हें मेरी विदाई करनी पड़ी। इतनी जल्दी ससुराल जाना मुझे जरा भी अच्छा न लगा; परंतु क्या करती, लाचार थी। सावन में, जबकि सब लड़कियां ससुराल से मायके आती हैं, मैं ससुराल रूपी क़ैदखाने में बंद होने चली। देवर के साथ फिर मोटर पर बैठी। इस बार मैंने अपना छोटा-सा हारमोनियम भी साथ रख लिया था।

फिर ससुराल पहुंची। पहली बार तो मेरे साथ मां के घर की खवासन थी, इस बार उस हारमोनियम और थोड़ी-सी पुस्तकों को छोड़कर कोई न था। मेरा जी एक कमरे में चुपचाप बैठे-बैठे घबराया करता। घर में कोई ऐसा न था जिससे घंटे-दो घंटे बातचीत करके जी बहलाती। केवल छोटे राजा, मेरे देवर की बातें मुझे अच्छी लगती थीं। किंतु वे भी मेरे पास कभी-कभी, और अधिकतर बड़ी रानी की नजर

बचाकर ही आते थे। मैं सारे दिन पुस्तकें पढ़ा करती, पर पुस्तकें थीं ही कितनी? आठ-दस दिनों में सब पढ़ डालीं। छोटे राजा कभी-कभी मुझे अखबार भी ला दिया करते थे किंतु सबकी आंख बचाकर।

घर में सब काम के लिए नौकर-चाकर और दास-दासियां थीं। मुझे घर में कोई काम न करना पड़ता था। मेरी सेवा में भी दो दासियां सदा बनी रहती थीं पर मुझे तो ऐसा मालूम होता था कि मैं उनके बीच में कैद हूं, क्योंकि मेरी राई-रत्ती भी बड़ी रानी के पास लगा दी जाती थी। उन दासियों में से यदि मैं किसी को किसी काम से कहीं भेजना चाहती तो वे मेरे कहने मात्र से ही कहीं न जा सकती थीं, उन्हें बड़ी रानी से हुक्म लेना पड़ता था। यदि उधर से स्वीकृति मिल जाती तो मेरा काम होता, अन्यथा नहीं। इसी प्रकार हर माह मुझे खज़ाने से हाथ-खर्च के लिए डेढ़ सौ रुपए मिलते थे; किंतु क्या मजाल कि उनमें एक पाई भी महाराजा से पूछे बिना खर्च कर दूं। भीतर के शासन की बागडोर बड़ी रानी के हाथ में थी, और बाहर की महाराजा मेरे ससुर के हाथ में। मेरे पति मंझले राजा, बड़े ही विलासप्रिय, मदिरा-सेवी, शिकार के शौकीन और न जाने क्या-क्या थे, मैं क्या बताऊं! वे बहुत सुंदर भी थे। किंतु उनके दर्शन मुझे दुर्लभ थे। चार-छै दिन में कभी घंटे-आध-घंटे के लिए वे मेरे कमरे में आ जाते तो मेरा अहोभाग्य समझो। उनकी रूप-माधुरी को एक बार जी-भर पीने के लिए मेरी आंखें आज तक प्यासी हैं किंतु मेरे जीवन में यह अवसर कभी न आया।

इस दिखावटी वैभव के अंदर मैं किसी प्रकार अपने जीवन को घसीटे जा रही थी। इसी समय मेरे अंधकारपूर्ण जीवन में प्रकाश की एक सुनहली किरण का आगमन हुआ।

छोटे राजा की उमर सत्रह-अठारह साल की थी। वे बड़े नेक और होनहार युवक थे। घर में पढ़ने-लिखने का शौक केवल उन्हीं को था। छोटे राजा मैट्रिक की तैयारी कर रहे थे और एक मास्टर बाबू उन्हें पढ़ाया करते थे। घर में आने-जाने की उन्हें पूर्ण स्वतंत्रता थी। घर में स्त्रियों की आवश्यक वस्तुएं बाहर से मंगवा देना भी मास्टर बाबू के ही ज़िम्मे था। इरालिए वे घर में सबसे ज्यादा परिचित थे।

विवाह के बाद से ही बड़ी रानी मुझसे नाराज़ थीं। उन्हें मेरी चाल-ढाल, रहन-सहन जरा भी न सुहाती। वे हर बात में मेरे ऐब ही ढूँढ़ निकालने की फ़िराक़ में रहतीं। तिल का ताड़ बनाकर, मेरी ज़रा-ज़रा-सी बात को वे परिचित या अपरिचित, जो कोई आता उससे कहतीं। शायद वे मेरी सुंदरता को मेरे ऐबों से ढंक देना चाहती थीं। वही बात उन्होंने मास्टर बाबू के साथ भी की। वे तो घर में रोज़ ही आते थे, और रोज़ उनसे मेरी शिकायत होने लगी। किंतु इसका असर उल्टा ही हुआ। मैंने देखा, तिरस्कार की जगह मास्टर बाबू का व्यवहार मेरे प्रति अधिक मधुर और आदरपूर्ण होने लगा।

छोटे राजा को मेरा गाना बहुत अच्छा लगता। वे बहुधा मुझसे गाने के लिए आग्रह करते। मुझे तो अब गाने-बजाने की ओर कोई विशेष रुचि रह नहीं गई थी; किंतु छोटे राजा के आग्रह से मैं अब भी कभी-कभी गा दिया करती थी। एक दिन

की बात है। जाड़े के दिन थे किंतु आकाश बादलों से फिर भी ढंका था। मैं अपने कमरे में बैठी एक मासिक पत्रिका के पन्ने उलट रही थी। इतने में छोटे राजा आए और मुझसे बोले—मंझली भाभी, कुछ गाकर सुनाओ।

मैंने बहुत टाल-मटोल की, किंतु छोटे राजा न माने और उन्होंने बाजा उठाकर सामने रख ही दिया। मैंने हारमोनियम पर गीतगोविंद का यह पद छेड़ा—

बिहरत हरिरिह सरस बसंते
नृत्यति युवति जनेन् समं विरहिजनस्य दुरंते।
ललित लवंग लता परिशीलन कोमल मलय समीरे।
मधुकर निकर करंबित कोकिल कुंजन कुंज कुटीरे।

मास्टर बाबू भी, न जाने कैसे और कहां से आए और पीछे चुपचाप खड़े हो गए। छोटे राजा की मुस्कराहट से मैं भांप गई। पीछे फिरकर उन्हें देखा तो हारमोनियम सरकाकर मैं चुपचाप बैठ गई। वे भी हंसकर वहीं बैठ गए, बोले, मंझली रानी! आप इतना अच्छा गा सकती हैं, मैंने आज ही जाना।

छोटे राजा—अच्छा न गाती होतीं तो क्या मैं मूर्ख था, जो इनके गाने के पीछे अपना समय नष्ट करता?

इधर ये बातें हो रही थीं कि दूसरी तरफ़ से पैर पटकती हुई बड़ी रानी कमरे में आईं और क्रोध से बोलीं, यह घर तो अब भले आदमी का घर कहने लायक रह ही नहीं गया है। लाज-शरम तो सब जैसे धोके पी ली हो। बाप रे बाप! हद हो गई! जैसे हल्के घर की है, वैसी ही हल्की बातें यहां भी करती है। पास-पड़ोस वाले सुनते होंगे तो क्या कहते होंगे? यही न, कि मंझले राजा की रानी रंडियों की तरह गा रही है। बाबा! इस कुल में तो ऐसा कभी नहीं हुआ, कुल को तो न लजवाओ देवी! बाप के घर जाना तो भीतर क्या, चाहे सड़क पर गाती फिरना। किंतु यहां यह सब न होने पावेगा। तुम्हें क्या? घर के भीतर बैठी-बैठी चाहे जो कुछ करो, वहां आदमियों की तो नाक कटती है!

एक सांस में इतनी सब बात कहके बड़ी रानी चली गईं।

मैंने सोचा, शराब पीकर रंडियों की बांह में बांह डालकर टहलने में आदमियों की नाक नहीं कटती! ग़रीबों पर मनमाने जुल्म करने पर नाक नहीं कटती! नाक कटती है मेरे गाने से, सो अब मैं बाजे को कभी हाथ ही न लगाऊंगी। उस दिन से मैंने फिर बाजे को कभी नहीं छुआ और न छोटे राजा ने ही कभी मुझसे गाने का आग्रह किया। यदि वे आग्रह करते, तब भी मुझमें बाजा छूने का साहस न था।

इस घटना के कई दिन बाद एक दिन मास्टर बाबू छोटे राजा को पढ़ाकर ऊपर से नीचे उतर रहे थे और मैं नीचे से ऊपर जा रही थी। आखिरी सीढ़ी पर ही मेरी उनसे भेंट हो गई। वे ठिठक गए, बोले—कैसी हो मंझली रानी?

—जीती हूं।

—खुश रहा करो। इस प्रकार रहने से आखिर कुछ लाभ?

—जी को कैसे समझाऊं, मास्टर बाबू?

—अच्छी-अच्छी पुस्तकें पढ़ा करो। उनसे अच्छा साथी संसार में तुम्हें कोई न मिलेगा।

—पर मैं अच्छी-अच्छी पुस्तकें लाऊं कहां से?

—लाने का ज़िम्मा मेरा।

—यदि आप अच्छी पुस्तकें ला दिया करें तो इससे अच्छी और बात ही क्या हो सकती है?

—यह कौन बड़ी बात है मंझली रानी! मेरे पास बहुत-सी पुस्तकें रखी हैं। उनमें से कुछ मैं तुम्हें ला दूंगा।

इस कृपा के लिए उन्हें धन्यवाद देती हुई मैं ऊपर चली और वे बाहर चले गए। मैंने ऊपर आंख उठाकर देखा तो बड़ी रानी खड़ी हुई तीव्र दृष्टि से मेरी ओर देख रही थीं। मैं कुछ भी न बोलकर नीची निगाह किए हुए अपने कमरे में चली गई।

दूसरे दिन मास्टर बाबू समय से कुछ पहले ही आए। उनके हाथ में कुछ पुस्तकें थीं। वे छोटे राजा के कमरे में न जाकर सीधे मेरे कमरे में आए और बाहर से ही आवाज़ दी। किंतु दोनों दासियों में से उस समय एक भी हाजिर न थी। इसलिए मैंने ही उनसे कहा, 'आइए मास्टर बाबू!' वे आकर बैठ गए। किताबों और लेखकों के नाम बतलाकर वे मुझे किताबें देने लगे—ये महात्मा गांधी की 'आत्मकथा' के दो भाग हैं, यह है बाबू प्रेमचन्द की 'रंगभूमि', इसके भी दो भाग हैं। यह मैथिली बाबू का 'साकेत' और यह पंत जी का 'पल्लव'। इसके अतिरिक्त और भी बहुत-सी पुस्तकें हैं। इन्हें तुम पढ़ लोगी, तब मैं तुम्हें और ला दूंगा।'

इसके बाद वे 'साकेत' उठाकर, उर्मिला से लक्ष्मण की विदा का जो सुंदर चित्र मैथिली बाबू ने अंकित किया है, मुझे पढ़कर सुनाने लगे। इतने ही में मुझे वहां बड़ी रानी की झलक दिख पड़ी और उसके साथ मेरे कमरे के दोनों दरवाज़े फटाफट बंद हो गए। मास्टर बाबू ने एक बार मेरी तरफ, फिर दरवाज़े की तरफ देखा और बोले, भाई, यह दरवाजा किसने बंद कर दिया है? खोल दो।

जब कोई उत्तर न मिला तो मुझे क्रोध आ गया। मैंने तीव्र स्वर में कहा, यह दरवाजा किसने बंद किया है, खोलो, क्या मालूम नहीं है कि हम लोग भीतर बैठे हैं?

बड़ी रानी की कर्कश आवाज सुनाई दी, ठहरो, अभी खोल दिया जाएगा। तुम लोग भीतर हो, यही दिखाने के लिए दरवाजा बंद किया गया है। पर देखनेवाले भी ज़रा आ जाएं। यह नारकीय लीला अब ज्यादा दिन न चल सकेगी।

नारकीय लीला! मेरा माथा ठनका, हे भगवान! क्या पुस्तक पढ़ना भी नारकीय लीला है? इस प्रकार लगभग पंद्रह मिनट हम लोग बंद रहे। गुस्से में मास्टर बाबू का चेहरा लाल हो रहा था। उधर बाहर बड़े राजा, मंझले राजा और महाराजा जी की आवाज मुझे सुनाई दी। और उसके साथ ही कमरे का दरवाजा खुल गया।

बड़ी रानी बोलीं, मेरी बातों पर तो कोई विश्वास ही नहीं करता था, अब अपनी आंखों देखो। आंखें धोखा तो नहीं खा रही हैं?

आज तक मैंने मंझले राजा की विलासी मूर्ति देखी थी। आज मैंने उनका रुद्र रूप भी देखा। क्रोध से पैर पटकते हुए वे बोले—किरणकुमार, इस कमरे में तुम किसके हुक्म से आए?

मास्टर बाबू भी उसी स्वर में बोले, मुझे किस कमरे में जाने का हुक्म नहीं है?

बड़े राजा बोले, मास्टर बाबू, अब यहां से चले जाओ, इसी में तुम्हारा कुशल है।

वे बोले—मुझे ऐसा कुशल नहीं चाहिए। मैं पापी नहीं हूं जो कायर की तरह भाग जाऊंगा। जाने से पहिले मैं आपको बतला देना चाहता हूं कि मैं और मंझली रानी दोनों ही पवित्र और निर्दोष हैं। यह हरकत ईर्ष्या और जलन के कारण की गई है।

बड़ी रानी गरज उठीं, उल्टा चोर कोतवाल को डांटे! चोरी की चोरी उस पर से सीनाजोरी। मैं! मैं ईर्ष्या करूंगी तुमसे? तुम हो किस खेत की मूली? मैं तुम्हें समझती क्या हूं? तुम हो एक अदना-से नौकर और यह है कल की छोकरी, सो भी किसी रईस के घर की नहीं। ईर्ष्या तो उससे की जाती है जो अपनी बराबरी का हो।

फिर बड़े राजा की तरफ मुड़कर बोलीं—तुम इसे ठोकर मारके निकलवा क्यों नहीं देते? तुम्हारे सामने ही खड़ा-खड़ा ज़बान लड़ा रहा है, और तुम सुन रहे हो! पहिले ही कहा था कि नौकर-चाकर को ज्यादा मुंह न लगाया करो।

महाराज बड़े गुस्से से बोले—किरणकुमार, चले जाओ!

इसी समय न जाने कहां से छोटे राजा आ पड़े और मास्टर बाबू को जबरदस्ती पकड़कर अपने साथ लिवा ले गए। वे चले गए तो मुझ पर क्या बीती होगी, कहने की आवश्यकता नहीं। समझ लेने की बात है। नतीजा सबका यह हुआ कि उसी दिन एक चिट्ठी के साथ सदा के लिए मैं बिदा कर दी गई। एक इक्के पर बैठाकर चपरासी मुझे मां के घर पहुंचाने गया। चिट्ठी मेरे पिताजी के नाम थी, जिसमें लिखा था कि, 'आपकी पुत्री भ्रष्टा है, इसने हमारे कुल में दाग लगा दिया है। इसके लिए अब हमारे घर में जगह नहीं है।' बात की बात में सारे मुहल्ले भर में मेरे भ्रष्ट आचरण की बात फैल गई। यहां तक कि मेरे घर पहुंचने से पहिले ही यह बात घर तक पहुंच गई थी।

जब मैं पिता के घर पहुंची, शाम हो चुकी थी। इस बीच माताजी का देहांत हो चुका था। भाई भी तीनों कालेज में थे। घर पर मुझे केवल पिताजी मिले। उन्होंने मुझे अंदर न जाने दिया। बाहर दालान में ही बैठाया। चिट्ठी पढ़ने के बाद वे तड़प उठे। बोले—जब यह भ्रष्ट हो चुकी है तो इसे यहां क्यों लाए? रास्ते में कोई खाई-खंदक न मिला जहां ढकेल देते? इसे मैं अपने घर रखूंगा? जाए, कहीं भी मरे। मुझे क्या करना है!

मैं पिताजी के पैरों पर लोट गई। रोती-रोती बोली, पिताजी, मैं निर्दोष हूं।

पिताजी दो कदम पीछे हट गए और कड़ककर बोले, दूर रह चांडालिन! निर्दोष तू होती तो इतना बवंडर ही क्यों उठता? उन्हें क्या पागल कुत्ते ने काटा था जो बैठे-बिठाए अपनी बदनामी करवाते? जा, जहां जगह मिले समा जा। मेरे घर में तेरे लिए जगह नहीं है। क्या करूं, अंग्रेज़ी राज न होता तो बोटी-बोटी काटकर फेंक देता।

इस हो-हल्ले में समाज से कई ऊंची नाकवाले अगुआ और कई पास-पड़ोस वाले भी जमा हो गए। सबने मेरे भ्रष्ट आचरण की बात सुनी और घृणा से मुंह बिचकाया।

एक बोला, नहीं भाई, अब तो यह घर में रखने लायक नहीं। जब ससुराल वालों ने ही निकाल दिया तो क्या पंडित रामभजन अपने घर रखकर जात में अपना हुक्का-पानी बंद करवाएंगे।

दूसरे ने पिताजी पर पानी चढ़ाया, अरे भाई! घर में रक्खें तो रखने दो, उनकी लड़की है। पर हम तो पंडित जी के दरवाजे पर पैर न देंगे।

मैं फिर एक बार भीतर जाने के लिए दरवाजे की तरफ झुकी; किंतु पिताजी ने एक झटके से मुझे दरवाजे से कई हाथ दूर फेंक दिया। कुल में दाग तो मैंने लगा ही दिया था, वे मुझे घर में रखकर क्या जात-बाहर भी हो जाते? मैं दूर जा गिरी और गिरकर बेहोश हो गई। मुझे जब होश आया तब मेरे घर का दरवाजा बंद हो चुका था और मुहल्ले भर में सन्नाटा छाया था। कभी-कभी एक-दो कुत्तों के भूंकने का शब्द सुन पड़ता था। मैं उठी, बहुत कुछ सोचने के बाद स्टेशन की तरफ चली। एक कुत्ता भूंक उठा, जैसे कह रहा हो कि अब इस मुहल्ले में तुम्हारे लिए जगह नहीं है। जब मैं स्टेशन पहुंची एक गाड़ी तैयार खड़ी थी। बिना कुछ सोचे-विचारे मैं गाड़ी के एक जनाने डिब्बे में बैठ गई। गाड़ी कितनी देर तक चलती रही, कहां-कहां खड़ी हुई, कौन-कौन से स्टेशन बीच में आए, मुझे कुछ पता नहीं; किंतु सबेरे जब ट्रेन कानपुर पहुंचकर रुक गई और एक रेलवे कर्मचारी ने आकर मुझे उतरने को कहा तो मैं जैसे चौंक-सी पड़ी। मैंने देखा पूरी ट्रेन यात्रियों से खाली हो गई है, स्टेशन पर भी यात्री बहुत कम थे। ट्रेन से उतरकर मेरी समझ में ही न आता था कि कहां जाऊं। कल इस समय तक जो एक महल की रानी थी, आज उसके खड़े होने के लिए भी स्थान न था। बहुत देर बाद मुझे एकाएक खयाल आया कि सत्याग्रह-संग्राम तो छिड़ा ही हुआ है, क्यों न मैं भी चलकर स्वयंसेविका बन जाऊं और देश-सेवा में जीवन बिता दूं। पूछती हुई मैं किसी प्रकार कांग्रेस-दफ्तर पहुंची। वहां पर दो-तीन व्यक्ति बैठे थे, उन्होंने मुझे पूछा कि मेरे पास किसी कांग्रेस कमेटी का प्रमाण-पत्र है? मैंने कहा 'नहीं।' तो उन्होंने मुझे स्वयंसेविका बनाने से इनकार कर दिया। इसके बाद मैं इसी प्रकार कई संस्थाओं और सुधारकों के दरवाज़े-दरवाज़े भटकी। किंतु मुझे कहीं भी आश्रय न मिला। विवश होकर मैं भूखी-प्यासी चल पड़ी। किंतु जाती कहां? थककर एक पेड़ के नीचे बैठ गई। मैंने अपनी अवस्था पर विचार किया। मैं आज रानी से पथ की भिखारिन हो चुकी थी, मेरे सामने अब भिक्षावृत्ति को छोड़कर दूसरा उपाय ही क्या था। इसी समय न जाने कहां से एक भिखारिन बुढ़िया भी उसी पेड़ के नीचे कई छोटी-छोटी पोटलियां लिए हुए आकर बैठ गई। बड़े इत्मीनान के साथ अपने दिन-भर के मांगे हुए आटे, दाल, चावल को अपने चीथड़े में अच्छी तरह बांधकर बुढ़िया ने मेरी तरफ देखा। मैंने भी उसकी ओर देखा। दुःख में भी एक प्रकार का आकर्षण होता है, जिसने क्षण-भर में ही हम दोनों को एक कर दिया। भिखारिन बहुत बूढ़ी थी, उसे आंख से कम दिख पड़ता था। भिक्षा-वृत्ति करने के लिए अब उसे किसी साथी या सहारे की ज़रूरत थी। मैं उसी के साथ रहने लगी।

कई बार मैंने आत्महत्या करनी चाही किंतु उस समय ऐसा मालूम होता कि जैसे कोई हाथ पकड़ लेता हो। मैं आत्मघात भी न कर सकी। लगातार एक साल तक भिखारिणी के साथ रहकर मुझे भीख मांगना न आया। आता भी कैसे? अतएव मैं बुढ़िया का हाथ पकड़कर उसे सहारा देती हुई चलती, भीख वही मांगा करती। मैं जवान थी, सुंदर थी, फटे-चीथड़े और मैले कुचैले वेश में भी मैं अपना रूप न छिपा सकती, मेरा रूप ही हर जगह मेरा दुश्मन हो जाता। अपने सतीत्व की रक्षा हेतु मुझे बहुत सचेत रहना पड़ता था और इसीलिए मुझे जल्दी-जल्दी स्थान बदलना पड़ता था।

मेरे बदन की साड़ी फटकर तार-तार हो गई थी। बदन ढंकने के लिए साबित कपड़ा भी न था। प्रयाग में माघी अमावस्या के दिन बड़ा भारी मेला लगता है। बुढ़िया ने कहा, वहां चलने पर हमें तीन-चार महीने भर खाने को मिल जाएगा और कपड़ों के लिए पैसे भी मिल जाएंगे। मैं बूढ़ी के साथ पैदल ही प्रयाग के लिए चल पड़ी।

मांगते-खाते कई दिनों में हम लोग प्रयाग पहुंचे। यहां पूरे महीने भर मेला रहता है। दूर-दूर के बहुत से यात्री आते हैं। हम लोग रोज सड़क किनारे एक कपड़ा बिछाकर बैठ जाते और दिन-भर भिक्षा मांगकर शाम को एक पेड़ के नीचे अलाव जलाकर सो जाते। एक दिन इसी प्रकार शाम को जब हम दिन भर की भिक्षावृत्ति के बाद लौट रहे थे, एक बग्घी निकली जिसमें कुछ स्त्रियां थीं। बुढ़िया एक पैसे के लिए हाथ फैलाकर गाड़ी के पीछे-पीछे दौड़ी। कुछ देर बाद गाड़ी के अंदर से एक पैसा फेंका गया। शाम को धुंधले प्रकाश में बुढ़िया जल्दी पैसा देख न सकी। वह पैसा देखने के लिए कुछ देर झुकी रही। उसी समय, एक मोटर पीछे से और एक सामने से आ गई। बुढ़िया ने बचना चाहा, मोटरवाले ने भी बहुत बचाया, पर बुढ़िया मोटर की चपेट में आ ही गई। उसे गहरी चोट लगी और उसे बचाने की चेष्टा में मुझे भी काफी चोट आई। जिस मोटर की चपेट हमलोगों को लगी थी, उस मोटरवाले ने पीछे मुड़कर देखा भी नहीं, किंतु दूसरी मोटरवाले रुक गए। उसमें से दो व्यक्ति उतरे। मेरे मुंह से सहसा एक चीख निकल गई...।

कई दिनों तक लगातार बुखार के बाद जिस दिन मुझे होश आया, मैंने अपने आपको एक जनाने अस्पताल के परदा वार्ड के कमरे में पाया। एक खाट पर मैं पड़ी थी, मेरे पास ही दूसरी खाट पर भिखारिणी मरणासन्न अवस्था में पड़ी थी। मैं खाट से उठकर बैठने लगी तो मास्टर बाबू पास ही कुर्सी पर बैठे कुछ पढ़ रहे थे। मुझे उठते देखकर पास आकर बोले, अभी आप न उठें। बिना डॉक्टर की अनुमति के आपको खाट से उठना नहीं है।

'क्यों? मैं पथ की भिखारिणी, मुझे ये साफ-सुथरे कपड़े, नरम-नरम बिछौने क्यों चाहिए? कल से तो मुझे फिर वही गली-गली की ठोकर खानी पड़ेगी न?'

उनकी बड़ी-बड़ी आंखें सजल हो गईं। वे बड़े ही करुण स्वर में बोले, मंझली

रानी! क्या तुम मुझे क्षमा न करोगी? तुम्हारा अपराधी तो मैं ही हूं न? मेरे ही कारण तो आज तुम राजरानी से पथ की भिखारिणी बन गई हो।

जब मुझे उन्होंने 'मंझली रानी' कहकर बुलाया तो मैं चौंक पड़ी। सहसा मेरे मुंह से निकल गया, 'मास्टर बाबू!'

दो-तीन दिन में मैं पूर्ण स्वस्थ हो गई। परंतु भिखारिणी की हालत न सुधर सकी, एक दिन उसने अपनी जीवन-लीला समाप्त कर दी। उसके अंतिम संस्कारों से निवृत्त होकर मैं मास्टर बाबू के साथ उनके बंगले में रहने लगी। किंतु मैं अभी तक नहीं जान सकी कि वे मेरे कौन हैं? वे मुझ पर माता की तरह ममता और पिता की तरह प्यार करते हैं, भाई की तरह सहायता और मित्र की तरह नेक सलाह देते हैं, पति की तरह रक्षा और पुत्र की तरह आदर करते हैं। कुछ न होते हुए भी वे मेरे सब कुछ हैं। और सब कुछ होते हुए भी वे मेरे कुछ नहीं हैं।

•

परिवर्तन

ठाकुर खेतसिंह—इस नाम को सुनते ही लोगों के मुँह पर घृणा और प्रतिहिंसा के भाव जाग्रत हो जाते थे। किंतु उनके सामने किसी को उनके खिलाफ़ चूँ करने की भी हिम्मत न पड़ती। प्रत्यक्ष या अप्रत्यक्ष, किसी भी रूप से कोई ठाकुर खेतसिंह के विरुद्ध एक तिनका न हिला सकता था। खुले तौर पर उनके विरुद्ध कुछ भी कह देना कोई मामूली बात न थी। दो-चार शब्द कहकर कोई ठाकुर साहब का तो कुछ बिगाड़ न सकता परन्तु अपनी आफत अवश्य बुला लेता था।

एक बार इसी प्रकार ठाकुर साहब के किसी कृत्य पर अफ़सोस ज़ाहिर करते हुए मैकू अहीर ने कहा कि 'हैं तो इतने बड़े आदमी पर काम ऐसे करते हैं कि कमीन भी करते लजायगा।' बस, इतना कहना था कि बात नमक-मिर्च लगकर ठाकुर साहब के पास पहुँच गई और बेचारे मैकू की शामत आ गई। दूसरे दिन ड्योढ़ी पर मैकू बुलाया गया। दरवाज़ा बंद करके भीतर ठाकुर साहब ने मैकू की खूब मरम्मत करवायी और साथ ही यह ताकीद भी कर दी गई कि यदि इसकी खबर ज़रा भी बाहर गई तो वह इस बार गोली का ही निशाना बनेगा। मैकू तो यह ज़हर का-सा घूँट पीकर रह गया, किंतु मैकू की स्त्री सुखिया से न रहा गया, उसने दस-बीस खरी-खोटी बककर अपने दिल के फफोले फोड़े ही। किंतु यह असंभव था कि सुखिया दस-बीस खरी-खोटी सुना जाए और ठाकुर साहब को इसकी खबर न लगे।

नतीजा यह हुआ कि उसी रात को मैकू के झोपड़े में आग लग गई और उसकी गेहूँ की लहराती हुई फसल घोड़ों से कुचलवा दी गई। दूसरे दिन बेचारे मैकू को बोरिया-बधना बाँधकर वह गाँव ही छोड़ देना पड़ा।

ठाकुर खेतसिंह बड़े भारी इलाक़ेदार थे, सोलह हज़ार सालाना सरकारी लगान देते थे। दरवाज़े पर हाथी झूमा करता। घोड़े, गाड़ी, मोटर और भी न जाने क्या-क्या उनके पास था। दो संतरी किरच बाँधे चौबीसों घंटे फाटक पर बने रहते। जब बाहर निकलते सदा दस-बीस लठैत जवान साथ होते। उस इलाक़े में न जाने कितने बैठे-बैठे मुफ्त खा रहे थे और न जाने कितने मटियामेट हो गए थे। पर इस पर टीका-टिप्पणी करके कौन आफ़त मोल ले? ठाकुर साहब का आतंक इलाके भर में छाया हुआ था। उनकी नादिरशाही को कौन नहीं जानता था? किसी की सुंदर बहू-बेटी ठाकुर साहब के नज़र तले पड़ भर जाय और उनकी तबीयत आ जाए, तो फिर चाहे आकाश-पाताल एक ही क्यों न करना पड़े, किसी न किसी तरह वह ठाकुर साहब

के ज़नानखाने में पहुँच ही जाती थी। स्टेशन पर भी उनके गुर्गे लगे रहते जो सदा इस बात की टोह में रहते कि कोई सुंदरी स्त्री यहाँ पर आ जाय तो वह किसी प्रकार बहकाकर, धोखा देकर ठाकुर साहब के ज़नानखाने में दाखिल कर दी जाय। इसके लिए उन्हें इनाम दिया जाता। उड़ाया हुआ माल जिस कीमत का होता, इनाम भी उसी के अनुसार दिया जाता था।

ठाकुर साहब के सब रिश्तेदार उनकी इन हरकतों से नाराज़ रहते थे। प्रायः उनके घर का आना-जाना छोड़-सा दिया था। किंतु ठाकुर साहब अपनी वासना और धन के मद से इतने दीवाने हो रहे थे कि उनके घर कोई आवे चाहे न आवे उन्हें ज़रा भी परवाह न थी।

हेतसिंह ठाकुर साहब का चचेरा भाई था। छुटपन से ही वह ठाकुर साहब का आश्रित था। ठाकुर साहब हेतसिंह पर स्नेह भी सगे भाई की तरह रखते थे। वह बी.ए. फाइनल का विद्यार्थी था। बड़ा ही नेक और सच्चरित्र युवक था। ठाकुर साहब के इन कृत्यों से हेतसिंह को हार्दिक घृणा थी। प्रजा पर ठाकुर साहब का अत्याचार उससे सहा न जाता था। एक दिन इसी प्रकार किसी बात से नाराज़ होकर उसने घर छोड़ दिया। कहाँ गया, कुछ पता नहीं। ठाकुर साहब ने कुछ दिन तक तो उसकी खोज करवायी, फिर उन्हें इन व्यर्थ की बातों के लिए फुरसत ही कहाँ थी? वे तो अपना जीवन सफल कर रहे थे!

एक वर्ष बाद एक दिन फिर वह गाँव में आया। और उसी दिन ठाकुर साहब के यहाँ एक कुम्हार की नवविवाहिता सुंदर बहू उड़ाकर लायी गई थी। कुम्हार के घर हाय-हाय मची हुई थी। उसी समय हेतसिंह उधर से निकले। उन्हें देखते ही कुम्हार ने उनसे अपना दुखड़ा रोया। हेतसिंह का क्रोध फिर ताज़ा हो गया। इसी प्रकार के एक क़िस्से से नाराज़ होकर हेतसिंह ने घर छोड़ा था। कहाँ तो वह भाई से मिलकर पिछली नाराज़ी को दूर करने आए थे, कहाँ फिर वही किस्सा सामने आ गया। वही प्रतिहिंसा के भाव फिर से हृदय में जाग्रत हो उठे। घृणा और क्रोध से उनका चेहरा लाल हो गया। जेब में हाथ डालकर देखा, रिवाल्वर भरा हुआ था। जब हेतसिंह घर पहुँचे उस समय ठाकुर साहब अपने मुसाहिबों के पास बैठे थे। हेतसिंह को देखते ही बड़े प्रसन्न होकर बोले—आओ भाई हेतसिंह, कहाँ थे अभी तक? बहुत दिनों में आए। बिना कुछ कहे-सुने ही तुम कहाँ चले गए थे?

हेतसिंह ने ठाकुर साहब को किसी बात का उत्तर नहीं दिया। वह तो अपनी ही धुन में था, बोला—भैया, क्या मनका कुम्हार की बहू घर में है? यदि हो तो आप उसे वापिस पहुँचवा दीजिये।

ठाकुर साहब की त्योरियाँ चढ़ गईं। क्रोध को दबाते हुए बोले--हेतसिंह, तुम कल के छोकरे हो। तुम्हें इन बातों में न पड़ना चाहिए। जाओ, हाथ-मुँह धोकर कुछ खाओ-पियो!

हेतसिंह ने तीव्र स्वर में कहा—पर मैं क्या कहता हूँ!! मनका कुम्हार की बहू को आप वापस पहुँचवा दीजिये।

—मैंने एक बार तुम्हें समझा दिया कि तुम्हें मेरे निजी मामलों में दखल देने की ज़रूरत नहीं है।

—फिर भी मैं पूछता हूँ कि आप उसे वापस पहुँचावेंगे या नहीं?

खेतसिंह गंभीरता से बोले—मैं तुम्हारी किसी बात का उत्तर देना नहीं चाहता, मेरे सामने से चले जाओ।

हेतसिंह अब न सह सके, जेब से रिवाल्वर निकालकर लगातार तीन फायर किए, किंतु तीनों निशाने ठीक न पड़े। ठाकुर साहब जरा इधर-उधर हो जाने से साफ बच गए। हेतसिंह उसी समय पकड़ा गया। हत्या करने की चेष्टा के अपराध में उसे पाँच साल की सख्त सज़ा हो गई। इसके कुछ ही दिन बाद मैनपुरी षड्यन्त्र केस पर उसके ऊपर दूसरा मामला भी चलाया गया जिसमें उसे सात साल की सज़ा और हो गई। ठाकुर साहब का बाल भी बाँका न हो सका।

यद्यपि ठाकुर साहब के घर उनके कोई भी रिश्तेदार न आते थे किन्तु फिर भी ठाकुर साहब कभी-कभी अपने रिश्तेदारों के यहाँ हो आया करते थे। ठाकुर साहब की बुआ की लड़की चंपा का ब्याह था। एक मामूली छपा हुआ निमंत्रण पत्र पाकर ही वे विवाह में जाने को तैयार हो गए। चम्पा ने जब सुना कि ठाकुर साहब आए हैं तो उसने उन्हें अंदर बुलवा भेजा। चम्पा को हेतसिंह के जेल जाने से बड़ा कष्ट हो रहा था। वह इस विषय में ठाकुर साहब के कुछ पूछना चाहती थी।

चम्पा के निडर स्वभाव और उसकी स्पष्टवादिता से ठाकुर साहब अच्छी तरह परिचित थे। पहले तो वे चम्पा के सामने जाने में कुछ झिझके। फिर आखिर में उन्हें जाना ही पड़ा। न जाने क्यों वे चम्पा का लिहाज़ भी करते थे। साधारण कुशलप्रश्न के पश्चात् चम्पा ने उनसे हेतसिंह के विषय में पूछा। ठाकुर साहब ने अफ़सोस ज़ाहिर करते हुए कहा—क्या करें, भूल तो हो ही गई।

"दादा, अब आप इन आदतों को छोड़ दें तो अच्छा हो।"

कुछ अनभिज्ञता प्रकट करते हुए ठाकुर साहब बोले—कौन-सी आदत बेटी?

चम्पा ने मार्मिक दृष्टि से उनकी ओर देखा और चुप हो गई।

ठाकुर साहब कुछ झेंप-से गए, बोले—बेटी! मैं कुछ नहीं करता, तुझे विश्वास न हो तो चलकर एक बार अपनी आँखों से देख ले। वैसे तो लोग न जाने कितनी झूठ खबरें उड़ाया करेंगे पर तुझे तो विश्वास न करना चाहिए।

चम्पा का विवाह हो गया। चम्पा ससुराल गई और ठाकुर साहब आए अपने घर।

घर आने पर भी चम्पा की वह मार्मिक दृष्टि उनके हृदय पर रह-रहकर आघात करती रही। बहुत बार उन्होंने सोचा कि मैं इन आदतों को क्यों न छोड़ दूँ? जीवन में न जाने कितने पाप किये हैं अब उनका प्रायश्चित्त भी तो करना ही चाहिए। अब नरेंद्र (उनका लड़का) भी समझदार हो गया है। उसके सिर पर घर-द्वार छोड़कर क्यों न कुछ दिन तक पवित्र काशी में जाकर गंगा किनारे भगवद्भजन करूँ? आधी उम्र तो जा ही चुकी है। क्या जीवन-भर यही करता रहूँगा? मेरे इन आचरणों का प्रभाव नरेंद्र पर भी तो पड़ सकता है। किंतु पानी के बुलबुलों के समान यह विचार

उनके दिमाग़ में क्षण भर के लिए आते और चले जाते। उनका कार्यक्रम ज्यों का त्यों जारी था।

विवाह के कुछ दिन बाद चम्पा के पति नवलकिशोर के मित्र संतोष ने नवलकिशोर को चम्पा समेत अपने घर आने का निमंत्रण दिया और यह लोग संतोष कुमार को बिना किसी प्रकार की सूचना दिए ही उसके घर के लिए रवाना हो गए—सूचना न देकर यह लोग अचानक पहुँचकर संतोष कुमार और बड़ी अम्मा को आश्चर्य में डाल देना चाहते थे। चंपा और नवलकिशोर अलीगढ़ के लिए रवाना हो गए। रास्ता बड़े आराम से कटा। गर्मी तो नाम को न थी। रिमझिम-रिमझिम बरसता हुआ पानी बड़ा ही सुहावना लग रहा था।

जब वे लोग अलीगढ़ स्टेशन पर उतरे, उस समय कुछ अंधेरा हो चला था। गाँव स्टेशन से पाँच-छः मील दूर था; इसलिए नवल ने सोचा कि स्टेशन पर ही भोजन करके तब गाँव के लिए रवाना होंगे। चम्पा को सामान के पास बिठाकर नवल भोजन की तलाश में निकला। हलवाई की दुकान पर सब चीज़ें तो ठीक थीं, पर पूरियाँ ज़रा ठंडी थी। वह ताज़ी पूरियाँ बनवाने के लिए वहीं ठहर गया।

इधर सामान के पास अकेले बैठे-बैठे चम्पा का जी ऊबने लगा। वह एक पुस्तक निकालकर पढ़ने लगी। थोड़ी देर के बाद ही एक आदमी ने आकर उससे कहा कि बाबू जी होटल में बैठे हैं, आपको बुला रहे हैं।

—पर वे तो खाना यहीं लाने वाले थे न?

''होटल यहाँ से करीब ही है। वे कहते हैं कि आप वहीं चल के भोजन कर लें। कच्चा खाना यहाँ लाने में सुभीता न पड़ेगा।''

उठते-उठते चम्पा ने कहा—सामान के पास कौन रहेगा?

''सामान तो कुली देखता रहेगा, आप फिक्र न करें; दस मिनट में तो आप वापिस आ जाएगी।

क्षणभर तक चम्पा ने न जाने क्या सोचा, फिर उस आदमी के साथ चल दी।

स्टेशन से बाहर पहुँचते ही उस आदमी ने पास के एक मकान की तरफ़ इशारा करके कहा, ''वह सामने होटल है, बाबूजी वहीं बैठे हैं।''

चम्पा ने जल्दी-जल्दी पैर बढ़ाए। पास ही एक मोटर खड़ी थी। उस आदमी ने पीछे से चम्पा को उठाकर मोटर में डाल दिया, मोटर नौ-दो ग्यारह हो गई। चम्पा का चीखना-चिल्लाना कुछ भी काम न आया।

आध घंटे के बाद जब नवल खाना लेकर लौटा तो चम्पा का कहीं पता न था। इधर-उधर बहुत खोज की। गाड़ी का एक-एक डिब्बा ढूँढ़ डाला, पर जब चम्पा कहीं न मिली, तो लाचार हो पुलिस में इत्तिला देनी पड़ी। परदेश में वह और कर ही क्या सकता था? किंतु वहाँ की पुलिस भी, ठाकुर साहब द्वारा कुछ चाँदी के सिक्कों के बल पर, सब कुछ जानती हुई अनजान बना दी जाती थी। फिर भला एक परदेशी की क्या सुनवाई होती? जब नवल किसी प्रकार चम्पा का पता न लगा सका, तो वह संतोषकुमार के गाँव भी न जा सका। वहीं धर्मशाला में ठहरकर चम्पा की खोज करने लगा।

मोटर पर चम्पा बेहोश हो गई थी। होश आने पर उसने अपने-आपको एक बड़े भारी मकान में क़ैद पाया। मकान की सजावट देखकर किसी बहुत बड़े आदमी का घर मालूम होता था। कमरे में चारों तरफ चार बड़े-बड़े शीशे लगे थे। दरवाज़ों और खिड़कियों पर सुंदर रेशमी परदे लटक रहे थे। दीवारों पर बहुत-सी अश्लील और साथ ही सुंदर तसवीरें लगी हुई थीं। एक तरफ एक बढ़िया ड्रेसिंग टेबिल रखा था, जिस पर शृंगार का सब सामान सजाया हुआ था। बड़ी-बड़ी आलमारियों में कीमती रेशमी कपड़े चुने हुए रखे थे। ज़मीन पर दरी थी, दरी पर एक बहुत बढ़िया क़ालीन बिछा था। क़ालीन पर दो-तीन मसनद करीने से रखे थे। आस-पास चार-छै आराम कुर्सियाँ और कोच पड़े थे। चम्पा मसनद पर गिर पड़ी और खूब रोयी। थोड़ी देर बाद दरवाज़ा खुला और एक बुढ़िया खाने की सामग्री लिए हुए अंदर आई। भोजन रखते हुए बोली—यह खाना है खा लो; अब रो-पीटकर क्या करोगी? यह तो यहाँ का रोज़ ही का कारबार है।

चम्पा ने भोजन को हाथ भी न लगाया। वह रोती ही रही और रोते-रोते कब उसे नींद आ गई, वह नहीं जानती। सबेरे जब उसकी नींद खुली, दिन चढ़ आया था। वहाँ पर एक स्त्री पहिले ही से उसकी कंघी-चोटी करने के लिए उपस्थित थी। उसने चम्पा के सिर से कंघी करनी चाही। किंतु एक झटके से चम्पा ने उसे दूर कर दिया। वह स्त्री बड़बड़ाती हुई चली गई।

इस प्रकार भूखी-प्यासी चम्पा ने एक दिन और दो रातें बिता दीं। तीसरे दिन सबेरे उठकर चम्पा शून्य दृष्टि से खिड़की से बाहर सड़क की ओर देख रही थी। किसी के पैरों की आहट सुनकर ज्यों ही उसने पीछे की ओर मुड़कर देखा, वह सहसा चिल्ला उठी—दादा!

ठाकुर खेतसिंह के मुँह से निकल गया—बेटी!

उस दिन से उस गाँव की किसी स्त्री पर कोई कुदृष्टि न डाल सका।

•

भग्नावशेष

न मैं कवि था न लेखक, पर मुझे कविताओं से प्रेम अवश्य था। क्यों था, यह नहीं जानता, परंतु प्रेम था, और खूब था। मैं प्रायः सभी कवियों की कविताओं को पढ़ा करता था, और जो मुझे अधिक रुचतीं, उनकी कटिंग भी अपने पास रख लेता था।

एक बार मैं ट्रेन से सफ़र कर रहा था। बीच में मुझे एक जगह गाड़ी बदलनी पड़ी। वह जंक्शन तो बड़ा था, परंतु स्टेशन पर खाने-पीने की सामग्री ठीक नहीं मिलती थी; इसलिए मुझे शहर जाना पड़ा। बाज़ार में पहुंचते ही मैंने देखा कि जगह-जगह पर बड़े-बड़े पोस्टर चिपके हुए थे जिनमें एक बृहत् कवि-सम्मेलन की सूचना थी, और ख़ास-ख़ास कवियों के नाम भी दिये हुए थे। मेरे लिए तो कवि-सम्मेलन का ही आकर्षण पर्याप्त था, कवियों की नामावली को देखकर मेरी उत्कंठा और भी अधिक बढ़ गई।

दूसरी ट्रेन से जाने का निश्चय कर, जब मैं सम्मेलन के स्थान पर पहुँचा तो उस समय कविता-पाठ प्रारम्भ हो चुका था और उर्दू के एक शायर अपनी जोशीली कविता मजलिस के सामने पेश कर रहे थे। दाद भी इतने ज़ोरों से दी जा रही थी कि कविता का सुनना भी कठिन हो गया था। खैर, मैं भी एक तरफ चुपचाप बैठ गया, परन्तु चेष्टा करने पर भी आंखें स्थिर न रहती थीं; किसी की खोज में वे बार-बार विह्वल-सी हो उठती थीं। कई कवियों ने अपनी-अपनी सुंदर रचनाएँ सुनायीं। सबके बाद एक श्रीमतीजी भी धीरे-धीरे मंच की ओर अग्रसर होती दीख पड़ीं। उनकी चाल-ढाल तथा रूपरेखा से ही असीम लज्जा एवं संकोच का यथेष्ट परिचय मिल रहा था। किसी प्रकार उन्होंने भी अपनी कविता शुरू की। अक्षर-अक्षर में इतनी वेदना भरी थी कि श्रोतागण मंत्रमुग्ध से होकर उस कविता को सुन रहे थे। वाह-वाह और खूब-खूब की तो बात ही क्या, लोगों ने जैसे साँस लेना तक बन्द कर दिया था। मेरा रोम-रोम उस कविता का स्वागत करने के लिए उत्सुक हो रहा था।

एक बार इस मूर्तिमती प्रतिभा का परिचय प्राप्त किये बिना उस नगर से चले जाना अब मेरे लिए असम्भव-सा हो गया। अतः इस निश्चय के अनुसार मैंने अपना जाना फिर कुछ समय के लिए टाल दिया।

उनका पता लगाकर, दूसरे ही दिन लगभग आठ बजे सबेरे मैं उनके निवास-स्थान पर जा पहुँचा और अपना विज़िटिंग कार्ड भिजवा दिया। कार्ड पाते ही एक अधेड़ सज्जन बाहर आए, और मैंने उनसे उत्सुकता से पूछा, "क्या श्रीमती...जी घर पर हैं?"

"जी हाँ। आइए बैठिए।"

आदर प्रदर्शित करते हुए मैंने कहा—कल के सम्मेलन में उनकी कविता मुझे बहुत पसन्द आयी। क्या एक साहित्य-प्रेमी के नाते मैं उनसे मिल सकता हूँ?"

एक कुर्सी पर बैठालते हुए वह बोले—वह मेरी लड़की है, मैं अभी बुलवाये देता हूँ।

उन्होंने तुरंत नौकर से भीतर सूचना भेजी और उसके कुछ ही क्षण बाद वे बाहर आती हुई दीख पड़ीं।

परिचय के पश्चात् बड़ी देर तक अनेक साहित्यिक विषयों पर उनसे बड़ी ही रुचिकर बातें होती रहीं। चलने का प्रस्ताव करते ही, उन्होंने संध्या-समय भोजन के लिए निमंत्रण दे डाला। इसे अस्वीकृत करना भी मेरी शक्ति के बाहर था। अतः दिन-भर वहीं उनके साथ रहने का सुअवसर प्राप्त हुआ। और इन थोड़े-से घंटों में ही उनकी असाधारण प्रतिभा देखकर मैं चकित हो गया। अब तक का मेरा आकर्षण सहसा भक्तियुक्त आदर में परिणत हो गया। भोजन के उपरान्त मुझे अपनी यात्रा प्रारंभ करनी ही पड़ी। परंतु मार्ग-भर मैं कुछ ऐसा अनुभव करता रहा जैसे कहीं मेरी कोई वस्तु छूट-सी गई है।

घर लौटकर मैंने उन्हें दो-एक पत्र लिखे पर उत्तर एक का भी न मिला। विवश था, चुप ही रहना पड़ा। किंतु उनकी कविताओं की खोज निरंतर ही किया करता था।

इधर कई महीनों से उनकी कविता भी देखने को नहीं मिली। न जाने क्यों, एक अज्ञात आशंका रह-रहकर मुझे भयभीत बनाने लगी। अंत में एक दिन उनसे मिलने की ठानकर, घर से चल ही तो पड़ा। चलने के साथ ही बायीं आँख फड़की, और बिल्ली रास्ता काट गई। इन अपशकुनों ने मेरी अनिश्चित आशंका को जैसे किसी भावी अमंगल का निश्चित रूप-सा दे दिया। वहाँ पहुँच कर देखा, मकान में ताला पड़ा है। हृदय धक् से हो गया। पता लगाने पर ज्ञात हुआ कि कई महीने हुए उनके पिता का देहान्त हो गया है; उनके मामा आकर उन्हें अपने साथ लिवा ले गए। बहुत खोज करने पर भी मैं उनके मामा के घर का पता न पा सका। इस प्रकार वे, एक हवा के झोंके की तरह, मेरे जीवन में आईं और चली भी गईं; मैं उनके विषय में कुछ भी न जान सका।

दस वर्ष बाद—

एक दिन फिर मैं कहीं सफर में जा रहा था। बीच में एक बड़े जंक्शन पर गाड़ी बदलनी थी। वहाँ पर दो लाइनों के लिए ट्रेन बदलती थी। मैं अपने कम्पार्टमेन्ट से उतरा, ठीक मेरे पास के ही, पर थर्ड-कलास के एक डिब्बे से एक स्त्री उतरी। उसका चेहरा सुन्दर, पर मुरझाया हुआ था; आँखें बड़ी-बड़ी, किंतु दृष्टि बड़ी ही कातर थी। कपड़े साधारण और कुछ मैले-से थे। गोद में एक साल-भर का बच्चा था, आस-पास और भी दो-तीन बच्चे थे। मैंने ध्यान से देखा, यह वे ही थीं! मैं झपटकर उनके पास गया। अचानक मुँह से निकल गया 'आप! यहाँ इस वेश में!!"

उन्होंने मेरी तरफ देखा, उनके मुँह से एक हल्की-सी चीख निकल गई, बोलीं—क्या! आप हैं?

मैंने कहा—हाँ, हूँ तो मैं ही, पर आपने कविता लिखना क्यों छोड़ दिया?

अब उनके संयम का बाँध टूट गया। उनकी आँखों से न जाने कितने बड़े-बड़े मोती बिखर गए। उन्होंने रुँधे हुए कंठ से कहा—लिखने-पढ़ने की बात अब आप मुझसे कुछ न पूछें।

इतने ही में एक तरफ से एक अधेड़ पुरुष आए। और आते ही शायद, उनके पास मेरा खड़ा रहना उन सज्जन को न सुहाया। इसीलिए उन्हें बहुत बुरी तरह से झिड़ककर बोले—यहाँ खड़ी-खड़ी बातें कर रही हो, कुछ खयाल भी है?

वे बोलीं—मेरे पिताजी के... वह अपना वाक्य पूरा भी न कर पायी थीं कि वे महापुरुष कड़क उठे—चलो भी, परिचय फिर हो लेगा।

उन्होंने मेरी तरफ एक बड़ी ही बेधक दृष्टि से देखा। दृष्टि में न जाने कितनी करुणा, कितनी विवशता, और कितनी कातरता भरी थी। वे अपने पति के पीछे-पीछे चली गईं।

प्लेटफार्म पर खड़ा मैं सोचता हूँ कि ये वही हैं या उनका भग्नावशेष!

•

होली

कल होली है।

—होगी।

—क्या तुम न मनाओगी?

—नहीं।

—नहीं?

—न।

—क्यों?

—क्या बताऊँ क्यों?

—आखिर कुछ सुनूँ भी तो।

—सुनकर क्या करोगे?

—जो करते बनेगा।

—तुमसे कुछ भी न बनेगा।

—तो भी।

—तो भी क्या कहूँ? क्या तुम नहीं जानते, होली या कोई भी त्यौहार वही मनाता है जो सुखी है। जिसके जीवन में किसी प्रकार का सुख नहीं, वह त्यौहार भला किस बिरते पर मनाये?

—तो क्या तुमसे होली खेलने न आऊँ?

—क्या करोगे आकर?

सकरुण दृष्टि से करुणा की ओर देखते हुए नरेश साइकिल उठाकर घर चल दिया। करुणा अपने घर के काम-काज में लग गई।

नरेश के जाने के आध घंटे बाद ही करुणा के पति जगत प्रसाद ने घर में प्रवेश किया। उनकी आँखें लाल थीं। मुँह से शराब की तेज़ बू आ रही थी। जलती हुई सिगरेट को एक ओर फेंकते हुए, वे कुर्सी खींचकर बैठ गए। भयभीत हिरणी की तरह पति की ओर देखते हुए करुणा ने पूछा—दो दिन तक घर नहीं आए, क्या कुछ तबियत खराब थी? यदि न आया करो तो खबर तो भिजवा दिया करो। मैं प्रतीक्षा में ही बैठी रहती हूँ।

उन्होंने करुणा की बातों पर कुछ भी ध्यान न दिया। जेब से रुपये निकालकर कर मेज़ पर ढेर लगाते हुए बोले—पंडितानी जी की तरह रोज़ ही सीख दिया करती हो कि जुआ न खेलो, शराब न पियो, यह न करो, वह न करो। यदि मैं जुआ न खेलता

तो आज मुझे इतने रुपये इकट्ठे कहाँ से मिल जाते? देखो, पूरे पन्द्रह सौ हैं। लो, इन्हें उठाकर रखो, पर मुझसे बिना पूछे इसमें से एक पाई भी खर्च न करना, समझीं।

करुणा जुए में जीते हुए रुपयों को मिट्टी समझती थी। गरीबी से दिन काटना उसे स्वीकार था, परन्तु चरित्र को भ्रष्ट करके धनवान बनना उसे प्रिय न था। वह जगत प्रसाद से बहुत डरती थी; इसलिए अपने स्वतन्त्र विचार वह कभी भी प्रकट न कर सकती थी। उसे इसका अनुभव कई बार हो चुका था। अपने स्वतन्त्र विचार प्रकट करने के लिए उसे कितना अपमान, कितनी लांछना और कितना तिरस्कार सहना पड़ा था। यही कारण था कि आज भी वह अपने विचारों को अन्दर ही अन्दर दबाकर दबी ज़बान से बोली—रुपया उठाकर तुम्हीं न रख दो? मेरे हाथ तो आटे में भिड़े हैं।

करुणा के इस उत्तर से जगत प्रसाद क्रोध से तिलमिला उठे और कड़ी आवाज़ से पूछा—क्या कहा?

करुणा कुछ न बोली, नीची नज़र किए हुए आटा सानती रही। इस चुप्पी से जगत प्रसाद का पारा 110 पर पहुँच गया। क्रोध के आवेश में रुपए उठाकर उन्होंने फिर जेब में रख लिए—यह तो मैं जानता ही था कि तुम यही करोगी। मैं तो समझा था इन दो-तीन दिनों में तुम्हारा दिमाग़ ठिकाने आ गया होगा। ऊटपटाँग बातें भूल गई होगी, परन्तु सोचना व्यर्थ था। तुम्हें अपनी विद्वत्ता का घमंड है तो मुझे भी कुछ है। लो, जाता हूँ। अब रहना सुख से! कहते-कहते जगत प्रसाद कमरे से बाहर निकलने लगे।

पीछे से दौड़कर करुणा ने उनके कोट का सिरा पकड़ लिया और विनीत स्वर में बोली—रोटी तो खा लो! मैं रुपये रखे लेती हूँ। क्यों नाराज़ होते हो?

एक ज़ोर के झटके के साथ कोट को छुड़ाकर जगत प्रसाद चल दिए। झटका लगने से करुणा पत्थर पर गिर पड़ी और सिर फट गया। खून की धारा बह चली, साड़ी और जाकेट लाल हो गई।

संध्या का समय था। पास ही बाबू भगवतीप्रसाद जी के सामने वाली चौक से सुरीली आवाज़ आ रही थी—

होली कैसे मनाऊँ?
सैंयां बिदेस, मैं द्वारे ठाढ़ी, कर मल-मल पछताऊँ।

होली के दीवाने भंग के नशे में चूर थे। गानेवाली नर्तकी पर रुपयों की बौछार हो रही थी। जगत प्रसाद को अपनी दुखिया पत्नी का खयाल भी न था। रुपया बरसानेवालों में उन्हीं का सबसे पहिला नम्बर था, इधर करुणा भूखी-प्यासी, छटपटाती हुई चारपाई पर करवटें बदल रही थी।

'भाभी, दरवाज़ा खोलो!'—किसी ने बाहर से आवाज़ दी। करुणा ने कष्ट के साथ उठकर दरवाज़ा खोल दिया। देखा तो सामने रंग की पिचकारी लिए हुए नरेश खड़ा था। हाथ से पिचकारी छूटकर गिर पड़ी। उसने साश्चर्य पूछा—भाभी, यह क्या?

करुणा की आँखें छलछला आयीं। उसने रुँधे हुए कंठ से कहा—यही तो मेरी होली है, भैया!

•

किस्मत

भौजी, तुम सदा सफ़ेद धोती क्यों पहिनती हो?

—मैं क्या बताऊँ, मुन्नी!

—क्यों भौजी! क्या तुम्हें अम्मा रंगीन धोती नहीं पहिनने देतीं?

—नहीं मुन्नी! मेरी किस्मत ही नहीं पहिनने देती, अम्मा भी क्या करें?

—किस्मत कौन है, भौजी! वह भी क्या अम्मा की तरह तुमसे लड़ा करती है और गालियाँ देती है?

सात साल की मुन्नी ने किशोरी के गले में बाँहें डाल कर पीठ पर झूलते हुए पूछा—किस्मत कहाँ है भौजी, मुझे भी बता दो।

सिल पर का पिसा हुआ मसाला कटोरी में उठाते हुए किशोरी ने एक ठंडी साँस ली, बोली—किस्मत कहाँ है, मुन्नी, क्या बताऊँ!

आँचल से आँसू पोंछकर किशोरी ने तरकारी बघार दी। खाना तैयार होने में अभी आधे घंटे की देर थी। इसी समय मुन्नी की माँ गरजती हुई चौके में आईं, बोलीं—दस साढ़े दस बज रहे हैं, अभी तक खाना भी नहीं बना! बच्चे क्या भूखे ही स्कूल चले जाएँगे। बाप-रे-बाप!! मैं तो इस कुलच्छनी से हैरान आ गई। घर में ऐसा कौन-सा भारी काम है, जो समय पर खाना भी नहीं तैयार होता? दुनिया में सभी औरतें काम करती हैं या तू ही अनोखी काम करने वाली है!

एक साँस में, मुन्नी की माँ इतनी बातें कह गईं और पटा बिछाकर चौके में बैठ गई। किशोरी ने डरते-डरते कहा—अम्माजी, अभी तो नौ भी नहीं बजे हैं, आधे घंटे से सब तैयार हो जाता है, तुम क्यों तकलीफ करती हो?

चिमटा खींच कर किशोरी को मारती हुई सास बोलीं—तू सच्ची और मैं झूठी? दस बार राँड से कह दिया कि ज़बान न लड़ाया कर, पर मुँह चलाए ही चली जाती है। भूली किस घमंड में है? तेरे सरीखी पचास को तो मैं उँगलियों पर नचा दूँ। चल हट, निकल चौके से!

आँख पोंछती हुई किशोरी चौके से बाहर हो गई। ज़रा-सी मुन्नी अपनी माँ का यह कठोर व्यवहार विस्मय-भरी आँखों से देखती रह गई। किशोरी के जाते ही वह भी चुपचाप उसके पीछे चली। किन्तु तुरन्त ही माता की डाँट से वह लौट पड़ी।

इस घर में प्रायः प्रतिदिन इस प्रकार होता रहता था।

बच्चे खाना खाकर, समय के आधे घंटा पहिले ही स्कूल पहुँच गए। खाना

बनाकर जब मुन्नी की माँ हाथ धो रही थीं तब उनके पति रामकिशोरी मुवक्क़िलों से किसी प्रकार छुट्टी पाकर घर आए। सुनसान घर देखकर बोले—बच्चे कहा गए सब?

नथुने फुलाती हुई मुन्नी की माँ ने कहा—स्कूल गए। और कहाँ जाते? कितना समय हो गया, कुछ खबर भी है?

घड़ी निकालकर देखते हुए रामकिशोर बोले—अभी साढ़े नौ ही तो बजे हैं। मुझे कचहरी भी तो जाना है न?

मुन्नी की माँ तड़पकर बोलीं—ज़रूर तुमने सुन लिया होगा? दुलारी बहू ने नौ कहा था और तुम साढ़े नौ पर पहुँच गए तो इतना ही क्या कम किया? तुम उसकी बात झूठी होने दोगे! मैं तो कहती हूँ कि इस घर में नौकर-चाकर तक का मान-मुलाहिज़ा है पर मेरा नहीं। सब सच्चे और मैं झूठी—कहके मुन्नी की माँ ज़ोर से रोने लगीं।

—मैं तो यह नहीं कहता कि तुम झूठी हो, घड़ी ही गलत हो गई होगी? फिर इसमें रोने की तो कोई बात नहीं है।

यह कहते-कहते रामकिशोरजी स्नान करने चले गए। वे अपनी स्त्री के स्वभाव को अच्छी तरह जानते थे। किशोरी के साथ वह कितना दुर्व्यवहार करती है, यह भी उनसे छिपा न था। ज़रा-ज़रा सी बात पर किशोरी को मार देना और गाली दे देना तो बहुत मामूली बात थी। यही कारण था कि बहू के प्रति उनका व्यवहार बड़ा ही आदर और प्रेमपूर्ण होता था। किशोरी उनके पहिले विवाह की पत्नी के एकमात्र बेटे की बहू थी। विवाह के कुछ ही दिन बाद निर्दयी विधाता ने बेचारी किशोरी का सौभाग्य-सिन्दूर पोंछ दिया। उसके मायके में भी कोई न था। वह अभागिनी विधवा सर्वथा दया ही की पात्र थी। किन्तु ज्यों-ज्यों मुन्नी की माँ देखतीं कि रामकिशोरजी का व्यवहार बहू के प्रति बहुत ही स्नेह-पूर्ण होता जाता है त्यों-त्यों किशोरी के साथ उनका द्वेष भाव बढ़ता ही जाता। रामकिशोर जी अपनी इस पत्नी से बहुत दबते थे। इन सब बातों को जानते हुए भी वह किशोरी पर किये जाने वाले अत्याचारों को रोक न सकते थे। सौ बात की एक बात तो यह थी कि पत्नी के खिलाफ़ कुछ कह के वे अपनी खोपड़ी के बाल न नुचवाना चाहते थे। इसलिए बहुधा वे चुप ही रह जाया करते थे।

आज भी जान गए कि कोई बात ज़रूर हुई है और किशोरी को ही भूखी-प्यासी पड़ा रहना पेड़गा। इसलिए वे कचहरी जाने से पहिले किशोरी के कमरे की तरफ गए और कहते गए कि—'भूखी न रहना बेटी। रोटी ज़रूर खा लेना नहीं तो मुझे बड़ा दुःख होगा।'

'रोटी ज़रूर खा लेना नहीं तो मुझे बड़ा दुःख होगा।' रामकिशोर का यह वाक्य मुन्नी की माँ ने सुन लिया। उनके सिर से पैर तक आग लग गई, मन-ही-मन सोचा—इस चुड़ैल पर इतना प्रेम! कचहरी जाते-जाते उसका लाड़ कर गए। खाना खाने के लिए खुशामद कर गए, मुझसे बात करने की भी फ़ुर्सत न थी? खाएगी खाना, देखती हूँ, क्या खाती है? अपने बाप का हाड़!

मुन्नी की माँ ने खाना खा चुकने के बाद, सब का सब खाना उठाकर कहारिन

को दे दिया और चौका उठाकर बाहर चली गईं। किशोरी जब चौके में गई तो सब बरतन खाली पड़े थे। भात के बटुए में दो-तीन कन चावल के लिपटे थे। किशोरी ने उन्हीं को निकाल कर मुँह में डाल लिया और पानी पीकर अपनी कोठरी में चली आयी।

आज रामकिशोर जी कचहरी में कुछ काम न होने के कारण जल्दी ही लौट आए। मुन्नी की माँ बाहर गई थीं। घर में पत्नी को कहीं न पाकर वे बहू की कोठरी की तरफ गए। बहू की दयनीय दशा को देखकर उनकी आँखें भर आयीं। आज चन्दन जीता होता तब भी क्या इसकी यही दशा रहती? अपनी भीरुता पर उन्होंने अपने-आपको न जाने कितना धिक्कारा। उसकी धोती कई जगह से फटकर सी जा चुकी थी। उस धोती से लज्जा निवारण भी कठिनाई से ही हो सकता था। बिछौने के नाम पर खाट पर कुछ चीथड़े थे। ज़मीन पर हाथ का तकिया लगाए वह पड़ी थी; उसे झपकी-सी लग गई थी। पैरों की आहट पाकर संकोच से ज़रा घूँघट सरकाने के लिए उसने ज्यों ही धोती खींची, धोती फट गई, हाथ का पकड़ा हुआ हिस्सा हाथ के साथ नीचे चला आया। रामकिशोर ने उसका कमल-सा मुरझाया हुआ चेहरा और डबडबाई हुई आँखें देखीं। उनका हृदय स्नेह से कातर हो उठा। वे ममत्व भरे मधुर स्वर में बोले :

—तुमने खाना खा लिया है बेटी!

किशोरी के मुँह से निकल गया 'नहीं', फिर वह सँभलकर बोली—'खा तो लिया है बाबू।'

रामकिशोर बोले—मुझे तो ऐसा मालूम होता है कि तुमने नहीं खाया है।

किशोरी कुछ न बोली, उसका मुँह दूसरी ओर था, आँसू टपक रहे थे और वह नाखून से धरती खुरच रही थी।

रामकिशोर फिर बोले—तुमने नहीं खाया न? मुझे दुःख है कि तुमने भी अपने बूढ़े ससुर की एक ज़रा-सी बात न मानी।

किशोरी को बड़ी ग्लानि हो रही थी कि वह क्या उत्तर दे। कुछ देर में बोली—बाबू, मैंने आप की आज्ञा का पालन किया है। जो कुछ चौके में था खा लिया है, झूठ नहीं कहती।

रामकिशोर को विश्वास न हुआ। कहारिन को बुलाकर पूछा तो कहारिन ने कहा—मेरे सामने तो बहू ने कुछ नहीं खाया। माँजी ने चौका पहले ही से खाली कर दिया था, खाती भी तो क्या?

पत्नी की नीचता पर कुपित और बहू के सौजन्य पर रामकिशोरजी पानी-पानी हो गए। आज उनकी जेब में 50 रुपये थे उसमें से दस निकालकर वे बहू को देते हुए बोले—यह रुपए रखो बेटी, तुम्हें यदि ज़रूरत पड़े तो खर्च करना। इसी समय आँधी की तरह मुन्नी की माँ ने कोठरी में प्रवेश किया। बीच से ही रुपयों को झपट कर छीन लिया, वह किशोरी के हाथ तक पहुंचने भी न पाए थे। गुस्से से तड़पकर बोली—बाप रे बाप! अँधेर हो गया; कलजुग जो न करावे सो थोड़ा है। अपने सिर पर की चाँदी की तो लाज रखते। बेटी-बहू के सूने घर में घुसते तुम्हें लाज भी न

आयी? तुम्हारे ही सर चढ़ाने से तो यह इतनी सर चढ़ी है। पर मैं न जानती थी कि बात इतनी बढ़ चुकी है। इस बुढ़ापे में गढ़े ही में जा के गिरे। राम, राम! इस पापी के बोझ से तो धरती दबी जाती है।

वे तीर की तरह कोठरी से निकल गईं। उनके पीछे ही रामकिशोर भी चुपचाप चले गए। वे बहुत वृद्ध न थे; परन्तु जीवन में नित्य होने वाली इन घटनाओं और जवान बेटे की मृत्यु से वे अपनी उमर के लिहाज से बहुत बूढ़े हो चुके थे। ग्लानि और क्षोभ से वे बाहर की बैठक में जाकर लेट गए। उन्हें रह-रहकर चन्दन की याद आ रही थी। तकिये में मुँह छिपाकर वह रो उठे। पीछे से आकर मुन्नी ने पिता के गले में बाँहें डाल दीं, पूछा—क्यों रोते हो बाबू? रामकिशोर ने विरक्त भाव से कहा—अपनी किस्मत के लिए बेटी!

सवेरे मुन्नी ने भौजी के मुँह से भी किस्मत का नाम सुना था और उसके बाद उसे रोते देखा था। इस समय जब उसने पिता को भी किस्मत के नाम से रोते देखा तो उसने विस्मित होकर पूछा—किस्मत कहाँ रहती है बाबू? क्या वह अम्मा की कोई लगती है?

मुन्नी के इस भोले प्रश्न से दुःख के समय भी रामकिशोरजी को हंसी आ गई और वे बोले—'हाँ, वह तुम्हारी माँ की बहिन है।'

मुन्नी ने विश्वास का भाव प्रकट करते हुए कहा—तभी वह तुम्हें भी और भौजी को रुलाया करती है।

•

थाती

क्यों रोती हूं? इसे नाहक पूछकर जले पर नमक न छिड़को! ज़रा ठहरो! जी भरकर रो भी तो लेने दो, न जाने कितने दिनों के बाद आज मुझे खुलकर रोने का अवसर मिला है। मुझे रोने में सुख मिलता है, शांति मिलती है, इसलिए मैं रोती हूं। रहने दो, इसमें बाधा न डालो, रोने दो।

क्या कहा? किसके लिए रोती हूं? आह!! उसे सुनकर क्या करोगे? उससे तुम्हें कुछ लाभ न होगा, पूछो ही न तो अच्छा है। मेरी यह पीड़ा ही तो मेरी संपत्ति है, जिसे मैं बड़ी सावधानी से अपने हृदय में छिपाए हूं। इतने पर भी सुनना ही चाहते हो तो लो कहती हूं। किंतु देखो! जो कहूं वही सुनना और कुछ न पूछना।

वे एक धनवान माता-पिता के बेटे थे। ईश्वर ने उन्हें अनुपम रूप दिया था। जैसा उनका कलेवर सुंदर था, उससे कहीं अधिक सुंदर था उनका हृदय। वे बड़े ही नेक, दयालु और उदार प्रकृति के पुरुष थे। गांव के बच्चे उन्हें देखते ही खुश हो जाते, बूढ़े आशीर्वाद की वर्षा करते, स्त्रियां उन्हें अपना सच्चा भाई और हितू समझतीं और नौजवान उनके इशारे पर नाचते थे। तात्पर्य यह कि वे सभी के प्यारे थे और सभी पर उनका स्नेह था।

मैं उन्हीं के गांव की बहू थी। मेरे पति वहीं प्राइमरी पाठशाला में मास्टर थे। घर में बूढ़ी सास थीं, मेरे पति थे और मैं थी। मंहगी का ज़माना था, साढ़े अट्ठाइस रुपए में मुश्किल से गुज़र होती थी। घर के प्रायः सभी छोटे-मोटे काम हाथ से ही करने पड़ते थे।

एक दिन की बात है, मैं वैसे ही ब्याहकर आई थी। मैं थी शहर की लड़की, वहां तो नलों से काम चलता था, भला कुएं से पानी भरना मैं क्या जानती? मेरी सास मुझे अपने साथ कुएं से पानी भरना सिखा रही थीं। अचानक वे न जाने कहां से आ गए, हंसकर बोले, ''क्या पानी भरने की शिक्षा दे रही हो, मांजी? आपने ऐसी अल्हड़ लड़की ब्याही ही क्यों, जिसे पानी भरना नहीं आता?'' मैंने घूंघट के भीतर से ही जरा-सा मुस्करा दिया।

सास ने कहा, ''बेटा! इसे कुछ नहीं आता! बस रोटी भर अच्छा बनाती है, न पीसना जाने न कूटना। गोबर से तो इसे जैसे घिन आती है, बड़ी मुश्किल से कहीं कंडे थापती है, तो उसके बाद दस बार हाथ धोती है। हम तो बेटा! गरीब आदमी हैं। हमारे घर में तो सभी कुछ करना पड़ेगा।''

दूसरे दिन मुझे अकेले ही पानी भरने जाना पड़ा। मैं रस्सी और घड़ा लेकर पानी भरने गई तो ज़रूर, पर दिल धड़क रहा था कि बनता है या नहीं। न सास साथ थीं, और न कोई कुएं पर ही था। मैंने घूंघट खोल लिया और रस्सी को अच्छी तरह घड़े के मुंह पर बांधकर कुएं में डाल दिया। 'डब' 'डब' करके बड़ी देर में कहीं घड़े में पानी भरा—उसे खींचने लगी। किसी प्रकार खिंचता ही न था। ज्यों-त्यों करके आधी रस्सी खींच पाई थी कि वे सामने से आते हुए दिखाई दिए। कुआं उनके अहाते के ही अंदर था और बंगले में जाने का रास्ता भी वहीं से था। सामने से वे आते हुए दिखे, लाज के मारे ज्यों ही मैंने घूंघट सरकाने के लिए एक हाथ से रस्सी छोड़ी, त्यों ही अकेला दूसरा हाथ पानी से भरे हुए घड़े का वजन न सम्हाल सका। झटके के साथ रस्सी समेत घड़ा कुएं में जा गिरा। मैं भी गिरते-गिरते बची। एक मिनट में यह सब कुछ हो गया। वे बंगले से कुएं के पास आ चुके थे। मैं बड़ी घबराई, घूंघट-ऊंघट सरकाना तो भूल गई, झुककर कुएं में देखनी लगी। मेरे पास तो रस्सी और घड़ा निकालने का कोई साधन ही न था, निरुपाय हो कातर दृष्टि से उनकी ओर देखा। मेरी अवस्था पर शायद उन्हें दया आई। वे पास आकर बोले, "आप घबराइए नहीं, मैं अभी घड़ा निकलवाए देता हूं," फिर कुछ ठहरकर मुस्कराते हुए बोले, "किंतु आपने यह साबित कर दिया कि आप शहर की एक अल्हड़ लड़की हैं।"

मैं ज़रा हंसी और अपना घूंघट सरकाने लगी। मुझे घूंघट सरकाते देख वे ज़रा मुस्कराए, मैं भी ज़रा हंस पड़ी पर कुछ बोली नहीं। उनके नौकर आए और देखते-ही-देखते रस्सी समेत घड़ा निकाल लिया गया। मैं घड़ा उठाकर अपने घर की तरफ चली। शब्दों में नहीं, किंतु कृतज्ञता भरी आंखों से मैंने उनसे कहा, "मैं आपके इस उपकार का बदला इस जीवन में कभी न चुका सकूंगी।" करीब पौन घंटा कुएं पर लग गया। अम्मा जी की घुड़कियों का डर तो लगा ही था। जल्दी-जल्दी आई, घड़े को घिनौची पर रख, रस्सी को खूंटी पर टांगने के लिए मैंने ज्योंही हाथ ऊपर उठाया, देखा कि एक हाथ का सोने का कंगन नहीं है। तुम कहोगी कि पानी भरने वाली और सोने के कंगन, यह कैसा मेल! यह भी बताती हूं, यह कंगन मेरी मां का था। मरते समय उन्होंने अनुरोध किया था कि यह कंगन ब्याह के समय मुझे पैर-पुजाई में दिया जाए। इस प्रकार यह कंगन मुझे मिला था। रस्सी टांगकर मैं फिर कुएं की तरफ भागी, देखा तो वे सामने से आ रहे थे। उन्होंने यह कहकर कि 'यह तुम्हारे अल्हड़पन की दूसरी निशानी है,' कंगन मेरी तरफ बढ़ा दिया। कंगन लेकर चुपचाप मैंने जेब में रख लिया और जल्दी-जल्दी घर आई।

घर आकर देखा, पतिदेव स्कूल से लौटे थे। अम्माजी बड़े क्रोध से उनसे कह रही थीं, "देखा नई बहू के लच्छन। एक घड़ा पानी भरने गई तो घंटे भर बाद लौटी और यहां पानी रखकर फिर दीवानी की तरह कुएं की तरफ भागी। मैंने तो पहिले ही कहा था कि शहर की लड़की न ब्याहो, पर तुम न माने। बेटा, भला यह हमारे घर निभने के लच्छन हैं? और सब तो सब, पर जमींदार के लड़के से बात किए बिना इसकी क्या अटकी थी? यह इधर से भागी जा रही थी, वह सामने से आ

रहा था। उसने जाने क्या इसे दिया और इसने लेकर जेब में रख लिया। मुझे तो ये बातें नहीं सुहातीं! फिर तुम्हारी बहू है, तुम जानो, बिगाड़ो चाहे बनाओ।"

मेरी तरफ उन्होंने गुस्से से देखकर पूछा, "क्या है तुम्हारी जेब में बतलाओ तो?"

मैंने कंगन निकालकर उनके सामने रख दिया। वे फिर डांटकर बोले, "यह उसके पास कैसे पहुंचा।"

मैंने डरते-डरते अपराधिनी की तरह आदि से लेकर अंत तक कुएं पर का सारा किस्सा उन्हें सुना दिया। उस पर अम्मा जी और पतिदेव दोनों ही की झिड़कियां मुझे सहनी पड़ीं। साथ ही ताकीद भी कर दी गई कि मैं अब उनसे कभी न बोलूं।

क्या पूछते हो? उनका नाम? रहने दो, मुझसे नाम न पूछो। उनका नाम ज़बान पर लाने का मुझे अधिकार ही क्या है? तुम्हें तो मेरी कहानी से मतलब है न? हां, तो मैं क्या कह रही थी? मुझसे कहा गया कि मैं उनसे कभी न बोलूं। यदि ये लोग फिर कभी मुझे उनसे बोलते देख लेंगे तो फिर कुशल नहीं। मैंने दीन भाव से कहा, मुझसे घर के सब काम करवा लो, पर कल से मैं पानी भरने न जाऊंगी।

इस पर पतिदेव बिगड़कर बोले—तुम पानी भरने न जाओगी तो मैं तुम्हें रानी बनाकर नहीं रख सकता। यहां तो जैसा कहूंगा वैसा करना पड़ेगा।

उसके बाद क्या बतलाऊं कि क्या-क्या हुआ? ज्यों-ज्यों मुझे उनसे बोलने को रोका गया, त्यों-त्यों एक बार जी भरकर उनसे बात करने के लिए मेरी उत्कंठा प्रबल होती गई। किंतु मेरी यह साध कभी न पूरी हुई। वे जाते-जाते एक-दो बातें बोल दिया करते, जिसके उत्तर में मैं केवल हंस दिया करती थी; लेकिन लोग यह भी न सह सके और तिल का ताड़ बन गया।

अब मुझ पर घर में अनेक प्रकार के अत्याचार होने लगे। हर दो-चार दिन बाद मुझ पर मार भी पड़ती; परंतु मैं कर ही क्या सकती थी? मैं तो उनसे बोलती भी न थी। और उनका बोलना बंद करना मेरी शक्ति से परे था। उन्होंने मुझसे कभी भी कोई ऐसी बात नहीं कही जो अनुचित कही जा सके। उन्हें तो शायद विधाता ने ही रोते हुओं को हंसा देने की कला सिखाई थी। वे ऐसी मीठी चुटकी लेते, कभी हंसी की बात भी करते तो इतनी सभ्यता से, इतनी नपी-तुली, कि मैं चाहे कितनी दुःखी होऊं, चाहे जितने रंज में होऊं, हंसी आ ही जाती थी।

किंतु धीरे-धीरे मुझ पर होने वाले अत्याचारों का पता उन्हें लग ही गया। उनके दयालु हृदय को इससे गहरी चोट पहुंची। उस दिन, अंतिम दिन जब मैं पानी भरने गई, वे कुएं पर आए और मुझसे बोले, मैं तुमसे कुछ कहना चाहता हूं।

उनके स्वर में पीड़ा थी, शब्दों में माधुर्य, और आंखों में न जाने कितनी करुणा का सागर उमड़ रहा था। मैंने आश्चर्य के साथ उनकी ओर देखा। आज पहिली ही बार तो इस प्रकार वे मेरे पास आकर बोले थे। उन्होंने कहा, पहली बात जो मैं तुमसे कहना चाहता हूं वह यह कि मेरे कारण तुम पर इतने अत्याचार हो रहे हैं। यदि मुझे पता चल जाता तो वे अत्याचार कब के बंद हो चुके होते। दूसरी बात जो मैं तुमसे कहने आया हूं वह यह कि आज से मैं तुम पर होते अत्याचार की

जड़ उखाड़कर फेंके देता हूं। तुम खुश रहना, मेरी अल्हड़ रानी! (वे मुझे इसी नाम से पुकारा करते थे) यदि मैं तुम्हें भूल सका तो फिर यहां लौटकर आऊंगा, नहीं तो आज ही सदा के लिए विदा होता हूं।

मुझ पर बिजली-सी गिरी। मैं कुछ बोल भी न पाई थी कि वे मेरी आंखों से ओझल हो गए। अब मेरी हालत पहिले से ज्यादा खराब थी। मेरा किसी काम में जी न लगता था। कलेजे में सदा एक आग-सी सुलगा करती। परंतु मुझे खुलकर रोने का अधिकार न था। अब तो सभी लोग मुझे पागल कहते हैं। मैं कुछ भी करूं, करने देते हैं। इसीलिए तो आज खुलकर रो सकती हूं और तुम्हें भी अपनी कहानी सुना सकती हूं। किंतु क्या तुम बता सकोगे कि वे कहां हैं? मैं एक बार उन्हें और देखना चाहती हूं। मेरी यह पीड़ा, मेरा यह उन्माद उन्हीं का दिया हुआ तो है। यदि कोई सहृदय उनका पता बता दे तो मैं उनकी थाती उन्हीं को सौंप दूं।

•

एकादशी

शहर-भर में डॉक्टर मिश्रा के मुक़ाबिले का कोई डॉक्टर न था। उनकी प्रैक्टिस खूब बढ़ी-चढ़ी थी। यशस्वी हाथ के साथ ही साथ वे बड़े विनोदप्रिय, मिलनसार और उदार भी थे। उनकी प्रसन्नमुद्रा और उनकी उत्साहजनक बातें मुर्दों में भी जान डाल देती थीं। रोता हुआ रोगी भी हँसने लगता था। वे रोगी के साथ इतनी घनिष्ठता दिखलाते कि जैसे बहुत निकट सम्बन्धी या मित्र हों। कभी-कभी तो बीमार की उदासी दूर करने के लिए, उसके हृदय में विश्वास और आशा का संचार करने के लिए वे रोगी के पास घंटों बैठकर न जाने कहाँ-कहाँ की बातें किया करते।

उन्हें बच्चों से भी विशेष प्रेम था। यही कारण था कि वे जिधर से निकल जाते बच्चे उनसे हाथ मिलाने के लिए दौड़ पड़ते। और सबसे अधिक बच्चों को अपने पास खींच लेने का आकर्षण उनके पास था—उनके जेब की मीठी गोलियाँ, जिन्हें वे केवल बच्चों के ही लिए रखा करते थे। वे होमियोपैथिक चिकित्सक थे। बच्चे उनसे मिलकर बिना दवा खाये मानते ही न थे; इसलिए उन्हें सदा अपने जेब में बिना दवा की गोलियाँ रखनी पड़ती थीं।

एक दिन इसी प्रकार बच्चों ने उन्हें आ घेरा। आज उनके ताँगे पर कुछ फल और मिठाई थी, जिसे उनके एक मरीज ने उनके बच्चों के लिए रख दिया था। डॉक्टर साहब ने आज दवा की मीठी गोलियों के स्थान में मिठाई देना आरम्भ किया। उन बच्चों में एक दस वर्ष की बालिका भी थी जिसे डॉक्टर साहब ने पहिली ही बार अपने इन छोटे-छोटे मित्रों में देखा था। बालिका की मुखाकृति और विशेषकर आँखों में एक ऐसी भोली और चुभती हुई मोहकता थी कि उसे स्मरण रखने के लिए उसके मुँह की ओर दूसरी बार देखने की आवश्यकता न थी। दूसरी बच्चों की तरह डॉक्टर साहब ने उसे भी मिठाई देने के लिए हाथ बढ़ाया। किन्तु बालिका ने कुछ लज्जा और संकोच के साथ सिमटकर सिर हिलाते हुए मिठाई लेने से इनकार कर दिया। बालक और मिठाई न ले, यह बात जरा विचित्र सी थी। डॉक्टर साहब ने एक की जगह दो लड्डू देते हुए उससे फिर बड़े प्रेम के साथ लेने के लिए आग्रह किया। बालिका ने फिर सिर हिलाकर अस्वीकृति की सूचना दी। तब डॉक्टर साहब ने पूछा—क्यों बिटिया, मिठाई क्यों नहीं लेती?

—आज एकादशी है। आज भी कोई मिठाई खाता है? डॉक्टर साहब हँस पड़े और बोले—यह इतने बच्चे खा रहे हैं सो?

—आदमी खा सकते हैं, औरतें नहीं खातीं। हमारी दादी कहती है कि हमें एकादशी के दिन अन्न नहीं खाना चाहिए।

—तो तुम एकादशी रहती हो?

—क्यों नहीं? हमारी दादी कहती हैं कि हमें नेम-धरम से रहना चाहिए।

डॉक्टर साहब ने दिन में बहुत से रोगी देखे, बहुत से बच्चों से प्यार किया और सम्भवतः दिन भर वह बालिका को भूले भी रहे। किन्तु रात को जब सोने के लिए लैम्प बुझाकर वे खाट पर लेटे तो बालिका की स्मृति उनके सामने आयी। वह लज्जा और संकोच भरी आँखें, वह भोला किन्तु दृढ़-निश्चयी चेहरा, वह मिठाई न लेने की अस्वीकृति का चित्र उनकी आँखों के सामने खिंच गया।

बाद में डॉक्टर साहब को मालूम हुआ कि वह एक दूर के मुहल्ले में रहती है। उसका पिता एक गरीब ब्राह्मण है, जो वहीं किसी मन्दिर में पुजारी का काम करता है। अभी दो वर्ष हुए जब बालिका का विवाह हुआ था और विवाह के छै महीने बाद ही वह विधवा भी हो गई। विधवा होते ही पुरानी प्रथा के अनुसार उसके बाल काट दिए गए थे। यही कारण था कि उसका सिर मुंडा हुआ था। उस परिवार में दो विधवाएँ थीं। एक तो पुजारी की बूढ़ी माँ, दूसरी यह अभागिनी बालिका। एक का जीवन अंधकारपूर्ण भूतकाल था जिसमें कुछ सुख-स्मृतियां धुँधली तारिकाओं की तरह चमक रही थीं। दूसरी के जीवन में था अंधकारपूर्ण भविष्य। परन्तु सन्तोष इतना ही था कि वह बालिका अभी उससे अपरिचित थी। दोनों की दिनचर्या (साठ और दस वर्ष की अवस्थाओं की दिनचर्या) एक-सी संयमपूर्ण और कठोर थी। बेचारी बालिका न जानती थी अभी उसके जीवन में संयम और यौवन के साथ युद्ध छिड़ेगा।

इस घटना को हुए प्रायः दस वर्ष बीत गए। डॉक्टर साहब उस शहर को अपनी प्रैक्टिस के लिए अपर्याप्त समझकर एक दूसरे बड़े शहर में चले गए। यहाँ उनकी डॉक्टरी और भी चमकी। वे ग़रीब-अमीर सभी के लिए सुलभ थे।

बड़ा शहर था। सभा-सोसाइटियों की भी खासी धूम रहती और हर सभा-सोसाइटीवाले यह चाहते कि डॉक्टर मिश्रा सरीखे प्रभावशाली और मिलनसार व्यक्ति उनकी सभा के सदस्य हो जाएँ। किन्तु डॉक्टर साहब को अपनी प्रैक्टिस से कम फुरसत मिलती थी। वे इन बातों से दूर ही दूर रहा करते थे।

इसी समय शुद्धि और संगठन की चर्चा ने ज़ोर पकड़ा। शताब्दियों से सोये हुए हिन्दुओं ने जाना कि उनकी संख्या दिनोंदिन कम होती जा रही है और विधर्मियों की, विशेषकर मुसलमानों की संख्या बें-हिसाब बढ़ रही है। यदि यही क्रम चलता रहा तो सौ-डेढ़ सौ वर्ष बाद हिन्दुस्तान में हिन्दुओं का नाम भले ही मिल जाए, किन्तु हिन्दू तो कहीं ढूँढ़ने से भी न मिलेंगे। सभी मुसलमान हो जाएँगे। इसलिए धर्मभ्रष्ट हिन्दू और दूसरे धर्मवालों को फिर से हिन्दू बनाने और हिन्दुओं के संगठन की सबको आवश्यकता मालूम होने लगी। आर्यसमाज ने बहुत बड़ा आयोजन करके दस-पाँच शुद्धियाँ भी कर डालीं। हिन्दू-समाज में बड़ी हलचल मच गई। बहुत से खुश थे और बहुत से पुराने खयाल वाले इन बातों को अनर्गल समझते थे।

उधर मुसलमान भी उत्तेजित हो उठे, तंज़ीम और तबलीग की स्थापना कर

दी गई। किन्तु डॉक्टर मिश्रा पर इसका प्रभाव कुछ भी न पड़ता। हिन्दू और मुसलमान दोनों ही समान रूप से उनके पास आते थे, और वे दोनों की चिकित्सा दत्तचित्त होकर करते। दोनों जाति के बच्चों को समान भाव से प्यार करते। उनकी आँखों में हिन्दुओं का शुद्धि-संगठन और मुसलमानों का तंज़ीम-तबलीग़ दोनों व्यर्थ के उत्पात थे।

एक दिन डॉक्टर साहब अपने दवाखाने में बैठे थे कि एक घबराया हुआ व्यक्ति जो देखने से साधारण परिस्थिति का मुसलमान मालूम होता था, उन्हें बुलाने आया। डॉक्टर साहब के पूछने पर उसने बतलाया कि उसकी स्त्री बहुत बीमार है। लगभग एक साल पहले उसे बच्चा हुआ था, उस समय वह अपने माँ-बाप के घर थी। देहात में उचित देखभाल न हो सकने के कारण वह बहुत बीमार हो गई, तब रहमान उसे अपने घर लिवा लाया। लेकिन दिनोंदिन तबियत खराब ही होती जाती है। डॉक्टर साहब उसके साथ तांगे में बैठकर बीमार को देखने के लिए चल दिए। एक तंग गली के मोड़ पर तांगा रुक गया। यहीं ज़रा आगे कुलिया से निकलकर रहमान का घर था। मकान कच्चा था, सामने के दरवाजे पर एक टाट का परदा पड़ा था, जो दो-तीन जगह से फटा हुआ था। उस पर किसी ने पान की पीक मार दी जिससे मटियाला-सा लाल धब्बा बन गया था। सामने ज़रा सी छपरी थी और बीच में एक कोठरी। यही कोठरी रहमान के सोने, उठने-बैठने की थी और यही रसोईघर भी थी। रहमान बीड़ी बनाया करता था। गीले दिनों में यही कोठरी बीड़ी बनाने का कारखाना भी बन जाती थीं क्योंकि छपरी में बौछार के मारे बैठना मुश्किल हो जाया करता था। कोठरी में दूसरी तरफ एक दरवाजा और था जिससे दिख रहा था कि पीछे एक छोटी सी छपरी और है जिसके कोने में टट्टी थी और टट्टी से कुछ-कुछ दुर्गन्ध भी आ रही थी। रहमान पहले भीतर गया, डॉक्टर साहब दरवाजे के बाहर ही खड़े थे। बाद में वे भी रहमान के बुलाने पर अन्दर गए। उनके अन्दर जाते ही एक मुर्गी जैसे नवागांतुक के भय से कुड़कुड़ाती हुई, पंख फटफटाती हुई, डॉक्टर साहब के पैरों के पास से बाहर निकल गई। डॉक्टर साहब को बैठने के लिए रहमान ने एक स्टूल रख दिया। उसकी स्त्री खाट पर लेटी थी।

वहाँ की गंदगी और कुंद हवा देखकर डॉक्टर साहब घबरा गए। बीमार की नब्ज़ देखकर उन्होंने उसके फेफड़ों को देखा, परन्तु सिवा कमज़ोरी के और कोई बीमारी उन्हें न देख पड़ी।

वे बोले--इन्हें कोई बीमारी तो नहीं है, यह सिर्फ बहुत ज्यादा कमज़ोर हैं। आप इन्हें शोरबा देते हैं?

रहमान--शोरबा यह जब लें तब न? मैं तो कह-कह के तंग आ गया हूँ। यह कुछ खाती ही नहीं। दूध और साबूदाना खाती हैं, उससे कहीं ताकत आती है।

डॉक्टर साहब ने पूछा--क्यों, क्या इन्हें शोरबे से परहेज़ है?

रहमान--परहेज़ क्या होगा डॉक्टर साहब? कहती हैं कि हमें हज़म ही नहीं होता।

डॉक्टर साहब ने हँस कर कहा--वाह हज़म कैसे न होगा, हम तो कहते हैं सब हज़म होगा।

—डॉक्टर साहब, इतनी मेहरबानी और कीजिएगा कि शोरबा इन्हें आप ही पिला जाइए, क्योंकि मैं जानता हूँ यह मेरी बात कभी न मानेंगी।

डॉक्टर साहब रहमान की स्त्री की तरफ़ मुड़कर बोले—कहिये आप हमारे कहने से थोड़ा शोरबा ले सकती हैं न? हज़म कराने का ज़िम्मा हम लेते हैं।

उसने डॉक्टर के आग्रह का कोई उत्तर नहीं दिया, सिर्फ सिर हिलाकर अस्वीकृति की सूचना ही दी। उसके मुँह पर लज्जा और संकोच के भाव थे। उसका मुँह दूसरी तरफ था जिससे साफ़ ज़ाहिर होता था कि वह डॉक्टर के सामने अपना मुँह ढाँक लेना चाहती है। डॉक्टर साहब ने फिर आग्रह किया—आपको आज मेरे सामने थोड़ा शोरबा लेना ही पड़ेगा; उससे आपको ज़रूर फायदा होगा।

इस पर भी उसने अस्वीकृति-सूचक सिर हिला दिया, कुछ बोली नहीं। इतने से ही डॉक्टर साहब हताश न होने वाले थे। उन्होंने रहमान से पूछा कि शोरबा तैयार हो तो थोड़ा लाओ, इन्हें पिलायें।

रहमान उत्सुकता के साथ कटोरा उठाकर पिछवाड़े साफ़ करने गया। इसी अवसर पर उसकी स्त्री ने आँख उठाकर अत्यन्त कातर दृष्टि से डॉक्टर साहब की ओर देखते हुए कहा—डॉक्टर साहब, मुझे माफ करें, मैं शोरबा नहीं ले सकती।

स्वर कुछ परिचित-सा था और आँखों में एक विशेष चितवन जिससे डॉक्टर साहब कुछ चकराये। एक धुँधली-सी स्मृति उनकी आँखों के सामने आ गई। उनके मुँह से अपने-आप निकल गया—क्यों?

छलकती हुई आँखों से स्त्री ने जवाब दिया—आज एकादशी है।

डॉक्टर साहब चौंक-से उठे। विस्फारित नेत्रों से उसकी ओर देखते रह गए। उसी दिन से डॉक्टर मिश्र भी शुद्धि और संगठन के पक्षपाती हो गए।

•

मछुए की बेटी

चौधरी और चौधराइन के लाड़-प्यार ने तिन्नी को बड़ी ही स्वच्छंद और उच्छृंखल बना दिया था। वह बड़ी निडर और कौतूहल-प्रिय थी। आधी रात, पिछली पहर, जब तिन्नी की इच्छा होती, वह नदी पर जाकर नाव खोलकर जल-विहार करती और स्वच्छ लहरों पर खेलती हुई चंद्रकिरणों की अठखेलियां देखती।

यही कन्या चौधरी की सब कुछ थी; फिर भी आज तक चौधरी उसका विवाह न कर सके थे, क्योंकि कन्या के योग्य कोई वर चौधरी को अपनी जात में दिख नहीं रहा था। इसीलिए तिन्नी अभी तक कुंआरी थी।

नदी के पार और उस पार से इस पार लाने का चौधरी ने ठेका ले रक्खा था। चौधरी की अनुपस्थिति में तिन्नी अपने पिता का काम बड़ी योग्यता से करती थी।

—आज इतनी जल्दी कहां जा रही हो तिन्नी?

—तुम नहीं जानते?

—क्या?

—यही कि राजा साहब आज उस पार जाएंगे।

—कौन राजा साहब?

—तुम्हें यह भी नहीं मालूम?

—मैं आज ही तो आया हूं।

—और अब तक कहां थे?

—अपने घर।

—मैं क्या रात-दिन घाट पर ही बनी रहती हूं न? इसलिए मुझे सब कुछ जानना चाहिए और तुम्हें कुछ भी नहीं। तुम मुझे वैसे ही तंग किया करते हो! जाओ, अब मैं तुमसे बात भी नहीं करूंगी।

तिन्नी को चिढ़ाकर उसकी क्रोधित मुद्रा को देखने में युवक को विशेष आनंद आता था। इसलिए वह प्रायः इसी प्रकार बेसिर-पैर के प्रश्न करके उसे चिढ़ा दिया करता था। किंतु आज तो बात ज़रा टेढ़ी हो गई थी। तिन्नी ने क्रोधावेश में यह प्रतिज्ञा ली थी कि अब वह युवक से बोलेगी ही नहीं। इसलिए मुंह फेरकर वह तेज़ी से घाट की ओर चल दी। युवक ने तिन्नी का रास्ता रोक लिया और बड़े विनीत और नम्र भाव से बोला—तिन्नी! सच बता दे मेरी तिन्नी! मैं तेरा डांड़ चला दूंगा, तेरा आधा काम कर दूंगा।

तिन्नी के क्रोधित मुख पर हंसी नाच गई। युवक उसके साथ डांड़ चलाएगा, उसे एक साथी मिल जाएगा, इस बात को सोचकर उसे बड़ी प्रसन्नता हुई। वह बोली, सच कहते हो? मेरे साथ तुम डांड़ चलाओगे? देखो, बापू नहीं हैं, मैं अकेली हूं। यदि तुम सचमुच मेरे साथ डांड़ चलाने को कहो, तो फिर बताती हूं।

—सच नहीं तो क्या झूठ? मैं डांड़ जरूर चलाऊंगा, पर पहिले तुझे बताना पड़ेगा, युवक ने कहा।

—इधर अपने पास कोई रियासत है न? वहीं के राजा साहब नदी के उस पास शिकार खेलने जाएंगे। महीना पंद्रह दिन का काम है मनोहर! खूब अच्छा रहेगा। खूब पैसे भी मिलेंगे। मैं तुम्हें भी दिया करूंगी। पर इतना वादा करो कि जब तक बापू न लौटकर आवें तुम रोज मेरे साथ डांड़ चलाया करोगे।

—यह कौन-सी बात है तिन्नी? यदि तू मान जा तो मैं तेरे साथ जीवन-भर डांड़ चलाने को तैयार हूं।

—तो जैसे मैंने कभी इन्कार किया हो! नेकी और पूछ-पूछ! तुम मेरा डांड़ चलाओ और मैं इन्कार कर दूंगी?

—तिन्नी, तू मुझसे ब्याह क्यों नहीं कर लेती? फिर हम दोनों जीवन-भर साथ-साथ डांड़ चलाते रहेंगे।

क्षण-भर के लिए तिन्नी के चेहरे पर लज्जा की लाली दौड़ गई। किंतु तुरंत वह संभलकर बोली, कहने के लिए तो कह गए मनोहर! किंतु आज मैं ब्याह के लिए तैयार हो जाऊं तो?

—तो मैं खुशी के मारे पागल हो जाऊं।

—फिर इसके बाद?

—फिर मैं तुम्हें रानी बनाकर अपने-आपको दुनिया का बादशाह समझूं।

—अपने-आपको बादशाह समझोगे, क्यों मनोहर? और मैं बनूंगी रानी। पर मैं रानी बनने के बाद डांड़ तो न चलाऊंगी, अभी से कहे देती हूं।

—तब मैं ही क्यों डांड़ चलाने लगा। मैं बनूंगा राजा, और तुम बनोगी मेरी रानी, फिर डांड़ चलाएंगे हमारे-तुम्हारे नौकर!

—अच्छा! यह बात है! कहकर तिन्नी खिलखिलाकर हंस पड़ी और दोनों हंसते हुए घाट की तरफ चले गए।

एक बड़ी नाव पर राजा साहब और उनके पुत्र कृष्णदेव अपने कई मुसाहिबों के साथ उस पार जाने के लिए बैठे। तिन्नी कई मछुओं और मनोहर के साथ डांड़ चलाने लगी। तिन्नी नाव भी खेती थी और मनोहर से हंस-हंसकर बातें भी करती जाती थी। वायु के झोंकों के साथ उड़ते हुए उसके काले घुंघराले बाल उसकी सुंदर मुखाकृति को और भी मोहक बना रहे थे। कृष्णदेव उसके मुंह की ओर किस स्थिरता के साथ देख रहे हैं, इस ओर तिन्नी का ध्यान ही न था। किंतु राजा साहब से पुत्र की मानसिक अवस्था छिपी न रही। युवा काल में उनके जीवन में कई बार ऐसे मौके आ चुके थे।

अब कृष्णदेव प्रायः प्रतिदिन जल-विहार के लिए नौका पर आते और डांड़

चलाने का काम बहुधा तिन्नी ही किया करती। कृष्णदेव के मूक प्रेम और आकर्षण ने तिन्नी को उनकी तरफ बहुत कुछ आकर्षित कर लिया था। जिस समय कृष्णदेव नौका पर आते, उस समय अन्य मछुओं के रहते हुए भी तिन्नी स्वयं ही नौका चलाती।

राजा साहब से कुछ छिपा न था। कुमार रोज़ जल-विहार के लिए जाते हैं, और तिन्नी ही नाव चलाया करती है, यह राजा साहब ने सुन लिया था। अतएव बात को इससे अधिक न बढ़ने देने के अभिप्राय से राजा साहब बिना शिकार खेले ही एक दिन अपनी रियासत को लौट गए। जाने को पिता के साथ कृष्णदेव भी गए; किंतु उनका हृदय मछुए के झोपड़े में तिन्नी के पास ही छूट गया था। रियासत पहुंचकर कृष्णदेव सदा उदास और न जाने किन विचारों में निमग्न रहा करते। शायद उन्हें रह-रहकर मनोहर के भाग्य पर ईर्ष्या होती थी। वह सोचते, मनोहर किस प्रकार तिन्नी के पास बैठकर नाव चलाया करता था। तिन्नी कैसी घुल-मिलकर हंसती हुई उससे बातें किया करती थी। एक मामूली आदमी होकर भी मनोहर कितना सुखी है। काश! मैं भी एक मछुआ होता और तिन्नी के पास बैठकर नाव चला सकता, तो कितना सुखी होता?

किंतु किसी से कुछ भी न कहते। हां, अब उन्हें आखेट में रुचि न थी। शतरंज के वे बहुत अच्छे खिलाड़ी थे; किंतु अब मुहरों की ओर उनसे आंख उठाकर देखा भी न जाता। अध्ययन से भी उन्हें बड़ा प्रेम था। उनकी लाइब्रेरी में विद्वान लेखकों की अच्छी-से-अच्छी पुस्तकें थीं; किंतु उन पर अब इंचों धूल जम रही थी।

यार-दोस्त आते, घंटों छेड़छाड़ करते, किंतु कृष्णदेव में तिलभर का भी परिवर्तन न होता। उनके अंतर्जगत में कितना भयंकर तूफान उठ रहा था, यह किसे मालूम था? कृष्णदेव अपनी वेदना चुपचाप पी रहे थे। किंतु उनकी आंतरिक पीड़ा को उनकी शारीरिक अवस्था बतला रही थी। उनका स्वास्थ्य दिनों-दिन गिरता जा रहा था।

पिता से पुत्र की बीमारी छिपी न थी। वे सब जानते थे। किंतु वे चाहते यह थे कि बात किसी प्रकार दबी-की-दबी रह जाए, उन्हें बीच में न पड़ना पड़े। कृष्णदेव उनका इकलौता पुत्र था। पुत्र की चिंता उन्हें रात-दिन बनी रहती थी। तिन्नी के अनिंदनीय रूप और चातुर्य ने राजा साहब को आकर्षित न किया हो, सो बात न थी। किंतु थी तो वह आखिर मछुए की ही बेटी! राजा साहब उससे कृष्णदेव का विवाह करते भी तो कैसे?

एक दिन राजा साहब कृष्णदेव के कमरे में गए। उस समय वह सोए हुए थे। आंखों के पास रोते-रोते गड्ढे से पड़ गए थे। चेहरा पीला-पीला और शरीर सूखकर कांटा-सा हो रहा था। मखमली बिछौने पर सोने वाला उनका दुलारा कृष्णदेव, जमीन पर ही एक चटाई के ऊपर बिना तकिए के, न जाने किस चिंता में पड़ा-पड़ा सो गया था। राजा साहब की आंखों में आंसू आ गए। वे कुछ न बोलकर चुपचाप कृष्णदेव के कमरे से बाहर निकल आए।

दूसरे ही दिन रियासत से तिन्नी समेत चौधरी का बुलावा हुआ। उन्हें शीघ्र-से-शीघ्र उपस्थित होने की आज्ञा थी और साथ ही उन्हें लेने के लिए सवारी भी आई थी। इस घटना ने मुहल्ले-भर में हलचल मचा दी। चौधरी बहुत घबराए।

सोचा, 'अवश्य ही मेरी अनुपस्थिति में इस उद्दंड लड़की ने कोई अनुचित व्यवहार कर दिया होगा। राजा साहब ज़रूर नाराज़ हैं, वर्ना तिन्नी समेत लाए जाने का कारण ही क्या हो सकता है! मुहल्लेवाले सभी चौधरी को समयोचित सीख देने आए। अपनी-अपनी समझ के अनुसार किसी ने कुछ कहा, किसी ने कुछ। तिन्नी का हृदय कुछ और ही बोल रहा था। तिन्नी पिता के पास मोटर पर बैठने ही वाली थी कि मनोहर ने आकर धीरे से तिन्नी से कहा :

—तिन्नी! कहीं राजकुमार ने तुम्हें अपनी रानी बनाने के लिए बुलाया हो तो?

—कुछ तुम मुझे अपनी रानी बनाते थे, कुछ राजकुमार बनाएंगे।

—तिन्नी! तुम सदा ही मेरे हृदय की रानी रही हो और रहोगी। आज ऐसी बातें क्यों करती हो?

—सो कैसे? बिना विवाह हुए ही मैं तुम्हारी या तुम्हारे हृदय की रानी कैसे बन सकती हूं?—तिन्नी ने रुखाई से पूछा।

—तिन्नी! रानी बनने के लिए विवाह ही थोड़े ज़रूरी है। जिसे हम प्यार करें वही हमारी रानी।

तिन्नी का चेहरा तमतमा गया। बोली, धत्! मैं ऐसी रानी नहीं बनना चाहती। ऐसी रानी से तो मछुए की बेटी भली! और मनोहर के उत्तर की प्रतीक्षा न करके पिता के पास जाकर मोटर पर बैठ गई। मोटर स्टार्ट हो गई।

जब ये लोग रियासत में राजा साहब के महल के सामने पहुंचे तब कुछ अंधेरा हो चला था। इनके पहुंचने की सूचना राजा साहब को दे दी गई। चौधरी पुत्री समेत महल के एक सूने कमरे में बुलाए गए। कमरे में राजा साहब और कृष्णदेव को छोड़कर कोई न था। डर के मारे चौधरी की तो हुलिया बिगड़ रही थी। किंतु तिन्नी मन-ही-मन मुस्करा रही थी। पिता-पुत्री का उचित सम्मान करने के उपरांत राजा साहब ने मछुए को संबोधन करके कहा—चौधरी, हमने तुम्हें किसलिए बुलाया है, कदाचित् तुम नहीं जानते।

चौधरी भय से कांप उठे। हाथ जोड़कर बोले, मैं तो महाराज का गुलाम हूं, सदा...

राजा साहब बात काटते हुए बोले, हम तुम्हारी इस कन्या को राजकुमार के लिए चाहते हैं।

तिन्नी ओठों के भीतर मुस्कराई और चौधरी आश्चर्य से चकित हो गए। एक बार राजा साहब की ओर, फिर तिन्नी की ओर देखा। सहसा चौधरी को इस बात पर विश्वास न हुआ। कहां मैं एक साधारण मछुआ, और कहां ये एक रियासत के राजा! हमारे बीच में कभी रिश्तेदारी भी हो सकती है? फिर न जाने क्या सोचकर भय-विह्वल चौधरी ने हाथ जोड़कर कहा, महाराज, यह कन्या मेरी नहीं है।

राजा साहब चौंक उठे। आश्चर्य से उन्होंने चौधरी से पूछा, फिर यह किसकी लड़की है?

हाथ जोड़े ही चौधरी बोले, महाराज, पंद्रह साल पहले की बात है, नदी में बहुत बाढ़ आई थी। उसी बाढ़ में, मेरे बुढ़ापे की लकड़ी यह कन्या मुझे मिली थी।

यह एक खाट पर बहती हुई आई थी और इसके गले में एक छोटी-सी सोने की तावीज़ थी।

तावीज़ का नाम सुनते ही राजा साहब को तावीज़ देखने की उत्सुकता हुई। उनके मस्तिष्क में किसी तावीज़ की धुंधली स्मृति छा गई। पिता के आदेश से तिन्नी गले से तावीज़ निकालने के लिए तावीज़ के धागे की गांठ खोलने लगी।

मछुए ने फिर कहना शुरू किया—महाराज! इस तावीज़ का भी बड़ा विचित्र किस्सा है। एक बार तावीज़ का धागा टूट गया, कई दिनों तक याद न रहने के कारण यह तावीज़ इसे न पहनाई जा सकी। बस महाराज, यह तो इतनी ज्यादा बीमार पड़ी कि मरने-जीने की नौबत आ गई। और फिर तावीज़ पहनाते ही बिना दवा-दारू के चंगी भी हो गई। तब से तावीज़ आज तक उसके गले में पड़ी है।

राजा साहब को स्मरण हो आया कि पंद्रह साल पहले उनकी लड़की भी टेन्ट के अंदर से बाढ़ में बह गई थी, जिसके गले में उन्होंने भी एक ज्योतिषी के आदेशानुसार तावीज़ पहनाई थी, उन्होंने एक बार कृष्णदेव, और फिर तिन्नी के मुंह की तरफ देखा। उन्हें उनके मुंह में बहुत कुछ समानता दिख पड़ी। तब तक तिन्नी ने गले से तावीज़ निकालकर राजा साहब के सामने कर दिया। राजकुमार का हृदय बड़े ही वेग से धड़क रहा था, तावीज़ हाथ में लेते ही राजा साहब ने 'मेरी कान्ती' कहते हुए तिन्नी को छाती से लगा लिया। यह वही तावीज़ था जिसे ज्योतिषी के आदेश से राजा साहब ने पुत्री के गले में पहनाया था।

पिता पुत्री और भाई-बहिन का यह अपूर्व सम्मिलन था। सबकी आंखों में प्रेम के आंसू उमड़ आए।

अब महल के पास चौधरी के रहने के लिए पक्का मकान बन गया है। चौधरी अपनी स्त्री समेत वहीं रहते हैं। अब उन्हें नाव नहीं चलानी पड़ती, रियासत की ओर से उनकी जीविका के लिए अच्छी रकम बांध दी गई है।

राजमहल में रहती हुई भी कान्ती, चौधरी के घर आकर तिन्नी हो जाती है और चौधरी के साथ उनकी थाली में बैठकर चौधराइन के हाथ की मोटी-मोटी रोटियां खा जाती है।

तिन्नी को बहन के रूप में पाकर कृष्णदेव को कम प्रसन्नता न थी। वे तिन्नी का साथ चाहते थे, चाहे वह पत्नी के रूप में हो या बहन के।

•

अनुरोध

कल रात को मैं जा रहा हूँ।

—जी नहीं, अभी आप न जा सकेंगे—आग्रह, अनुरोध और आदेश के स्वर में वीणा ने कहा।

निरंजन के ओठों पर हल्की मुस्कुराहट खेल गई। फिर बिना कुछ कहे ही उन्होंने अपनी जेब से एक पत्र निकालकर वीणा के सामने फेंक दिया और शान्त स्वर में बोले—मुझे तो कोई आपत्ति नहीं। आप इस पत्र को पढ़ लीजिए। इसके बाद भी यदि आपकी यही धारणा रही कि मैं न जाऊँ तो जब तक आप न कहेंगी मैं न जाऊँगा।

वीणा ने सर हिलाते हुए कहा—जी नहीं, रहने दीजिए, मैं कोई पत्र-वत्र न पढ़ूँगी और न आपको जाने दूँगी।

हल्की मुस्कुराहट के साथ निरंजन ने पत्र उठा लिया और बोले—आप न पढ़ना चाहें तो भले ही न पढ़ें पर...

उनकी बात को काटते हुए वीणा ने कहा—अच्छा लाइये, ज़रा देखूँ तो सही, किसका पत्र है? पत्र-लेखक मेरा कोई दुश्मन ही होगा जो इस प्रकार अनायास ही आपको मुझसे दूर खींच ले जाना चाहता है।

निरंजन हँस पड़े ओर हँसते-हँसते बोले—पत्र पढ़ लेने के बाद पत्र-लेखक को शायद आप अपना दुश्मन न समझकर मित्र समझें।

वीणा ने विरक्ति के भाव से कहा—जी नहीं, यह हो ही नहीं सकता। जो आपको मुझसे दूर खींच ले जाना चाहे, वह कोई भी हो, मैं तो उसे अपना दुश्मन ही कहूँगी।

निरंजन ने कहा—सच!! पर आप ऐसा क्यों सोचती हैं?

वीणा ने निरंजन की बात नहीं सुनी। वह तो पत्र पढ़ रही थी, जिसमें लिखा था—

‘‘मेरे प्राण...

एक महीना पहिले तुम्हारा पत्र आया था। तुमने लिखा था कि यहाँ का काम एक-दो दिन में निपटाकर रविवार तक घर अवश्य आ जाऊँगा। इसके बाद सोचो तो कितने रविवार निकल गए। रोज़ तुम्हारा रास्ता देखती हूँ। उधर से आनेवाली हर एक ट्रेन के समय उत्सुकता से कान दरवाज़े पर ही लगे रहते हैं। ऐसा मालूम होता है कि अब तांगा आया! अब दरवाज़े पर रुका! और अब तुम, मेरे प्राण, आकर

मुझे...क्या कहूँ। मैं जानती हूँ कि तुम अपना समय कहीं व्यर्थ ही नष्ट न करते होओगे; किन्तु फिर भी जी नहीं मानता। यदि पंख होते तो उड़कर तुम्हारे पास पहुँच जाती। तुम कब तक आओगे? जीती हुई भी मरी से गई-बीती हूँ।

जब दो पक्षियों को भी एक साथ देखती हूँ तो हृदय में हूक-सी उठती है। क्या यह लिख सकोगे कि कब तक मुझे प्रतीक्षा करनी पड़ेगी? वैसे तुम्हारी इच्छा, जब आना चाहो। पर मेरा तो जी यही कहता है कि पत्र के उत्तर में स्वयं ही चले जाओ।

—तुम्हारी।''

पत्र पढ़ते-पढ़ते कई बार वीणा के चेहरे पर विषाद की एक झलक आयी और चली गई। पढ़ने के पश्चात् पत्र को उसने चुपचाप निरंजन की ओर बढ़ा दिया। निरंजन ने पत्र लेकर जेब में रख लिया। कुछ क्षण तक दोनों चुपचाप बैठ रहे। फिर वही रोज़ का कार्यक्रम, उमरखैयाम की रुबाइयों का अनुवाद आरम्भ हो गया। निरंजन शान्त और अविचल थे। किन्तु वीणा स्वस्थ न थी। आज वह रुबाइयों को न तो ठीक तरह से पढ़ ही सकती थी और न उनका अनुवाद ही कर सकती थी। निरंजन से वीणा की मानसिक अवस्था छिपी न रह सकी। उन्होंने कहा—आज आप अनुवाद का काम रहने ही दें; कल हो जाएगा। चलिए, थोड़ी देर ग्रामोफोन सुनें।

बाजे में चाबी भर दी गई। रेकार्ड चढ़ा दिया। इन्दुबाला का गाना था—''सजन तुम काहे को नेहा लगाये।'' एक दो तीन—वीणा ने बार-बार इसी रेकार्ड को बजाया। तक तक वीणा के पति कुंजबिहारी आफ़िस से लौटे। बोले—वीणा, तुमसे कितनी बार कहा कि इतनी मेहनत मत किया करो, पर तुम नहीं मानती। ज़रा अपना चेहरा तो जाकर शीशे में देखो, कैसा हो रहा है।

वीणा कुछ न बोली। निरंजन ने कहा—जी हाँ, यही बात तो मैं भी इनसे कह रहा था कि आप इतनी मेहनत न करें। सब होता रहेगा।

उस दिन निरंजन के जाने के बाद वीणा ने रात-भर जागकर सारी रुबाइयों का अनुवाद कर डाला। अब केवल एक बार देख लेने ही की आवश्यकता थी। निरंजन की पत्नी का पत्र पढ़ लेने के बाद वीणा अपने-आप ही अपनी नज़रों में गिरने लगी। उसे ऐसा मालूम होता था कि निरंजन के प्रति उसका प्रेम स्वार्थ से परिपूर्ण है। क्योंकि उसे उनका साथ अच्छा लगता है, इसलिए वह उन्हें अपने दुराग्रह से रोके जा रही है। निरंजन की पत्नी की नम्रता एवं उसके शील और विश्वास के सामने वीणा अपनी दृष्टि से स्वयं ही बहुत हीन जँचने लगी।

निरंजन बहुत नम्र प्रकृति के पुरुष थे और विशेषकर स्त्रियों के साथ वे और भी नम्रता से पेश आते। यही कारण था कि वे वीणा का आग्रह न टाल सके। कई बार जाने का निश्चय करके भी वे न जा सके, किन्तु आज वीणा ने सोचा कि अब मैं उन्हें कदापि न रोकूँगी, जाने ही दूँगी। मैं जानती हूँ कि उनका जाना मुझे अखरेगा, परन्तु यह कहाँ का न्याय है कि मैं अपने स्वार्थ के लिए एक पति-पत्नी को अलग-अलग रहने के लिए बाध्य करूँ। न! अब यह न होगा। जो बीतेगी वह सहूँगी, पर उन्हें अब न रोकूँगी।

दूसरे दिन समय पर ही निरंजन आए। वीणा उन्हें ड्राइंग रूम में ही मिली। उन्हें देखते ही उठकर हँसती हुई बोली (यद्यपि उसकी वह हँसी ओठों तक ही थी, उसकी अन्तरात्मा रो रही थी। उसे ऐसा जान पड़ता था कि निरंजन के जाते ही उसे उन्माद हो जाएगा)—कहिए, निरंजनजी, आपने जाने की तैयारी कर ली?

निरंजन ने नम्रता से कहा—जी नहीं। मैं आज कहाँ जा रहा हूँ? मैं तो जब तक आपकी रुबाइयों का अनुवाद न हो जाएगा, तब तक यहीं रहूँगा।

वीणा बोली—मेरी तो सब रुबाइयों का अनुवाद हो गया। आप देख लीजिए।

आश्चर्य से निरंजन ने पूछा—सच! मालूम होता है आपने रात को बहुत मेहनत की है।

वीणा—हाँ, मेहनत तो ज़रूर की है; किन्तु आपको आज जाना भी तो है। अब आप इन्हें देख लीजिए, दो-तीन घंटे का काम है। बस।

निरंजन मुस्कुराते हुए बोले—क्यों, आप मुझसे नाराज़ हो गईं क्या? आप मुझे इतनी जल्दी क्यों भेजना चाहती हैं? आराम के साथ चला जाऊँगा।

वीणा ने निरंजन पर एक मार्मिक दृष्टि डालते हुए कहा—निरंजनजी! मैं नाराज़ होऊँगी आपसे? क्या आपका हृदय इस पर विश्वास कर सकता है? मैं तो जानती हूँ कभी न करेगा; किन्तु जिस प्रकार आप इतने दिनों तक मेरे आग्रह से रहे, उसी प्रकार मेरे अनुरोध से आप आज रात की गाड़ी से चले जाइए।

निरंजन ने दृष्टि उठाकर एक बार वीणा की ओर देखा, फिर वह अनुवाद की हुई रुबाइयों को देखने लगे।

•

दो साथी

आनन्द और विनय दोनों बचपन के साथी थे। प्रायमरी पाठशाला से लेकर हाईस्कूल तक दोनों ने साथ-साथ पढ़ा था। अब साथ-ही-साथ दोनों कॉलेज में आए थे। दोनों में गाढ़ी मैत्री। परंतु साथ-ही-साथ विचार-विभिन्नता भी काफी मात्रा में थी। दोनों का स्वभाव बिलकुल भिन्न था–आनन्द पूर्व तो विनय पश्चिम।

आनन्द अपने नाम के अनुरूप ही आनन्दप्रिय था। स्वभाव से वह उदार, शाहखर्च, प्रेमी, मिलनसार और कुछ-कुछ अभिमानी था। रुपयों का उसके पास कोई मूल्य नहीं था। जिस दिन घर से मनीआर्डर आता, उस दिन से लगातार वह तब तक खर्च करता जब तक उसके रुपए चुक न जाते। वह बराबर दोस्तों की खातिर-तवाज़ो करता और इसमें बहुत-सा रुपया व्यर्थ उठ जाता। उसे इसकी याद ही न रहती कि कॉलेज की फीस भी देनी है अथवा और भी दूसरे खर्च हैं जो महीने भर तक लगेंगे। दूसरे विद्यार्थियों से दूने रुपए आने पर भी उसके ऊपर हर महीने होटलवाले और पानवाले की उधारी चढ़ी रहती थी। उसके साथ उठने-बैठनेवाले लड़कों में से एक भी ऐसा न था जिस पर आनन्द ने कुछ न कुछ, कभी न कभी खर्च न किया हो।

इसके विपरीत विनय मितभाषी, संयमी, कमख़र्च और सीधे स्वभाव का था। वह बोलता कम, लेकिन अनुभव अधिक करता था। फूंक-फूंक कर पैर रखने की उसकी आदत थी। उसके पास इने-गिने पैसे आते थे जिनसे पूरा खर्च चलाना पड़ता था। किसी एक का पैसा भी उस पर उधार न था। हज़ार तकलीफ में होने पर वह एक पैसा तक उधार न लेता था। उसके मित्रों की संख्या भी सीमित थी।

बी. ए. पास होने पर दोनों को भविष्य की चिंता थी। अंत में दो वर्ष तक और साथ रहेंगे इस आशा के सहारे एक दिन दोनों ने लॉ कॉलेज में नाम लिखाया।

लॉ कॉलेज के प्रोफेसर डे की लड़की मैट्रिक की परीक्षा की तैयारी कर रही थी। गणित में वह कुछ कमज़ोर थी। एक ट्यूटर की आवश्यकता थी। विनय गणित का एक मेघावी विद्यार्थी रह चुका था अतएव उसे यह ट्यूशन मिल गई। कुछ समय बाद उसे दो विद्यार्थी गणित पढ़ाने को और मिल गए। उसे चालीस रुपए माहवार मिलने लगे।

प्रोफेसर डे की पत्नी क्रिश्चियन थी। पति-पत्नी दोनों ने अपना धर्म-परिवर्तन न किया था। प्रोफेसर डे बंगाली हिन्दू ही रहे। वे मूर्ति-पूजा करके रोज़ नियम से कृष्ण की उपासना करते और उनकी पत्नी इतवार को गिरजे जाती थीं। उनकी लड़की मीरा का झुकाव हिन्दू-धर्म की ओर था। मां उसे मेरी और पिता मीरा कहते थे। मीरा पिता की तरह मूर्ति उपासना करती और उसके दो छोटे भाई मां के साथ गिरजे जाते थे। मीरा का झुकाव हिन्दू धर्म की ओर देखकर उसकी मां प्रायः कुपित रहती थीं। उसे गंवार, बेवकूफ इत्यादि सम्बोधन से पुकारा करती थीं। मां-बेटी दोनों में बहुत अंतर था। मां साया पहनती तो बेटी साड़ी। मां के बाल अंग्रेज़ी ढंग के कटे थे। मीरा के बाल लंबे-लंबे, लहराया करते थे। मीरा को पिता से ही सम्पूर्ण आदर, दुलार और प्यार मिलता था। मां उसे बिल्कुल न चाहती थी। मीरा जब कभी बाहर निकलती थी तो पिता के साथ। मां के साथ वह कहीं भी न जाती। पूर्ण रूप से वह हिन्दू थी।

मीरा अपने मास्टर से गणित के अलावा उनके धर्म, संस्कृति और आचार-विचार की बहुत-सी बातें पूछती और उन्हीं के अनुसार अपने दैनिक जीवन को बनाकर आदर्श हिन्दू-रमणी कहलाने का मधुर स्वप्न देखा करती थी। ईसाई मां की बेटी होकर भी हिन्दू-धर्म के प्रति मीरा की आसक्ति और श्रद्धा देखकर विनय किस दिन से उसे चाहने लगा, किस दिन चुपके-ही-चुपके इस भोली-भाली नन्हीं-सी पवित्रात्मा ने विनय के हृदय में अपने लिए स्थान बना लिया, विनय ने यह कभी न जाना और न जानने का उसने प्रयत्न किया। गुरु और शिष्या के भाव से ही वे एक-दूसरे को देखते थे। किन्तु इस जिज्ञासु बालिका के प्रति विनय के हृदय में जो आदर और स्नेह के भाव अंकुरित हो गए थे उन्हें वह छिपा न सकता था। प्रायः आनन्द से एकांत में बात करते समय इस परिवार की चर्चा हो उठती और उस बातचीत के अंदर से चतुर आनन्द यह तथ्य निकाल लेता कि अपनी शिष्या के प्रति विनय कितने ऊंचे और प्रेम के भाव रखता है।

धीरे-धीरे आनन्द के हृदय में इस लड़की को देखने की प्रबल उत्कंठा जाग पड़ी। पहिले तो उसने उस उत्कंठा को दबाने का प्रयत्न किया फिर उसने सोचा कि एक बार देखने या मिलने में कोई पाप तो है नहीं। उसने अपनी इच्छा विनय पर प्रकट की। दोनों मित्रों की राय थी कि देखने लायक वस्तु को देखने में कोई हर्ज़ नहीं, हर्ज न देखने में ही है।

शाम को जब विनय पढ़ाने जा रहा था, तब आनन्द उसके साथ था। प्रोफेसर डे कहीं गए हुए थे। बाहरी बरामदे में मिसेज डे से इन लोगों को मुलाकात हुई। विनय परिचय करा रहा था। उसी समय मीरा भी वहां पहुंची। कुछ गर्व के साथ उसने कहा—आप मीरा देवी हैं जिन्हें मैं गणित पढ़ाता हूं।

मीरा चुप खड़ी रही। किसी तीसरे व्यक्ति के सामने बात करने में संकोच हो रहा था। मिसेज़ डे ने पुत्री की ओर देखते हुए भर्त्सना के स्वर में कहा—मेरी, मिस्टर आनन्द से शेक-हैंड करो। साधारण शिष्टाचार का भी तुम्हें ज्ञान नहीं है।

एक क्षण माता की ओर देखकर मीरा ने अपने दोनों हाथ जोड़कर आनन्द से कहा—नमस्ते!

'नमस्ते', उत्तर मिला।

क्षण भर मीरा ने आनन्द को देखा और अपनी अध्ययनशाला की ओर चल पड़ी।

विनय के चले जाने के पश्चात् आनन्द और मिसेज डे में वार्तालाप होने लगा। एक घंटे के बाद मीरा को पढ़ाकर विनय बरामदे में आया तो उसने देखा आनन्द और मिसेज़ डे इस प्रकार घुल-मिलकर बातें कर रहे थे, मानों बरसों से एक-दूसरे से परिचित हैं। वैसे आनन्द का स्वभाव ही कुछ ऐसा था कि वह लोगों से बड़ी जल्दी हिल-मिल जाता था। विशेषकर स्त्रियां तो उसके प्रभाव में बहुत जल्दी आ जाती थीं। वह स्त्रियों के प्रति इतना आदर, इतनी श्रद्धा और इतना सम्मान प्रदर्शित करता कि पहली मुलाकात में ही हर एक मिलने-जुलनेवाली स्त्री उसे आदर्श पुरुष की श्रेणी में स्थान दे देती थी। इन पिछले छः महीने में विनय और मिसेज़ डे में सिवाय 'नमस्ते' के और किसी शब्द का विनिमय न हुआ था, पर आनन्द ने एक ही दिन में अपना प्रभाव इतना अधिक कर लिया कि जब दोनों उठकर चलने लगे तब मिसेज़ डे ने उसे दूसरे दिन आमंत्रित किया। आनन्द ने गर्व-भरी आंखों से विनय को देखा। विनय मुस्कुरा दिया। कुछ दूर तक आने के बाद आनन्द विनय से बोला—मूर्खराज! छः महीने तक आकर भी तुम मास्टर के मास्टर ही रहे और बंदे ने एक ही दिन में मित्रता का नाता जोड़ लिया।

—बधाई देता हूं तुम्हें। पर मैं तो मास्टर की सीमा से आगे बढ़ना ही नहीं चाहता। विनय ने हंसकर कहा।

—सीमा से आगे बढ़ने के लिए जौहर चाहिए, जौहर! क्या समझे!

—उस ज़ौहर की न मुझे आवश्यकता है, और न कभी आ ही सकेगा। दृढ़ निश्चय से हंसते हुए विनय ने उत्तर दिया।

मीरा मैट्रिक पास हो गई। अब पिता की इच्छानुसार विनय से संस्कृत पढ़ने लगी। आनन्द भी डे-परिवार का एक व्यक्ति-सा हो गया है। विनय का अधिक समय इस परिवार के साथ बीतता है। परिवार के छोटे से लेकर बड़े तक का वह प्रेम-पात्र हो गया है। बिना पढ़ाए भी प्रोफेसर डे के यहां विनय का अधिकांश समय बीतता है। मिस्टर डे का विनय पर बहुत स्नेह है। वे उसे अपने पास बुलाकर उससे बातें करते हैं और कभी-कभी उनके हृदय का गहरा विषाद और असंतोष एक दीर्घ निःश्वास के साथ बाहर निकल पड़ने को मचल उठता है। मीरा की प्रशंसा बहुत करते हैं और साथ ही उसके भविष्य की चिन्ता में एक गहरी सांस भी छूट जाती है।

बात-ही-बात में एक दिन उन्होंने मीरा के विवाह के बारे में कहा—तुम जानते हो विनय, मीरा की मां क्रिश्चियन है किंतु मेरी लड़की मीरा नहीं। मैं मीरा का विवाह हिन्दू युवक से करना चाहता हूं। लड़का पढ़ा-लिखा, ऊंचे विचार वाला, स्वस्थ और सुंदर हो। धन की मुझे परवाह नहीं। मेरे पास यथेष्ठ संपत्ति है जिसमें से आधी, मैं अपनी लड़की को दूंगा।

प्रोफेसर डे की आंतरिक इच्छा विनय से ही मीरा का विवाह करने की थी। इस प्रकार परोक्ष रूप से प्रस्ताव करके उन्होंने विनय के हृदय की थाह लेनी चाही।

विनय असमंजस में पड़ गया। उसने सरलतापूर्वक विश्वास दिलाते हुए कहा—आप चिन्ता न कीजिए। मीरा के लिए मैं दो-तीन दिन में ही आपकी इच्छानुसार सुयोग्य कर ढूंढ़ बतलाऊंगा।

विनय विचारों में डूबता-उतराता चला जा रहा था। उसने निश्चय किया—वह स्वयं मीरा से विवाह कर लेगा। वह मीरा को अच्छी तरह जानता था और उसे यह भी भान होता था कि वह और मीरा दोनों एक-दूसरे के अधिकाधिक निकट आते जा रहे हैं। उसने सोचा—मुझे मीरा के समान अच्छी लड़की शायद ही मिले। रही बूढ़ी मां की बात तो मैं उन्हें सब समझा दूंगा। निश्चय पक्का हो गया। रात को आनन्द देर से लौटा। विनय सो गया था। उस दिन सबेरे से ही कुछ ऐसी बातचीत हो गई कि दोनों अलग-अलग हुए तो शाम को मिले, वो भी मिसेज के डे मकान पर।

जब विनय मीरा को पढ़ाने पहुंचा तब उसकी मानसिक अवस्था ठीक न थी। वह आज मीरा को दूसरे ही भाव से देख रहा था। प्रायः वह सोच में डूबा-सा रहता और मीरा के कोई प्रश्न पूछने पर चौंक-सा जाता था। पुस्तक उठाते समय अचानक मीरा का हाथ उसके हाथ से छू गया। विनय सिहर उठा। मीरा ने जाना आज मास्टर साहब का पढ़ाने में मन नहीं लग रहा है। वह बोली—मास्टर साहब, आज आप किस गहरी चिंता में है। रहने दीजिए कल पढ़ाइएगा। पुस्तकें समेट उसने एक तरफ रख दीं।

'ठीक कहती हो मीरा! सचमुच आज मेरा जी पढ़ाने में नहीं लग रहा है। कल पढ़ाऊंगा। प्रोफेसर साहब हैं क्या?' विनय ने पकड़े जाते देखकर कहा।

मीरा ने भीतर से आकर पान रखते हुए कहा—पिता जी कहीं गए हैं। अभी आते ही होंगे।

विनय एक बार साहस करके, मीरा से विवाह के बारे में सम्मति लेना चाहता था किंतु साहस न कर सका। उसने अनायास ही मीरा से प्रश्न किया—अच्छा मीरा, तुमने भविष्य में अपने लिए क्या निश्चय किया?

—अभी मैं क्या निश्चय करूंगी। पिताजी तो हैं। परंतु फिर भी इतना निश्चय है कि मेरी जीवन-यात्रा एक हिन्दू नारी के उच्चतम आदर्शों को लेकर ही प्रारंभ होगी।

विनय ने संतोष की एक सांस ली। प्रोफेसर साहब आए नहीं। देर काफी हो गई थी, अतएव वह चल पड़ा। फाटक पर ही आनन्द से उसकी मुलाकात हुई। विनय ने उसे अंदर जाने से रोककर यह कहते हुए कि उसे किसी गूढ़ विषय पर आनन्द से परामर्श करना है घसीटकर अपने साथ ले लिया।

दोनों अपने कमरे में जा बैठे। विनय ने कल से लेकर आज तक की सब घटनाएं आनन्द को सुना दीं और साथ ही मीरा से विवाह करने का अपना निश्चय भी। सारी बात हो जाने पर भी आनन्द के मुख से एक भी उत्साहवर्धक शब्द न सुनकर विनय को कम आश्चर्य नहीं हुआ। उसने आनन्द की ओर देखा। उसका चेहरा स्याह पड़ा जा रहा था। विनय घबराकर बोला—क्या बात है आनन्द, साफ-साफ कहो। तुम्हें यह बात पसंद नहीं है तो मैं विवाह न करूंगा। उन्हें दूसरा वर खोज दूंगा।

आनन्द उत्तर न दे सका। खाट पर चुपचाप लेट गया। विनय स्टोव जलाकर चाय तैयार करने लगा। चाय पीने के बाद, कुछ स्वस्थ होकर, आनन्द बोला—तुम्हें इस सफलता के लिए बधाई देता हूं विनय! पर एक बात है। तुमने तो कर्तव्यवश मीरा से विवाह करने का निश्चय किया है, किन्तु मुझे मालूम होता है कि मैं मीरा के बिना जी ही नहीं सकूंगा। मैं जो उस परिवार के साथ इतना समय व्यतीत करता हूं, वह मिसेज़ डे और उनके बच्चों के लिए नहीं। मीरा का आकर्षण मुझे वहां रोज़ खींच ले जाता है।

—किन्तु तुमने मुझसे यह तो कभी न कहा।

—कैसे कहता, अपनी दुर्बलता प्रकट करने में तो कभी-कभी संकोच होता है।

—फिर तुम क्या चाहते थे? आखिर मीरा को कैसे प्राप्त करते? विनय ने प्रश्न किया।

—पहले तो उसके माता-पिता के सम्मुख विवाह का प्रस्ताव रखता। यदि वे नहीं मानते तो मीरा को ज़बरन अपने साथ भाग चलने के लिए तैयार करता।

'क्या तुम आशा करते हो कि मीरा तुम्हारे साथ भाग जाने को तैयार होगी? कभी उससे प्रेम दर्शाया है!' विनय ने ज़रा तेज़ होते हुए पूछा।

—प्रेम दर्शाने के लिए कभी अवसर ही न मिला पर अब इन बातों को जाने दो। मीरा के साथ तुम सुखी रहो विनय! यह मेरी कामना है।

'पर...पर तुम्हें दुखी बनाकर मैं सुखी न रह सकूंगा! तुम्हारा सुख मेरा सुख है। तुम्हारा दुख मेरा दुख है।' विनय ने अधीर होते हुए कहा।

'अब उपाय ही क्या है?' आनन्द कह उठा।

'घबराओ नहीं आनन्द! उपाय है। मीरा के पिता से अभी मैंने कुछ नहीं कहा है। उन्हें तुम्हारा नाम सुझा दूंगा', कहते हुए विनय ने गहरी सांस ली और पलंग पर लेट गया।

सबेरे से विनय ने जिस सोने के संसार की रचना की थी, वह एक हल्के-से हवा के झोंके से गिरकर मिट्टी में मिल गया। दोनों बड़ी देर तक चुपचाप पड़े रहे। अचानक आनन्द उठ बैठा और बोला—नहीं विनय, यह नहीं होगा। यदि तुम मीरा को सचमुच प्यार करते हो तो मैं तुम्हारे सुख के रास्ते में कांटा न बनूंगा।

विनय गंभीरता से बोला—मीरा को मैं प्यार करता हूं या नहीं, सवाल यह नहीं है। सच बात यह है कि मैं तुम्हें दुखी नहीं देख सकता। मुझमें कष्ट सहने की क्षमता है, तुम में नहीं।

अन्त में यही निश्चय हुआ कि विनय आनन्द का नाम प्रोफेसर डे को सुझावेगा। इसके बाद आनन्द तो हल्की तबियत से सो गया, विनय रात भर तड़पता रहा। सुबह चाय के समय दोनों फिर साथ बैठे। विनय के चेहरे पर मुस्कुराहट थी। उसने आनन्द से कहा—आनन्द! तुम्हारे लिए मैं मीरा को त्याग करके भी मैं मीरा को सहज ही भुला न सकूंगा, इसलिए उचित यह है कि तुम्हारे विवाह के पहिले मैं यहां से कहीं चला जाऊं! जाने से पहिले मैं मीरा को कुछ उपहार-स्वरूप दे जाऊंगा, उसमें तो तुम्हें कोई ऐतराज़ नहीं होना चाहिए। कुछ ठहरकर उसने फिर कहा—एक बात और

आनन्द! इसे भूलना मत! देखो मीरा को कभी किसी प्रकार का कष्ट न देना। अगर मुझे मालूम हुआ, कि तुमने उसे कभी किसी तरह का भी कष्ट दिया है तो मित्रता भूल जाऊंगा। तुम से उसका बदला लिए न रहूंगा। इसे मज़ाक न समझना। बहुत सोच-समझकर कह रहा हूं।

'किंतु विनय, तुम्हें खोकर क्या मीरा के साथ मैं सुखी रह सकूंगा। तुम्हारा अभाव तो मुझे कदम-कदम पर खटकेगा।' आनन्द के स्वर में भर्राहट थी, पीड़ा का आभास था।

'कॉलेज के जीवन के बाद तो हमें अलग होना ही पड़ता। इसके लिए हृदय को दुर्बल न बनाओ। पर एक बार तुम कहो कि मीरा को कभी कष्ट न दोगे', विनय का गला भरा आ रहा था।

'विनय! मैं मीरा को कभी किसी प्रकार का कष्ट न होने दूंगा।' आनन्द आगे कुछ न कह न सका। आंखें भर आयी थीं।

शाम को जाकर विनय ने प्रोफेसर डे से मीरा के लिए आनन्द का नाम सुझाया। प्रोफेसर डे के चेहरे पर प्रसन्नता न दिख सकी जिसकी आशा विनय को थी। साथ ही विनय ने कहा—मैं किसी आवश्यक कार्य से बाहर जा रहा हूं। जल्दी ही लौटकर आ जाऊंगा। विनय वहां से उठकर मीरा के पास गया।

मीरा पढ़ने की प्रतीक्षा में बैठी थी। विनय ने अपने को संभालते हुए कहा, 'मीरा, मैं आज भी तुम्हें न पढ़ा सकूंगा। मैं ज़रूरी काम से बाहर जा रहा हूं। कब लौटूंगा कह नहीं सकता। मैं तुम्हारे लिए कुछ पुस्तकें लाया हूं। इन्हें ध्यान से पढ़ना और समझना।' आवाज़ में एक दर्द था, एक अनुग्रह था। मीरा के सामने किताबों का ढेर लगाकर, एक अंगूठी मीरा की अंगुली में पहिनाते हुए कहा, "इसे कभी अंगुली से अलग न करना। मैं कहीं भी रहूं, इससे मेरी आत्मा को संतोष होगा।" उत्तर की प्रतीक्षा किए बिना ही वह तेज़ी से कमरे के बाहर हो गया।

मीरा उठकर आई। वह कुछ पूछना चाहती थी पर तब तक साइकिल उठाकर विनय बहुत दूर तक जा चुका था। लौटकर मीरा ने देखा—अंगूठी पर मीरा खुदा हुआ था और किताबों पर सुंदर-सुंदर अक्षरों में विनय की कलम से उसका नाम लिखा था। किताबें ऊंचे दरजे के भारतीय साहित्य और हिंदू धर्म से संबंध रखने वाली थीं। विनय का आज का व्यवहार भोली मीरा समझ न सकी। यदि एक बार भी वह विनय की ओर आंख उठाकर देखती तो उसके हृदय का प्रचंड विषाद मीरा की समझ में आ जाता। पर मीरा में इतनी समझ कहां थी? मीरा इसी चिंता में उदास बैठी थी कि आनंद आ गया। मीरा का जी कुछ हल्का हुआ। उसने सोचा इनसे विनय के बारे में कुछ जान सकूंगी। आते ही पूछा—क्या आप लोग घर जा रहे हैं?

"नहीं, ऐसी तो कोई बात अभी नहीं है।" कहते हुए आनन्द अपनी जगह पर बैठ गया। "किसने कहा तुमसे?" उसने मीरा से प्रश्न किया।

मीरा बेचारी क्या कहती? चुप रह गई। कुछ क्षण बाद बोली—परीक्षा हो गई, इसलिए पूछा था।

"हम लोग कब जाएंगे यह तो विनय तय करेगा।" आनन्द ने कहा—और जाने से पहिले तुमसे कह जाएंगे। इतना कह वह कुछ मुस्कुराया।

मीरा आगे कुछ न कह सकी।

मिसेज़ डे ने चाय के लिए सबको बुला लिया। उस दिन आनन्द ने बहुत देर तक मिसेज़ डे के बंगले पर विनय की प्रतीक्षा की। प्रोफेसर साहब के आने पर ही उसे मालूम हुआ कि विनय आकर चला गया। घबराकर आनन्द अपने निवास की ओर तेज़ी से बढ़ा। उसे संदेह होने लगा कि शायद वह विनय से अब न मिल पाएगा। संदेह सच निकला। कमरा खाली था। मेज़ पर एक लिफ़ाफ़ा पड़ा था। झपटकर आनन्द ने उसे उठा लिया। देखा, लिखावट विनय की थी। सांस रोककर उसने पढ़ना शुरू किया—

भाई आनन्द,

जा रहा हूं। जाते समय तुमसे न मिल सका। इससे मुझे दुःख है। मेरी चिंता न करना। मैं सदा तुम्हारा मित्र हूं और रहूंगा। मीरा की रक्षा भी भली-भांति करना। उसे किसी प्रकार का कष्ट न होने देना।

तुम्हारा अपना
विनय

पत्र समाप्त होते ही आनन्द को ऐसा लगा कि वह खड़ा न रह सकेगा। वह खाट पर गिर पड़ा और बालकों की भांति फूट-फूटकर रोने लगा। न जाने कितनी देर तक रोता रहा। बार-बार उसके मस्तिष्क में यही प्रश्न उठता रहा—मीरा के लिए उसे कितना गहरा मूल्य चुकाना पड़ा है। उसका बचपन का साथी, छात्र जीवन की अंतिम घड़ियों का साथी, उसका बाल-बंधु विनय आज उसे अकेला छोड़कर कहीं चला गया है। आज ही समझ पाया कि वह विनय को कितना प्यार करता था। न जाने किस अशुभ घड़ी में वह प्रोफेसर डे के घर गया था। वहां मीरा रूपी दीवाल आकर दोनों मित्रों के बीच में खड़ी हो गई। वे इस प्रकार एक अनिश्चित अनजाने समय के लिए अलग हो गए। अगर उसे अभी विनय मिल जाए तो वह विनय से कहे—छोड़ो यह सब! मीरा का अब ध्यान भी न करेंगे हम लोग, अब तक जैसे रहते थे वैसे ही रहेंगे। मीरा क्या, संसार की कोई भी शक्ति हम दोनों को अलग न कर सकेगी; किंतु ये विचार केवल विचार ही रह गए। जिस समय दुखित होकर आनन्द इस प्रकार रो रहा था। उस समय विनय का विषाद से ओत-प्रोत शरीर रेल पर बैठा हवा के साथ उड़ा जा रहा था। कहां ज़ाएगा, क्या करेगा—विनय कुछ न जानता था। वह तो केवल आनन्द से दूर, मीरा से दूर किसी अनिश्चित स्थान में जा रहा था। जब तक वह अपने हृदय की सारी दुर्बलताओं को धोकर बहा न देगा, तब तक विनय न तो मीरा से मिलेगा न आनन्द से। आनन्द उसका मित्र है, मीरा आनन्द की पत्नी। विनय दोनों की मंगल-कामना करता है।

मीरा और आनन्द के विवाह को आज पांच साल हो गए। मीरा अब दो संतानों की मां है। पहिला लड़का साढ़े तीन साल का और दूसरा डेढ़ साल का है। पिछले

साल से इस छोटे से परिवार पर बड़ा ही भीषण आर्थिक संकट उपस्थित हो गया है। विवाह के समय आनन्द को दहेज के तौर पर दस हज़ार रुपए प्रोफेसर डे से मिले थे। साथ ही रहने के लिए एक बंगला भी। किन्तु पास में रुपया होने और कोई रोक-टोक न होने के कारण फ़िज़ूलखर्ची होने लगी। आनन्द की आदतें और भी बिगड़ गई। परिणाम यह हुआ कि पांच साल में पांच रुपए भी शेष न रह सके। ईसाई माँ की बेटी से विवाह करने के कारण परिवार वालों ने आनन्द का बहिष्कार कर दिया था। इधर दो साल हुए प्रोफेसर डे ने भी इस संसार को छोड़ दिया। मिसेज़ डे ने एक एंग्लोइंडियन से पुनर्विवाह कर लिया। इसलिए आनन्द को आर्थिक सहायता कहीं से भी न मिल सकती थी। मीरा के ज़ेवर, कीमती उपहारों को बेच-बेचकर किसी प्रकार घर का काम चल रहा था।

पहिले प्रोफेसर डे के और मीरा के बहुत आग्रह करने पर भी आनन्द वकालत करने को तैयार न हुआ था। अब मुश्किल थी फीस की। एक सौ पचास रुपए कहां से लाए। नौकरी के लिए भी बहुत कोशिश की पर कहीं ऐसी नौकरी न मिली, जिसे वह अपनी मर्यादा के योग्य समझता।

इस बीच उसमें दुर्व्यसन भी बढ़ चले थे। उसे शराब से वैसे भी घृणा न थी पर अब ज्यों-ज्यों दुर्दिन आते गए त्यों-त्यों मद्य प्रेम, बढ़ता गया। आर्थिक कठिनाइयों के साथ उसकी शराब की मात्रा भी बढ़ती गई। पहिले वह रात को ही पीता था अब तो चौबीस घंटे में से एक घंटा भी ऐसा न था जो शराब पीने के लिए उपयुक्त न हो। हालत यहां तक बिगड़ी कि घर में स्त्री-बच्चों के भोजन की व्यवस्था के पहिले उसे बोतल की चाह लगी रहती थी। कभी-कभी दिन और रात वह न जाने कहां बिता देता और घर आने पर मीरा से रुपयों की फ़रमाइश करता। बात फ़रमाइश पर ही समाप्त न हो जाती, मार-पीट, गाली-गलौच तक नौबत पहुचती। लज्जा के मारे मीरा कुछ बोलती न थी। जब तक गहने या कोई बेचने वाला सामान उसके पास रहा तब तक देती रही। पर अब तो कुछ भी शेष न बचा था। यहां तक कि उसने अपनी कुछ कीमती साड़ियां भी आनेन्द को उठाकर दे दीं। किंतु पीने के बाद तो आनन्द की तृष्णा और भी बढ़ जाती थी। न तो उसमें विवेक रह जाता था न बुद्धि। नशे में वह भूल जाता था कि मीरा कहां से पैसा ला सकती है। पैसों के लिए वह उसे डांटता, उससे लड़ता और कभी-कभी बड़ी निर्दयता से मारता भी था। यह बात न थी कि नशा उतरने पर उसे अपने इन नीच कृत्यों पर ग्लानि न होती हो। नशे में जो आनन्द ज्वालामुखी बन जाता था वही नशा उतरने पर मीरा से क्षमा मांगता, शराब न पीने का वादा करता और अपने वादे पर दो-चार दिन कायम भी रहता। परंतु हाथ में कुछ भी पैसा आया और आनन्द फिर शराब का साथी और बाद में पशु से गया-बीता हो जाता था।

इधर कई दिनों से मीरा की अंगूठी पर, जो विनय ने उपहार स्वरूप दी थी, झगड़ा चल रहा था। आनन्द अंगूठी बेचना चाहता था और मीरा उसे देना न चाहती थी। मीरा के जीवन की कटुता को बढ़ाने में मिसेज़ डे का पुनर्विवाह एक नए अध्याय के रूप में खुल गया था। उसे बात-बात पर आनन्द ताने देता कि आखिर वह अपनी

मां की बेटी है। उन्होंने प्रोफेसर डे को मारकर दूसरी शादी कर ली, तुम भी मुझे मारकर वही करोगी। इसलिए अंगूठी पर तुम्हारा इतना मोह है, उसे देती नहीं। मीरा ने ज़बान पर ताला डाल रखा था, हृदय पत्थर का बना रखा था। सब कुछ सुनती, सब कुछ सहती पर जवाब न देती। इसी अंगूठी के पीछे एक दिन आनन्द झगड़कर चला गया। दो दिन तक घर के छोटे-छोटे बच्चों को भूख से रोते-बिलखते देखकर किस माँ का हृदय चूर-चूर न होने लगेगा। मकान में नीचे कुछ किराएदार रहते थे। महीना पूरा होने को था। मीरा ने सोचा कि कुछ रुपया किराए के मांग लूं, पर जब खबर भेजी गई तो पता चला किराया आनन्द पहिले ही ले चुके हैं।

विनय एक कॉलेज में गणित का प्रोफेसर हो गया था। इधर कई दिनों से उसकी अंतरात्मा, अपने मित्र आनन्द और मीरा से मिलने के लिए अकुला रही थी। वह अपनी दुर्बलताओं पर विजय पा चुका था। अतएव वह बिछड़े हुओं से मिलने चल पड़ा। मोटर से ही यात्रा करने का निश्चय किया। विवाह से पहले जो बंगला प्रोफेसर डे मीरा को देने वाले थे वहां पहुंच गया। लोगों से उसे पता ज्ञात हो गया। उसने सोचा कि बिना सूचना दिए चुपके-चुपके जाकर उन्हें आश्चर्य में डाल दूंगा। चोरों की तरह ज़ीने से चढ़कर जब विनय ऊपर पहुंचा तो देखा कि छज्जे पर दोनों बच्चे बैठे हैं। देहली पर ज़ीने की तरफ पीठ किए मीरा बैठी है। सामने थोड़े से भुने चने पड़े हैं। उन्हें छील-छीलकर बच्चों को खिला रही है। विनय स्तब्ध-सा खड़ा रह गया। यह वही मीरा है और यह मेरे आनन्द का निवासस्थान है। फिर उसने सोचा—मैंने गलती तो नहीं की। इतने में ही मीरा ने जो पीछे देखा तो खड़ी हो गई। स्वाभाविक हँसी के साथ बोली—मास्टर साहब! आप हैं! आइए, बहुत दिनों के बाद हम लोगों की याद आयी।

कुरसी पर बैठते-बैठते विनय ने पूछा—आनन्द कहां है?

मीरा क्या जवाब दे। उसका चेहरा उतर-सा गया। अपनी फटी धोती संभालती हुई बोली, ''बाहर गए हैं। अभी आते होंगे।'' ठहरकर उसने कहा—हां! देखिए, मैंने आपकी अंगूठी कभी अंगुली से नहीं निकाली, फिर भी आप हम लोगों को भूल गए।

विनय ने पूछा, ''ये बच्चे तुम्हारे हैं?'' उसने सरसरी तौर से मकान के चारों ओर नज़र डाली। मकान का पुराना वैभव जहां-तहां अब मरणोन्मुख अवस्था में दृष्टिगोचर हो रहा था। भीषण दरिद्रता इन सबका उपहास करती हुई अट्टहास कर रही थी। इसी समय छोटे बच्चे के सामने का छिला हुआ चना खतम हो गया और वह भूख के मारे चिल्लाने लगा। मीरा चने छील-छीलकर खिलाने लगी। बच्चे ने चने फेंक दिए और दूध मांगा। मीरा आश्वासन दे सकी, दूध नहीं। बच्चा मचल पड़ा। बड़े लड़के ने उसे समझाते हुए कहा—मां को तंग न करो, दूध नहीं है।

विनय परिस्थिति समझ चुका था और जब उसने यह करुण दृश्य देखा तो ''अभी आध घंटे में आता हूं'' कहकर वह तेज़ी से सीढ़ी उतर बाज़ार की ओर बढ़ गया।

विनय के जाने के कुछ समय पश्चात् ही आनन्द आया शराब में झूमता हुआ,

उन्मत्त। उसने मीरा से खाना मांगा। बेचारी मीरा क्या देती! घर में कुछ था ही नहीं। विवेक तो दूर ही रहा पर बुद्धि भी नशे में चूर हो जाती है। आनन्द ने आव देखा न ताव, पास ही रखी कैंची उठाकर मीरा को मारी। कैंची मीरा के सिर में ज़ोर से लगी। खून की धार बह चली। आनन्द खाट पर गिर बड़बड़ाने लगा—दरिद्री घर की है न! चने खाने को देती है! मैं घोड़ा हूं जो चने खाऊंगा। उन्मत्त आनन्द क्या जाने कि वे चने भी मीरा ने अपने दो लालों की भूख शांत करने के लिए उधार लिए थे।

विनय ने आकर दूसरा ही दृश्य देखा, खून से सनी मीरा बड़े बच्चे का हाथ पकड़े और छोटे को गोद में लिए एक तरफ खड़ी है। आनन्द आँखें बन्द किए खाट पर पड़ा बड़बड़ा रहा है।

मिठाई और फलों की टोकरी विनय ने फर्श पर रखी। आवाज सुनकर आनन्द ने आँखें खोलीं। विनय को देखते ही वह फट पड़ा—ओह! तुम हो विनय! तुम्हीं ने इसका दिमाग बिगाड़ रखा है! चोरी से मिलने आते हो! शरम लगती है मेरे सामने आने में।

विनय ने देखा—आनन्द होश में नहीं है। आंखें आग उगल रही हैं। वह सामने से हट गया। आनन्द ने बाज़ की तरह झपटकर विनय का गला पकड़ लिया और गुस्से में बोला—उसकी तो खोपड़ी फोड़ दी है। अब तुम्हें भी मज़ा चखाए देता हूं।

विनय ने किसी तरह अपने को उसके पंजे से छुड़ाया और दरवाज़े के पास खड़ा हो गया, "आनन्द! बात तो सुनो!" उसने भारी आवाज़ में कहा।

घायल शेर की भांति आनन्द बोला—बात पीछे होगी; पहिले यह लो खाने भर को, कहकर उसकी ओर झपटा। विनय सामने से हट गया। आनन्द आवेग और नशे में अपने को न संभाल सका। छज्जे से नीचे वह सड़क पर जा गिरा। उसका सिर फट गया।

बेहोश आनन्द को उठाकर विनय और कुछ पड़ोसी ऊपर ले आए। छः घंटे के उपचार के बाद आनन्द होश में आया। नशा काफूर हो चला था। विनय को देखकर उसके चेहरे पर एक मुस्कुराहट आ गई।

"विनय! क्षमा करो! गरीब मीरा को मैंने बहुत सताया।" आनन्द ने मीरा की ओर देखा। उसकी आंखें क्षमा की प्रार्थना कर रही थीं। विनय कुछ न कह सका। आंखें भर आईं। आनन्द ने अपने पुराने प्रेम में घुलकर कहा—छिः विनय! रोओ मत। मेरा तो अंत ही ऐसा ही होने वाला था। शराब ने मुझे कहीं का न रखा। सब कुछ समझता हुआ भी मैं शराब पीना न छोड़ सका। विनय थोड़ी ब्राण्डी पिलाओ। मेरी शक्ति जीर्ण होती जा रही है। मुझे तुमसे बहुत बातें कहनी हैं।

मीरा ने आनन्द को थोड़ी-सी ब्रांडी पिलायी। आनन्द ने मीरा का हाथ पकड़ लिया। मीरा ज़मीन में गड़-सी गई। उसने कहना शुरू किया—विनय! भाई! एक बार तुमने मुझसे कहा था कि मीरा को कोई कष्ट न होने पावे परंतु मैं तुम्हारे अनुरोध की रक्षा न कर सका। आज मैं तुम्हें अपने दोनों बच्चे और मीरा को सौंपता हूं। इन्होंने जीवन में कष्ट का अनुभव किया है। इन्हें किसी प्रकार का कष्ट अब न

होने देना। विश्वास दिलाओ। मैं शांति से मर सकूंगा। उसकी शक्ति क्षीण हो रही थी। हाथ-पैर ठंडे पड़ते जा रहे थे। वह स्थिर दृष्टि से विनय की ओर देख रहा था।

विनय अपने को न संभाल सका। आनन्द की छाती से चिपटकर रो पड़ा, "आनन्द, तुम मुझे छोड़कर क्यों जा रहे हो। मैं तुम्हारे बिना न जी सकूंगा", उसने सिसकते हुए कहा। आनन्द की आंखें छलछला रही थीं।

"जीना पड़ेगा तुम्हें विनय! मेरे बच्चों के लिए...मेरी मीरा..." आनन्द आगे कुछ न कह सका। पथरायी हुई आंखों से गंगा बह गई।

•

अँगूठी की खोज

चैती पूर्णिमा ने संध्या होते-होते धरित्री को दूध से नहला दिया। वसन्ती हवा के मधुर स्पर्श से सारा संसार एक प्रकार के सुख की आत्म-विस्मृति में बेसुध-सा हो गया। आम की किसी डाल पर छिपी हुई मतवाली कोयल पंचम स्वर में कोई मादक रागिनी अलाप उठी। वृक्षों के झुरमुट के साथ चांदनी के टुकड़े अठखेलियां करने लगे; परंतु मेरे जीवन में न सुख था और न शांति। इस समय भी, जबकि संसार के सभी प्राणी आनंदविभोर हो रहे थे, मैं कंपनी बाग में एक कोने में हरी-हरी दूब पर पड़ा हुआ अपने जीवन की विषमताओं पर विचार कर रहा था। पेड़ की पत्तियों से छन-छनकर नन्हें-नन्हें चांदनी के टुकड़े जैसे मुझे बरबस छेड़-से रहे थे। मैंने आंखें बंद कर लीं; फिर भी मैं किसी प्रकार का शांति लाभ न कर सका। आज मैं बहुत दुःखी था। वैसे बात थी तो बहुत छोटी; किंतु पके हुए घाव पर एक मामूली-से तिनके का छू जाना ही बहुत है। छोटी-सी बात पर ही मेरे हृदय में जैसी भीषण हलचल मची हुई थी, उसे मेरे सिवा कौन जान सकता था।

इसी समय, कुछ युवतियां; मेरे पास से निकलीं। उनके पैरों के लच्छे और स्लीपरों की ध्वनि मैंने साफ-साफ सुनी। वे लोग आपस में हंसती, खिलखिलाती और बातें करती हुई चली जा रही थीं। ऐसा लगता था जैसे सांसारिक चिंताओं को इनके पास पहुंचने का साहस ही नहीं होता। परंतु मुझे उनसे क्या प्रयोजन? मैंने तो उनकी ओर आंख उठाकर देखा भी नहीं। देखकर करता भी क्या? व्यर्थ ही हृदय में एक प्रकार की टीस उठती। वेदना और बढ़ जाती। मेरे लिए तो कदाचित् विधाता ने अपने ही हाथों एक निरक्षरा और बेढंगी प्रतिमा का निर्माण किया था जो इच्छा न होने पर भी, बरबस मेरे जीवन के साथ बांध दी गई थी; जिसके सहवास से मेरा सुखी जीवन, मेरा आशावादी हृदय, कल्पना के पंखों द्वारा ऊंची-से-ऊंची उड़ान भरनेवाला मेरा मन सभी दुःख तथा घोर निराशा से न जाने कितनी भीषण वेदना का अनुभव कर रहे थे।

जिस दिन मैंने पहले-पहल यशोदा को देखा, मैं कह नहीं सकता कि मेरी मानसिक स्थिति कितनी भयंकर थी। वह रात—मिलन की पहली रात—सुहागरात थी। और मैं—मैं घर से भागकर इसी स्थान पर इससे भी अधिक उद्विग्न और व्याकुल अवस्था में छटपटा रहा था। जीवन में मुझे उससे भी अधिक आत्म-ग्लानि और व्याकुलता का सामना करना था। कदाचित् इसीलिए न जाने किस प्रकार कुछ अभिन्न-हृदय

मित्रों को मेरी मानसिक स्थिति का पता लग गया। वे मेरे अभिन्न-हृदय मित्र थे। वे जानते थे कि इस पीड़ा से मुक्ति पाने के लिए कड़ी-से-कड़ी विपत्तियों को भी झेल सकता हूं। इसलिए वे मुझे खोजते हुए आए; और मेरे साथ ही उन्होंने वहीं पर रात बिताई।

इसके बाद क्रमशः मेरी अवस्था कुछ संभली और बहुत कुछ तो मित्रों के आग्रह से, और कुछ-कुछ किसी प्रकार जीवन के दिन काट देने के लिए मैंने यशोदा को शिक्षिता बनाना चाहा। किंतु परिणाम कुछ न हुआ। क से कबूतर और ख से खरगोश, इसके आगे यशोदा न पढ़ सकी। उसे पढ़ने-लिखने की तरफ़ जैसे रुचि ही न थी। पढ़ने के लिए जब मैं उससे प्रेममय अनुरोध करता तो वह प्रायः यही कहके टाल दिया करती, अब मुझे पढ़-लिख के क्या करना है? नौकरी करवाओगे?

अपने प्रश्नों के उत्तर में इस प्रकार की बातें सुनकर मुझे कितनी मार्मिक पीड़ा होती थी, मेरा हृदय कितना विचलित हो उठता था, यशोदा न तो समझती थी, और न उसने कभी समझने का प्रयत्न ही किया। परिणाम यह हुआ कि मुझे घर से बिल्कुल विरक्ति हो गई। कोई भी आकर्षण शेष न रह जाने के कारण मैं घर बहुत कम जाने लगा। महीने में एकाध बार ही मैं घर पर भोजन करता। यदि भोजन के समय किसी मित्र के घर होता तो उसके आग्रह से वहीं, अन्यथा किसी होटल में मेरा प्रतिदिन का भोजन होता। प्रायः बहुत से दिन तो चाय के एक-दो प्यालों पर ही बीत जाया करते। तात्पर्य यह कि मेरा स्नान, भोजन, सोना, जागना सभी कुछ अनियमित था। नियमित रहता भी कैसे। मैं अपनी इस उठती जवानी में ही बुढ़ापे का अनुभव कर रहा था; जीवन मुझे भार-सा प्रतीत होता, न किसी प्रकार की इच्छा शेष थी न आकांक्षा, न उत्साह था और न उमंग, जीवन को किसी प्रकार ढकेले लिए जाता था।

मैं स्वभाव से ही अध्ययनशील, विद्यानुरागी, स्वाभिमानी, भावुक और अल्पभाषी था। मैं अपने कुछ इने-गिने मित्रों को छोड़ अन्य लोगों से बहुत कम मिलता-जुलता था। प्रायः अपना अधिकांश समय अध्ययन में ही बिताया करता था। मेरी लाइब्रेरी में संसार के प्रायः सभी विद्वान लेखकों की कृतियां आलमारियों में सजी थीं। उन्हें मैं अनेक बार पढ़कर भी फिर से पढ़ने का इच्छुक था। प्रायः लाइब्रेरी में जब मैं पुस्तकों का अध्ययन करता होता और उनमें किसी सुशिक्षिता महिला के विषय में कोई प्रसंग आ जाता, तो कल्पना के उच्चतम शिखर से ही मैं अपनी जीवनसंगिनी का दर्शन करता; और वहां से मैं देखता कि मेरी प्रेयसी पढ़ने में, लिखने में, सामाजिक और सांसारिक प्रत्येक कार्यों में मेरी वैसी ही सहायक है जैसे पुस्तक लेखक की स्त्री, जिसका दर्शन मैं अभी पुस्तक के पृष्ठों में कर चुका हूं। यही कारण था कि विवाह के बाद मुझे इतनी अधिक निराशा हुई। मैं कल्पना के जिस शिखर पर विचरण कर रहा था, वहां से एकदम नीचे गिर पड़ा।

यशोदा को पढ़ने-लिखने की ओर से उतनी ही अरुचि थी, जितनी मेरी उस ओर रुचि थी। गृहस्थी के कामों में भी वह विशेष निपुण न थी। इसके अतिरिक्त न उसमें रूप था न आकर्षण और न बातचीत का ढंग ही सुरुचि के अनुकूल था। उससे साधारण-सी बात करते समय भी मैं प्रायः झल्ला उठता, जिससे मुझे तो मानसिक

कष्ट होता ही, साथ ही यशोदा को बिना कारण ही मेरी डांट सुननी पड़ती, और उसे कष्ट होता। इसलिए मैंने घर जाना बहुत कम कर दिया। प्रायः जब मैं पढ़ते-पढ़ते थक जाता तब मित्रों के घर; और जब किसी कारणवश मित्र लोग भी घर पर न मिलते, तब मुझे कंपनी बाग के इसी कोने में हरी-हरी दूब पर ही आश्रय मिलता था।

कभी-कभी उसी दूब पर पड़े-पड़े मैं कब सो जाता, पता नहीं। पक्षियों का कलरव सुनकर ही मेरी आंख खुलती। मेरे घरवाले इन बातों को बहुत अच्छी तरह जानते थे। अपने विवाह के बाद से मैं बहुत विद्रोही स्वभाव का हो उठा था। इसलिए न तो वे लोग मुझे खोजने का प्रयत्न करते, और न मेरी दिनचर्या या तपश्चर्या में बाधा डालकर मुझे छेड़ते थे। वे जानते थे कि यदि मुझे उन्होंने छेड़ा, तो इसका परिणाम किसी प्रकार भी अच्छा न होकर, बुरा ही हो सकता है।

आज इसी प्रकार अपने जीवन से घबराकर, न जाने किस विचारधारा में डूबा हुआ, मैं लॉन पर पड़ा था। वही युवतियां घूमती हुई फिर लौटीं, और मेरे पास ही पड़ी हुई बेंच पर बैठ गईं।

एक बोली, यहां तो कोई पड़ा है जी।

दूसरी ने कहा, ऊंह! रहने भी दो, पड़ा है तो हमारा क्या कर लेगा। आओ ज़रा बैठ लें, फिर चलेंगे।

तीसरी उठकर खड़ी हो गई। स्वर को कुछ धीमा करके बोली, 'हमारा कर तो कुछ न लेगा। पर हमारी बातचीत की आज़ादी में तो बाधा आएगी। चलो, कहीं और बैठें। इतना बड़ा तो बगीचा पड़ा है। क्या यही जगह है?' वह उठी। उठकर जाने लगी।

एक दूसरी ने उसका हाथ पकड़कर खींचा। उसे बैठाते हुए बोली, 'बैठो भी कहां जाओगी? अब तो वह समय है, जबकि स्त्रियों को भी पुरुषों के समान अधिकार दिए जाने की हर जगह चर्चा है। फिर उस अधिकार का हमीं क्यों न उपयोग करें? विरले ही पुरुष स्त्रियों से ऐसे दूर-दूर भागते होंगे। अन्यथा पुरुषों का तो स्वभाव होता है कि जहां स्त्रियों को देखा, फिर चाहे काम हो चाहे न हो, उस ओर जाएंगे अवश्य। यह रेलवे स्टेशन का, स्नान-घाटों का, सड़कों और दुकानों का हमारा प्रतिदिन का अनुभव है। यदि ठीक न कहती होऊं तो मेरी बात न मानो! और तुम ऐसे व्यक्ति से, जिसके विषय में ठीक-ठीक पता भी नहीं कि स्त्री है कि पुरुष, ऐसे दूर भागी जा रही हो जैसे कोई संक्रामक बीमारी हो', कहते-कहते उसने फिर उसका हाथ बैठाने के लिए खींचा।

किंतु वह बैठी नहीं, चिल्ला पड़ी, छोड़ दो सरला! तुम्हारे खींचने से मेरी अंगूठी भी गिर गई। एक तो वैसे ही मैं उसे नहीं पहिनती। आज ही पहिनी और गिर गई।

बातचीत का प्रवाह बदल गया। सब-की-सब घबराकर खड़ी हो गईं। यहां-वहां जहां गिरी थी, उससे बहुत दूर तक अंगूठी की खोज होने लगी। वे करीब दस मिनट तक, उठकर, बैठकर, झुककर अंगूठी खोजती रहीं, पर वह न मिली। उनमें से एक तो मेरे बहुत पास तक आ गई। मैं घबराकर उठ बैठा। आशंका हुई कि कहीं अंगूठी

का चोर मैं ही न समझा जाऊं। जी चाहा कि मैं भी उनकी अंगूठी ढूंढने लगूं। पर उनकी अंगूठी बिना उनकी अनुमति के कैसे ढूंढता?

मैं जानता था कि उनकी अंगूठी खोई है, फिर भी बातचीत का सिलसिला जारी करने के लिए उनके समीप पहुंचकर, कुछ संकोच के साथ मैंने पूछा, आप लोग क्या ढूंढ रही हैं? क्या मैं आपकी कुछ सहायता कर सकता हूं?

अंगूठी की मालकिन बोल उठीं, मेरी अंगूठी गिर गई है। बड़ी कीमती अंगूठी है।

इसके बाद मैं कुछ न बोला, उन लोगों के साथ उनकी अंगूठी मैं भी ढूंढने लगा। परंतु करीब आधे घंटे तक ढूंढने पर भी जब अंगूठी नहीं मिली, तो वे सब हताश हो गईं। मुझे उनकी दशा पर बड़ी दया-सी आई। मैंने अंगूठी की स्वामिनी से कहा, यदि आप मुझ पर विश्वास कर सकती हों तो आप निश्चिंत होकर अपने घर जाइए। अब रात बहुत हो चुकी है, कोई आदमी यहां आएगा नहीं और मैं रात भर यहीं रहूंगा। बड़े सबेरे उठकर आपकी अंगूठी ढूंढकर आपको दे जाऊंगा? बस आप मुझे अपना पता भर बतला दें।

पहिले तो वह कुछ झिझकी। सिर से पैर तक उसने एक बार मुझे देखा, फिर न जाने क्या सोचकर बोली, मेरा नाम वृजांगना है। मैं पं....

पास की दूसरी युवती ने उसके अधूरे वाक्य को पूरा किया, पं. नवलकिशोर की स्त्री हैं।

वृजांगना फिर बोली उठी, मेरा मकान नं.155 सिविल लाइन में है।

'वृजांगना' नाम सुनते ही मैं चौंक-सा पड़ा। 'वृजांगना' क्या वही वृजांगना है जिसके विषय में मैं बहुत कुछ सुन चुका हूं? वही चरित्र-भ्रष्टा 'वृजांगना' है? ईश्वर! मैं सिहर उठा। मैं तो उसे देखना भी न चाहता था। किंतु अब क्या करता? उसकी अंगूठी ढूंढ देने का वचन दे चुका था। और वचन देने के बाद, पीछे हटना मैंने सीखा ही न था। अब मुक्ति का कोई साधन न देखकर मैं चुप ही रहा।

पास ही खड़ी हुई दूसरी युवती ने प्रश्न किया, आप रात भर यहीं रहेंगे, घर न जाएंगे?

मेरे मुंह से अचानक निकल गया, घर? मेरा घर कहां है? कहां जाऊं? यह बात न जाने किस धुन में मैं कह तो गया, किंतु कहने के साथ ही मुझे अफसोस भी हुआ—आखिर यह बात इनसे मैंने क्यों कही? मैं बिना घर का हूं या घर से बहुत विरक्त, यह इन स्त्रियों के सामने प्रकट करके, मैंने क्या इनसे किसी प्रकार की सहानुभूति पाने की आंशा की थी?

किंतु बहुत टटोलने पर भी अपने हृदय में, उन स्त्रियों से किसी प्रकार की सहानुभूति प्राप्त करने की लालसा मुझे न मिली, अचानक इसी समय कहीं से मन्दाकिनी आकर बोल उठी, ओहो! योगेश भैया! तुम बिना घर के कब से हो गए? अच्छी बात है? मैं जाकर भाभी से पूछूंगी कि क्या भैया को घर से निकाल दिया है?

मन्दाकिनी की बात का कुछ उत्तर न देकर मैंने दृढ़ और गंभीर स्वर में वृजांगना से कहा, मैंने आपसे अभी कहा न कि मैं आपकी अंगूठी सबेरे ढूंढकर दे दूंगा। और

उस अंगूठी के लिए मैं रात भर यहां रहूंगा भी! यदि आपको मेरी बात पर विश्वास हो तो आप निश्चिंत होकर घर जाइए। अंगूठी आपको सबेरे मिल जाएगी।

वृजांगना ने निश्चिंतता की सांस ली। इस समय वह अधिक संतुष्ट जान पड़ती थी क्योंकि मुझे मन्दाकिनी भी पहिचानती थी।

मन्दाकिनी फिर बोली, योगेश भैया, तुम्हारे दृढ़-निश्चयी स्वभाव को कौन नहीं जानता? तुमने जब ढूंढ देने की जिम्मेदारी ली है तब बिरजा भाभी की अंगूठी मिले बिना न रहेगी।

वृजांगना ने फिर मुझ पर विनयपूर्ण दृष्टि डाली, और वह उन सब स्त्रियों के साथ चली गई। उस दृष्टि से जैसे उसने कहा कि मेरी अंगूठी न भूलना; जरूर ढूंढ देना।

उसी बेंच पर पड़े-पड़े मैंने रात काट दी। सबेरे चिड़ियों के चहचहाने के साथ ही उठ बैठा। अभी पूरा-पूरा प्रकाश भी नहीं हो पाया था; मैंने उत्सुक आंखों को एक बार चारों तरफ अंगूठी के लिए घुमाया। किंतु वह कहीं न दिखी। फिर मैंने झुककर बैंच के नीचे देखा। नन्हीं-सी अंगूठी जिसमें एक कीमती बड़ा-सा हीरा चमक रहा था, बेंच के पाए से सटी पड़ी थी। मैंने झुककर अंगूठी उठा ली। प्रयत्न करने पर भी वह मेरी किसी उंगली में न आई। तब मैंने उसे जेब में रखकर नल पर जाकर हाथ-मुंह धोया और फिर सिविल लाइन की ओर चल पड़ा।

बंगला ढूंढने में मुझे विशेष प्रयत्न न करना पड़ा; क्योंकि वृजांगना और उनके पति पं. नवलकिशोरजी दोनों ही नगर के लब्धप्रतिष्ठ व्यक्तियों में से थे। चपरासी से मैंने अपना कार्ड अंदर भिजवाया, जिसके उत्तर में स्वयं वृजांगना आती हुई दिखी। उस सादी सरलता की प्रतिमा वृजांगना के प्रथम दर्शन में ही मैं उसका भक्त हो गया। वह मुझे बड़े आदर और प्रेम के साथ ड्राइंगरूम में ले गई।

टेबिल के पास बैठे हुए उसके पति अखबार पढ़ रहे थे। उसने अंदर जाते ही अपने पति का मुझसे परिचय कराया। फिर मेरी ओर देखकर उसने पति से कहा, इनके विषय में तो मैं अधिक नहीं जानती। पर हां इतना जानती हूं कि कल आपने मेरे साथ अत्यंत सज्जनतापूर्ण बर्ताव किया है। आपका पूरा नाम तो अभी कार्ड पर ही देखा। इसके बाद वृजांगना ने अपने पति से शाम के समय का, अंगूठी के खोने का सारा किस्सा कह दिया। मैंने जेब से अंगूठी निकालकर धीरे से वृजांगना के सामने रख दी। अंगूठी पाकर वह कितनी प्रसन्न थी, यह उसकी कृतज्ञता-भरी आंखों और उल्लास भरे चेहरे से ही प्रकट हो रहा था। पं. नवलकिशोरजी के चेहरे पर कुछ अधिक भाव परिवर्तन न हुआ। वह केवल जरा-सा मुस्कराकर बोले, और यदि यह अंगूठी न लाते तब क्या करतीं विरजो?

वृजांगना ने विश्वाससूचक स्वर में कहा, लाते कैसे नहीं? अंगूठी तो मैंने इन्हीं के ऊपर छोड़ी थी न? सबके भरोसे थोड़े मैं अपनी यह अंगूठी छोड़ आती?

नवलकिशोर थोड़ा फिर मुस्कराए। हंसी तो कुछ मुझे भी आई। परंतु यह सोचकर कि प्रथम परिचय में ही हंसने की स्वतंत्रता लेना कहीं मेरे पक्ष में अशिष्टता न समझी

जाए, मैंने अपनी हंसी को रोक लिया; पर एक प्रश्न मेरे मस्तिष्क में बार-बार घूमने लगा। आखिर बिना परिचय के और बिना जान-पहिचान के वृजांगना ने मुझमें कौन-सी बात देखी जो वह मुझ पर इतना विश्वास कर बैठी? चेहरे से मैं नवलकिशोर को पहिचानता था, और वह मुझे; परंतु हमारा आपस में परिचय न था। उस दिन इस प्रकार उस अंगूठी ने हमारा आपस में परिचय कराया। उनके आग्रह से उस दिन मैंने उन्हीं लोगों के साथ चाय पी और उनके अनुरोध से कभी-कभी उनके घर आने भी लगा।

कुछ दिन उन लोगों के यहां आने-जाने के बाद, मैंने अनुभव किया, वे पति-पत्नी दोनों मिलनसार, हंसमुख, सीधे-सच्चे और सरल स्वभाव के व्यक्ति हैं। वृजांगना के विषय में मैंने जितनी तरह की बातें सुन रखी थीं वे मुझे सभी निर्मूल और अनर्गल प्रतीत हुईं। वृजांगना के हृदय की महानता और उसके सद्व्यवहारों ने मेरे हृदय में उसके प्रति श्रद्धा और विश्वास के ही भाव जाग्रत किए। उन दोनों पति-पत्नी के रहन-सहन, बात-व्यवहार को देखते हुए किसी प्रकार के संदेह के लिए कोई स्थान न रह जाता था।

वृजांगना सीधी, भोली और उदार प्रवृत्ति की स्त्री थी। उनके उस छोटे से घर में प्रेम, विश्वास, आदर और आनंद का ही आधिपत्य था। घृणा अपमान, ईर्ष्या और डाह का वहां तक प्रवेश ही न हो पाता था। वृजांगना की यह धारणा थी कि अपने घर में आया हुआ शत्रु भी अपना अतिथि हो जाता है; और अतिथि का अपमान करना उसकी दृष्टि में बड़ा ही निंदनीय काम था। इसलिए अपने घर में आए हुए उन व्यक्तियों के साथ भी जिनके प्रति वृजांगना के हृदय में किसी प्रकार की श्रद्धा या आदर के भाव न होते थे, वह केवल आदरयुक्त मधुर व्यवहार ही करती थी। उसके घर में आया हुआ कोई भी व्यक्ति बिना जलपान के कदाचित् ही वापिस जाता था। वह बुरे मनुष्यों से घृणा न करके उनकी बुराइयों से घृणा करती थी और भरसक उन्हें किसी प्रकार उन बुराइयों से बचाने का प्रयत्न भी करती। वह संसार के छल-प्रपंचों से परिचित न थी। उसके सामने भगवान बुद्ध और महात्मा ईसा के महान आदर्श थे जिनके अनुसार चलकर इस छोटी-सी जिंदगी में वह लोगों के साथ केवल कुछ भलाई ही कर जाना चाहती थी। इसीलिए उसे बहुत कम लोग समझ पाते थे। उसे तो वह समझ सकता था जो उसके पास, बहुत पास, पहुंचकर उसे देखे। दूर से देखनेवालों के लिए वृजांगना एक पहेली और बड़ी जटिल पहेली थी, जिसे हल करना कोई साधारण बात न थी। मैं वृजांगना के जीवन के साथ बहुत घुल-मिल गया था। मैंने उसे अच्छी तरह देखा और भली-भांति पहिचाना था। वृजांगना मानवी नहीं देवी थी। जिसने कदाचित् दैवी अभिशाप के ही कारण कुछ दिनों के लिए मानव-जन्म धारण करना पड़ा था।

धीरे-धीरे हमारा मेल-जोल बहुत बढ़ गया। अब मेरे अभिन्न हृदय मित्रों में से यदि कोई मेरे बहुत समीप था, तो वह भी थी वृजांगना। अपने सच्चे स्नेह और आदर से वृजांगना ने मुझे इस तरह बांध लिया था कि मैं उसके छोटे-छोटे आग्रह और अनुरोध को भी न टाल सकता था। अब उसके अनुरोध से मेरे सभी काम

नियमित रूप से होने लगे। उसके सरल प्रेम ने मुझमें नवस्फूर्ति फूंक दी। मैं अपने आप में नए जीवन का अनुभव करने लगा। मुझे ऐसा लगता था जैसे अभी-अभी संसार में प्रवेश किया हो।

मनुष्य में दो प्रकार की प्रवृत्तियां होती हैं। एक तो देव-प्रवृत्ति और दूसरी राक्षसी। न जाने क्यों वृजांगना को देखते ही मेरी देव-प्रवृत्ति किधर अंतर्हित हो जाती और राक्षसी प्रवृत्ति इतनी प्रबल हो उठती कि उसे रोकना मेरे लिए बहुत कठिन हो जाता। वृजांगना को देखते ही मेरा ज्ञान, मेरा विवेक और मेरी बुद्धि जैसे सभी मेरा साथ छोड़ देते थे। इसके लिए मैं अपने-आपको न जाने कितना धिक्कारता था। नवलकिशोर को भैया और वृजांगना को भाभी कहा करता था। सचमुच ही उनके प्रति मेरे हृदय में यही पूज्य भाव थे। एकांत में इस दलील को सामने रखकर मैंने अपनी इन राक्षसी प्रवृत्तियों को कुचल डालने का न जाने कितना प्रयत्न किया। मैं चरित्रहीन न था; परायी स्त्री विवाहिता स्त्री मेरे लिए देवी की तरह पूज्य और आदर की वस्तु थी। वृजांगना को भी मैं इसी पूज्य दृष्टि से देखा करता था। उसके लिए मेरे हृदय में बड़े पवित्र और आदर के भाव थे; किंतु यह पवित्र भाव उसी समय तक टिक सकते जब तक वह मेरे सामने न होती।

वृजांगना जैसे ही मेरे सामने आती मुझ पर न जाने कहां का राक्षस सवार हो जाता। मैं एक ज्ञानहीन पशु से भी गया-बीता बन जाता। मैं अपनी ही आंखों में बड़ा पतित जंचने लगता। पर मेरा हृदय मेरे काबू से बाहर था। मेरी दोनों प्रवृत्तियों का आपस में युद्ध-सा छिड़ा रहता था। कभी-कभी तो मैं बड़ा ही उद्विग्न और व्यथित-सा हो जाता। मेरी इस विचलित अवस्था को वृजांगना और नवलकिशोर देखते परंतु मेरी मानसिक स्थिति को वह क्या समझ सकते थे? वे अपने प्रयत्न-भर सदा हर प्रकार से मुझे खुश रखने की ही फिकर में रहते। उनका व्यवहार मेरे प्रति मधुरतर और प्रेमपूर्ण हो जाता था।

अपनी इस दानवी प्रवृत्ति को हर प्रकार से दबाने के लिए मैंने कई बार निश्चय किया कि मैं उनके घर ही न जाया करूं। और इस उपाय में मैं कई बार अंशों तक सफल भी हुआ। परंतु मेरे ही न जाने से क्या हो सकता था? कई बार ऐसा हुआ कि मैं सुबह से शाम तक उनके घर नहीं गया, तब प्रायः वृजांगना या नवलकिशोर अथवा कभी-कभी दोनों, मेरे घर पहुंच जाते और मेरा किया-कराया निश्चय मिट्टी में मिल जाता। उनके आग्रह और विशेषकर वृजांगना के प्रेमपूर्ण अनुरोध को टालने की मुझमें शक्ति न थी। विवश होकर मुझे उनके साथ फिर आना पड़ता।

देवी वृजांगना और साधु-प्रकृति नवलकिशोर मेरे इन कुत्सित मनोभावों से परिचित न थे। मेरी दानवी प्रवृत्तियां कितनी भीषण, कितनी भयंकर और कितनी प्रबल हैं, मैं स्वयं भी तो न जानता था। परंतु उन्हें कुचलने के लिए, उनसे मुक्ति पाने के लिए जो कुछ भी किया जा सकता था, मैंने सब कुछ किया। साल भर बाद—

वही चैती पूर्णिमा थी और वही संध्या का समय, वही मन को फिसलानेवाली

चांदनी रात; और थी वही वासन्ती हवा; आज फिर मैं बहुत उद्विग्न था। न जाने क्यों किसी मित्र का भी साथ न मिला और मैं घूमता हुआ कंपनी बाग के उसी कोने में पहुंच गया। मेरी चिरपरिचित बेंच कदाचित् मेरी ही प्रतीक्षा कर रही थी। मैं उस पर गिर-सा पड़ा और क्षण भर के लिए मैंने उसी शांति का अनुभव किया जो बालक माता की गोद में पाता है। क्षण भर बाद ही, साल भर पहले की एक-एक स्मृति सिनेमा के चित्रपट की तरह मेरी आंखों के सामने फिरने लगी। इस जगह हरी दूब पर व्याकुलता से मेरा लेटना, घूमती हुई रमणियों का आना, अंगूठी का गिरना और फिर उनकी खोज। मुझे याद आया, उस दिन भी मैं बहुत विकल था। संसार से विरक्त और जीवन से थका हुआ। आज मैं बहुत अंशों में संसार में अनुरक्त था, परंतु शांति जीवन में आज भी न थी। साल भर पहले की उस अशांति से आज की अशांति कहीं अधिक उद्वेगपूर्ण, भीषण और प्रलयंकारी थी। इस अशांति में मैं जला जा रहा था। मुक्ति का मार्ग ढूंढे भी न मिल रहा था। अंत में बहुत कुछ सोचने-विचारने के बाद मैं इस निर्णय पर पहुंचा कि मुझे यह नगर छोड़ देना चाहिए। नगर छोड़ने का पक्का निश्चय करके मैंने एक प्रकार की शक्ति-सी पाई।

नवलकिशोर बाहर गए थे। अपने घर की और वृजांगना की देखभाल वे मेरे ही ऊपर छोड़ गए थे। नगर छोड़ने से पहले पांच मिनट के लिए वृजांगना से मिल लेना शायद अनुचित न होगा, यही सोचकर मैं उसके मकान की तरफ चला। साथ ही मुझे यह भी जानना था कि नवलकिशोर कब लौटने वाले हैं। जब मैं उनके घर पहुंचा करीब आठ बज रहे थे। वह सबसे ऊपर वाली छत पर एक कालीन डाले पड़ी थी। मुझे देखते ही उठकर बैठ गई।

मैं उसके घर आज कई दिनों में आया था। वह कुछ नाराजी के साथ अधिकारपूर्ण स्वर में किंतु मुस्कुराती हुई बोली, तुमने तो आना ही छोड़ दिया योगेश? क्या किया करते हो? 'वे' घर नहीं हैं तो क्या तुम्हें भी न आना चाहिए?

मैंने उसकी बात का कुछ उत्तर न देते हुए पूछा, नवल भैया कब आएंगे विरजो?

—कल सबेरे चार बजे की गाड़ी से, वह प्रसन्न होती हुई बोली।

मैंने एक निश्चिंतता की सांस ली। मैं सुबह यहां से जाऊंगा। उस समय तक नवलकिशोर आ जाएंगे। विरजो अकेली न पड़ेंगी। इससे मुझे प्रसन्नता ही हुई। पास ही आए हुए कई दिन के 'लोडर' पड़े थे जिनसे विरजो को विशेष प्रेम न था; अतएव वे खोले भी न गए थे। मैंने तारीखवार उन्हें देखना शुरू किया। मुझे पढ़ते देख वृजांगना फिर कुछ न बोली। वह मेरे स्वभाव से भली भांति परिचित थी; अतएव पढ़ने-लिखने के समय वह मुझसे कभी किसी प्रकार की बातचीत न करती थी। कुछ देर बाद मेरी तंद्रा-सी टूटी। घड़ी पर नज़र पड़ते ही देखा कि काफी रात बीत चुकी है। मैं तो केवल पांच मिनट के लिए आया था।

वृजांगना सो चुकी थी। काले कालीन पर उसका मुंह पृथ्वी पर एक दूसरा पूर्णिमा का चांद-सा दिख रहा था। उसे मैं क्षण भर देखता रहा। मेरा विवेक, मेरा ज्ञान, मेरी बुद्धि जाने कहा अंतर्हित हो गई। मैं अपने आपे में न रह गया।

आज उसकी स्मृति ही सौ-सौ बिच्छुओं के दंशन से भी अधिक पीड़ा पहुंचा रही है, किंतु उस समय तो मैं शायद बेहोश था। मुझे तो होश उस समय आया जब मैंने वृजांगना को फूट-फूटकर रोते देखा। मुझे याद है उसके यही शब्द थे 'तुमने तो मुझे कहीं का न रक्खा योगेश!' सचमुच मैंने घोरतर पाप किया था, जिसका प्रायश्चित्त कदाचित् हो ही नहीं सकता था! मुझसे अधिक पापात्मा संसार में भला कौन हो सकता था? मैं था विश्वासघाती, नीच और परस्त्रीगामी। अपना कालिमा से पुता हुआ मुंह फिर मैं वृजांगना को न दिखा सका। चुपचाप उठा और उठकर सीढ़ियों से नीचे उतरकर अपने घर आया। उस दिन मैं फिर रात भर सो न सका। अपने दुष्कृत्य पर कितना लज्जित, कितना क्षुभित और कितना क्रोधित था मैं कह नहीं सकता। बार-बार यही सोचता था कि आखिर मैं कई बार मरते-मरते क्या इसी कलुषित कार्य को करने के लिए बच गया। यदि पहले ही मर चुका होता तो यह अनर्थ होता ही क्यों?

ज्यों-त्यों करके रात काटी। अभी पूरा प्रकाश भी न हो पाया था कि स्त्री से यह कह के कि मैं एक आवश्यक कार्य से कुछ दिनों के लिए बाहर जा रहा हूं, अपना ज़रूरी सामान लेकर घर से निकला। कहां जाने के लिए? कह नहीं सकता; किंतु जाना चाहता था दूर—संसार से बहुत दूर जहां से किसी भले आदमी पर मुझ पापी की छाया भी न पड़ सके। किंतु घर से निकलकर अभी दस कदम भी न चल पाया था कि नवलकिशोर का नौकर शीघ्रता से आता हुआ दिखा। किसी अज्ञात आशंका से मैं कांप-सा उठा; किंतु फिर भी मैंने जैसे उसे देखा ही न हो, इस भाव से तेज़ी से कदम बढ़ाए।

नौकर ने मुझे भारी आवाज और दुःख मिश्रित स्वर में पुकारकर कहा—ठहरो भैया! कहां जाते हो? तुम्हें बाबूजी ने जल्दी बुलाया है।

मेरे पैरों के नीचे से जैसे धरती खिसक गई। नवल ने आते ही मुझे क्यों बुलाया? क्या वृजांगना ने उनके आते ही...मेरी समझ में कुछ न आया। फिर भी अपने को बहुत संभालकर मैंने भीखू से पूछा, इसी समय बुलाया है? क्या कोई बहुत ज़रूरी काम है?

बूढ़ा नौकर रो पड़ा। रोते-रोते बोला, ज़रूरी काम क्या है भैया, बहू जी की तबीयत बहुत गाफ़िल है। संझा को अच्छी-भली सोई थीं और अब तो भगवान जो उठा के खड़ी करें तो खड़ी हों। नहीं तो कुछ आशा नहीं दिखती।

मुझे चक्कर-सा आने लगा। भीखू के साथ उसी समय नवल के घर की ओर चला, रात जिस घर में फिर कभी न जाने की प्रतिज्ञा करके निकला था, उसी घर की ओर फिर विक्षिप्तों की तरह चल पड़ा। आह! किंतु वहां तो मेरे पहुंचने के पहले ही सब कुछ समाप्त हो चुका था। नवलकिशोर बच्चों की तरह फूट-फूटकर रो रहे थे।

उसका कंचन-सा शरीर चिता पर धर दिया गया। आग लगा दी गई और वह धू-धू करके जल उठी। हमारे देखते-ही-देखते उसका सोने का शरीर राख में मिल गया।

इसी प्रकार मुझे भी जीता ही जला देना चाहिए। इस हरी-भरी छोटी-सी गृहस्थी को बीहड़ बनानेवाला नर-पिशाच तो मैं ही हूं न! मैं किस आग में जल रहा था इसे मेरे सिवा और कौन समझ सकता था?

सब लोगों के चले जाने के बाद बची-खुची राख को समेटकर उसी समय मैंने वह नगर छोड़ दिया। उसी राख को यहां रखकर मैंने उसकी समाधि बना ली है और न जाने कितनी चैती पूर्णिमा उस समाधि को पश्चाताप के आंसुओं से धोते हुए मैंने बिता दी हैं। पश्चात्ताप अभी तक पूरा नहीं हुआ। मैं रात-दिन जलता हूं। एक सुंदर से फूल को धूल में मिलाने का पाप मेरे सिर पर सवार है।

•

पापी पेट

आज सभा में लाठी चार्ज हुआ। प्रायः पाँच हज़ार निहत्थे और शान्त मनुष्यों पर पुलिस के पचास जवान लोहबन्द लाठियाँ लिए हुए टूट पड़े। लोग अपनी जान बचाकर भागे; पर भागते-भागते भी प्रायः पाँच सौ आदमियों को सख़्त चोटें आयीं और तीन तो बेहोश होकर सभा-स्थल में ही गिर पड़े। तीन-चार प्रमुख व्यक्ति गिरफ्तार करके जेल भेज दिए गए।

पुलिस ने झंडे के विशाल खम्भे को काटकर गिरा दिया और आग लगा दी। तिरंगा झंडा फाड़कर पैरों से रौंद डाला गया। सबके हृदय में सरकार की सत्ता का आतंक छा गया।

प्रकट रूप में विजय पुलिस की ही हुई। उनके सामने सभी लोग भागते हुए नज़र आए। और यदि किसी ने अपनी जगह पर खड़े रहने का साहस दिखलाया तो वह लाठियों की मार से धराशायी कर दिया गया। परन्तु इस विजय के होते हुए भी उन चेहरों पर विजय का उल्लास नहीं था, प्रत्युत् ग्लानि ही छायी थी। उनकी चाल में आनन्द का हलकापन न था, वरन् ऐसा मालूम होता था कि जैसे पैर मन-मन भर के हो रहे हों। हृदय उछल नहीं रहा था, वरन् एक प्रकार से दबा-सा जा रहा था।

पुलिस लाइन में पहुँचकर सिपाही लाठी चार्ज की चर्चा करने लगे। सभी को लाठी चार्ज करने, निहत्थे-निरपराध व्यक्तियों पर हाथ चलाने का अफसोस हो रहा था। सिपाही रामखिलावन ने अपनी कोठरी में जाकर अन्दर से दरवाज़ा लगा लिया और लाठी चूल्हे में जला दी। उसकी लाठी के वार से एक सुकुमार बालक की खोपड़ी फट गई थी। उसने मन में कहा, बिचारे निहत्थे और निरपराधों को कुत्तों की तरह लाठी से मारना! राम, राम, यह हत्या! किसके लिए? पेट के लिए? इस पापी पेट को तो जानवर भी भर लेते हैं। फिर हम आदमी होकर इतना पाप क्यों करें? इस बीस रुपट्टी के लिए यह कसाईपन? न, अब तो यह न हो सकेगा। जिस परमात्मा ने पेट दिया है वह अन्न भी देगा। लानत है ऐसी नौकरी पर।

और दूसरे दिन नौकरी से इस्तीफा देकर वह अपने देश को चला गया।

थानेदार बरकतउल्ला लाठी जार्च के समय चिल्ला-चिल्लाकर हुक्म दे रहे थे 'मारो सालों को, आए हैं स्वराज्य लेने', लगे खूब कस-कसके। परन्तु अपने क्वार्टर्स में पहुँचते-पहुँचते उनका जोश ठंडा पड़ गया। वे ज़बान के खराब अवश्य थे, पर

हृदय के इतने खराब न थे। दरवाज़े के अन्दर पैर रखते ही उनकी बीवी ने कहा—देखो तो यह गफूर कैसा फूट-फूटकर रो रहा है। क्या किया है आज तुमने? बार-बार पूछने पर भी यही कहता है कि अब्बा ने गोपू को जान से मार डाला है। मेरी तो समझ में नहीं आता कि क्या हुआ?

सुनते ही थानेदार साहब सर थामकर बैठ गए। गोपाल बहुत सीधा और स्नेही लड़का था। थानेदार का लड़का और गोपाल एक ही कक्षा में पढ़ते थे और दोनों में खूब दोस्ती थी। थानेदार और उनकी बीवी दोनों ही गोपाल को अपने लड़के की ही तरह प्यार करते थे। थानेदार को बड़ा अफ़सोस हुआ, बोले—आग लगे ऐसी नौकरी में। गिरानी का ज़माना है, वरना मैं तो इस्तीफ़ा देकर चल देता। पर करूँ तो क्या करूँ? घर में बीवी-बच्चे हैं, बूढ़ी माँ है—इनका निर्वाह कैसे हो? नौकरी बुरी ज़रूर है पर पेट का सवाल इससे भी बुरा है। आज 60 रु. माहवार मिलते हैं। नौकरी छोड़ने पर कोई बीस रुपट्टी को भी न पूछेगा—पापी पेट के लिए नौकरी तो करनी ही पड़ेगी। पर हाँ, इस हाय-हत्या से बचने का एक उपाय है। तीन महीने की मेरी छुट्टी बाकी है। तीन महीने बहुत होते हैं। तब तक यह तूफ़ान निकल ही जाएगा।

यह सोचकर उन्होंने छुट्टी की दरख्वास्त दूसरे ही दिन दे दी।

उधर कोतवाल बख्तावरसिंह का बुरा हाल था। मारे रंज के उनका सिर दुखने लगा था। बख्तावर सिंह राजपूत थे। उन्होंने टाड का राजस्थान पढ़ा था। राजपूतों की वीरता की फड़कानेवाली कहानियाँ उन्हें याद थीं। चित्तौड़ के जौहर, जयमल और फ़त्ता के आत्म-बलिदान और राणा प्रताप की बहादुरी के चित्र उनके दिमाग में रह-रहकर चमक उठते थे। सोचते थे कि मैं समस्त राजपूत जाति की वीरता का वारिस हूँ। उनका सदियों का संचित गौरव मुझे प्राप्त है। मेरे पूर्वजों ने कभी निहत्थों पर शस्त्र नहीं चलाए, मैंने आज यह क्या कर डाला? ऐसे मारने से तो मर जाना अच्छा। पर पापी पेट जो न कराये सो थोड़ा!

इसी संकल्प-विकल्प में पड़कर उन्होंने रात को भोजन भी नहीं किया। आखिर भोजन करते भी तो कैसे? उस घायल बच्चे का रक्तरंजित कोमल शरीर, उसकी करुण चीत्कार और उसकी हृदय को हिला देनेवाली निर्दोष, प्रश्नपूर्ण दृष्टि का चित्र उनकी आँखों के सामने रह-रहकर खिंच जाता था। उसकी याद उनके हृदय को टुकड़े-टुकड़े किए डालती थी। इस प्रकार दुखते हुए हृदय को दबाकर से कब सो गए, कौन जाने?

सबेरे उठने पर उन्हें याद आयी कि कल ही जो उन्हें तनख़ाह के तीन सौ रुपये मिले थे, उसे वे कोट की जेब में ही रखकर सो गए थे। कहीं किसी ने निकाल न लिए हों, इस खयाल से झटपट उन्होंने कोट की जेब में हाथ डाला और नोट निकालकर गिनने लगे। एक-एक करके गिने, सौ-सौ के तीन नोट थे। उन पर सम्राट् की तसवीर बनी थी और गवर्नमेण्ट की तरफ से किसी के हस्ताक्षर पर यह लिखा हुआ था कि मैं माँगते ही एक सौ रुपये देने का वायदा करता हूँ रुक्का इन्दुल तबल प्रॉमिसरी नोट—' माँगते ही एक सौ रुपये! इसी प्रकार एक, दो, तीन, एक ही महीने में तीन सौ! एक वर्ष में छत्तीस सौ, तीन हज़ार छै सौ...तीस वर्ष में एक लाख आठ

हजार..हर साल तरक्की मिलेगी...फिर तीस साल के बाद पेन्शन और ऊपर से!!इसी उधेड़बुन में थे कि इतने ही में टेलीफ़ोन की घंटी बजी। वह चट से टेलीफोन के पास गए, बोले 'हल्लो!' उधर से आवाज़ आयी, 'डी. एस. पी., और आप कौन हैं?' उन्होंने कहा 'शहर कोतवाल।' शहर कोतवाल का अधिकारपूर्ण शब्द उनके कानों में गूँज गया। उधर से फिर आवाज़ आयी, 'अच्छा तो कोतवाल साहब! आज 11 बजे जेल के भीतर कल के गिरफ्तार-शुदा कैदियों का मुकदमा होगा। उसमें आप की गवाही होगी। आप ठीक 11 बजे जेल पर पहुँच जाइए।' कोतवाल साहब ने कहा, 'बहुत अच्छा!'

अब कोतवाल साहब अपने दफ़्तर के काम में लग गए। आफ़िस पहुँचते ही उनका रोज़ की ही तरह कुड़कुड़ाना शुरू हो गया। कोतवाली में काम बहुत रहता है। बड़ा शहर है, दिन भर काम करते-करते पिसे जाते हैं। एड़ी-चोटी का पसीना एक हो जाता है। खाने तक की फुरसत नहीं मिलती। चौबीसों घंटे गुलामी बजानी पड़ती है, तब कहीं तीन सौ रुपट्टी मिलते हैं। तीन सौ में होता ही क्या है? आजकल तो पाँच सौ से कम में इज़्ज़तदार आदमी रह ही नहीं सकता। इसी के लिए झूठ-सच, अन्याय-अत्याचार क्या-क्या नहीं करना पड़ता? पर उपाय भी तो कुछ नहीं है। इस छै फुट के शरीर को क़ायम रखने के लिए पेट में तो कुछ झोंकना ही पड़ेगा। क्या ही अच्छा होता, यदि भगवान पेट न बनाता।

इन्हीं विचारों में समय हो गया और कोतवाल साहब ठीक 11 बजे गवाही देने लिए जेल को चल दिए।

लाठी चार्ज का हुक्म देने के बाद ही मजिस्ट्रेट राय साहब कुन्दनलाल जी को बड़े साहब का एक अर्जेन्ट रुक्का मिला। साहब ने उन्हें फौरन बँगले पर बुलाया था। इधर लाठी चार्ज हो ही रहा था कि उधर वे मोटर पर सवार होकर बड़े साहब के बँगले पहुँचे। काम की बातों के समाप्त हो जाने पर, उन्हें लाठी चार्ज कराने के लिए धन्यवाद देते हुए, बड़े साहब ने इस बात का भी आश्वासन दिया कि राय बहादुरी के लिए उनकी सिफ़ारिश अवश्य की जाएगी। बड़े साहब का उपकार मानते हुए राय साहब कुन्दनलाल अपने बँगले लौटे। उन निहत्थों पर लाठी चलवाने के कारण उनकी आत्मा उन्हीं को कोस रही थी। हृदय कहता था कि 'यह बुरा किया, लाठी चार्ज बिना करवाये भी तो काम चल सकता था। आखिर सभा हो ही जाती तो अमन में क्या खलल पड़ जाता? वे लोग सभा में किसी से मारपीट करने तो आए न थे। फिर मैंने ही उन्हें लाठी से पिटवाकर कौन-सा भला काम कर डाला?' किन्तु दिमाग़ ने उसी समय रोककर कहा–'यहाँ भले बुरे का सवाल नहीं है, तुमने तो अपना कर्तव्य पालन किया है। स्वयं भगवान् कृष्ण ने कर्तव्य के लिए निकट सम्बन्धियों तक को मारने का उपदेश अर्जुन को दिया था, फिर तुम्हारा कर्तव्य क्या है? अपने अफ़सर की आज्ञा का पालन करना। आतंक जमाने के लिए लाठी चार्ज कराने का तुम्हें हुक्म था। तुम सरकार का नमक खाते हो, उसकी आज्ञा का उल्लंघन नहीं कर सकते। आज्ञा मिलने पर उचित-अनुचित का विचार करने की ज़रूरत ही नहीं। स्वयं धर्म-नीति के ज्ञाता पितामह भीष्म ने दुर्योधन का नमक खाने के ही

कारण, अर्जुन का पक्ष सत्य होते हुए भी, दुर्योधन का ही साथ दिया था। इसी प्रकार तुम्हें भी अपना कर्तव्य करना चाहिए, नतीजा बुरा हो चाहे भला।'

पर फिर उनके हृदय ने काटा, 'न जाने कितने निरपराधों के सिर फूटे होंगे?' दिमाग़ ने कहा, 'फूटने दो। जब तक सरकार की नौकरी करते हो तब तक तुम्हें उसकी आज्ञा का पालन करना ही पड़ेगा, और यदि आज्ञा का पालन नहीं कर सकते हो तो ईमानदारी इसी में है कि नौकरी छोड़ दो। माना कि आखिर ये लोग स्वराज्य के लिए झगड़ रहे हैं। उनका काम परमार्थ का है; सभी के भले के लिए है, पर किया क्या जाए? नौकरी छोड़ दी जाए तो इस पापी पेट के लिए भी तो कुछ चाहिए? हमारे मन में क्या देश-प्रेम नहीं है? पर खाली पेट देश-प्रेम नहीं हो सकता। आज नौकरी छोड़ दें, तो क्या स्वराज्यवाले मुझे 600) दे देंगे? हमारे पीछे तो गृहस्थी लगी है, बाल-बच्चों का पेट तो पालना ही होगा।' इसी प्रकार सोचते हुए वे अपने बँगले पहुँचे।

घर पहुँचने पर मालूम हुआ कि पत्नी अस्पताल गई है। लाठी-काण्ड में लड़के का सिर फट गया है। उनका कलेजा बड़े वेग से धड़क उठा। उनका एक ही लड़का था। तुरन्त ही मोटर बढ़ायी, अस्पताल जा पहुँचे। देखा कि उनकी स्त्री गोपू को गोद में लिए बैठी आँसू बहा रही है। गोपू के सिर में पट्टी बँधी है और उसकी आँखें बन्द हैं। उन्हें देखते ही पत्नी ने पीड़ा और तिरस्कार के स्वर में कहा–यह है तुम्हारे लाठी चार्ज का नतीजा।

उसका गला रुँध गया और आँसू और भी वेग से बह चले। राय साहेब कुन्दनलाल के मुँह से एक शब्द भी न निकला। इतने ही में डॉक्टर ने आकर उन्हें सांत्वना देते हुए कहा–कोई खतरे की बात नहीं है। घाव गहरा ज़रूर है, पर इससे भी गहरे-गहरे घाव अच्छे हो जाते हैं, आप चिन्ता न कीजिए।

राय साहेब ने पत्नी से पूछा–आखिर तुमने इसे वहाँ जाने ही क्यों दिया?

पत्नी ने कहा–तो मुझसे पूछ के ही तो वहाँ गया था न?

रात-भर गोपू बेहोश रहा और दूसरे दिन भी बेहोशी दूर न हुई। दूसरे दिन 11 बजे दिन में जेल में मुकद्दमा होने वाला था। परन्तु न्यायाधीश ठीक समय पर न पहुँच सके। आज उन्हें एक मामले में, जो तीन महीने से उनकी अदालत में चल रहा था, सज़ा सुनानी थी। मामला था, एक तेरह साल की बालिका को बेचने के लिए भगा ले जाने का। जुर्म साबित हो चुका था। न्यायाधीश के द्वारा उसे छः महीने की सख्त कैद की सज़ा दी गई थी।

फ़ैसला सुनाकर न्यायाधीश महाशय जेल आए। कोतवाल और राय साहेब कुन्दनलाल की गवाही हो जाने पर अभियुक्तों में से एक को दो साल की सख्त कैद और 2000) जुर्माना, दूसरे को डेढ़ साल की सख्त कैद और 1500) जुर्माना, तीसरे को एक साल की सख्त कैद और 500) जुर्माना की सज़ा दे दी गई। अभियुक्तों ने मुकद्दमे में किसी प्रकार का भाग नहीं लिया और न पेशी ही बढ़वायी, इसलिए मुकद्दमा करीब एक घण्टे में ही समाप्त हो गया।

तीनों अभियुक्त प्रतिष्ठित सज्जन थे और राय साहेब की जान-पहिचान के

थे। मुकद्दमा खत्म हो जाने पर राय साहेब ने उनसे माफ़ी माँगते हुए कहा, 'क्षमा करना भाई, इस पापी पेट के कारण लाचार हैं, वरना क्या हमारे दिल में देश-प्रेम नहीं है?' यह कहकर उन्होंने अपनी आत्मा को कुछ सन्तोष दे डाला और जल्दी-जल्दी अस्पताल आए। गोपू की हालत और भी ज्यादा खराब हो गई थी। उसकी नाड़ी क्षीण पड़ती जाती थी। राय साहेब के पहुँचने पर उसने पहिली ही बार आँखें खोलीं। उसके मुँह पर हल्की-सी मुस्कुराहट थी। धीमी आवाज़ से उसने कहा, वन्दे मा... 'म्' की ध्वनि नहीं निकल पायी; 'म्' के साथ ही उसका मुँह खुला रह गया, और आँखें सदा के लिए बन्द हो गईं। उसकी माता चीख मारकर लाश पर गिर पड़ी। राय साहेब के शून्य हृदय में बार-बार प्रश्न उठ रहा था, 'यह सब किसके लिए?' और मस्तिष्क से प्रतिध्वनि उसका उत्तर दे रही थी, 'पापी पेट के लिए।'

•

सुभागी

अगर किसी को बेमौसम की बहुत-सी चीजें देखना हो तो वह कुछ दिन आकर जबलपुर में रहे। और फिर बेमौसम की बहार देखे। बेमौसम का पानी तो जबलपुर में बहुत ही ज्यादा बरसता है।

माघ-महीने की एक रात की बात है। सर्दी बहुत ज़ोर की थी, और साथ-ही-साथ थी खूब तेज़ हवा, जो तीर की तरह हृदय को बेधती हुई जान पड़ती थी। बादल तो इधर कई दिनों से थे। थोड़ी-बहुत बूंदाबांदी भी हो जाया करती थी। किन्तु आज शाम को तेज़, तूफानी हवा के साथ जो पानी बरसा था, वह बरसात के दिनों की याद दिला रहा था। इस समय पानी तो बंद था परंतु बिजली की कड़कना, बादलों का गरजना और हवा का तूफान उसी तेज़ी पर था जैसे शाम को था। इस समय वही मौसम था जिसमें मैं बहुत घबराती हूं। ऐसे आंधी, पानी और तूफान में मुझे डर भी बहुत लगता है। कोई विश्वास न करेगा, पर मैं सच कहती हूं जब ऐसा अंधड़ उठता है, और मेरे बच्चे घर से बाहर रहते हैं तब मेरे मन में यही आशंका बनी रहती है कि कहीं ऐसा न हो कि इस आंधी में मेरा बच्चा उड़ जाए—ऐसा हो नहीं सकता, यह मैं अच्छी तरह जानती हूं परंतु फिर भी मैं घबराती हूं, कोई काम नहीं कर सकती, कुछ लिख-पढ़ नहीं सकती, यहां तक कि एक जगह बैठी भी नहीं रह सकती। एक अजीब तरह की बेचैनी बनी रहती है और जब तक बच्चे लौटकर नहीं आते वह शांत नहीं होती।

हां, तो मैं माघ महीने की एक तूफानी रात की बात कह रही थी। शाम से ही आंधी-पानी का ज़ोर था। मेरी आंखों की नींद और बच्चों की याद, दोनों में होड़ तो रोज ही लगी रहती थी और प्रायः यही होता भी था कि नींद के सामने बच्चों की याद ही विजयी हुआ करती थी। ऐसे मौसम में तो मुझे वैसे ही नींद कम आती है फिर जब बच्चों की याद आ रही हो तो नींद भला कैसे आ सकती है। जब बादल बहुत ज़ोर से गरजते और बिजली कड़कती तो मेरी आंखों के सामने महीनों पहले का एक दृश्य आ जाता—बरामदे में एक तरफ मेरा पलंग और उसी से सटी हुई मेरे नन्हें की खाट। जहां बादल गरजे, बिजली चमकी और मेरे नन्हें ने पुकारा—अम्मां बादल तो बहुत ज़ोर से गरजते हैं। मुझे डर लगता है। मां! तुम अपना हाथ मेरी खाट पर रख दो, तो मैं सो जाऊं।

मेरा नन्हा आज इस समय भी वहीं कहीं सोया होगा। बादलों की तड़प से

उसकी नींद आज भी खुल गई होगी और वह डरा भी होगा! उसे रात में शायद याद न रही हो और उसने 'मां' कहके पुकारा भी होगा। परंतु एक ही शहर में रहकर उसमें और उसकी मां में कितना अधिक अंतर है। मेरे हृदय में प्रबल-वेग के साथ एक तूफान-सा उठा। मैं फिर बैठ न सकी। उठकर टहलने लगी। इसी समय मुझे बाहर बरामदे में किसी मनुष्य की छाया-सी दिखी। मैं कुछ घबराई और डरी। फिर तुरंत ही ध्यान में आया कि यह तो जेल है। यहां चोर कहां से आ सकेगा। सींकचों के पास जाकर पूछा—कौन है बाहर?

'मैं हूं बहिनजी।' उत्तर मिला।

मैंने देखा बाहर बरामदे की जाली से सटी हुई सुभागी खड़ी है। मैं उसके बहुत पास तक चली गई और मुझे ऐसा जान पड़ा कि सुभागी रो रही है। मैंने कहा—सुभागी! इतनी रात को तुम सर्दी में क्यों अकेली खड़ी हो? कोई तकलीफ तो नहीं है?

'तकलीफ़ क्या होगी बहिनजी!...' सुभागी बोली। उसका स्वर कांप रहा था। ऐसा लगता था कि अपने अंतर से उठते हुए किसी प्रबल आवेग को वह दबा रही है।

'नींद नहीं आती है। आप भी तो नहीं सो रही हैं। यही मैं देख रही थी।' सुभागी ने अपने वाक्य को पूरा किया।

मैंने कहा—मेरे न सोने का कारण है सुभागी! मैं छोटे बच्चों को छोड़कर आयी हूं। उनके पिता भी जेल में हैं और मैं भी हूं। मुझे उनकी याद में रात-रात भर नींद नहीं आती। पर तुम क्यों नहीं सोई, सुभागी!

'मेरा भी एक बच्चा है बहिनजी', सुभागी ने कहा और एक गहरी सांस के साथ चुप हो गई।

मैंने कहा—तुम्हारा भी बच्चा है? पर कोई-न-कोई तो होगा न उसे देखनेवाला। मेरे बच्चे तो अकेले हैं इसलिए मुझे इतनी फिकर रहती है।

'उसे देखनेवाले भगवान को छोड़कर और कोई नहीं है बहिनजी, कोई होता तो इतनी बेचैनी न रहती।' सुभागी ने कहा और उसकी आंखें सजल हो उठीं।

मैंने पूछा—बच्चे का पिता कहां है?

'जेल में', सुभागी ने संक्षिप्त-सा उत्तर दिया और चुप हो गई।

मुझे सुभागी पर कुछ क्रोध-सा आ चला था। सोच रही थी कि जब उसका पति जेल में था ही तो आखिर यह क्यों बच्चे को बिलकुल छोड़कर चली आयी। बच्चे के प्रति भी तो इसका कुछ कर्तव्य है। माना कि इस प्रवाह में बह गई। पर तब क्या बच्चे को बिलकुल भूल गई थी और अब रात खड़े-खड़े बिताया करती है।

मैंने रूखे स्वर में पूछा—जब तुम्हारा पति जेल में था और तुम्हारे बच्चे को देखनेवाला कोई न था तब तुम्हें जेल आने की क्या पड़ी थी? तुम्हारे एक के आने न आने से क्या फरक पड़ जाता!

'मैं अपने मन से नहीं आई। मुझे तो जबरन पकड़ लाए हैं।' सुभागी ने बतलाया।

मैंने उसकी ओर ध्यान से देखकर पूछा—तुम क्या बहुत दिनों से कांग्रेस का काम करती हो?

सुभागी बोली—नहीं बहिनजी, मैंने कभी कांग्रेस का काम नहीं किया और मैं इन बातों को समझती भी नहीं।

मेरा आश्चर्य अब बढ़ चला। मैंने पूछा—फिर तुम्हें पकड़ा कैसे है?

सुभागी ने कहा—कैसे पकड़ा? क्या कहूं बहिनजी! बात यह थी कि मेरे पति और थानेदार से एक बार किसी बात पर कहा-सुनी हो गई थी। तब से वह अदावत मानता था और इसी से आंदोलन के उठते ही उसने उन्हें पकड़वा दिया। अब घर में थी मैं अकेली और वही नौ साल का मेरा बच्चा। थानेदार आचरण का अच्छा नहीं है। उन्हें जेल भेजकर वह मेरे पास आया, कहने लगा—तुम्हारे आदमी को पकड़ ले जाने का मुझे दुःख है, पर हमको तो हुक्म की तामीली करनी ही पड़ती है। जैसा ऊपर से हुक्म आया, किया। पर सुभागी, तुम किसी तरह तकलीफ़ न उठाना। रुपए-पैसे से मैं तुम्हारी मदद करता रहूंगा। जब तुम्हें कुछ ज़रूरत हो घर पर आ जाना या कहलवा भेजना। मैं खुद चला आऊंगा।

'बहिनजी, उसकी इस बात का अर्थ मैं समझती थी। मैंने कहा, अब आबरू न बचेगी। यह किसी समय भी आकर मेरा पानी उतार सकता है। अपने पास-पड़ोसवालों से सलाह की। सबने कहा कि मेरा कहना तो ठीक है परन्तु सब-कुछ जानकर भी वे लोग थानेदार के विरुद्ध एक शब्द न कहेंगे और मेरी कुछ सहायता न करेंगे क्योंकि थानेदार किसी को भी संदेह पर ही पकड़कर जेल भेज सकता है, उसे अधिकार है। फिर बिना मतलब क्यों कोई जेल जाए। और सबकी राय हुई कि मैं गांव छोड़कर दूसरी जगह चली जाऊं।

'शाम को थानेदार का आदमी मुझे बुलाने आया। मैंने कहा—मैं नहीं जाऊंगी। मुझे कुछ नहीं चाहिए।' इस पर वह बहुत चिढ़ गया। उसने मुझे धमकी दिलवायी कि यदि मैं उसकी बात न मानूंगी तो मुझे पछताना पड़ेगा। मैं सब बात के लिए तैयार थी। पर आबरू नहीं बेचना चाहती थी। उसी रात में बच्चे को लेकर गांव छोड़कर चली आयी। और बहिनजी! सबेरे यहां के स्टेशन पर उतरते की पकड़ ली गई। कुछ परचे न जाने कहां से मेरी पोटली में रख दिए गए थे। उनका कहना था कि मैं उन परचों को बांटती फिरती थी। मेरा रम्मू रोने लगा। मैंने कहा, 'इसे अकेला कहां छोड़ूंगी। इसे भी मेरे साथ ले चलो।' पर वह मेरी कब सुनते थे। रोते हुए बच्चे को ज़बरदस्ती मुझसे अलग करके लारी पर बिठा के लाए और बंद कर दिया। तब से दो महीने हो गए। बच्चे की कोई खबर नहीं है। जब पानी बरसता है, बादल गरजते हैं, तब जी और भी व्याकुल हो उठता है। कहां सोया होगा, क्या खाया-पिया होगा उसने। मेरा कोई रिश्तेदार भी नहीं है और गांववाले तो थानेदार के डर के मारे उसे अपनी छाया भी न छूने देंगे।

'उसके बाद बहिनजी, एक दिन दफ्तर में मजिस्ट्रेट ने बुलवाया। वहां वही थानेदार भी था। मुझसे कहा कि तुम यह कह दो—आगे से कोई भी कांग्रेस का काम न करोगी और थानेदार साहब के कहने में रहोगी तो तुम्हें छोड़ देते हैं। मैंने कहा—मुझे नहीं छूटना है। बहिनजी! वैसे तो मैं कभी कांग्रेस का काम नहीं करती पर यह तो माफी मांगना हो जाता न? और इससे कांग्रेस की बदनामी होती, फिर

छूटकर भी तो उसी पिशाच थानेदार के चंगुल में फंस जाती। इसलिए यह कह के कि मुझे नहीं छूटना है, चली आयी। पर बच्चे की ममता है। रात-दिन अंदर एक आग-सी लगी रहती है। उसका कहीं से कुछ पता मिल जाता—पर पता कहां से मिलेगा। यह तो जेल है। वह कहां गया होगा।' और सुभागी का भरा हुआ हृदय जैसे फूट पड़ने के लिए आतुर हो उठा! वह फिर रो पड़ी।

मेरे पास सुभागी को सांत्वना देने के लिए शब्द न थे। उसका दुःख कितना तीव्र है। उसकी कहानी कितनी करुण है। उसे क्या कह के समझाऊं। बच्चों के लिए हृदय कितना व्याकुल रहता है। यह मैं जानती हूं। फिर भला सुभागी को जिसका बच्चा स्टेशन पर ज़बरदस्ती उससे अलग कर दिया जाता है, मैं क्या कह के समझाती; यह सोच ही रही थी कि मेरी बच्ची ने जागकर मुझे पुकारा और बिना कुछ कहे ही मैं उठकर अंदर बच्ची के पास चली गई।

उसी प्रातःकाल ग्यारह बजे मैं टांके पर नहाने गई। नहाकर कपड़े धो रही थी कि तभी सुभागी भी आयी। वही मुरझाया-सा चेहरा और बुझी-बुझी-सी आंखें। मेरा हृदय सुभागी के दुःख से दबा-सा जा रहा था। मैं उसकी तरफ देख भी न सकी कि इतने ही में जमादारिन ने लाकर मुझे एक पत्र दिया। पत्र मेरे बच्चों का था। और कपड़ा धोना भूलकर मैं पत्र पढ़ने लगी। पत्र समाप्त करते-करते मेरे एक बच्चे ने लिखा था—'अम्मां! हम लोग छोटे-छोटे हैं तो हमने एक छोटा-सा नौकर भी रखा है और तुम्हें जानकर आश्चर्य होगा कि इस लड़के के माता-पिता भी इसी आंदोलन में पकड़े जाकर जेल-जीवन बिता रहे हैं। इसका नाम रम्मू है। अच्छा-सा लड़का है मां! और हम लोग उससे नौकरों सरीखा बर्ताव भी नहीं करते। उसे पढ़ाते-लिखाते भी हैं। पिता की गिरफ्तारी के बाद मां के साथ शहर नौकरी करने आया था। स्टेशन पर ही उसकी मां पकड़ ली गई। तब से कई जगह नौकरी करने के बाद अब हमारे घर आया है। और उसे यहां अच्छा लगता है। कहता है कि अपने माता-पिता के छूटने तक वह हम लोगों के ही पास रहेगा। क्या कोई इस तरह के लड़के की मां तुम्हारे जेल में है, मां?' पास ही नहाती हुई सुभागी से मैंने पूछा—तुम्हारे लड़के का नाम क्या है, सुभागी?

'नाम तो उसका रामलाल है, पर रम्मू-रम्मू कह के पुकारते है सब लोग', सुभागी ने बतलाया।

हर्षातिरेक से मेरी आंखें सजल हो गईं। मैंने कहा—सुभागी! अपने बच्चे का समाचार सुन लो, और बच्चों की चिट्ठी का वह अंश, जिसमें उन्होंने अपने छोटे-से नौकर के विषय में लिखा था, पढ़कर सुना दिया।

सुभागी को जैसे खोया हुआ खज़ाना मिल गया हो; उसने मेरे पैर छू लिए!

•

राही

तेरा नाम क्या है?

—राही।

—तुझे किस अपराध में सज़ा हुई?

—चोरी की थी, सरकार!

—चोरी? क्या चुराया था?

—नाज की गठरी।

—कितना नाज था?

—होगा पाँच-छः सेर।

—और सज़ा कितने दिन की है?

—साल भर की।

—तो तूने चोरी क्यों की? मज़दूरी करती तब भी तो दिन भर में तीन-चार आने पैसे मिल जाते।

—हमें मजदूरी नहीं मिलती सरकार! हमारी जाति माँगरोरी है। हम केवल माँगते-खाते हैं।

—और भीख न मिले तो?

—तो फिर चोरी करते हैं। उस दिन घर में खाने को नहीं था। बच्चे भूख से तड़प रहे थे। बाजार में बहुत देर तक माँगा। बोझा ढोने के लिए टोकना लेकर भी बैठी रही। पर कुछ न मिला। सामने किसी का बच्चा रो रहा था, उसे देखकर मुझे अपने भूखे बच्चों की याद आ गई। वहीं पर किसी की नाज की गठरी रखी थी। उसे लेकर भागी ही थी कि पुलिसवाले ने पकड़ लिया।

अनीता ने एक ठंडी साँस ली। बोली—फिर तूने कहा नहीं कि बच्चे भूखे थे, इसलिए चोरी की। सम्भव है इस बात से मजिस्ट्रेट कम सज़ा देता।

—हम गरीबों की कोई नहीं सुनता, सरकार! बच्चे आए थे कचहरी में। मैंने सब-कुछ कहा, पर किसी ने नहीं सुना। राही ने कहा।

—अब तेरे बच्चे किसके पास हैं? उनका बाप है? अनीता ने पूछा।

राही की आँखों में आँसू आ गए। वह बोली—उनका बाप मर गया, सरकार! जेल में उसे मारा था और वहीं अस्पताल में वह मर गया। अब बच्चों का कोई नहीं है।

'तो तेरे बच्चों का बाप भी जेल ही में मरा। वह क्यों जेल आया था?' अनीता ने प्रश्न किया।

—उसे तो बिना कुसूर के ही पकड़ लिया था, सरकार, राही ने कहा—ताड़ी पीने को गया था। दो-चार दोस्त-भाई उसके साथ थे। मेरे घरवाले का एक वक्त पुलिसवाले से झगड़ा हो गया था, उसी का बदला उसने लिया। 109 में उसका चालान करके साल भर की सज़ा दिलवा दी। वहीं वह मर गया।

अनीता ने एक दीर्घ निःश्वास के साथ कहा—अच्छा जा, अपना काम कर। राही चली गई।

अनीता सत्याग्रह करके जेल आई थी। पहिले उसे बी' क्लास दिया था। फिर उसके घरवालों ने लिखा-पढ़ी करके उसे 'ए' क्लास दिलवा दिया।

अनीता के सामने आज एक प्रश्न था। वह सोच रही थी, कि देश की दरिद्रता और इन निरीह गरीबों के कष्टों को दूर करने का कोई उपाय नहीं है? हम सभी परमात्मा की सन्तान हैं। एक ही देश के निवासी। कम-से-कम हम सबको खाने-पहिनने का तो समान अधिकार है ही? फिर यह क्या बात है कि कुछ लोग तो बहुत आराम से रहते हैं और कुछ लोग पेट के अन्न के लिए चोरी करते हैं? उसके बाद विचारक की अदूरदर्शिता के कारण या सरकारी वक़ील के चातुर्यपूर्ण जिरह के कारण छोटे-छोटे बच्चों की मातायें जेल भेज दी जाती हैं। उनके बच्चे भूखों मरने के लिए छोड़ दिए जाते हैं। एक ओर तो यह कैदी है, जो जेल आकर सचमुच जेल जीवन के कष्ट उठाती है और दूसरी ओर हैं हम लोग जो अपनी देशभक्ति और त्याग का ढिंढोरा पीटते हुए जेल आते हैं। हमें आमतौर से दूसरे कैदियों के मुकाबिले में अच्छा बर्ताव मिलता है फिर भी हमें सन्तोष नहीं होता। हम जेल आकर 'ए' और 'बी' क्लास के लिए झगड़ते हैं। जेल आकर ही हम कौन-सा बड़ा त्याग कर देते हैं? जेल में हमें कौन-सा कष्ट रहता है? सिवा इसके कि हमारे माथे पर नेतृत्व की सील लग जाती है। हम बड़े अभिमान से कहते हैं, 'यह हमारी चौथी जेल-यात्रा है, यह हमारी पाँचवीं जेल-यात्रा है,' और अपनी जेल-यात्रा के किस्से बार-बार सुना-सुनाकर आत्म-गौरव अनुभव करते हैं; तात्पर्य यह कि हम जितने बार जेल जा चुके होते हैं उतनी ही सीढ़ी हम देशभक्ति और त्याग से दूसरों से ऊपर उठते जाते हैं और इसके बल पर जेल से छूटने के बाद, कांग्रेस को राजकीय सत्ता मिलते ही, हम मिनिस्टर, स्थानिक संस्थाओं के मेम्बर और क्या-क्या हो जाते हैं।

अनीता सोच रही थी—कल तक जो खद्दर भी न पहिनते थे, बात-बात पर कांग्रेस का मज़ाक उड़ाते थे, कांग्रेस के हाथों में थोड़ी शक्ति आते ही वे कांग्रेस भक्त बन गए। खद्दर पहिनने लगे। यहाँ तक कि जेल में भी दिखाई पड़ने लगे। वास्तव में यह देशभक्ति है या सत्ताभक्ति!

अनीता के विचारों का ताँता लगा हुआ था। वह दार्शनिक हो रही थी। उसे अनुभव हुआ जैसे कोई भीतर-ही-भीतर उसे काट रहा हो। अनीता की विचारावलि अनीता को ही खाये जा रही थी। उसे बार-बार यह लग रहा था कि उसकी देशभक्ति सच्ची देशभक्ति नहीं वरन् उसका मज़ाक है। उसे आत्मग्लानि हुई और साथ-ही-साथ

आत्मानुभूति भी। अनीता की आत्मा बोल उठी—वास्तव में सच्ची देशभक्ति तो इन गरीबों के कष्ट-निवारण में है। ये कोई दूसरे नहीं, हमारी ही भारतमाता की संतानें हैं। इन हज़ारों, लाखों भूखे-नंगे भाई-बहिनों की यदि हम कुछ भी सेवा कर सकें, थोड़ा भी कष्ट-निवारण कर सकें तो सचमुच हमने अपने देश की कुछ सेवा की। हमारा वास्तविक देश तो देहातों में ही है। किसानों की दुर्दशा से हम सभी थोड़े-बहुत परिचित हैं, पर इन गरीबों के पास न घर है, न द्वार। अशिक्षा और अज्ञान का इतना गहरा पर्दा इनकी आँखों पर है कि होश सँभालते ही माता पुत्री को और सास बहू को चोरी की शिक्षा देती है। और उनका यह विश्वास है कि चोरी करना और भीख माँगना ही उनका काम है। इससे अच्छा जीवन बिताने की वह कल्पना ही नहीं कर सकते। आज यहाँ डेरा डाल के रहे तो कल दूसरी जगह चोरी की। बचे तो बचे, नहीं तो फिर साल दो साल के लिए जेल। क्या मानव जीवन का यही लक्ष्य है? लक्ष्य है भी अथवा नहीं? यदि नहीं है तो विचारादर्श की उच्च सतह पर टिके हुए हमारे जन-नायकों और युग-पुरुषों की हमें क्या आवश्यकता? इतिहास, धर्म-दर्शन, ज्ञान-विज्ञान का कोई अर्थ नहीं होता? पर जीवन का लक्ष्य है, अवश्य है। संसार की मृगमरीचिका में हम लक्ष्य को भूल जाते हैं। सतह के ऊपर तक पहुँच पानेवाली कुछेक महान आत्माओं को छोड़कर सारा जन-समुदाय संसार में अपने को खोया हुआ पाता है, कर्त्तव्याकर्त्तव्य का उसे ध्यान नहीं, सत्यासत्य की समझ नहीं, अन्यथा मानवीयता से बढ़कर कौन-सा मानव धर्म है? पतित मानवता को जीवन-दान देने की अपेक्षा भी कोई महत्तर पुण्य है? राही जैसी भोली-भाली किन्तु गुमराह आत्माओं के कल्याण की साधना जीवन की साधना होनी चाहिए। सत्याग्रही की यही प्रथम प्रतिज्ञा क्यों न हो? देशभक्ति का यही मापदण्ड क्यों न बने? अनीता दिन भर इन्हीं विचारों में डूबी रही। शाम को भी वह इसी प्रकार कुछ सोचते-सोचते सो गई।

रात में उसने सपना देखा कि जेल से छूटकर वह इन्हीं माँगरोरी लोगों के गाँव में पहुँच गई है। वहाँ उसने एक छोटा-सा आश्रम खोल दिया है। उसी आश्रम में एक तरफ छोटे-छोटे बच्चे पढ़ते हैं और स्त्रियाँ सूत कातती हैं। दूसरी तरफ़ मर्द कपड़ा बुनते हैं और रूई धुनकते हैं। शाम को रोज़ उन्हें धार्मिक पुस्तकें पढ़कर सुनाई जाती हैं और देश में कहाँ क्या हो रहा है यह सरल भाषा में समझाया जाता है। वही भीख माँगने और चोरी करनेवाले आदर्श ग्रामवासी हो चले हैं। रहने के लिए उन्होंने छोटे-छोटे घर बना लिए हैं। राही के अनाथ बच्चों को अनीता अपने साथ रखने लगी है। अनीता यही सुख-स्वप्न देख रही थी। रात में वह देर से सोई थी। सुबह सात बजे तक उसकी नींद न खुल पाई। अचानक स्त्री जेलर ने आकर उसे जगा दिया और बोली—आप घर जाने के लिए तैयार हो जाइए। आपके पिता बीमार हैं। आप बिना शर्त छोड़ी जा रही हैं।

अनीता अपने स्वप्न को सच्चाई में परिवर्तित करने की एक मधुर कल्पना ले घर चली गई।

•

हींगवाला

'अम्मा...ऽ...ऽ...हींग लेगा', कहता हुआ एक खान, लगभग पैंतीस साल का, आंगन में आकर रुक गया। पीठ पर बंधे हुए पीपे को खोलकर उसने नीचे धर दिया और मौलश्री के नीचे बने हुए चबूतरे पर बैठ गया।

भीतरी बरामदे से एक नौ-दस बरस के बालक ने बाहर निकलकर उत्तर दिया, अभी कुछ नहीं लेना है, जाओ!

पर खान इतने में भला क्यों जाने लगा? वह ज़रा और आराम से बैठ गया और अपने साफे के छोर से हवा करता हुआ बोला, अम्मां हींग ले लो। अम्मां हम अपने देश कू जाता है। बहुत दिनों में लौटेगा।

सावित्री इस हम-उम्र बेटे की बाद शायद ही कभी टाल सकी हो। रसोई घर से हाथ धोकर वह बाहर आई, बोली, हींग तो बहुत-सी रखी है खान। अभी पंद्रह दिन तो हुए नहीं, तुमसे हींग ली थी।

खान ने जैसे सावित्री की बात सुनी ही न हो। उसी स्वर में फिर बोला, हेरा हींग है मां, हम तुम्हारे हाथ की बोहनी मांगता है। एक ही तोला ले लो, पर लो ज़रूर। हम देकर जाएगा। इतना कहकर खान ने हींग के छोटे-बड़े कई डिब्बे खोलकर रख दिए। सावित्री उन डिब्बों की तरफ देख भी न पाई थी कि उसने फौरन एक डिब्बा सावित्री के सामने सरकाते हुए कहा, तुम और कुछ मत देखो मां, यह हींग एक नंबर है। हम तुम्हें धोका नहीं देगा मां।

सावित्री बोली, पर मैं इतना हींग लेकर करूंगी क्या? ढेर-सी रखी है।

खान बोला, कुछ भी ले लो अम्मां, हम देने के लिए आया है। घर है, पड़ी रहेगी। फिर आज हम अपने देश कुं जाता है। खुदा जाने कब लौटेगा। और खान बिना उत्तर की प्रतीक्षा किए हींग तौलने लगा। इस पर सावित्री के बच्चे बहुत नाराज़ हुए। सभी बोल उठे, मत लेना मां, तुम कभी न लेना। ज़बरदस्ती तौले जा रहा है। जब हींग तौलकर पुड़िया बनाकर सावित्री के सामने खान ने रख दिया, तब सबसे छोटे बच्चे ने पुड़िया उठाकर खान के पास फेंकते हुए कहा, 'ले जाओ, हमें नहीं लेना है। चलो मां अंदर चलो।'

सावित्री ने किसी की बात का उत्तर न दे हींग की पुड़िया उठा ली और पूछा, कितने पैसे हुए खान!

'सवा छह आने पैसे अम्मां!' खान ने उत्तर दिया।

सावित्री ने पांच पैसे तोले के भाव से सवा छह आने पैसे लाकर खान को दे दिए। खान सलाम करके चला गया पर सावित्री के बच्चों को मां की यह बात अच्छी न लगी। वे तीनों बहुत नाराज़ थे। उन्हें यही लग रहा था कि मां ने खान को इतने पैसे दे दिए हैं, अभी हम मांगें तो कभी न दें। सबसे छोटा बच्चा, जिसकी उम्र छह साल के लगभग थी; बोला, भैया! मांगो तो भला मां से पैसे, फिर हम लोग मलाई का बरफ खाएंगे?

बड़े लड़के ने कहा—मां, तुमने खान को वैसे ही छह आने पैसे दे दिए हैं। हींग की कुछ ज़रूरत नहीं थी। इसके आगे उसे कुछ कहने का साहस न हुआ पर छोटे के कानों में तो मलाई के बरफवाले की आवाज गूंज रही थी, 'मलाई का बरफ' 'ठण्डा बरफ'...

वह मां से बिगड़कर बोला—दो मां छह आने पैसे हमको भी दो। हम बिना लिए न रहेंगे!

लड़की, जिसकी उम्र आठ साल की थी, बड़े गंभीर स्वर में बोली, तुम मां से पैसा न मांगो। वे तुम्हें न देंगी। उनका बेटा तो वही खान है, हम नहीं हैं।

सावित्री को बच्चों की इन बातों से हंसी आ रही थी, किंतु उसने अपनी हंसी दबाकर बनावटी क्रोध में कहा, चलो चलो, बड़ी बातें बनाने लग गए हो, खाना तैयार है खाओ।

छोटा बोला, पहले पैसे दो। तुमने खान को दिए हैं।

सावित्री ने कहा, खान ने पैसों के बदले में हींग दिया है, तुम क्या दोगे।

छोटा, मिट्टी देंगे।

सावित्री हंस पड़ी, अच्छा चलो पहिले खाना खाओ, फिर मैं रुपया तुड़ाकर तीनों को छह-छह आने दूंगी।

खाना खाते-खाते हिसाब लगा, एक रुपए में सोलह आने, छह आने रतन लेगा, छह आने मुन्नी लेगी, छोटे के लिए चार ही आने बचेंगे। छोटा बिगड़ पड़ा— कभी नहीं, मैं छह आने लूंगा। और दोनों में मारपीट हो चुकी होती, यदि मुन्नी चार आने पैसे स्वयं लेना न स्वीकार कर लेती।

कई महीने बीत गए। सावित्री की हींग सब खत्म हो गई। इसी बीच होली आई। होली के अवसर पर हिंदू-मुसलमानों में बड़े भयंकर रूप से दंगा हो गया। बहुत से हिंदू और मुसलमान मारे गए। मुसलमान मरनेवालों में दो खान भी थे। इससे खान लोगों ने बड़ा उपद्रव मचाया, परंतु सब जगह नहीं। जिस मुहल्ले में खान मारे गए थे, वहां पर खानों के उपद्रव ने भयंकर रूप धारण कर लिया था। उन्होंने कई हिंदुओं की दुकानें लूट लीं, घरों में आग लगा दी और न जाने क्या-क्या किया। धारा 144 के साथ-साथ कर्फ्यू आर्डर भी लगाया गया। परिणाम यह हुआ कि हिंदुओं की होली न जल पाई। वे हिंदू के प्राणों के ग्राहक हो रहे थे। शहर भर में आतंक छाया हुआ था। कौन किस पर किस समय घात कर दे, कुछ ठिकाना न था। ऊपर से सब जगह शांति दिखाई देती थी; परंतु अंदर-ही-अंदर एक भयंकर अग्नि सुलग रही थी। दो खान मारे गए हैं। सावित्री कभी-कभी सोचती, हींगवाला खान तो नहीं

मार डाला गया। फिर सोचती, मार डाला गया हो तो मरने दो; दूसरे हींगवाले भी तो होंगे। परंतु न जाने क्यों हींगवाले खान की याद उसे प्रायः आ जाया करती।

एक दिन सबेरे-सबेरे सावित्री उसी मौलश्री के पेड़ के नीचे चबूतरे पर बैठी कुछ बीन रही थी। स्कूल की छुट्टी थी। तीनों बच्चे आसपास खेल रहे थे। सावित्री ने सुना, उसके पति किसी से कड़े स्वर में कह-रहे हैं, क्या काम है? भीतर मत जाओ! यहां आओ।

उत्तर मिला—हींग है, हींग, हेरा हींग, और खान तब तक आंगन में सावित्री के सामने पहुंच चुका था।

खान को देखते ही सावित्री ने कहा—बहुत दिनों में आए खान; हींग तो कब की खतम हो गई।

खान, देश कूं गया था अम्मां, परसू (परसों) ही तो लौटा हूं।

सावित्री—यहां तो हिंदू-मुसलमान में बहुत ज़ोरों का दंगा हो गया है।

खान—सुना, समझ नहीं है लड़नेवालों में।

सावित्री—खान! दंगे की बात सुनकर भी तुम हमारे घर चले आए। तुम्हें डर नहीं लगा?

दोनों कानों पर हाथ रखते हुए खान बोला—ऐसी बात मत कहो अम्मां! बेटे को भी क्या कभी मां से डर हुआ है, जो मुझे होता। और इसके बाद ही उसने अपना डिब्बा खोला और छंटाक हींग तौलकर सावित्री को दे दिया। चिल्लर दोनों में से किसी के पास न थी। खान फिर आकर पैसा ले जाएगा। सावित्री को सलाम करके वह चला गया।

दशहरा हिंदुओं का बड़ा त्योहार होता है। होली पर दंगा हो ही चुका था। अभी किसी प्रकार के दंगे की आशंका न थी। शहर में सब जगह पूर्ण शांति थी। हिंदू होली न जला सके थे, इसलिए भरे तो बैठे ही थे। दशहरा वे दूने उत्साह के साथ मनाने की तैयारी में थे। हिंदुओं में खूब उत्साह था।

चार बजे शाम को काली का जुलूस निकलनेवाला था। पुलिस का काफी प्रबंध था। किसी प्रकार के दंगे की आशंका न होते हुए भी सावधान रहने की ज़रूरत थी। सावित्री के बच्चों ने कहा कि हम भी काली का जुलूस देखने जाएंगे। सावित्री के पति शहर से बाहर गए थे। सावित्री स्वभाव से ही कुछ भीरु थी, फिर भला बच्चों को जुलूस देखने कैसे भेज दे, जबकि पति भी घर में नहीं हैं। उसने बच्चों को पैसों का, खिलौने का, सिनेमा का, न जाने कितने प्रलोभन दिए, पर बच्चे न माने सो न माने।

नौकर श्यामू स्वयं जुलूस देखने को बहुत उत्सुक हो रहा था। उसने कहा, भेज दो न मांजी, मैं अभी तो दिखाकर लिए आता हूं। मुहल्ले के और भी तो लोग गए हैं। और कई कल्पित नाम श्यामू गिना गया। अब बच्चों ने और भी ज़ोर पकड़ा, उनका एक समर्थक भी तो बढ़ गया था न? लाचार, इच्छा न होते हुए भी, सावित्री

को काली का जुलूस देखने के लिए बच्चों को भेजना पड़ा। परंतु उसने बार-बार श्यामू को ताकीद कर दी कि दिन रहते ही बच्चों को लेकर लौट आवे।

बच्चे तो खुशी-खुशी काली का जुलूस देखने गए। और इधर बच्चों को भेजने के साथ ही सावित्री के प्राण जैसे मुरझा से गए। अब वह थी और उसका साल भर का गोदी का बच्चा। बच्चों के भेजने के साथ ही सावित्री उनके लौटने की प्रतीक्षा करने लगी। किंतु देखते-देखते दिन ढल चला, अंधेरा बढ़ने लगा, पर सावित्री के बच्चे न लौटे। अब सावित्री को न भीतर चैन थी न बाहर। वह घबराई हुई बच्चों को भेज देने की अपनी मूर्खता पर पछताती हुई कभी भीतर जाती, कभी बाहर आती। इतने में कुछ आदमी सड़क पर भागते हुए जान पड़े। वह दौड़कर बाहर गई। उन आदमियों से पूछा, ऐसे भागे क्यों जा रहे हो? काली का जुलूस तो निकल गया न।

एक आदमी 'दंगा हो गया मां जी!...दंगा, बड़ा भारी दंगा!!' कहता हुआ आगे बढ़ गया। सावित्री के हाथ-पैर जैसे ठंडे पड़ गए। इसी समय कुछ लोग और तेज़ी से जाते हुए दिखे। सावित्री ने उन्हें भी रोका। उन लोगों ने कहा, दंगा हो गया है, मस्जिद के पास पुलिस ने गोली चला दी है! लाशों के मारे सड़क बंद हो गई है!! हज़ारों आदमी मर गए।

अब सावित्री क्या करे? उन्हीं में से एक से कहा, भाई मेरे बच्चों की खबर ला दो। दो लड़के हैं, एक लड़की; मैं तुम्हें मुंहमांगा इनाम दूंगी।

एक देहाती ने जवाब दिया, का हम तुम्हारे बच्चन का पहिचानित हैं मां जी? फिर जान से पियार कुछो नहिं होत। जहां इतनी गोली चलि रही हैं, घोड़ा दौड़त हैं, को मरन को जाय। इनाम देव चाहे खजाना उलट देव, कोउ न जाई।

और वे चले गए।

सावित्री सोचने लगी, सच तो है, इतनी भीड़ में भला वे देहाती मेरे बच्चों को खोजते भी कैसे? उनसे बच्चों की खबर लाने के लिए कहना ही भूल थी। पर करे भी तो क्या करे? साल भर के गोद के बच्चे को न तो वह छोड़कर ही जा सकती थी और न लेकर ही। मुहल्ला-पड़ोस में भी ऐसा कोई नहीं, जिसे वह भेज दे। उसे रह-रहकर अपने पर क्रोध आ रहा था। आखिर उसने बच्चों को भेजा ही क्यों? वे तो बच्चे ठहरें, ज़िद तो करते ही, पर भेजना न भेजना तो उसी के हाथ की बात थी। अगर वह न भेजती तो क्या बच्चे ज़बरदस्ती चले जाते? और वह श्यामू? जब देखो तभी अपनी टांग अड़ा देता है। 'अभी दिखाकर लाता हूं। मांजी' और उसका 'अभी' अभी तक हुआ ही नहीं।

सावित्री पागल-सी हो गई। उसे रह-रहकर लाशों के बीच अपने बच्चे भी तड़पते दिखाई पड़ते। बच्चों की मंगल कामना के लिए उसने सभी देवी-देवता मना डाले। शोरगुल बढ़कर शांत हो गया। रात के साथ-साथ नीरवता बढ़ चली पर उसके बच्चे लौटकर न आए। अब शायद उसके बच्चे लौटकर न आएंगे। सावित्री हताश होकर सोए हुए बच्चे के पैताने जाकर गिर-सी पड़ी और फूट-फूटकर रोने लगी।

इसी समय उसे ऐसा जान पड़ा जैसे कोई गाड़ी आकर उसके दरवाज़े पर रुकी

हो और उसे वही चिरपरिचित स्वर सुनाई पड़ा, 'अम्मां!' सावित्री दौड़कर बाहर गई। उसने देखा, उसके तीनों बच्चे खान के साथ सकुशल लौट आए हैं।

खान ने सावित्री को देखते ही कहा, बखत अच्छा नहीं अम्मा! बच्चों को ऐसी भीड़भाड़ में बाहर न भेजा करो।

फिर सावित्री को खान से ही मालूम हुआ कि दंगा जरूर हो गया था, झूठे फायर भी पुलिस को करने पड़े। पर मरा कोई नहीं। कुछ लोग घायल जरूर हुए हैं। पर पुलिस की गोली से नहीं, पत्थरों से। अब सब जगह शांति है।

बच्चे दौड़कर सावित्री से लिपट गए। छोटे ने कहा, अम्मां, खान बहुत अच्छा है। श्यामू तो हमें दंगा होते ही छोड़कर भाग गया। खान ने ही हमें बचाया, नहीं तो हमें भी चोट आती।

सावित्री ने पूछा, अच्छा अब तो खान से हींग लेने दोगे?

बच्चों ने एक स्वर से कहा, हां, हां, जरूर लेने देंगे। खान तो हमारा दोस्त है।

खान ने डपटकर कहा—नहीं, दोस्त नहीं। हम तुम्हारा भाई है, भाई।

•

तांगेवाला

गर्मी की लंबी छुट्टियां प्रारंभ हो चुकी थीं। मेरे कुछ मित्रों ने इस गर्मी की छुट्टी में कश्मीर जाना तय किया था और इस प्रस्ताव का सबसे अधिक समर्थन हुआ था मेरे द्वारा। हम लोग जाने की पूरी तैयारी भी कर चुके थे कि अचानक यात्रा के दो दिन पहले मेरे मित्र रामकृष्ण का एक आवश्यक पत्र आ पहुंचा। इस पत्र के अनुसार मुझे अपनी कश्मीर-यात्रा स्थगित करनी पड़ी। मैं अपने मित्र से मिलने उसके गांव की ओर चल पड़ा।

जिस स्टेशन पर उतरना था, गाड़ी वहां एक बजे दिन को पहुंची। चिलचिलाती धूप, लू की लपट और कच्ची सड़क की धूल! मुझे गांव तक जाने का साहस न हुआ। मैंने सोचा, शाम को जाना ही ठीक रहेगा। तांगेवाले कम थे और उतरनेवाले तो बहुत थोड़े। तांगेवाले सवारी लेकर चल पड़े। खाली तांगेवाले भी चलने का उपक्रम कर रहे थे कि एक अच्छा-सा तांगा-घोड़ा देखकर मैंने बुलाया। तांगेवाले ने आकर सलाम किया। मैंने कहा, देखो भाई, मुझे...गांव जाना है पर मैं अभी धूप में न जाऊंगा। शाम को पांच बजे के करीब जाऊंगा। तुम ठहरोगे?

—हां हुजूर, ठहरूंगा?

—किराया क्या होगा?

—हुजूर, आप जो कुछ खुशी से दे दें।

—खुशी की बात नहीं। रेट क्या है बतलाओ?

—तेईस मील है न हुजूर? आप दूसरों से पूछ लीजिए, पांच रुपए पूरे तांगे के होते हैं, फिर चाहे एक सवारी हो चाहे तीन।

—पर मैं तो इतना न दूंगा।

—इसीलिए तो मैंने कहा कि आप खुशी से जो कुछ दे दीजिए हुजूर!

मैं उसे कुछ पैसे देकर वेटिंगरूम में चला गया।

शाम को छः बजे हम लोग खा-पीकर और खाने का कुछ सामान साथ रखकर गांव की ओर रवाना हुए। वैसे तांगेवाला कहता था कि तेईस मील दो घंटे में खुशी से ले जा सकता है, पर स्टेशन से आगे दो मील के बाद ही कच्ची सड़क प्रारम्भ हो जाती है, इसलिए देर लगेगी। मोटे हिसाब से हम चार घंटे बाद गांव पहुंचेंगे। स्टेशन की सीमा पार करते ही किसानों के साफ-सुथरे लिपे-पुते छोटे-छोटे घर और हरे-भरे खेत बड़े ही सुहावने जान पड़े। सात भी न बज पाए थे कि पूर्णचन्द्र

ने सहस्रों घड़े दूध पृथ्वी पर उंड़ेल दिया। दिन की लू अब ठंडी हवा में परिवर्तित हो चुकी थी।

हम इस सुहावने दृश्य को देखकर मैदान में पहुंचे। अब रास्ते में दोनों ओर खाली मैदान था। दूर पर एक-आध पेड़ निर्जन में ऐसा खड़ा था, जैसे किसी की प्रतीक्षा कर रहा हो। मैंने सोचा चांदनी रात की वह आभा एक साथी के अभाव में उतनी सुखदायी न हो सकेगी जितनी होनी चाहिए। मैंने तांगेवाले से पूछा, जो धीरे-धीरे कुछ गुनगुना रहा था, 'कितने मील आ चुके हैं हम लोग?'

—अभी हुज़ूर, कुल सात मील ही तो आए हैं। और फिर वह ज़रा जोर से गा उठा—

हम फिर से वतन अपना स्वाधीन बना लेंगे

मैंने ज़रा सतर्क होकर तांगेवाले की ओर देखा। खद्दर का कुरता और गांधी टोपी उसके सिर पर थी। मैंने सोचा, इसीलिए तो यह स्वाधीनता के गीत गाता है। मैंने तांगेवाले से पूछा, कितने दिनों से तांगा हांकते हो तांगेवाले?

—हुज़ूर कोई पांच साल हुए। किसी की नौकरी करने से यह अच्छा है। तबीयत हुई जोता, न तबीयत हुई बैठे रहे। किसी की ताबेदारी नहीं। अपने मन का राज है।

सामने चलकर नदी थी। नदी का पुल पार करते ही तांगेवाले ने तांगा रोक दिया। बोला, हुज़ूर, यहां ज़रा आराम कर लीजिए। नदी का पानी बहुत साफ और मीठा है। कहते हैं कि सन् सत्तावन के गदर में तात्या टोपे दुश्मनों की सेना को चीरते हुए यहीं से नदी के पार चला गया था।

तात्या टोपे? मैंने मन में सोचा, इसे इतिहास का भी कुछ ज्ञान है।

तांगेवाला फिर बोला, हां हुज़ूर, तात्या टोपे नदी के पार जाना चाहता था। फिरंगियों की सेना ने उसे चारों ओर से घेर लिया था। फिर भी हुज़ूर वह इतना तेज, इतना फुर्तीला था कि चार-पांच बड़े-बड़े फिरंगी अफसरों के सामने से निकल गया, अपनी सेना समेत, और उसका कोई कुछ भी न कर सका।

मुझे तांगेवाले के मुंह से इतिहास की यह कहानी बड़ी ही रोचक लगी। मैं जानना चाहता था कि आखिर इस तांगेवाले के मन में क्या है? मैंने पूछा, 'फिर क्या हुआ?' और मैं तांगे से उतरकर उसके पीछे-पीछे चला।

वह बोला, 'सन् सत्तावन के गदर में अगर हिंदुस्तानियों में एका होता तो पांसा ही पलट जाता। पर तक़दीर और फूट जो न कराए सो थोड़ा! मौलवी अहमदशाह और तात्या टोपे सरीखे देशभक्त वीरों को भी हमीं में से धोखेबाज लोगों ने धोखा देकर दुश्मनों के हवाले कर दिया। खून खौल उठता है हुज़ूर, यह बात सोचकर!'

मैंने पूछा, तुम पढ़े-लिखे हो?

तांगेवाला उत्साह के साथ बोला, बहुत कम हुज़ूर! हिन्दी अच्छी तरह पढ़-लिख लेता हूं। अंग्रेज़ी भी थोड़ी जानता हूं। पर हुज़ूर जब से सत्तावन के गदर का इतिहास पढ़ा, और फिरंगी कैसे आए और कैसे फैल गए सारे हिंदुस्तान में, यह जाना, तब से हुज़ूर, बदले की भावना से रात-दिन जलता रहता हूं। सरकारी नौकरी इसीलिए

नहीं की। मेरा बाप डी. सी. की अर्दली में था। मुझे वह जगह मिल रही थी। मैंने ठोकर मार दी। मां-बाप नाराज़ हो गए। मैंने घर ही छोड़ दिया और तब से यहां हूं। यह तांगा चलाता हूं। पर तांगे पर भी किसी साले फिरंगी को बैठाकर तांगा न हांकूंगा।

—क्यों? फिरंगी को न बैठाने की कसम क्यों खा ली है?

—सारे हिंदुस्तान में गदर के समय इन फिरंगियों ने क्या कम जुल्म किए हैं? गांव-के-गांव जला दिए, औरतों को बेइज्जत किया, निरपराध लोगों को तोपों के मुंह में बांधकर उड़ा दिया। फिर सन् सत्तावन की दूर की बात जाने दीजिए। अभी की ही बात है। पंजाब में उन्होंने क्या कम किया है? जलियांवाले बाग को कौन भूल जाएगा? घाव ताजा है हुजूर! इन फिरंगियों को देखते ही उस पर नमक पड़ जाता है। इसीलिए मैंने कसम खाई है, इन्हें तांगे पर कभी न बिठाऊंगा। मेरा मन इनसे बदला लेने के लिए बार-बार उमड़ता है।

इतने में हम नदी किनारे पहुंच गए। मैं एक चट्टान पर बैठ गया। पास ही एक दूसरी चट्टान पर तांगेवाला खड़ा था। उसने लोटा भर पानी लाकर मेरे पास रखा।

मैंने कहा, नही जी तांगेवाले, मैं तो नदी पर ही हाथ-मुंह धोऊंगा। पर हां, तुम्हारे विचार तो क्रांतिकारियों जैसे हैं। तुम्हारा नाम क्या है? किसी क्रांतिकारी को जानते हो?

—मेरा नाम हुजूर, रामदास है। किसी क्रांतिकारी को जानता नहीं। नाम सुने हैं, उन लोगों के जीवन चरित्र पढ़े हैं। पर उन लोगों में भी मुखबिर बनने वालों की कमी नहीं हुजूर, नहीं तो उन लोगों ने भी अब तक कुछ कर लिया होता। महात्मा गांधी के सत्याग्रह आंदोलन में भी बहुत दिनों तक शरीक रहा हूं। दो बार जेल भी हो आया हूं हुजूर, पर तबीयत नहीं मानती। मेरे अंदर से तो जैसे कोई पुकार उठता है, 'गदर!' सन् सत्तावन का सीन एक बार दुहराया जाए। इन फिरंगियों से कसकर बदला लिया जाए, तभी हमारा और हमारे देश का उद्धार होगा।

मैंने कहा, हम निहत्थे कैसे बदला ले सकते हैं रामदास? सन् सत्तावन की बात ही और थी! तब हमारे पास हथियार थे। अब तो हम लोग बिल्कुल पंगु कर दिए गए हैं।

—हुजूर, यही तो बात है, तांगेवाला बोला, 'हमने ज़बान खोली, हमारे ही भाई-बंधु हमें गिरफ्तार करने पहुंचे। हमारे ही में से हमें सज़ा सुनानेवाले आए। हमीं में से हम पर पहरा रखने लगे। अगर ये ही सब एकमत होकर एक साथ काम करें, तो हुजूर हथियार उठाने का भी काम नहीं। हमारा स्वराज्य हमारी मुट्ठी में जानिए। लेकिन दस अगर सच्चे जी से काम करने को तैयार रहे तो बीस धोखा देने को तैयार रहेंगे। अगर हिंदुस्तानियों में एका ही होता तो क्या मुट्ठी भर विदेशी हम पर शासन कर सकते?

तांगेवाले ने एक दीर्घ सांस ली और हम दोनों उठकर नदी में हाथ-मुंह धोने लगे। इसी समय बड़े ही करुण स्वर में किसी के गाने की आवाज़ आई—

हम गरीबों का खुदा
नींद में सोया होगा
हम गरीबों का...

थोड़ी देर बाद जिधर से गाने की आवाज़ आई थी, उधर से बिलख-बिलखकर रोने की आवाज़ आने लगी। मैं चौंककर देखने लगा। तांगेवाले ने बतलाया, 'हुज़ूर यह एक पगली है। कभी-कभी इधर दिख जाती है और अक्सर रात के समय गाती है। कभी रोती है, कभी हंसती है। कहते हैं, सन् सत्तावन के गदर के समय सम्राट बहादुरशाह को जब कैद किया गया था और उनके शाहज़ादों को मार डाला था, तब उनके महल में कुछ बेगमें कीमती जेवर इत्यादि छीन लेने के बाद दर-दर फिरने के लिए छोड़ दी गई थीं। यह पगली उन्हीं में से कोई है। फटे कपड़े, पर इस गरीबी में भी हुज़ूर, उसकी चाल-चितवन, बातचीत सब शाही ढंग का है। वह मामूली औरत नहीं जान पड़ती।'

मैंने तांगेवाले से कहा, तुम उस स्त्री को बुलाओ, मैं उससे बात करूंगा।

तांगेवाले बोला, वह किसी से नहीं बोलती हुज़ूर, न किसी की तरफ देखती है। कहां रहती है, क्या खाती-पीती है, कोई नहीं जानता। कभी-कभी यहीं नदी किनारे दिख जाती है। न जाने कितने वर्षों से, इसी तरह गाती है, रोती है, हंसती है, पर आज तक कोई उससे बात नहीं कर सका है।

मैं आश्चर्य में था। खैर, खाना खाकर हाथ-मुंह धोकर हम लोग फिर तांगे पर आए। तांगेवाला न जाने कितनी बातें मुझे बतलाता चला। शुरू-शुरू में तांगे पर बैठकर मैंने एक साथी के अभाव का अनुभव किया था, किंतु ये तेईस मील कब खतम हो गए, मैं जान भी न पाया। गांव में पहुंचकर जब तांगेवाले ने मुझसे पूछा, यही गांव है, किसके मकान पर चलना है? तब मैंने जाना कि तेईस मील की यात्रा समाप्त हो गई।

•

अभियुक्ता

मजिस्ट्रेट मिस्टर मिश्रा की अदालत में एक बड़ा ही सनसनीखेज़ मुकदमा चल रहा है। अदालत में खूब भीड़ रहती है। मामला एक बीस बरस की युवती का है, जिस पर बैरिस्टर गुप्ता के लड़के के गले से सोने की ज़ंजीर चुराने का अपराध लगाया गया है। एक तो वैसे ही, किसी स्त्री के अदालत में आते ही न जाने कहाँ से अदालत के आस-पास मनुष्यों की भीड़ लग जाती है, और यदि कहीं स्त्री सुन्दर हुई, फिर तो भीड़ के विषय में कहना ही क्या है? आदमी इस तरह टूटते हैं जैसे उन्होंने कभी कोई स्त्री देखी ही न हो।

इसके अतिरिक्त मज़ेदार बात यह भी थी कि बैरिस्टर गुप्ता स्वयं इस मामले में गवाही देने के लिए अदालत में आए थे।

बैरिस्टर गुप्ता शहर के मशहूर बैरिस्टर हैं। शहर का बच्चा-बच्चा उन्हें जानता है। सरकारी अफसर उनके घर जुआ खेलते हैं। शहर में कहीं नाच-गाना हो, तो उसका प्रबन्ध बैरिस्टर साहब को ही सौंपा जाता है। शराब पीने का शौक़ होते हुए भी वह कलवारी में कभी नहीं जाते; कलवारी स्वयं उनके घर पहुँच जाते हैं। सरकार-दरबार में उनका बहुत मान है, और पब्लिक में भी; क्योंकि सरकारी अफसरों से किसका काम नहीं पड़ता! बैरिस्टर साहब हैं भी बड़े मिलनसार। पब्लिक का काम बड़ी दिलचस्पी से करते हैं। इस प्रकार के कामों में वह बहुत व्यस्त रहते हैं, और दूसरे कामों के लिए उन्हें फुरसत ही नहीं रहती।

मुकदमा शुरू हुआ। अभियुक्ता की ओर से कोई वकील न था। वह गरीब और असहाय थी। सरकार की ओर से तीन सौ मासिक पाने वाले कोर्ट साहब पैरवी के लिए खड़े थे।

बैरिस्टर गुप्ता ने अपने बयान में कहा—मैं अभियुक्ता को एक अरसे से जानता हूँ। यह शहर में भीख माँगा करती थी। करीब एक महीना हुआ, एक दिन मैंने अपने मकान के पास कुछ गुण्डों को इसे छेड़ते देखा। मुझे इस पर दया आयी। उन गुण्डों को भगाकर मैं इसे अपने घर ले आया, और जब मुझे मालूम हुआ कि इसका कोई भी नहीं है, तब खाने और कपड़े पर इसे अपने घर पर बच्चों को सँभालने के लिए रख लिया। पन्द्रह दिन काम करने के बाद एक दिन रात को यह एकाएक गायब हो गई। दूसरे दिन मैंने देखा कि बच्चे के गले की सोने की ज़ंजीर नहीं है; तब मैंने पुलिस में इत्तिला दी। बाद में पुलिस ने इसे मय सोने की चेन के गिरफ़्तार

किया, और मुझसे चेन की शिनाख्त करवायी। मैंने वैसी ही पाँच चेनों में से अपनी चेन पहचान ली। (अदालत की टेबिल पर रखी हुई चेन को हाथ में लेकर बैरिस्टर गुप्ता ने कहा)। यह चेन मेरी है, मैंने खुद इसे बनवाया था।

बैरिस्टर गुप्ता का बयान खतम हुआ। मजिस्ट्रेट ने गम्भीर स्वर में अभियुक्ता की ओर देखकर पूछा–तुमको बैरिस्टर साहब से कुछ सवाल करना है?

अभियुक्ता का चेहरा तमतमा उठा। वह तिरस्कार-सूचक स्वर में बोली–जी नहीं, सवाल पूछना तो दूर की बात है, मैं तो इनका मुँह भी नहीं देखना चाहती।

अभियुक्ता की इस निर्भीकता से दर्शकों के ऊपर आश्चर्य की लहर-सी दौड़ गई। सबकी आँखें उसकी ओर फिर गईं; बैरिस्टर गुप्ता की ओर भी लोगों का ध्यान विशेष रूप में आकर्षित हुआ। उनके मुँह से एक प्रकार की दबी हुई अस्पष्ट मर-मर ध्वनि-सी निकल पड़ी।

मुकदमे में और भी रंग आ गया। अब तो लोग अधिक ध्यान से मुकदमे की कारवाई को सुनने लगे।

बैरिस्टर गुप्ता की बातों का समर्थन पुलिस के दूसरे गवाहों ने भी किया। एक सर्राफ ने आकर कहा–मेरी दुकान से सोना लेकर बैरिस्टर साहब ने मेरे सामने ही यह चेन सुनार को बनाने के लिए दी थी।

एक सुनार ने आकर बयान दिया–यह चेन बैरिस्टर साहब के लिए मैंने ही अपने हाथ से बनाकर उन्हें दी थी।

तफतीश करने वाले थानेदार ने बतलाया कि किस प्रकार उन्होंने अभियुक्ता का पता लगाया, और किस तरह चेन माँगते ही उसने यह चेन अपनी कमर से निकालकर दे दी। थानेदार ने यह भी कहा कि अभियुक्ता इस चेन को अपनी माँ की दी हुई बतलाती है, जिससे साफ़ मालूम होता है कि अभियुक्ता बहुत चालाक है।

सरकारी गवाहों के बयान हो जाने के बाद अभियुक्ता से मजिस्ट्रेट ने पूछना शुरू किया–

–तुम्हारा नाम?

–चुन्नी।

–पति का नाम?

–मैं कुमारी हूँ।

–अच्छा तो पिता का नाम?

–मैं नहीं जानती। मैं जब बहुत छोटी थी तब या तो मेरे पिता मर गए थे या कहीं चले गए थे। मैंने उन्हें देखा ही नहीं। मेरी माँ ने मुझे कभी उनका नाम भी नहीं बतलाया; और अब तो कुछ दिन हुए मेरी माँ का भी देहान्त हो गया!

कहते-कहते अभियुक्ता की आँखें डबडबा आईं। दोनों हाथों से अपना मुँह ढँककर वह सिसकियाँ लेने लगी। दर्शकों ने सहानुभूतिपूर्वक अभियुक्ता की ओर देखा, किन्तु कोर्ट इन्सपेक्टर ने कड़े स्वर में कहा–यह नाटक यहाँ मत करो, जो कुछ साहब पूछते हैं उसका जवाब दो।

अभियुक्ता ने अपने को संभाला और आँखें पोंछकर मजिस्ट्रेट की ओर देखने लगी।

मजिस्ट्रेट ने फिर पूछा—तुम्हारा पेशा क्या है?

—'मैं मजदूरी करती हूँ और जब काम नहीं मिलता तब भीख माँगती हूँ', अभियुक्ता ने कहा।

मजिस्ट्रेट ने प्रश्न किया—रहती कहाँ हो?

—जहाँ जगह मिल जाती है?

—तुमने बैरिस्टर गुप्ता के घर नौकरी की थी?

—जी हाँ।

'यह चेन तुमने उनके बच्चे के गले से चुराई?'—चेन को हाथ में लेकर मजिस्ट्रेट ने पूछा।

अभियुक्ता ने बैरिस्टर गुप्ता की ओर देखा। उसकी इस दृष्टि से घृणा और क्रोध टपक रहा था। फिर उसने मजिस्ट्रेट की ओर देखकर दृढ़ता से कहा—मैंने ज़ंजीर चुराई नहीं; वह मेरी ही है।

यह सुनते ही बैरिस्टर गुप्ता के मुँह से व्यंग्य-पूर्ण उपहास की हल्की हँसी निकल गई। इस व्यंग्य से अभियुक्ता का चेहरा क्षोभ से और भी लाल हो उठा। उसने किञ्चित् क्रोध के स्वर में कहा—मैं फिर कहती हूँ कि ज़ंजीर मेरी है। मेरी माँ ने मरते समय यह मुझे दी थी और कहा था कि यह तेरे पिता की यादगार है, इसे संभाल के रखना।

मजिस्ट्रेट ने पूछा—तुम बैरिस्टर साहब के घर से रात को भाग गई थीं?

कुछ क्षण के लिए अभियुक्ता चुप-सी हो गई। आहत अभिमान उसके चेहरे पर तड़प उठा। फिर कुछ सोचकर वह गम्भीर स्वर में बोली—जी हाँ, मैं बैरिस्टर साहब के घर से भागी। पहले इन्होंने मुझे गुण्डों से बचाकर अपने घर में आश्रय दिया, तब मेरे हृदय में इनके लिए श्रद्धा और कृतज्ञता के भाव थे। परन्तु वे धीरे-धीरे घृणा और तिरस्कार में बदल गए। मैंने देखा कि बैरिस्टर साहब की खुद की नीयत ठिकाने नहीं है। वह मुझे अपनी वासना का शिकार बनाने पर तुले हुए हैं। धीरे-धीरे वह मुझे हर तरह की लालच दिखाने लगे और धमकियाँ देने लगे। एक दिन इसी तरह की छीना-झपटी में उन्होंने मेरी यह सोने की ज़ंजीर देख ली थी। इसलिए चोरी का झूठा इलज़ाम लगाने का इन्हें मौका मिला। मैं चोरी के डर के मारे कभी ज़ंजीर को गले में नहीं पहनती थी; सदा कमर में खोंसे रहती थी।

अभियुक्ता का बयान सुनते ही अदालत में सन्नाटा छा गया। किसी को भी उसके बयान में किसी तरह की बनावट न मालूम हुई। बैरिस्टर साहब के प्रति घृणा, और अभियुक्ता की ओर सहानुभूति के भावों से दर्शक समाज का हृदय ओत-प्रोत हो गया। सभी दिल से चाहने लगे कि वह छूट जावे। परन्तु कानूनी कठिनाइयों को सोचकर सब निराश-से हो गए। चेन उसकी होते हुए भी भला बेचारी इस बात का सबूत कहाँ से देगी कि चेन उसी की है!

सफ़ाई की पेशी का दिन आया। आज तो अदालत में दर्शकों की भीड़ के कारण तिल-भर भी जगह खाली न थी। प्रत्येक के चेहरे पर उत्सुकता छायी थी। 'कौन जाने क्या होता है!' 'कहीं बिचारी की चेन भी छिने, और जेल भी भेजी जाए', 'यह न्यायालय तो केवल न्याय के ढोंग के लिए ही होते हैं', 'न्याय के नाम से सरासर अन्याय होता है', 'अदालतें धनवानों की हैं, गरीबों की नहीं'

—इस प्रकार की अनेक आलोचनाएँ कानाफूसी के रूप में दर्शकों के मुँह से निकल रही थीं।

अन्त में मजिस्ट्रेट की आवाज़ से अदालत में निस्तब्धता छा गई। उन्होंने अभियुक्ता से पूछा—क्या तुम इस बात का सबूत दे सकती हो कि यह चेन तुम्हारी है।

—जी हाँ।

—क्या सबूत है? तुम्हारे कोई गवाह हैं?

'मेरा सबूत और गवाह वही चेन है,' अभियुक्ता ने चेन की ओर इशारा करते हुए कहा।

सब ने सन्देहसूचक सिर हिलाया। कुछ ने सोचा शायद यह लड़की पागल हो गई है।

मजिस्ट्रेट ने पूछा—वह कैसे? अब उनकी दिलचस्पी और बढ़ गई थी।

—चेन मेरे हाथ में दीजिए, मैं आपको बतला दूँगी।

मजिस्ट्रेट के इशारे से कोर्ट साहब ने चेन उठाकर अभियुक्ता के हाथ में दे दी। चेन दो-लड़ी थी और उसके बीच में एक हृदय के आकार का छोटा-सा लाकेट लगा था, जो ऊपर से देखने में ठोस मालूम पड़ता था; परन्तु अभियुक्ता ने उसे इस तरह दबाया कि वह खुल गया। उसे खोलकर उसने मजिस्ट्रेट साहब को दिखलाया, फ़िर बोली—यही मेरा सबूत है, यह मेरे पिता की तसवीर है।

मजिस्ट्रेट ने उत्सुकता से वह लाकेट अपने हाथ में लेकर देखा—देखा, और देखते ही रह गए। लाकेट के अन्दर एक बीस वर्ष के युवक का फोटो था। मजिस्ट्रेट ने उसे देखा, उनकी दृष्टि के सामने से एक धुँधला-सा चित्रपट फिर गया।

बीस वर्ष पहले वह कॉलेज में बी.ए. फाइनल में पढ़ते थे। उनके मेस की महराजिन बुढ़िया थी, इसलिए कभी-कभी उसकी नातिन भी रोटी बनाने आ जाया करती थी। उसका बनाया हुआ भोजन बहुत मधुर होता था। वह थी भी बड़ी हँसमुख और भोली। धीरे-धीरे वह उसे अच्छी-अच्छी चीजें देने लगे। छिप-छिपकर मिलना-जुलना भी प्रारम्भ हुआ। वह रात के समय बुढ़िया महराजिन और उसकी नातिन को उसके घर तक पहुँचाने भी जाने लगे। एक रात को वह लड़की अकेली थी। चाँदनी रात थी और बसन्ती हवा भी चल रही थी। घने वृक्षों के नीचे अन्धकार और चाँदनी के टुकड़े आँखमिचौनी खेल रहे थे। वहीं कहीं एकान्त स्थान में—उन्होंने अपने-आपको खो दिया।

कॉलेज बन्द हुआ, और बिदाई का समय आया। उस रोती हुई प्रेयसी को उन्होंने एक सोने की चेन मय फोटोवाले लाकेट के अपनी यादगार में दी। सिसकियों और हृदय-स्पन्दन के साथ बड़ी कठिनाई से वह बिदा हुए। वह उनका अन्तिम मिलन

था। उसके बाद वह उस कॉलेज में पढ़ने के लिए नहीं गए, क्योंकि वहाँ लॉ क्लास नहीं था। वह धीरे-धीरे उन सब बातों को स्वप्न की तरह भूल गए।

किन्तु, आज इस लॉकेट ने उनके उस प्रणय के परिणाम को उनके सामने प्रत्यक्ष लाकर खड़ा कर दिया। उन्होंने सोचा, 'तो क्या यह मेरी ही'...इतने में लॉकेट उनके हाथ से छूटकर टेबिल पर खट से गिर पड़ा; उसकी आवाज़ से वह चौंक-से पड़े। दर्शक भी चौंक उठे। मजिस्ट्रेट ने सिर नीचा किए हुए कहा, 'अभियुक्ता निर्दोष है, उसे जाने दो।'–यह कहते हुए वह तुरन्त उठकर खड़े हो गए। जैसे न्यायाधीश की कुर्सी ने उन्हें काट खाया हो।

•

गुलाबसिंह

दिन और तारीख़ की ज़रूरत नहीं। जब हम अमर-अनंत की कहानी कहने चले हैं, तब एक दिन और एक ही तारीख पकड़कर क्यों चलें?

उसके घर में पिता था, मां थी, बहन थी। वह पूरे घर का दुलारा था।

एक दिन की बात है, वह बीमार पड़ा। मां ने उसका खाना बिल्कुल रोक दिया था। पर उसका बार-बार कुछ खाने को मांगना छोटी-सी बहन से न सहा गया। बहन का जी न माना। वह चुपके से गुड़ और चने चुरा लाई, और खिला तो चली भैया को। यह बात और है कि उसके बाद भैया का बुखार बढ़ गया। पर वह तो खिला ही चुकी थी। अपने भाई के थोड़े से भी संतोष के लिए वह मां-बाप का गुस्सा सहने को तैयार थी। पर भाई ने भी वह गुड़-चने की बात किसी को न बताई, और बहन बताती ही क्यों? ख़ैर...किसी तरह रोग बढ़ते-बढ़ते खतम हो गया। रोग गया और बहन की प्रेम की वह बात सदा के लिए भाई के मन पर छप गई।

ऐसी एक नहीं अनेक बातें, बहन की, मां की, पिता की उसके मन पर छपी थीं। वह कभी उनसे लड़ता-झगड़ता भी, पर आंखों के आंसू और मन के रंग उसके अंतस् पर छपी तस्वीरों को न धो सके, न धुंधला सके।

एक दिन ऐसी हवा बही कि मुरझाए हुए मनों में भी नई जान आ गई। एक हवा ऐसी होती है जो मुरझाए हुए पौधों में ताजगी ला देती है, और एक हवा ऐसी होती है जो मुर्दा मन मनुष्यों में नई उमंग भर देती है। यह उमंगों वाली हवा थी। बड़ा भारी जुलूस निकला, कौमी झंडे का जुलूस था वह। पर बादशाह का हुकुम था कि जुलूस न निकले, झंडा न निकले? शहर में आतंक छा गया। बड़ा ज़ालिम था वह बादशाह!

'बड़ा आया बादशाह! क्यों न निकले जुलूस? क्यों न निकले झंडा?' भाई से बहन ने कहा।

बहन क्या कहती है, उसने सुन लिया। बहन फिर बोली, 'कौन है यह बादशाह?'

भैया ने कहा, 'उंह होगा कोई!' फिर पूछा, 'क्यों न निकले जुलूस? क्यों न निकले झंडा?'

भाई कटुता के स्वर में बोला, हमारा देश बादशाह का गुलाम जो है!

उत्तर था, तो जुलूस निकले, झंडा निकले।

यह उत्तर था या निश्चय?

झंडे की तैयारी होने लगी। बहन ने अपनी पुरानी ओढ़नी फाड़कर झंडे का कपड़ा बना दिया। भाई ने अपने खेलने के डंडे में उसे बांधा। रंग भी लाल-पीले चढ़ गए।

अब भाई झंडा लेकर चला।

'अरे भाई कहां जाते हो, हम भी साथ चलेंगे।' बहन का आग्रह था।

—पर बहन, बड़ी दूर जाना है, तुम थक जाओगी।

—नहीं भैया।

—नहीं बाई।

—जुलूस कौन बनावेगा? तुम झंडा उठाना, हम जुलूस बनाकर चलेंगे पीछे-पीछे।

—नहीं रानी, तुम जुलूस नहीं, तुम एक काम करो, हमको होली का तिलक और अक्षत देकर विदा करो, जैसे कोई राजकुमारी राजकुमार भाई को विदा करती है।

—राजकुमारी?

—हां, राजकुमारी।

बहन ने खुशी की किलकार के साथ ताली दी और दौड़कर एक थाली में थोड़ी-सी रोली, थोड़े-से चावल सजा लाई, एक दीया भी जलाकर रख लाई। भाई की आरती उतारनी थी। बहन को आरती उतारना बहुत भाता था। मुंह के आस-पास घूमती हुई थाली के दीयों की लौएं चांद-सूरज का-सा प्रभा-मंडल बना देती हैं। देवताओं के मुंह के आस-पास उसने चित्रों में प्रभा-मंडल देखा था। वैसा ही गोल-गोल उजाले का घेरा वह अपने भाई के मुंह के आस-पास चमकता हुआ देखना चाहती थी।

बहन ने मुस्कराते हुए, पर गंभीरता से भाई के माथे पर रोली का तिलक लगाया, चावल बिखराए, आरती की, और बीड़ा पान का खाने को दिया। वह छोटा-सा बीड़ा बनाकर ले आई थी। पगली ने सुन रखा कि राजकुमारियां वीर की विदाई पर पान का बीड़ा भी देती हैं।

भाई ने बहन के पैर छुए और विदा ली। बहन ने भाई के सिर पर हाथ फेरे और बलैया लीं।

अब वह झंडा लेकर चला।

बहन दरवाज़े पर खड़ी देखती रह गई। कहानियों की राजकुमारियां इसी तरह विदा करती थीं और देखती खड़ी रह जाती थीं।

दूर तक भाई के लहराते हुए झंडे को जाते हुए देखती रही वह।

बहुत दूर जाने पर बादशाह के सिपाहियों ने झंडेवाले को रोका। वह न रुका, नहीं रुका और बादशाह के सिपाहियों ने गोली चला दी। वह गिरा। झंडा उसके हाथ में था।

गोलियां चल जाने पर किसकी हिम्मत कि सड़क पर जाता और घायल को संभालता? पर बहन ने उसको गिरते देख लिया था। न जाने क्यों उसका दिल पहले से ही कुछ धकधक कर रहा था। वह दौड़ पड़ी, अकेली दौड़ती जा पहुंची, भाई खून से लथपथ पड़ा था। पुकारा—भैया!

भाई के प्राण मानो यह अमृतवाणी सुनकर लौट पड़े। बोला, तू आई, यह झंडा ले।

बहन ने झंडा ले लिया। पर भाई चला गया। बहन रोई पर झंडा हाथ में लिए रही। बादशाह के सिपाही मानो गढ़ जीतकर चले गए थे। अब बहुत से लोग आए। अरथी उठी। सामने भाई की बहन वही झंडा लिए चल रही थी।

बादशाह का हुकुम था कि जुलूस नहीं निकलेगा, कौमी झंडा नहीं निकलेगा, पर जुलूस निकला, झंडा भी निकला।

यह कहानी कहां की है? किसकी है? हम क्या बतावें! यह फ्रांस की राज्य-क्रांति की हो सकती है। यह रूस की राज्य-क्रांति की हो सकती है। यह हिंदुस्तान की सन् 42 की क्रांति की भी हो सकती है, क्योंकि यह घटना चिरंतन है, अनंत है। यह जैसे पेरिस में मास्को में, वैसे जबलपुर में हो सकती है।

जबलपुर में? तो क्या उस वीर बालक का नाम गुलाबसिंह हो सकता है?

•

अमराई

उस अमराई में सावन के लगते ही झूला पड़ जाता और विजयादशमी तक पड़ा रहता। शाम-सुबह तो बालक-बालिकाएँ और रात में अधिकतर युवतियाँ उस झूले की शोभा बढ़ातीं। यह उन दिनों की बात है जब सत्याग्रह आन्दोलन अपने पूर्ण विकास पर था। सारे भारतवर्ष में समराग्नि धधक रही थी। दमन का चक्र अपने पूर्ण वेग से चल रहा था। अखबारों में लाठी-चार्ज गोली-कण्ड, गिरफ्तारी और सज़ा की धूम के अतिरिक्त और कुछ रहता ही न था। इस गाँव में भी सरकार के दमन का चक्र चल चुका था। काँग्रेस के सभापति और मन्त्री पकड़कर जेल में बन्द कर दिए गए थे।

उस दिन राखी थी। बहिनें अपने भाइयों को सदा इस अमराई में ही राखी बाँधा करती थीं। यहाँ सब लोग एकत्रित होकर त्योहार मनाया करते थे। बहिनें भाइयों को पहिले कुछ खिलातीं, माला पहिनातीं, हाथ में नारियल देतीं और तिलक लगाकर हाथ में राखी बाँधते हुए कहतीं—"भाई इस राखी की लाज रखना, लड़ाई के मैदान में कभी पीठ न दिखाना।"

एक तरफ राखी का चित्ताकर्षक दृश्य था, दूसरी ओर छोटे-छोटे बच्चे और बच्चियाँ झूले पर झूल रहे थे। उनके सुकुमार हृदयों में भी देश-प्रेम के नन्हें-नन्हें पौधे प्रस्फुटित हो रहे थे। बहादुरी के साथ देश-हित के लिए फाँसी पर लटक जाने में वे भी शायद गौरव समझते थे। पहले तो लड़कियाँ कजली गा रही थीं। एकाएक एक छोटा बालक गा उठा—

झंडा ऊँचा रहे हमारा।

फिर क्या था, सब बच्चे कजली-वजली तो गए भूल, और लगे चिल्लाने—

झंडा ऊँचा रहे हमारा।

इसकी खबर ठाकुर साहब के पास पहुँची। अमराई उन्हीं की थी। अभी तीन ही महीने पहिले वे रायसाहब हुए थे। आनरेरी मजिस्ट्रेट तो थे ही, और थे सरकार के बड़े भारी खैरख्वाह। जब उन्होंने सुना कि अमराई असहयोगियों का अड्डा बन गई है, प्रायः इस प्रकार वहाँ रोज़ ही होता है तो वे घबराये, फौरन घोड़ा कसवाकर अमराई की ओर चल पड़े। किन्तु उनके पहुँचने के पहिले ही वहाँ पुलिस भी पहुँच चुकी थी। ठाकुर साहब को देखते ही दरोग़ा नियामत अली ने बिगड़कर कहा--ठाकुर साहब! आपसे तो हमें ऐसी उम्मीद न थी। मालूम होता है कि आप भी उन्हीं में

से है। यह सब आपकी ही तबियत से हो रहा है। आप पाँच मिनट के अन्दर ही यह सब मजमा यहाँ से हटवा दीजिए; वरना हमें मजबूर होकर लाठियाँ चलवानी पड़ेंगी।

ठाकुर साहब ने नम्रता से कहा—दरोग़ा जी, ज़रा सब्र रखिए, मैं अभी सबको यहाँ से हटवाए देता हूँ। आपको लाठियाँ चलवाने की नौबत ही क्यों आएँगी?

नियामत अली का पारा 110 पर था ही, बोले—फिर भी मैं आपको पहिले से आगाह कर देना चाहता हूँ कि ज्यादा से ज्यादा दस मिनट लगें, नहीं तो मुझे मजबूरन लाठियाँ चलवानी ही पड़ेंगी।

ठाकुर साहब ने घोड़े से उतरकर अमराई में पैर रखा ही था कि उनका सात साल का नाती विजय हाथ में लकड़ी की तलवार लिए हुए आकर सामने खड़ा हो गया। ठाकुर साहब को सम्बोधन करके बोला—दादा! देखो मेरे पास भी तलवार है; मैं भी बहादुर बनूँगा।

इतने में उसकी बड़ी बहिन कान्ती, जिसकी उमर करीब नौ साल की थी, धानी रंग की साड़ी पहिने आकर ठाकुर साहब से बोली—दादा! ये विजय लकड़ी की तलवार लेकर बड़े बहादुर बनने चले हैं। मैं तो दादा, स्वराज का काम करूंगी और चर्खा चला-चलाकर देश को आज़ाद कर दूँगी। फिर दादा बतलाओ, मैं बहादुर बनूँगी कि ये लकड़ी की तलवार वाले?

विजय की तलवार का पहिला वार कान्ती पर हुआ। उसने कान्ती की ओर गुस्से से देखते हुए कहा—देख लेना किसी दिन फाँसी पर न लटक जाऊँ तो कहना लकड़ी की तलवार है तो क्या हुआ, मारा कि नहीं तुम्हें?

बच्चों की इन बातों में ठाकुर साहब क्षण भर के लिए अपने आपको भूल से गए। उधर दस मिनट से ग्यारह होते ही दरोग़ा नियामत अली ने अपने जवानों को लाठियाँ चलाने का हुक्म दे ही तो दिया। देखते-देखते अमराई में लाठियाँ बरसने लगीं। आज अमराई में ठाकुर साहब के भी घर की स्त्रियाँ और बच्चे थे और गाँव के भी प्रायः सभी घरों की स्त्रियाँ, बच्चे और युवक त्योहार मनाने आए थे। इनकी थालियाँ राखी, नारियल, केशर, रोली, चन्दन और फूलमालाओं से सजी हुई रखी थीं। किन्तु कुछ ही देर बाद वे थालियाँ, जिनमें रोली और चन्दन था, खून से भर गईं।

जब पुलिस मजमे को तितर-बितर करके चली गई तो देखा गया कि घायलों की संख्या तीस के करीब थी जिनमें अधिकतर बच्चे, कुछ स्त्रियाँ और सात-आठ युवक थे। विजय को सबसे ज्यादा चोट आई थी। चोट तो कान्ती को भी थी, किन्तु विजय से कम। ठाकुर साहब का तो परिवार का परिवार ही घायल था। घायलों को उनके घरों में पहुँचाया गया और अमराई में पुलिस का पहरा बैठ गया।

विजय की चोट गहरी थी, दशा बिगड़ती जा रही थी। जिस समय वह अपने जीवन की अन्तिम घड़ियाँ गिन रहा था उसी समय कोर्ट से ठाकुर साहब के लिए सम्मन आया। उन्हें कोर्ट में यह पूछने के लिए बुलाया गया था कि उनका आम का बग़ीचा असहयोगियों का अड्डा कैसे और किसके हुक्म से बनाया गया। ठाकुर साहब भी आनरेरी मजिस्ट्रेटी का इस्तीफ़ा, रायसाहिबी का त्यागपत्र जेब में लिए हुए कोर्ट पहुँचे। उनका बयान इस प्रकार था—

मेरा बगीचा असहयोगियों का अड्डा कभी नहीं रहा है क्योंकि मैं अभी तक सरकार का बड़ा भारी खैरख्वाह रहा हूँ। मुझे सरकार की नीति पर विश्वास था और अपने घर में बैठा हुआ मैं अखबारी दुनिया का विश्वास कम करता था। मुझे यक़ीन ही न आता था कि न्याय की आड़ में सरकार निरीह बालक, स्त्रियों और पुरुषों पर कैसे लाठियाँ चलवा सकती है? परन्तु आज तो सारा भेद मेरी आँखों के ही आगे विषैले अक्षरों में लिख गया है। मेरा तो यह विश्वास हो गया है कि इस शासन-विधान में, जो प्रजा की हितकर नहीं है, अवश्य परिवर्तन होना चाहिए। हर एक हिन्दुस्तानी का धर्म है कि वह शासन-सुधार के काम में पूरा-पूरा सहयोग दे। मैं भी अपना धर्म-पालन करने के लिए विवश हूँ, और यह मेरी रायसाहिबी और आनरेरी मजिस्ट्रेटी का त्यागपत्र है।

ठाकुर साहब तुरन्त कोर्ट से बाहर हो गए।

दूसरे ही दिन से उस अमराई में रोज़ ही कुछ आदमी राष्ट्रीय गाने गाते हुए गिरफ्तार होते। और साठ साल के बूढ़े ठाकुर साहब को, सरकार की इतने दिन की खैरख्वाही के पुरस्कार स्वरूप छै महीने की सख्त सज़ा और 500) का जुरमाना हुआ। जुरमाने में उनकी अमराई नीलाम कर ली गई। जहाँ पर हर साल बरसात में बच्चे झूला झूलते थे वहीं पर पुलिस के जवानों के रहने के लिए पुलिस-चौकी बनने लगी।

•

मंगला

आज मंगला चली गई। मेरा घर सूना हो गया। ठीक उसी तरह जैसे बच्चों के उड़ जाने के बाद पक्षी का घोंसला सूना हो जाता है। चिड़ियां बच्चे तो पालती हैं। सर्दी-गर्मी और बरसात हर मौसम में बच्चे के लिए दाना-पानी इकट्ठा करती हैं। तिल-तिलकर अपने को मिटाती और बच्चे को बचाती हैं। बच्चों के पर फूटते हैं। वह बच्चों की उन्नति में खुश होती हैं, उन्हें उड़ना सिखाती हैं। परंतु ज्योंही डैने मजबूत होते हैं, बच्चे मां का सहारा छोड़कर घोंसले से कुछ दूर तक अकेले भी उड़ते हैं। इस डाल से उस डाल पर, इस पेड़ से उस पेड़ पर। और इस प्रकार एक दिन उड़ते-उड़ते बच्चे उड़ जाते हैं। कहां? कौन बताए! सूने घोंसले में चिड़ियां कैसे रहें। घोंसले के एक-एक तिनके में बच्चों की याद समायी रहती है जो एक दिन चिड़ियों को घोंसला छोड़ देने के लिए मजबूर कर देती है। और चिड़ियां। बेचारी चिड़ियां, अपने बच्चों को ढूंढ़ने के लिए खुद भी किसी ओर उड़ जाती हैं। रह जाता है सूना प्राणहीन घोंसला; उसे बच्चों के साथ-साथ चिड़िया की भी याद आती है और प्रतीक्षा करते-करते कभी, किसी हवा के झोंके से समझौता कर, तिनके-तिनके अलग होकर, अलग-अलग दिशा में वह भी अपनी चिड़िया और अपने बच्चों की खोज में उड़ जाता है। न जाने कब से यह क्रम चल रहा है और अनंत काल तक चलता रहेगा। सब चिड़ियों के बच्चे उड़ जाएंगे और सब चिड़ियां उन्हें खोजने के लिए, उनके बाद घोंसला सूना करके उड़ जाया करेंगी। पर बेटी को विदा करके मां क्या करे? वह तो बेटी के साथ ससुराल नहीं जा सकती और न घर ही छोड़ सकती है। जिस घर की एक-एक चीज में मंगला की याद समायी है, एक-एक फूल-पत्ती में वह दिखती है, उसी घर में, आज मंगला नहीं और मैं हूं। और फिर मंगला जैसी लड़की! अनेक बार मेरे मुंह से निकला है—ईश्वर हर एक मां-बाप को मंगला जैसी लड़की दे। वह तो केवल मेरी लड़की न थी, मेरी सब कुछ वही थी। मेरी मां, मेरी गुरु, मेरी मित्र और इसके बाद भी मेरी बच्ची। आज भी वह उतनी ही बच्ची है परंतु उसके साथ-साथ ज्ञान और शिक्षा के ऊंचे स्तर पर पहुंचकर भी अभिमान उसे छू नहीं गया है। वह अपनी परीक्षा के दिनों में भी घर का मेरा प्रायः सभी काम करने के बाद पढ़ने बैठती थी। और आज मेरी मंगला चली गई है। ईश्वर उसे खुश रखे!

मुझे ऐसा लगता है—और बार-बार मन में एक तूफान-सा उठता है कि यह जो मंगला का विछोह मुझे इतना खल रहा है, तो क्यों? इस विछोह का सृजन तो

मैंने अपने ही हाथों से किया है। मंगला तो विवाह की इच्छुक न थी। और वह बार-बार मुझसे यही कहती रही, अपनी गोद से तुम मुझे अलग न करो अम्मां! तुमने मुझे पढ़ा-लिखा के इतनी बड़ी बनाया है। तुमने अभी तक मेरे लिए कष्ट उठाया है; अब अपनी सेवा करने का अवसर दो। और मैं—मैं मंगला के विवाह के लिए बड़ी उत्सुक थी। अपनी बेटी को योग्य साथी के साथ करके निश्चिंत होना चाहती थी।

उस दिन जब बी.ए. का रिजल्ट निकला और मंगला पास हो गई अच्छे डिवीज़न और अच्छे नंबरों के साथ तो मुझे कितनी प्रसन्नता हुई उस दिन। मंगला, एक मजदूरनी की बेटी, स्वयं भी अपनी मां के साथ मजदूरनी की तरह काम करने में कभी संकोच न करती थी, फर्स्ट डिवीज़न लेकर पास हुई। मैंने उसी खुशी में एक दिन मंगला से कहा—बेटी, अब तुम बी.ए. पास हो गई। अब मैं तुम्हारी शादी करना चाहती हूं। कोई योग्य साथी तुम्हारे लिए खोज सकूं, तो मैं बिल्कुल निश्चिंत हो जाऊं। संतान के प्रति मां-बाप की जो जिम्मेदारी होती है वह पूरी हो जावे।

उस दिन मंगला ने इस बात को मजाक समझा। किंतु इस चर्चा को गंभीर होते देखकर वह मुझसे बोली—अम्मां, तुम मेरे विवाह की चिंता मत करो। मैं विवाह नहीं करना चाहती। यह तो जरूरी नहीं है कि सभी लड़कियां शादी करें। मैं तो तुम्हारे ही साथ रहकर तुम्हारी ही सेवा करना चाहती हूं। अभी तक तुमने कष्ट उठाया है, अब मैं तुम्हारे लिए कुछ करूंगी, तुम्हें आराम से रखूंगी। जब मैं कुछ करने-धरने लायक हुई, तब। मैं विवाह करके कहीं चली जाना नहीं चाहती।

एक मां अपने बच्चे से इससे अधिक क्या कुछ और चाहती है? सच, मेरा मातृत्व सफल हो गया। मैं एक योग्य संतान की मां हूं, इससे मुझे बड़ा संतोष मिला। इस बेटी से अलग होकर मुझसे भी न रहा जाएगा, यह मैं जानती थी। पर इसी बीच सुदर्शन से भी कई बार मिल चुकी थी और सच तो यह है कि मैं सुदर्शन को भी प्यार करने लगी थी। सुदर्शन मेरी मंगला के लिए जितना अच्छा साथी बन सकेगा, उतना अच्छा लड़का शायद ही मैं कहीं खोज सकूं। इसीलिए चाहती थी, मंगला यह विवाह स्वीकार कर ले। मैंने मंगला से कहा—बेटी! मेरा विश्वास है कि शादी तो तुम्हें करना चाहिए। मैं सदा जीती न रहूंगी और तुम्हें एक साथी का अभाव खटकेगा—और सच तो है बेटी कि मैं तुम्हें जहां ब्याहने जा रही हूं, वहां तुम पर कोई बंधन न रहेगा। तुम जब चाहोगी तभी मेरे पास आ सकोगी। यहां रहना या ससुराल जाना तुम्हारी इच्छा पर रहेगा!

बेटी ने लापरवाही से हंसकर जवाब दिया था—यह सब अम्मां, विवाह से पहले की बातें हैं। विवाह के बाद पुरुष, पत्नी को अपनी संपत्ति समझने लगता है। पति चाहे जितना पढ़ा-लिखा विद्वान हो, पब्लिक प्लेटफार्म पर खड़ा होकर स्त्री के समान अधिकार और स्वतंत्रता देने के विषय में चाहे जितनी लंबी-लंबी स्पीचें झाड़े पर घर के अंदर पैर रखते ही पुरुष, पुरुष हो जाता है। स्त्री यदि उसकी इच्छाओं को अपनी इच्छा न बना ले, उसके इशारे पर आंख, कान बंद करके न चले, तो ख़ैर नहीं। पास-पड़ोस के घरों में इन शिक्षित परिवारों में भी जो कुछ होता है, यह सब जान-बूझकर भी तुम क्यों चाहती हो मां, कि मैं विवाह कर लूं? फिर तुम मेरे स्वभाव को भी

जानती हो। मैं किसी के इशारे पर आंख-कान-बंद करके नहीं चल सकती। मैं किसी की इच्छा को अपनी इच्छा नहीं बना सकती और सच बात यह है कि तुम्हें छोड़कर मुझसे कहीं जाया न जाएगा। तुम जिसके साथ मुझे ब्याहोगी वह मुझे अपने साथ जरूर ले जाना चाहेगा, अभी चाहे कुछ भी कहे।

मैंने कहा--यह मैं समझती हूं बेटी। पर सुदर्शन ऐसा नहीं करेगा। वह बहुत ही भला और नेक लड़का है। उसने मुझसे वादा किया है कि वह तुम्हारी इच्छा पर कभी अपनी इच्छाओं को न लादेगा।

मंगला कुछ गंभीर होकर बोली--जो तुम चाहो मां! वह करो। मैंने जैसे सदा तुम्हारी बात मानी है, उसी तरह तुम्हारी इस बात को भी मान लूंगी। परंतु, मैं खुद तो शादी बिलकुल नहीं करना चाहती। और मंगला चली गई मेरे लिए एक प्याला चाय तैयार करने।

मैं बड़ी देर तक मंगला की बातों पर विचार करती रही और मेरी आंखों के सामने अतीत के, न जाने कितने सुखद और दुखद चित्र खिंच गए। सोचा, नहीं मंगला की इच्छा के विरुद्ध उसका विवाह न करूंगी। कल मैं सुदर्शन से साफ-साफ कह दूंगी। वह धनी है, शिक्षित है, सुंदर है, विनयी है। उसके लिए लड़कियों की कमी न रहेगी। बहुत-सी लड़कियां मिलेंगी। मेरी मंगला मेरी रहेगी।

दूसरे दिन वादे के अनुसार सुदर्शन आया। मैंने उसे प्यार से बैठाला। उसे देखते ही मेरा विवाह न करने का निश्चय कुछ हिल-सा गया। परंतु मैं सम्हली। मैंने कहा--सुदर्शन, जैसा तुम जानते हो, विवाह मैं खुद तो करना चाहती हूं पर मंगला विवाह के लिए तैयार नहीं है। मुझे छोड़कर जाने की कल्पना से भी वह सिहर उठती है और विवाह के बाद ससुराल उसे जाना ही पड़ेगा। यही कारण है वह विवाह नहीं करना चाहती।

सुदर्शन का चेहरा उतर गया। वह बोला--ऐसी बात तो नहीं है कि विवाह के बाद उन्हें आपको छोड़कर जाना ही पड़ेगा। जाना न जाना तो उनकी इच्छा पर रहेगा। और वैसे तो विवाह के बाद भी वह चाहें तो आपके ही पास रह सकती हैं। मुझे कोई शिकायत न होगी।

मैंने पूछा--तुम्हारी मां को भी कुछ न लगेगा। वह भी रहने देंगी?

सुदर्शन बोला--अम्मां मेरे किसी मामले में दखल नहीं देतीं।

मैंने कहा--सुदर्शन! यह सब बातें मैं मंगला से कह चुकी हूं। वह कहती है कि विवाह के पहले लोग दूसरे स्वर से बोलते हैं और विवाह के बाद उनका स्वर बदल जाता है।

सुदर्शन कुछ हताश-सा होकर बोला--वैसे आप लोग मुझ पर विश्वास ही न करें तो कोई चारा नहीं है, पर मैं कहता हूं कि मैं जो कुछ कहता हूं उस पर अमल करूंगा। आप यदि मेरी परीक्षा लेना चाहें तो मैं बीस साल तक केवल इस आशा पर रह सकता हूं कि मंगला मुझसे विवाह करेगी परंतु यदि यह विवाह न हुआ, तो मैं बहुत दुःखी जरूर हो जाऊंगा। दुःखी होने पर भी मुझसे कोई अपकार न होगा। मैं रास्ते से अलग हो जाऊंगा।

और मेरा मां का हृदय जो ठहरा, मैं द्रवित हो उठी। मैंने कहा—अब तुम्हें कुछ कहने की जरूरत नहीं है। मैं प्रयत्न करूंगी। तुम दुःखी न होगे और तुम्हें बीस साल तक ठहरने भी न दूंगी।

सुदर्शन चला गया। दूसरी सुबह मंगला से चाय पीते-पीते मैंने कहा—मंगला बेटी, मैं चाहती हूं कि तुम यह विवाह स्वीकार कर लो। मेरा यह थका तन और थका मन न जाने किस घड़ी बुझ जाए। तुम किसी योग्य साथी के साथ रहोगी तो मैं शांति से मर भी सकूंगी; नहीं तो मरने के बाद भी शांति न पा सकूंगी।

और मंगला, मेरी मंगला ने कहा—जिसमें तुम्हें शांति मिले मां, उसी में मेरा सुख है। तुम जो चाहो करो।

फिर इस प्रकार विवाह तय हुआ और हो गया। विवाह के समय मंगला ससुराल से दो-चार दिनों में ही लौट आयी थी और वह दो-चार दिन काम की अधिकता तथा मेहमानों की भीड़-भाड़ में कैसे निकल गए कुछ जान नहीं पड़े। पर आज तो यह सूना-सूना घर काट खाने को मुंह बाए खड़ा है! हर पेड़, पत्ती और फूल, जिधर आंख उठाती हैं, हर जगह मंगला ही मंगला। मंगला के अतिरिक्त और कुछ सूझता ही नहीं!

सोचती हूं यदि मैं भी चिड़िया होती तो अपनी मंगला की खोज में किसी तरफ उड़ जाती।

•

रूपा

असमय की घंटी ने सभी को बेचैन-सा कर दिया। अभी आधा घंटा भी नहीं हुआ, मैट्रन जेल बंद करके गई है। फिर तुरंत ही वह घंटी कैसे? जेल-जीवन से घबराई हुई बहनों ने सोचा, शायद उनकी ही रिहाई का फरमान आया हो, जिनके मुलाकाती बहुत दिनों से न आए थे। उन्होंने अंदाज लगाया शायद उनसे कोई मिलने आया है। जिन्हें किसी तरह के सामान की प्रतीक्षा थी उन्होंने समझा, उनका सामान ही आया होगा।

मेरी तीन साल की बेटी ममता दौड़ती हुई आई, और मेरे गले में लिपटकर बोली, अम्मां उठो चलो! घंटी बजी है। फाटक खुलेगा। आज तो हम लोग भी छूटने वाले हैं।

मैं अच्छी तरह जानती थी कि उसकी आशा कितनी निराधार है, किन्तु फिर भी उसका मन रखने के लिए उसके साथ फाटक की ओर चल पड़ी।

जमादारिन जल्दी-जल्दी अपना पल्ला सम्हालती हुई आई; ताला खोलकर उसने फाटक खोल दिया। असिस्टेंट जेलर के साथ एक चौबीस-पच्चीस साल की स्त्री अंदर आई और एक तरफ चुपचाप खड़ी हो गई। उसके साफ कपड़े और गंभीर मुद्रा से बहुत-सी बहनों ने अंदाज लगाया कि यह भी शायद राजबन्दिनी है। जेलर ने जमादारिन को बुलाया और उसे धीरे-धीरे समझाकर चला गया।

जमादारिन ताला बंद करके अंदर आई। अपनी हाथ की छड़ी से उस नई आई हुई स्त्री को मारती हुई बोली, चल हरामजादी! बच्चे को मारना ही था तो उसे पैदा क्यों किया था।

मार से वह स्त्री तिलमिला-सी उठी, फिर भी जमादारिन के आगे-आगे, जल्दी-जल्दी चल पड़ी। शायद इस डर से कि कहीं दूसरा प्रहार भी न हो जावे। परंतु जमादारिन को इतने ही से संतोष कैसे हो जाता? उसने और भी जोर से मारते हुए और अश्लील गालियां देते हुए कहा, आंख दिखाती है रंडी! देख तो नंबरदारिन, उधेड़ ले चमड़ी रांड़ की और गुनहखाने में बंद कर दे।

अब मुझसे न सहा गया। मैंने कहा, जमादारिन, मैट्रन ऐसा करे तो करे, पर तुम बाल-बच्चे वाली स्त्री ठहरीं, तुम किसी पर बिना जाने क्यों हाथ उठाती हो।

जमादारिन का स्वर उसी समय बदल गया। उसने मुझे देखा ही न था नहीं

तो शायद इस बेरहमी से न मारती। बोली, आप नहीं जानतीं बहनजी, यह खूनी औरत है, अपने बच्चे को मार डाला है इसने।

मैंने कहा, उसके अपराध की सज़ा तो कानून से छोटी सज़ा से लेकर फांसी तक की हो सकती है। तुम्हारा काम तो उसे अपनी देख-रेख में बंद रखना भर है। तुम वही करो। सज़ा का क़ाम देनेवालों पर छोड़ दो।

वह गुनहखाने में बंद कर दी गई। सब लोग अपने-अपने काम में लग गए मगर मुझे उस औरत की याद न भूली। मैं उस गुनहख़ाने की तरफ गई। लकड़ी का दरवाजा खुला था। वह छड़ के दरवाजे में बंद थी। मैं अंदर आंगन में गई तो देखा, वह औरत अभी उसी प्रकार बैठी थी, रोटी और दाल उसने छुई भी न थी। मैंने उससे पूछा, तुमने खाया क्यों नहीं? खाना खा लो।

उसने मेरी तरफ़ देखा। फिर उसकी आंखों में आंसू भर आए। मेरा भी जी भर आया। मैंने कहा, तुम रोओ मत, नहीं तो मैं भी तुम्हारे साथ रोऊंगी। खाना खा लो, फिर मुझे बतलाओ कि तुम क्यों पकड़कर लाई गई हो। क्या सचमुच तुमने... पर विश्वास नहीं होता कि कोई मां अपने बच्चे को मार सकती है।

अब वह फूट पड़ी। रोते-रोते बोली, कोई मां मारे चाहे न मारे, पर मैंने तो अपनी बच्ची को मार डाला है बहनजी! यह बात सच है।

—कैसे? मैंने आश्चर्य से पूछा।

—कैसे मारा, क्या बताऊं...और वह फूट-फूटकर रोने लगी। मैं उसके पास खड़ी बड़ी देर तक खड़ी रही। बहुत बार उससे खाने को कहा, पर उसने न तो खाया और न यही बतलाया कि उसने अपने बच्चे को क्यों और कैसे मारा। मैंने सोचा, इसके पास से जाऊं तो शायद यह खाना खा ले और कुछ आराम भी कर ले। मैं अपने ओठे* पर आकर लेट गई, और वहां कुछ देर तक पड़ी रही। एकाएक फाटक की घंटी बजी और फाटक खुला। मैंने देखा कि दो स्त्रियां रूपा को कहीं लिए जा रही हैं। पास ही खड़ी हुई कैदिन ने पूछा, रूपा को कहां लिए जा रहे हैं ये लोग?

वह धीरे-से बोली, खूनी औरत है न, इसलिए फांसी वार्ड में ले जा रहे हैं।

रूपा चली गई। पर मुझे उसका रोना, उसकी विषादभरी आंखें, उसका चेहरा भूलता न था। मन कहता था कि वह हत्यारिन नहीं है, पर मेरी आंखों के सामने वह फांसी वार्ड में गई, हत्या के जुर्म में पकड़कर आई, फिर अविश्वास के लिए कहां जगह थी?

धीरे-धीरे मैं रूपा को भूल चली थी। एक दिन अखबार के एक समाचार ने उस याद को ताजा कर दिया। समाचार था,...गांव में रूपा नाम की स्त्री अपनी छह साल की बच्ची को लेकर कुएं में कूद पड़ी...खबर होते ही गांववाले आ गए और मां-बेटी को कुएं से निकाला। बच्ची तो मर चुकी थी लेकिन रूपा को कोई हानि

---

* मट्टी का खाट के बराबर चबूतरा जिस पर कैदी सोते हैं।

न पहुंची थी और वह बच्ची की हत्या करने के अपराध में पकड़कर जबलपुर सेण्ट्रल जेल में लाई गई। बच्ची को लेकर वह कुएं में क्यों कूदी इसका कारण अज्ञात है।

मैंने अखबार पढ़ा और जान गई कि वही हत्यारिन रूपा है। मेरे रहते ही दो महीने बाद एक रोज आजन्म कारावास का दंड लेकर रूपा फिर जेल में आ गई। दयालु मजिस्ट्रेट ने उसे फांसी न देकर आजन्म कारावास की सज़ा दी थी।

रूपा सब स्त्रियों के साथ जेल में काम करती, मगर चेहरे पर विषाद की छाया बनी ही रहती। एक दिन मैं बीमार पड़ी और वह मेरे पास सेवा-सुश्रूषा के लिए भेजी गई। मैं करीब-करीब दो महीने बीमार रही। अस्पताल में मैं अकेली अपनी बच्ची के साथ रहती थी। रूपा दिन-रात मेरे पास रहती। मेरी बच्ची को वह बहुत ज्यादा प्यार करने लगी थी। बच्ची भी उसे घड़ी भर न छोड़ती थी। आश्चर्य तो यह था कि मेरी बच्ची साफ-साफ बोल न पाती थी, फिर भी रूपा उसकी सब बातें समझ लेती थी। एक दिन किसी ने बच्ची ममता को साफ न बोलने के लिए चिढ़ा दिया था और बेचारी बहुत उदास होकर सो गई थी। इसी चिंता में मुझे नींद न आ रही थी। जेल में एक बच्चा और था। उसे जेल की निवासिनी बहनें बहुत प्यार से रखतीं, उसके साथ खेलतीं, बातें करतीं, पर ममता साफ़ न बोल पाती थी, इसलिए कोई उससे न बोलता, उसे प्यार न करता, यहां तक कि खेलने के लिए सुंदर-सुंदर खिलौने, फल, मिठाई उस बच्चे को दिए जाते और ममता खड़ी-खड़ी टुकुर-टुकुर देखा करती और फिर रोती हुई दौड़कर मेरे पास आती और कहती, अम्मां! भाभी ने बाबा को तस्वीर की किताब दी है, मिठाई दी है। अम्मा मुझे भी तस्वीर की किताब मंगा दो।

जेल में वे चीज़ें मैं कैसे उसी समय मंगाकर दे सकती थी? कम-से-कम मेरे साथ तो जेल में यही होता था कि एक चीज पंद्रह दिन पहले कहने पर मिलती थी। ऐसी बातें प्रायः हो जाया करती थीं और इन्हीं कारणों से मैं बहुत दुःखी रहा करती थी। उस दिन भी ऐसा ही कोई कारण था और मैं सो न सकी थी। रूपा मेरे पास आई बोली, हाथ-पैर दबा दूं बहनजी? आपको नींद नहीं आती।

मेरे बहुत रोकने पर भी रूपा मेरे पैर दबाने लगी। मैंने उसका हाथ पकड़कर उसे अपने पास बिठा लिया और कहा, रूपा आज तुम मुझे बताओ कि तुम बच्ची को लेकर कुएं में क्यों कूदी थीं?

वह बैठ गई। उसके चेहरे का विषाद कुछ गहरा हो गया, बोली, बहनजी! मेरी गोपा इसी तरह थी, जैसी आपकी ममता है। आपने बंबई जाकर सैकड़ों रुपए खर्च करके ममता का मुंह ठीक करवा लिया है, पर मेरे पास रुपया कहां से आता। गोपा का बाप कहता था, खूब रुपया कमाकर अपनी गोपा को बंबई ले जाकर आपरेशन करा देंगे, तब सब ठीक हो जाएगा। और इसलिए खूब रुपया कमाने के लिए वह लड़ाई पर चला गया। तबसे उसकी कोई खबर नहीं मिली। इधर मैं अकेली और जरा-सी गोपा, जहां मेहनत-मजूरी को जाती वहीं बच्चे और कभी बड़े-बड़े लोग तक गोपा को साफ़ न बोलने पर चिढ़ाया करते। लड़की चिढ़ती, दिन भर रोती, मैं उसका मुंह पकड़ती। बिना मेहनत-मजूरी के काम न चलता और जहां जाती वहीं यह बात

होती। जिस दिन मैं कुएं में कूदी थी, उसके एक दिन पहले मैं एक जगह मजूरी के लिए गई थी। ऊपर मैं कुछ काम कर रही थी और वहीं जीने पर गोपा एक लकड़ी लिए बैठी थी। नीचे मुहल्ले भर के दस-बारह लड़के-लड़कियां उसे चिढ़ा रहे थे। वह कभी इसे, कभी उसे मारने दौड़ती, पर वे थे दस-बारह और गोपा अकेली। मैंने देखा। मुझे बड़ा क्रोध आ गया। गोपा को मैंने गोद में उठा लिया और पास ही जो लड़का उसकी चोटी खींच रहा था, उसे हल्के से पीठ पर मार दिया। बस फिर इसी बात को लेकर उन लोगों से कहा-सुनी हो गई। अब मुझे काम भी न मिलता। पैसों की तंगी होने लगी। इधर बच्चे गोपा को और ज्यादा चिढ़ाकर तंग करने लगे। सोचा अभी छोटी है, समझती कम है, जब बड़ी होगी तब गोपा को कितना बुरा लगेगा, मेरी गोपा दुःखी हो जाया करेगी और कहीं मैं मर गई तो... फिर बहिनजी! मेरे मरने के बाद गोपा की जो दुर्दशा होगी उसे सोचकर मैं पागल हो गई और उस दुर्दशा तक गोपा न पहुंच सके, इसलिए...

आगे वह कुछ न कह सकी। पास ही पड़ी हुई ममता को मैंने और पास खींचकर छाती से लगा लिया। मेरी छाया मुझसे बात कर रही थी।

❑❑❑